新校宋文鑑

第五册

〔宋〕吕祖謙 編
李聖華 徐子敬 張婷 校

浙江古籍出版社

第五册

新校宋文鑑卷第一百二十四

校者按：底本此卷抄配，據六十三卷本、六十四卷本（存第八至十五頁）刻卷校改。

策問

策問七首

歐陽脩

問：禮樂，治民之具也。王者之愛養斯民，其於教導之方甚勤而備。故禮，防民之欲也周；樂，成民之俗也厚。苟不由焉，則賞不足勸善，刑不足禁非，而政不成。大宋之興，八十餘歲，明天子神聖，思致民太平久矣。而天下之廣，元元之衆，州縣之吏奉法守職，不暇其他。使愚民目不識俎豆，耳不聞弦歌，民俗頑鄙，刑獄不衰，而吏無任責。夫先王之遺文具在，凡歲時吉凶聚會，考古禮樂可施民間者，其別有幾？順民便事，可行於今者有幾？行之固有次第，其所當先者又有幾？禮樂興而後臻於富庶歟？將既富而後教之歟？夫政緩而迂，鮮近事實，教不以漸，則或戾民。欲其不迂而政易成，有漸而民不戾者，其術何云？儒者之於禮樂，不徒誦其文，必能通其用；不獨學於古，必將施於今。願悉陳之，無讓！

問：《六經》者，先王之治具，而後世之取法也。《書》載上古，《春秋》紀事，《詩》以微言感刺，《易》道隱而深矣。其切於世者，《禮》與《樂》也。自秦之焚書，《六經》盡矣。至漢而出者，皆其殘脱顛倒，或傳之老師昏耄之説，或取之冢墓屋壁之間，是以學者不明，異説紛起。況乎《周禮》，其出最後，然其爲書備矣。其天地萬物之統，制禮作樂，建國君民，養生事死，禁非道善，所以爲治之法，皆有條理。三代之政美矣，而周之治迹，所以比二代而尤詳見於後世者，《周禮》著之故也。然漢武以爲瀆亂不驗之書，何休亦云六國陰謀之説，何也？然今考之，寔有可疑者。夫内設公、卿、大夫、士，下至府史胥徒，以相副貳；外分九服，建五等，差尊卑以相統理，此《周禮》之大略也。而六官之屬，略見於經者，五萬餘人，而里閭縣鄙之長，軍師卒伍之徒不與焉。王畿千里之地，爲田幾井？容民幾家？王官王族之國邑幾數？民之貢賦幾何？而又容五萬人者於其間，其人耕而賦乎？如其不耕而賦，則何以給之？夫爲治者，固若是之煩乎？此其一可疑者也。秦既誹古，盡去古制，自漢以後，帝王稱號，官府制度，皆襲秦故，以至於今。雖有因有革，然大抵皆秦制也，未嘗有意於《周禮》者，豈其體大而難行乎？其果不可行乎？夫立法垂制，將以遺後也，使難行而萬世莫能行，與不可行等爾，然則反秦制之不若也。脱有行者，亦莫能興，或因此取亂，王莽、後周是也，則其不可用决矣，此又可疑也。然其祭祀、衣服、車旗似有可採者，豈所謂鬱鬱之文乎？三代之治，其要如何？《周禮》之經，其失安在？宜於今者，其理安從？其悉陳無隱！

問：古者爲治有繁簡，其施於民也有淺深，各適其宜而已。三代之盛時，地方萬里，而王所自治者千里而已，其餘以建諸侯。諸侯大小國蓋數千，必各立都邑，建宗廟。至於禮樂刑政，須其大法而使守之，則其大體蓋簡如此。夫以上，皆有法制，則其於衆，務何其繁也？卿士大夫，朝聘祭祀，訓農練卒〔二〕，居民度土，自一政之大小，皆自朝出，州縣之吏，奉行而已，是舉天下皆所自治，其於大體，則爲繁矣。今自京師至於海隅徼障，一尉卒之職，必命於朝，大小，邑閭田井，訓農練卒，一夫以上，略無制度，其於衆務，何其忽而簡也？其州縣樂以和之，德義仁恩，長養涵澤，此三代之所以深於民者也。夫禮以治民，而爾。今自宰相，至於州縣之有司，莫不行文書，治吏事，其急在於督賦、斂斷、獄訟而已，此特淺者爾。禮樂仁義，吏不知所以爲，而欲望民之被其教，其可得乎？政以一民，刑以防之，此其淺者小以繁，則事不遺。制民以淺，則防其僻；漸民以深，則化可成。此三代之所治也。夫治大以簡，則力有餘；治古，簡其當繁，繁其可簡，務其淺而忽其深，故爲國百年，而仁政未成，生民未厚者，以此也。今一切悖若欲使國體大小適繁簡之宜，政事弛張盡淺深之術，諸侯井田不可卒復，施於今者何宜？禮樂刑政不可卒成，用於今者何便？悖古之失，其原何自？脩復之方，其術何始？然古今，子大夫之職也。其悉心以陳焉！

問：三王之治，損益不同，而制度文章，惟周爲大備。《周禮》之制，設六官以治萬民，而百事理。夫公卿之事重矣，若乃祭祀天地日月、宗廟社稷、四郊明堂之類，天子大臣所躬親者，一迹治亂，通歲之間有幾？又有巡狩、朝會、師田、射耕、燕饗，凡大事之舉，一歲之間又有幾？而爲其民者，亦有畋獵、學校、射鄉、飲酒，凡大聚會，一歲之間又有幾？又有州黨、族官、歲時、月朔、春秋酺禜〔二〕、詢事、讀法，一歲之間又有幾？其齋戒供給，期召奔走，廢日幾何？由是而言，疑其官不得安其府，民不得安其居，亦何暇脩政事，治生業乎？何其煩之若是也。然説者謂周用此以致太平，豈朝廷禮樂文物，萬民富庶愷悌，必如是之勤且詳，然後可以致之歟？後世苟簡，不能備舉，故其未能及於三代之盛歟？然爲治者，果若是之勞乎？用之於今，果安焉而不倦乎？抑其設施有法，而第弗深考之歟？諸君子爲言之！

問：孟子以謂，井地不均，則穀禄不平，經界既正，而分田制禄，可坐而定也。故曰『仁政，必自經界始』，蓋三代井田之法也。自周衰迄今，田制廢而不復者，千有餘歲。凡爲天下國家者，其善治之迹雖不同，而其文章、制度、禮樂、刑政，未嘗不法三代，而於井田之制，獨廢而不取，豈其不可用乎？豈憚其難而不爲乎？然亦不害其爲治也。仁政果始於經界乎？不可用與難爲者，果萬世之通〔三〕法乎？王莽嘗依古制，更名田矣，而天下之人愁苦怨叛，卒共起而亡之。莽之惡加於人者雖非一，而更田之制，當時民特爲不便也。嗚呼！孟子之所先者，後世皆不用而治，用之而民特愁苦怨叛，以爲不便，則孟子謂仁政可乎？《記》曰：異世殊時，不相沿襲。《書》又曰：『事不師古〔四〕，匪説攸聞。』《書》《傳》之言其戾如此，而孰從乎？孟子，世之所師也，豈其泥於古而不通於後世乎？豈其所謂迂濶者乎？不然，將有説也。自三代之後，有天下莫盛漢、唐，漢、唐之治，視三代何如？其民田之制，稅賦之差又何如？其可施於今者又何如？皆願聞其詳也。

問：爲政者徇名乎？襲迹乎？三代之名，正名也；其迹，治迹也。所謂名者，萬世之法也；迹者，萬世之制也。正名立制，言順事成，然後因名迹以考實，而其文章事物粲然其無不備矣，可謂盛哉！董仲舒以謂三代質文『有改制之名，而無變道之實』者是也。自秦肆其虐，滅棄古典，然後三代之名與[五]迹，皆變易而喪其實，豈所謂變其道者耶？然自秦迄今，千有餘歲，或治或亂，其廢興長短之勢，各由其人爲之而已，其襲秦之名不可改也，三代之迹不可復也。豈其理之自然歟？豈三代之制止於三代，而不可施於後世歟？王莽求其迹而復井田，宇文求其名而復六官，二者固昏亂敗亡之國也。然則孔子言爲政必也正名，孟子言爲政必始經界，豈虛言哉？然自秦以來，治世之主幾乎三代者，唐太宗而已，其名迹固未嘗復[六]三代之一二，而其治則幾乎三王。豈所謂名迹者非此之謂歟？豈遺名與迹而直考其實歟？豈孔子之所謂者有旨，而學者弗深考之歟？其酌古今之宜，與其同異者以對！

問：古之取士者，上下交相待，以成其美。今之取士者，上下交相害，欲濟於事，可乎？古之士教養有素，而進取有漸。上之禮其下者厚，故下之自守者重。上非厚禮不能以得士，士非自重不能以見禮於上。故有國者，設爵禄、車服、禮樂於朝，以待其下；爲士者，脩仁義、忠信、孝悌於家，以待其上。設於朝者知下之能副其待，則愈厚；居下者知上之不薄於己，故愈重。此豈不交相成其美歟？後世之士則反是，上之待其下也，以謂干利而進爾，雖有爵禄之設，而日爲之防，以革進之濫者。下之視其上也，以謂雖自重，上孰我知，不自進，則不能以達。由是上之待其下也益薄，下之自守者益不重而輕。嗚呼！居上者欲得其人，在下者欲行其道，其可得耶？原夫三代取士之制如何？漢、魏迨今，其變制又如何？宜歷道其詳也。制失其本，欲其反古，當自何始〔七〕？今之士皆學古通經，稍知自重矣，而上之所以禮之者，未加厚也。噫！由上之厚，然後致下之自重歟？必下之自重，然後上禮之厚歟？二者兩不爲之先，其勢亦奚由而合也？宜具陳其本末，與其可施於今者以對。

策問二首

劉　敞

問：唐時歲舉進士，至煩矣，然所取不過三四十人。今國家間四歲乃一舉進士，至簡矣，然取之多或至五六百人。議者甚疾此，欲放唐制，則恐賢士失職者衆；欲仍舊貫，則吏員不可勝紀。夫賢士失職者衆，則怨必興於下；吏員不可勝紀，則力必屈於上。裁此二者，宜奈何？諸生極意畫焉！

問：學者治仁義之術，皆稱孟軻。軻議宋牼之言利也，曰『號則不可』，是所慎者莫如號也。然而軻教梁、齊之君，則曰好勇不害，好樂不害，好貨不害，好色不害。夫勇之與樂，貨之與色，足爲號乎？軻之譏人甚詳，而自任太略，軻不宜至此者也。試相與辨之！

策問二首

范鎮

問：律之例有八：以、準、皆、各、其、及、即、若。若《春秋》之凡然，學者不可以不知也。當條八者之意，與夫著於篇者之説，則可以觀從政之能不能也。

問：契、稷同出於嚳，而分治商、周。方堯、舜時，功德俱施於民者，及湯、武有天下，國號曰商，號曰周，以明受之於祖也。高祖起漢中，定秦暴虐，號曰漢，得之自己也。國朝太祖受周禪，平五代之亂，起於宋，號曰宋，得之亦自己也。僖祖嘗遷矣，乃者復還而東向，法商、周乎？抑法漢乎？將前世亦有考乎？其明言之！

策問二首

張載

問：三代道失而民散，民散浸淫，而盗不勝誅矣。魯之衰也，季康子患盗，孔子謂『苟子之不欲，雖賞之不竊』。夫制産厚生，昭節儉，賤貨財，使人安其分，宜若可爲也。今欲使舉世之民厚賞焉不竊，如夫子之言，其亦有道乎？

問：世禄之榮，王者所以録有功，尊有德，愛之厚之，示恩遇之不窮也。爲人後者，所宜樂職勸功，以服勤事任；長廉遠利，以嗣述世風。而近世公卿子孫，方且下比布衣，上聲〔八〕。病售有司，爲不得已爲貧之仕，誠何心哉？蓋孤秦以戰力竊攘，滅學法，壞〔九〕田制，使儒者風義寖弊不傳。而士流困窮，有至糟粰不厭。自非學至於不動心之固，不惑之明，莫不降志辱身，起皇皇而爲利矣。求口實而朵其頤，爲身謀而屈其道。習久風變，因不知求仕〔一〇〕非義，而反羞循理爲不能；不知饜襲爲榮，而反以虛名爲善。繼今欲舉三王教冑之法，使英才知勸而志行脩；阜四方養士之財，使寒俊有歸而衣食足。取充之計，講擢之方，近於古而適於今，必有中制。衆君子〔一一〕彊學待問，固將裨起盛明，助朝廷政治。著於篇，觀厥謀之得失！

私試策問一首

蘇　軾

問：人主莫不欲安存而惡危亡，然而其國常至於不可救者，何也？所憂者，非其所以亂與亡，而其所以亂與亡者，常出於其所不憂也。請借漢以言之。昔者高帝之世，天下既平矣，當時之所憂者，韓、彭、英、盧而已。此四王者，皆不能終高帝之世，相繼僕滅而不復續。及至吕氏之禍，則由異姓也。吕氏既已滅矣，而吴、楚之憂，幾至於亡國。方韓、彭、吕氏之禍，惟恐同姓之不蕃熾昌大也，然至其爲變，則又過於異姓遠矣。景帝之世，以爲諸侯分裂破弱，則漢可以百世而無憂。至於武帝，諸侯之難以衰，而匈奴之患方熾，則又以爲天下之憂止於此矣。及昭、宣、元、成之世，諸侯王既已無足憂者，而匈奴又破滅，臣事於漢，然其所以卒至於中〔一二〕絶而不救，則其所不慮之王氏也。世祖既立，上懲韓、彭之難，中鑒七國之變，而下悼王氏之禍，於是盡侯諸將而不任以事，裁減〔一三〕同姓之封，而黜三公之權，以爲前世之弊盡去矣。及其衰也，宦官之權盛，而黨錮之難起。士大夫相與搤腕而遊談者，以爲天子一日誅宦官而解黨錮，則天下猶可以無事，於是外召諸侯而內脅其君，宦官既誅無遺類，而董卓、曹操之徒亦因以亡漢。漢之所憂者凡六變，而其亂與亡，輒出於其所不憂，而終不可備。由此觀之，治亂存亡之勢，其皆有以取之歟？抑將不可推，如江河之徙移，其勢自有以相激而不自知歟？其亦可以理推力救而莫之爲也？今將使事至而應之，患至而爲之謀，則天下之患不可以勝防，而政化不可以勝變矣。則亦將朝文而莫質，忽寬而驟猛歟？意者亦有可以長守而不變，雖有小患而不足卹者歟？願因論漢而極言其所以然！

國學秋試策問一首

蘇軾

問：所貴乎學士大夫者，以其通古今而考成敗也。昔之人嘗有以是成者，我必襲之；嘗有以是敗者，我必反之。如是其可乎？昔之爲人君者，患不能勤，然而或勤以治，亦或以亂。文王之日昃，漢宣之厲精，始皇之程書，隋文之傳餐，其爲勤一也。昔之爲人君者，患不能斷，然而或斷以興，亦或以衰。晉武之平吳，憲宗之征蔡，苻堅之南伐，宋文之北侵，其爲斷一也。昔之爲人君者，患不信其臣，然而或信以安，亦或以危。秦穆之於孟明，漢昭之於霍光，燕噲之於子之，德宗之於盧杞，其爲信一也。此三者，皆人君之所難，有志之士所常咨嗟慕望，曠世而不獲者也。然考此數君者，治亂、興衰、安危之效相反如此，豈可不求其故歟？夫貪慕其成功而爲之，與懲其敗而不爲，此二者皆過也，學者將何取焉？按其已然之迹而詆〔一四〕之也易，推其未然之理而辨之也難。是以未及見其成功，則文王之勤無以異於始皇，而方其未敗也，苻堅之斷與晉武何以辨？請舉此數君者得失之源，所以相反之故，將詳觀焉。

省試策問一首

蘇　軾

問：孟子曰：『君仁，莫不仁；君義，莫不義；君正，莫不正。一正君而國定。』君子之至于斯也，亦可謂用力省而成功博矣。陛下嗣位於今四年，未言而民信之，無爲而天助之，雖群臣有司，不足以識知盛德之所在，然竊意其萬一，殆專以仁孝禮義、好生納諫治天下也。子大夫生於此時，而又以德行道藝賓興于庭，將必有意於孟子之言『正君而國定』，願聞所謂『一言而興邦』，『脩身而天下服』者。堯舜尚矣，學者無所復議。自漢以來，道德純備，未有如文帝也。今考其行事，而可疑者三：上林令，吏之不才；而虎圈嗇夫，才之過人者也。才者遺而不録，不才者置而不問，則事之不廢壞者有幾？然則兵偃刑措，何從而致之？南越不臣，寵以使者，吴王不朝，賜以几杖。此與唐之陵夷，藩鎮自立以邀旄鉞者何異？不幾於姑息苟簡之政歟？《傳》曰：『三王臣主俱賢』，『五霸不及其臣』。文帝不見賈生，自以爲過之，既見，不如也，文帝豈霸者歟？帝自以爲不如，而魏文帝乃以爲過之，此又何也？抑過之爲賢歟？將自謂不如爲賢歟？漢文所以爲文，殆以是三者，而可疑如此。願與子大夫論之，以待上問而發焉。

進士策問三首

劉　攽

問：古者藏冰以御雹災，禁原蠶以蕃馬，四時改火以救民疾，出土牛以送寒氣。夫天人相感，皆以其類，凡此數者，其説謂何？且其説皆《春秋》《周禮》《月令》聖賢之記，非鄙近淺陋所傳述者。諸生毋以不通而輕沮毁之也。

問：古有宗子者，以管領族人，今不知其説如何？爲之者何人？分大小者何故？領族人之狀何若？累世之後有所斷絶否？今世亦可行之乎？當爲明説〔一五〕焉。

問：古者議事以制，不爲刑辟。今國家憲章完具，毫髪以上皆存約束，而言治者常曰不盡人情，其爲吏者皆便文自營，無惻隱之實，以故政事多不及古。或以謂宜簡節而疎目，求忠信之士、敦厖之人以付之。夫人不易知，恐未獲議事以制之美，而矯虔吏舞文以害民矣。二者宜何從？願與諸生議之。

私試進士策問二首

蘇　轍

問：君子能盡人之情，而不能盡物之變。盡物之變，惟精者能之。古之君子，專一而無侈心，是以益治鳥獸，棄治稼穡，夔治鍾磬，羲和治曆，皆以聰明睿智之才，而盡於一物，終其身而不去，後世官者至以爲氏。故當此之時，天下之事，無不畢舉。今者四方既平，非有勤勞難治之政，而當世之務，每每廢墜而不理。蓋鍾律之不和，河之不循道，此一二事者，百有餘年而莫有〔一六〕能辨之者，是豈非務於速進〔一七〕而恥以一物自盡之過歟？夫古之君子，往往老於小官，終身而不厭，則上之所以使之者，誠有道也。安得斯道而由之，以使斯人之復於古也？

問：古之言治者，必曰禮樂。禮樂之於人，譬如飲食，未有一日而不相從者。故士之閒居，無故不去琴瑟，行則有珮玉之音，登車則有和鸞之節，身蹈於禮而耳屬於樂如此，而後邪辟不至。蓋自秦、漢以來，士大夫不師古始，然其朝廷鄉黨之間，起居飲食之際，亦未嘗無禮。而樂獨盡廢，士有終年未嘗聞樂而不知其非者。於是有以疑樂之可去，而以古人爲非矣。不然，請言樂之不立而士之所以不如古者安在？

私試武學策問一首

蘇轍

問：古稱淮陰侯善用兵，然觀其所以勝者，亦若有天幸焉。淮陰之攻趙也，廣武君請以輕兵絕其饟〔一八〕道，而堅壁以老其師。其攻齊也，人或說龍且以相持不戰，而陰招齊之亡城〔一九〕。此二計者淮陰難之，幸其計之不用，是以能克。然而使此計誠行，淮陰豈坐受縛者耶？其必有以待之，請陳其說。

爲家君作試漢州學策問一首

程　頤

問：士之所貴乎人倫者，以明道也。若止於治聲律、爲禄利而已，則與夫工技之事，將何異乎？夫所謂道，固若大路然，人皆可勉而至也。如不可學而至，則古聖人何爲教之勤勤如是，豈其欺後世耶？然學之之道當如何？後之儒者，莫不以爲文章、治經術爲務。文章則華靡其詞，新奇其意，取悦人耳目而已；經術則解釋辭訓，較先儒短長，立異説以爲己工而已。如是之學，果可至於道乎？仲尼之門，獨稱顔子爲好學，則曰『不遷怒，不貳過』也，與今之學不其異乎？或曰：如是則在脩身謹行而已。夫檢於行者，設曰勉彊之可也；通諸心者，姑脩謹而可能乎？況無諸中不能彊於外也。此爲儒之本，諒諸君之所素存也，幸明辨而詳著於篇。

省試策問二首

范祖禹

問：古之士與君言，言使臣；與人臣言，言事君；與幼者言，言孝悌；與居官者言，言忠信。自童子以至於成人，自灑掃應對以入於道德，學不陵節，教不躐等。有非其所問而問〔二〇〕者，鄉先生君子〔二一〕不以告也。譬如拱把之桐梓，長之養之，至於成材，無不適於用。如其未至而曰至，未能而曰能，則是賊夫人之子，非先王長育之意矣。蓋孔子之教曰：『文、行、忠、信』，『興於詩，立於禮，成於樂』。孟子曰：『謹庠序之教，申之以孝悌之義。』其所教者，皆以明人倫也。以孔子之聖，四十而始不惑，五十而知天命，雖曰知之，猶罕言之。性與天道，自子貢不得而聞，況其下者乎？近世學士大夫，自信至篤，自處甚高，或未從師友，而言天人之際，未多識前言往行，而窮性命之理，其弊浮虛而無實，鍥薄而不敦。雖然，『十室之邑，必有忠信』，天下之大，豈無豪傑不待文王而興者？然聖人之教，必爲中人設也。比年以來，朝廷患之，詔禁申、韓、莊、列之學，流風寖息，而猶未絶。夫申、韓本於老子，而李斯出於荀卿，學者失其淵源，其末流將無所不至。故秦之治，文具而無惻隱之實；晋之俗，浮華而無禮法之防。天下靡然，卒至〔二二〕大亂。此學者之罪，不可以不戒也。子大夫以文行舉於鄉，群至於有司，且登進於朝廷，風俗之孅惡，政事之得失，將於此乎在，必有中正之論，以捄斯弊，其悉陳之！

問：二帝三王之道，亦惟仁義而已矣。孔子傳之，《詩》《書》所述，爲萬世法，其要不過曰稽古法天，脩身親親，舉賢而用之。其言甚易知，則宜其事甚易行，然自三代以還，後世之治，終莫能及焉。由漢至於有唐，其間明君賢臣爲不少矣，其治曾不得庶幾於古，何耶？豈其學者論卑而不足有明歟？抑其時君不能勉而行之歟？昔孟子非堯、舜之道不敢陳於王前，與王言未嘗不以王道。如其不可行，豈徒爲空言哉？以區區之齊，五十里之滕，孟子猶欲勉之以王，況不爲齊、滕者乎？夫道之不明也，學者不講之過，既明矣而不行者，在上者之過也。古之學者講而明之，所以待在上者舉而行之，四代養士於學校，蓋以此也。子大夫學於此久矣，其茂明之！

策問一首

劉　攽

問：工，天下之末作也。不備末則本不立，不制其末，則本焉〔二三〕得而立乎？故先王之法，工之在官者，六分其官而工居一；工之在民者，四分其民而工居一。多寡之數，以是爲稱，猶患其赴之〔二四〕者衆，則爲術以權之。不飭宫室，不靡異服，奇技淫巧以疑衆者，殺無赦。當此之時，持規矩繩墨以事上，與游手末利之人，法度之外無敢爲也。今承平歲久，生齒充盛，繡組雕鏤，賈生、董子之所不能道者，尚多有之。而戒禁之令，漢、唐之所能行者，或未舉也。如是而欲事簡財省，風俗樸厚，以成德化之盛，顧不悖哉！今將考古之所可行，擇今之所宜禁，諸君子以謂安從始？

策問一首

晁詠之

問：六卿之職既廢，選舉之法出於一時，大抵苟簡，或文具易弊。唐太宗嘗欲聽州郡辟召，又將使人自舉，庶幾三代之風，而魏鄭公以謂不可復。鄭公勸太宗行仁義，其治應響答，固有志於古者，至是乃云不可復，何耶？夫賓興之法，著於聖人之經，可攷而知也，彼以爲不可復者，其説果安在耶？今以四海九州之大，士民之夥繁〔二五〕，其選不過三歲之詔，是果能無遺材乎？其進而仕於朝者，非廟堂之灼知，則一限以吏部之格，是果足以觀賢不肖，使各當其位乎？前日嘗詔天下舉經行之士於其鄉矣，然詔下之日，請謁者相屬，其比試於有司已卑矣，而見黜者又十八九，特幸哀憐，與之一官，而其法遂廢不用。辟置之員，歲增於舊，一職之屬，多至十輩，而議者病其太冗，是豈本意哉？是皆近古矣，而其効止如此，又何耶？今欲公天下之選，盡人材之實，兼古今之便，以追成周官人之盛，宜必有術矣。其務終始究陳之！

校勘記

〔一〕「訓農練卒」，底本誤作「訓練農卒」，據六十三卷本改。宋慶元二年周必大刻本《歐陽文忠公集》、元本《歐陽文忠公集》作「訓農練卒(一作訓練武士)」。

〔二〕「酺禜」，底本作「酺宴」，據六十三卷本改。宋慶元二年周必大刻本《歐陽文忠公集》、元本《歐陽文忠公集》作「酺禜(一作蠟祭)」。

〔三〕「通」，底本無，據六十三卷本補。宋慶元二年周必大刻本《歐陽文忠公集》、元本《歐陽文忠公集》作「通」。

〔四〕「古」，底本無，據六十三卷本補。宋慶元二年周必大刻本《歐陽文忠公集》、元本《歐陽文忠公集》作「古」。

〔五〕「與」，底本無，據六十三卷本補。宋慶元二年周必大刻本《歐陽文忠公集》、元本《歐陽文忠公集》作「與」。

〔六〕『復』，底本無，據六十三卷本補。宋慶元二年周必大刻本《歐陽文忠公集》、元本《歐陽文忠公集》作『復』。

〔七〕『始』，六十三卷本、六十四卷本作『如』。宋慶元二年周必大刻本《歐陽文忠公集》、元本《歐陽文忠公集》作『始』。

〔八〕『上聲』，六十三卷本、六十四卷本爲小字注，底本誤作正文，且脱『上』字，今據以改。

〔九〕『壞』，底本誤作『壤』，據六十三卷本、六十四卷本改。

〔一〇〕『仕』，底本作『任』，疑非是，據六十三卷本、六十四卷本改。

〔一一〕『子』，底本無，據六十三卷本、六十四卷本補。

〔一二〕『中』，底本無，據六十三卷本、六十四卷本補。宋本《經進東坡文集事略》作『中』。

〔一三〕『滅』，底本誤作『減』，據六十三卷本、六十四卷本改。宋本《經進東坡文集事略》作『滅』。

〔一四〕『詆』，底本作『爲』，據六十三卷本、六十四卷本改。宋本《經進東坡文集事略》作『詆』。

〔一五〕『説』，六十三卷本、六十四卷本作『之』。清《武英殿聚珍版叢書》本《彭城集》作『説』。

〔一六〕『莫有』，底本無『有』字，據六十三卷本、六十四卷本補。明嘉靖刊本《欒城集》作『莫有』。

〔一七〕『進』，底本無，據六十三卷本、六十四卷本補。明嘉靖刊本《欒城集》作『進』。

〔一八〕『饟』，底本作『糧』，據六十三卷本、六十四卷本改。明嘉靖刊本《欒城集》作『饟』。

〔一九〕『亡城』，底本誤作『士誠』，據六十三卷本、六十四卷本改。明嘉靖刊本《欒城集》作『亡城』。

〔二〇〕『而問』，底本無，據六十三卷本補。

〔二一〕『鄉先生君子』，底本誤作『鄉先君子子』，據六十三卷本改。

〔二二〕「卒至」，底本作「至於」，據六十三卷本改。

〔二三〕「焉」，六十三卷本作「烏」。清《武英殿聚珍版叢書》本《學易集》作「安」。

〔二四〕「患其赴之」，底本缺第一、四字，據六十三卷本補。清《武英殿聚珍版叢書》本《學易集》作「患其赴之」。

〔二五〕「夥繁」，底本作「繁夥」，據六十三卷本改。

新校宋文鑑卷第一百二十五

校者按：底本此卷抄配，據六十三卷本刻卷校改。

雜著

時鑑

柳開

雍熙三年，宜州山夷攻其州，弗克。全之西鄙樂安里峒，有栗氏因之，會其族南劫興安縣，敗入谿峒，連歲不寧。天子擇中貴臣二人，涖全、邵州以静之。明年春，栗氏來歸，魁狡皆奉吏州庭，乃刻《時鑑》一篇於石以誡之：

族盛卑邑，邦大下國。違道致殃，干命取亡。居夷鄰德，處險近賊。蜀難通軺，吴莫容舠。嘯萬群姦，摧壘倒關。象踣圍矣，蛟斃彀已。蠆纖曷存，蟻微何奔？虎猛恃力，逼死罔逸。隼鷙誠捷，懷餌受緤。小人爲美，君子是恥。所失若塵，其治如鈞。寧之弗復，喪乃必覆。習禮可式，翫兵竟慝。怨懼興禍，貪慾生過。徇意成朋，怫心見憎。以畏卒潰，苟悦爰萃。謹政防亂，慎行避患。缺玉不補，積滓非污。來紆往亟，愚睽智暱。跡昭事著，利合動裕。平原廣野，馳車走馬。高浪深淵，有鮪有鱣。保爾攸宜，胥樂在時。刊文無窮，作誡永終。

敗諭

种放

吴遁字雲交，爲兒童時，不逐嬉戲，而心樂於善。暇日或瞑目而坐，或昂目而望，皆若有思於學也。然不幸生於隴西，其地僻界西戎，生民尚佛與鬼。遁若冥行於芥蒼絶跡之境，無所索其途。又日〔一〕覩其父兄所習尚者，惟浮屠之學，於是化爲浮屠氏，而從其法焉。然資識穎寤，於其教獨能抉指端緒，窺窮疵隙。又傍觀列聖之書，見仁義、禮樂、忠孝、人倫之美，君臣、父子、夫婦、宗廟之儀，則羞前之爲，而自歎曰：『吾流何異夫井底蛙耳！』於是褫去浮屠之服，而加冠巾，從縉紳之列而問學焉。

或有非而告之，曷自敗其道，而反能居吾列乎？生聞而疑，以告予，予歎曰：夫自古聖賢，合天履中，通貫萬化，依仁由義，至公亡私，生民賴焉，萬物順焉，斯可謂道也。如彼浮屠氏，乃夷狄之一法耳，將謂道乎？若能外夷貊偏邪之法，即皇極大中之道，棄怪誕詭雜之跡，由忠孝雅正之途，爲順乎？爲不順乎？爾能吐甘肥，食蔬糲，脱綺纊，衣布褐，出廣厦，安窮廬，孜孜伏誦列聖之書，求列聖之心，雖昔之輩流，狺狺然千百其聲，隨而吠之，能挺然不顧，此非有夷、齊獨立自明之才，而能若是者幾希。嗚呼！冠弁其首，褒博其服，學二帝、三王、周公、孔子之道，策名進身，予知其儒也。而浮屠、楊墨其行者，謂生自敗其道，果孰謂自敗其道者耶？

夫百工技能，學之既至，雖不售不用，咸能自信愛而不易他技者，慎其本也。惡有學仁義禮樂，反不能自信愛而爲人蠱惑者也？孟子曰：『吾聞出於幽谷，遷于喬木，未聞下喬木而入幽谷者也。』又揚子云：『在門墻則揮之，在夷狄則進之。』生方出幽谷，遷喬木矣，故作《敗諭》以進之，亦欲果其志也。

碑解

孫　何

進士鮑源以文見借，有碑二十首，與之語，頗熟東漢、李唐之故事，惜其安於所習，猶有未變乎俗尚者，作《碑解》以貺之。

碑非文章之名也，蓋後人假以載其銘耳。銘之不能盡者，復前之以序，而編録者通謂之文，斯失矣。陸機曰『碑披文而相質』，則本末無據焉。銘之所始，蓋始於論譔祖考，稱述器用，因其鐫刻，而垂乎鑒誡也。銘之於嘉量者曰『量銘』，斯可也，謂其文爲量，不可也。銘之於景鍾曰『鍾銘』，斯可矣，謂其文爲鍾，不可也。銘之於廟鼎者曰『鼎銘』，斯可矣，謂其文爲鼎，不可也。古者盤盂几杖皆有銘，就而稱之曰『盤銘』『盂銘』『几銘』『杖銘』，則庶幾乎正，若指其文曰盤、曰盂、曰几、曰杖，則三尺童子皆將笑之。今人之爲碑，亦猶是矣。天下皆踵乎失，故衆不知其非也。蔡邕有《黄鉞銘》，不謂其文爲黄鉞也。崔瑗有《座右銘》，不謂其文爲座右也。

《檀弓》曰：『公室視豐碑，三家視桓楹。』釋者曰：『豐碑，斲大木爲之。桓楹者，形如大楹耳，四植謂之桓。』《喪大記》曰：『君葬』，『四綍二碑』，『大夫葬』，『二綍二碑』。又曰：『凡封，用綍去碑。』釋者曰：『桓楹也，樹之於壙之前後，以紼繞之間之轆轤，輓棺而下之。用綍去碑者，縱下之時也。』《祭義》曰：『祭之日，君牽牲』，『既入廟門，麗于碑』。釋者曰：『麗，繫也，謂牽牲入廟，繫着中庭碑也。或曰：以紖貫碑中也。』《聘禮》曰：『賓自碑内聽命。』又曰：『東面北上，碑南。』釋者曰：『宫必有碑，所以識日景，引陰陽也。』考是四説，則古之所謂碑者，乃葬祭饗聘之際所植一大木耳。而其字從石者，將取其堅且久乎？然未聞勒銘于上者也。今喪葬令具螭首龜趺，洎丈尺品秩之制，又易之以石者，後儒所增耳。

堯、舜、夏、商、周之盛，《六經》所載，皆無刻石之事。管子稱無懷氏封泰山刻石紀功者，出自寓言，不足傳信。又世稱周宣王蒐於岐陽，命從臣刻石，今謂之石鼓，或曰獵碣。洎《延陵墓表》，俚俗目爲夫子十字碑者，其事皆不經見，吾無取焉。司馬遷著《始皇本紀》，著〔二〕其登嶧山，上會稽，甚詳，止言『刻石頌德』，或曰『立石紀頌』，亦無勒碑之説。今或謂之嶧山碑者，乃野人之言耳。漢班固有《泗水亭長碑文》，蔡邕有《郭有道》《陳太丘碑文》，其文皆有序冠篇，末則亂之以銘，未嘗斥碑之材，而爲文章之名也。彼士衡未知何從而得之？由魏而下，迄乎李唐，立碑者不可勝數，大抵皆約班、蔡而爲者也。雖失聖人述作之意，然猶髣髴乎古。迨李翺爲《高愍女碑》，羅隱爲《三叔碑》《梅先生碑》，則所謂序與銘，皆混而不分。集列其目，亦不復曰文，考其實，又未嘗勒之於石，是直以繞紼麗牲之具而名其文，戾孰甚焉？復古之事，不當如此，貽誤千載，職機之由。今之人爲文，揄揚前哲，謂之贊可也；警策官守，謂之箴可也；鍼砭史闕，謂之論可也；辯析政事，謂之議可也；祼獻宗廟，謂之頌可也；陶冶情性[三]，謂之諷詩可也。何必區區於不經之題，而專以碑爲也？設若依違時尚，不欲全咈乎譊譊者，則如班、蔡之作，存序與銘，通謂之文，亦其次也。夫子曰：『必也正名乎！』又曰：『名不正，則言不順。』君子之於名，不可斯須而不正也，况歷代之誤，終身之惑，可不革乎？

何始寓家於潁，以涉道猶淺，嘗適野，見荀、陳古碑[四]數四，皆穴其上，若貫索之爲者。走而問故起居郎張公觀，公曰：『此無足異也，蓋漢實去聖未遠，猶有古豐碑之象耳。後之碑則不然矣。』五載前接柳先生仲塗，仲塗又具道前事，適與何合，且大噱昔人之好爲碑者。久欲發揮其説，以詒同志，自念資望至淺，未必能見信於人。又近世多以是作相高，而夸爲大言，苟從而明之，則謗將叢起，故蓄之而不發。以生力古嗜學，偶泥於衆好，其兄又於何爲進士同年，故爲生一二而辯之。噫！古今之疑，文章之失，尚有大於此者甚衆，吾徒樂因循而憚改作，多謂其事之故[五]然。生第勉而思之，則所得不獨在於碑矣。

書異

丁謂

淳化元年，許夏旱。五月乙卯，震，雨雹，大風拔木，屋瓦悉飄。人以爲神龍所經，雖駭而不異，士同其辭，大夫曰然。吁！可憫也。《春秋》書災異，於其國之君膺之，設有流變，則方訪諸史卜，顧其政事，貶往而脩來，以應天之變，以承天之戒。是天不虛譎，人有誠應也。今則不然，都諸侯之位，災異屬之〔六〕，則曰：非吾土也，其天王膺之。又曰：在吾治内，吾將聞之，示吾不政也。於是又止之。民命繫之，都〔七〕邑倚之，事有善，則曰吾之力及之；不祥，則曰係邦國之曆數，在人主之脩復也。忌人言而恥言於人，曷見其訪卜史也？斷曆數而推之於人主，曷見其顧政事也？人君得聞之而審之，以貶損而應之，斯可矣，矧又畏而不使聞之乎？語曰『迅雷風烈，必變』，畏天怒也，況若此之異耶？苟爲政者見而不顧，則蒼生何恃哉？天之警戒何示哉？仲尼書之於經，蓋垂訓也，況目〔八〕之乎？豈觀書者不取古乎？爲政者將違天乎？嗚呼，欲共理者慎求諸！

責荀

賈同

荀況死舊矣，其言存於書，亦聖人仁義禮樂之談也。然其作《非十二子篇》，則它囂、魏牟首之，陳仲、史鰌次之，墨翟、宋鈃又次之，慎到、田駢又次之，惠施、鄧析又次之，而子思、孟軻亦末其數爲十二焉，而各序其道於下。謂子思、孟軻則曰：『略法先王而不知其統，然而才劇〔九〕志大，聞見雜博。案往舊造〔一〇〕說，謂之五行，甚僻違〔一一〕而無類，幽隱而無說，閉約而不解。案飾其辭，而祇敬之曰：此先君子〔一二〕之言也。子思唱之，孟軻和之。世俗之溝猶〔一三〕瞀儒，嚾嚾然不知其非也，遂受而傳之，以爲仲尼、子游爲茲厚於後世，是則子思、孟軻之罪也。』又序其後，以爲道之正者，『曰仲尼、子弓之義，以務息十二子之説。如是而天下之害除，仁〔一四〕人之事畢矣』。其處子思、孟軻也，何如是之無謂乎？今《禮記》《中庸》之篇存者，子思之述也；今《孟子》十四篇者，孟軻之述也。其言道，則孔氏而下，未有似之者也。今以荀之書比之，而又出其後，則庶幾學之未能似之，微得其具體矣。故唐韓愈但儕之揚子雲而已。今反其若是，吾甚見其無謂也。

又上十二子爲六偶者，咸均道而言之也，則子弓者，亦道均於仲尼乎？豈有聖人如仲尼，而獨言不垂於後世，事不顯于當時乎？何仲尼之徒未嘗稱之，而泯滅若是乎？此又甚無謂也。且夫仲尼之道，孟軻學而行之，吾謂未有能出之者也。而荀亦以學仲尼之道，而反以孟比十子爲十二而復云云，此所謂是堯而非舜者也。苟非舜，則堯亦未足信矣。而曰仲尼、子弓者，吾不知子弓者何如人也，而荀謂仲尼者何如人也？噫！吾觀此，是〔一五〕吾不信荀也，故作《責荀》以示來者。

禁焚死

賈同

傳曰：孝子『事死，如事生』。又曰『父母全而生之，子全而歸之』，不亦孝乎！父母既歿，斂手足形，旋葬，慎護戒潔，奉屍如生，斯之謂事死。身體髮膚，無有毀傷，以没於地，斯之謂歸全。古今達禮也。夫生而或毁傷之，雖不仁，猶有爲也。死而後毁傷之，則其不仁不亦甚矣？故曰『君子慎終』，此之謂歟！噫，今之多焚其死者，何哉？

《禮》曰：『新宫火』，『有焚其先人之敝廬，三日哭』。夫宫廟之與廬舍猶然，況自執火而焚其屍者乎？惡不容於誅矣。謂縱不仁之子，棄其屍於中野，使烏鳶狐貍食之，不猶愈於自殘之者歟？閭閻既以爲俗，而漸染於士大夫之家，亦多爲之。或以守職徼遠，死于千里之外，而不肖子孫不能護全其喪以歸，祔〔一六〕葬於先祖之塋域，故焚之，以苟其便易。嗚呼！先王制禮，士大夫奉以立身，推以化民，如之何其苟便易而棄之也？豈獨棄禮哉？抑亦舉其親而棄之也。設不幸道遠而貧，未能負而歸，買地而葬之，廬而守之，俟其久也，負骨而歸，不亦可乎？又或者以惡疾而死，俗云有種，慮染其後者而焚之。斯則既不仁矣，又惑之甚者也。脩短有命，疾病生乎身，豈有例哉？如云先〔一七〕世積殃遺子孫，則雖焚之無益也。根其由，蓋始自桑門之教，西域之胡俗也。夫聖王御世，制禮作樂，布浹仁義，使天下密如，四夷嚮化，如之何使夷俗之法，敗先王之禮經耶？教天下以不仁耶？請禁。

望歲

高弁

高子以民薦飢而望歲。或曰：吾聞之，君子之治民也，不患貧而患不安。是故九年洪水，無害堯之爲聖；七載大旱，無損湯之爲明也。對曰：堯、湯水旱，不可以遇於今之世也，遇於今之世，則離也。

古之人，一夫不耕，則必受其飢；一婦不織，則必受其寒。三年耕者，有一年之儲。斂之于饒，而民不以爲暴；施之於不足，而官有羨穀。士農工商，各安其業，以相資生。事有不當民務者，皆禁而不行。今則不然，耕織之民，以力不足，或入於工商，髡褐卒夫，天下無數，皆農所爲也，而末之禁。工商之民，乘法凌遲，或雜於士也，入於農者，萬無一焉。是則耕織之民日耗，而甘食鮮衣者日寖。耕織之民日耗，則田荒而桑枯矣；田荒而桑枯，則雖勤而利薄矣。甘食鮮衣者日寖，則分争之；分争之不足〔一八〕，則其斂於民也無時。以荒田枯桑，給無時之斂，雖急，猶將無獲也。

其有官守者，其名出於士也，其實在工商也。執人之法，刼民之財，不恤其有亡，曰：富國家者我也，我能刹削以悦于上，是非商也哉！畏人之威，奪人之力，不恤其老疾幼弱，曰：勤王事者我也，我能曲巧以盡民力，是非工也哉！及其取賞也，苟未如意，則非其上曰：我功倍矣，我勞多矣，而賞不至，雖有〔一九〕禹、稷、周、召，何以得盡心也？嗚呼！水誠害也，而可爲〔二〇〕罔罟以漁；旱誠灾也，而可爲澆溉以田。倍力爲之，半法而輸之，民且安焉。暴虐之吏，過於水旱遠矣！雖有良田，不得而耕；雖有條桑，不得而蠶。膏雨和風，蓬蒿之茂也；蓬蒿茂，而豺狼寇盗聚〔二一〕焉。豺狼寇盗，不煞人民，不足以止其貪。上有無時之求，中有刹削曲巧之政，下有豺狼寇盗之害，民何所措其手足？

是故古之凶歲，民無菜色；今之有年，不免飢寒矣。聚斂之吏，可聞〔二二〕而不可見，見之必有悦人之心；可誅而不可賞，賞之必有亂天下之志。何以言之？外無私於民，似清也，是可悦也；內以取君之心，其貪無狀也，是可亂也。彼窮民而實府庫者，猶刎頸血以灌其腹，腹其未滿，而首墮矣。堯、湯水旱，不可以遇於今世也，遇於今之世，則離也。

戮鰐魚文

陳堯佐

己亥歲，予於潮州建昌黎先生祠堂，作《招韓辭》，載鰐魚事以旌之，後又圖其魚，爲之贊。凡好事者，即以授之，俾天下之人知韓之道不爲妄也。明年夏，郡之境上地曰萬江，村曰硫黃，張氏子年始十六，與其母濯於江涘，倏忽鰐魚尾去，其母號之，弗能救，洎中流，則食之無餘。予聞而傷之，且謂〔二三〕天子聖武，王澤昭洽，刑不僭，賞不濫，海內海外，罔不率俾，昆蟲草木裕如也，鰐魚何悖焉而肆毒任虐之如是？是不可不爲之思也。乃命縣邑李公，詔郡吏楊煦〔二四〕，拏小舟，操巨綱，馳往捕之。咸謂予曰：『彼不可捕也，穴深淵，游駭浪，非人力之所能加也。』予則〔二五〕不然，復之曰：『方今普天率土，靡不臣妾。山川陰陽之神，奉天子威命〔二六〕，晦明風雨，弗敢逾也。鰐魚恃遠與險，毒兹物。律殺人者死，今魚食人也，又何如焉？昔昌黎文公投之以文，則引而避。是則鰐魚之有知也，若之何而逐之？姑行焉，必有主之者矣。苟不能及，予當請于帝，躬與鰐魚決。』二吏既往，即以予言告之，且曰：『苟遇〔二七〕綱，輒止伏不能舉。』繇是左右前後，力者凡百夫，曳之以出，緘其吻，械其足，檻以巨舟，順流而至。闔郡聞之，悉曰：『是必妄也。安有食人之魚，形越數丈，而能獲之者焉？』既見之，則駭而喜，且曰：『生於世有百歲者矣，凡上下水中，或見其隆伏髣髴之狀，雖相遠百步，尚不敢抗。今二吏捕之，猶拾芥焉，實今古之所未聞也。向非公之義洽於民，公之令嚴於吏，然自誠而不欺也，又安能殲巨害，平大怨，宣王者之威刑焉？』予始慎之，終得之，又意韓愈逐之於前，小子戮之於後，不爲過也。既而鳴鼓召吏，告之以罪，誅其首而烹之。辭曰：

水之怪則曰惡兮，魚之悍則曰鰐兮。二者之異，不可度兮。張氏之子，年方弱兮。尾而食之，胡爲虐兮！煢煢母氏，俾何説兮？予實命吏，顔斯怍兮。害而弗去，道將索兮。夙夜思之，哀民瘼兮。赳赳二吏，行斯恪兮。矯矯巨尾，迎而搏兮。獲而獻之，俾人樂兮。鳴鼓召衆，舂而斮兮。而今而後，津其廓兮。

州名急就章

歐陽脩

叙曰：古者史掌文書，以識天地四方、古今事物、名言字訓，而教學之法，始於童子，謂之小學，君子重焉。《急就章》者，漢世有之，其源蓋出於小學之流，昔顔籀爲史游序之詳矣。余爲學士，兼職史官，官不坐曹，居多暇日，每自娱于文字筆墨之間，因戲集《州名急就章》一篇，以示兒女曹〔二八〕，庶幾賢於博塞〔二九〕爾。章曰：

別州自禹郡於秦，廢置經革難具陳。皇家垂統天下定，疆理萬方承政令。近征遠貢各有宜，或畀吏治或羈縻。九域披圖指可知，分音比類慎訛疑，文差字析極精微。若夫錦、居遐裔，孤音無比。隰、集、梓、泗，劍、陝、涪、幽，駢聲相附，可如類求。則有夔、綏、隨，果、賀、播，滑、達、越，和、何、羅，連三前叶。其四謂何？乃有瓜、沙、嘉、巴，鳳、隴、雍、宋，歙、峽、合、疊，淄、資、思、師，化、雅、華、夏，密、吉、蔚、悉，永、郢、鼎、潁，不宜吃訥。又如保、邵、道、趙、耀，鄆、信、潤、晉、慎，凡五聲而一韻。柳、壽、茂、竇、宥、湊，憲、兖、漢、簡、萬、演，海、岱、鮮、蔡、泰、愛，欽、潯、金、深、郴、黔，蜀、濮、福、睦、復、睦，乃六律而同音。七言惟一，白、澤、虢、石、益、德、壁。八音相望，廣、象、相、閬句，絳、蔣、黨、宕句；開、來、台、懷句，階、崖、雷、梅句；澧、棣、冀、利句，濟、薊、費、智句；鄭、鄧、定、孟句，慶、應、静、勝句；廉、潭、儋、南句，嵐、鹽、甘、嵒句。至於許、汝、婺、處句，楚、普、潞、叙、古句；魏、惠[三〇]、桂、貴句，遂、貝、瑞、巂、會句，言過乎九，難宣於口。於是有岳、鄂、亳、薄、洛句，莫、涿、朔、廓、拓句；眉、黎、齊、池、蕲句，施、伊、西、夷、溪句；濠、曹、饒、昭、韶句，潮、遼、交、洮、牢句。右皆十。卯、通、龍、洪、蓬、蒙句，邕、同、戎、忠、松、籠句。右十二。連、綿、澶、安、延、丹、端句，宣、檀、歡、蘭、潘、田、巒句；湖、蘇、舒、滁、廬、渝、瀘句，梧、蒲、徐、鄜、扶、儒、禺句。右皆十四。秦、邠、麟、汾句，均、陳、温、春句，筠、辰、文、循句，銀、雲、勤、岷[三一]句；杭、楊、江、黄句，常、漳、康[三二]、襄句，房、坊、商、滄句，洋、昌、瀼、長句。右皆十六。并、青、瀛、登、成、明句，衡、彭、英、瓊、邢[三三]、洺句，涇、寧、昇、榮、横、藤句，汀、興、營、平、庭、澄句。右二十四。聯章斷句，不能遽數。真、定、河、源，以諱不舉。若乃物有疑似，同音異字，則有陵、靈、原、袁，府、撫、乾、虔，濱、賓、融、容，洪、虹〔三四〕、全、泉，繡、秀、易、翼，渠、衢、歸、嬀，襲、恭、汴、辯，涼、梁、祁、岐，鄯、單、宿、肅，磁、慈、濰、維。峯、封暨豐，沂、宜及儀，乃一號而三之。音或不同，相近者，亦備以足之。劍、環、恩、順，鎮、霸、真、雄，又音文之兩同。至於太平、鬱林，萬安、平琴，武安、洮陽，新定〔三五〕、建康，二名雖美，遠小不彰。若監若軍，四十有六，保定、信安，廣信、安肅，鎮戎、保安，岢嵐、火山，順安、寧化，實控三邊。其餘瑣瑣，皆不足言。其後因檢九域圖，有高、富、瀧、當四州，偶遺不録，以文句難移，不復增入也。

儒辱

孫復

《禮》曰：『四郊多壘，此卿、大夫之辱也。地廣大，荒而不治，此亦士之辱也。』噫！卿、大夫以四郊多壘爲辱，士以地廣大荒而不治爲辱，然則仁義不行，禮樂不作，儒者之辱歟！夫仁義禮樂，治世之本也，王道之所由興，人倫之所由正，舍其本，則何所爲哉？

噫！儒者之辱，始於戰國，楊朱、墨翟亂之於前，申不害、韓非雜之於後。漢魏而下，則又甚焉。佛老之徒，横乎中國，彼以死生禍福、虚無報應爲事，千萬其端，紿〔三六〕我生民。絶滅仁義，以塞天下之耳；屏棄禮樂，以塗天下之目。天下之人，愚衆賢寡，懼其死生禍福報應人之若彼也，莫不争舉而競趍之。觀其相與爲群，紛紛擾擾，周乎天下，於是其教與儒齊驅並駕〔三七〕，峙而爲三。吁，可怪也！

且夫君臣、父子、夫婦，人倫之大端也。彼則去君臣之禮，絶父子之親，滅夫婦之義。以之爲國，則亂矣；以之使人，則詐矣〔三八〕。儒者不以仁義禮樂爲心則已，若以爲心，則得不鳴鼓而攻之乎？凡今之人，與人争詈，小有所不勝，尚以爲辱，矧彼以夷狄諸子之法，亂我聖人之教耶？其爲辱也大哉！

噫！聖賢〔三九〕不生，怪亂不平，故楊、墨起而孟子闢之，申、韓出而揚雄距之，佛、老盛而韓文公排之，微三子，則天下之人胥而爲夷狄矣。惜夫三子道有餘而志不克〔四〇〕就，力足去而用不克施。若使其志克就，其用克施，則芟夷藴崇，絶其根本矣。嗚呼！後之章甫其冠，縫掖其衣，不知其辱，而反從而尊之者多矣，得不爲罪人乎？由漢、魏而下，迨於兹千餘歲，其源流既深，其本既固，不得其位，不翦其類，其將奈何？其將奈何？故作《儒辱》。

補趙肅充州學教授詞

宋　祁

士之入學，至大成，必因夙儒碩生，引而内諸聖賢之域。以君博物多識，求文章法度，今肄業之彦，裒然朋來。君當示以規模棖闑，拂所蒙而光明之。得英材教育，孟軻所樂也，刺史慕焉，今補君州學教授。

校勘記

〔一〕『日』，底本無，據六十三卷本補。
〔二〕『著』，底本誤作『者』，據六十三卷本改。
〔三〕『情性』，底本作『性情』，據六十三卷本改。
〔四〕『碑』，底本空缺，據六十三卷本補。
〔五〕『故』，底本作『固』，據六十三卷本改。
〔六〕『屬之』，底本作『之屬』，據六十三卷本改。
〔七〕『都』，六十三卷本作『部』。
〔八〕『目』，底本空缺，據六十三卷本補。
〔九〕『劇』，底本作『極』，據六十三卷本改。《荀子》作『劇』。
〔一〇〕『造』，底本作『道』，據六十三卷本改。《荀子》作『造』。
〔一一〕『違』，底本無，據六十三卷本補。《荀子》作『違』。
〔一二〕『子』，底本無，據六十三卷本補。《荀子》作『子』。
〔一三〕『溝猶』，底本誤作『講師』，六十三卷本誤作『講猶』，據《荀子》改。
〔一四〕『仁』，底本無，據六十三卷本補。
〔一五〕『是』，底本空缺，據六十三卷本補。
〔一六〕『死于千里之外，而不肖子孫不能護全其喪以歸，祔』，凡二十字，底本無，據六十三卷本補。
〔一七〕『先』，底本無，據六十三卷本補。

〔一八〕「分争之，分争之不足」，底本作「人争之不足」，六十三卷本作「分争之不足，分争之不足」，疑前「不足」二字衍文，今改之。

〔一九〕「雖有」，底本空缺，據六十三卷本補。

〔二〇〕「爲」，底本無，據六十三卷本補。

〔二一〕「聚」，底本作「衆」，據六十三卷本改。

〔二二〕「聞」，底本作「言」，據六十三卷本改。

〔二三〕「謂」，底本作「念」，據六十三卷本改。

〔二四〕「煦」，底本空缺，據六十三卷本補。按：「煦」以避諱空缺。

〔二五〕「則」，底本作「謂」，據六十三卷本改。

〔二六〕「命」，底本作「神」，據六十三卷本改。

〔二七〕「遇」，底本作「無」，據六十三卷本改。

〔二八〕「曹」，底本無，據六十三卷本補。宋慶元二年周必大刻本《歐陽文忠公集》、元本《歐陽文忠公集》作「曹」。

〔二九〕「塞」，底本作「識」，據六十三卷本改。宋慶元二年周必大刻本《歐陽文忠公集》、元本《歐陽文忠公集》作「塞」。

〔三〇〕「惠」，底本空缺，據六十三卷本補。宋慶元二年周必大刻本《歐陽文忠公集》、元本《歐陽文忠公集》作「惠」。

〔三一〕「岷」，底本誤作「珉」，據六十三卷本改。宋慶元二年周必大刻本《歐陽文忠公集》、元本《歐陽文忠公集》作『岷』。

〔三二〕『康』，底本誤作『廩』，據六十三卷本改。宋慶元二年周必大刻本《歐陽文忠公集》、元本《歐陽文忠公集》作『康』。

〔三三〕『邢』，底本誤作『不』，據六十三卷本改。宋慶元二年周必大刻本《歐陽文忠公集》、元本《歐陽文忠公集》作『邢』。

〔三四〕『洪、虹』，底本、六十三卷本俱空缺下一字，據弘治刊本《宋文鑑》補。宋慶元二年周必大刻本《歐陽文忠公集》、元本《歐陽文忠公集》此處作『渭、衛』。

〔三五〕『洮陽，新定』，底本誤作『陽定』，六十三卷本作『洮陽，新□』，缺一字，宋慶元二年周必大刻本《歐陽文忠公集》、元本《歐陽文忠公集》作『洮陽，新定』，據以補。

〔三六〕『紿』，底本誤作『始』，據六十三卷本改。

〔三七〕『齊驅並駕』，底本作『並駕齊驅』，據六十三卷本改。

〔三八〕『則詐矣』，底本作『賊作矣』，據六十三卷本改。

〔三九〕『聖賢』，底本作『聖人』，據六十三卷本改。

〔四〇〕『克』，底本作『足』，據六十三卷本改。

新校宋文鑑卷第一百二十六

校者按：底本此卷抄配，據六十三卷本刻卷校改。

雜著

續謚法

劉敞

劉子曰：古者生無字，死無謚。生無字，故名而不諱；死無謚，故上下同之。及至於周，幼而名，冠而字，死而謚。字者，所以貴其名也；謚者，所以成其德也，盛矣文哉！劉子曰：夏、商之道，不勝其質；兩周之道，不勝其文，其斯之謂歟！賞罰窮矣。劉子曰：古之爲謚者有取也，取於名，取於號，取於字。賢者取賢稱焉，愚者取愚稱焉。黄帝，號之崇也；舜、禹，名之隆也；桀、紂，名之汙也；尼父，字之珍也。劉子曰：爵而不謚，周也；爵而謚之，魯也；不爵而謚，漢也。由文已哉！由文已哉！嘉魯哀公誄尼父，合於謚法，堯、舜、禹、湯之志，作續謚五十，以待後世天爵之君子成德焉耳。

神化無方曰尼，先覺任重曰摯，述而不作曰彭，信而好古曰彭，隱居求志曰夷，伯夷也。仁義庶幾〔一〕曰淵，不幸短命曰淵，和而不流曰惠，柳下也。愚智適時曰俞，甯武子。進退寡過曰瑗，蘧伯玉。恭儉好禮曰嬰，晏子。清浄無爲曰聃，耄期稱道曰聃，惠而多愛曰僑，子産。直而不撓曰肸，叔向。輕爵守節[二]曰札，季子。居敬行簡曰雍，孝友時格曰騫，尚德慎言曰適，善事父母曰參，使能造命曰貢，子貢。在約思純曰憲，原憲。伎藝敏給曰求，冉求。勇而知義曰由，子路。文學博識曰商，子夏。容貌矜莊曰張，顓孫師。信道輕仕曰開，漆雕開。不得中庸曰皙，曾點。言合聖人曰若，有子。敬慎威儀曰華，公西。有德疾憂曰冉，伯牛。知德中庸曰伋，子思。蹈道知言曰軻，隱居放言曰逸，夷逸。反性敦禮曰況，荀卿。兼愛上賢曰翟，上同遵儉曰翟，墨子。救攻止鬭[三]曰鈃，宋鈃。獨善爲我曰居，楊子居。卮言日出曰周，莊子。絜白不污曰皓，四皓。言行軌物曰舒，董仲舒。簡易多聞曰向，劉向。守死善道曰勝，龔勝。覃思寡欲曰雄，揚子。審音知化曰曠，巧曆絶倫曰衡，張平子。達數知來曰輅，管輅。博物多愛曰遷，良史實録曰遷。

責和氏璧

劉敞

楚人和氏得玉璞荆山之中，奉而獻之厲王，厲王使玉人相之，玉人曰：『石也。』王以和爲誑而刖其左足。及厲王薨，武王即位，又奉其璞而獻之武王，武王使玉人相之，又曰：『石也。』王又以和爲誑而刖其右足。武王薨，文王即位，和乃抱其璞，哭於荆山之下，三日三夜，泣盡繼之以血。王聞之，使人問曰：『天下之刖者多矣，何子之怨也？』對曰：『吾非怨己之刖也，哀夫寶玉而題之以石，貞士而名之以誑也。』王使人治其璞，果得寶焉，故命曰和氏之璧。此世世稱和氏善知寶，而又甚悲其不幸也。

吾意善知寶者不然。彼天之生玉也有常質，居上不待以爲益，在下不損以爲少。此人主之所貪也，雖全而鬻之猶辱。今一不免其身，其不知寶也甚矣。至於刖而後哀之，其不知過也甚矣。苟使和寶之，則若勿獻；苟使和哀之，則若勿怨。彼非所明而明之，其刖也猶幸。周人得夏后氏之鼎，藏之太廟，已八百有餘歲矣。周衰，宋太丘之社亡，而鼎入於泗水之中。秦始皇滅周，耻不得其器，於是齋七日，使萬人没水求焉，不獲而後止。楚有良弓，號之曰大屈，傳世之寶也，齊與晉、越聞之，皆欲得之，興兵而圍之。夫興兵者，上有破軍殺將之禍，下有析交離親之辱，然而不計者，寶之所在，則不憚以安爲危，以存爲亡。彼人之所求，而非求于人也。試使一人負鼎之秦，一人挾弓之晉，則不敢以冀百金之償。豈獨寶哉？雖道亦然，今使天下之賢士，有道之君子，負抱其義，祗飾其辭，不擇趨向，不度可否，號呼於人主之側，以冀萬一焉，甚者殺身捐生，其次刑戮流亡，終無與任其責者。則吴起逐於魯，而韓非死於秦，其欲將與説難爲之禍也，非二君之過也。然而世獨謂和爲不幸，繆矣。

夫謂和之不幸，固失其理，而和之自謂貞，又非其名。所謂貞者，必審於輕重之際，榮辱之分。和不哀其身而哀其玉，忘所重而徇所輕，是竪刁之自宫，易牙之殺其子，世主所以厚疑也，吾未知其貞。故爲貴在乎賤，爲遠在乎近，爲大在乎小。古之君子，不外於己而内人，不厚於人而薄身，倡而後應，引而後動。舜陶於深山之中，伊尹耕於有莘之野，傅説築於巖險之下，太公釣於渭水之上，及其大行也，名甚白，居甚安，功甚信。此其離於世俗之患也遠矣。無他，人主者求之也。

君臨臣喪辨

劉敞

君臨臣喪，以桃茢先，非禮也，周之末造也。事之，斯爲臣焉；使之斯爲君焉。君臣之義，非虚加之也，寄社稷焉爾，寄宗廟焉爾，寄人民焉爾。夫若是，其孰輕之？故君有慶，臣亦慶；君有戚，臣亦戚。《書》曰：『元首明哉！股肱良哉！』尊卑異而已矣。雖於其臣，亦然。故臣疾，君親問之；臣死，君親哭之，所以致忠愛也。若生也而用，死也而棄；生也而厚，死也而薄；生也而愛，死也而惡，是教之忘生也，是教之背死也。禍莫甚於背死而忘生，苟爲背死而忘生，故不足以託六尺之孤，寄百里之命。施之於人者，不變於存亡，然後人之視其亡猶存矣。則夫桃茢胡爲乎諸臣之廟哉？

或曰：於《記》有之，宜若禮然。曰：否，是固亦周末之記也。昔者，『仲尼之畜狗死，使〔四〕子貢埋之，曰：「丘聞之也，敝帷不棄，爲埋馬也；敝蓋不棄，爲埋狗也。而丘也貧」，「無蓋也，亦予之席焉。」』。夫不以賤而棄之，爲有勞也；夫不以死而欺之，爲有生也。勞雖賤，不棄也；死雖狗，不欺也，而況於君臣乎？吾故曰：君臨臣喪，以桃茢先，非禮也，周之末造也。雖然，必有以也。古者人君非弔喪問疾，不至乎諸臣之家。非弔喪問疾而至乎諸臣之家，

『謂之君臣爲謔』。故君吊於臣，使巫祝先釋菜於廟門，然後入。釋采者，告有事也。世或失其義，而謂巫其袚之乎？及魯襄公嘗朝於荆，荆君死，荆人曰：『公必親襲。』魯人辭不得命，則使巫祝以桃茢袚而先，蓋厭之也。由是觀之，則魯襄公爲之也。曰君臨臣喪不以桃茢先，則吾信之矣。二人執戈以前也，非惡之乎？曰：豈謂是哉？君之行，固必有衛之者矣，况諸臣之家乎？昔者楚公子圍會諸侯於宋，將升壇，使兩人執戈設服離衛，諸侯之大夫皆知其爲君也，如苟惡之而已，會於宋，何爲惡之哉？

閔習

王安石

父母死，則燔而捐之水中，其不可，明也；禁使葬之，其可，亦明也。然而吏相與非之乎上，民相與怪〔五〕之乎下，蓋其習之久也。則至於戕賊父母而無以爲不可，顧曰禁之不可也。嗚呼！吾是以見先王之道難行也。先王之道不講乎天下，而不勝乎小人之説，非一日之積也。而小人之説，其爲不可，不皆若戕賊父母之易明也；先王之道，不皆若禁使葬之之易行也。嗚呼！吾是以見先王之道難行也。正觀之行其庶矣，惜乎其臣有罪焉，作《閔習》。

許氏世譜

王安石

伯陽〔六〕，神農之後也，佐堯、舜有大功，賜姓曰姜。其後見經者四國：曰申，《詩》所謂申伯者是也；曰吕，《書》所謂吕侯者是也；曰齊，曰許，《春秋》所書齊侯、許男是也。周衰，許男常從大侯征伐會盟，竟於春秋。及後世無復國，而子孫以其封姓。然世傳有許由者，堯以天下讓由，由不受，逃之箕山，箕山上蓋有許由冢焉。其事不見於經，學者疑之。或曰：『由亡求於世者耳，雖與之天下，蓋不受也，故好事者以云。』而由與伯陽，其生後先，所祖同不同，莫能知也。

漢興，許氏侯者六人，伯〔七〕至侯盎，宋子侯瘛，嚴侯積，此三侯者，其始以將封，而史不書其州里。平恩侯廣漢、博望侯舜、樂成侯延壽，此三侯者，同産昆弟也，以外戚起於宣、元之世，昌邑人也。盎孫昌，嘗爲丞相。延壽及廣漢弟子嘉，嘗爲大司馬。至王莽敗，許氏始皆失其封云。

後漢會稽有許荆者，循吏也。許慎者，以經術顯。許峻者，爲《易林》傳於世。許楊者，治鴻隙陂，有德於汝南之民，報祭焉。許靖者，避地交州，後入蜀，先主以爲太傅，與從弟劭俱善論人物，劭兄虔，亦知名，世稱平輿淵有二龍焉。慎、峻、楊、靖皆汝南人也。許褚者，家於譙，以忠力事魏，封侯牟鄉。許慈者，家南陽，入蜀，父子爲博士。

司馬晋時有許孜者，東陽人也，德行高，察孝廉不起，老於家。其子曰生，亦有至性焉。初許氏爵邑於周，子孫播散四方，有紀者猶不乏焉，至昌邑始大著，間興於汝南，其後祖高陽者爲最盛。然高陽之族，不見其所始。有據者，仕魏，歷校尉、郡守。生允，爲鎮北將軍〔八〕。允三子，皆仕司馬晉。奇，司隸校尉；猛，幽州刺史。奇子遐，侍中；猛子式，平原太守。自允至〔九〕式皆知名。允後五世洵，司馬晉嘗召官之，不起。洵孫珪，爲旌陽太守於齊。珪生勇慧，齊太子家令。勇慧生懋，篤學，以孝聞，卒於梁，爲中庶子。懋生亨〔一〇〕，爲陳衛尉卿，嘗領史官，次齊、梁時〔一一〕事，有子善心，爲之卒業。

是時，有許紹者，善心族父也，通守夷陵，治有恩，流户自歸數十萬，卒有勞於唐，爵安陸郡公。圉師、欽寂、欽明，其後也。圉師，紹少子，寬博有器幹，別自封平恩侯，與敬宗俱爲龍朔中宰相。欽寂謂紹曾大父也，萬歲中，帥師當契丹，爲所敗〔一二〕，執以如安東，使説守者降。至安東，曰：『賊今且破滅，公勉守，無忘忠也。』契丹即殺之。是歲，弟欽明亦遇殺。欽明爲凉州都督，按〔一三〕行，卒遇突厥，亦執使説降，至〔一四〕靈州，顧爲廋言告守者所以破賊。兄弟將兵，一旦同以身徇邊鄙，賢者榮之。

敬宗者，善心子也，始以公開郡於高陽，與其孫令伯以文稱當世。天寶之亂，敬宗有孫曰遠，與張巡以睢陽抗賊，自以不及巡，推巡爲將，而親爲之下。久之，食乏無助，煑茶紙以食，猶堅守。賊所以不得南向，以睢陽弊其鋒也。卒與俱死者，皆天下豪傑〔一五〕義士云。

唐亡，遠孫儒，不義朱梁，自雍州入於江南，終身不出焉。儒生稠，沉毅有信，仕江南李氏，參德化主軍事。稠生規，好道家言，不以事自圂〔一六〕，嘗羈旅宣、歙間，聞旁舍呻呼，就之，曰：『我某郡人也，察君長者，且死，願以骸骨屬君。』因指槖中黄金十斤，曰：『以是交長者。』規許諾，敬負其骨千里，并黄金置死者家，家〔一七〕大驚愧之，因請獻金，如亡兒言，以爲許君壽，規不顧竟去。於是聞者滋以規爲長者。卒，葬池州。後以子故贈大理評事。生遂、遜、迥三子。

遂善事母，里母勵其子，輒曰：『汝獨不慙許伯通乎？』祥符中，天子有事於太山，加恩群臣，遜當遷，讓其兄遂，天子以遂爲將作監主簿。遂子〔一八〕俞。俞字堯言，名能文章，大臣屢薦之，有與不合者，官以故不遂。嘗知興國軍大冶縣，縣人至今稱之。俞兩子均、垍，爲進士。

遜字景山，嘗上書江南李〔一九〕氏，李氏〔二〇〕歎奇之，以爲崇文館校書郎，歲中，拜監察御史。後復上書太宗論邊事，宰相趙普奇其意，以爲與己合，知興元府，起鄣侯廢堰以利民。治澧〔二一〕、荆、揚三州，爲盜者逃而去。其事兄如事父，使妻事其長姒如事母。故人無後，爲嫁其女如己子。有子五人：恂，黄州録事參軍；恢，尚書虞部員外郎；怡，今爲太子中舍、簽押淮南節度判官廳公事；元，今爲江淮、荆湖、兩浙制置發運使〔二二〕；平，泰〔二三〕州海陵主簿。五人者，咸孝友如其先人，故士大夫論孝友者歸許氏。元以國子博士發運判官，七年遂爲其使，待制天章閣，自天子大臣莫不以爲材。其勞烈方在史氏記，余故不論而著其家行云。

迥字光遠，其事母如伯通之孝，事其兄如景山之爲弟也，慷慨有大意，少嘗仕李氏〔二四〕，後不復仕，與其兄俱葬顔村。有子會，爲進士，方壯時，亦慨然好議天下事，今爲太廟齋郎。

臨川王安石曰：余譜許氏，自據以下，其緒〔二五〕傳始顯焉。然自許男見〔二六〕於周，其後數封，而有紀之子孫多焉，於是論之。夫伯夷〔二七〕之所以佐其君治民，余讀《書》未嘗不喟然〔二八〕

歎思之也。《傳》曰：『盛德者必百世祀。』若伯夷者，蓋庶幾焉。彼其後世忠孝之良，亦使之遭時，沐浴舜、禹之間以盡其材，而與夫夔皋、羆虎之徒俱出而馳焉，其孰能概之邪？

讀玄

司馬光

余少之時，聞《玄》之名而不獲見，獨觀揚子之自序，稱《玄》盛矣。及班固爲《傳》，則曰劉歆嘗觀《玄》，謂雄曰：『空自苦！今學者有禄利，然尚不能明《易》，又如《玄》何？吾恐後人用覆醬瓿也。』雄笑而不應。諸儒或譏，以爲雄非聖人而作經，猶春秋吴楚之君僭號稱王，蓋誅絕之罪也。固存此言，則固之意雖愈於歆，亦未謂《玄》之善如揚子所云也。余亦私怪揚子不贊《易》，而別爲《玄》。《易》之道，其於天人之蘊備矣，揚子豈有以加之？迺更爲一書，且不知其焉所用之，故亦不謂揚子宜爲《玄》也。及長學《易》，苦其幽奥難知，以爲《玄》者，賢人[二九]之書，校於《易》，其義必淺，其文必易。夫登喬山者，必踐於坱埤；適滄海者，必沿於江漢。故願先從事於《玄》，以漸而進於《易》，庶幾乎其可跂而望也。於是求之積年，乃得觀之。初則溟涬曼漶，略不可入，迺研精易慮，屏人事而讀之數十過，參以首尾，稍得窺其梗槩，然後喟然置書歎曰：嗚呼，揚子真大儒者耶！孔子既没，學聖人之道者，非揚子而誰？孟與荀殆不足擬，況其餘乎？

觀《玄》之書，昭則極於人，幽則盡於神，大則包宇宙，細則入毛髮。合天地人之道以爲一，刮其根本，示人所出，胎育萬物，而兼爲之母。若地，履之而不可窮也；若海，挹之而不可竭也。天下之道，雖有善者，其蔑以易此矣。考之於渾元之初，而《玄》已生；察之於當今，而《玄》非不行；窮之於天地之末，而《玄》不可亡。叩之以萬物之情而不漏，測之以鬼神之狀而不違，概之以《六經》之言而不悖。借使聖人復生，視《玄》必釋然而笑，以爲得己之心矣。乃知《玄》者所以贊《易》也，非別爲書以與《易》競也，何歆、固知之之淺而過之之深也？

或曰：《易》之法與《玄》異，揚不遵《易》，而自爲之制，安在其贊《易》乎？且如與《易》同道，則既有《易》矣，何以《玄》爲？曰：夫畋者所以爲禽也，網而得之與弋而得之，何以異哉？書者所以爲道也，《易》，網也；《玄》，弋也，何害？不既網而使弋者爲之助乎？子之求道亦膠矣。且揚子作《法言》，所以準《論語》；作《玄》，所以準《易》。子不廢《法言》而欲廢《玄》，不亦惑乎？夫《法言》與《論語》之道，庸有異乎？《玄》之於《易》亦然。大厦將傾，一木扶之，不若衆木扶之之爲固也；大道將晦，一書辯之，不若衆書辯之之爲明也。學者能專精於《易》，誠足矣。然《易》，天也，《玄》者所以爲之階也，子將升天而廢其階乎？先儒爲《玄》觧者多矣，然揚子爲文，既多訓詁，指趣幽邃，而《玄》又其難知者也，故余疑先儒之觧，未能盡契揚子之志。世必有能通之者，比老[三〇]終且學焉。

訓儉示康

司馬光

吾本寒家，世以清白相承。吾性不喜華靡，自爲乳兒，長者加以金銀華美之服，輒羞，棄去之。二十忝科名，聞喜宴獨不戴花，同年曰：『君賜，不可違也。』乃簪一花。平生衣取蔽寒，食取充腹，亦不敢服垢敝以矯俗干名，但順吾性而已。衆人皆以奢靡爲榮，吾心獨以儉素爲美。人皆嗤吾固陋，吾不以爲病，應之曰：孔子稱『與其不孫也，寧固』，又曰『以約失之者鮮矣』，又曰『士志於道而耻惡衣惡食者，未足與議也』。

古人以儉爲美德，今人乃以儉相詬病，嘻，異哉！近歲風俗尤爲侈靡，走卒類士服，農夫躡絲履。吾記天聖中，先公爲郡牧判官，客至未嘗不置酒，或三行五行，多不過七行。酒酤於市，果止於梨、栗、棗、柿之類，肴止於脯、醢、菜、羹，器用甆漆。當時士大夫家皆然，人不相非也。會數而禮勤，物薄而情厚。近日士大夫家，酒非内法，果肴非遠方珍異，食非多品，器皿非滿案，不敢會賓友。常數月營聚，然後敢發書。苟或不然，人争非之，以爲鄙吝，故不隨俗靡者蓋鮮矣。嗟乎！風俗頹敝如是，居位者雖不能禁，忍助之乎？又聞昔李文靖公爲相，治居第於封丘門内，聽事前僅容旋馬。或言其太隘，公笑曰：『居第當傳子孫，此爲宰相聽事誠隘，爲太祝奉禮聽事，已寬矣。』參政魯公爲諫官，真宗遣使急召之，得於酒家。既入，問其所來，以實對。上曰：『卿爲清望官，奈何飲於酒肆？』對曰：『臣家貧，客至無器皿肴果，故就酒家觴之。』上以無隱，益重之。張文節爲相，自奉養如爲河陽掌書記時，所親或規之曰：『公今受俸不少，而自奉若此。公雖自信清約，外人頗有公孫布被之譏，公宜少從衆。』公歎曰：『吾今日之俸，雖舉家錦衣玉食，何患不能？顧人之常情，由儉入奢易，由奢入儉難，吾今日之俸，豈能常存？一旦異於今日，家人習奢已久，不能頓儉，必致失所，豈若吾居位去位，身存身亡，常如一日乎？』嗚呼！大賢之深謀遠慮，豈庸人所及哉？

御孫曰：『儉，德之共也；侈，惡之大也。』共，同也，言有德者皆由儉來也。夫儉則寡欲，君子寡欲，則不役於物，可以直道而行；小人寡欲，則能謹身節用，遠罪豐家，故曰『儉，德之共也』。侈則多欲，君子多欲，則貪慕富貴，枉道速禍；小人多欲，則多求妄用，敗家喪身，是以居官必賄，居鄉必盜，故曰『侈，惡之大也』。昔正考父饘粥以糊口，孟僖子知其後必有達人。季文子相三君，妾不衣帛，馬不食粟，君子以爲忠。管仲鏤簋朱紘，山楶藻棁，孔子鄙其小器。公叔文子享衛靈公，史鰌知其及禍，及戍，果以富得罪出亡。何曾日食萬錢，至孫以驕溢傾家。石崇以奢靡誇人，卒以此死東市。近世寇萊公豪侈冠一時，然以功業大，人莫之非，子孫習其家風，今多窮困。其餘以儉立名，以侈自敗者多矣，不可徧數。聊舉數人以訓汝，汝非徒身當服行，當以訓汝子孫，使知前輩之風俗云。

雜識二首

曾　鞏

孫之翰言：慶曆中，上用杜衍、范仲淹、富弼、韓琦任政事，而以歐陽脩、蔡襄及甫等爲諫官，欲更張庶事，致太平之功。仲淹等亦皆戮力自効，欲報人主之知，然心好同惡異，不能曠然心無適莫。甫嘗家居，石介過之，問介適何許來，介言方過富公。問富公何爲，介曰：『富公以滕宗諒守慶州用公使錢坐法，杜公必欲致宗諒重法，曰：不然，則衍不能在此。范公則欲薄其罪，曰：不然，則仲淹請去。富公欲抵宗諒重法，則恐違范公，欲薄其罪，則懼違杜公，患是不知所決。』甫曰：『守道以謂如何？』介曰：『介亦竊患之。』甫迺嘆曰：『法者，人主之操柄。今富公患重罪宗諒則違范公，薄其罪則違杜公，是不知有法也。守道平生好議論，自謂正直，亦安得此言乎？』因曰：『甫少而好學，自度必難用於世，是以退爲《唐史記》以自見，而屬爲諸公牽挽，使備諫官。亦嘗與人自謀去就，而所與謀者，適好進之人，遂見誤在此。今諸公之言如是，甫復何望哉？』自此凡月餘不能寐。慶曆之間任時事者，其後余多識之，不黨而知其過如之翰者，則一人而已矣。

廣原州蠻儂智高，以其衆叛，乘南方無備，連邕、賓等七州，至廣州。所至殺吏民，縱略，東南大駭。朝廷遣驍將張忠、蔣偕，馳驛討捕，至州〔三二〕，皆爲智高所摧陷。又遣楊畋、孫沔、余靖招撫，皆久之無功。仁宗憂之，遂遣樞密副使狄青爲宣撫使，率衆擊之。

翰林學士曾公亮問青所以爲方略者，青初不肯言，公亮固問之，青迺曰：『比者軍制不立，又自廣川之敗，賞罰不明。今當立軍制，明賞罰而已。然恐聞青來，以謂所遣者官重，勢必不得見之。』公亮又問：『賊之標牌，殆不可當，如何？』青曰：『此易耳。標牌，步兵也，當騎兵則不能施矣。』

初，張忠、蔣偕之往，率皆自京師六七日馳至廣州，未嘗拊士卒，立行伍，一旦見賊，則疾驅使戰。又偕等所居，不知爲營衛，故士卒見敵，皆望風退走。而忠臨偕居，方卧帳中，爲賊所虜。楊畋、余靖，又所爲紛亂，不能自振。而孫沔大受請託，所與行者，迺朱從道、鄭紓、歐陽乾曜之徒，皆險薄無賴，欲有所避免要求，沔引之自從，遠近莫不嗟異。既至潭州，沔遂稱疾觀望，不敢進。青之受命，有因貴望求從青行者，青延見，謂之曰：『君欲從青行，此青之所求也，何必因人言乎？然智高小寇，至遣青行，可以知事急矣。從青之士，能擊賊有功，朝廷有厚賞〔三二〕，青不敢不爲之請也。若往而不能擊賊，則軍中法重，青不敢私也。君其思之，願行，則即奏取君矣。非獨君也，君之親戚交遊之士，幸皆以青之此言告之，苟欲行者，皆青之所求也。』於是聞者大駭，無復敢言求從青行者。其所辟取，皆青之素所與以爲可用者，人望固已歸之矣。

及行，率衆日不過一驛，所至州，輒休士一日。至潭州，遂立行伍，明約束，軍行止皆成行列。至於荷鍤贏糧，持守御之備，皆有區處。軍人有奪逆旅菜一把者，立斬之以徇，於是一軍肅然，無敢出聲氣，萬餘人行，未嘗聞聲。每青至郵驛，四面嚴兵，每門皆諸司使二人守之，無一人得妄出入，而求見青者，無不即時得通。其野宿皆成營栅，青所居四面陳彀〔三三〕弓弩，皆數重。所將精鋭，列布左右，守衛甚嚴。方青之未至，諸將屢敗〔三四〕屢走，皆以爲常，至是，知桂州崇儀使陳曙、知英州供備庫使蘇緘，與賊戰，復敗走如常時。青至賓州，悉召陳與裨校凡三十二人，數其罪，按軍法斬之，惟蘇緘在某所，使械繫上聞。於是軍中人人奮勵，有死戰之心。

是時智高還守邕州，青懼崑崙關險阨爲所據，乃下令賓州具〔三五〕五日糧，休士卒。賊諜知，不爲備。是夜大風雨，青率衆半夜時度崑崙關，既度，喜曰：『賊不知守此，無能爲也。彼謂夜半風雨時，吾不敢來。吾來，所以出其不意也。』已近邕州，賊方覺，逆於歸仁廟。青登高望之，賊據坡上，我軍薄之，裨將孫節中流矢死，青急麾軍進，人人皆殊死戰。先是，青已縱蕃落馬軍二千人出賊後，至是，前後合擊，賊之標牌軍爲馬軍所衝突，皆不能駐，軍士又從馬上以鐵連加擊之，遂皆披靡相枕藉，遂大敗。智高果焚城遁去。

青先爲公亮言立軍制，明賞罰，賊不可得見，標牌不能當騎兵，皆如其所料。青坐堂户上，以論數千里之外，辭約而慮明，雖古之名將，何以加此？豈特一時武人崛起者乎！方慶曆中，葛懷敏與李元昊戰於廣川，懷敏敗死，而諸校與士卒既敗，多竄山谷間，是時以權宜招納，皆許不死，自此軍多棄其將，不肯死戰。故青云自廣川之敗，賞罰不行云。翰林學士蔡襄亦言聞於青者如此。

校勘記

〔一〕『幾』，底本空缺，據六十三卷本補。

〔二〕『節』，底本誤作『爵』，據六十三卷本補改。

〔三〕『止鬭』，底本、六十三卷本作『上鬭』，四庫本《公是集》作『上開』，皆有未通。今按：宋鈃主於非攻，『上』蓋『止』字之誤。

〔四〕『使』，底本無，據六十三卷本補。

〔五〕『怪』，底本作『非』，據六十三卷本改。宋本《王文公文集》作『怪』。

〔六〕『伯陽』，六十三卷本作『伯夷』，其一人也。宋本《王文公文集》作『伯陽』。明嘉靖刊本《臨川集》作『伯夷』。按：接下一處『伯陽』，六十三卷本亦作『伯夷』。

〔七〕『伯』，六十三卷本作『柏』。宋本《王文公文集》作『伯』。明嘉靖刊本《臨川集》作『柏』。

〔八〕『生』，底本作『先』，據六十三卷本改。宋本《王文公文集》作『生』，明嘉靖刊本《臨川集》分作『先』。『北』，底本無，據六十三卷本補。宋本《王文公文集》無『北』字，明嘉靖刊本《臨川集》作『北』。

〔九〕『至』下，底本有一『武』字，六十三卷本無，據以删。宋本《王文公文集》、明嘉靖刊本《臨川集》無『武』字。

〔一〇〕「亨」，底本作「享」，據六十三卷本改。宋本《王文公文集》作「享」。明嘉靖刊本《臨川集》作「亨」。

〔一一〕「時」，底本誤作「事」，據六十三卷本改。宋本《王文公文集》、明嘉靖刊本《臨川集》作「時」。

〔一二〕「爲所敗」，底本無，據六十三卷本補。宋本《王文公文集》無此三字。明嘉靖刊本《臨川集》作「爲所敗」。

〔一三〕「按」，底本無，據六十三卷本補。宋本《王文公文集》無此字。明嘉靖刊本《臨川集》作「按」。

〔一四〕「至」，底本無，據六十三卷本補。宋本《王文公文集》無此字。明嘉靖刊本《臨川集》作「至」。

〔一五〕「傑」，六十三卷本作「俊」。宋本《王文公文集》作「俊」。明嘉靖刊本《臨川集》作「傑」。

〔一六〕「恩」，六十三卷本作「愚」。宋本《王文公文集》、明嘉靖刊本《臨川集》作「恩」。

〔一七〕「家」，底本無，據六十三卷本補。宋本《王文公文集》無此字。明嘉靖刊本《臨川集》作「家」。

〔一八〕「子」，六十三卷本作「生」。宋本《王文公文集》、明嘉靖刊本《臨川集》作「子」。

〔一九〕「李」，底本無，據六十三卷本補。宋本《王文公文集》、明嘉靖刊本《臨川集》作「李」。

〔二〇〕「李氏」，底本無，據六十三卷本補。宋本《王文公文集》、明嘉靖刊本《臨川集》作「李氏」。

〔二一〕「澧」，底本誤作「濃」，據六十三卷本改。宋本《王文公文集》、明嘉靖刊本《臨川集》作「澧」。

〔二二〕「使」，底本無，據六十三卷本補。宋本《王文公文集》、明嘉靖刊本《臨川集》作「使」。

〔二三〕「泰」，底本誤作「秦」，據六十三卷本改。宋本《王文公文集》、明嘉靖刊本《臨川集》作「泰」。

〔二四〕「李氏」，底本作「進」，據六十三卷本改。宋本《王文公文集》作「進」。明嘉靖刊本《臨川集》作「李氏」。

〔二五〕「緒」，底本作「譜」，據六十三卷本改。宋本《王文公文集》、明嘉靖刊本《臨川集》作「緒」。

〔二六〕「見」，底本無，據六十三卷本補。宋本《王文公文集》無此字。明嘉靖刊本《臨川集》作「見」。

〔二七〕「伯夷」，底本缺第二字，據六十三卷本補。宋本《王文公文集》、明嘉靖刊本《臨川集》作「伯夷」。

〔二八〕「喟然」，底本無，據六十三卷本補。宋本《王文公文集》、明嘉靖刊本《臨川集》作「喟然」。

〔二九〕「人」，底本無，據六十三卷本補。宋紹興本《温國文正公文集》作「人」。

〔三〇〕「比老」，底本作「比」，六十三卷本作「老」，宋紹興本《温國文正公文集》作「比老」，據以改。

〔三一〕「州」，六十三卷本作「則」。

〔三二〕「賞」，底本作「望」，據六十三卷本改。

〔三三〕「觳」，底本作「設」，據六十三卷本改。

〔三四〕「屢敗」，底本無，據六十三卷本改。

〔三五〕「具」，底本誤作「兵」，據六十三卷本改。

新校宋文鑑卷第一百二十七

校者按：底本此卷抄配，據六十三卷本刻卷校改。

雜著

告友

王回

古之言天下達道，曰君臣也，父子也，夫婦也，兄弟也，朋友之交也。五者各以其義行，而人倫立；五者義廢，則人倫亦從而亡矣。然而父子兄弟之親，天性之自然者也；夫歸之合，以人情而然者也；君臣之從，以衆心而然者也，是雖欲自廢，而理勢持之，何能也？惟朋友者，舉天下之人莫不可同，亦舉天下之人莫不可異，同異在我，則義安所卒歸乎？是其漸廢之所繇也。

君之於臣也，父之於子也，夫之於婦也，兄之於弟也，過且惡，必亂敗其國家，皆受其難，被其名，而終身不可辭也。故其爲上者不敢不誨，爲下者不敢不諫。世治道行，則人能循義而自得；世衰道微，則人猶顧義而立剛〔一〕。有不若〔二〕，其亦無害於衆焉耳，此所謂理勢持之，雖百代可知也。親非天性也，合非人情也，從非衆心也，群而同，別而異，有善不足與榮，有惡不足與辱，大道之行，公於義者可至焉，下斯而言，其能及者鮮矣。是以聖人崇之，以别於君臣、父子、兄弟、夫婦，而壹爲達道也。聖人既没，而其義益廢，於今則亡矣。夫人有四支，所以成身，一體不備，則謂之廢疾。而人倫缺焉，何以爲世？嗚呼！處今之時，而望古之道，難矣。姑求其肯告吾過也，而樂聞其過者，與之乎！

記客言

王向

客有語西師者，道劉平、石元孫敗時事。初起鄜延兵十萬入吐谷坂，欲與賊遇乃戰。戰時昏矣，賊多鮮馬，休勁兵，駈老弱對敵。士卒得利，人人出死力與戰，投夜且息，更三起鬭。會明，老弱略盡，士卒争獲過當，悉已疲。番軍始徐鼓起士，揭新旗，乘高處，呼漢兵來鬭〔三〕，軍士氣失，金鼓皆不敢鳴。賊稍出馬，馳略陣上，調呼射軍中，軍人多死。此時特劉、石軍也。

前此分萬餘人屬監軍黄德和，使屯西坡，且以張嚮背爲游聲動賊，幾得相〔四〕應援。及〔五〕事已急，念引去賊必乘之，恐逼險不利，不如合軍決死，幸有所完。兩〔六〕將方議未熟，都監郭應起曰：『太尉決出此謀，應願得善馬走德和軍，招與俱來。』語未已，平接之曰：『始議固在，舍人呼軍吏，出騎士百人從去。』應曰：『得百人不足爲護，徒自露耳。彼知吾呼旁軍，必出馬遮去路矣，不如獨去便。』平曰：『獨去審易，即有險，欲誰倚耶？』應曰：『借令覆發，得百人何可倚者？請立表候日，投午不來，應死也，太尉毋相遲。』乃下令軍中，皆完陣自固，敢妄發一箭入敵師，斬。應從軍背出，行十里許，至德和軍。軍聞應來，白開壁欲内，德和不肯，促閉壁，使卒將隔壁門問曰：『聞太尉已戰，舍人宜身在行陣，反西來，欲西背與賊耶？』應收馬立陣外，呼卒將前與語，傳太尉令如此如此。卒將還白之。德和愕曰：『審如舍人語，取符驗來。』應曰：『應爲軍都監，得親與議，使應來，正〔七〕爲信耳，安須〔八〕符？太尉分軍時有符約邪？』曰：『無。雖然，吾專一軍來，繫屬重，敢〔九〕輕去就？必得一事可按，乃去。』應辭索，度德和畏避，本不在符，曰：『執應〔一〇〕縛軍中，見太尉，一言不如令，死，此可不疑。』德和固怯，聞敵大，殊不敢去。應連促數數，度無以拒，詆應曰：『天子取舍人勇當萬夫，欲以備敵破堅使也。顧乃受一騎任使，欲避兵自完如何？軍歸必以奏。促先自去報太尉，比軍隨至矣，第戰無留待也。』應不敢止，復馳還，白德和語。平等信以爲德和審來，即鼓起士，戰連三北，德和軍竟不來。應獨出入行間，軍稍却，即覆馬以殿，持大鐵稍横突之，所當盡死，呼入敵軍，軍不敢視，我師將整而止。最後軍北時，賊使人持大索立高處，迎應下馬，下輒爲應所斷，終不能得應。因縱應深入，鼓其旁曰：『急追漢兵！』留十餘弩，連射應馬，馬死，步下行，殺數人，欲歸軍取馬，軍已亂，不得入，乃脱身亡去。士卒死者什八，兩太尉失軍不還，邊大警。承受者馳二十驛，比三晝夜，至京師以聞。已而賊遂收去。敗兵散亡，十餘日稍稍出邊旁諸郡，負傷被創，不及四萬，獨德和一軍完。

天子使吏治德和，以法死。天子思平等失援不救，人人力死，哀之，下詔曰：『邊鄙有事，鄉大夫爲朕率身戎〔一一〕行。朕以不明，信任失職，使中人監軍，卒敗邊事。朕惟一二將帥，失身鼓鼙，終無慰朕西顧惻惻之念，其贈將佐已下官七遷，若子若孫，聽以父兄任爲右職云。』

郭應之亡也，走東原，伏大崖下，士卒十餘輩與俱，各觧甲吮傷，使一人下崖取雪，手掬食之。息樹旁良久，望見敗馬，行自取之，棄士卒馳去。促後卒皆呼曰：『舍人捨我徒耶？』應愈促馬，顧謂趨環〔一二〕州來。應及環州，自以失主將，疑未敢見。既而聞黄德和斬，已從坐，死者封，遂匿山中，而時時出部落乞食。而子弟緣應故，多得官，任邊事。

王氏曰：吾久聞郭應死，客獨引延州卒言質之，以語人，人固不謂信。然石元孫敗時，而固已傳死，前年賊歸元孫，而元孫竟不死，應其可知耶？

臨淄尉考詞

黄　庶

尉能捕盗，使盗知不可免而不敢爲盗，亦去盗之一端也。山東大約號多盗，今臨淄獻一歲之狀，視他縣者，纔幾人而已。前件官爲尉，蓋有助云。

汜水縣尉第一考詞

傅堯俞

夫尉職捕盗，而賞罰最著，唯用得失多少〔一三〕爲差。汜水縣前山溪而大河横其後，舊多椎埋爲姦，今周歲無盗，非畏尉而不爲乎？顧不賢於得盗多者哉！雖賞不及，尚宜優其課等，可考中上。

濟源縣主簿吕師民考詞

傅堯俞

古者三載考績，今則歲第之，非責吏事嚴切謹密者哉？前件官兩會其課，有勞無疵，亦可謂勤吏矣，可考中中。

録事參軍考詞

傅堯俞

紀綱掾地名右曹，職典諸事，竊比他局，宜須得人。前件官檢身廉平，臨吏精敏，載第其課，衆謂爲能。固當少褒，且勸不飭，可考中中。

道旁父老言

王令

道旁父老，髩而黑瘠，天甚寒[一四]，衣破上而露下。王子遇而嗟之，父老曰：『小子何爲嗟？』答曰：『翁老矣，衣食不足以勝寒飢，筋力已疲。不肖竊有志者，故敢嗟。』父曰：『子來前，吾語爾。夫畜牛者求芻，食犬者懷誼，然則尸之者宜若然耶？且不知吾輩又尸之誰也，無乃亦宜馬牛其思歟？』答曰：『太平之世，明天子在上，四民各獲其利，衣食所不及者，游惰之民爾。雖然，翁胡爲至是？』父曰：『天時連凶，有田不足以償租賦，子孫散去，不能見保，然則爲老人者，尚有罪邪？』謝之曰：『翁無多怨，歲飢爾，奈之何？』父怒曰：『飢何罪耶？授人之羊，匪牧是思，十羊其來，九皮而歸，曰羊病死，奚牧之非，然則可乎？小子未可與語也，又何志之有邪？』投其杖而去。追而謝之，不復應。

自訟

劉恕

平生有二十失：佻易卞急，遇事輒發。狷介剛直，忿不思難。泥古非今，不達時變。疑滯少斷，勞而無功。高自標置，擬倫勝己。疾惡太甚，不卹怨怒。事上方簡，御下苛察。直語自信，不遠嫌疑。執守小節，堅確不移。求備於人，不卹咎怨。多言不中節，高談無畔岸。臧否品藻，不掩人過惡。立事違衆，好更革應事。不揣己度德，過望無紀。交淺而言深，戲謔不知止。任性不避禍，論議多譏刺。臨事無機械，行己無規矩。人不忤己，而隨衆毀譽。事非禍患，而憂虞太過。以君子行義，責望小人。

非惟二十失，又有十八蔽：言大而智小，好謀而闊論，劇談而不辨，慎密而漏言，尚風義而齷齪，樂善而不能行，與人和而好異議，不畏彊禦而無勇，不貪權利而好躁，儉嗇而徒費，欲速而遲鈍，闇識而强料事，非法家而深刻，樂放縱而拘小禮，易樂而多憂，畏動而惡静，多思而處事乖忤，多疑而數爲人所欺。事往未嘗不悔，它日復然，自咎自笑，亦不自知其所以然也。

東坡酒經

蘇　軾

南方之民，以糯與秔，雜以卉藥而爲餅。嗅之香，嚼之辣，揣之枵然而輕，此餅之良者也。吾始取麵而起肥之〔一五〕，和之以薑液，蒸之使十裂，繩穿而風戾之，愈久而益悍，此麴之精者也。米五斗以爲率，而五分之，爲三斗者一，爲五升者四。三斗者以釀，五升者以投，三投而止，尚有五升之贏也。始釀以四兩之餅，而每投以二兩之麴，皆澤以少水，取足以散解而勻停也。釀者必甕按而井泓之，三日而井溢，此吾酒之萌也。酒之始萌也，甚烈而麴苦，三投而後平也。凡餅烈而麵和，投者必屢嘗而增損之，以舌爲權衡也。既溢之，三日乃投，九日三投，通十有五日而後定也。既定乃注以斗水，凡水必熟而冷者也。凡釀與投，必寒之而後下，此炎州之令也。既水五日乃篘，得二斗有半，此吾酒之正也。先篘半日，取所謂贏者爲粥，米一而水三之，揉以餅麵凡四兩，二物并也。投之糟中，熟撋而再釀之，五日壓得斗有半，此吾酒之少勁者也。勁正合爲四斗，又五日而飲，則和而力，嚴而不猛也。篘絕不旋踵而粥投之，少留則糟枯中風而酒病也。釀久者酒醇而豐，速者反是，故吾酒三十日而成也。

述醫

龔鼎臣

《周官》載醫『掌養萬民之疾病』。蓋凡受疾者，舉可治也，唯久之不治，遂革以死，未見其有始疾而不可治者也。巴楚之地，俗信巫鬼，實自古而然。當五氣相沴，或致癘疫之苦，率以爲天時被是疾，非醫藥所能攻，故請禱鬼神無少暇，雞豚鴨羊之薦唯恐不豐。迨其不能，則莫不自咎事鬼神之未至。或幸而愈，乃曰由禱之勤也，薦之數也，不然，烏能與天時抗乎？又治之不早，其疾氣之毒日相薰灼，一家之人皆至乎病。故雖親友之厚，百步之外，不敢望其門廬，以至得病之家，懼相遷染，子畏其父，婦避其夫。若富財之人，尚得一巫覡守之；其窮匱者，獨僵臥呻吟一室而已。如是則不特絶醫藥之饋，其飲食之給，蓋亦闕如，是以死者未嘗不十八九，而民終不悟。

余嘗訪於人，其患非它，繇覡師之勝醫師耳。嗚呼！覡者豈能必勝諸醫哉？其所勝之者，蓋世俗之人，易以邪惑也。夫疾病干諸内，神鬼冥〔一六〕諸外，良藥所以治内也，今不務除疾於内，而專求外福之來，及其甚也，其存卹訊問之宜不復〔一七〕相通，不其謬歟？夫稼茂田疇，爲螟蝥〔一八〕所害，唯能悉除螟蝥〔一九〕，則稼之秀可實也。家蓄高貲〔二〇〕，而盜入其門，主人操刃持梃，或殺或捕，則貲之厚可全也。人之身亦然，冒陰陽之氣，輒遇癘疫，當得醫者察聲視色，按脉授藥，使離諸腹心肝膈，然後其體可平。若不醫之用，曷異不除螟蝥而望稼穡之實，不驅盜賊而求家貲之全？決不可得。

矧惟國家重醫藥之書，最爲事要。先朝編輯名方，頒布天下郡國，其間述時疫之狀，實爲纖悉。及慶歷中，范文正公建言，俾自京師，以逮四方，學醫之人，皆聚而講習，以精其術。其黜庸謬，救生靈，倬然爲治道之助。而世俗罔識朝廷仁愛之意如此，而徒惑邪誕而夭性命，愚實憫之。

今已戒醫博士，日與醫之徒，考神農、子儀、扁鵲、秦和之術，一會於岐伯、俞附之道，以正絀邪，以誠消妄，使可治之疾不終害人〔二一〕，亦濟民之一事也。盧巴賨之俗，尚安故態，不知醫効之神，倍禱淫祀之鬼，故刻詞以告。嘉祐四年七月二十日述。

吊鎛鍾文　秦觀

嘉魚縣傍湖中，比歲大旱，水皆就涸，而夜常有光怪，赫然屬天。鄉人相與誌其處而掘之，得古鎛鍾焉。其形有兩欒，如合兩瓦，面左右九乳，緫三十六，于〔二二〕鼓、鉦、舞、甬、衡、旋、斡之類，考之不與合者無幾。縣令施君識其寶，謀獻之太常，未果，乃輸武昌庫中。會其守觧秩，佐攝事，見而惡之，曰：『郡得背時器，畜之不祥也。』亟命投於兵器之冶。嗚呼！物之不幸，有如是耶？昔九江吏盜忠肅之碑材，寘其所述，歐陽詹聞而吊之以詞。予悲夫鎛鍾，古〔二三〕樂之器，先王所以被功德而和人神，審音之士，至有振車鐸於空地而求之者，非若九江碑材，因人而貴也，而辱於泥塗，無所自効，遇其非鑒，以觸廢毀。好古之士，焉得默默而已乎？乃作文以吊之，詞曰：

嗚呼！衆方〔二四〕之生，謬形殊器。更首迭尾，雌雄相廢。朝爲美姬，夕爲憔悴。或奇偶之相續，或九升而一躓。清餓和黜，刑王眇貴。生犢失明，得駿折髀。洞所遇之參差，莽循還於一氣。《傳》曰：『黃鍾毀棄，瓦缶雷鳴。』余始以爲不然，今乃信之矣。嗚呼鑄鍾，何世所爲？質不呈剛，形不露奇。協律中度，渾如天資。掩抑雖久，不見瑕疵。爰有兩欒，三十六乳。厥音琅然，小大隨叩。曷所挺之瓌偉，而偶沉於幽陋？辱泥塗之污漫，厭鱗鬣之腥臭。嗟筍簴之一辭，遽月弦之幾彀。幸陽愆而水涸，天日恍其復覯。謂庭貢之是充，獲効鳴於金奏。何夜光之暗投，卒按劍而莫售？嗚呼！赤刀大訓，天球河圖；秦璽漢劍，趙璧隋珠。犍爲[二五]之磬，汾陽之鼎；曲阜之履，大澤之弧。歷世相傳，以華國都。下至威斗錯刀，羯鼓之棬；破鏡缺符，遺簪墮珥。信無益於經綸，猶見收於好事。是鍾也，郊廟所薦，樂之紀綱。統和元氣，舞獸儀凰[二六]。令大河而更清，使左角其不芒。變化風俗，返[二七]乎羲皇。而乃廢於深淵，出而遇毀。殆藻盤之不如，矧牛鐸之敢企？此義夫志士，所爲疾心而切齒也。然余聞之，陰精之純，燥氣之裔，雖從火革，其質不變。一晦一明，昔者既然。僨而復起，可無畢乎[二八]？嗚呼鍾乎，今焉在乎？豈復爲激宮流羽，以嗣其故乎？將憑化而遷，改服易制，以周於用乎？豈爲錢爲鎛，爲銍爲釜，以供耕稼之職？將爲鼎鼐，以効烹飪之功乎？豈爲浮圖老子之像，巍然瞻仰於緇素乎？豈爲麟趾裹蹄之形，翕然阮今祁國[二九]乎？豈爲干越之劍，氣如虹霓，掃除妖氛於指顧之間乎？將爲百鍊之鑑，湛如止水，別妍醜於高堂之上乎？新故相代，未始云畢。紛然殊途，必有一出。决不泯没，草亡木卒。嗚呼鑄鍾，又將奚卹？

責沈文貽知默姪

陳　瓘

適越而北轅，越不可至；徙越人而置於齊里，則越語可易而爲齊。然則氣質一定，而不能自易其習者，非以其不學歟？氣質之用狹，道學之力大，習其所自習者，未嘗察也。天氣而地質，無物不然，人藐乎其間，亦一物耳。物與物奚以相遠？或哲或愚，不係其習乎？思誠之道，莫先於學，務學之要，在於求師。顔子之不遷不貳，得於孔子，晞顔之人，將孰師焉？葉公問孔子於子路，子路不對。夫葉公有知人之明，有謀國之忠，愛賢而得民，慎微而憂遠，其事皆有可指，其遺語之記於《緇衣》者，亦可觀焉，楚國之賢，誰出其右？子路非慢賢者也，魯有仲尼而彼不知焉，則於其問也，何足對哉！陳良，楚産也，而能使北方之學者莫或先之，故孟子以良爲豪傑之士，爲其能悦周公、孔子之道而已。不知仲尼，則雖賢如子高，亦孔門之所不對也。爲士而稽古者，可不鑑哉？

予元豐乙丑夏，爲禮部貢院點檢官，適與校書郎范公醇夫同舍。公嘗論顔子不遷不貳，惟伯淳有之。予問公曰：『伯淳誰也？』公默然久之，曰：『不知有程伯淳耶？』予謝曰：『生長東南，實未知也。』時予年二十有九矣。自是以來，常以寡陋自愧。得其傳者如楊中立先生，亦未之識也。崇寧之初，兄孫漸就學其門，時予在合浦，始獲通問。予之内訟改過，賴其一言。漸於是時，亦以所聞警予之繆。予始忽其言，久而後知其爲藥石也。今漸來天台，考其學益進，聞其言益可喜，淘染薰鑄，有自來矣。舉脩步於南溟，觀洪瀾於北壑，此可遠之基也。始之不謀，何以得此？

古之善學者，心遠而莫禦，然後氣融而無間；物格而不二，然後養熟而道凝。山上有木，其進也漸，合抱之幹，豈一朝一夕之所可俟哉！人之患在不立其基，基立而不勉，亦何以愈於彼乎？物之終始，可不嚴哉？始識而終成，同乎一默，非言語所能究也。予以多言取禍，尚未誅殛，戴恩自幸，不知歲月之久，而生死之有二也。既老且病，手痺目昏，簡編筆硯，殆將捐棄。今於漸之行，不能忘言，作《責沈》以貽之，喜漸之能謀其始，而篤之使有成也。政和三年八月九日。

校勘記

〔一〕『剛』，底本空缺，據六十三卷本補。

〔二〕『若』，底本空缺，據六十三卷本補。

〔三〕『鬬』，底本作『合』，據六十三卷本改。

〔四〕『幾得相』三字，底本空缺，據六十三卷本補。

〔五〕『及』，底本作『去』，據六十三卷本改。

〔六〕『兩』，底本空缺，據六十三卷本補。

〔七〕『正』，底本作『止』，據六十三卷本改。

〔八〕『須』，底本作『取』，據六十三卷本改。
〔九〕『敢』，底本作『其』，據六十三卷本改。
〔一〇〕『應』，底本作『事』，據六十三卷本改。
〔一一〕『身戎』，底本無，據六十三卷本補。
〔一二〕『環』，底本作『還』，據六十三卷本改。
〔一三〕『少』，底本誤作『失』，據六十三卷本改。
〔一四〕『天甚寒』，底本作『甚天寒』，據六十三卷本改。
〔一五〕『起肥之』，底本空缺，據六十三卷本補。宋本《東坡後集》、明成化刊本《蘇文忠公全集》作『起肥之』。
〔一六〕『冥』，底本空缺，據六十三卷本補。
〔一七〕『復』，底本作『得』，據六十三卷本改。
〔一八〕『蜑』，底本作『疍』，據六十三卷本改。
〔一九〕『蜑』，底本作『疍』，據六十三卷本改。
〔二〇〕『貲』，底本誤作『貨』，據六十三卷本改。
〔二一〕『人』，底本無，而下有一『是』字，據六十三卷本改。
〔二二〕『于』，底本無，此處衍一『孔』字，據六十三卷本改。宋乾道刻宋元明遞修本《淮海集》、明嘉靖本《淮海集》作『牙』。
〔二三〕『古』，六十三卷本作『鼓』。宋乾道刻宋元明遞修本《淮海集》、明嘉靖本《淮海集》作『古』。

〔二四〕「方」，六十三卷本作「萬」。宋乾道刻宋元明遞修本《淮海集》、明嘉靖本《淮海集》作「方」。

〔二五〕「犍爲」，底本空缺，據六十三卷本補。宋乾道刻宋元明遞修本《淮海集》、明嘉靖本《淮海集》作「犍爲」。

〔二六〕「凰」，底本作「鳳」，據六十三卷本改。宋乾道刻宋元明遞修本《淮海集》、明嘉靖本《淮海集》作「凰」。

〔二七〕「返」，底本作「近」，據六十三卷本改。宋乾道刻宋元明遞修本《淮海集》、明嘉靖本《淮海集》作「返」。

〔二八〕「可無畢乎」，底本空缺後二字，六十三卷本作「可矣畢」，宋乾道刻宋元明遞修本《淮海集》、明嘉靖本《淮海集》作「可無畢年」。

〔二九〕「阮今祁國」，底本誤作「玩於邦國」，據六十三卷本改。宋乾道刻宋元明遞修本《淮海集》、明嘉靖本《淮海集》作「玩於邦國」。

新校宋文鑑卷第一百二十八

校者按：底本此卷抄配，據六十三卷本刻卷校改。

對問

應責

柳開

或責曰：子處今之世，好古文與古人之道，其不思乎？苟思之，則子胡能食乎粟，衣乎帛，安於衆哉？衆人所鄙賤之，子猶貴尚之，孰從子之化也？忽焉將見子窮餓而死矣。柳子應之曰：

於乎！天生德于人，聖賢異代而同出。其出之也，豈以汲汲於富貴，私豐於己之身也？將以區區於仁義，公行乎古之道也。己身之不足，道之足，何患乎不足？道之不足，身之足，則孰與足？今之世與古之世同矣，今之人與古之人亦同矣，古之教民以道德仁義，今之教亦以道德仁義，是今與古胡有異哉？古之教民者，得其位，則以言化之，是得其言也，衆從之矣。不得其位，則以書於後，傳授其〔一〕人，俾知聖人之道易行，尊君敬長，孝乎父，慈乎子。大哉！斯道也，非吾一人之私者也，天下之至公者也，是吾行之，豈有過哉？且吾今栖栖草野，位不及身，將己言化於人，胡從〔二〕於吾矣？故吾有書自廣，亦將以傳授於人也。

子責我以好古文，子之言何謂爲古文？古文者，非在辭澁言苦，使人難讀誦〔三〕之，在於古其理，高其意，隨言短長，應變作制，同古人之行事，是謂古文也。子不能味吾書，取吾意，今而視之，今而誦之，不以古道觀吾心，不以古道觀吾志，吾文無過矣。吾若從世之文也，安可垂教於民哉？亦自愧於心矣。欲行古人之道，反類今人之文，譬乎游於海者，乘之以驥，可乎哉？苟不可，則吾從於古文。吾以此道化於民，若鳴金石於宫中，衆且曰絲竹之音也，則以金石而聽之矣。食乎粟，衣乎帛，何不能於衆哉？苟不從於吾，非吾不幸也，是衆人之不幸也。吾非以衆人之不幸易吾之幸乎！縱吾窮餓而死，死則死矣，吾之道豈能窮餓而死之哉！吾之道，孔子、孟軻、揚雄、韓愈之道；吾之文，孔子、孟軻、揚雄、韓愈之文也。子不思其言，而妄責於我，責于我也即可矣，責於吾之文，吾之道也，即子爲我罪人乎！

答客問

尹　源

客謂予曰：敢問人臣不忠，孰爲大？曰：無過爲大。客曰：過之爲言，失中之謂也，爲臣有是，則悖於事而害於治。君子善於無過，而子以爲不忠，惑矣。曰：余所謂無過者，非果能無過，衆人不以爲過，無跡可攻也。何則？自古人臣爲不忠者，未有不外示畏謹，循法度，而能固其寵，久其權，以遂其邪者。内則爲宰相，爲卿大夫，不敢主天下事，與進退賢〔四〕不肖，曰吾知循故事爾，專則罪也。外則爲郡，爲邑，以至廉察一道，視政之弊不敢革，視民之疾不敢去，曰吾知奉法爾，違迺辟也。若此者，不惟時君以爲無過，天下之人亦以爲無過，苟終不能辨之，使内外相濟，以成其俗，則國日削，民日弊，以至大亂而莫之禦，謂之忠，可乎？忠臣則不然，一心公乎天下，不以身之安危易其守。其行事也，或犯上之忌，或冒下之謗。若此者，不惟時君以爲過，天下之人亦以爲過矣。苟能辨之，使得行其道，則國享其利，民被其賜〔五〕，謂之不忠，可乎？故忠臣本於愛君，奸臣本於愛身，未有愛君而先其身，愛身而先其君者。客曰：如子之説，仲山甫明哲保身，萬石君、霍光忠謹無過，皆不忠乎？曰：若數子皆純乎其中〔六〕，非求無過之名以爲己利。故忠臣之過，小而必形；奸臣之過，大而不章。世人徒見其〔七〕形者以爲過也，孔光、張禹所以危漢宗，林甫所以禍唐室。曰：然則人君何以辨之？曰：捨其迹而責其心，術斯得矣。

諭客

劉敞

寶元、康定之間，元昊畔，詔書求材謀之士，於是言事自薦者甚衆。輒下近臣問狀，高者除郡從事，其次補掾史〔八〕，且數百人。時予方游吴中，客有相哀者，作《諭客》。

客謂公是先生曰：蓋聞賢者不遺利，智者不失時，因形推勢，以事爲機。是以功勳流於竹帛，盛德載於黎庶，歷百世而不衰，掩衆人以獨鶩。此所謂豪傑之士也，而先生亦有意於此乎？先生曰：何以教之？

客曰：今西兵距境，崑崙道絶，主上不怡，邊有宿甲。旃裘之貢不入，鐘鼓之娱不勸者，於今三年矣。是以下求賢之詔，開自薦之路，總擥奇俊，兼聽天下。恩涵於人心，義激於肺腑。故令下之日，坐者泣沾襟，卧者涕交頤，咸欲奮必死之力，蹈難測之機。忘山川之苦，薄戰伐之危，請長纓以繫頸，輸家財以濟師。拜章者交乎公車，獻策者滿乎北闕，起徒步以析爵，由一言以改列。此亦遭遇之時，變化之契，勇辯之辰，敵國之勢。穰苴所以權軍而西出，蘇秦所以掉舌而東逝也。今先生乃悄乎如不知，藐乎如不聞。名與智寂，迹與世淪，懷書滿腹，不如衆人，意者暗於事勢而然乎？且夫道期於用，不必全潔；功期於成，不必無辱。是以伊尹負鼎，伍員鼓腹，百里食牛，包胥慟哭。乘時因勢，大直細曲，崇如丘山，炳若執燭。今先生乃獨習無用之言，守難行之事，遺棄諸子，專愚六藝。井田雖通，不可以厚財賦之入；鄉飲雖講，不可以助軍旅之急；羽舞雖文，不可以代干戟之執；麻冕雖純，不可以更甲胄之襲；睢盱拳曲，空言少實，不可圖進取之益。則何不卑論儕俗，夜寢夙興，馳騁乎孫、吴之場，揣摩乎蘇、張之營。舌如電流，功如雷行，威名並建，家國兩榮？乃反侈陋巷之處，甘藜藋之食。目無韶曼，耳絶金石，抱甕而汲，不知用力。行身若此，老且奚益？

先生曰：吁！客何貌之壯而語之少，何願之大而智之小？信難以議道矣。雖然，不可以不陳也。昔者軒有阪泉之師，堯有丹浦之征，舜有三苗之誅，啓有扈氏之兵。成湯造攻於牧宮，文王收績於崇城。當此之時，覆載侔於天地，文明比於日月，休恩滲於時雨，厲威粲於霜雪。跂行喙息，罔有不服。然且干戈未盡戢，弓矢未盡閉，小至俘馘，大至流血。巍巍之功，不爲之差減；赫赫之號，不爲之滅裂。適足以增其休聲，廣其徽烈而已。客以謂有損於盛德邪？夫狂童鴟張，天奪其魄，跳踉顛蹷，假命頃刻。親戚不輔，鬼神所殛，狗吠其主，鼠竊疆埸。此亦蚩尤、三苗，何以異哉？然而將帥之臣，閱于《詩》《禮》；介胄之卒，奮於貔兕。賞未及懸，刑未及峻，而天下之民，億兆之衆，固已集矣。於是乎虎盼鷹睞，龍行雲起。譬若挽千石之弩，決垂潰之疽，引洪河之流，沃殆滅之燬。曾不移息而可見，又何足煩天下之學士？主上所以乾乾夕惕，勞於求賢，通自進之路，開博訪之門者：恐伯高、傅説之流，藏於岩野；伊尹、太師之品，逸於屠釣。又所以明謙讓之義，恭聽卑之操，使非常之業，與士大夫共有也。此乃三王所不及，五帝所難行，愚陋之人，豈能昭見其情哉？昔燕欲駿馬，乃市朽骨，而千里之駒果至。越欲勇士，乃揖怒蛙，而百夫之勇來萃。主上亦欲致特達之人，是以狂狷者無所咈，排觸者無所忌。高爵重禄，或富或貴，鑒洞乎神明，量配乎天地。豈以爲小醜之未夷，群兇之尚恣哉？且夫東漸島夷，南及交趾，西奄孤竹，北越鑿齒。受令朝朔，齊一車軌，雷動風行，方百萬里。觀數郡之地，元昊之衆，曾不若黑子之著面，螻〔九〕蟻之循穴，而欲以敵國論之，固失類矣。且客獨不聞宋受命之説乎？昔者唐失其御，海水橫溢。寰宇之内，分爲六七，不貢不朝，靡所統一。於是蠢蠢之氓，困於戈鋋，積尸爲山，流血成川。糜潰屠剥者，蓋五十餘年。上帝眷之，乃命太祖，受禪啓國，方行千里。猶有殘孽，弗率弗祀，太宗平之，真宗成之。至於制作之道，似或未遑。然亦開籍田，封太山，禮河汾，考百王。皇上率循聖武，靡有遺軼，而勝殘去殺，適底今日。是以往者申訪古樂，叙正郊配，大定六籍，謹敕元會。欲以就一王之法，成必世之期，使後嗣遵其矩，太常肄〔一〇〕其儀。參于《六經》，表于萬年，澤漏于重溟，功陟乎上天。還成康之俗，儷《典》《謨》之篇，包弓偃革，無得踰焉。此學者所以踴躍，而鄙儒所以拳拳也。何必〔一一〕蘇、張於平世，孫、吴於異類，終無益於王道，空自絶於聖治？客徒笑我暗於事機，我亦悲客躁於富貴，而不知制作之義也。

言未畢，客竦而謝曰：荒野之人，溺於所聞，先生幸教之，謹受令矣。

反求齋對

謝逸

李子作齋於聽事之北，求名於余，其名曰反求。李子請曰：『願聞「反求」之義。』對曰：子不聞楚國之盜者乎？楚之盜曰支貢者，行若無迹，語若無息，踰垣若鳥，穴土若鼠，居於楚國，人無夜不亡其物焉。國人心知其貢也，而執之無狀，每亡物，必罵曰：『是必貢也，其如不可執何？』居一日，貢語其鄰之子曰：『楚之盜不爲寡矣，每亡物必尤貢者，何也〔一二〕？』鄰之子曰：『子無怒國人尤己也，子能爲盜，故亡物者必尤子。子而不爲盜，其誰尤子哉？』貢曰：『是不難也，吾且闔户不出矣，儻夜有亡物者，亦將以尤貢可乎？』是夜楚人徹衛釋禁，而國中無犬吠之驚。君子曰：人不可不反求諸己也。仁，所以愛人者也，愛人不親，則反諸己，曰仁未至也。智，所以治人者也，治人不治，則反諸己，曰智未至也。敬，所以禮人者也，禮人不答，則反諸己，曰敬未至也。行有不得者，不反求諸己，而唯人之責，則與楚之盗日攘其物，而怒人之尤己也何異哉？反求之義，其在斯乎？

李子憮然爲間，曰：『命之矣。』李子名紱，字明服，余表弟也，又從余，故告之以名齋之義，使歸而書諸壁焉。

移文

三山移文

宋　白

三山之英，十洲之靈。排煙拂霧，勒移山庭。夫以逍遥玄俗之姿，縹緲飛仙之狀。控白鶴於雲末，驂青鸞於天上。吾方知之矣。若其冥冥帝先，杳杳象外。厭浮世而龍攄，曳天倪而蟬蜕；聆白雪於太虛，挹流霞於上界。固亦有焉。豈其侈靡輕浮，猖狂迅速。習夏癸之奢，用商辛之酷。將大道以爲戲，勤萬民而逞欲。何其謬哉！

嗚呼！龍馭不存，鼎湖長往。萬古千秋，英靈肸蠁。世有秦皇，爰及漢帝。既崇既高〔一三〕，益驕益熾。然而貌學希夷，情忘橐籥。竊祀神山，濫封喬〔一四〕嶽。汙吾真風，輕吾上藥。雖篤志於仙材，竟無心於天爵。其始至也，將拍洪崖，挹浮丘。捐百揆，棄諸侯。鼋梁架日，劍氣凌秋。或思玉皇可接，或憶金仙共遊。廢元元以不治，仰蒼蒼而是求。燕昭何足比，子晉不能儔。及其妄説斯行，貪誠彌勇。智刃揮霍，靈臺飛動。乃閲意海隅，窮奢世上。汎樓船而濟重溟，建祈年而侔大壯。蘭橈馥其天風，桂棟凌乎辰象。望仙闕而何極，顧人寰而如喪。至其儼霞冠，垂珠綬。履鳳文〔一五〕之舄，列蛟龍之繡。焚百和於筵上，輝九華於坐右。羽旆争聳，瑶壇競開。丹臺紫府在何處，白鳳青鸞猶未來。大寶非貴，三清是屬。恥萬機之瑣屑，隘六合之局促。將紀號於真圖，任銷聲於帝籙。希風七十君，委政三十載。使我徒費步虚，曷〔一六〕嘗輕舉。徐福不歸，安期誰侣？文成、五利並虚詞，太一上元徒延佇。至於栢樑灰燼，承露飄零。甲帳空兮暮煙怨，羽人去兮秋風驚。昔求長生躋壽域，今見委骨在窮塵。是知碧海汪洋，瀛洲浩渺。方丈争奇，蓬萊竦峭。慨沙丘之云云，悲茂陵而誰弔？故其露慘長寒，風啼自咽。秋草凄涼，春花愁絶。嗟羅綺之皆空，歎池臺之已滅。

且夫奄有神器，化育群生。將天地以合德，與日月而齊明。豈可使鳳扆寂寥，龍圖銷毀。帝道荒蕪，天潢泥滓。遊心於幻路，教臣民而以詭？宜扃玉洞，掩天關。揚大霧，湧驚湍。隔妖風于海上，杜妄魄於雲端。于是瞋波如山，怒雲寡色。斥二主之訛謬，警後王之道德。請爲治世君，無俟賓天客。

跛奚移文

黄庭堅

女弟阿通，歸李安詩。爲置婢無所得，迺得跛奚。蹣跚離疏，不利走趨。顙出屋檐，足達户樞。三嫗挽不來，兩嫗推不去。主人不悦，厨人駡怒。黄子笑之，曰：堯牽羊而舜鞭之。羊不得食，堯、舜俱疲。百羊在谷，牧一童子。草露晞而出，草露濕[一七]而歸。不亡一羊，在其指撝。故曰：使人也器之。物有所不可，則亦有所宜。警夜偷者不以馬，司晝漏者不以雞。準繩規矩，異用殊施。天傾西北，地缺東南。尺有所不逮，寸有所[一八]覃。子不通之，則屨不可運土，簣不可當屨。坐而睨之，小大俱廢。子如通之，則瞽者之耳，聾者之目。絶利一源，收功十百。事固有精於一則盡善，徧用智則無功。有所不能，乃有所大能焉。

呼跛奚來前，吾爲若詔之：汝能與壯士拔距乎？能與群狙賦芧乎？能與八駿取路乎？能逐三窟狡兔乎？皆曰不能。曰是固不能，閨門之内，固無所事此，今將詔若可爲者。汝無狀於行，當任坐作。不得頑癡，自令謹飭。晨入庖舍，滌鎗瀹釜。料簡蔬茹，留精黜觕。臠肉法欲方，膾魚法欲長。起溲如截肪，煑餅深注湯。和糜勿投醯，齏臼晚用薑。葱渫不欲焦，旋葅不欲黄。飯不欲著牙，揚盆勿駐沙。進火守炷[一九]，水沃沸鼎。斟酌薌芼，生熟必告。姨嬭臨食，爬垢撩髪。染指舐杓，嘬胾懷骨。事無小大，盡當關白。食了滌器，三正三反。拉拭罋潔，寢匙覆椀。陶瓦髹素，視在謹數。兄弟爲行，牡牝相當。日中事間，浣衣漱濡。器穢器净，謹循其初。素衣當白，染衣增色。梔欝爲黄，紅螺研光。挼藍杵草，茅蒐槀皂。漿胰粉白，無不媚好。燥濕處亭，熨帖坦平。來往之役，資它使令。牛羊下來，唤雞栖塒。撑拒門關，閑護草竊。飲飯猫犬，堙塞鼠穴。凡烏攫肉，猫觸鼎。犬舐鎗，鼠窺甑。皆汝之罪也。春蠶三卧，升簇自裹。七晝七夜，無得停火。紵麻藤葛，蕉紝〔二〇〕絺綌。錫疎手作，無有停時。紾緝偷工夫，一日得半工，一縷亦有餘。暑時蘊蒸，扇涼蜜冰。薰艾出蚊，冰盤去蠅。果生守樹，果熟守筥。執弓懷彈，驅嚇飛鳥。無得吮嘗，日使殘少。姆嫗駡譏，瘧痢泄嘔。天寒置籠，衣食畢烘。搔癢抑痛，炙手攔凍。無事倚墻，鞖履可作。堂上叫呼，傳聲代諾。截長續短，梟鶴皆憂。持勤補拙，與巧者儔。凡前之爲，汝能之不？跛奚對曰：『我缺于足，猶全于手。如前之爲，雖勞何咎？』黄子曰：『若是，則不既有用矣乎？』皆應曰然，無不意滿。

連珠

連珠二首

徐　鉉

道不可以權行，終則道喪；情不可以苟合，久則情踈。是以兵諫愛君，君安而忠敬已失；同舟濟險，險夷而取捨〔二一〕自殊。

運不常偶，體道者無憂；時不常來，抱器者無滯。是以霜露既降，徂徠不易其貞；弓矢載橐，薰澤不渝〔二二〕其利。

連珠一首　　晏殊

時平德合，秉均者續隱於幾先；運極道消，享位者譽隆于事外。是以房、杜之恩勤莫二，無迹可尋；郭、裴之退黜居多，其名益大。郭汾陽、裴晉公也。

連珠一首　　宋庠

山有楩梓之材，居山者芟草而舍；田有禾稷之實，力田者半菽而飽；廐有驥騄〔二三〕之乘，掌廐者羸股而步。此所謂役於物者，智不逮乎物也。無木者有華榱之蔭，無田者有嘉穀之享〔二四〕，無廐者有上駟之御。此所謂役物者，智包乎物也。故君子〔二五〕逸於用德，小人勞於用力。

連珠一首　　劉攽

蓋聞詭道取勝，得以暫用；懷惡致討，未有能克。是故以桀詐桀，可容于徼幸；用燕伐燕，不足以相服。

校勘記

〔一〕「於後，傳授其」五字，底本空缺，據六十三卷本補。舊鈔本《河東先生集》作此五字。

〔二〕「從」，底本空缺，六十三卷本作「後」，蓋未確，舊鈔《河東先生集》作「從」，據以改。

〔三〕「讀誦」，底本作「誦讀」，據六十三卷本改。舊鈔《河東先生集》作「讀誦」。

〔四〕「退賢」二字，底本作「賢退」，據六十三卷本改。

〔五〕「賜」，底本作「利」，據六十三卷本改。

〔六〕「中」，底本作「忠」，據六十三卷本改。

〔七〕「其」，底本無，據六十三卷本補。

〔八〕「史」，底本作「吏」，據六十三卷本改。

〔九〕「螻」，底本空缺，據六十三卷本補。四庫本《公是集》作「螻」。

〔一〇〕「肆」，底本作「肆」，據六十三卷本改。四庫本《公是集》作「肆」。

〔一一〕「必」，底本作「以」，據六十三卷本改。四庫本《公是集》作「以誇」。

〔一二〕「何也」，底本作「也何」，據六十三卷本改。

〔一三〕「既高」，六十三卷本作「登高」，疑非是。

〔一四〕「喬」，六十三卷本作「東」。

〔一五〕「鳳文」，底本作「風雲」，據六十三卷本改。

〔一六〕「曷」，底本空缺，據六十三卷本補。

〔一七〕「濕」，底本作「降」，據六十三卷本改。宋乾道本《豫章黄先生文集》作「濕」。

〔一八〕「所」下，底本有一「不」字，據六十三卷本删。宋乾道本《豫章黄先生文集》無「不」字。

〔一九〕「烓」，底本誤作「炷」，據六十三卷本改。宋乾道本《豫章黄先生文集》作「烓」。

〔二〇〕「絍」，底本缺，據六十三卷本補。宋乾道本《豫章黄先生文集》作「任」。

〔二一〕「捨」，底本作「授」，據六十三卷本改。《四部叢刊》景黄丕烈校宋本《徐公文集》作「捨」。

〔二二〕「渝」，底本作「踰」，據六十三卷本改。《四部叢刊》景黄丕烈校宋本《徐公文集》作「踰」。

〔二三〕「驥騄」，底本作「馳驟」，據六十三卷本改。

〔二四〕「享」，底本作「飫」，據六十三卷本改。

〔二五〕「子」，底本無，據六十三卷本補。

新校宋文鑑卷第一百二十九

校者按：底本此卷抄配，據六十三卷本刻卷校改。

琴操

懷歸操

劉敞

蟋蟀在堂歲云除，今我不樂欝以紆，豈不懷歸畏簡書。蟋蟀在堂歲云逝，今我不樂濡以滯，豈不懷歸友朋畏。

醉翁操

蘇軾

瑯琊幽谷，山水奇麗，泉鳴空澗，若中音會。醉翁喜之，把酒臨聽，輒欣然忘歸。既去十餘年，而好奇之士沈遵聞之往游，以琴寫其聲，曰《醉翁操》。節奏踈宕〔一〕，而音指〔二〕華暢，知琴者以爲絶倫。然有其聲而無其辭，雖爲作歌，而與琴聲不合。又依《楚辭》作《醉翁引》，好事者亦倚其詞以製曲，雖粗合均度，而琴聲爲詞所繩約，非天成也。後三十餘年，翁既捐館舍，而遵亦没久矣。有廬山玉澗道人崔閑，特妙於琴，恨此曲之無詞，乃譜其聲，而請於東坡居士以補之云。

琅然，清圓，誰彈？響應空山，無言，惟翁醉中知其天。月明風露娟娟，人未眠。荷蕢過山前，曰有心也哉此賢。泛聲同此。醉翁嘯詠，聲和流泉。醉翁去後，空有朝吟夜怨。山有時而童巔，水有時而回囦。思翁無歲年，翁今爲飛仙。此意在人間，試聽徽外三兩弦。

於忽操　王令

劉表見龐公，將起之，而公不願也。表曰：『然則何謂？』公曰：『我可歌乎？』既歌，命弟子弦之，凡三操。

於忽乎，不可以爲，其又奚爲？離婁之精，夜何有於明？瞽曠〔三〕之耳，聾者亦有耳。一本作『塞何有于聲』。束王良之手兮，後車載之前行。險以既覆兮，後逐逐其猶來。雖目眇而心駭兮，顧其能之安施？委墨繩以聽人兮，雖班輪亦奚以爲？

於忽乎，不可以爲，其又奚爲？椽櫨桷榱之累重，顧柱小之奈何？方風雨之晦陰，行者艱而莫休。居者坐以笑歌，不知壓之忽然兮，其謂安何？

於忽乎，不可以爲，其又奚爲？謂雞斯飛，誰得之？吾方飢而羈。謂豕斯哭，何取於縛？是皆以食而得之，吾方飢而後噫。雞兮豕兮，死以是兮。

晝操孟子去齊，舍于晝作。

林希

彼滔滔之天下，余孰從而與歸？來何其然兮，其去何爲？吾行或使兮，止或尼之。毋嗟吾行兮，於此遲遲。棄其量鬴兮，龠撮安施？鈞石則委兮，亦何用于銖絫？顧瞻咨嗟兮，人曷余疑？嗚呼余歸兮，已而已而！

上梁文

開封府上梁文

楊億

受三靈之眷命，開百世之丕基。居中土以制四方，坐明堂而朝萬國。上觀玄象，設路寢而闢應門；下鑑黄圖，定神州而分赤縣。玉帛駿奔而薦至，舟車輻凑以交馳。居民最處於浩穰，寰宇共瞻於表式。法天崇道皇帝陛下，道光上聖，仁洽普天。性堯、舜之聰明，體禹、湯之勤儉。垂衣裳而布政，懸法象以授人。旰食視朝，但精求於理本；臨軒遣使，常散採於民謡。物情而煦育如春，王道而坦平若砥。故得五兵不試，邊陲無金革之聲；四序由康，隴畝起倉箱之詠。敦淳反樸，黎民盡致於可封；獻賮輸琛，異域曾無於後至。混車書而一統，頒正朔於四夷。十年遠過於成周，拓土更逾於彊漢。乃眷京畿之千里，旁連魏闕之九重。包括諸華，儀刑列郡。疆理既推於廣斥，閭閻最號於便蕃。豈惟俠少之場，所謂帝王之宅。爰求控壓，實在元良。皇太子道契黄離，位隆蒼震。問安視膳，素彰周寢之勤；主鬯承祧，爰踐漢儲之貴。自春宫而育德，鎮天邑以分憂。誕揚慈惠之風，廣布神明之政。緑林屏息，絶吠犬以堪驚；玉燭均調，無喘牛而可問。於是決斷簿書之暇，經營土木之功。廣棟宇之新規，集班輸之絶藝。揮斤者成市，荷鍤者如雲。度梗柟杞梓之材，召丹雘圬墁之匠。百堵皆作，不日而成。梁横螮蝀以蜿蜒，瓦疊鴛鴦而迤邐。□皇〔四〕有煒，廳事斯嚴。廊〔五〕回合以四周，庭清虚而中敞。制度迭彰於壯麗，形容備極於巍峨。足以明東朝副貳之尊，表南府鎮臨之盛。兒郎偉！今兹吉日，將畢奇功。爰自抛梁，式申犒勞。散金錢而滿地，堆餅餌以如山。卮酒彘肩，盈樽滿案。極量而飲，應不羡於單醪；實腹而飡，固如填於巨壑。既醉以飽，式舞且歌。同承涣汗之恩，共樂昇平之化。

抛梁東，三韓百濟慕華風。毛車遠涉浮天浪，歡呼鼓舞未央宫。

抛梁西，雪嶺金河路不迷。萬里玉關皆我土，葡萄苜蓿徧高低。

抛梁南，跕鳶浪泊聖恩覃。大貝明珠盈帑藏，崔嵬銅柱拂煙嵐。

抛梁北，匈奴逃遁空沙磧。茫茫絶漠〔六〕胡無人，待上陰山重刻石。

抛梁上，非煙顥氣何蕭爽。歷歷天邊種白榆，亭亭雲際峩仙掌。

抛梁下，萬井繁華堪大詫。家家樓閣倚晴空，處處絃歌樂皇化。

伏願抛梁已後，風調雨順，時和年豐。聖壽靈長，與大椿而難老；邦家鞏固，將磐石以無窮。少海長浮於厚載，前星永耀於玄穹。濟濟宮庭之僚屬，森森天府之賓從。盡預商山之羽翼，咸依儉幕之芙蓉。將吏奔趨而有幸，軍民撫育以皆同。悉傾心而奉上，并竭節以向公。路絶寇攘，夜户而從兹不閉；人無争訟，圜扉而自此常空。百姓常躋於壽域，八方悉被於仁風。然後我皇帝之千秋萬歲，長端拱以居中。

英德〔七〕殿上梁文

王安石

天都左界，帝室中經。誕惟仙聖之祠，夙有神靈之宅。嗣開宏築，追奉晬容。方將廣舜孝於無窮，豈特尚漢儀之有舊？先皇帝道該五泰，德貫二〔八〕儀。文摛雲漢之章，武布風霆之號。華夏歸仁而砥屬，蠻夷馳義以駿奔。清蹕甫傳，靈輿忽往。超然姑射，山無一物之疵；邈矣壽丘，臺有萬人之畏。已葬鼎湖之弓劍，將游高廟之衣冠。今皇帝孝奉神明，恩涵動植。纂禹之服，期成萬世之功；見堯於羹，未改三年之政。乃眷熏脩之吉壤，載營館御之新宫。考協前彝，述追先志。孝嚴列峙，寢門可象於平居；廣拓旁開，輦路故存於陳跡。官師肅給，斤築隆施。揆吉日以庀徒，舉脩梁而考室。敢申善頌，以相歡謡。

兒郎偉！抛梁東，聖主迎陽坐禁中。明似九天昇曉日，恩如萬國轉春風。

兒郎偉！抛梁西，瀚海兵銷太白低。王母玉環方自執〔九〕，大宛金馬不須齎。

兒郎偉！抛梁南，丙地星高每歲占。千障滅烽聞嶺徼，萬艘輸賨引江潭。

兒郎偉！抛梁北，邊頭自此無鳴鏑〔一〇〕。即看呼韓渭上朝，休誇竇憲燕然勒。

兒郎偉！抛梁上，彷彿神遊今可想。風馬雲車世世來，金輿玉舁年年往。

兒郎偉！抛梁下，萬靈隤祉扶宗社。天垂嘉種已豐年，地産珍符方極化。

伏願上梁之後，聖躬樂豫，寶命靈長。松茂獻兩宫之壽，椒繁占六寢之祥。宗室蕃維之彦，朝廷表幹之良。家傳慶譽，代襲龍光。肩一心而顯相，保饋祀〔一一〕祝之無疆。

披云樓上梁文

陳履常

夙夜在公，必有燕休之地；上下同樂，孰知興作之勤。惟此東州，稱爲輔郡。遺澤未息，猶有陶漁〔一二〕之風；王化既成，更同齊魯之俗。河山千里，枹鼓不鳴；閭巷百年，豪傑間出。地滋懇闢，歲嗣豐穰。里無愁歎之聲，吏絶追呼之擾〔一三〕。因斯時之暇豫，樂此地之登臨。革故增高，事非過制；斷長續短，費不及民。棟宇靚深，稱吏民之觀望；歲時遊豫，遂老幼之歡娱。爰歷靈辰，用興危架；聽于輿頌，落此成功。

抛梁東，日上云開四顧中。今代功名歸二老，當年富貴有朱公。

抛梁南，舳艫銜尾繫江潭。朝隮已作豐年雨，暑飲行聽抵掌談。

抛梁西，陰陰桃李下成蹊。舉頭更覺長安近，送目長隨落日低。

抛梁北，瑞塔亭亭入云直。百年戰鬬及明時，千里河山餘故國。

抛梁上，危架岧嶢逮千丈。房心璀璨近簷楹，海岱摧藏但空曠。

抛梁下，割肉成堆酒如瀉。燕雀投人也自忙，鼠蝠旋墻不容罅。

伏願上梁以後，人神同力，暘雨以時。水宿塗行，夜無風露之警；盆繅鎌割，家有囊稾之餘〔一四〕。囹圄一空，鞭笞不試。商旅四集，貨賄遂通。據榻以談，不減庾公之興；從遊而賦，尚須韓子之文。

書判

辛捕罪人丁過而不救辭云家有急事救療

余靖

逋播未擒〔一五〕，宜同掩襲；彌留待救，安可邅迴？苟或責其容奸，姑合先於拯患。辛事當祇役，職在追逃。力而拘之，飢鷹之效未展；勢不足者，困獸之鬬方勞。眷彼遵塗之人，式冀執兵之助。備其越逸，此望惠然肯來；憂在族姻，彼乃往而不返。誠或慮其飾詐，諒〔一六〕合原其執心。綱恐漏〔一七〕於吞舟，固宜并力；病方深於易簀，安得忘情？徒欲詰其圖全，未可罪其爲己。因其亡命，雖追捕以攸先；人各有親，當患難而自救。縱云行邁，殊匪坐觀。逋〔一八〕逃之黨未除，遽令讁我；瞑眩之求不濟，則欲怒誰？職且異於追胥，罰難加於行路。

是則彼有詞矣，姑合宥而捨之。

丙越度官府垣籬官司罪之辭云隨甲而往　余靖

協謀抵禁，法有減論；冒度干刑，理無從坐。既投足而同往，豈原心而或殊？丙德之弗脩，動而有悔。不如己者，方踰數仞之牆；因而從之，遂罹三尺之法。自踈明慎，猶啟薄言。況穴隙以相從，惟蔵茨而是履。前王著令，徒攀共犯之條；君子嚮儒，盍守獨行之節？矧府寺之攸設，惟藩屏而是崇。不得其門，同臨蔽惡之地；必求諸道，當懃由徑之非。雖曰比之匪人，實亦動而過則。原其發慮，遽云職汝之由；詳彼治躬，豈可效人之僻？咎將誰執，戚實已招。視籬落之具存，當跬步而爲過。別冒漢家之網，或異首科；自絶蒲人之袪，諒難降等。三千之條備紀，七十之杖何逃？罪必甘心，詞奚苦訴！

丙爲左僕射門立棨〔一九〕戟其子封國公復請立戟儀曹不許　余靖

位靡王爵，固有彝儀；名列子倫，所宜降禮。既高閎之共處，豈列戟以重施？丙鵲印傳家，蟬聯襲寵。斗樞踰貴，既昇八座之榮；社土啟封，遂及一經之嗣。胡爲令子，罔達宏規？以謂秩視諸公，幸列分茅之位；勳崇三品，請頒立棨之儀。展矣攸司，詳夫大體。且乘軒服冕，雖同列國之權；問寢趍庭，豈有異門之制？縱未該於令式，宜必棄於謀猷。況乎尊有壓卑之文，備存典册〔二〇〕；子存避父之禮，綽著章程。國有人〔二一〕焉，古之道也。恩榮沓至，任旌高熲〔二二〕之勳；制度罔愆，宜喜柳彧之見。必當固執，無謂他規。《戴記》傳芳，車馬猶稱於不及；《隋書》勸〔二三〕善，棨戟寧聞於再頒？必採禮卿之詞，勿貽侯氏之過。

乙夜居於外丙往弔之或責其非

余靖

宴安有度，式貴慎儀；出處無容，固宜行弔。既自愆於所止，亦何怒於相隨？乙德之不脩，動而有悔。安身克謹，當從嫡寢之間；居外尤非，自比遭喪之變。眷惟益友，深達彝章。朝夕四時，既失常於訪問；吉凶五禮，遂矯辭於禍災。縱未盡於嫌疑，抑已陳于規誨。進退可度，燕衣將亂於悲哀；居處以〔二四〕莊，環絰何慙於諷刺？爾惟失節，我豈廢言？所期克舉其儀，孰謂不知而作？衣服宮室，雖弗襲於褻裳；揖讓周旋，固可譏於床第。理既同於事死，問乃比于知生。況彰終夕之嫌，復異致齋之制。改容并進，雖興言偃之非；問疾同詞，宜守仲尼之訓。弔之可也，人其謂何？

乙爲政請隳都城譏其無備辭云都城不過百雉

余靖

政在保民，固宜多備；城苟過制，何謂弱枝？爰啟見機之謀，當許復隍之請。乙器能高世，忠亮拔群。方推許國之忠，遽展濟時之略。以謂金湯作固，誠多藩屏之功；控帶相高，必啟寇戎之害。式陳良筭，允叶明謀。庇民無假於深池，頽牆願填於濬洫。且赫連定霸，雖增蒸土之勞；士薦知權，寧慎寘薪之役？深詳得失，妙察〔二五〕興衰。縱墨翟多能，九攻聞解帶之術；而鄭丹遠識，五大有在邊之譏。蓋虞乎讎必保焉，盍循乎古之制也？今京不度，在百雉以貽憂；夫魯有初，諒三都之必毁。允合仲尼之志，何慙由也之忠。

丁去官而受舊屬饋與或告其違法訴云家口已離本任　余　靖

食檗養廉，執心斯可；及瓜受代，改操則非。安得因其去官，遂不思於潔己？丁也才高有位〔二六〕，秩滿將遷。飛鳳啣書，亦既榮於寵命；解龜罷政，遂靡讓于好羞。謂行邁〔二七〕之有期，曾厭私而不懼。況古之循吏，名列青編。掛府丞之魚，誠在涖官之日；留壽春之犢，實惟去任之晨。何乃肆貪，罔知守節？歌鄧侯之五鼓，曾是遵途；持山陰之一錢，當思勵俗。徒欣苟得，豈曰能謀？重耳受飧，蓋當於旅食；叔向〔二八〕反錦，益愧於公行。如云不爾瑕疵，則恐罔知紀極。推恩布化，未聞晝象之遺風；黷貨啟奸，遽恣貪狼之本性。縱離境壤，終喪廉隅。減三等以定刑，乃九章之垂統。

甲爲縣令士〔二九〕　乙與其故人丙醉毆乙乙詣縣訟丙令問曰傷乎曰無傷也相識乎曰故人三十年矣嘗相失乎曰未也何爲而毆汝乎曰醉也解之使去有司劾甲故出丙罪甲曰鬬不至傷敕許在村了奪耆長則可縣令顧不可乎

王回

令親民而毆之於善者也，士所以學爲君子也。今釋一醉忿相毆笞四十之過，全其三十年間未嘗相失之交。毆民於善，而責士以君子之道者也。仲尼爲魯司寇，赦父子之訟；漢馮翊〔三〇〕韓延壽，不肯決昆弟之争。篤於親而故舊不遺，其義蓋一耳。甲之所爲，於古爲能教，於今爲應法，不可劾。

甲爲出妻已告其在家嘗出不遜語指斥乘輿有司言雖出妻而所告者未出時事也或疑薄君臣之禮隆夫婦之恩律不應經

王回

指斥乘輿，臣民之大禁，至死者斬，而旁知不告者，猶得徒一年半。所以申天子之尊於海内，使雖遐遜幽陋之俗，猶無敢竊言訕侮者。然《書》稱商、周之盛，王聞小人怨詈，乃皇自恭德不以。風俗既美，而臣民儼然戴上，不待刑也。則此律所禁，蓋出于秦、漢之苛耳。若妻爲夫服斬衰而降，其義甚重，傳《禮》已來，未之有改也。且挾虐犯法，既許自訴，而七出義絶，和離之類，豈有它〔一二〕怨？顧恬然藉衽席之所知，喜爲路人，擠之死地，其惡憨矣。宜如有司所論已，若夫減所告罪一等，甲同自首。以律附經，竊謂非薄君臣之禮，而隆夫婦之恩也。

校勘記

〔一〕『宕』，底本作『實』，據六十三卷本改。宋本《東坡後集》、明成化刊本《蘇文忠公全集》作『宕』。

〔二〕『指』，六十三卷本作『韻』。宋本《東坡後集》、明成化刊本《蘇文忠公全集》作『指』。

〔三〕『瞽曠』，底本作『師曠』，據六十三卷本改。

〔四〕『□皇』，底本上一字空缺。六十三卷本作『而□』，下一字漫漶難識。

〔五〕『廊』，底本誤作『廓』，據六十三卷本改。

〔六〕『漠』，底本誤作『漢』，據六十三卷本改。

〔七〕『德』，底本作『宗』，據六十三卷本改。宋本《王文公文集》作『德』。明嘉靖刊本《臨川先生文集》此篇題作《景靈宫修蓋英宗皇帝神御殿上梁文》。

〔八〕『二』，底本作『三』，據六十三卷本改。宋本《王文公文集》、明嘉靖刊本《臨川先生文集》作『二』。

〔九〕『執』，六十三卷本作『獻』。宋本《王文公文集》作『執』。明嘉靖刊本《臨川先生文集》作『獻』。

〔一〇〕『鏑』，底本誤作『謫』，據六十三卷本改。宋本《王文公文集》、明嘉靖刊本《臨川先生文集》作『鏑』。

〔一一〕『饋祀』二字，底本上一字空缺，下一字作『祝』，據六十三卷本補改。宋本《王文公文集》、明嘉靖刊本《臨川先生文集》作『饋祀』。

〔一二〕『漁』，底本作『虞』，據六十三卷本改。宋本《後山居士文集》作『漁』。

〔一三〕『擾』，底本作『病』，據六十三卷本改。宋本《後山居士文集》作『擾』。

〔一四〕『餘』，底本作『儲』，據六十三卷本改。宋本《後山居士文集》作『餘』。

〔一五〕『播』『擒』，底本空缺，據六十三卷本補。

〔一六〕『諒』，底本作『謀』，據六十三卷本改。

〔一七〕『漏』，底本誤作『論』，據六十三卷本改。

〔一八〕『逋』，底本作『捕』，據六十三卷本改。

〔一九〕『棨』，底本作『啟』，據六十三卷本改。

〔二〇〕『册』，底本作『策』，據六十三卷本改。

〔二一〕『人』，底本作『大』，據六十三卷本改。

〔二二〕『高潁』，底本誤作『高穎』，據六十三卷本改。

〔二三〕『勸』，六十三卷本作『權』。

〔二四〕『以』，六十三卷本作『不』。

〔二五〕『察』，底本作『識』，據六十三卷本改。

〔二六〕『位』，底本誤作『立』，據六十三卷本改。

〔二七〕『邁』，底本作『返』，據六十三卷本改。

〔二八〕『叔向』，底本誤作『叔魚』，據六十三卷本改。
〔二九〕『士』，底本無，據六十三卷本補。
〔三〇〕『翊』，底本誤作『朝』，據六十三卷本改。
〔三一〕『它』，底本誤作『穴』，據六十三卷本改。

新校宋文鑑卷第一百三十

校者按：底本此卷抄配，據六十三卷本刻卷校改。

題跋

跋放生池碑

歐陽脩

右《放生池碑》，不著書撰人名氏。放生池，唐世處處有之。王者仁澤，及於草木昆蟲，使一物必遂其生，而不爲私惠也。惟天地生萬物，所以資於人，然代天而治物者，常爲之節，使其足用而取之不過，萬[一]物得遂其生而不夭，三代之政如斯而已。《易大傳》曰：『庖犧氏之王也』，『能通神明之德，以類萬物之情。作結繩而爲網罟，以佃以漁』。蓋言其始教民，取物資生，而爲萬世之利，此所以爲聖人也。浮屠氏之説，乃謂殺物者有罪，而放生者得福。苟如其言，則庖犧氏遂爲人間之聖人，地下之罪人矣。

跋華嶽題名

歐陽脩

右《華嶽題名》，自唐開元二十三年，訖後唐清泰二年，實二百一年，題名者五百十一[二]

人，再題者又三十三人，録爲十卷，往往當時知名士也。或兄弟同遊，或子姪並侍，或寮屬將佐之咸在，或山人處士之相携，或奉使奔命有行役之勞，或窮高望遠極登臨之適。其富貴貧賤，歡樂憂悲，非惟人事百端，而亦世變多故。開元二十三年，歲在丙午，是歲天子耕籍田，肆大赦，群臣方頌太平，請封禪，蓋有唐極盛之時也。清泰二年，歲在乙未，廢帝篡立之明年也。是歲石敬瑭以太原反〔三〕，召契丹，入自雁門，廢帝自焚于洛陽，而晉高祖入自太原，五代極亂之時也。始終二百年間，或治或亂，或盛或衰，而往者來者，先者後者，雖窮達壽夭參差不齊，而斯五百人者，卒歸于共盡也。其姓名歲月，風霜剥裂，亦或在或亡，其存者，有千仞之山石爾。故特〔四〕録其題刻，每撫卷慨然，何異臨長川而歎逝者也！

跋平泉草木記

歐陽脩

右《平泉草木記》，李德裕撰。余嘗讀鬼谷子書，見其馳説諸侯之國，必視其爲人材性賢愚、剛柔緩急，而因其好惡喜懼憂樂而捭闔之，陽開陰塞，變化無窮，顧天下諸侯無不在其術中者，惟不見其所好者不可得而説也。以此知君子宜慎其好。蓋泊然無欲，而禍福不能動，利害不能誘，此鬼谷之術所不能爲者，聖賢之高致也。其次簡其所欲，不溺於所好，斯可矣。若德裕者，處富貴，招權利，而好奇貪得之心不已，至或疲弊精神于草木，斯其所以敗也。其遺戒有云『壞一草一木者，非吾子孫』，此又近乎愚矣。

跋景陽井銘

歐陽脩

《景陽井銘》不著撰人名。述隋滅陳，叔寶與張麗華等投井事。其後有銘以戒，又有唐江寧縣丞王震《井記》，云井在興嚴寺，其石檻銘有序，稱『余』者，晉王廣也。其文字皆磨滅，僅可識者，其十一二。叔寶事，史書之甚詳，不必見于此。然録之以見煬帝躬自滅陳，目見叔寶事，又嘗自銘以爲戒如此。及身爲淫亂，則又過之，豈所謂下愚之不移者哉？今其銘文隱隱尚可讀處有云『前車已傾，負乘將没』者，又可歎也！

跋王獻之法帖

歐陽脩

右王獻之法帖。余嘗喜覽魏、晉以來筆墨遺跡，而想前人之高致也。所謂法帖者，其事率皆弔哀候病，敘暌離，通訊問，施於家人朋友之間，不過數行而已。蓋其初非用意，而逸筆餘興，淋漓揮灑，或妍或醜，百態横生，披卷發函，爛然在目。使人驟見驚絶，徐而視之，其意態愈無窮盡。故使後世得之，以爲奇翫，而想見其人也。於高文大册，何嘗用此？而今人不然，至或棄百事，滋弊精疲力，以學書爲事業，用此終老而窮年者，是真可笑也。

讀李翺文

歐陽脩

予始讀《復性書》三篇，曰此《中庸》之義疏爾。智者識其性，當[五]復《中庸》，愚者雖讀此不曉也，不作可焉。又讀《與韓侍郎薦賢書》，以謂翺特窮時，憤無薦己者，故丁寧如此，使其得志，亦未必然。以翺爲秦、漢間好事行義之一豪儁，亦善諭人者也。最後讀《幽懷賦》，然後置書而歎不已，復讀不自休。恨翺不生于今，不得與之交；又恨予不得生翺時，與翺上下其論也。況迺翺一時有道而能文者，莫若韓愈。愈嘗有賦矣，不過『羨二鳥之光榮，歎一飽而無時』爾。推是心，使光榮而飽，則不復云矣。若翺獨不然，其賦曰：『衆囂囂而雜處兮，咸歎老而嗟卑。視予心之不然兮，慮行道之猶非。』怪神堯以一旅取天下，後世子孫，不能以天下取河北以爲憂。嗚呼！使當時君子，皆易其歎老嗟卑之心爲翺所憂之心，則唐之天下豈有亂與亡哉？然翺幸不生今時，見今之事，則憂又甚矣，奈何今之人不憂也？余行天下，見人多矣，脱有一人能知翺憂者，又皆疏遠，與翺無異，其餘光榮而飽者，一聞憂世之言，不以爲狂人，則以爲病子，不怒則笑之矣。嗚呼！在位而不肯自憂，又禁他人，使皆不得憂，可歎也矣！

讀封禪書

劉敞

劉子曰：新垣平候日再中，文帝以建元，言汾陰有寶鼎氣，乃效於後。平之于術，亦可免矣。其卒以詐死，爲世大僇，何哉？彼以其術爲遠，而飾之以巧，以其利爲迂，而益之以諂者也，敗不亦宜乎？是故博學而精擇之，正言而謹守之，不爲頃〔六〕久變志，不以利鈍遷慮，辟此患也。莊周有言『毋以人狥天，毋以故滅命』，豈新垣平之謂耶？悲矣！

書种放事

王　回

景德二年，右諫議大夫种放，賜假遊嵩山。真宗御資政殿，置酒餞放，侍臣當直者四人預之。時有司不宿戒，宣召既集，皆相顧莫敢就坐。上乃親定其儀，翰林學士晁迥西面侍上，資政殿學士王欽若東面侍上，知制誥朱巽南次迥，待制戚綸南次欽若，放北面對上，示特客之云。酒半，上作七言詩一首賜放，放奉和。侍臣應詔皆作，而欽若最後成二首焉。

初，放養其母，隱終南山，講經書，著《嗣禹》《表孟子文》，秦、蜀諸生多從之游。其母好道家言，脩辟穀之術。放阿其好，終身不娶婦。世以其能行人之所難，益高之，朝臣屢表薦聞。太宗召之，辭疾不出。上即位，張齊賢以舊相守京兆，又薦焉，乃遣内供奉官周班齎手詔召放。放應召，既至，拜右司諫，直昭文館，賜名第什器，御厨給膳，四遷至工部侍郎，卒。放雖居官，屢請假還山，上輒爲作詩置酒餞之。後賜兩制三館學士等御筵，餞之於瓊林苑。常手詔問以政事，欲大用之，放辭乃止。

昔堯起舜于畎畝之中，位以司徒；商高宗起傅説于巖野，而位冢宰。彼授受之際，不嫌駭衆如此，而功烈竟立，豈藉其虚名而誕後世哉？竊觀真宗特禮寵放，近世天子蓋未聞也。而放之行，乃叛其所學，以棄人倫爲難，有君而無臣，惜哉！放既正己不足，則其用捨行止之節曷議焉。

書襄城公主事

王　回

唐太宗長女襄城公主，出降太常卿汾州刺史蕭鋭。初，公主在女時，篤行好禮，太宗賢之，嘗指以誨諸公主。既降鋭，鋭父宋國公瑀尚無恙，而太宗敕有司爲公主起第，公主辭曰：『婦事舅姑，如子事父母〔七〕，定省朝夕，所以養也，而容〔八〕别居者，據何理也？』太宗不許，而公主固辭不可奪。太宗乃即瑀之私第，其旁隋煬舊晉邸，葺以爲襄城公主第。第成，當施公主棨戟於門，公主又辭曰：『禮無以抗於尊者爲榮也。今舅之門既立戟矣，而更于女門施戟，是婦抗於舅而爲禮，豈所以榮女也？』太宗不許，而公主終辭不可奪。太宗乃敕以公主棨戟并施于宋國公之門。

昔堯將任舜以天下，以二女嬪之畎畒之中，而不敢留于帝室者，以舜有父母，未順其心，雖與天下，舜必不受也。使舜受之，顧非所以任天下者也。周之王姬嫁于諸侯，車服不繫其夫，猶執婦道以成肅雝之德。故其詩曰：『曷不肅雝，王姬之車。』自秦以來，祖於申、韓之術，其治務以隆君抑臣爲甚〔九〕。天子之女，特創其號曰公主，而婿者不得自當其妃匹，曰尚公主。其弊之漸，至于父母不敢畜其子，舅姑不敢畜其婦。原其故，以隆君抑臣爲治也。而使人倫誖于上，風俗壞于下，又豈所以隆君而治哉？嗚呼！以唐太宗之明，常指襄城以誨諸女，可謂知其賢矣。然襄城辭切于禮，而應于治古之効，猶勞于再三，而僅從其請〔一〇〕，則他〔一一〕公主之有舅姑者，蓋〔一二〕亦别居耳。蓋〔一三〕弊流于千載者，雖願治之明主，猶不遽變其習也，而一女子卓然出其間，可不謂賢哉！

書洪範傳後

王安石

王安石曰：古之學者，雖問以口，而其傳以心；雖聽以耳，而其受者意。故爲師者不煩，而學者有得也。孔子曰：『不憤不啟，不悱不發。舉一隅不以三隅反，則不復也。』夫孔子豈敢愛其道，鶩天下之學者，而不使蚤有知乎？以謂其問之不切，則其聽之不專；其思之不深，則其取之不固。不專不固，而可以入者，口耳而已矣。吾所以教者，非將善其口耳也。孔子没，道日以衰熄，浸淫至于漢，而傳注之家作，爲師則有講而無應，爲弟子則有讀而無問。非不欲問也，以經之意爲盡于此矣，吾可無問而得也。豈特無問，又將無思。非不欲思也，以經之意爲盡于此矣，吾可以無思而得也。夫如此，使其傳注者皆已善矣，固足以善學者之口耳，而不足善其心，況其有不善乎？宜其歷年以千數，而聖人之經卒于不明，而學者莫能資其言以施于世也。

予悲夫《洪範》者，武王之所以虚心而問，與箕子之所以悉意而言，爲傳注者汩之，以至于今冥冥也，于是爲作《傳》以通其意。嗚呼！學者不知古之所以教，而蔽于傳注之學也久矣。當其時，欲其思之深，問之切，而後復正歟，則吾將孰待而言耶？孔子曰『予欲無言』，然未嘗無言也，其言也，蓋有不得已焉。孟子則天下固以爲好辯，蓋邪説暴行作，而孔子之道幾於熄焉，孟子者〔一四〕不如是，不足與有明也。故孟子曰：『予豈好辯哉？予不得已也。』夫予豈樂反古之所以教，而重爲此譊譊哉？其亦不得已焉者也。

讀江南録

王安石

故散騎常侍徐公鉉，奉太宗命撰《江南録》，至李氏亡國之際，不言其君之過，但以曆數存亡論之。雖有愧于實録，其於《春秋》之義、《春秋》，臣子爲君親諱，禮也。箕子之説，周武王克商，問商所以亡，箕子一不忍言商惡，以存亡國宜告之〔一五〕。徐氏《録》爲得焉。然吾聞國之將亡，必有大惡，惡者無大于殺忠臣。國君無道，不殺忠臣，雖不至于治，亦不至于亡。紂爲君至暴矣，武王觀兵於孟津，諸侯請〔一六〕伐紂，武王曰未可，及聞其殺王子比干，然後知其將亡也，一舉而勝焉。季梁在隨，隨人雖亂，楚人不敢加兵。虞不〔一七〕用宫之奇之言，晉人始有納璧假道之謀。然則忠臣，國之與也，存與之存，亡與之亡。

予自爲兒童時，已聞金陵臣潘佑以直言見殺，當時京師因舉兵來伐，數以殺忠臣之罪。及得佑所上諫李氏表觀之，詞意質直，真〔一八〕忠臣之言。予諸父中舊多爲江南官者，其言金陵事頗詳，聞佑所以死，則信。然則李氏之亡，不徒然也。今觀徐氏《録》，言佑死頗以妖妄，與予舊所聞者甚不類。不止于佑，其它所誅者，皆以罪戾，何也？予甚怪焉。若以商紂及隨、虞二君論之，則李氏亡國之君必有濫誅，吾知佑之死信爲無罪，是乃徐氏匿之耳。何以知其然？吾以情得之。

大凡毁生于嫉，嫉生于不勝，此人之情也。吾聞鉉與佑皆李氏臣，而俱稱有文學，十餘年争名于朝廷。當李氏之危也，佑能切諫，鉉獨無一説。佑見誅，鉉又不能力諍，卒使其君有殺忠臣之名，踐亡國之禍，皆鉉之由也。鉉懼此過，而又恥其善不〔一九〕及于佑，故匿其忠而汙以它罪，此人情之常也。以佑觀之，其它所誅者，又可知矣。噫！若果有此，吾謂鉉不惟厚誣忠臣，其欺吾君，不亦甚乎！

讀孟嘗君傳

王安石

世皆稱孟嘗君能得士，士以故歸之，而卒賴其力，以脱于虎豹之秦。嗟乎！孟嘗君特雞鳴狗盗之雄耳，豈足以言〔二〇〕得士？不然，擅齊之彊，得一士焉，宜可以南面而制秦，尚何〔二一〕取雞鳴狗盗之力哉？夫雞鳴狗盗之出其門，此士之所以不至也。

書刺客傳後

王安石

曹沫將而亡人之城，又刼〔二二〕天下盟主，管仲因勿倍以市信一時可也。予獨怪智伯國士豫讓，豈顧不用其策耶？讓誠國士也，曾不能逆策三晉，救智伯之亡，一死區區，尚足校哉！其亦不欺其意者也。聶政售于嚴仲子，荆軻豢于燕太子丹，此兩人者，汙隱困約之時，自貴其身，不妄〔二三〕願知，亦曰有待焉。彼挾道德以待世者，何如哉？

讀柳宗元傳

王安石

余觀八司馬，皆天下之奇材也，一爲叔文所誘，遂陷于不義，至今士大夫欲爲君子者，皆羞道而喜攻之。然此八人者既困矣，無所用于世，往往能自彊以求別于後世，而其名卒不廢焉。而所謂欲爲君子者，吾多見其初而已，要其終，能毋與世俯仰，以自別于小人者少耳，復何議于彼哉？

書沿淮巡檢廳壁

傅堯俞

巡檢職捕盗，職舉則盗去，如失其職，兵皆盗也。何則？上既不戢，下從而縱，恃賴勢力，侵漁良民，非盗而何？噫！鼠竊狗偷者，逐可去，捕可擒，縶縲囚戮，其勢易制。至于士兵，一得縱放，則欺擾公行，使民口膠舌結，噤不敢出聲，是誠盜之巨〔二四〕者。新息腋淮面山，地雖褊隘，實爲咽喉，故置巡檢，提健兵百人，以遏狂寇。官事脩舉，民倚之得安存。一非其人，下罹苦害。以區區之邑，若先用百盜縱乎其間，傍與它盜者併力賊之，則雖欲背死趍生，路亦無繇也。

曹君德華，受命職捕盜。既至，頗革前弊，約身廉，馭兵嚴，士不敢犯民，則向所謂百盜者，固以息矣。于是封域静寧，帖焉亡驚，居日多暇，頗圖燕安。先是，視事廳風頹雨剥，殆不可居，德華醜之，命工新其棟宇。雖有取于民，半出私奉。規模宏偉，數倍平昔，可以示壯大。若益堅其廉，益厲其嚴，雖亡是廳不害，居是廳不愧。苟怠〔二五〕其廉，弛〔二六〕其嚴，則是廳廣豁遂深，軒危瑰琦，更盛于今日，亦奚以爲哉？徒增過重不德耳。後人至者，其廉與嚴，思有以上曹君可也。若曰某屋未豐于是廳，某屋未華于是廳，思以土木之功加之，則可乎？不可也。吾懼來者不知，而務侈以殘吾民，志壁以示之。

書賈偉節廟

傅堯俞

息之滅亡移徙，尚矣。其俗頗好鬼，視正直聰明之神，則蔑然〔二七〕。先是，邑之南幾十數里，有其故侯之廟，國人事之，簫鼓豆牢，歲時甚謹。而公之祠在新城之北，密邇民閻，不遠數步，門宇不崇，奠享不恭，人之至者，歲無一二。予甚疑，乘間因詢諸故老，僉曰：『侯之祠，不信不祀，則禍福時至；賈公之神，雖不祭，不我爲害。』予曰：『嘻！來，吾語爾。侯爲息之君，不能保有爾衆，至于喪社稷而亡國，其身殞，則其靈歟，惡乎能驚動此民，而禍福加于後世？此其怪妖依憑，恐諸愚以倖祀爾。若賈公者，其民之主乎！昔爾之先有子，曰男曰女，皆殺而不育。公爲邑之長，嚴爲制而禁之，賴是生者以千數，非公，息民其遂絶，爾將安出？昔之男，爾民之父也；昔之女，爾民之母也。活爾父母而不報，可乎？況公之英風靈氣固當未泯，以昔時之人，今日未必無陰相也，反以其不禍，誣以其不能而怠之，罪孰甚焉？爾歸，厚報爾之主可也，無爲奔走乎怪妖之庭。況《禮》曰「有功德于民則祀之」，是公之堂可祠，而侯之廟可廢。惜也吾之賤，而侯之廟在籍，去之不可。爾聽吾言而亟改，則爾之休茂〔二八〕矣。』僉曰唯，而心不以爲然，事如初。異日過公之祠，登公之堂，傷民之過，遂志于壁：

活爾父母，莫報不舉，實吾神之侮。爲民禍尤，豆牢是求，則吾神之羞。我瞻公之象，昂昂可仰。我想公之靈，英英如生。厚矣公德，在息之國。嗟哉息民，忘公之仁。嗚呼！怪妖是趍，明靈是誣。爾則無知，神不爾誅！

書魏鄭公傳

曾　鞏

予觀太宗嘗屈己以從群臣之議，而魏鄭公之徒喜遭其時，感知己之遇，事之大小，無不諫諍，雖其忠誠自至〔二九〕，亦得君以然也。則思唐之所以治，太宗之所以稱賢主，而前世之君不及者，其淵源皆出于此也。能知其有此者，以其書存也。及觀鄭公以諫諍事付史官，而太宗怒之，薄其恩禮，失終始之義，則未嘗不反覆嗟惜，恨其不思，而益知鄭公之賢焉。

夫君之使臣，與臣之事君者何？大公至正之道而已矣。大公至正之道，非滅人言以揜已過，取小亮以私其君，此其不可者也。又有甚不可者，夫以諫諍爲當掩，是以諫諍爲非美也，則後世誰復當諫諍乎？況前代之君有納諫之美，而後世不見，則非惟失一時之公，又將使後世之君，謂前代無諫諍之事，是啟其怠且忌矣。太宗末年，群下既知此意而不言，漸不知天下之得失，至于遼東之敗，而始恨鄭公不在世，未嘗知其悔之萌芽出于此也。

夫伊尹、周公，何如人也？伊尹、周公之諫切〔三〇〕其君者，其言至深，而其事至迫也，存〔三一〕之于《書》，未嘗揜焉。至今稱太甲、成王爲賢君，而伊尹、周公爲良相者，以其書可見矣。令當時削而棄之，成區區之小讓，則後世何所據依而諫？又何以知其賢且良與？桀、紂、幽、厲、始皇之亡，則其臣之諫詞〔三二〕無見焉，非其史之遺，乃天下不敢言而然也。則此諫諍之無傳，乃此數君之所以益暴其惡于後世而已矣。

或曰：《春秋》之法，爲尊、親、賢者諱，與此戾也。夫《春秋》之所諱者惡也，納諫諍豈惡乎？然則焚藁者非歟？曰：焚藁者誰歟？非伊尹、周公爲之也，近世取區區之小亮者爲之耳。其事又未是〔三三〕也，何則？以焚其藁爲掩君之過，而使後世傳之，則是使後世不見藁之是非，而必其過常在于君，美常在于己也，豈愛其〔三四〕君之謂歟？孔光之去其藁之所言，其在正邪，未可知也，其焚之而惑後世，庸詎知非謀己之奸計乎？

或曰：造辟而言，詭辭而出，異乎此。曰：此非聖人之所曾言也。今萬一有是理，亦謂君臣之間，議論之際，不欲漏其言于一時之人耳，豈杜其告萬世也？噫！以誠信待己而事其君，而不欺乎萬世者，鄭公也，益知其賢云。豈非然哉，豈非然哉！

書資治通鑑外紀後

劉　恕

劉恕曰：孔子作《春秋》，筆削美刺，子游、子夏，門人〔三五〕之高弟，不能措一辭。魯太史左丘明，以仲尼之言高遠難繼，而爲之作《傳》，後之君子不敢紹續焉。惟陸長源《唐春秋》、尹洙《五代春秋》，非聖而作，經猶《春秋》〔三六〕，吳、楚之君僭號稱王，誅絶之罪也。《左氏傳》據魯史，因諸侯國書，繫年敘事，《春秋》所貶損大人當世君臣有威權勢力，其事實皆形于《傳》，故隱其書而不宣，以免時難。後漢獻帝以班固《漢書》文繁難省，命荀悦依《左傳》體爲《漢紀》，言約事詳，大行于世。晉太康初，汲郡人發魏襄王冢，得《紀年》，文大意〔三七〕似《春秋》，其所記事多與左氏符同，諸儒乃知古史記之正法。自是袁宏、張璠、孫盛、干寶、習鑿齒以下，爲編年之書。至唐五代，其流不廢。漢、晉《起居注》，梁、唐《實録》，皆其遺制也。《國語》亦左丘明所著，載内傳遺事，或言論差殊，而文詞富美，爲書別行。自周穆王，盡晉知伯、趙襄子，當貞定王時，凡五百餘年，雖事不連屬，于史官蓋有補焉。七國有《戰國策》，晉孔衍作《春秋後語》，并時分國，其後絶不録焉。唐柳宗元採摭片言之失，以爲誣淫，不槩于聖，作《非國語》六十七篇，其説雖存，然不能爲《國語》輕重也。司馬遷始撰本紀、年表、八書、世家、列傳之目，史臣相續，謂之正史。

本朝去古益遠，書益煩雜，學者牽于屬文，專尚《西漢書》，博覽者乃及《史記》《東漢書》，而近代士頗知《唐書》。自三國至隋，下逮五代，懵然莫識，承平日久，人愈怠惰。《莊子》文簡而義明，玄言虚誕而似理，功省易習，陋儒莫不尚之，史學浸微矣。案歷代國史，其流出于《春秋》。劉歆叙《七略》，王儉撰《七志》，《史記》以下，皆附《春秋》。荀勗分四部，《史記》舊事入丙部；阮孝緒《七録》，記傳録記史傳，由是經與史分。夫今之所以知古，後之所以知今，因善惡以明褒貶，察政治以見興衰，《春秋》之法也。使孔子贊《周〔三八〕易》，不作《春秋》，則後世以史書爲記事瑣雜之語。《春秋》列于六藝，愚者莫敢異説，而終不能曉也。

恕皇祐初舉進士，試于禮部，爲司馬公門生，侍于大儒，得聞餘論。嘉祐中，公嘗謂恕曰：『《春秋》之後，迄今千餘年，《史記》至《五代史》，一千五百卷，諸生歷年莫能竟其篇第，畢世不暇舉其大略，厭煩趨〔三九〕易，行將泯絶。予欲託始于周威烈王命韓、魏、趙爲諸侯，下訖五代，因丘明編年之體，倣荀悦簡要之文，網羅衆説，成一家書。』恕曰：『司馬遷以良史之才，叙黄帝至秦、漢興亡治亂。班固以下，世各名家。李延壽總八朝爲《南北史》，而言詞卑弱，義例煩雜，書無表、志，沿革不完。梁武帝《通史》，唐姚康復《統史》，近世亡軼，不足稱也。公欲以文章論議成歷世大典，高勳美德，褒贊流于萬世；元兇宿姦，貶絀甚于誅殛。上可繼仲尼之經，丘明之傳，司馬遷安可比擬？荀悦何足道哉？』治平三年，公以學士爲英宗皇帝侍講，受詔脩歷代君臣事跡。恕蒙辟置史局，嘗請于公曰：『公之書不始于上古或堯、舜，何也？』公曰：『周平王以來，事包《春秋》，孔子之經，不可損益。』曰：『曷不始于獲麟之歲？』曰：『經不可續也。』恕乃知賢人著書，尊避聖人也如是，儒者可以法矣。

熙寧三年冬，公出守京兆，明年春，移帥潁川，固辭不行，退居洛陽。恕褊狷好議論，不敢居京師，請歸江東養親，又以新書未成，不廢刊削，恕亦遥隸局中。嘗思司馬遷《史記》始于黄帝，而庖犧、神農闕漏不録，公爲歷代書，而不及周威烈〔四〇〕王之前，學者考古，當閲小説，取舍乖異，莫知適從。若魯隱之後，止據《左氏》、《國語》、《史記》、諸子而增損，不及《春秋》，則無與於聖人之經。包犧至未命三晉爲諸侯，比于後事，百無一二，可爲前紀。本朝一祖四宗，一百八年，可請實録、國史於朝廷，爲後紀。昔何承天、樂資作《春秋》前後傳，亦其比也。將俟書成，請于公而爲之。

熙寧九年，恕罹家禍，悲哀憤鬱，遂中癱瘓。右肢既廢，凡欲執筆，口授稚子義仲書之。常自念平生事業，無一成就，史局十年，俛仰竊禄，因取諸書，以《國語》爲本，編《通鑑前紀》。家貧，書籍不具。南徼僻陋，士人家不藏書。卧病六百日，無一人語及文史。昏亂遺忘，煩簡不當。遠方不可得國書，絶意于後紀，乃更《前紀》曰《外紀》，如《國語》稱《春秋外傳》之義也。

自周共和元年庚申，至威烈王二十二年丁丑，四百三十八年，見于《外紀》。自威烈王二十三年戊寅，至周顯德六年己未，一千三百六十二〔四〕年，載于《通鑑》。然後一千八百年之興廢大事，坦然可明。

昔李弘基用心過苦，積年疾而藥石不繼。盧昇之手足攣廢，著《五悲》而自沉潁水。予病眼病創，不寐不食，才名不逮二子，而疾疹艱苦過之。陶潛豫爲祭文，杜牧自撰墓志，夜臺甫邇，歸心若飛，聊序不能作《前》《後紀》而爲《外紀》焉。它日書成，公爲《前》《後紀》，則可刪削《外紀》之煩冗，而爲《前紀》，以備古今一家之言。恕雖不及見，亦平生之志也。

校勘記

〔一〕「萬」，六十三卷本作「故」。宋慶元二年周必大刻本《歐陽文忠公集》、元本《歐陽文忠公集》作「故（集本作萬）」。

〔二〕「五百十一」，底本誤作「五百人一」，據六十三卷本改。宋慶元二年周必大刻本《歐陽文忠公集》、元本《歐陽文忠公集》作「五百（集本有十字）一」。

〔三〕「反」，底本無，據六十三卷本補。宋慶元二年周必大刻本《歐陽文忠公集》、元本《歐陽文忠公集》作「反」。

〔四〕「特」，底本作「時」，據六十三卷本改。宋慶元二年周必大刻本《歐陽文忠公集》、元本《歐陽文忠公集》作「特」。

〔五〕『當』，底本作『嘗』，據六十三卷本改。宋慶元二年周必大刻本《歐陽文忠公集》、元本《歐陽文忠公集》作『當』。

〔六〕『頃』，底本空缺，據六十三卷本補。

〔七〕『毋』，底本無，據六十三卷本補。

〔八〕『容』，底本作『營』，據六十三卷本改。

〔九〕『甚』，底本作『盛』，據六十三卷本改。

〔一〇〕『請』，底本作『心』，據六十三卷本改。

〔一一〕『他』，底本誤作『化』，據六十三卷本改。

〔一二〕『蓋』，底本作『益』，據六十三卷本改。

〔一三〕『蓋』，底本作『益』，據六十三卷本改。

〔一四〕『者』，底本作『苟』，據六十三卷本改。宋本《王文公文集》、明嘉靖刊本《臨川先生文集》作『者』。

〔一五〕『以存亡國宜告之』，底本無，據六十三卷本補。宋本《王文公文集》、明嘉靖刊本《臨川先生文集》有此七字。

〔一六〕『請』，底本無，據六十三卷本補。宋本《王文公文集》、明嘉靖刊本《臨川先生文集》作『請』。

〔一七〕『不』，底本作『以』，據六十三卷本改。宋本《王文公文集》、明嘉靖刊本《臨川先生文集》作『以不』。

〔一八〕『真』，底本無，據六十三卷本補。宋本《王文公文集》、明嘉靖刊本《臨川先生文集》無此字。

〔一九〕『不』，底本無，據六十三卷本補。宋本《王文公文集》無此字。明嘉靖刊本《臨川先生文集》作

「不」。

〔二〇〕「言」，底本無，據六十三卷本補。宋本《王文公文集》、明嘉靖刊本《臨川先生文集》作「言」。

〔二一〕「何」，底本無，據六十三卷本補。宋本《王文公文集》、明嘉靖刊本《臨川先生文集》作「何」。

〔二二〕「刼」，底本作「却」，據六十三卷本改。宋本《王文公文集》、明嘉靖刊本《臨川先生文集》作「劫」。

〔二三〕「妄」，底本作「亡」，據六十三卷本改。宋本《王文公文集》、明嘉靖刊本《臨川先生文集》作「妄」。

〔二四〕「巨」，底本誤作「臣」，據六十三卷本改。

〔二五〕「怠」，底本作「弛」，據六十三卷本改。

〔二六〕「弛」，底本作「殆」，據六十三卷本改。

〔二七〕「蔑然」，底本作「反蔑如」，據六十三卷本改。

〔二八〕「茂」，底本誤作「蔑」，據六十三卷本改。

〔二九〕「至」，底本作「主」，據六十三卷本改。

〔三〇〕「切」，底本作「静」，據六十三卷本改。

〔三一〕「存」，底本作「筆」，據六十三卷本改。

〔三二〕「詞」，底本作「静」，據六十三卷本改。

〔三三〕「是」，底本作「善」，據六十三卷本改。

〔三四〕「其」，底本作「而」，據六十三卷本改。

〔三五〕「門人」，底本作「聖門」，據六十三卷本改。

〔三六〕「尹洙《五代春秋》，非聖而作，經猶《春秋》」凡十四字，底本無，據六十三卷本補。

〔三七〕「大意」，底本無，據六十三卷本補。
〔三八〕「周」，底本無，據六十三卷本補。
〔三九〕「趨」，底本作「取」，據六十三卷本改。
〔四〇〕「烈」，底本無，據六十三卷本改。
〔四一〕「二」，六十三卷本作「三」。

新校宋文鑑卷第一百三十一

校者按：底本此卷抄配，據六十三卷本刻卷校改。

題跋

書東皋子傳後

蘇軾

予飲酒終日，不過五合，天下之不能飲，無在予下者。然喜人飲酒，見客舉杯徐引，則予胸中爲之浩浩焉，落落焉，酣適之味，乃過於客。閑居未嘗一日無客，客至未嘗不置酒，天下之好飲，亦無在予上者。常以謂人之至樂，莫若身無病而心無憂。我則無是二者矣，然人之有是者接於予前，則予安得全其樂乎？故所至常蓄善藥，有求者則與之，而尤喜釀酒以飲客。或曰：『子無病而多蓄藥，不飲而多釀酒，勞己以爲人，何也？』予笑曰：『病者得藥，吾爲之體輕，飲者困於酒，吾爲之酣適，蓋專以自爲也。』

東皋子待詔門下省，日給酒三升。其弟靜問曰：『待詔樂乎？』曰：『待詔何所樂？但美醞三升，殊可戀耳。』今嶺南法不禁酒，予既得自釀，月用米一斛，得酒六斗，而南雄、廣、惠、循、梅五太守，間復以酒遺予，略計其所獲，殆過於東皋子矣。然東皋子自謂五斗先生，則日給三升，救口不暇，安能及客乎？若予者，乃日有三升五合，入野人道士腹中矣。東皋子與仲長子光游，好養性服食，預刻死日，自爲墓誌。予蓋友其人于千載，或庶幾焉。

書黄子思詩集後

蘇　軾

予嘗論書，以謂鍾、王之跡，蕭散簡遠，妙在筆畫之外，至唐顏、柳，始集古今筆法而盡發之，極書之變，天下翕然以爲宗師，而鍾、王之法益微。至於詩亦然，蘇、李之天成，曹、劉之自得，陶、謝之超然，蓋亦至矣，而李太白、杜子美以英偉絶世之姿，淩跨百代，古今詩人盡廢，然魏、晉以來，高風絶塵，亦少衰矣。李、杜之後，詩人繼作，雖間有遠韻，而才不逮意，獨韋應物、柳宗元發纖穠於簡古，寄至味於澹泊，非餘子所及也。唐末司空圖，崎嶇亂兵之間，而詩文高雅，猶有承平之遺風。其論詩曰：『梅止於酸，鹽止於鹹，飲食不可無鹽梅，而其美常在鹹酸之外。』蓋自列其詩之有得於文字之表者二十四韻，恨當時不識其妙，予三復其言而悲之。

閩人黄子思，慶曆、皇祐間號能文者。予嘗誦其詩〔一〕，每得佳句妙語，反復數四，乃識其所謂，信乎表聖之言『美在鹹酸之外』，可以一唱而三歎也！予既與其子幾道、其孫師是游，得窺其家集。而子思篤行高志，爲吏有異材，見於墓誌詳矣，予不復論，評其詩如此。

題唐氏六家書後

蘇　軾

永禪師書，骨氣深穩，體兼衆妙，精能之至，反造疎淡，如觀陶彭澤詩，初若散緩不收〔二〕，反復不已，乃識其奇趣。今法帖中有云『不具，釋智永白』者，誤收在逸少部中，然亦非禪師書也。云『謹此代申』，此唐末五代流俗之語耳，而書亦不工。

歐陽率更書，妍緊拔群，尤工於小楷。高麗遣使購其書，高祖歎曰：『觀其書，以爲魁梧奇偉人也。』此非知書者。凡書象其爲人，率更貌寒寢〔三〕，敏悟絶人，今觀其書，勁嶮刻厲，正稱其貌爾。

褚河南書，清遠蕭散，微雜隸體。古之論書者，兼論其平生，苟非其人，雖工不貴也。河南固忠臣，但有譖殺劉洎一事，使人怏怏。然余嘗考其實，恐劉洎末年〔四〕褊忿，實有伊、霍之語，非譖也。若不然，馬周明其無此語，顧太宗猶誅洎，而不問周，何哉？此殆天后朝許、李所誣，而史官不能辨也。

張長史草書，頹然天放，略有點畫處，而意態自足，號稱神逸。今世稱善草書者，或〔五〕不能真、行，此大妄也。真生行，行生草，真如立行〔六〕草如走，未有未能行立而能走者也。今長安猶有長史真書《郎官〔七〕石柱記》，作字簡遠，如晉、宋間人。

顔魯公雄秀獨出，其書一變古法，如杜子美詩，格力〔八〕天縱，奄有漢、魏、晉、宋以來風流，後之作者，殆難復措手。

柳少師書，本出于顔，而能自出新意，一字百金，非虚語也。其言『心正則筆正』者，非獨〔九〕諷諫，理固然也。

世之小人，書字雖工，而其神〔一○〕情終有睢盱側媚之態，不知人情隨想而見，如《列子》謂竊斧者乎？抑真爾也。然至使人見其書而猶憎之，則其人可知矣。余謫居黄州，唐林夫自湖口以書遺余云：『吾家有此六人書，子爲我略評之，而書其後。』林夫之書過我遠矣，而反求於余，何哉？此又未可曉也。

題逸少帖

蘇　軾

逸少爲王述所困，自誓去官，超然於事物之外，常自言吾當卒以樂死。然欲一遊岷嶺，勤勤如此，而至死不果。乃知山水遊放之樂，自是人生難必之事，況於市朝眷戀之徒，而出山林獨往之言，固已踈矣。

書鮮于子駿八詠後

蘇　軾

始余過益昌，子駿治漕利路。其後八年，余守膠西，而子駿始移漕京東。自朝廷更法以來，奉法之吏尤難其人，刻急則傷民，寬厚則廢法，二者其理難通，而山峽地瘠，民貧役重，其推行爲尤難。子駿世家南隆，親族故人，散處所〔一二〕部，以親則害法，以法則傷恩，二者其勢難全〔一三〕。是三難者萃于子駿，而子駿爲之九年，其聲藹然，聞之四方，上不害法，下不傷民，中不廢親，自講議措置，至于立法定制，皆成其手，吏民舉欣欣焉。而子駿亦自治園囿亭榭，賦詩飲酒，雍容有餘，如異時爲監司者，君子以是知其賢。

子駿以其所作《八詠》寄余，余甚愛其詩，欲作而不可及，乃書其末，以遺益昌之人，使刻石以無忘子駿之德。

書鄭玄傳

林 希

余嘗謂聖人之教尤備于禮，自堯、舜以來，積于三代，周之所以爲周者，守此也。秦悖人道，書灰於火，學士腐于坑，天下之口，不敢復言仁義，先王之道不亡而存者幾何也？賴當時耆儒老叟，遺及漢世，口諷手傳，或山巖屋壁之間，收拾缺編折册、朽蠹斷絶之餘，次而成文，猶有篇章，條類明白。蓋其初不經于聖人之手，至後世又遭磨滅，其不能完而少有訛誤，豈能免也？及得鄭氏《注》，精微通透，鉤聯潰會，故古經益以明世。學者皆知求而易入，識爲人之道者，漢諸儒之功，而成之者，鄭氏也。

其於法制，更爲章明，獨失之者，緯也。然當大壞之後，聖人不世，以一人之思慮，欲窮萬世之文，豈不難哉？世之人猶指其一二而譏之，遂以鄭爲一家之小學，噫！亦甚愚矣。蓋玩文辭，則薄于經術，抑不思其所爲功者，雖玄猶有所不敢盡，況無玄哉？當漢之末，姦雄競起，玄身出禁錮，四方聘請，不能動其志，脱一身於污濁之世，獨全其道，至使黄巾望玄而拜，不入其境。嗟夫！歷千百年，及此者迺幾人？尚敢輒訕玄哉？若玄者，可謂賢矣。

題論衡後　吕南公

傳言蔡伯喈初得此書，常秘玩以助談，或搜其帳中見之，輒抱以去，邕且丁寧戒以勿廣也。嗟乎！邕不得爲賢儒，豈不宜哉？夫飾小辯以驚俗，充之二十萬言，既自不足多道，邕則欲以獨傳爲過人之功，何繆如之？良金美玉，天下之公寶，爲其貴於可用耳。小夫下人，偶獲寸片，則卧握行懷，如恐人之弗知，又兢兢於或吾寇也。而金玉果非天下所無，信以充書爲果可用乎？孰禦天下之同貴？有如不然也，邕之志慮，曾小夫下人之及耶！

書鄭綮傳　徐積

天下之所恃而爲安危者，誰乎？曰宰相焉耳。故自朝廷百執事，至于州縣之吏，不幸而一非其人，不過敗其一局〔一三〕之事耳，至于宰相者，其人一非，則天下殆矣。雖亡宗赤族，何益於敗？蓋天子之於天下也，得其術，則其道甚易。宰相佐天子治天下，以一身而當天下之責，雖得其術，其道甚難。

《臨》之六五曰『知臨，大君之宜』，此豈非易乎？《乾》之九三曰『君子乾乾，夕惕若』，此豈非難乎？然而人皆易之，何也？曰：不知量也。今有馬于此，且其行不過百里也，驅而倍之，則馬且病矣。龠合升㪷之量，各有所受也，一〔一四〕以龠合而加之㪷升之上，則溢矣，況㪷升之受一斛之量乎？故一邑之才，施之一郡則不可也，其以一郡之才而當天下之責，可乎？此黄霸之所以得令名于前，而見譏于後也，況遠不迨霸乎？甚矣！人之不知量也。

《坤》之六五『黄裳元吉』，蓋君子之有諸中，形諸外，如此可也。《大有》之九二曰『大車以載』，蓋君子以盛德大烈，當天下之責，如此則可也。《乾》之九三曰『君子終日乾乾』，蓋君子履天下之危，當天下之責，其憂勞如此可也。忠烈如伊尹，勳勞如周公，而又終以謙，《易》曰：『勞謙，君子有終，吉。』嗚呼！其難若此，而人皆易之，何也？曰：好之也。尊官重禄，固人之所好也，不如是，不足充其好，快其欲。彼安肯曰：吾不才也，吾辱其位者，即有禍敗隨之耶！取天下笑耶！爲萬世之羞耶！甚者，亡人之國，危人之天下，不顧也。豈予謂不知量者耶，安得知量者見之乎？

予讀〔一五〕《陳平傳》，嘉平知其任；讀鄭君《傳》，愛君知其量。嗚呼！如君者，豈易得哉，豈易得哉！

題張唐公香城記後　潘興嗣

唐公，國士也，立朝敢言，名動搢紳，視萬鍾之禄不易其操，一丘一壑自謂過之。方此時，僕齒髮方少，已無仕宦意，第以琴書爲樂，相視莫逆，至於忘年，可謂以無累之神，合有道之器，不愧於古人矣。每一至此，視公筆蹟於壞壁間，字浸漫滅，惘然于懷。真覺上人好事，次録其言，勒于石。

書王知載〔一六〕昫山雜詠後　黄庭堅

詩者〔一七〕，人之情性也，非强諫争於廷，怨忿詬於道，怒鄰罵坐之爲也。其人忠信篤敬，抱道而居，與時乖逢，遇物悲喜，同牀而不察，并世而不聞，情之所不能堪，因發於呻吟調笑之聲，胸次釋然，而聞者亦有所勸勉，比律吕而可歌，列干羽而可舞，是詩之美也。其發爲訕謗侵陵，引頸以承戈，披襟而受矢，以快一朝之忿者，人皆以爲詩之禍，是失詩之旨，非詩之過也。故世相後或千歲，地相去或萬里，誦其詩而想見其人所居所養，如旦莫與之期，鄰里與之游也。

營丘王知載，仕宦在予前。予在江湖浮沉，而知載已没於河外，不及相識也，而得其人於其詩。時不遇而不怒，人不知而獨樂，博物多聞之君子，有文正公家風者耶！惜乎，不幸短命！不得發於事業，使予言信於流俗也。雖然，不期於流俗，此所以爲君子者耶！

書贈韓瓊秀才

黄庭堅

讀書欲精不欲博，用心欲純不欲雜。讀書務博，常不盡意；用心不純，訖無全功。治經之法，不獨玩其文章，談説義理而已，一言一句，皆以養心治性。事親處兄弟之間，接物在〔一八〕朋友之際，得失憂樂，一考之於書，然後嘗古人之糟粕而知味矣。讀史之法，考當世之盛衰與君臣之離合。在朝之士，觀其見危之大節；在野之士，觀其奉身之大義。以其日力之餘，玩其華藻，以此心術，作爲文章，無不如意，何況翰墨與世俗之事哉？

書邢居實南征賦後

黄庭堅

陽夏謝師復景回，年未二十，文章絶不類少年書生語。余嘗序其遺藁云：『方行萬里，出門而車軸折，可爲隕涕。』今觀邢惇夫詩賦，筆墨山立，自爲一家，甚似吾師復也。日者閲國馬，吾圉人曰：『千里駒往往不及奉輿，斃於皁櫪，駑蹇十百爲群，未嘗求國醫也。』聞之喟然曰：惇夫亦足以不朽矣！

書邢居實文卷

黄庭堅

余觀《學記》論君子之學，有本末等衰。人雖不能自期壽〔一九〕百歲，然必不躐等，如水行川，盈科而後進耳。小學之事，雖若糜費日月，要須躬行，必曉所以致大學之精微耳。吾惇夫才性高妙，超出後生千百輩，然慕大略小，初日便爲塗遠之計，則似可恨。後生可畏，當欣慕其才而鑒其失也。

題濟南伏勝圖

黄庭堅

御史晁大夫號爲峭直刻深，觀所寫形質，似未至也。然作伏勝，宛然故齊之老書生耳。又作勝女子，藹然是儒家子。此亦丹青之妙。

題摹燕郭尚父圖

黄庭堅

凡書畫當觀韻。往時李伯時爲予作《李廣奪胡兒馬》，挾兒南馳，取胡兒弓，引滿以擬追騎。觀箭鋒所直，發之，人馬皆應弦也。伯時笑曰：『使俗子爲之，當作中箭追騎矣。』余因此深悟畫格。此與文章同一關紐，但難得人入神會耳。

題陳自然畫

黄庭堅

水意欲遠，鳧鴨欲閑暇，蘆葦風霜中猶有能自持者。予觀李營丘六軸《驟雨圖》，偶得此意。陳君以佛畫名京師，戲作《秋水寒禽》，便可觀，因書以遺之。

題徐巨魚

黄庭堅

徐生作魚，庖中物耳，雖復妙於形似，亦何所賞？但令𩟗獠生涎耳。向若能作底柱折城，龍門岌嶪，驚濤險壯，使王鮪赤鱓之流，仰波而上泝，或其瑰怪雄杰，乘風霆而龍飛，彼或不自料其能薄乘時射勢，不至乎中流折角點額，窮其變態，亦可以爲天下壯觀也。

題自書卷後

黄庭堅

崇寧三年十一月，余謫處宜州半歲矣。官司謂余不當居關城中，乃以是月甲戌，抱被入宿于城南余所僦舍喧寂齋。雖上雨傍風，無有蓋障，市聲喧憒，人以爲不堪其憂，余以爲家本農耕，使不從〔二〇〕進士，則田中廬舍如是，又可不堪其憂耶？既設卧榻，焚香而坐，與西鄰屠牛之機相直。爲資深書此卷，實用三錢買雞毛筆書。

題崔圓傳後

王无咎

天下之郡，無大小遠近，天子皆爲之置賓佐曹掾者，不唯共守境土，行條約，均職務而已，固將有以出謀議，規過失也。故守臣虛躬〔二一〕屈意，以事訪于賓佐曹掾，而爲賓佐曹掾者，亦專專然不憚舉其守之缺者，乃其勢然也。予觀近世之爲郡者，多不知其勢之如此，故鮮有能盡以事訪于其屬，而爲其屬者，亦鮮有能舉上之缺。設有能然者，則往往驟取譴怒捽辱，甚者萬方掇拾行事，釀成其罪〔二二〕而去之，以騁己之憤，而遂其非焉。故今天下多不治之郡，而朝廷有不審擇之過。

予嘗有憾于此也久矣，每觀韓愈誌韓岌墓，稱其父紳卿爲揚州録事參軍，大衙會日，舉崔圓之過曰：『公與小民狎，至其家，害于政。』圓驚謝曰：『録事言是，圓實過。』乃自署罰錢五十萬，則未嘗不反覆歎慕其賢焉。及讀《唐書》，紳卿則固無傳，圓雖有傳，然是事乃不列于其中，亦可惜也。夫愈以文行賢後世，必不輕其言過譽諸人，其事可信無疑矣，然而史不列之者，豈其有遺者歟？故予輒取其事，書于傳之後以補之。噫！古之遺者良多，予獨區區以補此者，是亦有爲而然也。

書五代郭崇韜卷後

張　耒

自古大臣，權勢已隆〔二三〕極，富貴已亢滿，前無所希，則必退爲身慮，自非大姦雄包異志，與夫甚庸駑昏闒茸，鮮有不然者。然其爲慮也實難，不憂思之不深，計之不工。然異日釁之所起，往往自夫至深至工，是故莫若以正。夫正者操術簡而周，智者爲緒多而拙。夫正者無所事計也，行所當然，雖怨仇不敢議之，況繼之者賢乎？

郭崇韜於五代，亦聰明權智之士也。佐莊宗決策滅梁，遂一天下，自見功高權重，姦人議已，而莊宗之昏爲不足賴也，乃爲自安之計。時劉氏有寵，莊宗嬖之，因請立爲后，而中莊宗之欲，又結劉氏之援。此於劉氏爲莫大之恩，而莊宗日以昏湎，内聽婦言，其爲計宜無如是之良者。然卒之殺崇韜者，劉氏也。使崇韜繆計，不過劉氏不能有所助而已，豈知身死其手哉？好謀之士敗于謀，好辯之士窮〔二四〕于辯，惟道德之士爲無所窮，而禍福之變，豈思慮能究之哉？

題郇公詩帖

張舜民

我生不及郇公，而家有公選詩十卷，所選皆精，于時已信公之能詩也，迨觀此作爲信然。其文采深潤，與字書故同。當時非特郇公，大抵前輩皆若此。倘與今人語，必曰其文未甚高，其書未甚精，至其自秉筆命語，則鮮不戾者。藝顧如此，況其大者乎？苟率是求攻堅致遠之效，是以誤成事。

主父之事

張舜民

近歲渭南縣有田夫〔二五〕得宿藏于土中，凡七甕，水銀者二，金銀者五。金銀皆刻『主父』字。按漢主父偃以金敗，而至於殺其身，滅其家，今日乃知偃之死非謬也。《中庸》曰：『莫見乎隱，莫顯乎微，故君子慎其獨也。』荀卿曰：『聲無遠而不聞，行無微而不彰。』當偃之死，于今久矣，徒觀其事而不見其跡，猶未足以爲信，何以暴其數千年之後？今之人結交於户牖之間，託物于苞苴之内，期于無人之境，投于夜半之時，欲人之不我知，真愚也哉！

龍井題名

秦觀

元豐二年中秋後一日，余自吴興道杭，東還會稽。龍井有辨才大師，以書邀余入山。比出郭，日已夕，航湖至普寧，遇道人參寥，問龍井所遣籃輿，則曰：以不時至，去矣。是夕天宇〔二六〕開霽，林間月明，可數毫髮，遂棄舟，從參寥策杖，并湖而行。出雷峰，度南屏，濯足于惠因澗，入〔二七〕靈石塢，得支徑，上風篁嶺，憩于龍井亭，酌泉據石而飲之。自普寧，凡經佛寺十五，皆寂不聞人聲。道旁廬舍，或燈火隱顯，草木深鬱，流水激石〔二八〕悲鳴，殆非人間之境。行二鼓矣，始至壽聖院，謁辨才于潮音堂，明日乃還。

記殘經

李昭玘

南臺有刹，有佛書數百卷，多唐季五代時所書，字畫精勁，歷歷可喜。按《大藏經》目，凡五千四百卷，今所存纔十一，首尾可讀者又無幾也。

《阿含經》四卷，泰寧軍節度使齊克讓造。廣明元年，劉漢宏合黄巢侵揚州，高駢按兵不出，詔克讓屯汝州。會許州部將周岌〔二九〕殺其帥薛能，克讓懼下〔三〇〕叛，引其軍還岌〔三一〕。十二月巢攻潼關，克讓復出戰關外，士飢，燒營以譟，克讓遽走入關，勢不能守，賊遂犯京師。昔王縉相代宗，或夷狄入寇，必合衆沙門誦《護國仁王經》爲禳厭，人事不修，而終以賕敗。嗚呼！將相大臣，不能以身任社稷安危，而託浮屠氏以生死，負天下多矣，然辱國喪師，不罹誅殛之禍者，又何幸也！

《正法華經》一卷，乾符六年，女弟子牛妙音書。禧宗既立，天下多亂，盜賊群嘯。王仙芝摇毒于江湖，黄巢磨牙于閩粵，荒墟暴骨，不堪行路。士大夫顧唐將亡，竄匿避禍，如觸網罟〔三二〕，畏死無日。閨門女子區區媚佛以自救，亦可哀矣！

《大涅槃般若經》，共三十卷，武寧軍節度使朱友恭造。友恭，全忠養子李彦威也，後爲龍武都統軍，與氏〔三三〕叔琮同殺昭宗，全忠亟誅之，以滅天下謗。此經天復三年所書。崔垂休召全忠誅宦官，韓全誨刼天子奔鳳翔，昭宗初不知謀，全忠既至，帝怒諭使還鎮，未幾復引兵薄城下，惡焰赫然，寖逼輿衛。强藩悍鎮，陰虞爛額之禍，進退首鼠，莫肯同出一手以扶天步。全忠禍心滋大，欺天盗國，人共怨怒，友恭猶詭情佞佛，以厭天下耳目。使世無佛則可，果佛能報應人，則又將欺佛而盗福〔三四〕，不亦愚乎？

《毗奈耶雜事》一卷，德妃伊氏造。唐莊宗次妃。初，神閔敬皇后劉氏，以微賤得立，歸賜于佛。性喜聚斂，貨賄〔三五〕山積，惟寫佛書，饋賂僧尼，而士卒不得衣食。妃爲此經，豈非畏后所偪耶？後有印章曰『燕國夫人伊氏』，蓋未進封時所鑄〔三六〕也。唐制，太后、皇后〔三七〕之寳皆司寶〔三八〕主之，未嘗用印，凡封令書，即太后用宫官印，皇后用内侍省印，而夫人不聞有用印之禮。是時兩宫交通藩鎮，使者旁午於道，而恬不知禁，則夫人私自鑄，亦不爲僭矣。按《五代史》稱使〔三九〕妃與韓淑妃居太原，晉高祖反時，爲契丹所虜，不知是經何從至也。

其餘中斷横裂，蟲鐫鼠齧，雨敗塵腐，無復完綴。想夫飄散蹂藉，炷燈拭案，補壞帷，塞屋漏者，又不勝其數也。釋氏之戒，能爲人寫四句偈，獲福無量，心生不信，罪抵千劫。今其徒〔四〇〕怠棄如此，何頑頓之甚也！不然，禍福自人，不在於黄藤赤軸之間耶？余感其禍亂之跡，殘缺之餘，因書其事，聊寄其一嘆云。

書洛陽名園記後

李格非

洛陽處天下之中，挾殽、黽之阻，當秦、隴之襟喉而趙、魏之走〔四一〕集，蓋四方必争之地也。天下常無事則已，有事則洛陽必先受兵。余故嘗曰：洛陽之盛衰者，天下治亂之候也。方唐貞觀、開元之間，公卿貴戚開館〔四二〕列第於東都者，號千有餘邸。及其亂離，繼以五季之酷，其池塘竹樹，兵車蹂蹴，廢而爲丘墟；高亭大樹，煙火焚燎，化而爲灰燼。與唐共滅而俱亡者，無餘處矣。余故嘗曰：園囿之興廢者，洛陽盛衰之候也。且天下之治亂，候於洛陽之盛衰，而知洛陽之盛衰，候於園囿之興廢而得，則《名園記》之作，余豈徒然哉？嗚呼！公卿大夫方進於朝，放乎以一己之私自爲，而忘天下之治忽，欲退享此，得乎？唐之末路是矣。

跋薛唐卿秦璽文

周行己

李斯篆，世傳爲第一，學者莫不愛之。吾每見其書，幾不疾唾而却走者，何哉？謂夫人善成其君之過也。夫秦之君，其資亦未若桀、紂之惡之甚也，而二三臣釀其君於不善，則又有甚焉者。嗚呼斯乎！是嘗去《詩》《書》以愚百姓者乎？是嘗聽趙高以立胡亥者乎？是嘗殺公子扶蘇與蒙恬者乎？是嘗教其君嚴督責而安恣睢者乎？使其璽不得傳者，斯人也，而其刻晝，吾忍觀之哉？顧唐卿猶區區珍藏之者，豈不欲傳百世以爲監歟？吁！是何以監也。

書與賈明叔書後呈崔德符

田晝

此書成，與諸弟讀之，相對悲不自勝。嗟乎！身長七尺，氣塞天地，不能飽一母，富家僮僕，猒飫粱肉。吾道非耶？奚爲而至此？然折節售文章，真鄙夫事，此書遲遲未投，尚惜此也。其勢正如提孤軍，薄堅敵，矢窮力盡，餉道不繼，伏兵又從而乘之，當是時，不折北者鮮矣，公其籌之！

書張主客遺事名咸寧，字子安，華州人〔四三〕。

晁詠之

祖宗以武定天下，至章聖時，益厭兵。澶淵之役，契丹之衆可覆而取也，縱其去，不忍殺。

自是不復言兵，封泰山，祀汾陰，天神降格，休祥並至，以文太平。縉紳之士，以此相繼受爵秩于朝，將相大臣，往往列於三公，侍從多至丞郎以上，其以武受賞者，殆無其人。此主客公之功所以不録也。然公之名繇此以顯，出入中外，爲時名臣。蓋當時廷臣奉使于外者，舉天下三四十人耳。邦之大計，總于三司，而諸道各有轉運使一人，其財賦調度，凡利害[四四]之入悉歸之。其權比今爲甚重，每改使一道，輒推恩官其子若孫一人，其它禮遇稱此。蓋其部吏尊其使者，亦稱此。公名既以此聞，位[四五]亦以此進。是時大臣多白首耆艾，加公十年之壽，以馴致公卿必矣，然則朝廷未嘗薄公之功也。

論者見公一旦斷河橋，捕朱能，滅其凶燄，而賞不加，不知朝廷所以待士大夫者固自有在。或比公仲連，辭封不願，其言美矣，然仲連縱横辨士，眩奇於衰世，非公之所願學。嘗觀景德、祥符以來，風俗淳厚，士大夫人人自重，有長者之風。公之不自言，其所以自處蓋甚厚，非有激而爲者。方其少時，以經明動場屋；其爲吏，以治劇名一時。大臣多薦公者，寇萊公知公尤深，然則公之所養可知。蓋自公繼其父光禄公起家，至公百有餘年，傳六世，世有人，其澤未艾。彼以尺寸之勢，自鬻於一時，過取爵位者，曾不旋踵，輒致負[四六]敗，顧何以傳來世？然則天之所以報公亦甚厚。

詠之官長安，公之曾孫介夫爲鄠令，間以事抵府，數相過。愛其温厚儒雅，意其先世必有盛德之士，果得公遺事，爲考其世而論之。

校勘記

〔一〕『誦其詩』，底本作『聞前輩詩』。宋本《東坡後集》、明成化刊本《蘇文忠公全集》作『聞前輩誦其詩』。

〔二〕『收』，底本誤作『反』，據六十三卷本改。宋本《東坡後集》、明成化刊本《蘇文忠公全集》作『收』。

〔三〕『寢』，底本無，據六十三卷本補。宋本《東坡後集》、明成化刊本《蘇文忠公全集》作『寢』。

〔四〕『末年』，底本空缺，據六十三卷本補。宋本《東坡後集》、明成化刊本《蘇文忠公全集》作『末年』。

〔五〕『或』上，底本有一『有』字，據六十三卷本删。宋本《東坡後集》、明成化刊本《蘇文忠公全集》無『有』字。

〔六〕『立行』，底本作『行立』，據六十三卷本改。宋本《東坡後集》、明成化刊本《蘇文忠公全集》作『立行』。

〔七〕『官』，底本作『中』，據六十三卷本改。宋本《東坡後集》、明成化刊本《蘇文忠公全集》作『官』。

〔八〕『力』，底本作『尤』，據六十三卷本改。宋本《東坡後集》、明成化刊本《蘇文忠公全集》作『力』。

〔九〕『獨』，底本作『特』，據六十三卷本改。宋本《東坡後集》、明成化刊本《蘇文忠公全集》作『獨』。

〔一〇〕『神』，底本作『性』，據六十三卷本改。宋本《東坡後集》、明成化刊本《蘇文忠公全集》作『神』。

〔一一〕以上自『貧役重』至『散處所』，凡二十二字，底本缺，六十三卷本亦無，據明嘉靖刊本《事類備要》補。

〔一二〕『其勢難全』，底本作『難全其勢』，據六十三卷本改。明嘉靖本《事類備要》作『其勢難全』。

〔一三〕『局』，底本作『隅』，據六十三卷本改。明嘉靖刊本《節孝先生文集》作『局』。

〔一四〕「一」，底本無，據六十三卷本補。明嘉靖刊本《節孝先生文集》作「以」。

〔一五〕「讀」，底本作「讃」，據六十三卷本改。明嘉靖刊本《節孝先生文集》作「讀」。

〔一六〕「王知載」，底本「王」誤作「黄」，據六十三卷本改。宋乾道本《豫章黄先生文集》作「王知載」。

〔一七〕「詩者」，底本誤作「詩書」，據六十三卷本改。宋乾道本《豫章黄先生文集》作「詩者」。

〔一八〕「在」，底本作「交」，據六十三卷本改。宋乾道本《豫章黄先生文集》作「在」。

〔一九〕「期壽」，底本作「壽」，六十三卷本作「期」，宋乾道本《豫章黄先生文集》作「期壽」，據以改。

〔二〇〕「從」，六十三卷本作「入」。宋乾道本《豫章黄先生文集》作「從」。

〔二一〕「躬」，底本無，據六十三卷本補。

〔二二〕「罪」，底本作「禍」，據六十三卷本改。

〔二三〕「隆」，底本無，據六十三卷本補。

〔二四〕「窮」，底本作「敗」，據六十三卷本改。

〔二五〕「田夫」，底本作「田父」，據六十三卷本改。

〔二六〕「宇」，底本作「雨」，據六十三卷本改。宋乾道刻宋元明遞修本《淮海集》、明嘉靖刊本《淮海集》作「宇」。

〔二七〕「入」，底本無，據六十三卷本補。宋乾道刻宋元明遞修本《淮海集》、明嘉靖刊本《淮海集》作「入」。

〔二八〕「激石」，底本作「上激」，據六十三卷本改。宋乾道刻宋元明遞修本《淮海集》、明嘉靖刊本《淮海集》作「激激」。

〔二九〕「周岌」，底本作「周公」，據六十三卷本改。
〔三〇〕「下」，底本誤作「不」，據六十三卷本改。
〔三一〕「岌」，底本誤作「衮」，據六十三卷本改。
〔三二〕「網罟」，底本作「罟網」，據六十三卷本改。
〔三三〕「氏」，底本空缺，據六十三卷本補。
〔三四〕「福」，底本誤作「禍」，據六十三卷本改。
〔三五〕「賄」，底本作「財」，據六十三卷本改。
〔三六〕「鑄」，底本作「制」，據六十三卷本改。
〔三七〕「皇后」，底本「后」字缺，據六十三卷本補。
〔三八〕「司寶」，底本無，據六十三卷本補。
〔三九〕「使」，底本作「德」，據六十三卷本改。
〔四〇〕「徒」，底本無，據六十三卷本補。
〔四一〕「之走」二字，底本無，據明《古今逸史》本《洛陽名園記》補。
〔四二〕「開館」，六十三卷本作「門館」。明《古今逸史》本《洛陽名園記》作「開館」。
〔四三〕篇題下，六十三卷本有注：「名咸寧，字子安，華州人。」據以補入。
〔四四〕「害」，底本無，據六十三卷本補。
〔四五〕「亦稱此。公名既以此聞，位」十字，底本無，據六十三卷本補。
〔四六〕「負」，底本作「隕」，據六十三卷本改。

新校宋文鑑卷第一百三十二

校者按：底本此卷抄配，據六十三卷本刻卷校改。

樂語

正旦〔一〕教坊致語

宋祁

臣聞璿杓東指，披寶典以開年；玉節南馳，重歡隣而講好。國美春臺之享，朝推宴俎之慈。用洽樂康，式昭熙盛。恭惟尊號皇帝陛下，紹承丕烈，奄宅中邦。坐黄屋以訓恭，擁緑圖而進道。五辰順理，九扈告豐。圓璧方琮，并薦精純之祀；巽風解雨，交流曠蕩之恩。五刑則解網畫冠，一尉則垂橐卧鼓。鴻休紹至，協氣翔臻。屬歲朔之申儀，加使華之修聘。爰開廣殿，胥慶佳辰。王人捧日以揚輝，方丈移山而獻壽。珍群肅穆，晬表顒昂。瑞藻躍魚，嘉鎬京之飲酒；翠梧傾鳳，應韶舞之樅金。式均蒙湛之仁，普詠叢雲之旦。臣濫巾法部，旅進神庭，竊忭亨期，敢陳〔二〕口號：

千官星拱侍凝旒，紫殿餘寒已暗收。日湛露華浮宴席，天回春色徧皇州。雲韶三闋翔朱鷺，錦幕千層舞翠虬。拭玉隣邦通使節，萬齡亨會慶洪猷。

勾合曲

宋祁

玉色凝温，盛慶儀于千〔三〕日；葵心委照，同華宴于需雲。矧韶律以方融，顧群萌之將達。宜陳備奏，用洽太和。徐韻宮商，教坊合曲。

勾小兒隊

宋祁

綵岫岧嶢，爛仙葩于曉日；霞裾轉炫，疊華鼓于春雷。烏漏未移，鸞觴在御。宜進游童之列，俾陳逸綴之妍。上奉宸歡，教坊小兒入隊。

隊名

宋祁

紫殿開慈宴，青衿綴舞行。

問小兒

宋祁

便娟躡履，皆竹馬之髫齡；蹀躞交竿，盡蘭觿之雅飾。既樂陶姚之化，盍陳象勺之因？進叩天階，雍容敷奏。

小兒致語

宋　祁

臣聞慶朔履端，儼鷺雍而四會；賓隣馳騁，拭虹玉以申歡。嘉乃禮成，眷兹祚〔四〕首。爰詔夏渠之饗，允昭交泰之期。恭惟尊號皇帝陛下，德總右文，功宣下武。順四時之和燭，濟萬世於夷庚。海不揚波，地無愛寶。屬以階蓂肇曆，律鳳回春。順邦令以布和，脩國儀而行慶。承雲調露，方諧廣樂之音；醽飲陪飱，普適中衢之賜。洽歡心于蘋鹿，暢群抃于先〔五〕鼇。臣等雖愧妙年，同欣盛際。既造規蒲之地，願陳秉翟之容。未敢自專，伏候進旨。

勾雜劇〔六〕

宋　祁

回鸞逗節，已遍於餘妍；舒雁分行，聊停於合奏。天顔益粹，日舍方徐。宜參優孟之滑稽，式助都塲之曼衍。童裳卻立，雜劇來歟。

放隊

宋　祁

金徒漏改，玉斝巡周。既殫雅舞之容，復罄歡謡之樂。宜遵矩步，歸詠雩風。再拜天階，相將好去。

教坊致語

王珪

臣聞高廪登秋，美粢盛之已報；需雲命燕，嘉飲食之維時。況寶曆之逢熙，復皇居之乘豫。樂與群臣之飫，翕同萬物之和。恭惟尊號皇帝陛下，德邁前王，仁敷中寓。虎旗犀甲，韜兵武庫之中；桂海冰天，獻賮彤墀之下。邦有休符之應，民躋壽域之康。候爽氣于重霄，置清觴于别殿。下珍群之鵷鷺，發和奏之笙鏞。于時日上扶桑，風生閶闔。度芝蓋于丹城〔七〕，降金輿于紫闥。百獸感和，來舞帝虞之樂；群生遂性，如登老氏之臺。固已追平樂之勝遊，掩柏梁之高會。臣謬參法部，獲望清光，靡揆才蕪，敢進口號：

翠輦鳴鞘下未央，千官齊望赭袍光。霜清玉佩中天響，風轉金爐合殿香。仙路忽驚蓬島近，晝陰偏度漢宮長。年年萬寶登秋後，常與君王獻壽觴。

勾合曲

王珪

露泛帝觴，凝九秋之灝氣；星聯朝弁，燦初日之祥〔八〕暉。方《魚藻》以均歡，宜《簫韶》之合奏。宸遊正洽，樂節徐行。上悦天顔，教坊合曲。

勾小兒隊　王珪

燕觴飛羽，方歌《湛露》之詩；廣樂擬金，已極鈞天之奏。宜命遊童之綴，來陳舞佾之容。上奉皇慈，教坊小兒入隊。

隊名　王珪

紅茵鋪禁〔九〕吧，絳節引仙童。

問小兒隊　王珪

宸庭廣御，仰倖太紫之躔〔一〇〕；鈞樂更和，曲盡咸英之奏。何處采髦之侶，輒趍文陛之前。必有所陳，雍容敷奏。

小兒致語　王珪

臣聞舜帝深仁，衆極慕羶之樂；周家盛德，時歌在藻之娛。矧逢下武之期，屢洽登年之瑞。張君臣之廣燕，焕今古之多儀。恭惟尊號皇帝陛下，躬神睿之姿，撫休明之運。禮樂兼于三代，文章邁于兩京。矧乃武庫韜戈，戎亭徹候。百蠻犇走，南踰銅鼓之鄉；萬里謳謡，西出玉關之路。今則清商應律，滯穗盈疇。奏《肆夏》之音，事軼元侯之饗；詠《嘉魚》之什，禮交君子之歡。足以崇勝會于難追，騰頌聲于無既。臣等生陶醲化，謬齒伶坊。雖在童髦，嘗習舞干之妙；趣〔一一〕趍君陛，願隨樂節之行。未敢自專，伏候進止。

勾雜劇　王珪

華旌低〔一二〕影，觀童舞之成文；畫敔〔一三〕收聲，識鈞音之終曲。助以優人之伎，卜爲清晝之歡。上懌宸顔，雜劇來歟。

放小兒隊　王珪

銅壺遞箭，屢移宮樹之音；鷺羽充庭，久曳童髦之綵。既闋韶音之奏，難停舞綴之容。再拜天階，相將好去。

勾女弟子隊　王珪

華簪照席，再嚴百辟之趍；寶幄更衣，復覩中天之坐。宜度仙韶之曲，更呈舞袖之妍。上奉皇慈，兩軍女弟子入隊。

隊名　王珪

宫錦祥鸞下，仙磬採鳳來。

問女弟子隊　王珪

金徒緩刻，延麗日于壺中；翠羽飛觴，醉流霞于天上。何仙姿之綽約，叩丹陛以踟躕。須有剖陳，近前敷奏。

女弟子致語　王珪

妾聞候凝〔一四〕霜降，屬百工之告休；歌起《鹿鳴》，見群臣之合好。矧萬機之多豫，復千載之盛期。啟燕良辰，騰歡綿寓。恭惟尊號皇帝陛下〔一五〕，嚮明紫極，儲思巖廊。邁三皇五帝之風，紹一祖二宗之烈。候亭相屬，不賫萬里之糧；年廩屢登，又美曾孫之稼。時及授衣之候，民多擊壤之禧。廣慈惠于前儀，慶升平于兹日。玉觴盈醴，均流《湛露》之恩；翠虡摐金，合奏《洞庭》之曲。感福休于靡極，召和樂于無窮。妾等幸遇昌時，預陳法部。舉聽鏗純之節，來參蹈厲之容。未敢自專，伏候進止。

勾雜劇

王珪

鸞拂宫茵，極七盤之妙態；鳳儀仙曲，終九奏之和聲。方鎬飲之窮歡，宜秦優之進技。宸顔是奉，雜劇來歟。

放女弟子隊

王珪

宫花剪彩，恍疑天上之春；海日啣規，忽覺人間之暮。宜整羽衣之綴，却回雲島之遊。再拜彤庭，相將好去。

集英殿秋宴教坊致語

元絳

臣聞灝氣澄爽，當金飈沆碭之時；巖廊穆清，乃黄屋燕閒之日。肆陳廣會〔一六〕，申惠庶工。慶盛世之熙隆，浹輿情而鼓舞。恭惟皇帝陛下，九乾毓粹，三象儲精。丕承累洽之基，茂建大中之治。縱横文武，聲教塞于天淵；出入聖神，威靈震于戎狄。方且輯瑞而朝群后，垂筴而揖三皇。光圖麗史之祥，紛綸而洊至；軼漠踰沙之貢，竭蹷以相趍。運獨化于陶鈞，寘懷生于仁壽。屬商熚之遒暮，方歲物之順成。特御大庭，爰開高宴。動韶蹕于丹禁，集朝簪于赤墀。美樂在陳，下九苞之鳳舞；嘉觴來上，騰萬歲之山聲。續《卿雲》復旦之歌，合《湛露》晞陽之雅。臣等叨參法部，幸對威顔，上瀆聖聰，敢進口號：

秋風閶闔九門開，天上鳴鞘步輦來。萬樂筦弦流紫府，千官簪佩集鈞臺。華胥雲霧凝仙仗，南極星辰入壽杯。既醉太平均五福，明良賡載詠康哉。

勾合曲　元絳

金飈日爽，慶嘉生登稔之祥；玉座天臨，宣惠宴均懽之澤。宜按《鳳韶》之奏，載賡《魚藻》之歌。上奉宸嚴，教坊合曲。

勾小兒隊　元絳

簫韶迭奏，通天地以均和；簪組相趍，協君臣之同樂。宜命垂髫之侶，來陳舞象之容。徐韻宮商，教坊小兒入隊。

隊名　元絳

舞羽虞庭樂，歌雲沛水童。

問小兒隊

元絳

廣樂張庭，華茵匝地。何爾童觽之侶，來瞻宸扆之嚴。必有叙陳，分明敷奏。

小兒致語

元絳

臣聞霜氣始肅，登萬寶以順成；金行當期，奄四夷而率服。乘蕭辰之爽澈，開廣宴之光華。親御九宸，均懽百辟。恭惟皇帝陛下，至仁溥博，盛德昭清。獨覩萬化之源，遐踵三皇之武。振張禮樂，垂玉度于區中；揔攬英雄，憺霆威于徼外。神功廣運，聖業永昌。方黄屋之清居，乘素商之令序。肆瑶席于黼帳，下瑀輿于紫闈。壽斝九行，懽聲動而六鼇抃；鈞簫八闋，和氣浹而丹鳳翔。仰屬重熙，誕膺多福。臣等甫當髫鬌，幸閲聲明。習戲康衢，嘗爲于蹈舞；進趍文陛，願效于伎能。未敢自專，伏候進止。

勾雜劇

元絳

疊鼓凝簫，未已九成之奏；垂髫佩韘，暫分八佾之行。宜陳優戲之容，上奉威顔之樂。再更妙引，雜劇來歟。

放小兒隊　元　絳

金胥漏緩，玉案香濃。美[一七]酒千鍾，眷簪紳之具醉；童衣五綵，促步武以將歸。再拜天階，相將好去。

勾女弟子隊　元　絳

日轉彤墀，香飄黼座。宜旅陳于舞綴，以仰奉于宸懽。上悅天顔，兩軍女弟子入隊。

隊名　元　絳

承雲鈞籟合，迴雪舞袿[一八]輕。

問女弟子隊[一九]　元　絳

翠華日麗，玉殿風清。飄然妙舞之容，來此丹塗之地。帝暉在望，晝漏已移。必有叙陳，分明敷奏。

女弟子致語

元絳

妾聞周詩既醉，工歌均五福之祥；漢宴無譁，國禮重九儀之序。方戒肅霜之候，特推湛露之恩。百辟相趨，三靈共悅。恭惟皇帝陛下，握樞臨極，秉籙御乾。道昭五聖之光，孝奉兩宮之養。聰文若古，動雲漢之昭回；智武如神，馳雷霆之震赫。羌戎率服，稼穡阜成。當秋籥之澄凝，方政機之暇豫。轉清蹕于黄道，集華簪于赤墀。汎齊千鍾，共享罇樽之美；《咸池》九奏，具聞天籟之和。維兹燕愷之娱，屬是休嘉之會。妾等叨陪樂府，得踐宫塗。望咫尺之威，實欣于天幸；效蹁躚之舞，願奉于宸懽。未敢自專，伏候進止。

勾雜劇

元絳

舞佾徊翔，已奉建章之會；倡俳調笑，宜來平樂之塲。上悦天顔，雜劇來歟。

放女弟子隊

元絳

香凝黼幄，聽玉漏之頻移；日轉文茵，顧霓裳之久駐。已盡七盤之妙，宜還三洞之遊。再拜天階，相將好去。

集英殿秋宴教坊致語　蘇軾

臣聞天無言而四時成，聖有作而萬物覩。清浄自化，雖仰則于帝心；愷悌不回，亦俛同于衆樂。屬此九秋之候，粲然萬寶之成。吾王不遊，何以勞農而休老；君子如喜，則必大亨以養賢。恭惟皇帝陛下，孝通神明，仁及草木。行堯禹之大道，守成康之小心。華夷來同，天地并應。以謂福莫大于無事，瑞曷加于有年。南極呈祥，候秋分而老人見；西夷慕義，涉流沙而天馬來。嘉與臣工，肅陳燕俎。禮元侯於三夏，諧庶尹於九成。宣〔二〇〕示御觴，聳近臣之榮觀；臚傳天語，溢兩廡之歡聲。臣等幸覩昌辰，叨塵法部。採謡言于擊壤，助矇瞍之陳詩。仰奉威顏，敢進口號：

霜霏〔二一〕碧瓦尚生煙，日泛彤庭已集仙。藹藹四門多吉士，熙熙萬國屢豐年。高秋爽氣明宮殿，元祐和聲入管絃。菊有芳兮蘭有秀，從臣誰和白雲篇？

勾合曲　蘇軾

西風入律，間歌秋報之詩；南籥在庭，備舉德音之器。絃匏一倡，鐘鼓畢陳。上奉宸嚴，教坊合曲。

勾小兒隊

蘇軾

皇慈下逮，罄百執以均歡；衆技畢陳，示四方之同樂。宜進垂髫之侣，來脩秉翟之儀。上奉威顔，教坊小兒入隊。

隊名

蘇軾

登歌依頌磬，下管舞成童。

問小兒隊

蘇軾

大君有命，肆陳管磬之音；童子何知，入簉工師之末。欲詳來意，宜悉奏陳。

小兒致語

蘇軾

臣聞天行有信，正得秋而萬寶成；君德無私，日將旦而群陰伏。清風應律，廣樂在庭。占歲事于金穰，望天顔之玉粹。沐浴膏澤，詠歌昇平〔二二〕。恭惟皇帝陛下，天縱聰明，日躋聖知。無一物之失所，得萬國之懽心。雖擊壤之民，固何知于帝力；而後天之祝，亦各抒其下情。臣等幸以齠齔之年，得居仁壽之域。詠《舞雩》于沂水，久樂聖時；唱《銅鞮》于漢濱，空慙俚曲。

願陳舞綴，少奉宸懽，未敢自專，伏候進止。

勾雜劇　蘇軾

朱絃玉琯，屢進清音；華翟文竿，少停逸綴。宜進詼諧之技，少資色笑之歡。上悦天顔，雜劇來歟。

放小兒隊　蘇軾

回翔丹陛，已陳就日之誠；合散廣庭，曲盡流風之妙。歌鍾告闋，羽籥言旋。再拜天階，相將好去。

勾女童隊　蘇軾

錦薦雲舒，來九成之丹鳳；霞衣鱗集，隱三疊之靈鼉。上奉宸嚴，教坊女童入隊。

隊名　蘇軾

香雲〔一三〕浮繡扆，花浪舞彤庭。

問女童隊　　蘇　軾

清禁深嚴，方縉紳之雲集；仙音嘽緩，忽簪珥之星陳。徐步香茵，悉陳來意。

女童致語　　蘇　軾

妾聞鈞天廣樂，空傳帝所之遊；閶闔清風，理絶庶人之共。夫何仙聖，靡隔塵凡？仰瞻八采之威，自慶千齡之遇。恭惟皇帝陛下，乾健而粹，離明以文。規摹六聖之心，人將自化；儀刑文母之德，天且不違。樂兹大有之年，申以示慈之會。虞韶既畢，夏籥將興。妾等分綴以須，審音而作。願俟上歌之闋，少同率舞之歡。未敢自專，伏取進止。

勾雜劇　　蘇　軾

絃匏迭奏，干羽畢陳。洽聞舜樂之和，稍進齊諧之技。金絲徐韻，雜劇來歟。

放隊　　蘇　軾

羽觴湛湛，方陳《既醉》之詩；鼉鼓淵淵，復奏『言歸』之曲。峨鬟佇立，斂袂却行。再拜天階，相將好去。

會老堂致語

歐陽脩

某聞安車以適四方，禮典雖存于往制；命駕而之千里，交情罕見于今人。伏惟致政少師，一德元臣，三朝宿望。挺立始終之節，從容進退之宜。謂青衫早並于俊遊，白首各諧于歸老。已釋軒裳之累，却尋雞黍之期。遠無憚于川塗，信不渝于風雨。幸會北堂之學士，方爲東道之主人。遂令潁水之濱，復見德星之聚。里閭〔二四〕拭目，覺陋巷以生光；風義聳聞，爲一時之盛事。敢陳〔二五〕口號，上贊清歡：

欲知盛集繼荀陳，請看當筵主與賓。金馬玉堂三學士，清風明月兩閑人。紅芳已盡鶯猶囀，青杏初嘗酒正醇。美景難并良會少，乘歡舉白〔二六〕莫辭頻。

哀辭

哭尹舍人詞并序

富弼

亡友河南尹洙，字師魯，嘗爲起居舍人，直龍圖閣，知渭州。乙酉歲，謫官漢東，未幾，稍遷于均。疾且革，訪醫南陽，以託范公，醫不效，遂没焉。時予官汶上，又東徙乎盧，距其没所遠甚，歎師魯之不得見，復不得撫其櫬，一祭其神，因追思其平生所可列，恨未有以卒其志，爲辭而哭之：

嗚呼！人皆貴，君實悴焉；人皆富，君實窶焉；人皆老，君實夭焉。吾知君爲深，是三者舉非君之志，不〔二七〕吾焉哭？哭必義。始君作文，世重淫麗。諸家舛殊，大道破碎〔二八〕。漫漶費詞，不立根柢。號類嘯朋，爭相教甚。上翔公卿，下典書制。君于厥時，了不爲意。獨倡古道，以救其敝。時俊化之，識文之詣。今則亡矣，使斯文不能救其源而極其致，吾是以哭之。始君爲學，遭世乖離。掠取章句，屬爲文詞。經有仁義，曾非所治。史有褒貶，亦弗以思。君顧而歎，嫉時之爲。鉤抉六籍，潛心以稽。上下百世，指掌而窺。功不苟進，習無匪彝。今則亡矣，使所學不能信于人而用于時，吾是以哭之。惟文與學，二事既隆。充用而衷，豐于而躬〔二九〕。純深蘊積，資而爲德。行乎己而已必裕，行乎家而家必克。今則亡矣，使賢者之行，不能移人心而化大國，吾是以哭之。積德既成，道隨而生。謀罔不究，動必有經。列于庭則以蹇諤見黜，任〔三〇〕于邊則以威懷取寧。才望既出，讒嫉以興。酷罰嗣降，慍色不形。今則亡矣，使君子之道不能被天下而致太平，吾是以哭之。

嗚呼師魯！君生于時，實惟恢奇〔三一〕，鍾此具美。謂必有光大以奮，康濟是期，胡既厚其稟，而反速其萎？凡粤中蘊，百無一施。豈茫茫下土，天亦有所不知耶？將冥冥上穹，人固非其所司耶？何惡不必釁，而善不必禔？忠良而夭，險狠而耆。汩淆參錯，顛倒乖睽。天其或者世不欲常泰，人不欲常熙？吾疑夫激者之論，差不得而信之，第于師魯，哭無已而。一哭而慟，再哭而咽，三哭而魂離，四哭而腸絶。蘇而復哭，哭又不足，聊以寫吾之哭聲而寓于辭，庶不泯没于陵谷。

哀穆先生文

蘇舜欽

嗚呼！穆伯長以明道元年夏，客死於淮西道中。友人蘇叔才子美作詩悼之，遣人馳弔之。痛夫道不光，予又次其一二行〔三二〕，以鑑于世，爲文哀之。

先生字伯長，名脩，幼嗜書，不事章句，必求道之本原，皆記士徒無意處〔三三〕，熟習評論之。性剛介，喜于背俗，不肯下與庸人小合，願交者多固拒之。議事堅明，上下今古皆可録。然好詆卿弼，斥言時病，謹細後生畏聞之。又獨爲古文，其語深峭宏大，羞爲禮部格詩賦。咸平中，舉進士，得出身，調泰州司法參軍，牧守稱其才，貳郡者惡之。又嘗以言忤貳郡者，守病告，貳郡者〔三四〕私黠吏，使誣告先生賂，具獄，聚左證，後召先生，使衆參考之，由是貶池州。中道竄詣闕下，叩登聞鼓稱冤，會貳郡者死，復受譴于朝，後累恩得爲蔡州參軍。

先生自廢來，讀書益勤，爲文章益根柢于道，然恥以文干有位，以故困甚。張文節守亳，亳之士豪者作佛廟，文節使以騎召先生作記。記成，竟不竄士名，士以白金五斤遺之曰：『枉先生之文，願以此爲壽。』又使周旋者曰：『士所以遺者，乞載名于石，圖不朽耳。』既而亟召士讓之，投金庭下，遂俶裝去郡，士謝之，終不受，嘗語之曰：『寧區區糊口爲旅人，不爲匪人辱吾文也。』天聖末，丞相有欲置爲學官者，耻詣謁之，竟不得。嘗客京師南河邸中，往往醉，暮歸邊地，如不省持者。夜半，邸人猶聞其吟誦喟嘆聲，因隙窺之，則張燈危坐，苦瞶執卷，亦出〔三五〕曙，用是貸其資。母喪，徒跣自負櫬〔三六〕成葬，日誦《孝經》《喪記》，未嘗觀佛書、飯浮屠氏也。識者哀憐之，或厚遺之，則必爲盜取去，不然且病，或妻子卒。後得柳子厚文，刻貨之，售者甚少。踰年，積得百緡，一子輒死，將還淮西，遇病，氣結塞胸中不下，遂卒。

噫吁！天之厭文久矣！先生竟以黜廢窮苦終其身，顧其道宜不容于今〔三七〕世。然由賦數踦〔三八〕隻，常罹兵賊惡少輩所辱困，其節行至死不變。有孤懦且幼，遺文散墜不收，伯長之道，竟已矣乎！初，先生死，梁堅自解以書走上黨遺予，欲訪其文，俾予集序之。去年赴舉京師，歷問人，終不復得一篇，惟有《任中正尚書家廟碑》《静勝亭記》《徐生墓志》《蔡州塔記》，皆平昔所爲，又不足成卷。今舅氏守蔡州〔三九〕，近〔四〇〕以書使存其家，且求其所著文字，未至間，作文哀之。道不勝于命，命不會于時，吁嗟先生竟胡〔四一〕爲！

弔岳二生文并序

劉敞

今年有詔，州郡皆立學，乃命處士有不受學者勿舉之，其受學者，吏爲設員程，日夜不休，有疾病慶弔，輒書其日，爲後按賑，當償之滿日如律令，乃可舉〔四二〕。岳有兩生，自下邑辭其親而來，爲博士弟子，既久，告歸。當渡洞庭時，方大風，不可渡，兩生畏失期而吏黜之，遂渡，溺死。予悲其意而弔之。其文曰：

蓋君子道而不徑，舟而不游，所以爲孝也。彼洞庭之天險兮，夫何二子之乘舟？路幽昧以不顧兮，委死生其若浮。自古皆有死兮，子獨失身乎江流。意有所恨兮，而曾不得其由。魂放蕩而無歸兮，骨沉潛而不收。父母悲于堂上兮，妻子號乎中洲。諒行險之來患兮，信僥幸之爲尤。且使子而無學兮，又安得此之憂？是以君子溺名，小人死利，夸者没權，貪夫踣勢。豈獨二子兮，吾又以悲于今之世。競進之爲悦兮，静退之爲愚。干禄之爲敏兮，守節之爲迂。一世之皆然兮，固若人以喪軀。昔重華之事叟〔四三〕兮，躬秉耒乎歷山之下。受帝禪之不喜兮，夫孰欣于進取？乘沅湘以南征兮，吾知重〔四四〕華之絶汝。生汎汎而無名兮，死惸惸而終古。故君子審乎自得，安乎幽貞。道德爲爵，仁義爲榮。不以貴故學問，不以賤故自輕。悠悠兮江波，奈何乎二生？

蘇明允哀詞并序

曾　鞏

明允姓蘇氏，諱洵，眉州〔四五〕眉山人也。始舉進士，又舉茂才異等，皆不中。歸，焚其所爲文，閉户讀書，居五六年，所有既富矣，乃始復爲文。蓋少或百字，多或千言，其指事析理，引物託諭，侈能盡之約，遠能見之近，大能使之微，小能使之著，煩能不亂，肆能不流。其雄壯俊偉，若決江河而下也；其輝光明白，若引星辰而上也。其略如是，以余之所言，於余之所不言，可推而知也。明允每於其窮達得喪，憂歡哀樂，念有所屬，必發之于此。於古今治亂，興壞是非，可否之際，意有所擇，亦必發之于此。於應接酬酢，萬事之變者，事雖錯出于外，而用心于内者，未嘗不在此也。

嘉祐初，始與其二子軾、轍復去蜀，遊京師。今參知政事歐陽公脩爲禮部〔四六〕，又得其二子之文，擢之高等，于是三人之文章盛傳于世，得而讀之者皆爲之驚，或歎不可及，或慕而效之。自京師至于海隅障徼，學士大夫，莫不人知其名，家有其書。既而明允召試舍人院，不至，特用爲秘書省校書郎。頃之，以爲霸州文安縣主簿，編纂《太常禮書》，而軾、轍又以賢良方正策入等，于是三人者尤見于時，而其名益重于天下。治平三年春，明允上其《禮書》，未報。四月戊申以疾卒，享年五十有八。自天子輔臣，至閭巷之士，皆聞而哀之。

明允所爲文，有集二十卷行于世。所集《太常因革禮》一百卷，更定《謚法》二卷，藏于有司。又爲《易傳》，未成。讀其書者，則其人之所存可知也。明允爲人聰明辯智，遇人氣和而色温，而好爲策謀，務一出己見，不肯躡故跡，頗喜言兵，慨然有志于功名者也。二子，軾爲殿中丞直史館，轍爲大名府推官。其年以明允之喪歸葬〔四七〕于蜀也，既請歐陽公爲其銘，又請余爲辭以哀之曰：銘將納之于壙中，而辭將刻之冢上也。余辭不得，乃爲其文。曰：

嗟明允兮邦之良，氣甚夷兮志則彊。閲今古兮辨興亡，驚一世兮擅文章。御六馬兮馳無疆，決大河兮嚙浮桑。粲星斗兮射精光，衆伏玩兮彫肺腸。自京師兮泊幽荒，矧二子兮與翺翔。唱律呂兮和宮商，羽峨峨兮勢方颺。孰云命兮變不常，奄忽遊兮汴之陽。維自著兮暐煌煌，在後人兮慶彌長，嗟明允兮庸何傷！

錢君倚哀詞

蘇　軾

大江之南兮，震澤之北。吾行四方而無歸兮，逝將此焉止息。豈其土之不足食兮，將其人之難偶。非有食無人之爲病兮，吾何適而〔四八〕不可。獨徘徊而不去兮，眷此邦之多君子。有美一人兮，瞭然而瘦。亮直多聞兮，古之益友。帶規矩而蹈繩墨兮，佩芝蘭而服明月。載而之世之人兮，世捍堅而不答。雖不答〔四九〕其何喪兮，超方揚而自得。吾將觀子之進退以自卜兮，相行止以效清濁。子奄忽而不返兮，世混混吾焉則？升空堂而挹遺象兮，弔凝塵于几席。苟律我者之信亡兮，吾居此其何益。行徬徨而無徒兮，悼捨此而奚嚮？豈存者之舉無其人兮，遼遼如晨星之相望。吾比〔五〇〕年而三哭兮，堂堂皆國之英。苟處世之恃友兮，幾如是而吾不亡。臨大江而長歎兮，吾不濟其有命。

鍾子翼哀詞并序

蘇　軾

某年始十二，先君宫師歸自江南，曰：『吾南遊至虔，有隱君子鍾君與其弟槩從吾遊，同登馬祖巖，入天竺寺，觀樂天墨跡。吾不飲酒，君常置醴焉。』方是時，先君未爲時所知，旅遊萬里，舍者常争席，而君獨知敬異之。其後五十有五年，某自海南還，過贛上，訪先君遺跡，而故老皆無在者。君之没蓋三十有一年矣，見其子志仁、志行、志遠，相持而泣。念無以致其哀者，乃追作此詞。

君諱棐，字子翼，博學篤行，爲江南之秀。歐陽永叔、尹師魯、余安道、曾子固皆知之，然卒不遇以没。儂智高叛嶺南，聲摇江西，虔守〔五一〕曹觀欲籍民財爲戰守備，謀之於君。君曰：『智高必不能過嶺，無事而籍民，民懼且走。』觀曰：『如緩急何？』曰：『同舟遇風，胡、越可使爲左右手，況吾民乎？不幸而至于急，則官與民爲一家，夫孰非吾財者，何以籍爲？』觀悟而止，虔人以安。其詞曰：

崆峒摩天，章貢激石致兩確。高深相臨，悍堅相排洶嶽嶽。是故其民，勇而尚氣巧齹齗。而其君子〔五二〕，抗志厲節敏於學。矯矯鍾君，泳于德淵自澡濯。貧不怨天，困不求人老愈慤。嘉言一發，排難解紛已殘剥。吾先君子，南游萬里道阻邈。如金未鎔，木未繩墨玉未琢。君於衆中，一見定交陳禮樂。曰子不飲，我醪甚甘釃此濁。覽觀江山，扣歷泉石步犖确。先君北歸，君老于虔望南朔。我來易世，池臺既平墓木握。三子有立，移書問道過我數。我亦白首，感傷薰心隕涕渥。是身空虚，俯仰變滅過電雹。何以寓哀，追頌德人詔後覺。

哭李仲蒙辭　　　　文　同

憯憭栗兮臨清秋，懷坌憒兮紛予憂。拂其弭兮久復留，念將焉適兮升高丘。問胡然兮予之思，絚予心兮不解以繆。謂遐闊兮願如其宮，悵西南兮川塗緬脩。已忽痡兮往嘗此以訃〔五三〕，蓋子之生于世兮期爲已休。萬感蕓然兮蠹予之中，魄幹漂潰兮索其若抽。念子一去兮不可以復見，顧予之于道兮尚胡爲而此謀？欲子似兮取友，但寥寥兮安求？孰識子兮予深，當何人兮與侔？彼徒以文行兮爲子之高，其不爲賤正體而貴余肬。如刻畫兮妄以累子，纇神珠兮釁天球。如子之末兮尚可以表世，其不能究者兮彼又何尤？已矣乎！子之存兮在予憶，子之疢兮將何時而可瘳？歛予恨兮暮來歸，煙雲飄蕭兮奉子以愁。

毗陵張先生哀辭并序　代呂侍講作　　　　汪　革

毗陵有隱君子，曰張先生，孝弟脩于家，忠信行于友，而聲名聞于人，達于遠近。當世之鉅公偉人，莫不聞之，有過毗陵而不造先生之門者，人以爲恥。平居蕭然自得，凡世人之所趍而向者，先生不一經意，至接世俗而與之酬酢，則無一毫不中節度。人委之以事，未嘗以難易爲解。有造之者，爲設尊酒，一笑相樂，亦未嘗不欣然也。有勸之仕者，推挽雖甚力，終不應。固非若前世隱遁之士，事詭激，甘槁薄，臞悴于山砠水厓，窮居獨遊，使影響昧昧，不聞于人，然後爲高也。而未嘗崇飾小節，要鄉黨宗族之譽。自少力學，于古書無所不窺，而時發于爲詩，語皆清新，出人意表。其善于筆札，天性〔五四〕也。當世士大夫欲銘述其先人功德，圖不朽于後世者，得先生書以爲榮。既壯長，益放棄世事，遂以終其身，是可謂君子也已。

先生諱舉，字子厚。用叔祖天章公昷之奏，補郊社齋郎。治平四年甲科，調睦州青溪主簿。先生初無意于仕，又無兄弟之助，獨養其親，故力取科第以慰親志。既得，又不忍舍朝夕之養而從禄于他郡，朝奉君亦安于小官，不汲汲于世〔五五〕，先生遂不赴青溪，終其身，人不能相吏。後用近臣薦，起爲潁州學官，復不就。其後孫莘老、胡完夫、范淳夫及外臺交薦其能，蘇子瞻亦數言于朝，於是敕郡縣以禮遣，蓋將用之也，先生終不屈。嗚呼！今死矣。予以天章公壻，自先生幼時，已異其爲人而親厚之。先生亦喜從吾兄弟遊，及長且老，凡四五十年間，其相與之意益以篤。有自東南來者，先生未嘗不導之以見予，予與之書，雖寸紙皆藏之。故其死也，予哭之尤哀。曾祖祕，給事中。祖益之，尚書郎。父次道，朝奉郎。其先江南人，給事爲李氏不能用，故亡，隨李氏入朝，以直道受知于祖宗。朝奉君仁孝慈祥，兄死，撫〔五六〕其孤猶己子，不欲遠去，屢以筦庫請于朝，終不大用于時。先生之節，蓋朝奉君成就之爲多。詞曰：

維古制行，必中庸兮。出處用舍，道之從兮。降及末世，戾不通兮。首陽柱下，更拙工兮。山棲木茹，初無庸兮。鳥獸之群，烏可同兮？偉哉先生，蹈厥中兮。達不苟進，退不窮兮。以仁爲爵，峻且崇兮。禄雖不富，義則豐兮。忠信孝友，施家邦兮。載瞻眉宇，心則降兮。激貪敦薄，助教風兮。固非亂倫，而潔躬兮。惠泉遼邈，山複重兮。窅然其深，如有容兮。桂枝相繚，蒨〔五七〕青蔥兮。先生之廬，今一空兮。目極東南，涕沾胸兮。伸之以詞，寫予衷兮。

王升之誄并序

劉　跂

維政和二年五月壬戌，鉅野王君升之卒于京師。七月丙辰，返柩于鄆，鄉人所厚善皆會哭。其孤兒孟博出臨終書二紙遺余，言：嵎不幸病且死，妻弱子幼，恐此骨流落，不得下從先人，伏惟哀憐，與諸賢經紀之。書凡百餘字，語無錯繆。問其家，言：病甚，棺斂皆自營，將絶，付囑後事，情不悲哽，既授書其子，教以面達余狀，遂奄忽不能言。余屬皆哭盡哀，因相與定計，告其家，以八月乙酉葬先墓之丙穴。囊橐中空無有，賣屋未即售，合凡賻贈，得錢九萬五千，乃使斲石治穿，買椽席灰葦諸下里物事，皆前爲之期，如期而窆。君，黄州翰林公之元孫，寶文公之子，少不羈，既長學問，尤邃《漢書》，效李長吉爲詩，有致思。葬其親，至破産。雅不喜孅嗇，又體羸多疾，日事藥餌，因積貧窶。得官，未及赴，疾亟，壽財四十有一。惟前人〔五八〕悲哀稱述，必借文字，乃作誄以見意。其詞曰：

大鈞無垠，一播萬殊。靡生不遂，條達紛敷。孰戕爾根，隆夏隕枯。哀衆若人，亦孔之幸。偉君高門，一世楷模。遺烈言言，休聲吴吴。爰及穆考，養德豐腴。維君妙齡，孔鸞將雛。踵武前脩，建旆禮輿。逢辰清明，駕言馳驅。疇或柅旃，罔所適徂。機心日灰，驕色自耡。名到仕版，身佚[五九]里閭。優游卒歲，文史爲娱。毓草藝木，畦苑躊躇。良朋萃止，肴設醴觳。退察其私，盎不宿儲。寧獨貧攻，亦復病拘。蕭然壁立，副是形癯。休文革帶，計月有餘。幼安絮帽，當暑不除。乳石斷下，糜粥充虚。長爲散人，庶以全軀。云胡遠行，旅舍窘拘。沉痾頓劇，顛倒醫巫。東野後事，孝權遺書。豈無他人，顧以屬余。嗚呼哀哉！壯心兮摧頽，白日兮須臾。永違兮昭代，不淪兮幽墟。大暮兮何晨？冥行兮空居。嫠婦兮嗷嗷，幼子兮呱呱。誰與兮晤歌，譎誑兮夔魖。謂君兮非存，君墨兮猶濡。謂君兮非亡，君屋兮誰廬？折芳馨兮素華，湛玉瀝兮清酤。況思君兮不見，攬涕淚兮欷歔。嗚呼哀哉！蹇物化之徂遷，慨有生之迷途。何神爽之泰定，臨驚懼而弗渝。遵寧宅于先丘，寫幽憤于素旟。庶無愆于遺託，君亦不昧夫所如。

校勘記

〔一〕『正旦』，底本無，據六十三卷本補。

〔二〕『陳』，底本作『進』，據六十三卷本改。

〔三〕『千』，底本作『瑞』，據六十三卷本改。

〔四〕『祚』，底本作『作』，據六十三卷本改。

〔五〕『先』，底本作『山』，據六十三卷本改。

〔六〕此首篇題文字，底本盡脱，據六十三卷本補。

〔七〕「墄」，六十三卷本作「城」。

〔八〕「祥」，底本作「長」，據六十三卷本改。

〔九〕「禁」，底本作「錦」，據六十三卷本改。

〔一〇〕「躔」，底本作「纏」，據六十三卷本改。

〔一一〕「趣」，底本作「争」，據六十三卷本改。

〔一二〕「低」，底本作「炫」，據六十三卷本改。

〔一三〕「敔」，底本作「鼓」，據六十三卷本改。

〔一四〕「凝」，底本作「迎」，據六十三卷本改。

〔一五〕「陛下」，底本無，據六十三卷本改。

〔一六〕「會」，底本誤作「惠」，據六十三卷本改。

〔一七〕「美」，底本作「天」，據六十三卷本改。

〔一八〕「袿」，底本作「衣」，據六十三卷本改。

〔一九〕「隊」，底本無，據六十三卷本補。

〔二〇〕「宣」，底本誤作「宗」，據六十三卷本改。明成化刊本《蘇文忠公全集》作「宣」。

〔二一〕「霏」，底本作「飛」，據六十三卷本改。明成化刊本《蘇文忠公全集》作「霏」。

〔二二〕「昇平」，底本作「太平」，據六十三卷本改。明成化刊本《蘇文忠公全集》作「升平」。

〔二三〕「雲」，底本作「澐」，據六十三卷本改。明成化刊本《蘇文忠公全集》作「雲」。

〔二四〕「間」，底本作「閑」，據六十三卷本改。宋慶元二年周必大刻本《歐陽文忠公集》、元本《歐陽文忠公集》作『閭』。

〔二五〕『陳』，底本作『進』，據六十三卷本改。宋慶元二年周必大刻本《歐陽文忠公集》、元本《歐陽文忠公集》作『陳』。

〔二六〕『白』，底本誤作『道』，據六十三卷本改。宋慶元二年周必大刻本《歐陽文忠公集》、元本《歐陽文忠公集》作『白』。

〔二七〕『不』，底本作『則』，據六十三卷本改。

〔二八〕『破碎』，底本作『碎裂』，據六十三卷本改。

〔二九〕『而躬』，底本作『時窮』，據六十三卷本改。

〔三〇〕『任』，底本空缺，據六十三卷本補。

〔三一〕『奇』，底本誤作『音』，據六十三卷本改。

〔三二〕『行』下，底本有一『事』字，六十三卷本無，據以删。清康熙刊本《蘇學士文集》無『事』字。

〔三三〕『處』，底本無，據六十三卷本補。清康熙刊本《蘇學士文集》作『處』。

〔三四〕『貳郡者』，底本、六十三卷本皆作『貳者』，清康熙刊本《蘇學士文集》作『貳郡』，據以校補訂改。

〔三五〕『亦出』，底本空缺，附校云：『亦出，理不實，以缺。』六十三卷本作『亦出』，清康熙刊本《蘇學士文集》『亦出』。今按：『亦出曙』，疑有脱誤。

〔三六〕『櫬』，底本誤作『儭』，據六十三卷本改。清康熙刊本《蘇學士文集》作『櫬』。

〔三七〕『今』，底本無，據六十三卷本補。清康熙刊本《蘇學士文集》作『今』。

〔三八〕『踦』，底本作『奇』，據六十三卷本改。清康熙刊本《蘇學士文集》作『踦』。

〔三九〕『州』，底本無，據六十三卷本補。清康熙刊本《蘇學士文集》無『州』字。
〔四〇〕『近』，底本無，據六十三卷本補。清康熙刊本《蘇學士文集》作『近』。
〔四一〕『胡』，底本作『何』，據六十三卷本改。清康熙刊本《蘇學士文集》作『胡』。
〔四二〕『舉』，底本誤作『與』，據六十三卷本改。
〔四三〕『叟』，底本作『瞍』，據六十三卷本改。
〔四四〕『重』，底本脱，據六十三卷本補。
〔四五〕『眉州』，底本無，據六十三卷本補。元本《元豐類稿》作『眉州』。
〔四六〕『禮部』，六十三卷本作『翰林學士』。元本《元豐類稿》作『禮部』。
〔四七〕『葬』，底本作『喪』，據六十三卷本改。元本《元豐類稿》作『葬』。
〔四八〕『適而』，底本無，據六十三卷本補。宋本《東坡集》、明成化刊本《蘇文忠公全集》作『適而』。
〔四九〕『雖不答』，底本無，據六十三卷本補。宋本《東坡集》、明成化刊本《蘇文忠公全集》作『雖不答』。
〔五〇〕『比』，底本誤作『此』，據六十三卷本改。宋本《東坡集》、明成化刊本《蘇文忠公全集》作『比』。
〔五一〕『守』，底本作『州』，據六十三卷本改。宋本《東坡集》、明成化刊本《蘇文忠公全集》作『守』。
〔五二〕『子』，底本無，據六十三卷本補。宋本《東坡集》、明成化刊本《蘇文忠公全集》作『子』。
〔五三〕『此以訃』，底本誤作『以此計』，據六十三卷本改。
〔五四〕『性』，底本作『佐』，據六十三卷本改。
〔五五〕『世』，底本無，據六十三卷本補。
〔五六〕『撫』，底本無，據六十三卷本補。

〔五七〕「蒨」，底本誤作「舊」，據六十三卷本改。

〔五八〕「人」，底本無，六十三卷本缺葉，有無未詳，今據麻沙本刻卷（配嘉靖五年晉藩刻本）補。

〔五九〕「身佚」，底本作「自候」，六十三卷本缺葉，用字未詳，清《武英殿聚珍版叢書》本《學易集》作「身佚」，據以改。

新校宋文鑑卷第一百三十三

校者按：底本此卷抄配，據六十三卷本校改。

祭文

祭薛尚書文

歐陽脩

景祐之元，公初解政。雖告于家，而疾未病。若脩之鄙，敢〔一〕辱公知？公于此時，欲以女歸。公德方隆，謂當再起。齊大之昏，敢辭以禮。天不憖遺，公薨忽然。其後二年，卒追前言。生死之間，以成公志。掛劍于墓，古人之義。公敏于材，剛毅自勵。不顧不隨，以直而遂。命也在天，位則難期。惟其行己，敢言是師。有罪之身，竄逐囚拘。生不及門，葬不送車。致誠薄奠，因道終初。

祭尹子漸文

歐陽脩

嗚呼！天於萬物與吾人，孰愛憎而薄厚？其生未始以一齊，其死宜其有夭壽。苟百年者亦死，則短長之何較？惟善人之可喜，謂宜在世而常存。曰仁者壽兮，是亦愛之者之説；

謂善必福兮，得非以己而推天？禍福吉凶，至其〔二〕難通。雖聖人亦曰命而罕言兮，豈其至此而辭窮？壽夭置之，吾不能問。嗟乎子漸，吾獨有恨。我不見子，於今幾時？自子得懷，始有見期。子不能來，我欲亟往。子今安歸，我往何訪？昔我在朝，諫官侍從。職當薦賢，知子不貢。朋黨之誣，苟避讒諷。兩相知而以心，謂尺書之不用。遂聲音之永隔，哭不聞而徒慟。嗟此奠之一觴，本冀歡言之可共。往莫及兮難追，哀以辭而永送。

祭尹師魯文

歐陽脩

嗟乎師魯！辯足以窮萬物，而不能當一獄吏；志可以狹四海，而無所措其一身。窮山之崖，野水之濱。猿猱之窟，麋鹿之群。猶不容于其間兮，遂即萬鬼而爲鄰。嗟乎師魯！世之惡子之多，未必若愛子者之衆。何其窮而至此兮，得非命在乎天而不在乎人！方其奔顛斥逐，困厄艱屯。舉世皆冤，而語言未嘗以自及；以窮至死，而妻子不見其悲忻。用捨進退，屈伸語默。夫何能然，乃學之力。至其握手爲訣，隱几待終。顏色不變，笑言從容。死生之間，既已能通於性命；憂患之至，宜其不累于心胸。自子云逝，善人宜哀。子能自達，予又何悲？惟其師友之益，平〔三〕生之舊。情之難忘，言不可究。嗟乎師魯！自古有死，皆歸無物。惟聖與賢，雖埋不没。尤于文章，焯若星日。子之所爲，後世師法。雖嗣子尚幼，未足以付予；而世人藏之，庶可無於〔四〕墜失。子于衆人，最愛予文。寓辭千里，侑此一罇。冀以慰子，聞乎不聞？

祭蘇子美文

歐陽脩

哀哀子美，命止斯邪！小人之幸，君子之嗟〔五〕。子之心胸，蟠屈龍蛇。風雲變化，雨雹交加。忽然揮斧，霹靂轟車。人有遭之，心驚膽落，震僕如麻。須臾霽止，而回顧百里，山川草木，開發萌芽。子于文章，雄豪放肆，有如此者，吁可怪邪！嗟乎世人，知此而已，貪悦其外，不窺其内。欲知子心，窮達之際。金石雖堅，尚可破碎，子于窮達，始終仁義。唯人不知，乃窮至此。藴而不見，遂以没地。獨留文章，照耀後世。嗟世之愚，掩抑毁傷。譬如磨鑑，不滅愈光。一世之短，萬世之長。其間得失，不待較量。哀哀子美，來舉予觴！

祭范公文

歐陽脩

嗚呼公乎！學古居今，持方入圓。丘軻之艱，其道則然。公曰彼惡，公爲好訐。公曰彼善，公爲樹朋。公所勇爲，公則躁進。公有退讓，公爲近名。讒人之言，其何可聽？先事而斥，群譏衆排。有事而思，雖仇謂材。毁不吾傷，譽不吾喜。進退有儀，夷行險止。嗚呼公乎！舉世之善〔六〕，誰非公徒。讒人豈多，公志不舒。善不勝惡，豈其然乎？成難毁易，理又然歟？嗚呼公乎！欲壞其棟，先摧桷榱。傾巢破鷇，披折傍枝。害一損百，人誰不罹？誰爲黨論，是不仁哉！嗚呼公乎！易名謚行，君子之榮。生也何毁，没也何稱？好死惡生，殆非人情。豈其生有所嫉，而死無所争？自公云亡，謗不待辯。愈久愈明，由今可見。始屈終伸，公其無恨。寫懷平生，寓此薄奠。

祭杜公文

歐陽脩

士之進顯于榮禄者，莫不欲安享于豐腴。公爲輔弼，飲食起居，如陋巷之士，環堵之儒。他人不堪，公處愉愉。士之退老而歸休者，所以思自放于閑適。公居于家，心在于國。思慮精深，言辭感激。或達旦不寐，或憂形于色，如在朝廷，而官有責。嗚呼！進不知富貴之爲樂，退不忘天下以爲心。故行于己者老益篤，而信于人者久愈深。人之愛公，寧有厭已？壽胡不多，八十而止。自公之喪，道路嗟咨。况于愚鄙，久辱公知。繫官在朝，心往神馳。送不臨穴，哭不望帷。御辭寫恨，有涕漣洏。

祭石曼卿文

歐陽脩

嗚呼曼卿！生而爲英，死而爲靈。其同乎萬物生死，而復歸于無物者，暫聚之形；不與萬物共盡，而卓然其不朽者，後世之名。此自古聖賢莫不皆然，而著在簡册者，昭如日星。嗚呼曼卿！吾不見子久矣，猶能髣髴子之平生。其軒昂磊落，突兀崢嶸，而埋藏于地下者，意其不化爲朽壤，而爲金玉之精。不然，生長松之千尺，産靈芝而九莖。奈何荒烟野蔓，荆棘縱横。風淒露下，走燐飛螢。但見牧童樵叟，歌吟而上下，與夫驚禽駭獸，悲鳴躑躅而咿嚶。今固如此，更千秋而萬歲兮，安知其不穴藏狐貉與鼯鼪？此自古聖賢，亦皆然兮，獨不見夫纍纍乎曠野與荒城？嗚呼曼卿！盛衰之理，吾固知其如此，而感念疇昔，悲涼悽愴，不覺臨風而隕涕者，有媿乎太上之忘情。

祭丁學士文

歐陽脩

嗚呼元珍！善惡之殊，如火與水，不能相容，其勢然爾。是故鄉人皆好，孔子不然，惡于不善，然後爲賢。子之美才，懿行純德〔七〕，誰稱諸朝？當世有識。子之憔悴，遂以湮淪，問孰惡子？可知其人。毁善之言，譬若蠅矢，點彼白玉，濯之而已。小人得志，蹔快一時，要其得失，後世方知。受侮被謗，無如仲尼，巍然衮冕，不祀桓魋。孟軻之道，愈久彌光，名尊四子，不數臧倉。是以君子，脩身而俟，擾擾奸愚，經營一世。迨榮華之銷歇，嗟泯没其誰記？是皆生則狐鼠，死爲狗彘。惟一賢之不幸，歷千載而猶傷。自古孰不有死，至今獨弔乎沅湘。彼靈均之事業，初未見于南邦。使不遭罹于放斥，未必功顯而名彰。然則彼讒人之致力，乃借譽而揄揚。嗚呼元珍！道之通塞，有命在天。其如予何，孔孟亦然。何以慰子，聊爲此言。寄哀一奠，有涕漣漣。

祭吳大資文

歐陽脩

惟公以孔孟之學，晁董之文，佐佑[八]三朝，始終一節。顧惟庸繆，敢啟光塵？而金門玉堂，早接儁遊之末；紫樞黄閣，晚陪國論之餘。雖出處之略同，在進退而則異。余實衰病，久思返于田疇；公方盛年，宜復還于廊廟。豈期白首，來哭素帷！飲醉百分[九]，尚想平生之意氣；寫哀一奠，不知涕淚之縱横。

祭孫僕射文代諸朝賢作

宋祁

嗚呼！圓方相函，有奥有清。稟乎粹靈，賢人挺生。筌宰相期，有睽有遇。值其嘉會，盛烈斯舉。允矣我公，懿德乘時。摠是二美，蔚爲人師。齊風泱泱，洙浴誾誾。弱齡就傅，典學書紳。巾箱襞積，油素紛綸。神宗御天，擢首儒先。所立卓爾，其聲裦然。一命筮仕，十銓密啟。緩玦緇帷，繙經璧水。禮有愛羊，河無渡豕。我冠兩梁，我紱斯皇。進陪朝禬，兼侍藩房。詵諸家去聖，詆諆奪攘。空言秕稗，異制桁楊。公憤若時，毅然含章。層埤發墨，塞路摧揚。詵詵學徒，終知嚮方。章聖臨馭，神庭構宇。命公待詔，軒然鳳舉。邦實上賢，人榮稽古。鯁亮摩切，優游博裕。匪尺是枉，伊柔弗茹。前膝[一〇]扆帷，叩頭省户。砥刃以須，衮章輒補。謀之其臧，弊庶遄沮。帝念蒸黎，連翩出麾。奉行細札，褰去垂帷。神明樹政，樂職聞詩。居則率俾，去而見思。乃踐諫霤，乃官瑣闈。長君繼明，進階貳卿。追鋒趣召，燕席光亨。宣室清問，華光授經。有猷有爲，弗猥弗并。典常墳大，武戒湯銘。誦言必對，嘉猷是經。白〔一一〕首魁壘，與世作程。銀臺崇崇，公閱其封。牧騶耳耳，公專厥使。或司綿蕝，或教國子。惟公得之，異乎求之。截河弗溷，道欸靡虧。大車而載，秋陽以輝。鴻飛冥冥，不慕矰弋。公居法從，志澹虚極〔一二〕。抗章引年，闔門謝客。上所固留，願焉弗獲。龍筦納言，得請東藩。奎鈎灑翰，宴斝申恩。亦命四近，賦詩贈言。臥閤踰歲，乞骸去位。春坊傳席，蒐裘仙里。疏受揮金，式宴以喜。廣德掛車，貽孫及子。天且佚老，君能知止。嚮用五福，與善則常。公明且哲，宜壽而昌。天乎弗淑，萎哲殲良。晥〔一三〕簀占命，忠言孔彰。玉輝金相，掩此不暘。人彝代矩，今也云亡。士類相弔，朝家憫傷。恤恩告第，虒書密章。高明令終，微公孰當？某等或奉緒言，或庥大庇。遊藩蒙潤，挹流疏穢。平日函文，今茲交臂。拘此宿官，永乖薄酎。有李成蹊，有碑墮淚。遐齎令芳，庶展哀悃。嗚呼哀哉！

祭孔中丞文

石介

昔公爲諫議大夫，知兖州，臣僚有以詩千篇獻上者，執政者即請進爲龍圖閣直學士。上曰：『千首詩，豈若孔某一言！』即日拜公龍圖閣直學士。公再爲中丞，風格益峻。及公没，劉平戰死于陣，讒賊害忠良，誣奏平非戰屈，乃叛耳。天子怒，將夷平家，平家胥靡，就闕冤號。

道途逢騶唱中丞來，平家將扣中丞馬言其事，兩街賣販兒以數千，嘆曰：『徒往訴耳，是非孔中丞者。』平家慟哭而止。噫！　至尊極者君，至愚暗者民，尊極則不信，愚暗則難開。非公至忠，豈能動尊極耶？　非公至誠，豈能感愚暗耶？　動乎尊極，感乎愚暗，公之道格乎上下矣。嗚呼！　公之生也，君稱之；公之死也，人感之。公之道，全于死生矣。夫道格于上下爲著，全于生死爲難，舉是二節，公之道充于天地之間矣。大冬殘臈，風號雲咽。節物慘淡，心肝摧折。爐煙氤氳，樽酒冷烈。誠〔一四〕不享味，公來降兹！

祭王沂公文

尹　洙

景祐初，公臨洛師，某在幕府，公以才敏見目，數被器使。議獄處事，某或依違其言，公必丁寧，朂以正道。及公再秉大政，嘗以身事有請門下，公莊色厲辭，不少恩假。某始懼中慊，終則大悟。嗚呼！　凡公語言，雖因事見誨，然公在大位，默不敢傳。公今薨謝，輒録以自思，一言之誣，天實鑒之。以衰服不獲備故吏之列，情禮莫伸。嗚呼哀哉！

祭梅聖俞文

劉　敞

謹以清酌庶羞，祭于聖俞二十五兄之靈：乃者鄰幾病革，君往問之。退而過我，相對嗟咨。我視君色，異于他時。自爲君診，勸君從醫。君雖我信，其中猶疑。明日大饗，四方來賀。

奉觴上壽，戎[一五]客在坐。百辟相趍，敢或私臥？賜食上前，謹懼已過。疾果大作，僕不能起。俗醫控摶，以表爲裏。中涸外乾，翕翕如燬。勢一大跌，不得中止。俯仰晨夕，遂有生死。痛駭驚呼，曷云能已？孰謂旬日，殺二賢士。嗚呼哀哉！物固有生，生固有命。豈曰君子，獨夭其性。君之[一六]文學，信于友朋。君之[一七]孝友，鄉黨是稱。仕不過庸[一八]，壽不百齡。一至于此，何其不平！喪還故鄉，義從此訣。哭送道周，情豈能絶！

告伯父殯文

劉敞

古者庶人之喪，鄰里執事。其在士夫[一九]，千里赴義。及其送葬，塗潦毋避。焉有至親，而或不至？某獨不幸，受命典城。戎馬是司，匍匐不能。不哭于堂[二〇]，不祖于庭。窆不復土，虞不奉牲。回望萬里，悲號失聲。門外之治，王命寔行。蓋古亦云，不即人情。於奠陳詞，以昭哀誠。

祭范潁州文

王安石

嗚呼我公！一世之師。由初迄終，名節無疵。明肅之盛，身危志殖。瑤華失位，又隨以斥。治功亟聞，尹帝之都。閉奸興良，稚子歌呼。赫赫之家，萬[二一]首俯趍。獨繩其私，以走江湖。士争留公，蹈禍不慄。有危其詞，謁與俱出。風俗之衰，駭正怡邪。蹇蹇我初，人以疑嗟。力行不回，慕者興起。儒先酋酋，以節相侈。公之在貶，愈勇爲忠。稽前引古，誼不營躬。外更三州，施有餘澤。如釃河江，以灌尋尺。宿臧自解，不以刑加。猾盜涵仁，終老無邪。講藝弦歌，慕來千里。溝川障澤，田桑有喜。戎孽猘狂，敢齮我疆。鑄印刻符，公屏一方。取將于伍，後常名顯。收士至佐，維邦之彦。聲之所加，虜不敢瀕。以其餘威，走敵完[二二]鄰。昔也始至，瘡痍滿道。藥之養之，内外完好。既其無爲，飲酒笑歌。百城晏眠，吏士委蛇。上嘉曰材，以副樞密。稽首辭[二三]讓，至于六七。遂參宰相，釐我典常。扶賢贊傑[二四]，亂冗除荒。官更于朝，士變于鄉。百治具脩，偷惰勉强。彼闕不遂，歸侍帝側。卒屏于外，身屯道塞。謂宜耉老，尚有以爲。神乎孰忍，使至于斯。蓋公之才，猶不盡試。肆其經綸，功孰與計？自公之貴，廐庫逾空。夷其色辭，傲訐以容。化于婦妾，不靡珠玉。翼翼公子，弊綈惡粟。閔死憐窮，惟是之奢。孤女以嫁，男成厥家。孰堙于深，孰鍥乎厚？其傳其詳，以法永久。碩人今亡，邦國之憂。矧鄙不肖，辱公知尤。承凶萬里，不往而留。涕哭馳辭，以贊醪羞。

祭吴冲卿文

王安石

嗚呼！公命在酉，長我一時。公先我茁，我後公萎。中間仕宦，有合有離。後我所踐，公輒仍之。出則交轡，處則連榱。坐肘則並，行肩則差。豈願敢及，天實我貽。公之停蓄，及所設施。有誥有誄，亦有銘詩。又將有史，傳所不疑。我既憊眊，何辭能爲？婚姻之故，唯以告悲。

祭杜待制文

王安石

士恥無材，恥不脩身。身脩而材，有不及民？凡世可願，於公皆有。孰窘其年，不使難老？貴者善防，其有孰窺？公心豁豁，不置墻帷。有挾易驕，不難拒善。公義所在，服之無賤。惟以時施，宜以每成。又況於公，强果以行。物貴於時，常以其少。悲矣子思，我如其久。鍾山北蟠，江落而東。完厚密牢，萬世之宫。其歸孰知？愚與在此。爵公以文，以配銘史。

校勘記

〔一〕「敢」，底本誤作「散」，據六十三卷本改。宋慶元二年周必大刻本《歐陽文忠公集》、元本《歐陽文忠公集》作「敢」。

〔二〕「其」，底本作「理」，據六十三卷本改。宋慶元二年周必大刻本《歐陽文忠公集》、元本《歐陽文忠公集》作「其」。

〔三〕「平」，底本誤作「年」，據六十三卷本改。宋慶元二年周必大刻本《歐陽文忠公集》、元本《歐陽文忠公集》作「平」。

〔四〕「於」，底本作「虞」，據六十三卷本改。宋慶元二年周必大刻本《歐陽文忠公集》、元本《歐陽文忠公集》作「於」。

〔五〕『嗟』，底本作『嘆』，據六十三卷本改。宋慶元二年周必大刻本《歐陽文忠公集》、元本《歐陽文忠公集》作『嗟』。

〔六〕『進退有儀，夷行險止。嗚呼公乎！舉世之善』，凡十六字，底本無，據六十三卷本補。宋慶元二年周必大刻本《歐陽文忠公集》、元本《歐陽文忠公集》有此十六字，且『儀』下注曰：『一作度。』

〔七〕『德』，底本作『恕』，據六十三卷本改。宋慶元二年周必大刻本《歐陽文忠公集》、元本《歐陽文忠公集》作『德』。

〔八〕『佑』，底本作『治』，據六十三卷本改。宋慶元二年周必大刻本《歐陽文忠公集》、元本《歐陽文忠公集》作『佑』。

〔九〕『飲醉百分』，『醉』，底本作『酒』，據六十三卷本改，宋慶元二年周必大刻本《歐陽文忠公集》、元本《歐陽文忠公集》作『醻』。『分』，底本作『杯』，據六十三卷本改，宋慶元二年周必大刻本《歐陽文忠公集》、元本《歐陽文忠公集》作『分』。

〔一〇〕『膝』，底本作『睞』，據六十三卷本改。

〔一一〕『白』，底本誤作『曰』，據六十三卷本改。

〔一二〕『虛極』二字，底本上一字作『慮』，下一字空缺，據六十三卷本改補。

〔一三〕『睆』，底本誤作『莞』，六十三卷本作『皖』，亦非是，據清《武英殿聚珍版叢書》本《景文集》改。

〔一四〕『誠』上，底本有一『享』字，六十三卷本無，據以刪。

〔一五〕『戎』，底本作『嘉』，據六十三卷本改。

〔一六〕『之』，底本作『子』，據六十三卷本改。

〔一七〕「之」，底本作「子」，據六十三卷本改。

〔一八〕「庸」，底本作「榮」，據六十三卷本改。

〔一九〕「夫」，底本脱，據六十三卷本補。

〔二〇〕「不哭于堂」下，底本衍「不祖于□」，據六十三卷本删。

〔二一〕「萬」，底本空缺，據六十三卷本補。宋刻元明遞修本《臨川先生文集》、明嘉靖刊本《臨川先生文集》作「萬」。

〔二二〕「完」，底本作「寧」，據六十三卷本改。宋刻元明遞修本《臨川先生文集》、明嘉靖刊本《臨川先生文集》作「完」。

〔二三〕「辭」，底本作「禮」，據六十三卷本改。宋刻元明遞修本《臨川先生文集》、明嘉靖刊本《臨川先生文集》作「辭」。

〔二四〕「傑」，底本作「保」，據六十三卷本改。宋刻元明遞修本《臨川先生文集》、明嘉靖刊本《臨川先生文集》作「傑」。

新校宋文鑑卷第一百三十四

校者按：底本此卷抄配，據六十三卷本、六十四卷本刻卷校改。

祭文

祭韓欽聖文

王安石

嗟爲君兮邦之特，目揚秀兮顔髮澤。紛百家兮並涉，超獨懷兮道德。博蕩蕩兮無畛，寬恂恂兮莫逆。出當官兮發論，使權彊兮累息。年何尤兮止此，禄不多兮誰嗇？具壺觴兮酹哭，攀喪車兮啟夕。豈獨愁兮吾僚，隱多聞兮諒直。顧笑語兮已矣，冀來嘉兮魂魄。

祭曾博士文

王安石

嗚呼！公以罪廢，實以不幸。卒困以夭，亦惟其命。命與才違，人實知之。名之不幸，知者爲誰？公之閭里，宗親黨友。知公之名，於實無有。嗚呼公初！公志如何？孰云不諧，而厄孔多？地大天穹，有時而毀。星日脱敗，山傾谷圮。人居其間，萬物一偏。固有窮通，世數之然。至其壽夭，尚何憂喜？要之百年，一蜕以死。方其生時，窘若囚拘。其死以歸，混合空虛。以生易死，死者不祈。唯其不見，生者之悲。公今有子，能隆公後。惟彼生者，可無甚悼。嗟理則然，其情難忘。哭泣馳辭，往侑奠觴。

祭王深甫文

王安石

嗟嗟深甫，真棄我而先乎！孰謂深甫之壯以死，而吾可以長年乎！雖吾昔日，執子之手。歸言子之所爲，實受命于吾母。曰如此人，乃與爲友。吾母知子，過於予初。終子成德，多吾不如。嗚呼天乎！既喪吾母，又奪吾友。雖不即死，吾何能久？摶胷一慟，心摧志朽。泣涕爲文，以薦食酒。嗟嗟深甫，子尚知否？

祭歐陽少師文

曾鞏

惟公學爲儒宗，材不世出。文章逸發，醇深炳蔚。體備韓馬，思兼莊屈。垂光簡編，焯若星日。絶去刀尺，渾然天質。辭窮卷盡，含意未卒。讀者心醒，開蒙愈疾。當代一人，顧無儔匹。諫垣抗議，氣震回遹。鼓行無前，跋疐非恤。世僞難勝，孤堅竟〔一〕窒。紫微玉堂，獨當大筆。二典三謨，生明藏室。頓〔二〕挫彌厲，誠純志壹。斟酌損益，論思得失。經體慮萌，沃心造膝。帝曰汝賢，引登輔弼。公在廟堂，尊明道術。清静簡易，仁民愛物。斂不煩苛，令無〔三〕迫猝。棲置木索，里安户逸。櫝斂兵革，天清地謐。日進昌言，從容密勿。開建國本，情忠力悉。

卯未之歲，龍駕飆欻。再拯大艱，垂紳秉笏。乾坤正位，上下有秩。功被社稷，等夷召、畢。公在廟堂，總持紀律。一用公直，兩忘猜昵。不挾朋比，不虞訕嫉。獨立不回，其剛仡仡。愛養人材，奬成誘掖。甄拔寒素，振興滯屈。以爲己任，無有廢咈。維公平生，愷悌忠實。内外洞澈，初終若一。年始六十，懇辭冕紱。連章累歲，乃俞所乞。放意丘樊，脱遺羈馽。沉浸圖史，左右琴瑟。氣志浩然，不陋蓬蓽。意謂百齡，重休累吉。還斡鼎軸，贊微計密。云胡傾殂，憖遺則弗。聞訃失聲，皆淚横溢。戆冥[四]不敏，早蒙振拔。言繇公誨，行繇公率。戴德不酬，懷情獨鬱。西望輀車，莫持紖紼。維公犖犖，德義譔述。爲後世法，終天不[五]没。託[六]辭敘心，曷能髣髴？嗚呼哀哉！

祭王平甫文

曾　鞏

嗚呼平甫！決江河不足以爲子之高談雄辯，吞雲夢不足以爲子之博聞强記。至若操紙爲文，落筆千字，徜徉恣肆，如不可窮，祕怪恍惚，亦莫之係。皆足以高視古今，桀出倫類。而況好學不倦，垂老愈專，自信獨立，在約彌厲[七]。而志屈於不伸，材窮於不試。人皆待子以將昌，神胡速子於長逝？嗚呼平甫！余昔相逢，我壯子稚。間託婚姻，相期道義。每心服於超軼，亦情親於樂易。何堂堂而山立，忽泯泯而飆駛？訃皎皎而猶疑，淚汍汍而莫制。聊寓薦於一觴，纂斯言而見意。

祭歐陽文忠公文

蘇軾

嗚呼哀哉！公之生於世，六十有六年，民有父母，國有蓍龜〔八〕。斯文有傳，學者有師，君子有所恃而不恐，小人有所畏而不爲。譬如大川喬嶽，不見其運動，而功利之及於物者，蓋不可以數計而周知。今公之没也，赤子無所仰庇，朝廷無所稽疑，斯文化爲異端，而學者至於用夷。君子以爲無爲〔九〕爲善，而小人沛然自以爲得時。譬如深淵大澤，龍亡而虎逝，則變怪雜出，舞鰌鱓而號狐貍。昔其〔一〇〕未用也，天下以爲病；而其既用也，則又以爲遲。及其釋位而去也，莫不冀其復用，至其請老而歸也，莫不惆悵失望，而猶庶幾於萬一者，幸公之未衰。孰謂公無復有意於斯世也，奄一去而莫予追？豈厭世溷濁，絜身而逝乎？將民之無禄，而天莫之遺？昔我先君，懷寶遁世，非公則莫能致。而不肖無狀，因緣出入，受教於門下者，十有六年於兹。聞公之喪，義當匍匐往救，而懷禄不去，愧古人以忸怩。緘詞千里，以寓一哀而已矣，蓋上以爲天下慟，而下以哭吾私。嗚呼哀哉！

祭魏國韓令公文

蘇軾

天生元聖，必作之配，有神〔一一〕司之，不約而會。既生堯舜，禹稷自至。仁宗龍升，公舉進士。妙齡秀發，秉〔一二〕筆入侍。公於是時，仲舒賈誼。方將登庸，盜起西夏〔一三〕。四方騷然，帝用不赦。授公鈇鉞，往督西旅。公於是時，方叔召虎。入贊兵政，出殿大邦。恩威并行，春雨〔一四〕秋霜。兵練民安，四夷屈降。公於是時，臨淮汾陽。帝〔一五〕在明堂，欲行王政。群后奏功，罔厎于成。召自北方〔一六〕，付之樞衡。公於是時，蕭曹魏邴。二帝山陵，天下悸恟〔一七〕。呼吸之間，有雷有風。有存有亡，有兵有戎。公於是時，伊尹周公。功成而退，三鎮偃息。天下嗷然，曷日而復？畢公在外，心在王室。房公且死，征遼是卹。嗚呼哀哉！六月甲寅。人之無禄，喪我宗臣。我有黎民，誰與教之？我有子孫，誰與保之？巍巍堂堂，寧復有之？公之云亡，我無日矣！慟哭涕流，何嗟及矣！昔我先子，没于東京。公爲二詩，以祖其行。文追典誥，論極皇王。公言一出，孰敢改評？施及不肖，待以國士。非我自知，公實見謂。父子昆弟，并出公門。公不責報，我豈懷恩？惟此涕泣，實哀斯人。有肉在俎，有酒在樽。公歸在天，寧聞我言？嗚呼哀哉！

祭任師中文

蘇軾

允義大夫，維蜀之珍。《詩》之老成，《易》之丈人。去我十年，其德日新。庶一見之，遽没元身。惟慥與軾，匪友則親。自丙以降，昔惟州民。旅哭于庭，惻焉酸辛。禍福之來，孰知其因？自壽自夭，自屈自信。天莫爲之，矧凡鬼神？生榮死哀，自昔所難。持此令名，歸于九原。

黄州再祭文與可文

蘇　軾

嗚呼哀哉！我官于岐，實始識君。方口秀眉，忠信而文。志氣方剛，談詞如雲。一别五年，君譽日聞。道德爲膏，以自濯薰。藝學之多，蔚如秋蕡。脱口成章，粲莫可耘。馳騁百家，錯落紛紜。使我羞歎，筆硯爲焚。再見京師，默無所云。杳兮清深，落其華芬。昔蓺我黍，今熟其饋。啜瀉歌呼，得淳而醺。天力自然，不施膠筋。坐了萬事，氣回三軍。笑我皇皇，獨違垢紛。俯仰三州〔一八〕，眷戀桑枌。仁施草木，信及麇麕。昂然來歸，獨立無〔一九〕群。俛焉復去，初無戚欣。大哉死生，悽愴焄蒿。君没談笑，大鈞徒勤。喪之西歸，我竄江濆。何以薦君，採江之芹。相彼日月，有朝必曛。我在茫茫，凡幾合分。盡此一觴，歸安于墳。嗚呼哀哉！

祭范蜀公文

蘇　軾

嗚呼！仁宗在位，四十二年。畦而種之，有得皆賢。既歷三世，悉爲名臣。今如晨星，存者幾人？孰如我公，碩大光明。導日而昇，燦焉長庚。死生契闊，公獨壽考。天實耆之，以殿諸老。二聖嗣位，仁義是施。公昔所言，略行無遺。維樂未和，公寢不寧。樂成而薨，公往則瞑。凡百君子，願公無極。胡不萬年，以重王國？責難之忠，愛莫助之。嗟我後來，誰復似之？吾先君子，秉德不耀。與公弟兄，一日之少。窮達不齊，歡則無間。豈以閭里，忠義則然。先君之終，公時在陳。有夢告行，晨起訃聞。先友盡矣，我亦白髮。聞公之喪，方食哽咽。堂堂我公，豈其云亡？望公凜然，猶舉我觴。

祭歐陽文忠公夫人文

蘇軾

嗚呼！文忠之薨，十有八年。士無所歸，散而自賢。我是用懼，日登師門。既友諸子，入拜夫人。望之愀然，有穆其言。簡肅之肅，文忠之文。雖無老成，典刑則存。何以嗣之？使世不忘。諸子惟迨，好學而剛。夫人實使，兄弟吾孫。徼福文忠，及我先君。出守東南，往違其顏。病不能見，卒以訃聞。自斂及葬，餽奠莫親。匪愧于今，有靦昔人。寓詞千里，侑此一樽。

潁州祭歐陽文忠公文

蘇軾

嗚呼！軾自齠齔，以學爲嬉。童子何知，謂公我師。晝誦其文，夜夢見之。十有五年，乃克見公。公爲拊掌，歡笑改容。此我輩人，餘子莫群。我老將休，付子斯文。再拜稽首，過矣公言。雖知其過，不敢不勉。契闊艱難，見公汝陰。多士方譁，而我獨南。公曰子來，實獲我心〔二〇〕。我所謂文，必與道俱。見利而遷，則非我徒。又拜稽首，有死無易。公雖云亡，言如皎日。元祐之初，起自南遷。叔季在朝，如見公顏。入拜夫人，羅列諸孫。敢以中子，請婚叔氏。夫人曰然，師友之義。凡二十年，再升公堂。深衣廟門，垂涕失聲。白髮蒼顔，復見潁人。潁人思公，曰此門生。雖無以報，不辱其門。清潁洋洋，東注于淮。我懷先生，豈有涯哉！

祭滕大夫母楊夫人文

蘇　軾

嗚呼！士盛慶曆，如漢武宣。用兵西方，故西多賢。惟時滕公，實顯于西。文武殿邦，尹范是齊。功名不終，有命有義。我時童子，知爲公胄。四十餘年，墓木十圍。乃識其子，傾蓋不疑。忠厚且文，前人是似。秉心平反，慈訓則爾。仰止德人，如岡如陵。升堂而拜，猶愧未能。豈其微疾，一慟永已。胡不百年，以慰其子？壽禄在天，考終非亡。鵲巢之應，子孫其昌。

祭柳仲遠文二首

蘇　軾

嗚呼哀哉！我生多故，愈老愈艱。親朋幾人，日代日遷。逝者如風，訃來逾年。一慟海徼，摧胷破肝。痛我令妹，天獨與賢。德如《召南》，壽甫見孫。矧我仲遠，孝友恭温。天若成之，從政有聞。富以學術，又昌〔二二〕以言。久而不試，理豈其然？崎嶇有求，凡以爲親。雖不負米，實勞且懃。知止于此，不如歸閑。哀我孤甥，生如閔顔。銜痛遠訴，誰撫誰存？逝者已矣，存者何冤？慎勿致毁〔二三〕，以全汝門。以慰我仲遠，永歸之魂。嗚呼哀哉！

我厄于南，天降罪疾。方之古人，百死有溢。天不我亡，亡其朋戚。如柳氏妹，夫婦連璧。云何兩逝，不憖遺一？我歸自南，宿草再易。哭墮其目，泉壤咫尺。閔也有立，氣貫金石。我窮且老，似舅何益？易其墓側，可置萬室。天定勝人，此語其必。

再祭亡兄端明文

蘇轍

嗚呼！惟我與兄，出處昔同。幼學無師，先君是從。遊戲圖書，寤寐其中。曰予二人，要如是終。後迫寒飢，出仕于時。鄉舉制策，並驅而馳。猖狂妄行，誤爲世羈。始以是得，終以失之。兄遷于黄，我竄于筠。流落空山，友其野人。命不自知，還復簪紳。俛仰幾何，寵禄遄臻。欲去未遑，禍來盈門。大庾之東，漲海之南。黎蜒雜居，非人所堪。瘴起襲帷，颶來掀簷。臥不得寐，食何〔二三〕暇甘。如是七年，雷雨一覃。兄歸晉陵，我還潁川。願一見之，乃有不然。瘴暑相尋，醫不能痊。嗟兄與我，再起再顛。未嘗不同，今乃獨先。嗚呼我兄，而止斯耶？昔始宦遊，誦韋氏詩。夜雨對床，後勿〔二四〕有違。進不知退，踐此禍機。欲復斯言，而天奪之。先壟在西，老泉之山。歸骨其旁，自昔有言。勢不克從，夫豈不懷？地雖郟鄏，山曰峨眉。天實命之，豈人也哉！我寓此邦，有田一廛。子孫安之，殆不復遷。兄來自西，於是盤桓。卜吉〔二五〕孟秋，歸于其阡。潁川有蘇，肇自兄先。

爲家君祭吕申公文

程　頤

嗚呼！公稟則異，得天之粹。遘兹昌辰，出爲嘉瑞。生而富貴，處之無累。幼而聰明，充之能至。學既知真，仕則爲道。出入屢更，險夷一操。二聖臨御，人望是從。起藩入輔，命相册〔二六〕公。平日視公，静默恂恂。國論所斷，一言萬鈞。謂公無位，位爲相臣。謂公得志，志存未伸。然公心如權衡，所以無間言於率土；德如山嶽，所以致敬心於人主。從容語默之間，人孰量其所補？胡上天之不弔，不一老之憖遺？淵水無涯，將孰求於攸濟；百身莫贖，爲有識之同悲。嗚呼哀哉！羸老餘生，辱知有素。二男論忘勢之交，不偶無酬知之路。阻臨穴以伸哀，姑託文而披露。想英靈兮如在，監丹誠而來顧。

祭知命弟文

黄庭堅

君殁荆州，我在萬里。殁後四月，始聞訃音。既無孤惸，恃有兄弟。天既喪我，君不能年。自我哭君，頭髮盡白。英風豪氣，窘此一棺。拊棺長號，殆無生意。公私之計，身有所縻。既難以歸，舟車可慮。乃得吉卜，旅殯僧坊。雖遠至親，理則安宴。無驚無恐，扶將上轝。絶慟一觴，君其〔二七〕尚饗！

祭彭江州文

曾肇

嗚呼器資！忽不見，其安之乎？孰爲天生斯人，而止於斯乎？人固忌子之獨立，天亦責子之不詭隨乎？不然，何以壽不躋於六十，位不過四品，卒泯默而無施乎？

嗚呼器資！凡世可貴，學問文章，言語政事，有一于兹，足高士類。而況居今行古，蹈義依仁。衆人所趨，而視若無有；舉世所背，而仔肩以身。蹈〔二八〕穽當前而不避，曾何得喪之足云？此固聖賢之自任，豈止度越於時人？至若孝友著於閨門，信義行於鄉閈。處榮悴而無虧，臨死生而不亂。可謂内外全德，始終一貫。實横流之砥柱，宜大厦之棟幹。奈何道未行於當世，福未及於生靈。忽飄流於下國，遂夭閼於脩齡？去此昭昭，即彼冥冥。有志不就，銜恨泉扃。惟自立之卓偉，亘萬世如日星。彼一時之苟得，譬熠燿之與長庚。

嗚呼器資！末俗陵遲，朋友道熄。許與之分，切瑳之益。衆皆訑訑，子獨汲汲。我生昏愚，與世殊適。惟子好我，論心莫逆。我先我後，子爲羽翼。我有過咎，子爲藥石。子今云亡，有善誰責？豈無他人？莫如子直。

嗚呼器資！念昔太學，相從之初。綢繆繾綣，二十年餘〔二九〕。中間省闥，并典贊書。出入風議，惟予子俱。子如飛黄，豈受羈拘？有言不用，去不須臾。我亦遭讒，自請州符。跡有乖隔，心焉弗殊。去歲京城，子留我北。中情莫宣，相視默默。我行未幾，子亦南遷。孰云契闊，曾不經年。尺書未達，已隔終天。寢門一慟，有淚如泉。

嗚呼器資！子訃之來，我適罪逐。相念平生，了然在目。匍匐欲往，身有羈束。千里寓辭，以代號哭。

代范樞密祭温公文

張　耒

嗚呼！天祚有邦，畀之元龜。篤生我公，爲世父師。夷齊之清，淵騫之德。子産之惠，叔向之直。人擅其一，足以成名。公兼衆德，乾乾不寧。九流百家，金匱石室。鈎索沉隱，裁其失得。根柢治亂，經綸皇極。作爲文章，有書秩秩。玄圭大裘，望之肅然。冬暘夏冰，赴者争先。

仁英兩朝〔三〇〕，鍠鍠厥聲。國有正人，折姦于萌。荏染柔木，求直于繩。我公盡規，君心則寧。烈烈神考，體貌有德。公獻有可，嚴嚴翼翼。言有未用，不敢受爵。深衣幅巾，歸休於洛。公則休矣，四〔三一〕方顒顒。君子野人，洎于它邦。聞風懷歸，于父于兄。天施〔三二〕不齊，或怨寒暑。公獨何施？四海一譽。

元豐末年，國有大事。穆穆文母，宥我神嗣。爰立作相，媚于神人。我公在庭，其重萬鈞。士賀于朝，民歌于廛。農慶於野，兵休於邊。燠爾慄寒，養其飢孱。無痡于飢，無休于田。培其本根，枝葉則茂。豈曰我作，憲章惟舊。於赫聖考，左右上帝。休公于家，實遺聖子。《卷耳》思賢，夙夜周京。不惑不疑，成此太平。公之去來，人之戚嬉。人之戚嬉，帝之從違。豈人事耶？天實爲之。

純仁不才，辱公之深。人之相知，貴相知心。惟公我知，洞達表裏。采其所長，謂或可使。中結義好，丘山不移。匪我則然，公實取之。泚泚清洛，獨樂之園。嘉華春敷，脩竹夏寒。清酌脩然，我招我從。琅琅嘉言，有銘在躬。朝偶乏人，備位樞機。入與國論，獲親風規。六七年閒，爲益不貲。私祈白首，從公以歸。憂勞傷生，公既遘疾。庶幾有瘳，卒相王室。國祠既誓，公以喪聞。我心之悲，不獲至門。入哭于室，公既大斂。終天之情，不一見面。人生有死，如旦夜耳。曾子將没，知免而喜。公身既脩，公志既畢。既壽令終，無有其失。有如公者，古今萬一。任重道遠，税駕兹日。庶幾念此，以紓我悲。猶有鬼神，實聞我辭。

代祭劉貢甫文

張　耒

嗚呼！子之强學博敏，超絶一世。肇自載籍，孔墨百氏。太史所録，俚問〔三三〕野記。延及荒外，陰陽鬼神。細大萬殊，一載以身。下至律令，老吏所疑。故事舊章，在廷不知。有問於子，歸如得師。直貫傍穿，水決矢飛。一時書林，衆俊並馳。滿堂賢豪，視子塵揮。逸足奇毛，不受絏羈。擯守列郡，吏民畏思。治盗宛朐，不事誅斬。他嚴見欺，子愛不犯。中斥于南，人憂子怡。歸來白首，晚職訓詞。子之來歸，亦既疾病。惟其精明，猶足以永。誰云如子，竟止斯耶？國失君子，善人之嗟。方其盛時，弛不得張。亦既有遭，而蠱其强。誰與子仇，敗子百世。雖然今日，竟何有亡？惟我與君，同年進士。中以婚媾，兼恩與義。平生笑談，樽席安喜〔三四〕。其當在耶，臨此酒胾。

祭張生文

張舜民

嗚呼！學者所以去鄉里，離父母妻子，甘淡薄，盡勤勞，繼晝夜而不息者，知患其道之不至，而不患乎身之不安也。身安可以學道，知愛其道以亡其身，亦蔽之深者也。而吾子既死矣，其知之乎否耶？然諫諍之臣死於朝廷，疆埸之臣死於敵國，吾子死於庠序，其志一也。有雖凶而無咎者，吾子之謂乎？嗚呼！吾子年猶未壯，敏而好學，死乎數千里之外，母老而失所養，妻寡而失其依〔三五〕，晚節末路，委爲窮人。天道固如何哉？是可悲也已！

祭王樞密文

張舜民

夫物有自小而致大，積卑而致高。唯豫章之材，數年而過百尺；騏驥之足，一日而馳千里。黄河發源而注海，太華拔地而參天。與夫命世之英，特起之士，布衣負公輔之望，小官蘊廊廟之器，一旦遭時遇主，建功立業，奸邪望風而屏息，賢者引類而彙征。朝廷以之治安，禮樂由是興起，則豈特豫章、騏驥、黄河、太華之比也？其公之謂乎！

唯公少而居家，則膺令名；長而出任，則有公望。乘時設施，自州縣之卑，數年之閒，致位二府，危言大節，𢥠動天下之耳目。明而可見者，著以爲甲令；隱而不露者，杜患於未形〔三六〕。披榛攘棘，正路廣開，大奸雄懟，束手竄身。歷觀先世以來，固有以兵武而克禍亂，定策而安邦家者，率皆塗炭驅除，糜爛而後止。曾未若雍容於簾箔之前，啟迪於方幅之内，興利除害，如醫者以毫芒之鍼，刀圭之藥，愈膏肓沉餟〔三七〕之疾，不知其工妙之端也。宜其天下爲之矚目，二聖謂之有功。孟子自謂放淫辭，距詖行，以承三聖。程公之力，較公之才，固不在孟子之下，然才高則多嫉，位隆則招殃。曾不旋踵，讒言遽興，未及中年，百疾交作。二聖方隆之眷，而有云亡之嘆；八十待養之親，而嬰哭子之情。善人堂堂，擯死略盡，爲國家者，將何賴焉？始猶疑之人事，今日乃知天枉〔三八〕自天，復何言哉？嗚呼！公之存不能共致其力，公之殁不能一哭其門，徒然予知，有愧古昔。遣詞揮淚，靈乎歆哉！

祭范忠宣公文

陳　瓘

昔文正公在仁祖時，忠於謀國，衆正所依。心虚而明，照了不疑。先事而慮，告〔三九〕如蓍龜。兩遭勅榜，益奮不移。外禦元昊，數蹈禍機。國勢既安，奚恤我危？考公行事，允也似之。安不擇地，難不敢辭。至於言兵，則曰不知。豈曰爲異，各遵其時。不述其跡，是乃無違。三年遽改，生事者誰？蔡相南行，公獨救之。一勝一復，其兆在兹。公可以默，又進忱辭。人亦有言，公爾忘私。孰能臨義，捨安取危？一斥四年，盲廢始歸。天子哀憐，拜命涕洟。其心不盲，意有所〔四〇〕施。人願公留，爲帝龍夔。病不能對，人所嘆咨。天子曰吁！疾尚可爲。錫以上劑，臨遣國醫。丁寧訓飭，速療勿遲。云何不淑，竟止於斯！

嗚呼哀哉！公果已矣。舉世思公，公不來矣。人之於公，有合有睽。聞公之殁，睽者亦悲。情隔生死，公論乃出。悲公之人，始自今日。臨終不昧，忍死有述。小其一身，大我王室。置小恤大，自初訖終。可使聞者，勸而作忠。太宗征遼，喬死不忘。公〔四一〕之所慮，奚獨一方！願惜生靈，願合朋黨。願爲宣仁，一洗誣謗。願正其事，願辨其人。願以中道，行帝之仁。

嗚呼哀哉！言惟心聲。孰無此聲，孰有此誠？神器雖大，如人之形。愛養胃氣，可以保生。陽明之經，偏於四體。呼吸之間，無有不差。左絡連右，首脉應趾。中經流行，寧有定位？彼執一者，棄異取同。異我曰偏，同我曰中。語各有心，心各有物。孰能審是，而不彼恤？公獨有言，繼者誰乎？公薨我悲，豈緣葭莩？公昔南遷，我在北陲。側身以望，心往從之。及公之還，我有言責。陳留雖近，欲往不得。平生想慕，獨未識公。見公之心，何必形容！文正殁後，公又亡矣。仲季方興，公復有子。其門益大，其道益光。公可無憾，我亦奚傷？

祭吕中公文

鄒浩

天祐上主〔四二〕，篤生我公。來對休運，爲今大鴻〔四三〕。面槐執璧，啟心而恭。衆方窘迫，公獨從容。爰有因革，論起如蠭。公徐一言，翕然以從。事已而默，終日斂躬。若無所與，莫測胸中。但見百官，上下以功。但見四夷，車書以同。但見田野，年穀以豐。流離者復，憔悴者充。白顛黄馘，端若〔四四〕兒童。爰笑爰語，涵泳時雍。朝廷益尊，勳業益隆。殊尤俊偉，益振家風。人亦有言，孰不薦紳？維公秉國，始爲有臣。人亦有言，孰不是似？維公肯構，始爲有子。竊惟公初，信非凡人。情不聲色，學不空文。西山之清，孟軻之醇。德盛行高，孰與擬倫？如古寶器，如時慶雲。世獲覩者，倍萬懽忻。所以施設，如前所陳。公昔去位，君子怛傷。比登三事，交賀壺觴。宜其昊天，俾壽而康。曷爲不仁，禍降非常？兩楹入夢，中台坼光。歲值龍蛇，遽爾云亡。業岌大廈，摧其棟梁。爰自二聖，遠極八荒。知與不知，失聲霑裳。顧如某者，頃在廣陵。辱公青眼，收之門庭。豈徒應格，薦其姓名。每及人物，猥賜題評。遂令疎賤，聞于公卿。重念參侍，屏息人後。未嘗請間，敢祈公售？爾來日月，不爲不久。文章工乎，問學正不？公竟不問，不考其有。若爲憐之，久而益厚。仰惟此恩，山嶽在首。吉卜伊邇，將舉神匶。義當捨官，躬設雞酒。顧莫之遂，視古則醜。寓兹一奠，以昭不苟。公騎箕尾，寧來歆〔四五〕受！

祭王和甫文

田晝

惟公心符於跡，實稱其名。包含蘊蓄，見於力行。頃在并府，參訂〔四六〕機務。韓侯于宣，城彼西土。發民四萬，以踵其武。將臣依違，莫敢或牾。公曰不然，深入賊所。師干之用，茲亦焉取？振旅言旋，書可插羽。毋空我師，秖以餌虜。我言有成，帝用嘉止。陟於陪屬，亦既顯仕。士有險膚〔四七〕，寘人危機。媢彼技能，掇於文詞。童膺孺喝，群舌〔四八〕毛起。公獨營之，卒免於死。

明明天子，從諫如流。爰屬星變，直言是求。敢謂臣隣，不臧其謀。厚斂竭作，變則有由。擢尹王畿，剖煩析微。游刃砉騞〔四九〕，風颸霆飛。曾未百日，狴犴告空。夷人駭觀，邦史奏公。遺書上變，蔓延無辜。公摘其姦，弭於須臾。丘封萬計，終以不徙。請師文王，掩骼埋胔。乃發蒐慝，乃治强梗。貴幸側目，權豪斂衽。遂躋丞轄，天子是毗。正人所倚，細民所腓。

有夏多罪，天命徂征。鼠奔鳥竄，師老于行。皇帝震怒，載整其旅。簡期授材，恢我疆圉。内焉卿士，噤不一語。外焉方鎮，則惟所舉。公力如虎，公乃有陳。豈不來威？眷此下民。皇帝曰都！汝惟可信。一言罷師，天子神聖。其惠伊何？曰蠲其逋。其恕伊何？曰緩其獄。忠烈允著，仁風載穆。孰是勳庸？而不公屬。法吏沾沾，吹毛刻骨。陵藉衣〔五〇〕冠，狐貍〔五一〕豕突。有如公者，致於彈文。竟坐棼墨，廢其終身。粵雋在下，實公貽恥。勿俾堙沉，式穀以位。孅佞截截，心折膽落。嫉公居中，肆是讒譎。出領大邦，曰昇與青。周旋揚雍，晚殿于并。政尚寬大，存鰥弔惸。肆靖我境，其隱如城。公在帷幄，恩威延延。彼蠢者羌，毋敢犯邊。施及卒伍，以至降虜。祝公百〔五二〕年，稽顙蹈舞。胡爲遇疾，奄見殂殁？疇昔起之，以定王國。於皇聖君，誰適謀矣？哲人云亡，梁木隳矣。蚩蚩之甿，靡所依矣。街祭巷泣，嗟何及矣。

維昔不肖，往官江濆。龍褰鳳翥，始見偉人。平生知己，世無擬倫。執手上堂，得於逡巡。匪惟知之，抑又存之。保釐我躬，燕及其私。自時契闊，亦復流離。川塗阻越，夢寐懷思。旌旆北來，言適太鹵。迎拜霍丘，笑言如故。恩斯閔斯，公意愈隆。引寘幕府，獻醻從容。謂公壽康，歸相天子。乃今冥冥，聲采頓委。大明在上，品物在下。巍巍堂堂，遽即長夜。我心傷悲，公葬有期。念非古人，懷禄在兹。旒車髣髴，與公永違。致彼薄奠，有愧公知。嗚呼哀哉！

祭范德孺文

畢仲游

曩歲識公，靈武之城。公貌既偉，公氣亦英。黄河瀚海，間關共行。公矜我戇，我知公誠。遂同夷險，期以死生。其後公顯，鏗鍧有聲。既顯而貴，隱然大名。帥慶帥延，帥熙帥并。武夫悍卒，怖若雷霆。軍師老將，心服其寧。屬鞬聽命，甘從使令。四路十年，不知有兵。及公尹洛，以嚴輔明。下教既悉，擿伏亦精。洛城萬室，千里爲畇。家家畏公，如公是隣。宿姦巨猾，魂褫魄淪。擊〔五三〕斷取捨，莫知其因。遂皆斂手，以公爲神。凡人之情，僥倖苟得。公獨裁之，如穴被塞。凡人之情，好寬喜逸。公獨檢之，規矩繩墨。宜其不懌，而以爲病。乃獨懷公，式歌且詠。豈其施設，遠而難窺？人樂其大，而忘其私。不然則公，不足爲奇。矧公門户，奕世顯榮。太師爲父，相轄爲兄。公又崛起，岌嶪崢嶸。宜繼三人，秉國之成。而公一廢，十有八齡。公廢于家，匪公匪卿。二邊倚重，猶如長城。人言公復，士夫倏〔五四〕興。人言公用，夷虜震驚。公復之日，萬耳皆傾。復未之用，而公已薨。

嗚呼哀哉！吉人今〔五五〕喪矣。胷中之奇，包而往矣。威名氣像，豈可爲矣？予末小生，將何依矣？慟哭于野，出相送矣。追念平昔，恍如夢矣。嗚呼哀哉！

祭陳了翁〔五六〕文

游　酢

嗚呼陳公！萬夫之傑。大虚無塵，心凝知徹。經綸大猷，如挈裘領。灼知幾先，眇綿作眪。慮遠而知者疑，言危而弱者警。蓍龜有稽，可觀而省。

嗚呼陳公！知事道而已，不知鼎鑊之臨其顛也；知徇國而已，不知陷穽之横其前也。阨之白首，而氣愈和；蹙之死地，而志愈堅。處約彌久，妻孥裕然。畎晦念忠，頂踵利物，人疑其爲墨；平生拯飢，任重一身，吾知其爲稷。行道之人，聞者心惻。意者天將降之大任，而空乏其身耶？意者吾君〔五七〕將追念其篤誠，發獨斷而收之以澤斯民耶？嗚呼！孰謂流離川途，邅迴萬狀，而淪於淮楚之濱耶？嗚呼！孰謂謀可以託心膂，力可以任股肱，而志願卒不伸耶？浩浩元精，慘不知其因耶？歲首之書，後訃而達。執書一慟，骨驚心折。

嗚呼陳公！蓋將有哲人能盡知而賢之，有志士能慷慨而言之。有仁人能經紀其家而存之，有良史能具載其實而傳之。區區鄙詞，曷足以涉其流而泝其源乎？寓奠一觴，聊薦悃愊。東望傷懷，淚落横臆。尚饗！

祭程伊川文

張　繹

嗚呼！利害生于身，禮義根于心。伊此心喪于利害，而禮義以爲虛也〔五八〕。故先生踽踽獨行於世，衆乃以爲迂也。維尚德者以爲卓絶之行，而忠信以爲孚也；立義者以爲不可犯，而達權者以爲不可拘也。在吾先生，曾何有意？心與道會，冥然無際。無欲可以繫羈兮，自克者知其難也；不立意以爲言兮，知言者識其要也。德輶如毛，毛猶有倫。無聲無臭，夫何可親？

嗚呼！先生之道，不可得而名也。伊言者反以爲病兮，此心終不可得而形也。維太山以爲高兮，日月以爲明也；春風以爲和兮，嚴霜以爲清也。在昔諸儒，各行其志。或得乎數〔五九〕，或〔六〇〕覰乎禮。學者賴之，世濟其美。獨吾先生，淡乎無味。得味之真，死其乃已。自我之見，七年于兹。含孕化育，以蕃以滋。天地其容我兮，父母其生之；君親其臨我兮，夫子其成之。欲報之心，何日忘之？昔先生有言，見乎文字者有七分之心，繪乎丹青者有七分之儀。七分之儀，固不可益；七分之心，其猶可推。而今而後，將築室于伊洛之濱，望先生之墓，以畢吾此生也。

嗚呼！夫子没而微言絶，則吾固不可得而聞也。然天不言而四時行，地不言而百物生。惟與二三子，洗心去智，格物去意，期默契斯道，在先生爲未亡也。

嗚呼！二三子之志，不待物而後見；先生之行，不待誄而後徵。然而山頽梁壞，何以寄情？淒風一奠，敬祖于庭。百年之恨，并此以傾。

祭鄭庭誨文　毛滂

石梁鬱然，上有佳氣，下走清湍。昔聞異人，相携盤桓。寥寥至今，漁樵所安。尚意山閒，人必有異。下乃君廬，長廊甲第。記初識君，在稠人中。孤羆〔六二〕傲兀，知不可籠。一見傾蓋，定交尊俎。豈惟姻聯？氣則相許。予才闒茸，寡諧於世。所賴得君，差彊人意。奮然高談，氣蓋一座。有非吾曹，瞪目欲唾。君真偉人，秀眉奇狀。使當卒學，仕必人上。退託於酒，日飲亡何。羽衣岸巾，枕麴而哦。小詩立成，晚更婉熟。不樸不園，元和贍馥。揮金如土，結客如市。遠韻翛然，形骸之外。名利之徒，其隘如髮。敗意苦心，十居七八。開口一笑，人生能幾？君醉不知，笑以没齒。君年不足，行樂則過。胡用百憂，齒拙髮墮？曩子西征，相酌以酒。酣歌悲壯，起舞爲壽。予謂此别，行當來歸。當益釀酒，從君遨嬉。予歸酒熟，君不復臨。有佳風月，如聆車音。薦酒君堂，予目泫然。呼君不聞，是豈醉眠！

校勘記

〔一〕『竟』，底本誤作『意』，據六十三卷本、六十四卷本改。元本《元豐類稿》作『竟』。

〔二〕『頓』，底本作『彌』，據六十三卷本、六十四卷本改。元本《元豐類稿》作『頓』。

〔三〕『無』，底本作『不』，據六十三卷本、六十四卷本改。元本《元豐類稿》作『不』。

〔四〕『冥』，底本作『直』，據六十三卷本、六十四卷本改。元本《元豐類稿》作『冥』。

〔五〕『天不』二字，底本作『不泯』，據六十三卷本、六十四卷本改。元本《元豐類稿》作『天不』。

〔六〕『託』，底本誤作『記』，據六十三卷本、六十四卷本改。元本《元豐類稿》作『託』。

〔七〕『厲』，底本作『篤』，據六十三卷本、六十四卷本改。元本《元豐類稿》作『厲』。

〔八〕『黽』，底本作『蔡』，據六十三卷本、六十四卷本改。宋本《東坡集》、明成化刊本《蘇文忠公全集》作『黽』。

〔九〕『無爲』，六十三卷本、六十四卷本作『無與』。宋本《東坡集》、明成化刊本《蘇文忠公全集》作『無爲』。

〔一〇〕『昔其』，六十三卷本、六十四卷本作『昔公之』。宋本《東坡集》、明成化刊本《蘇文忠公全集》作

「昔其」。

〔一一〕「神」，底本空缺，六十三卷本、六十四卷本亦然，據宋本《東坡集》、明成化刊本《蘇文忠公全集》補。

〔一二〕「秉」，底本無，據六十三卷本、六十四卷本補。宋本《東坡集》、明成化刊本《蘇文忠公全集》作「秉」。

〔一三〕「夏」，底本無，據六十三卷本、六十四卷本補。宋本《東坡集》、明成化刊本《蘇文忠公全集》作「夏」。

〔一四〕「雨」，底本無，據六十三卷本、六十四卷本補。宋本《東坡集》、明成化刊本《蘇文忠公全集》作「雨」。

〔一五〕「帝」，底本無，據六十三卷本、六十四卷本補。宋本《東坡集》、明成化刊本《蘇文忠公全集》作「帝」。

〔一六〕「北方」，底本無，據六十三卷本、六十四卷本補。宋本《東坡集》、明成化刊本《蘇文忠公全集》作「北方」。

〔一七〕「天下悖恼」，「下悖」二字，底本無，據六十三卷本、六十四卷本補，宋本《東坡集》、明成化刊本《蘇文忠公全集》作「下悖」。「恼」，底本作「惱」，據六十三卷本、六十四卷本改。宋本《東坡集》作「恼」，明成化刊本《蘇文忠公全集》作「惱」。

〔一八〕「三州」，底本空缺，據六十三卷本、六十四卷本補。宋本《東坡集》、明成化刊本《蘇文忠公全集》作「三州」。

〔一九〕「立無」二字，底本空缺，據六十三卷本、六十四卷本補。宋本《東坡集》、明成化刊本《蘇文忠公全集》作『立無』。

〔二〇〕『心』，底本誤作『公』，據六十三卷本、六十四卷本改。明成化刊本《蘇文忠公全集》作『心』。

〔二一〕『昌』，底本誤作『曰』，據六十三卷本、六十四卷本改。明成化刊本《蘇文忠公全集》作『昌』。

〔二二〕『毀』，底本作『敗』，據六十三卷本、六十四卷本改。明成化刊本《蘇文忠公全集》作『毀』。

〔二三〕『何』，六十三卷本、六十四卷本作『不』。明嘉靖刊本《欒城集》作『何』。

〔二四〕『勿』，底本作『忽』，據六十三卷本、六十四卷本改。明嘉靖刊本《欒城集》作『勿』。

〔二五〕『吉』，六十三卷本、六十四卷本作『告』。明嘉靖刊本《欒城集》作『告』。

〔二六〕『册』，底本誤作『再』，據六十三卷本、六十四卷本改。

〔二七〕『君其』，底本作『其君』，據六十三卷本、六十四卷本改。宋乾道本《豫章黄先生文集》作『君其』。

〔二八〕『蹈』，六十三卷本、六十四卷本作『檻』。

〔二九〕『年餘』，底本作『餘年』，據六十三卷本、六十四卷本改。

〔三〇〕『朝』，底本缺，據六十三卷本、六十四卷本補。

〔三一〕『四』，底本誤作『曰』，據六十三卷本、六十四卷本改。

〔三二〕『施』，底本誤作『地』，據六十三卷本、六十四卷本改。

〔三三〕『問』，底本作『聞』，據六十三卷本、六十四卷本改。

〔三四〕『喜』，底本作『宴』，據六十三卷本、六十四卷本改。

〔三五〕『依』，底本作『養』，殆非是，據六十三卷本、六十四卷本改。

〔三六〕『形』，底本作『萌』，據六十三卷本、六十四卷本改。

〔三七〕「㥏」，底本作「痼」，據六十三卷本、六十四卷本改。
〔三八〕「枉」，六十三卷本、六十四卷本作「㮇」。
〔三九〕「告」，底本作「有」，據六十三卷本、六十四卷本改。
〔四〇〕「有所」，底本作「欲有」，據六十三卷本、六十四卷本改。
〔四一〕「公」，底本作「心」，據六十三卷本、六十四卷本改。
〔四二〕「上主」，底本作「主上」，據六十三卷本、六十四卷本改。明成化刊本《道鄉集》作「上主」。
〔四三〕「大鴻」，六十三卷本、六十四卷本作「人鴻」，殆非是。明成化刊本《道鄉集》作「大鴻」。
〔四四〕「若」，底本作「見」，據六十三卷本、六十四卷本改。明成化刊本《道鄉集》作「若」。
〔四五〕「歆」，六十三卷本、六十四卷本作「欽」。明成化刊本《道鄉集》作「欽」。
〔四六〕「訂」，底本作「詳」，據六十三卷本、六十四卷本改。
〔四七〕「膚」，底本誤作「虜」，據六十三卷本、六十四卷本改。
〔四八〕「舌」，底本作「言」，據六十三卷本、六十四卷本改。
〔四九〕「驢」，底本缺，據六十三卷本、六十四卷本補。
〔五〇〕「衣」，底本誤作「夜」，據六十三卷本、六十四卷本改。
〔五一〕「狐氈」，底本空缺，據六十三卷本、六十四卷本補。
〔五二〕「百」，底本作「萬」，據六十三卷本、六十四卷本改。
〔五三〕「擊」，底本誤作「繫」，據六十三卷本、六十四卷本改。清《武英殿聚珍版叢書》本《西臺集》作「擊」。

〔五四〕『倏』，底本空缺，據六十三卷本、六十四卷本補。清《武英殿聚珍版叢書》本《西臺集》作『倏』。

〔五五〕『吉人今』，底本無『吉』字，據六十三卷本、六十四卷本補。此三字，清《武英殿聚珍版叢書》本《西臺集》作『人琴』。

〔五六〕『陳了翁』，底本『了』誤作『子』，據六十三卷本、六十四卷本改。

〔五七〕『吾君』，底本無，據六十三卷本、六十四卷本補。

〔五八〕『伊此心』至『以爲虚也』，底本以所據之本未通，改作『伊川此心，不喪於利害，而禮義以爲廬也』，今據六十三卷本、六十四卷本改。

〔五九〕『數』，底本誤作『勤』，據六十三卷本、六十四卷本改。

〔六〇〕『或』，底本作『可』，據六十三卷本、六十四卷本改。

〔六一〕『羆』，底本作『熊』，據六十三卷本、六十四卷本改。

新校宋文鑑卷第一百三十五

校者按：底本此卷抄配，據六十三卷本、六十四卷本刻卷校改。

祭文

祈雨祭漢景帝文〔一〕

歐陽脩

縣有州帖，祈雨諸祠。縣令至愚，以謂雨澤頗時，民不至於不足，不敢以煩神之視聽。癸丑，出於近郊，見民稼之苗者荒在草間，問之，曰：『待雨而後秏粘。』又行見老父，曰：『此月無雨，歲將不成。』然後乃知前所謂雨澤頗時者，徒見於城郭之近，而縣境數百里山陂田畝之間，蓋未及也。脩以有罪，爲令於此，宜勤民事神，以塞其責。令既治民獄訟之不用，又不求民之所急，至去縣十餘里外，凡民之事皆不能知，頑然慢於事神，此脩爲罪又甚於所以來爲令之罪。惟神爲漢明帝，生能惠澤其民，布義行剛，威靈之名，照臨後世，而尤信於此土之人。神其降休，以答此土之民之信。

祭城隍神文〔二〕

歐陽脩

雨之害物多矣，而城者神之所職。不敢及佗，請言城役。用民之力六萬九千工，食民米一千三〔三〕百石。衆力方作，雨則止之。城功既成，雨又壞之。敢問雨者，於神誰尸？吏能知人，不能知雨。惟神有靈，可與雨語。吏竭其力，神祐以靈。各供其職，無媿斯民！

祈雨祭漢高皇帝文

歐陽脩

吏有常職，來官于滁者，不三四歲而易也。神食于此，無窮已也。神與吏，於滁人孰親且久，孰宜愛其人之深也。滁人敢慢其吏而犯吏法者有矣，未聞〔四〕有敢慢神而犯威靈也，其畏信勤事於神也。吏於凡小事〔五〕，猶皆動有法令約束，違則有罰，孰若神之變化不測，而能與民轉災爲福也？吏朝夕拜禱，彌旬越月，而無所感動。神之召呼風雲，開闔陰陽，而役使鬼物，頃刻之間也。今民田待雨急矣，吏知人力不能爲，猶竭其力而不得已。況神之易爲也，況滁人畏信勤事之久而親，神宜愛之。而又有可以轉災爲福，變化不測之能也，吏誰敢與神較？而脩〔六〕輒以此爲黷者，蓋哀民之急辭也。其政不善而召災旱，又以爲黷，神宜降殃于脩，而賜民以雨，使賞罰並行而兩得也。民之幸也，脩之願也。

北嶽祈雪〔七〕文

宋祁

自冬無雪，大寒不效，宿麥枯槁。涉春之仲，土債凍泮，天極愈高。暖氣蚤來，癘鬼挾疫，以中齊人，寒咳僵僕。赭埃蒙田，耒耜弗施。夫家愁嘆，疾首無訴，坐〔八〕待飢虛。臣荷二千石印綬，克長此邦；部九州軍地，幅員千里。民有不獲，匪臣孰司〔九〕？臨政不敏，御下弗明，事神不虔，怨詛騰〔一〇〕布，爲疾爲旱，職臣所召。向者已遣府從事，投訴祠闕，冀蒙嘉〔一一〕生。而涉月跨歲，太和閉鬱，終風連朝，雲合輒披。臣日自省，不知所救。惟身多罪，蔽暗懦愚，非帝〔一二〕所赦，不敢逃誅。斯民何辜，罹此亢厄，孩耋相持，驅就困窮。有仁如帝，而不垂閔。惻聞古諸侯祭境内山川，以山川能出雲爲〔一三〕風雨，見怪物，福庇其下，而血食之。自侯以降，養犧儲醪，跽伏進薦，或禴或嘗，不敢有貳，以能爲之主也。惟帝所宅〔一四〕，乃州之望，何材不取，何變不儲〔一五〕？然則蓄而泄之，沛〔一六〕潤千里，振洗恢焚，奮張葉牙，滋液流浸，啟侑有年。是岳所以主，而州所以爲望也。人能事神，神能庇人，方窮而訴，必見哀情。物薄請豐，所恃至誠。

祭左丘明文

黄晞

噫嘻嗚呼！天地何私，鍾才特殊。胸羅萬象，器函八隅。堯形舜骨，禹步湯趨。巍巍左丘，千古德孤。周孱魯怜，玉石混淪。何王何侯，何主何奴？鬼哭朝陽，狐巢國都。丁艱憤辰，閉目涕裾。捉簡磨鉛，申杼踟躕。仲尼經之，神居緯諸。百王千法，雹熠霞鋪。浮忠暴孝，竄姦磔誅。弗官而賞，弗斧而誅。雲龍譎詭，麟鳳怡愉。星紀二十，鱗如燦如。後俗荒醉，履捷〔一七〕迷途。跬步咫尺，荆棘扶疎。鄒夾公穀，不式不謨。侵官盜位，犯禁罹辜。指白爲赤，驚聾駭愚。太陽無色，殘燈有餘。惟聖作古，降聖異〔一八〕區。四子於是，析言厚誣。仲舒劉向，習異牽拘。病在膏髓，徒信皮膚。有漢後葉，方漏本書。子駿元凱，怒氣虹舒。赤地申力，橫流展圖。大年倏臻，平原罔虞。凜然千祀，清風襲予。時移事遠，迷終反初。陸淳啖趙，信吠空虛。黄踵成習，夸紫亂朱。方孩躑躅，作氣趎趎。骨幹葱弱，吻齦乳濡。張脣哆齒，啁噍囁〔一九〕嚅。狂聖姝厲，齊鑣並驅。蚓口蟬腹，性稟只且。張皇受納，毫芒碎銖。孰先而師？孰後而徒？更唱迭和，蠅喧蠓吁。噫嘻嗚呼！有梟者子，食母含腴。有梟之士，爲儒賊儒。古人有法，碪爾之軀。少宰司寇，木偶屍蛆。柝劍尺鐵，土蝕階除。旁徨觀者，血迸睛枯。歲次庚寅，假道曹墟。秀領參天，苦霧冥紆。寤寐晷刻，肸蠁冥符。驚醒感嗟，肅齋造祠。酌水投文，噫嘻嗚呼！

祭馬當山上水府文

呂誨

惟神道靈水府，雄據長江，濟物利人，載在祀典。然風波重阻，帆檣交會，物貨貿遷者，商人之利也。又如冒官敗墨，侵漁下民，重裝以還者，貪吏之利[二〇]也。是皆行險徼幸，日進千里，而不知其徑者。利汩於中，豈計於險易？一有傾覆，固其宜矣。至若艫尾相啣，率鍾致石，遠奉公上，固有期會，豈得已者？又况忠臣義士，忘軀報國，一言忤時，謫斥萬里，雖葬於魚腹，未厭仇人之欲，與夫徇福，誠異趣爾。意天地設險阻，舟楫濟不通，皆有所謂。神據險阻，受國封爵，濟物利人，福善禍淫，乃其職爾。今狂蛟肆怒，乘風鼓浪，恣其覆没，阽危若是，果威靈不能制耶？彼安濟者，皆其幸耶？

誨[二一]六年中再得罪，沿泝上下者四。移麾晉陽，舟次于是，適值風濤，幾爲淪溺。三日未霽，故具牢醴，禱訴所誠，神其監焉。

諸廟謝[二二]雨文

曾鞏

吏之罪大矣，一切從事於謹繩墨、督賦役而已。民之所欲不能與，所惡不能去，自恕以竊食，不知其可媿，安能使陰陽和風雨時乎？故若某者，任職於外，六年于兹，而無歲不勤於請雨。賴天之仁，鬼神之靈，閔人之窮，輒賜甘澤，以救大旱。吏知其幸而已，其爲酒醴牲饔，以報神之賜，曷敢不虔！維神尚終惠之，使永有年，則神亦無窮，有依于人。

福州鱔溪禱〔一二三〕雨文

曾　鞏

嗟呼旱也，誰則爲之？芃芃之稼，將槁而萎。嗷嗷之衆，曷望而依？爲閩屬者，寇賊之罹。逮其既附，我士已疲。餘醜成群，百十睢睢。跳浪出没，負力乘巇。亦有爲渠，諸偷所推。相望棊布，未受羈羈。室家莫寧，遠近以疑。我畜以柔，亦震以威。從有法賞，不從係纍。或擾而序，或就縲徽。逮歲朔易，盪定無遺。山林夜行，笑語追隨。吾人即安，含糗而嬉。士馬亦奮，桓桓騤騤。天子聖德，海邦是綏。維此海邦，初亦難饑。

今宇寧矣，師征始〔一二四〕歸。今食足矣，廩實尚微。若歲大熟，如粱如茨。如陵如坻，自公及私。獄無訟繫，里無盜闚。式于永世，方始在兹。今此大田，既碩而齊。俾不卒成，孰忍爲斯？神有靈蹟，國人所祇。神有顯號，天子所躋。萎能起之，槁能澤之。胡能有餘，歛而不施？我用卜日，蚤駕以馳。即告潭側，尚其聽之。攘除驕陽，騰雲彍霓。播爲甘液，霈灑淋灕。俾農有秋，百物具宜。熄偷與争，長置刑笞。人於報事，豈有斁思？

始定時薦告廟文

張　載

自周衰禮壞，秦暴學滅，天下不知鬼神之誠，繼孝〔一二五〕之厚。致喪祭失節，報享失虔，狃尚浮圖可恥之爲，雜信流俗無稽之論。世代寖久，習爲厥常。載私淑祖考遺訓，聖賢簡書，歲恥月慙，朝饋夕惕。比用瞻拜，愧汗不容自安。竊自去秋以來，稍罷無謂節名，閭閻俗具，一用拜朔之辰，移就新薦。然而四時正祀，尚未講脩。《禮》謂士有田則祭，無田則薦。祭用四孟，薦用仲月，載於〔二六〕秩命，乃視天子。中士當用四仲，擇日申薦成禮。故議自今春二月爲始，決用四時分至之日，舉行常儀。然尚懼採擇之未明，恬俗之易駭，或財用不足，或時不得爲，未免雜用褻味燕器，參從近事，遽爾變創，要之所安。恭惟考妣恩明，尚賜矜享。間有未盡，仍幸稍益改脩。方歲之初，不敢不告，惟賜鑒諒，幸甚！

生擒西蕃鬼章奏告永裕陵祝〔二七〕文

蘇　軾

大獮獲禽，必有指縱之自；豐年高廩，孰知耘耔之勞〔二八〕？憬彼西戎，古稱右臂。自嘉祐末，木征擾邊；至熙寧中，董氈方命。於赫聖考，恭行天誅。非貪尺寸之疆，蓋爲民除蟊賊，遂建長久之策，不以賊遺子孫。而西蕃大首領鬼章，首犯南川，北連拓拔。申命諸將，擇利而行，旋聞偏師，無往不克。吏士用命，争酬未報之恩；聖靈在天，難逃不漏之網。已於八月戊戌，生擒鬼章。頡利成擒，初無渭水之恥；郅支授首，聊報谷吉之冤。謹當推本聖心，益修戎略。務在服近而來遠，期於偃革以息民。仰冀威神，曲垂昭鑒！

禱雨社稷四首

蘇軾

噫我侯社，我民所恃。祭于北墉，答陰之義。陽亢不反，自春徂秋。迄冬不雨，嗣歲之憂。吏民嗷嗷，謹以病告。錫之雨雪，民敢無報？右社神

神食于社，蓋數千年。更歷聖王，訖莫能遷。源深流遠，愛民宜厚。雨不時應，亦神之疚。社稷惟神，我神惟人。去我不遠，宜軫我民。右后土

農民所病，春夏之際。舊穀告窮，新穀未穟。其間有麥，如暍得涼。如行千里，弛擔得漿。今神何心，毖此雨雪？敢求其佗，尚憫此麥。右稷神

惟神之生，稼穡是力。廑身爲民〔二九〕，尚莫顧惜。矧今在天，與天同功。召呼風雲，孰敢不從？豈惟農田，井竭無水。我求於神，亦云亟矣。右后稷

祭戰馬文

路振

咸平中，契丹犯高陽關，執大將康保裔，略河朔而去。天子幸魏，遣特將王榮，以五千騎追之。榮無將材，但能走馬，以馳射爲事，受命恇怯，數日不敢行，伺賊渡河而後發。賊有剽淄、齊者數千騎，尚屯泥沽。榮不欲見敵，遂以其騎略界河南岸而還。晝夜急馳，馬不秣而道斃者十有四五。天子憫之，遣使收瘞焉。因作祭文曰：

房駟之精，降爲驪騂。泉水呀風，流沙激霆〔三〇〕。虎脊孤聳，龍媒鶩獰。丹髦曉霞，的顙秋星。茀方著幹，宜乘旋膺。巉臚角起，方眥珠明。爾其絶塞草荒，八月隕霜。毛縮蹄研，筋舒脉張。獸惡恐噬，虬獰欲驤。噴沙散沫，千里飛雪。戎人負紖，武士索鐵。前遮後突，雷動地裂。忽挽一而制百，終伏撾而授紲。戎官劬劬，歲入券書。蹄踵纍纍，通乎鬼區〔三一〕。名駒大駃，銜尾入塞。勞其酋長，節以駔儈。蜀錦吴繒，積如丘陵。馬歸於我也重，幣入於彼也輕。於是絡黄金之羈，浴天池之波。鼓鬣雲衢，弄影星河。或踶而齧，或齅而吪。蠡蠶中禁，駔駿何多！帝念神物，來經遠道。閱之于内殿，養之于外阜。飲以玉池，秣之瑶草。窮冬虜塵，入我河湄。羽書宵飛，龍馭北巡。選仗下之名馬，屬閫外之武臣。琱戈電燭，禁旅星陳。授以長策，帥以全軍。將士怒兮山可擘，猛馬哮兮虎可咋。何嚄唶之無勇，反遷延而避敵？冰霜淒淒，介甲而馳。不飲不秣，載渴載飢。駿馬餧死，行人嗟咨。委天骨於衢路，返星精於雲霧。報主恩之無及，齊戎力而何誤？生芻致祭，弊帷成禮。瘞于崇岡，全爾具〔三二〕體。馬如有神，知帝之仁。嗚呼！

謚議

贈尚書右僕射孫奭謚議[三三]

宋祁

博士宋祁議曰：僕射清明莊重，體柔而用健，暢和吸粹[三四]，儲爲英華。在布衣韋帶，有深沈不器之韻，緩玦彈冠，賓于王門。是時宋興四十餘歲，天子上文嚮學，開太平之原。薪槱髦士，充布臺閣，而未有卓然以儒名家。僕射由經生博貫前載，乃以《詩》之多識，《書》之知遠，《易》之肆而隱，《春秋》之婉而微，《禮》之肅雍，《樂》之易良，參勸講授，爲薦紳倡。始執據聖道，洮汰群疑，斗杓所建，遂成寒暑；珩璜所觸，自然宮徵。歷官上庠，居爲時宗，既而籍内禁閣，踐諫省駁曹之任。入進其熟，出詭其辭，批鱗罔憚，職[三五]衮無闕。在《蹇》王臣匪躬，在《說命》朝夕納誨，惟僕射舉之，愛莫助之。屬今上濬明厥初，物色舊老，實膺丹書之問，進對華光之塗。用階告猷，式克躋聖。桓榮稽古，寬中眇論，惟僕射有之，是以似之。及宸幄歸道，安車税駕，天文褒餞，士倫嗟挹。俾耆而艾，以殁元身，大君廢朝，行路相弔。賻布所須，一出長府，密章加等，昭飭下泉。信乎令終之高顯，大雅之明哲矣。

謹按《謚法》：體和居中曰宣，善問周達曰宣。如僕射處躬彌沖，在醜忘競，不居物累，不爲盜憎。其讓如范宣，其慎如子孺，能體和矣。内治家事，外施邦政，接士無貌言，祝神無媿辭。協用通介，時其進退，能居中矣。行成束脩，節貫華皓，終以碩望，顯升師臣。其所薦士，皆足以經哲秉猷，敷賁皇極。遜遠時譽，常如不及，以年得謝，嚮考終之福。生平素守，鮮如晨葩，信善問矣。建白紬次百餘篇，傳經見義，質聖行遠，藏于册府，副在家楹。推明則董仲舒，博洽則劉向，其周達矣。節惠知行，請謚曰『宣』。謹議。

張忠定謚議

劉敞

太常禮院謚故禮部尚書張公曰忠定。太子中允直集賢院同判吏部南〔三六〕曹劉敞覆議曰：尚書布衣之時，任俠自喜，破産以奉賓客，而借軀報仇，往往過直。及讀書爲文，折節受學，則爽厲明白，務求道真。至於策名試吏，俶儻奮發，思自見於世，不令己失時，蓋有古賢之風。而神宗聖考知人善任，使每盡其用，雖專斷於外，而上不疑，此其所以感激慷慨，能成功名者也。夫英偉卓犖之人，固自負其材，可以意氣忠信結，而不可以禄位貨利取也。尚書再在蜀，及伦臨涖，皆朝廷所倚重，或兵荒之餘，而言聽計從，德澤下流，民到于今稱之。蓋君之圖任一，則士之報施重，其不然歟？自宋興以來且百年，言治者甚衆，其直己以事上，盡心以撫下，生有榮名，死有遺愛者，尚書殆無與並焉。末年以疾害於朝謁，不至大位，士君子以爲恨。今主上甄德念功，使有司追賜之謚，而曰『廉方公正，安民大慮』，竊以謂無間然矣。請從博士之論，以充太史之録。謹議。

趙信質謚議

劉敞

議曰：《春秋》之議，視遠物者，見其形不見其容；聽遠聲者，聞其疾不聞其舒。此褒貶之審也。少傅公歷事三朝，嘗列四輔，謀謨之益，施爲之效，蓋多有矣。然而入則極論，出則詭詞，是以人無聞焉。雖推美讓德，大臣之宜，亦其天性恭慎然也。今太常易名，謂之『信質』，稽類揣稱，竊以爲允。謹議。

陳執中謚榮靈議

韓維

執中幸得以公卿子，遭世承平，因緣一時之言，遂至貴顯。皇祐之末，天子以後宮之喪，問所以葬祭之禮。執中位爲上相，不能總率群司，考正儀典，以承荅天問。知治喪皇儀，非嬪御之禮，追册位號，於宫闈有嫌，建廟用樂，踰祖宗舊制，執中白而行之，曾不愧憚，遂使聖朝大典，著非禮之舉，此不忠之大者。閨門之内，禮分不明，夫人正室，踈薄自絀，庶妾賤人，悍逸不制，醜聲流布，行路共知，此又治家無足言者。夫宰相所當秉道率禮以弼天子，正身齊家以儀百官，執中不務出此，而方杜門深居，謝絶賓客，曰我無私也，我不黨也，豈不陋哉！謹按《謚法》：寵禄光大曰榮，不勤成名曰靈。執中出入將相，以一品就第，可謂寵禄光大矣。得位行政，不爲不逢，死之日，賢士大夫無述焉，可謂不勤成名矣。請合二法，謚曰『榮靈』。

歐陽文忠公謚議

李清臣

太子太師歐陽公歸老于其家，以疾不起，將葬，行狀上尚書省，移太常請謚。太常合議曰：

公維聖宋賢臣，一世學者之所師法，明于道德，見于文章，究覽《六經》群史、諸子百氏，馳騁貫穿，述作數十百萬言，以傳先王之遺意。其文卓然自成一家，比司馬遷、揚雄、韓愈，無所不及，而有過之者。方天下溺於末習，爲章句聲律之時，聞公之風，一變爲古文，咸知趨尚根本，使朝廷文明不愧於三代、漢、唐者，太師之功，于教化治道爲最多。如太師，真可謂『文』矣。

博士李清臣得其議，則閱讀行狀，考按《謚法》，曰：唐韓愈、李翺、權德輿、孫逖，本朝楊億，皆謚『文』，太師固宜以『文』謚。吏持衆議白[三七]太常官長，有曰：『文』則信然不可易也，然公平生好諫争，當加『獻』爲『文獻』，無已則忠，爲『文忠』。衆相視曰：其如何？則又合議曰：『文獻』疊犯廟謚，固不可。『忠』亦太師之大節，太師常參天下政事，進言仁宗，乞早下詔立皇子，使有明名定分，以安人心，及英宗繼體，今上即皇帝位，兩預定策謀，有安社稷功。和裕内外，周旋兩宫間，迄于英宗之視政。蓋太師天性正直，心誠洞達明白，無所欺隱，不肯曲意順俗，以求自便安，好論列是非，分別賢不肖，不避人之怨誹沮疾，亡身履危，以爲朝廷立事。按《謚法》：道德博聞曰文，廉方公正曰忠，今加『忠』以麗『文』，宜爲當。衆以狀授清臣爲謚議，清臣曰：不改於『文』，而傅之以『忠』，議者之盡也，清臣其敢不從？遂謚『文忠』。謹議。

范忠宣公謚議

鄧忠臣

伏惟太常寺定開府儀同三司范純仁謚議如前。議曰：《謚法》云：慮國忘家曰忠，善聞周達曰宣。古之慮國忘家者，固嘗有焉，兼之善聞周達者，蓋亦鮮矣。全是二美，得之純仁。太常既易其名，博士又爲之議，移文覆訂，屬于考功。

忠臣按：純仁爲大臣之子，布被脱粟而不以爲非；都上公之司〔三八〕，衮衣繡裳而不以爲泰。要終原始，考實求聲，歷事五朝，堅持一節。厚同宗之族，猶葛藟之庇本根；見慢上之人，如鷹鸇之逐鳥雀。凡言責與官守，皆諫行而計從。讜論嘉謀，確乎其不拔；令名廣譽，闇然而日彰。在畎畮，未嘗忘君；思飢溺，不獲由己。作《尚書解》以進，如宋璟之爲元龜；抗《濮園議》以聞，如師丹之爲黄耇。臨公家之利，知無不爲；得小大之情，矜而不喜。每思捐身而開策，所願休兵而息民；祇知扶危而濟傾，寧恤跋前而疐後？文有黄裳之吉而内美，言無白圭之玷而外華。頃緣秉鈞，適丁連茹。方讒言亂國，而明蔡確之無實；洎姦黨投名，而謂大防之可原。當衆人莫敢言之時，在偏州無所用之地，義形於色，憤發至誠。非止救當時正人端士之織羅，直欲戒後世亂臣賊子之迷罔。徇公忘己，爲國惜賢，興言嗟嘆，使人於邑。父母之國有時而去，股肱之義於是或虧。放之江湖，忽如草芥。紉蘭澤畔，更甚屈原之忠；占鵩坐隅，已分賈生之死。惟天知善，惟君知臣。適訪落之初年，講圖舊之新政。側席南望，而決浮雲之蔽；擁節東歸，而詠零雨其濛。公望益隆，恩數彌渥。法座想見其風采，詔書相望於道塗。欲入覲則未能，願養疾者益懇。改元三日，以不起聞。天子於是震悼輟朝，賻贈加等。告其第，開府儀同三司之府；表其墓，賜世濟忠直之碑。人臣哀榮，無以尚此。古學有訓，阿衡詎專美乎商；君違不忘，臧孫將有後於魯。古之遺直，今也則亡，謚曰『忠宣』，於義爲允。

校勘記

〔一〕此篇，六十三卷本、六十四卷本以皆脱一葉，有目無文。

〔二〕此篇，六十三卷本、六十四卷本以皆脱一葉，有目無文。

〔三〕『三』，底本作『五』，據宋慶元二年周必大刻本《歐陽文忠公集》、元本《歐陽文忠公集》改。

〔四〕以上自『敢慢其吏』至『未聞』，凡十三字，底本無，據六十三卷本、六十四卷本補。宋慶元二年周必大刻本《歐陽文忠公集》、元本《歐陽文忠公集》皆有此十三字。

〔五〕『事』，六十三卷本、六十四卷本作『且』。宋慶元二年周必大刻本《歐陽文忠公集》、元本《歐陽文忠公集》作『事』。

〔六〕『脩』，六十三卷本、六十四卷本作『某』。宋慶元二年周必大刻本《歐陽文忠公集》、元本《歐陽文忠公集》作『脩』。按：接下兩處『脩』字同此。

〔七〕『雪』，六十三卷本、六十四卷本卷目及正集之題皆作『雨』，清《武英殿聚珍版叢書》本《景文集》作

「雪」。今按：察文中「暖氣蚤來」云云，當以「雪」字爲正。

〔八〕「坐」，底本作「並」，據六十三卷本、六十四卷本改。清《武英殿聚珍版叢書》本《景文集》作「坐」。

〔九〕「司」，底本誤作「同」，據六十三卷本、六十四卷本改。清《武英殿聚珍版叢書》本《景文集》作「司」。

〔一〇〕「騰」，底本誤作「謄」，據六十三卷本、六十四卷本改。清《武英殿聚珍版叢書》本《景文集》作「騰」。

〔一一〕「嘉」，底本作「有」，據六十三卷本、六十四卷本改。清《武英殿聚珍版叢書》本《景文集》作「嘉」。

〔一二〕「帝」，底本作「常」，據六十三卷本、六十四卷本改。清《武英殿聚珍版叢書》本《景文集》作「帝」。

〔一三〕「爲」，底本作「雷」，據六十三卷本、六十四卷本改。清《武英殿聚珍版叢書》本《景文集》作「爲」。

〔一四〕「所宅」，底本作「岳主」，據六十三卷本、六十四卷本改。清《武英殿聚珍版叢書》本《景文集》作「所宅」。

〔一五〕「儲」，六十三卷本、六十四卷本作「除」。清《武英殿聚珍版叢書》本《景文集》作「儲」。

〔一六〕「沛」，底本作「沾」，據六十三卷本、六十四卷本改。清《武英殿聚珍版叢書》本《景文集》作「沛」。

〔一七〕「捷」，底本作「揵」，據六十三卷本、六十四卷本改。

〔一八〕「異」，底本作「冀」，據六十三卷本、六十四卷本改。

〔一九〕「囁」，底本作「喋」，據六十三卷本、六十四卷本改。

〔二〇〕「貪吏之利」，底本作「貪利之吏」，恐非是，據六十三卷本、六十四卷本改。

〔二一〕「誨」，六十三卷本、六十四卷本作「某」。

〔二二〕「謝」，底本誤作「祈」，據六十三卷本、六十四卷本改。元本《元豐類稿》作「謝」。

〔二三〕『禱』，底本作『祈』，據六十三卷本、六十四卷本改。元本《元豐類稿》作『禱』。

〔二四〕『始』，底本作『西』，據六十三卷本、六十四卷本改。元本《元豐類稿》作『始』。

〔二五〕『孝』，底本無，據六十三卷本、六十四卷本補。

〔二六〕『於』，底本作『用』，據六十三卷本、六十四卷本改。

〔二七〕『祝』，底本作『祀』，據六十三卷本、六十四卷本改。宋本《經進東坡文集事略》作『祝』。

〔二八〕『勞』下，底本有『昔漢武命將出師，而呼韓朱庭效於甘露；憲宗厲精講武，而河隍恢復見於大中』，凡三十一字，六十三卷本、六十四卷本無，今據以删。宋本《經進東坡文集事略》亦無此三十一字。《梁溪漫志》卷五載『蜀中石刻東坡文字稿，其改竄處甚多，玩味之，可發學者文思』，即舉此文爲例，謂此三十一字，『後乃悉塗去不用』。

〔二九〕『民』，底本作『神』，據六十三卷本、六十四卷本改。明成化刊本《蘇文忠公全集》作『民』。

〔三〇〕『霆』，底本作『庭』，據六十三卷本、六十四卷本改。

〔三一〕『區』，底本作『驅』，據六十三卷本、六十四卷本改。

〔三二〕『具』，底本作『全』，據六十三卷本、六十四卷本改。

〔三三〕本篇篇題，底本作《孫奭宣公議》，據六十三卷本、六十四卷本改。清《武英殿聚珍版叢書》本《景文集》篇題與六十三卷本、六十四卷本同，題下注：『案：此篇《永樂大典》缺載，今依《文翰類選》録補。《宋文鑑》作《孫奭宣公謚議》。』

〔三四〕『粹』，底本作『精』，據六十三卷本、六十四卷本改。

〔三五〕『職』，底本作『補』，據六十三卷本、六十四卷本改。

〔三六〕「南」，底本作「尚書」，據六十三卷本、六十四卷本改。
〔三七〕「白」，底本誤作「曰」，據六十三卷本、六十四卷本改。
〔三八〕「司」，底本空缺，據六十三卷本、六十四卷本補。

新校宋文鑑卷第一百三十六

校者按：底本爲刻卷，據六十三卷本、六十四卷本刻卷校改。

行狀

馮侍講行狀

宋　祁

馮元，字道宗，年六十三。公之先始平人，四代祖官廣州。唐末關輔亂，不敢歸，而劉氏據南海，僑斷士人，故三世食其禄。太祖定廣，公之禰本劉氏日御，國除始爲王官，授保章正，老病免，遂占數都内。公少嗜學，保章君不欲公疇其業，使從故僕射孫宣公授《五經》大義，又友博士崔頤正。逮冠，彊立博覽，外嗛嗛若不足，中敏力甚，自經典故訓，祖襲師承，穿穴筳楹，皆能駕其説。浸弄翰爲詞章，默而有沉鬱之思。出入服褒衣、習矩步，如大賓祭，鄉人化其謹，至以俚語諺之。不妄交遊，惟樂安孫質、吴陸參、譙夏侯圭相友善，三人皆直諒而材，故號四友。家貧，盛冬無薪燎，夜輒市甂酒，與圭對經研摧，一再酌以自温，或達旦不瞑。

真宗大中祥符元年，由進士調臨江縣尉，再朞罷。會講員缺，詔冬集吏能明經，得自言試可，公往應令。時諫議大夫謝泌領選，精果有風鑒，見公儒者，嘻笑曰：『吾聞古治一經至皓首，生能盡善也邪？』對曰：『達者一以貫之可矣。』謝奇其對，因抉經義疑晦者，廷問參詰，公條陳詳詣，言簡氣願。謝抵掌嗟伏，即日聞上，授國子監直講。由是名震京師，公卿大夫家争欲屈公授道者。久之，遷廷尉平，又兼崇文院檢討。其八年，程覆俊選，公待詔殿中。帝讀《易》至《泰卦》，命説其義。公既道《繇》《象》云云，因本君臣感會，所以輔相財成者。帝悦，賜五品服，稍親近之。禁中建龍圖閣，庋藏祕册，置學士待制等員，爲搢紳譽處，時用尚書工部郎中李虚己、兵部員外郎李行簡待制。是時公仕資淺，故以太子中允充直閣，直閣蓋由公始。數召入，與二李賜清閒，説《易》盡上下經。帝嘗稱公誦説通而不泥，言外自有餘趣，非專門一經士也。俄改三品服。

天禧元年，以諫議大夫假節使契丹。還，遷太常丞，兼判禮院吏部南曹。先是，今上在儲闈，帝欲得肅艾長者，使之勸學，訪於宰相。時太尉文正王〔一〕公以公對，或者謂公年〔二〕差少，罷不用，更用博陵崔遵度。四年，遵度卒，帝即擢公左正言，兼太子右諭德，代其任，它職如舊。初，文正聞公名，而未之識，一日召至第，先使諸子質經義，密視其人，淹粹亮恪，乃自見之，授其《老子》。它日令詣府與執政衆試，已而爲帝言數矣。故公之顯，文正力焉。公由孤生，挾儒術進，出入十餘年，鋗玉華緌，與諸儒獻歌頌，數得進見。兩宫所以褒禮賜予尤渥，便蕃光明，爲時宗國器，當世休之。

今上嗣位，改尚書工部員外郎，升爲直學士，兼侍講。未幾，孫宣公亦入露門，執經遞進，公得孫同列以爲寵，孫得公亦自以知人爲多，兩人提衡飆道，上益嚮學。俄兼會靈觀副使，知通進銀臺司，兼門下封駁事。

天聖元年，判登聞檢院。明年，判國子監。三年，改禮部郎中。五年，同知貢舉。時天下偕〔三〕計參陪，公協力程綜，片善必録，雖鉤捶臬平，不計其公。未幾，正爲學士。當是時，天子念先帝盛烈，裁績信書爲一王言，故貳卿中山劉公筠、今資政殿學士常山宋公綬、丞相潁川陳公同領史事。已而〔四〕丞相爲開封府浩穰劇三輔，乃罷史官，諸公亟以公請，詔從之。書閱兩朝，論次筆削者衆，至是褒懲謹嚴，近古風烈矣。其十一月，燎祭南郊，爲鹵簿使。七年，召入翰林，爲學士。凡三禁職，皆天下選，而公兼有，且優爲之。又判尚書都省，俄爲三班院，歲餘，改吏部郎中。八年，以國書成，進諫議大夫，充史館修撰。九年，爲吏部流内銓，兼群牧使。

明道元年十月，既考室，謝享宗廟，又爲鹵簿使，以赦令例遷給事中。明年，耕籍田，使任如廟禮。俄爲莊獻、莊懿二太后園陵鹵簿使。前此莊懿之未祔也，堋都城右郊，公嘗假鴻臚護其葬，及梓宮之遷，斥土沮溼，近戚詆公監視亡狀。十月，解翰林學士及侍講二職，出守河陽。辭，得見上，但頓首引咎，自請治郡。滿三年，奉計以報。會太學官屬叩丞相府，上書留公，柄臣悔，欲弗遣。公固願行，到郡〔五〕以清静稱，不作條教。今左僕射王沂公自洛師入覲，爲上言，馮某東朝儁老，不宜以纖芥棄外，上亦意合，即日馳傳詔公。

景祐二年春二月，至〔六〕自河陽，改禮部侍郎，兼翰林侍講學士，兼知審官院，復判太常禮院、國子監。公既還朝，自以羽翼舊人，身託勸講，宜出入諷議，不苟默而已，乃獻《金華五箴》，弼違告猷，詞兼婉切。上納其戒，優詔答之。會上留意雅樂，閔經文殘缺，規創大典，夏四月，詔公領修《樂書》。俄復爲南郊鹵簿使，管祥源觀事。明年七月書成，上號其書爲《景祐廣樂記》，特遷户部，賞勞也。公素有蹠盭，不堪趨拜。四年春，病寖劇，告未滿三月，會小瘳，公自力造朝。未幾，病復甚，氣上謽，害言語。後四月戊戌，終于正寢。上聞訃震悼，以本曹尚書告其柩，賻錢三十萬，絹百匹，醪米牢具稱之。愍賵之所以優加，君臣之際深矣。

公之配夫人周氏，封臨汝郡，無息，以兄之子大理評事諗爲嗣。公歿，夫人命諗以衰絰即次於殯東，會詔到門，問公親屬，夫人即表公遺命，詔可，擢諗衛尉寺丞，諗子二人釋褐，并爲將作監主簿，卹孤厚忠之恩乃如是，是其德已侈大哉！

公自褫巾至捐館，進階及勳各六，詔爵五，封户五，加而再實，其食如今署焉。志閑素，恬於仕進，無表襮之飾，雖當路諸公，率賀弔一與衆往，異時不造也。門無雜賓，惟經生朔望承問，及搢紳道義交數人而已。接士以禮，雖新進後生〔七〕，與之鈞終日談，便便惟謹，無戲言墮色。是以受詔八主戎客於都亭館，由慎恪以得之。不呼僧及道士，嘗執親喪，自括髮至祥練，皆案禮變服，未始爲世之所爲齋薦者。惟卒哭後，遇祭日，與數門生誦説《孝經》而已。罕語浮屠氏，亦不誦言排訾之。熏蒿禳禵可以動氣餤者，皆不動〔八〕近。不問家産增損，晝治官事，夜還讀書，暬御亦簡其面，故能多識博練。自臺閣文書，故新品式，叢夥紛厖，有所咨訪者，咸能記之。太學禁閣，容臺〔九〕三局，閲二十年，仍其任本，不愆不忘故也。尤精《易》及揚雄方部學。初，公七歲，母夫人令授《易》，是夕夢公呑紺蓮，夫人旦而撫公曰：『兒善讀此，後必貴顯。』真宗果以識拔。晚年愈刻志，率三日一讀。又欲爲子雲諸首作章句，且患宋衷、陸績、范叔明、宋惟幹漫漶舛馳，思盡黜之，最後得唐王涯註，以爲差近，先作《釋文》一篇，欲遂因王説而補正之，亦終不果。公嘗預註先帝集，同修《鹵簿記》，校《後漢志》《孟子》及律并義疏，采獲是正，多得其真。同修玉牒，分撰《國朝會要》，未克就。生平著述無編次，家人搜攟，得數百篇，清緻平粹。及在禁署，益爾雅，務爲温純，而采加焉。居三城，作詩百餘章，推己指物，曠而不怨，有雅人餘風。性寛厚多恕，當官下未嘗以罪平鐫吏，吏亦畏其明而安其仁。樂道人之善，好與人爲善。每〔一〇〕議事，不肯自意出，大者薦之二府，小者與其屬聯請，類多不可紀，公一無建白者，其遠名若此。然内剛有守，不流於衆。

初，善音者取上黨黍，縱累爲尺，因裁十二律以獻，遂改大樂鍾石，以合其私。老師宿工者首鼠不敢議，後有建言其非者，上未有以決，遣中人即太常下舍問公：『新樂以縱黍定尺，寧有非邪？』公即擿班固《律曆志》、唐令兩説付中人，因對『古者横黍度寸，今以縱亂横，其法非是』。中人馳入。明日，上坐邇英閣，語公曰：『尚考正大樂，患其寖高而急，今也下而緩，二者不得其中，失在律，卿言是矣。』因出横黍新尺，示群臣，比縱尺差二寸一分而弱，以校衡斗，皆不讎當。是時微公言，幾無發其繆者，假有之，果且不能取信於上。《傳》曰：『仁人之言，固博而利歟！』公前歿三日，屬于一二僚執曰：『吾仕願素足，今無一私以干縣官，惟是窀穸累諸君。』已而得遺禮之文，諄諄納忠，訖無它語，用是中外尤痛惜之。公友隴西李公淑，敕故吏相譔以終事。

嗚呼！公有佐王之材，不自顯，雖持囊珥筆，在省户爲名命訓辭，所出裁十二三。使公當其時而稍自崖異，不難於進，益發素藴，幸而十四五，且次入衡弼，不爲婆娑連蹇，如今章章矣。雖然，命有屈於公，公無不慊於道，使素槩清埃，奮厲無窮，薄夫敦，夸夫懼。百世之後，呻簡想風者，以輩魯臧文仲、漢賈誼、董仲舒，彼此相易，寧有失得間耶？某曩以胄筵儀蕝，刊綴音典，皆爲公屬，及此緒訓，又參聞之，故公治行之全，頗獲詳究。今日月有期矣，官在三品，法當得謚，謹用第述，上於有司，節譔受名，請遵故實。謹狀。

張忠〔一〕定公行狀

宋祁

張詠，字復之，年七十。惟公稟尊嚴之氣，凝隱正之量。粤在羈貫，不偕兒曹，嶷然志嚮，高自標置。就外傅，即覽群經，書必味於義根，學乃知於言選。家貧無以本業，往往手疏墳史，每有屬綴，輒據庭樹槁枝而瞑，苟不終篇，未嘗就舍。魄〔二〕磥若多節，默表大厦之材；居然晚器，弗示良工之樸。太原王搏名知人，見公，戄然異之，獨謂公曰：『唐魏文公本生此鄉，故老有言，後五百年復出一佳士，元精回復，祭酒當之矣。』公謝不敢當。

興國四年，始遊鄴下，與故上谷寇公準推轂引重。時屬鄉里命秀，方國試言，府將雅欽公名，議爲舉首。夙儒張覃者，悃愊有行，疏略少文。公即以檄謁府，盛稱其長，覃終得薦，公爲之下。彙茅有吉，爵砥相先，讓夷之風，一變河朔。明年，進士及第，釋褐大理評事，知鄂州崇陽，尤厲風迹。大江之南，民俗文弊，因以手而上下，獄爲人而重輕。公廉知其狀，痛繩以法。精力於職，擿伏如神，洗其鍥薄，鎮之忠厚。吏樂其職，多一笑而歸休；民協攸居，或減年而從役。就改將作監丞，著作佐郎，解秩授太子中允，關掌麟州軍事。夏臺弗靖，西戎方强。公繕起亭鄣，精明烽火。坐贊叔敖秉羽之策，多參嫖姚穿土之樂。伐謀取勝，西鄙以安。

端拱紀元，天田躬籍，轉祕書丞。明年，充禮部考試官，已事，復倅相州。一懽之年，宜〔一三〕爲親解，百斤之犢，終以懇辭。乞董濮上市征，以便迎養，詔可其奏。月餘，召賜五品服，知浚儀縣，俄爲荆湖北路轉運使。事不諉上，世咨其清。劾罷太守姦贓疲懦者十數人，悉條所部廢格於弊者百餘事，稜威所振，吏皆股弁。察廉使上其理狀，璽書褒美。三年，遷太常，爲郎中。再旬〔一四〕，乘馹赴覲，加錫金紫。翌日，遷虞部，爲郎中。再旬，授樞密直學士，賜錢五十萬，判銀臺承進司，門下封駁事，兼三班院。河東大將張永德小校犯法，因笞而死，詔案其罪，公即封還制書，白上曰：『永德爲國牙爪，居天下勁兵處，若以一部曲摧辱主帥，臣恐有輕上之心。』不納，因不關銀臺，而下書誚讓。未幾，果有營兵脅訟軍候者。公復争前事，上輒優容謝之。會賊順緣閒，坤維摇亂，偏師數萬，鼓行而西。太宗以爲潢池弄赤子之兵，荆棘生大軍之後，疇咨上輔〔一五〕，崇簡守臣，參豫武功。蘇易簡白上曰：『某甫可屬大事，當一面，若奉將威命，降諭劇賊，陛下高枕，永無西顧之憂矣。』乃命公知益州，揆日占謝，賜白金一百四十斤。鴻卿出郊，不復内御，子顏引道，初無辦嚴。朝家方以大師未集，留之半歲。公潛簿所賜，上還長府。其秋，遂詔赴部，公終不復言。

至道二年，改兵部，猶爲郎中。會丁新昌郡太夫人之喪，恩詔奪服。《陽秋》之義，不以家事爲辭；《禮經》所執，亦推順變之文〔一六〕。真考嗣曆，邇臣均霈，即拜諫議大夫。歸朝，遷給事中，户部使。七旬，拜御史丞。

咸平二年，知貢舉，杜絶書謁，時稱得人。夏，改工部侍郎，知杭州。五年，移京兆。明年，轉刑部，復爲樞密直學士，再知益州。尋加吏部，猶爲侍郎。

景德三年，罷歸，領三班、登聞檢院，奉朝請。先時生瘍於腦，至是弗損。家第賜告，環中造適，移狀言上，酷請外藩。尋知金陵，兼江南安撫使。岱宗成禮，改尚書左丞。昇人以秩滿願留，即拜工部。汾脽飲至，又進禮部，皆爲尚書。疾劇還臺，求訪高手。薦灼需頭之奏，願遂角巾之遊。魏舒之先行後言，人無知其去位；平津之何恙不已，詔益勉於存神。猗違半年，必於得謝。上不獲已，出公知陳州。以大中祥符八年八月一日，遂終于理下，享年七十。

嗚呼！景命弗究，宗工其萎，如〔一七〕仁均哀，殲我何贖？邦人改祠而爲諱，道路舉音以過喪。真宗聞訃震嗟，追贈尚書左僕射。以天禧四年十一月二十七日，權窆於陳州宛丘縣孝悌鄉謝村焉，從宜也。

公始娶夫人唐氏卒，繼室以太原郡夫人王氏，即河陽節度使顯之女，允執婦道，以佐君子，後公三年而殁。子從質，以父任累遷至衛尉丞，居公之喪一月，以毁而夭。女一人，適故内相王公禹偁子嘉祐。母弟詵，以公延賞，今爲虞部員外郎。孫四人，曰約，曰綜，曰綽，曰紳，咸以忠厚世其家。公階至正奉大夫，勳上柱國，爵開國公，食封三千七百户，實户四百，其大較也。

公姿宇爽邁，謀謨沉敏，道架俗表，氣籠霄極。任節俠，已然諾。不窕不㮣，如玉如瑩，脩詞立誠，博見强志。蔀書兼兩，賓蓋成陰，佐郡被邊，遭時右武。入螘封而試馬，回策若縈；張貍步以射侯，捨矢如破。總物纖密，絶人遠甚。及夫司封駁，則詳言粹儀，有任隗之沈正；總臺憲，則摧姦觸佞，有傅咸[一八]之剛簡。

治益部也，宿師屯結，縣官乏食，掾史搏手，狂狡啟心。公乃賤售盆鹽，翔貴囷米，貿遷鍾豆，諷告鄉縣。民或妄言沮公，公斬之以徇，自是見糧大集，戰士倍氣矣。自不遑挺亂，重城晏閉。主帥王繼恩、上官正頓師入保，埋根不進，坐失脱免之拒，居若賈胡之留。公以爲將不親行，衆不可使，乃勸正自當一隊，以賈群勇。正許諾，行有日矣，公慮其不進，於是椎牛宿帳，具出餞之禮，中坐酒酣，親舉屬軍尉曰：『爾曹俱有親弱在東，蒙國恩厚，恐無以塞責。此行當直擣寇壘，盡其噍類。平定之日，東向以報，目見朝廷舉萬年之觴，豈不快耶？若猶老師逸囚，疲民曠日，即此地還爲汝死處也。』正由此車行冞入，詭道兼進，殊死鏖戰，盡俘凱旋。公乃出車勞勸，擿金大會，以次論獲，先命行賞，皆伏公氣決，不敢仰視。繼恩帳下卒縋城夜逸，吏執以告，公惡與繼恩不葉，即命縶投眢井，一府無知者。先時劫掠之際，誣染尤衆，脅從有狀，歸訴無階，各保營壁，共懷猜貳。公以爲鹿不擇陰，既亡生路，蟲入其腹，懼益厲階。亟下符移，鐫説魁宿，宥其枝黨，縱歸田里，譬以大恩，訖無敢桀。及再任也，屬六贏南牧，靈旗薄伐。公慮遠夷爲變，欲出奇〔一九〕以勝之，因取盜賊之尤無狀者，磔死於市，凜然人望，遂臻靖嘉。每吏牘便文，久不得判，公率爾署決，人皆厭伏。罰既值罪，案無廋情。蜀中喜事者論次其詞，總爲《誡民集》，鏤墨傳布。雖張敞之爲京兆，時時越法縱舍；黄霸之守潁川，人人咸知上意，無以過之。

牧餘杭也，遘民薦饑，方蠟不啟，稻蟹無種，原田苦藝，民挾鹽利以冒公禁者，日數百輩。公一切笞遣，不徇彝法。邏戍人啟曰：『法亂如是，人將安禁？』公勞之曰：『餘杭十萬户，饑者七八，弗挾鹽利，無復生意。若暴禁之，彼將圜視衡擊，以擾居者，則爲骫大矣。爾曹第忍之，竢其歲定，則太守復以三尺律從事矣。』是年雖歉，人無泛〔二〇〕命者。富家子與壻分財不協，詣府廷辯，壻曰：『彼先子有治命，壻七子三。』因出遺札，子不能舉其契。公索酒酹地，曰：『彼父，智人也，當死之日，子方沖孺，託養於壻，苟子有七分之約，則亦死於壻手矣。今當七分歸子，三分歸壻。』於是二人號慟，以爲神明。公之操決，率是類也。

原其遇二聖也，以功名自任，故力與命偕；顯八座也，以方格見信，故言與行危。本乎直清，貫以忠恕。無乞靈徼福，無人非鬼責。履重剛不險，臨大節不奪。葵藿弗採於猛獸，山川寧捨於騂角？若夫安世之恨謝，公歸之滅私，《大有》之文明，《小雅》之愷悌，公皆兼有其美。惜其未極柄用，遽愆腠理，上欲爲相者數矣，天之不憖也，悲夫！公雅好著文，深切驚邁。以不偶俗尚，自號乖崖。公尤善詩筆，必覈情理，故重次薛能詩，序之曰：『放言既奇，意在言外。』議者以公自道也。生平論著，仲氏詵集之成十卷，以行於代内外。歸之日，無掐膺之妾，無雜弔之賓。終齊事而乃瞑，取禪書而頌德。漢廷諸老，恨王駿之不侯；天下之人，爲隴西而流涕。斯非遺愛遺直，立功立言之極歟？敢摭〔二〕令猷，以須史闕。謹狀。

校勘記

〔一〕『王』，底本無，據六十三卷本、六十四卷本補。

〔二〕『年』，底本誤作『言』，據六十三卷本、六十四卷本改。

〔三〕『偕』，底本誤作『階』，據六十三卷本、六十四卷本改。

〔四〕『已而』，底本作『而已』，據六十三卷本、六十四卷本改。

〔五〕『郡』，底本作『部』，據六十三卷本、六十四卷本改。

〔六〕『至』下，底本衍一『日』字，據六十三卷本、六十四卷本删。

〔七〕『生』，底本作『世』，未當，據六十三卷本、六十四卷本改。

〔八〕『動』，六十三卷本、六十四卷本皆爲空一字格。

〔九〕「臺」，底本作「巨」，據六十三卷本、六十四卷本改。

〔一〇〕「每」，底本作「無」，未當，據六十三卷本、六十四卷本改。

〔一一〕「忠」，底本作「文」，據六十三卷本、六十四卷本改。按《宋史·張詠傳》「謚忠定」，當以「忠」字爲正。清《武英殿聚珍版叢書》本《景文集》題作《張尚書行狀》，題下注：「案：狀在天禧四年，祁時年二十四，尚未登第，疑屬代作。」

〔一二〕「魄」，底本誤作「磚」，據六十三卷本、六十四卷本改。

〔一三〕「宜」，底本作「始」，據六十三卷本、六十四卷本改。

〔一四〕「爲郎中。再旬」五字，六十三卷本、六十四卷本爲空格。

〔一五〕「輔」，底本誤作「輟」，據六十三卷本、六十四卷本改。

〔一六〕「文」，底本作「人」，據六十三卷本、六十四卷本改。

〔一七〕「如」，底本作「知」，據六十三卷本、六十四卷本改。

〔一八〕「咸」，底本誤作「誠」，據六十三卷本、六十四卷本改。

〔一九〕「奇」，底本作「意」，據六十三卷本、六十四卷本改。

〔二〇〕「泛」，底本作「叛」，據六十三卷本、六十四卷本改。

〔二一〕「摭」，底本作「撫」，據六十三卷本、六十四卷本改。

新校宋文鑑卷第一百三十七

校者按：底本爲刻卷，據六十三卷本、六十四卷本刻卷校改。

行狀

司馬温公行狀

蘇軾

曾祖政，贈太子太保。曾祖母薛氏，贈温國太夫人。祖炫，試祕書省校書郎，知耀州富平縣事，贈太子太傅。祖母皇甫氏，贈温國太夫人。父池，尚書吏部郎中，充天章閣待制，贈太師，追封温國公。母聶氏，贈温國太夫人。公諱光，字君實，其先河内人，晉安平獻王孚之後。王之裔孫征東大將軍陽，始葬今陝州夏縣涑水鄉，子孫因家焉。自高祖、曾祖皆以五代衰亂不仕，富平府君始舉進士，没於縣令，皆以氣節聞於鄉里。而天章公以文學行義事真宗、仁宗爲轉運使、御史知雜事、三司副使，歷知鳳翔、河中、同、杭、虢、晉六州，以清直仁厚聞於天下，號稱一時名臣。

公自兒童，凜然如成人，七歲聞講《左氏春秋》，大愛之，退爲家人講，即了其大義。自是手不釋書，至不知飢渴寒暑。年十五，書無所不通，文詞醇深，有西漢風。天章公當任子，次及公，公推與二從兄，然後受，補郊社齋郎，再奏將作監主簿。年二十，舉進士甲科，改奉禮郎。以天章公在杭，辭所遷官，求簽書蘇州判官事，以便親，許之。未上，丁太夫人憂，未除，丁天章公憂，執喪累年，毁瘠如禮。服除，簽書武成軍判官事，改大理評事，爲國子直講，遷本寺丞。

故相龐籍名知人，始與天章公遊，見公而奇之。及是爲樞密副使，薦公，召試館閣校勘，同知太常禮院。中官麥允言死，詔以允言有軍功，特給鹵簿。公言：『孔子不以名器假人，繁纓以朝，且猶不可。允言近習之臣，非有元勳大勞，而贈以三公之官，給以一品鹵簿，其爲繁纓，不亦大乎？』故相夏竦卒，詔賜謚文正，公言：『謚之美者，極於文正。竦何人，可以當此？』書再上，改謚文莊。遷殿中丞，除史館檢討，修日曆，改集賢校理。龐籍爲鄆州，徙并州，皆辟公通判州事。公感籍知己，爲盡力。時趙元昊始臣，河東貧甚，官苦貴糴，而民疲於遠輸。麟州、窟野、河西多良田，皆故漢地，公私雜耕。天聖中，始禁田河西者，虜乃得稍蠶食其地，俯窺麟州，爲河東憂。籍請公案視，公爲畫五策，宜因州中舊兵，益禁兵三千，廂兵五百，築二堡河西，可使堡外三十里虜不敢田，則州西六十里無虜矣。募民有能耕麟州閑田者，復其税役十五年，能耕窟野、河西者，長復之，耕者必衆，官雖無所得，而糴自賤，可以漸紓河東之民。籍移麟州，如公言。而兵官郭恩勇且狂，夜開城門，引千餘人渡河，載酒食，不爲戰備，遇敵死之。議者歸罪於籍，罷節度使，知青州。公守闕，三上書，乞獨坐其事，不報。籍初不以此望公，而公深以自咎，籍既没，升堂拜其妻如母，撫其子如昆弟，時人兩賢之。

改太常博士，祠部員外郎，直祕閣，判吏部南曹，遷開封府推官，賜五品服。交趾貢異獸，謂之麟，公言：『真僞不可知，使其真，非自然而至，不足爲瑞，若僞，爲遠夷笑。願厚賜其使，而還其獸。』因奏賦以諷。遷度支員外郎，判句院，擢修《起居注》，五辭而後受。判禮部，有司奏六月朔日當食，公言：『故事食不滿分，或京師不見，皆賀。臣以爲日食四方見，京師不見，天意人君爲陰邪所蔽，天下皆知，而朝廷獨不知，其爲災當益甚，皆不當賀。』詔從之，後遂以爲常。遷起居舍人，同知諫院。蘇轍舉〔二〕直言策入第四等，而考官以爲不當收，公言：『轍於同科四人中言最切直，有愛君憂國之心，不可不收。』時宰相亦以爲當黜，仁宗不許，曰：『求直言，以直棄之，天下其謂朕何？』公遂與諫官王陶同上疏，願爲宗廟社稷自重，卻罷燕飲，安養神氣，後宮嬪御進見有度，左右小臣賜予有節，厚味臘毒，無益奉養者，皆不宜數御。上皆納之。

初，至和三年，仁宗始不豫，國嗣未立，天下寒心，而不敢言，惟諫官范鎮首發其議。公時爲并州通判，聞而繼之上疏言：『《禮》：大宗無子，則小宗爲之後。爲之後者，爲之子也。願陛下擇宗室賢者，使攝儲貳，以待皇嗣之生，退居藩服。不然，則典宿衛，尹京邑，亦足以繫天下之望。』疏三上，其一留中，其二付中書。公又與鎮書：『此大事，不言則已，言一出，豈可復反？願公以死爭之。』於是鎮言之益力。及公爲諫官，復上疏，且面言：『臣昔爲并州通判，所上三章，願陛下果斷而力行之。』時仁宗簡默不言，雖執政奏事，首肯而已，聞公言，沉思久之，曰：『得非欲選宗室爲繼嗣者乎？此忠臣之言，但人不敢及耳。』公曰：『臣言此自謂必死，不意陛下開納。』上曰：『此何害？古今皆有之。』因令公以所言付中書，公曰：『不可，願陛下自以意喻宰相。』是日，公復言江淮鹽事，詣中書白之。宰相韓琦問公今日復何所言，公默計，此大事不可不使琦知，思所以廣上意者，即曰：『所言宗廟社稷大計也。』琦喻意，不復言。後十餘日，有旨令公與御史裏行陳洙同詳定行户利害。洙與公屏語曰：『日者大饗明堂，韓公攝太尉，洙爲監祭，公從容謂洙曰：「君與司馬君實善，君實近建言立嗣事，恨不以所言送中書，欲發此議，無自發之。行户利害，非所以煩公也。」欲洙見公，達此意爾。』時嘉祐六年閏八月也。至九月，公復上疏，面言：『臣向者進說，陛下欣然無難意，謂即行矣，今寂無所聞，此必有小人言陛下春秋鼎盛，子孫當千億，何遽爲此不祥之事。小人無遠慮，特欲倉猝之際，援立其所厚善者爾。唐自文宗以後，立嗣皆出於左右之意，至有稱定策國老、門生天子者，此禍豈可勝言哉？』上大感悟，曰：『送中書。』公至中書，見琦等曰：『諸公不及今定議，異日夜半禁中出寸紙，以某人爲嗣，天下莫敢違。』琦等皆唯唯，曰：『敢不盡力！』後月餘，詔英宗判宗正寺，固辭不就職。明年，遂立爲皇太子，稱疾不入。公復上疏言：『凡人争絲毫之利，至相争奪，今皇子辭不貲之富，至三百餘日不受命，其賢於人遠矣。有識聞之，足以知陛下之聖，能爲天下得人。然臣聞父召無諾，君命召不俟駕而行，使者受命不受辭。皇子不當辭避，使者不當徒反。凡召皇子，内臣皆乞責降。且以臣子大義責皇子，宜必入。』英宗遂受命。

兖國公主下嫁李瑋，以驕恣聞。公上疏言：『太宗時姚坦爲兖王翊善，有過必諫，左右教王詐疾。踰月，太宗召王乳母入，問起居狀，乳母曰：「王無疾，以姚坦故鬱鬱成疾爾。」太宗怒曰：「王年少，不知爲此，汝輩教之。」杖乳母數十，召坦慰勉之。齊國獻穆大長公主，太宗之子，真宗之妹，陛下之姑，而謙恭率禮，天下稱其賢。願陛下教子以太宗爲法，公主事夫以獻穆爲法。』已而公主不安於李氏，詔瑋出知衛州，公主入居禁中，而瑋母楊歸其兄璋，散遣其家人。公言：『陛下追念章懿太后，故使瑋尚主，今乃母子離析，家事流落，陛下獨無雨露之感，悽惻之心乎？瑋既責降，公主亦不得無罪。』上感悟，詔公主降封沂國，待李氏恩禮不衰。判檢院，權判國子監，除知制誥，力辭至八九，改授天章閣待制，兼侍講，賜三品服，仍知諫院。上疏言：『經略安撫使以便宜從事，出於兵興權制，非永世法。及將相大臣典州者，多以貴倨自恃，淩忽轉運使，使不得舉職。朝廷務省事，專行姑息之政，至於胥史讙譁而逐御史中丞，輦官悖慢而退宰相，衛士凶逆而獄不窮姦，澤加於舊，軍人詈三司使，而法官以爲非犯堦級，於用法有疑。其餘一夫流言於道路，而爲之變法推恩者多矣，皆陵遲之漸，不可以不正。』充媛董氏薨，追贈婉儀，又贈淑妃，輟朝成服，百官奉慰，定謚行册禮，葬給鹵簿。公言：『董氏秩本微，病革之日，方拜充媛。古者婦人無謚，近制惟皇后有之。鹵簿本以賞軍功，未嘗施於婦人，惟唐平陽公主有舉兵佐高祖定天下之功，乃得給。至韋庶人，始令妃主葬日皆給鼓吹，非令典，不足法。』時有司新定後宫封贈法，皇后與妃皆贈三代。公言：『別嫌明微，妃不當與后同，袁盎引却慎夫人坐，正爲此爾。天聖親郊，太妃止贈二代，而況妃乎？』

知嘉祐八年貢舉。仁宗崩，英宗以哀毁致疾，慈聖光獻太后同聽政。公首上疏言：『章獻明肅太后保佑先帝，進賢退姦，有大功於趙氏，特以親用外戚小人，故負謗天下。今太后初攝大政，大臣忠厚如王曾，清純如張知白，剛正如魯宗道，質直如薛奎者，當信用之。鄙猥如馬季良，讒諂如羅崇勳者，當疎遠之，則天下服。』又上疏英宗言：『漢宣帝爲昭帝後，終不追尊衛太子、史皇孫。光武起布衣，得天下自以爲元帝後，亦不追尊鉅鹿都尉、南頓君。惟哀、安、桓、靈皆自旁親入繼大統，追尊其父祖，天下非之，願以爲戒。』時公所得仁宗遺賜珠金直百餘萬，率同列三上章，言：『國有大憂，中外窘乏，不可專用乾興故事。若遺賜不可辭，則宜許侍從以上進金錢，佐山陵費。』不許，公乃以所得珠爲諫院公使金錢，以遺其舅氏，義不藏於家。英宗疾既平，皇太后還政。公上疏言：『治身莫先於孝，治國莫先於公。』其言切至，皆母子間人所難言者。時有司立法，皇太后有所取用，有司奏覆，得御寶乃供。公極論以爲不可，當直下合同司，移所屬立供，如上所取。已乃具數奏太后，以防矯僞。

曹佾除使相，兩府皆遷。公言：『佾無功而得使相，陛下以慰母心爾。今兩府皆遷，無名，若以還政爲功，則宿衛將帥、内侍小臣，必有覬望。』已而都知任守忠等皆遷，公復争之。因論：『守忠大姦，陛下爲皇子，非守忠意，沮壞大策，離間百端，賴先帝不聽。及陛下嗣位，反覆革面，交構兩宫，國之大賊，人之巨蠹，乞斬於都市，以謝天下。』詔以守忠爲節度副使，蘄州安置，天下快之。

時有詔陝西刺民兵號義勇，公上疏極論其害，云：『康定、慶曆閒，籍陝西民爲鄉弓手，已而刺爲保捷指揮，民被其毒，兵終不可用，遇敵先北，正兵隨之，每致崩潰。縣官知其坐食無用，汰遣歸農，而惰遊之人不能復反南畝，强者爲盗，弱者轉死，父老至今流涕也。今義勇何以異此？』章六上，不從。乞罷諫官，不許。王廣淵除直集賢院〔二〕，公言：『廣淵姦邪不可近。昔漢景帝爲太子，召上左右飲，衛綰獨稱疾不行。即帝位，待綰有加。周世宗鎮澶淵，張美爲三司吏，掌州之錢穀，世宗私有求假，美悉力應之，及即位，薄其爲人，不用。今廣淵當仁宗之世，私自結於陛下，豈忠臣哉？願黜之以厲天下。』執政建言濮安懿王德盛位隆，宜有尊禮，詔太常禮院與兩制議。翰林學士王珪等相顧不敢先，公獨奮筆立議曰：『爲之後者爲之子，不敢復顧其私親。今日所以崇奉濮安懿王典禮，宜一準先朝封贈期親尊屬故事，高官大爵，極其尊榮。』議成，珪即敕吏以公手藁爲案，至今存焉。時中外訩訩，御史吕誨、傅堯俞、范純仁、吕大防、趙鼎、趙瞻等皆争之，相繼降黜。公上疏乞留之，不可。則乞與之皆貶。

初，西戎遣使致祭，而延州指使高宜押伴，傲其使者，侮其國主。使者訴於朝廷，公與吕誨乞加宜罪，不從。明年西戎犯邊，殺略吏士。趙滋爲雄州，專以猛悍治邊，公亦論其不可。至是契丹之民，有捕魚界河，伐柳白溝之南者，朝廷以知雄州李中祐爲不材，選將代之。公言：『國家當戎狄附順時，好與之計較末節。及其桀傲，又從而姑息之。近者西戎之禍，生於高宜；北狄之隙，起於趙滋。朝廷方賢此二人，故邊臣皆以生事爲能。今若選將代中祐，則來者必以滋爲法，而以中祐爲戒，漸不可長。宜敕邊吏，疆埸細故，徐以文檄往反，若輕以矢刃相加者，坐之。』

京師大水，公上疏論三事，皆盡言，無所隱諱。除龍圖閣直學士，判流内銓，改右諫議大夫，知治平四年貢舉。神宗即位，首擢公爲翰林學士，公力辭，不許。上面諭公：『古之君子或學而不文，或文而不學，惟董仲舒、揚雄兼之。卿有文學，何辭焉。』公曰：『臣不能爲四六。』上曰：『如兩漢制詔可也。』公曰：『本朝故事，不可。』上曰：『卿能舉進士，取高等，而云不能四六，何也？』公趨出，上遣内臣至閤門彊公受告，拜而不受。趣公入謝，曰：『上坐以待公。』公入至廷中，以告置公懷中，不得已乃受，遂爲御史中丞。初，中丞王陶論宰相不押常朝班爲不臣，宰相不從，陶爭之力，遂罷。公既繼之，言：『宰相不押班，細故也，陶言之過。然愛禮存羊，則不可已。自頃宰相權重，今陶復以言宰相罷，則中丞不可復爲，臣願俟宰相押班，然後就職。』上曰：『可。』陶既出知陳州，謝章詆宰相不已，執政議再貶陶。公言：『陶誠可罪，然陛下欲廣言路〔三〕，屈己受陶，而宰相獨不能容乎？』乃已。

公上疏論修心之要三：曰仁，曰明，曰武。治國之要三：曰官人，曰信賞，曰必罰。其說甚備，且曰：『臣昔爲諫官，即以此六言獻仁宗，其後以獻英宗，今以獻陛下，平生力學所得，盡在是矣。』公在英宗時，與呂誨同論祖宗之制：『勾當御藥院常用供奉官以下，至内殿崇班則出。近歲居此位者，皆暗理官資，食其廩給，非祖宗大意。又故事，年未五十，不得爲內侍省押班，今除張茂則，止四十八，不可。』至是又言之，因論高居簡姦邪，乞加遠竄，章五上，上爲盡罷寄資內臣，居簡亦補外。未幾，復留陳承禮、劉有方二人，公復爭之。又言：『近者王中正往陝西，知涇州劉渙等諂事中正，而鄜延鈐轄吴舜臣違失其意，已而渙等進擢，舜臣降黜。權歸中正，謗歸陛下，是去一居簡，得一居簡。』上手詔問公所從知，公曰：『臣得之賓客，非一人言。事之有無，惟陛下知之。若無，臣不敢避妄言之罪。萬一有之，不可不察。』詔用宫邸直省官郭昭選等四人爲閤門祗候，公言：『國初草創，天步尚艱，故即位之始，必以左右舊人爲腹心耳目，謂之隨龍，非平日法也。閤門祗候，在文臣爲館職，豈可使厮役爲之？』英宗山陵，公爲儀仗使，賜金五十兩，銀合三百兩，三上章辭，從之。邊吏上言：西戎步將嵬名山，欲以横山之衆，取諒祚以降。詔邊臣招納其衆。公上疏極論，以爲：『名山之衆，未必能制諒祚。幸而勝之，滅一諒祚，生一諒祚，何利之有？若其不勝，必引衆歸我，不知何以待之。臣恐朝廷不獨失信於諒祚，又將失信於名山矣。若名山餘衆尚多，還北不可，入南不受，窮無所歸，必將突據邊城，以救其命，陛下獨不見侯景之事乎？』上不聽，遣將种諤發兵迎之，取綏州，費六十萬萬。西方用兵，蓋自是始矣。

兼翰林侍讀學士。登州有不成婚婦，謀殺其夫，傷而不死者，吏疑問，即承，知州事許遵讞之，有司當婦絞，而詔貸之。遵上議，準律因犯殺傷而自首者，得免所因之罪，婦當減二等，不當絞。詔公與王安石議之，安石是遵，公言：『謀殺猶故殺也，皆一事，不可分。若謀爲所因，與殺爲二，則故與殺亦可爲二邪？』自宰相文彦博以下，皆附公議，然卒用安石言，至今天下非之。

權知審官院。百官上尊號，公當答詔，上疏言：『先帝親郊，不受尊號，天下莫不稱頌。末年有建言者，國家與契丹有往來書信，彼有尊號，而我獨無，以爲深恥，於是群臣復以非時上尊號。昔漢文帝時，單于自稱「天地所生日月所置匈奴大單于」，不聞文帝復爲大名以加之也。願陛下追用先帝本意，不受此名。』上大悦，手詔答公：『非卿，朕不聞此言，善〔四〕爲答詞，使中外曉然，知朕至誠，非欺衆邀名者。』遂終身不復受尊號。

執政以河朔災傷，國用不足，乞今歲親郊，兩府不賜金帛，送學士院取旨。公言：『兩府所賜，以匹兩計止二萬，未足以救災，宜自文臣兩省武臣宗室刺史以上，皆減半。』公與學士王珪、王安石同對。公言：『救災節用，宜自貴近始，可聽兩府辭賜。』安石曰：『常袞辭賜饌，時議以爲袞自知不能，當辭位，不當辭禄。且國用不足，非當今之急務也。』公曰：『袞辭禄，猶賢於持禄固位者，國用不足真急務，安石言非是。』安石曰：『不足者，以未得善理財者故也。』公曰：『善理財者，不過頭會箕斂，以盡民財。民窮爲盜，非國之福。』安石曰：『不然，善理財者，不加賦而上用足。』公曰：『天下安有此理？天地所生，財貨百物，止有此數，不在民則在官，譬如雨澤，夏澇則秋旱。不加賦而上用足，不過設法陰奪民利，其害甚於加賦。此乃桑弘羊欺漢武帝之言，太史公書之，以見武帝不明爾。至其末年，盜賊蠭起，幾至於亂。若武帝不悔禍，昭帝不變法，則漢幾亡。』争議不已。王珪進曰：『救災節用，宜自貴近始，司馬光言是也。然所費無幾，恐傷國體，王安石言亦是。惟明主裁擇。』上曰：『朕意與光同，然姑以不允答之。』會安石當制，遂引常衮事責兩府，兩府亦不復辭。

兼史館修撰。上問公可爲諫官者，公薦吕誨，誨以天章閣待制知諫院。詔公與張茂則同相視二股河及土堤利害。公用都水監丞宋昌言策，乞於二股之西置土堤，約水東流，若東流日深，北流自淺，薪芻漸備，乃塞其北，放出御河、胡蘆河下流，以紓恩、冀、深、瀛以西之患。時議者多不同，公於上前反覆論難甚苦，卒從之。後皆如公言，賜詔獎諭。

王安石始爲政，創立制置三司條例司，建爲青苗、助役、水利、均輸之政，置提舉官四十餘員，行其法於天下，謂之新法。公上疏逆陳其利害，曰『後當如是』。行之十餘年，無一不如公言者。天下傳誦，以爲公真宰相，雖田夫野老，皆號公『司馬相公』，而婦人孺子知其爲君實也。邇英進讀，至蕭何、曹參事，公曰：『參不變何法，得守成之道，故孝惠、高后時，天下晏然，衣食滋殖。』上曰：『漢常守蕭何之法不變，可乎？』公曰：『何獨漢也，使三代之君，常守禹、湯、文、武之法，雖至今存可也。武王克商，曰：「乃反商政，政由舊。」然則雖周亦用商政也。《書》曰：「無作聰明，亂舊章。」漢武帝用張湯言，取高帝法紛更之，盜賊半天下。元帝改宣帝之政，而漢始衰。由此言之，祖宗之法，不可變也。』後數日，吕惠卿進講，因言：『先王之法，有一年變者，正月始和，布法象魏是也。有五年一變者，巡狩，考制度是也。有三十年一變者，「刑罰世輕世重」是也。有百年不變者，「父慈子孝，兄友弟恭」是也。前日光言非是，其意以諷朝廷，且譏臣爲條例司官爾。』上問公：『惠卿言何如？』公曰：『布法象魏，布舊法也，何名爲變？若四孟月朔，屬民讀法，爲時變月變耶？諸侯有變禮易樂者，王巡狩則誅之，王不自變也。刑新國用輕典，亂國用重典，平國用中典，是爲世輕世重，非變也。且治天下，譬如居室，弊則修之，非大壞，不更造也。大壞而更造，非得良匠美材不成。今二者皆無有，臣恐風雨之不庇也。公卿侍從皆在此，願陛下問之。三司使掌天下財，不才而黜可也，不可使兩府侵其事。今爲制置三司條例司，何也？宰相以道佐人主，安用例？苟用例而已，則胥史足矣。今爲看詳中書條例司，何也？』惠卿不能對，則詆公曰：『光爲侍從，何不言？言而不從，何不去？』公作而答曰：『是臣之罪也。』上曰：『相與論是非爾，何至是？』講畢，賜坐户外。將出，上命徙坐户内，左右皆避去。上曰：『朝廷每更一事，舉朝訩訩，何也？』王珪曰：『臣疏賤，在闕門之外，朝廷之事，不能盡知。借使聞之道路，又不知其虚實也。』上曰：『聞則言之。』公曰：『青苗出息，平民爲之，尚能以蠶食下户，至飢寒流離，况縣官法度之威乎？』惠卿曰：『青苗法，願取則與之，不願不彊也。』公曰：『愚民知取債之利，不知還債之害，非獨縣官不彊，富民亦不彊也。臣聞作法於涼，其弊猶貪，作法於貪，弊將若之何？昔太宗平河東，立和糴法，時米斗十餘錢，草束八錢，民樂與官爲市。其後物貴而和糴不解，遂爲河東世世患。臣恐異日之青苗，猶河東之和糴也。』上曰：『陝西行之久矣，民不以爲病。』公曰：『臣陝西人也，見其病，不見其利。朝廷初不許也，而有司尚能以病民，況立法許之乎？』上曰：『坐倉糴米何如？』坐者皆起曰：『不便。上已罷之，幸甚。』上曰：『未罷也。』公曰：『京師有七年之儲，而錢常乏。若坐倉，錢益乏，米益陳，奈何？』惠卿曰：『坐倉得米百萬斛，則省東南百萬之漕，以其錢供京師，何患無錢？』公曰：『東南錢荒而米狼戾，今不糴米而漕錢，棄其有餘，取其所無，農末皆病矣。』侍講吴申起曰：『光言至論也。』公曰：『此皆細事，不足煩人主，但當擇人而任之。有功則賞，有罪則罰，此則陛下職也。』上曰：『然。「文王罔攸，兼于庶言。庶獄庶慎，惟有司之牧夫。」』公趨出，上曰：『卿得無以惠卿之言不樂乎？』公曰：『不敢。』韓琦上疏論青苗之害，上感悟，欲罷其法。安石稱疾求去。會拜公樞密副使，公上章力辭至六七，曰：『上誠能罷制置條例司，追還提舉官，不行青苗、助役等法，雖不用臣，臣受賜多矣。不然，終不敢受命。』上遣人謂公：『樞密，兵事也。官各有職，不當以他事爲辭。』公言：『臣未受命，則猶侍從也，於事無不可言者。』安石起視事，青苗法卒不罷，公亦卒不受命。則以書喻安石，三往返，開喻苦至，猶幸安石之聽而改也。且曰：『「巧言令色，鮮矣仁」，彼忠信之士，於今當路時，雖齟齬可憎，後必徐得其力。諂諛之人，於今誠有順適之快，一旦失勢，必有賣公以自售者。』意謂吕惠卿。對賓客輒指言之曰：『覆王氏者，必惠卿也。小人本以利合，勢傾利移，何所不至？』其後六年，而惠卿叛安石，上書告其罪，苟可以覆王氏者，靡不爲也，由是天下服公先知。

公求補外，上猶欲用公，公不可，以端明殿學士出知永興軍，朝辭進對，猶乞免本路青苗、助役。宣撫使下令，分義勇四番，欲以更戍邊，選諸軍驍勇，募閭里惡少爲奇兵，調民爲乾糧𪎭飯，雖内郡不被邊，皆修城池樓櫓如邊郡，且遣兵就糧長安、河中、邠，三輔騷然。公上疏極言：『方凶歲，公私困弊，不可舉事，而永興一路，城池樓櫓皆不急，乾糧𪎭飯昔常造，後無用腐棄之。宣撫司令，臣皆未敢從，若乏軍興，臣坐之。』於是一路獨得免。頃之，詔移知許州，不赴，遂乞判西京留司御史臺以歸，自是絶口不論事。以祀明堂恩加上柱國。

至熙寧七年，上以天下旱蝗，詔求直言。公讀詔泣下，欲默不忍，乃復陳六事：一青苗，二免役，三市易，四邊事，五保甲，六水利。此尤病民也，宜先罷。又以書責宰相吴充：『天子仁聖如此，而公不言，何也？』

元豐五年，公忽得語澀疾，自疑當中風，乃豫作遺表，大略如六事，加詳盡，感慨親書，緘封置卧内，且死，當以授所善范純仁、范祖禹，使上之。凡居洛十五年，再任留司御史臺，四任提舉崇福宫，官制行，改太中大夫，加資政殿學士。

神宗崩，公赴闕臨，衛士見公入，皆以手加額，曰：『此司馬相公也。』民遮道呼曰：『公無歸洛，留相天子，活百姓。』所在數千人聚觀之。公懼，會放辭謝，遂徑歸洛。太皇太后聞之，詰問主者，遣使勞公，問所當先者。公言：『近歲士大夫以言爲諱，閭閻愁苦於下，而上不知。明主憂勤於上，而下無所訴。此罪在群臣，而愚民無知，歸怨先帝，宜下詔首開言路。』從之，下詔榜朝堂。而當時有不欲者，於詔語中設六事以禁切言者曰：『若陰有所懷，犯非其分，或扇摇機事之重，或迎合已行之令，上以觀望朝廷之意以僥倖希進，下以眩惑流俗之情以干取虚譽，若此者，必罰無赦。』太皇太后封詔草以問公，公曰：『此非求諫，乃拒諫也。人臣惟不言，言則入六事矣。』時太府少卿宋彭年、水部員外郎王諤皆應詔言事，有欲借此二人以懲天下言者，皆以非職而言，贖銅三十斤。公具論其情，且請改賜詔書，行之天下，從之。於是四方吏民，言新法不便者數千人。公方草具所當行者，而太皇太后已有旨，散遣修京城役夫，罷減皇城内覘者，止御前工作，出近侍之無狀者三十餘人，戒敕中外，無敢苛刻暴斂，廢導洛司物貨場，及民所養户馬寬保馬限，皆從中出，大臣不與。公上疏謝：『當今急務，陛下略已行之矣，小臣稽慢，罪當萬死。』詔除公知陳州，且過闕入見，使者勞問，相望於道。至則拜門下侍郎，公力辭，不許。數賜手詔：『先帝新棄天下，天子沖幼，此何時，而君辭位耶？』公不敢復辭，以覃恩遷通議大夫。

初，神宗皇帝以英偉絶人之資，勵精求治，凜凜乎漢宣帝、唐太宗之上矣。而宰相王安石用心過當，急於功利，小人得乘間而入，吕惠卿之流，以此得志，後者慕之，争先相高，而天下病矣。先帝明聖，獨覺其非，出安石金陵，天下欣然，意法必變，雖安石亦自悔恨。其去而復用也，欲稍自改，而惠卿之流恐法變身危，持之不肯改。然先帝終疑之，遂退安石，八年不復召，而惠卿亦再逐不用。元豐之末，天下多故，及二聖嗣位，日夜引領，以觀新政，而進説者以爲三年無改於父之道，欲稍損其甚者，毛舉數事以塞人言。公慨然争之曰：『先帝之法，其善者，雖百世不可變也。若安石、惠卿等所建，爲天下害，非先帝本意者，改之當如救焚拯溺，猶恐不及。昔漢文帝除肉刑，斬右趾者棄市，笞五百者多死，景帝元年即改之。武帝作鹽鐵、榷酤、均輸等法，昭帝罷之。唐代宗縱宦官公求賂遺，置客省拘滯四方之人，德宗立，未三月罷之。德宗晚年爲宫市，五坊小兒暴横，鹽鐵月進羨餘，順宗即位罷之。當時悦服，後世稱頌，未有或非之者也。況太皇太后以母改子，非子改父。』衆議乃定。

公以爲治亂之機，在於用人，邪正一分，則消長之勢自定。每論事，必以人物爲先。凡所進退，皆天下所謂當然者，然後朝廷清明，人主始得聞天下利害之實。遂罷保甲團教，依義勇法，歲一閲。保馬不復買，見在者還監牧，給諸軍。廢市易法，所儲物皆鬻之，不取息，而民所欠錢皆除其息。京東鑄鐵錢，河北、江西、福建、湖南鹽及福建茶法，皆復其舊。獨川陝茶，以邊用未即罷，遣使相視，去其甚者。户部左右曹錢穀，皆領之尚書。凡昔之三司使事，有散隸五曹及寺監者，皆歸户部。使尚書周知其數，量入以爲出。於是天下釋然，曰：『此先帝本意也，非吾君之子，不能行吾君之意。』時獨免役、青苗、將官之法猶在，而西戎之議未決也。山陵畢，遷公正議大夫。公自以不與顧命，不敢當，詔不許。

元祐元年正月，公始得疾，詔公與尚書左丞吕公著，朝會與執政異班，再拜而已，不舞蹈。

公疾益甚，歎曰：『四患未除，吾死不瞑目矣。』乃力疾上疏，論免役五害，乞直降敕罷之，率用熙寧以前法。有未便州縣，監司節級以聞，爲一路一州一縣法。詔即日行之。又論西戎大略，以和戎爲便，用兵爲非。時異議者甚衆，公持之益堅。其後太師文彦博議與公合，衆不能奪。又論將官之害，詔諸將兵皆隸州縣，軍政委守令通決之。又乞廢提舉常平司，以其事歸之轉運使及提點刑獄。公謂監司多新進少年，務爲刻急，天下病之，乞自太中大夫待制以上，於郡守中舉轉運使、提點刑獄，於通判中舉轉運判官。又以文學、德行、吏事、武畧等爲十科，求天下遺才。命文臣陞朝以上，歲舉經明行修一人，以爲進士高選。皆從之。

拜左僕射。疾稍閒，將起視事，詔免朝覲，許以肩輿，三日一入都堂或門下尚書省。公不敢當，曰：『不見君，不可以視事。』詔公肩輿至内東門，子康扶入對小殿，且曰：『毋拜。』公惶恐入對延和殿，再拜。遂罷青苗錢，專行常平糴糶法，以歲上中下熟爲三等，穀賤及下等，則增價糴，貴及上等，則減價糶，惟中則否。及下等而不糴，及上等而不糶，皆坐之。時二聖恭儉慈孝，視民如傷，虚己以聽公。公知無不爲，以身任天下之責。數月復病，以九月丙辰朔薨于西府，享年六十八。太皇太后聞之慟，上亦感涕不已。時方躬祀明堂，禮成不賀。二聖皆臨其喪，哭之哀甚，輟視朝。贈太師温國公，襚以一品禮服，賻銀三千兩，絹四千匹，賜龍腦水銀以斂。命户部侍郎趙瞻、入内内侍省押班馮宗道護其喪，歸葬夏縣，官其親族十人。

公忠信孝友，恭儉正直，出於天性。自少及老，語未嘗妄，其好學如飢之嗜食，於財利紛華如惡惡臭，誠心自然，天下信之。退居於洛，往來陝郊，陝、洛間皆化其德，師其學，法其儉。有不善，曰：『君實得無知之乎？』博學無所不通，音樂、律曆、天文、書數，皆極其妙。晚節尤好禮，爲冠婚喪祭法，適古今之宜。不喜釋、老，曰：『其微言不能出吾書，其誕吾不信。』不事生産，買第洛中，僅庇風雨。有田三頃，喪其夫人，質田以葬。惡衣菲食，以終其身。自以遭遇聖明，言聽計從，以身徇天下，躬親庶務，不舍晝夜。賓客見其體羸，曰：『諸葛孔明二十罰以上皆親之，以此致疾，公不可以不戒。』公曰：『死生，命也。』爲之益力。病革，諄諄不復自覺，如夢中語，然皆朝廷天下事也。既没，其家得遺奏八紙，上之，皆手札論當世要務。京師民畫其像，刻印鬻之，家置一本，飲食必祝焉。四方皆遣人購之京師，時畫工有致富者。

有《文集》八十卷，《資治通鑑》二百九十四〔五〕卷，《考異》三十卷，《歷年圖》七卷，《通曆》八十卷，《稽古録》二十卷，《本朝百官公卿表》六卷，《翰林詞草》三卷，註《古文孝經》一卷，《易説》三卷，註《繫辭》二卷，註《老子道德論》二卷，集註《太玄經》八卷，《大學中庸義》〔六〕一卷，集註《揚子》十三卷，《文中子傳》一卷，《河外諮目》三卷，《書儀》八卷，《家範》四卷，《續詩話》一卷，《遊山行記》十二卷，《醫問》七篇。其文如金玉、穀帛、藥石也，必有適於用，無益之文，未嘗一語及之。初，公患歷代史繁重，學者不能綜，況於人主，遂約戰國至秦二世，如左氏體，爲《通志》八卷以進。英宗悦之，命公續其書，置局祕閣，以其素所賢者劉攽、劉恕、范祖禹爲屬官，凡十九年而成。起周威烈王，訖五代，上下一千三百六十二載。其是非疑似之間，皆有辨論，一事而數説者，必考合異同而歸之一，作《考異》以志之。神宗尤重其書，以爲賢於荀悦，親爲製敘，賜名《資治通鑑》，詔邇英讀其書，賜潁邸舊書二千四百二卷。書成拜資政殿學士，賜金帛甚厚。

娶張氏，禮部尚書存之女，封清河郡夫人，先公卒，追封温國夫人。子三人：童、唐，皆早亡；康，今爲祕書省校書郎。孫二人：植、栢，皆承奉郎。

公歷事四朝，皆爲人主所敬，然神宗知公最深，公思有以報之，常誦《孟子》之言曰：『責難於君謂之恭，陳善閉邪謂之敬，謂吾君不能謂之賊。』故雖議論違忤，而神宗識其意，待之愈厚。及拜資政殿學士，蓋有意復用公也。夫復用公者，豈徒然哉？將必行其所言。公亦識其意，故爲政之日，自信而不疑。嗚呼！若先帝可謂知人矣，其知之也深；公可謂不負所知矣，其報之也大。軾從公遊二十年，知公平生爲詳，故録其大者爲行狀，其餘非天下所以治亂安危者，皆不載。

校勘記

〔一〕『舉』，底本無，據六十三卷本、六十四卷本補。宋本《東坡集》、明成化刊本《蘇文忠公全集》作『舉』。

〔二〕『院』，底本作『殿』，據六十三卷本、六十四卷本改。宋本《東坡集》、明成化刊本《蘇文忠公全集》作『院』。

〔三〕『路』，底本誤作『語』，據六十三卷本、六十四卷本改。宋本《東坡集》、明成化刊本《蘇文忠公全集》作『路』。

〔四〕『善』，六十三卷本、六十四卷本作『著』。宋本《東坡集》、明成化刊本《蘇文忠公全集》作『善』。

〔五〕『二百九十四』，六十三卷本、六十四卷本作『二百二十四』。宋本《東坡集》、明成化刊本《蘇文忠公全集》作『二百二十四』。宋刻元明遞修本《新刊名臣碑傳琬琰集》作『二百九十四』。

〔六〕『大學中庸義』下，六十三卷本、六十四卷本皆有一『各』字。明成化刊本《蘇文忠公全集》、宋刻元明遞修本《新刊名臣碑傳琬琰集》皆無。宋本《東坡集》以缺葉，未詳其用字。

新校宋文鑑卷第一百三十八

校者按：底本爲刻卷，據六十三卷本、六十四卷本刻卷校改。

行狀

程伯淳行狀

程頤

曾祖希振，皇任尚書虞部員外郎，妣高密縣君崔氏。祖遹，皇贈開府儀同三司、吏部尚書，妣孝感縣太君張氏、長安縣太君張氏。父珦，見任太中大夫致仕，母壽安縣君侯氏。先生名顥，字伯淳，姓程氏。其先曰喬伯，爲周大司馬，封於程，後遂以爲氏。先生五世而上，居中山之博野。高祖贈太子少師，諱羽，太宗朝以輔翊功顯，賜第於京師，居再世。曾祖而下，葬河南，今爲河南人。

先生生而神氣秀爽，異於常兒。未能言，叔祖母任氏太君抱之行，不覺釵墜，後數日方求之，先生以手指示，隨其所指而往，果得釵，人皆驚異。數歲，誦《詩》《書》，彊記過人。十歲能爲詩賦。十二三時，群居庠序中，如老成人，見者無不愛重。故户部侍郎彭公思永謝客至學舍，一見異之，許妻以女。

踰冠，中進士第，調京兆府鄠縣主簿。令以其年少，未知之。民有借其兄宅以居者，發[一]地中藏錢，兄之子訴曰：『父所藏也。』令曰：『此無證佐，何以決之？』先生曰：『此易辨爾。』問兄之子曰：『爾父藏錢幾何時矣？』曰：『四十年矣。』『彼借宅居幾何時矣？』曰：『二十年矣。』即遣吏取錢十千視之，謂借宅者曰：『今官所鑄錢，不五六年[二]即徧天下，此錢皆爾未藏前數十年所鑄，何也？』其人遂服。令大奇之。

南山僧舍有石佛，歲傳其首放光，遠近男女聚觀，晝夜雜處，爲政者畏其神，莫敢禁止。先生始至，詰其僧曰：『吾聞石佛歲現光，有諸？』曰：『然。』戒曰：『俟復現，必先白，吾職事不能往，當取其首就觀之。』自是不復有光矣。府境水害，倉卒興役，諸邑率皆狼狽，惟先生所部，飲食茇舍無不安便。時盛暑，泄利大行，死亡甚衆，獨鄠人無死者。先生治役，人不勞而事集，常謂人曰：『吾之董役，乃治軍法也。』當路者欲薦之，多問所欲，先生曰：『薦士當以才之所堪，不當問所欲。』

再期，以避親罷。再調江寧府上元縣主簿。田税不均，比他邑尤甚。蓋近府美田，爲貴家富室以厚價薄其税而買之，小民苟一時之利，久則不勝其弊。先生爲令畫法，民不知擾，而一邑大均。其始富者不便，多爲浮論，欲搖止其事，既而無一人敢不服者。後諸路行均税法，邑官不足，益以他官，經歲歷時，文案山積，而尚有訴不均者，計其力比上元不啻千百矣。會令罷去，先生攝邑事。上元劇邑，訴訟日不下二百，爲政者疲於省覽，奚暇及治道？先生處之有方，不閱月，民訟遂簡。江南稻田，賴陂塘以溉。盛夏塘堤大決，計非萬一作千。夫不可塞。法當言之府，府稟於漕司，然後計功調役，非月餘不能興作。先生曰：『比如是，苗槁矣，民將何食？救民獲罪，所不辭也。』遂發民塞之，歲則大熟。江寧當水運之衝，舟卒病者則留之，爲營以處，曰小營子，歲不下數百人，至者輒死。先生察其由，蓋既留，然後請於府，給券乃得食，比有司文具，則困於飢已數日矣。先生白漕司，給米貯營中，至者與之食，自是生全者太半。措置於纖微之間，而人已受賜，如此之比，所至多矣。先生常云：『一命之士，苟存心於愛物，於人必有所濟。』仁宗登遐，遺制，官吏成服三日而除。三日之朝，府尹率群官將釋服，先生進曰：『三日除服，遺詔所命，莫敢違也。請盡今日，若朝而除之，所服止二日爾。』尹怒不從，先生曰：『公自除之，某非至夜不敢釋也。』一府相視，無敢除者。茅山有龍池，其龍如蜴蜥而五色。祥符中，中使取二龍，至中途，中使奏一龍飛空而去。自昔嚴奉，以爲神物。先生嘗捕而脯之，使人不惑。其始至邑，見人持竿道旁，以黏飛鳥，取其竿折之，教之使勿爲。及罷官，艤舟郊外，有數人共語，自主簿折黏竿，鄉民子弟不敢畜禽鳥。不嚴而令行，大率如此。

再朞，就移澤州晉城令。澤人淳厚，尤服先生教命。民以事至邑者，必告之以孝悌忠信，入所以事父兄，出所以事長上。度鄉村遠近爲保伍，使之力役相助，患難相恤，而姦僞無所容。凡孤煢殘廢者，責之親戚鄉黨，使無失所。行旅出於其塗者，疾病皆有所養。諸鄉皆有校，暇則親至，召父老而與之語。兒童所讀書，親爲正句讀，教者不善，則爲易置。俗始甚野，不知爲學，先生擇子弟之秀者，聚而教之，去邑纔十餘年，而服儒服者蓋數百人矣。鄉民爲社會，爲立科條，旌別善惡，使有勸有恥。邑幾萬室，三年之間，無彊盜及鬬死者。秩滿，代者且至，吏夜叩門，稱有殺人者，先生曰：『吾邑安有此？誠有之，必某村某人也。』問之，果然。家人驚異，問何以知之，曰：『吾常疑此人惡少之弗革者也。』河東財賦窘迫，官所科買，歲爲民患，雖至賤之物，至官取之，則其價翔踴，多者至數十倍。先生常度所需，使富家預儲，定其價而出之，富室不失倍息，而鄉民所費，比常歲十不過二三。民税常移近邊，載往則道遠，就糴則價高。先生擇富民之可任者，預使購粟邊郡，所費大省，民力用舒。縣庫有雜納錢數百千，常借以補助民力，部使者至，則告之曰：『此錢令自用而不敢私，請一切不問。』使者屢更，無不從者。先時民憚差役，役及則互相糾訴，鄉鄰爲仇。先生盡知民産厚薄，第其先後，案籍而命之，無有辭者。河東義勇，農隙則教以武事，然應文備數而已。先生至，晉城之民遂爲精兵。晉俗尚焚屍，雖孝子慈孫習以爲安。先生教諭禁止，民始信之。而先生去後，郡官有母死者，憚於遠致，投諸烈火，愚俗視傚，先生之教遂廢，識者恨之。先生爲令，視民如子，欲辨事者，或不持牒，徑至庭下，陳其所以。先生從容告語，諄諄不倦。在邑三年，百姓愛之如父母，去之日，哭聲震野。

用薦者改著作佐郎，尋以御史中丞吕公公著薦，授太子中允，權監察御史裏行。神宗素知先生名，召對之日，從容咨訪，比二三見，遂期以大用。每將退，必曰：『頻求對來，欲常相見爾。』一日論議甚久，日官報午正，先生遽求退庭中，中人相謂曰：『御史不知上未食耶？』前後進説甚多，大要以正心窒欲，求賢育材爲先。先生不飾辭辯，獨以誠意感動人主。神宗嘗使推擇人材，先生所薦者數十人，而以父表弟張載暨弟頤爲首。所上章疏，子姪不得窺其藁。嘗言人主當防未萌之欲，神宗俯身拱手，曰：『當爲卿戒之。』及因論人才，曰：『陛下奈何輕天下士？』神宗曰：『朕何敢如是！』言之至于再三。時王荆公安石日益信用，先生每進見，必爲神宗陳君道以至誠仁愛爲本，未嘗及功利。神宗始疑其迂，而禮貌不衰。嘗極陳治道，神宗曰：『此堯舜之事，朕何敢當？』先生愀然曰：『陛下此言，非天下之福也。』荆公寖行其説，先生意多不合，事出必論列，數月之間，章數十上。尤極論者，輔臣不同心，小臣與大計，公論不行，青苗取息，賣祠部牒，差提舉官多非其人及不經封駮，京東轉運司剥民希寵不加黜責，興利之臣日進，尚德之風寖衰等十餘事。荆公與先生雖道不同，而嘗謂先生忠信。先生每與論事，心平氣和，荆公多爲之動。而言路好直者，必欲力攻取勝，由是與言者爲敵矣。先生言既不行，懇求外補。神宗猶重其去，上章及面請至十數，不許，遂闔門待罪。神宗將黜諸言者，命執政除先生監司差權發遣京西路提點刑獄。復上章曰：『臣言是，願行之。如其妄言，當賜顯責。請罪而獲遷，刑賞混矣。』累請得罷。既而神宗手批暴白同列之罪，獨於先生無責。

改差簽書鎮寧軍節度判官事。爲守者嚴刻多忌，通判而下，莫敢與辨事。始意先生嘗任臺憲，必不盡力職事，而又慮其慢己。既而先生事之甚恭，雖筦庫細務，無不盡心，事小未安，必與之辨，遂無不從者，相與甚歡。屢平反重獄，得不死者蓋前後以十數。河清卒於法不他役，時中人程昉爲外都水丞，怙勢蔑視州郡，欲盡取諸埽兵治二股河，先生以法拒之。昉請於朝，命以八百人與之。天方大寒，昉肆其虐用，衆逃而歸。州官晨集，城門吏報河清兵潰歸，將入城，衆官相視，畏昉，欲弗納。先生曰：『此逃死自歸，弗納必爲亂，昉有言，某自當之。』即親往開門撫諭，約歸休三日復役，衆歡呼而入。具以事上聞，得不復遣。後昉奏事過州，見先生，言甘而氣懾，既而揚言於衆曰：『澶卒之潰，乃程中允誘之，吾必訴於上。』同列以告，先生笑曰：『彼方憚我，何能爾也？』果不敢言。會曹村埽決，時先生方護小吳，相去百里，州帥劉公渙以事急告，先生一夜馳至。帥俟於河橋，先生謂帥曰：『曹村決，京師可虞，臣子之分，身可塞亦爲之。請盡以廂卒見付，事或不集，公當親率禁兵以繼之。』帥義烈士，遂以本鎮印授先生，曰：『君自用之。』先生得印，不暇入城省親，徑走決堤，諭士卒曰：『朝廷養爾輩，正爲緩急爾。爾知曹村決則注京城乎？吾與爾曹以身捍之！』衆皆感激自效。論者皆以爲勢不可塞，徒勞人爾。先生命善泅者銜細繩以渡決口，水方奔注，達者百一，卒能引大索以濟衆，兩岸并進，晝夜不息，數日而合。其將合也，有大木自中流而下，先生顧謂衆曰：『得彼巨木，橫流入口，則吾事濟矣。』語纔已，木遂橫，衆以爲至誠所致。其後曹村之下復決，遂久不塞，數路困擾，大爲朝廷憂。人以爲使先生在職，安有是也？

郊祀霈恩，先生曰：『吾罪滌矣，可以去矣。』遂求監局，以便親養，得罷歸。自是醜正者競揚避新法之説。歲餘，得監西京洛河竹木務，薦者言其未嘗叙年勞，丐遷秩，改太常丞。神宗猶念先生，會修《三經義》，嘗語執政曰：『程某可用。』執政不對。又嘗有登對者自洛至，問曰：『程某在彼否？』連言佳士。其後彗見翼軫間，詔求直言，先生應詔，論朝政極切。還朝，執政屢進擬，神宗皆不許，既而手批與府界知縣，差知扶溝縣事。先生詣執政，復求監當，執政諭以上意不可改也。數月，右府同薦，除判武學。新進者言其新法之初，首爲異論，罷復舊任。先生爲治，專尚寬厚，以教化爲先，雖若甚迂，而民實風動。扶溝素多盜，雖樂歲，彊盜不減十餘發。先生在官，無彊盜者幾一年。廣濟、蔡河出縣境，瀕河不逞之民，不復治生業，專以脇取舟人物爲事，歲必焚舟十數以立威。先生始至，捕得一人，使引其類，得數十人，不復根治舊惡，分地而處之，使以挽舟爲業，且察爲惡者，自是邑境無焚舟之患。畿邑田税重，朝廷歲常蠲除，以爲惠澤，然而良善之民憚督責而先輸，逋負獲除者，皆頑民也。先生爲約，前料獲免者，今必如期而足，於是惠澤始均。司農建言，天下輸役錢達户四等，而畿内獨止第三，請亦及第四，先生力陳不可。司農奏其議，謂必獲罪，而神宗是之，畿邑皆得免。先生爲政，常權穀價，不使至甚貴甚賤。會大旱，麥苗且枯，先生教人掘井以溉，一井不過數工，而所灌數畝，闔境賴焉。水災民饑，先生請發粟貸之。鄰邑亦請，司農怒，遣使閱實，使至鄰邑，而令遽自陳穀且登，無貸可也。使至，謂〔三〕先生盍亦自陳，先生不肯，使者遂言不當貸，先生力言民饑，請貸不已，遂得穀六千石，饑者用濟。而司農益怒，視貸籍户同等而所貸不等，檄縣杖主吏，先生言濟饑當以口之衆寡，不當以户之高下，且令實爲之，非吏罪，乃得已。內侍都知王中正巡閲保甲，權寵至盛，所至淩慢縣官，諸邑供帳，競務華鮮以悦奉之。主吏以請，先生曰：『吾邑貧，安能效它邑？且取於民，法所禁也。令有故青帳，可用之。』先生在邑歲餘，中正往來境上，卒不入。鄰邑有冤訴府，願得先生決之者，前後五六。有犯小盜者，先生謂曰：『汝能改行，吾薄汝罪。』盜叩首，願自新。後數月，復穿窬，捕吏及門，盜告其妻曰：『我與太丞約，不復爲盜，今何面目見之耶？』遂自經。官制改除奉議郎。朝廷遣官括牧地，民田當没者千頃，往往持累世契券以自明，皆弗用。諸邑已定，而扶溝民獨不服，遂有朝旨，改税作租，不復加益，及聽賣易如私田。民既倦於追呼，又得不加賦，乃皆服。先生以爲不可，括地官至，謂先生曰：『民願服，而君不許，何也？』先生曰：『民徒知今日不加賦，而不知他日增租奪田，則失業無以生矣。』因爲言仁厚之道，其人感動，謝曰：『寧受責，不敢違公。』遂去之他邑。不踰月，先生罷去，其人復至，謂攝令曰：『程奉議去矣，爾復何恃，而敢稽違朝旨？』督責甚急，數日而事集。鄰邑民犯盜，繫縣獄而逸，既又遇赦，先生坐是以特旨罷。邑人知先生且罷，詣府及司農丐留者千數。去之日，不使人知，老穉數百，追及境上，攀挽號泣，遣之不去。

以親老求近鄉監局，得監汝州酒税。今上嗣位，覃恩改承議郎。先生雖小官，賢士大夫視其進退，以卜興衰。聖政方新，賢德登進，先生特爲時望所屬，召爲宗正寺丞。未行，以疾終，元豐八年六月十五日也，享年五十有四。士大夫識與不識，莫不哀傷，爲朝廷生民恨惜。

先生資稟既異，而充養有道，純粹如精金，温潤如良玉。寬而有制，和而不流。忠誠貫於金石，孝悌通於神明。視其色，其接物也，如春陽之温；聽其言，其入人也，如時雨之潤。胸懷洞然，徹視無間。測其蘊，則浩乎若滄溟之無際；極其德，美言蓋不足以形容。先生行己，内主於敬，而行之以恕。見善若出諸己，不欲弗施於人。居廣居而行大道，言有物而動有常。

先生爲學，自十五六時，聞汝南周茂叔論道，遂厭科舉之業，慨然有求道之志。未知其要，泛濫於諸家，出入於老釋者幾十年，返求諸《六經》而後得之。明於庶物，察於人倫。知盡性至命，必本於孝悌；窮神知化，由通於禮樂。辨異端似是之非，開百代未明之惑。秦漢而下，未有臻斯理也。謂孟子没而聖學不傳，以興起斯文爲己任。其言曰：『道之不明，異端害之也。昔之害，近而易知；今之害，深而難辨。昔之惑人也，乘其迷暗；今之入人也，因其高明。自謂之窮神知化，而不足以開物成務。言爲無不周遍，實則外於倫理。窮深極微，而不可以入堯舜之道。天下之學，非淺陋固滯，則必入於此。自道之不明也，邪誕妖異之説競起，塗生民之耳目，溺天下於汙濁。雖高才明智，膠於見聞，醉生夢死，不自覺也。是皆正路之蓁蕪，聖門之蔽塞，闢之而後可以入道。』先生進將覺斯人，退將明諸書，不幸早世，皆未及也。其辨析精微，稍見於世者之所傳爾。先生之門，學者多矣。先生之言，平易易知，賢愚皆獲其益，如群飲於河，各充其量。先生教人，自致知至於知止，誠意至於平天下，灑掃應對至於窮理盡性，循循有序。病世之學者，捨近而趍遠，處下而闚高，所以輕自大而卒無得也。先生接物，辨而不間，感而能通，教人而人易從，怒人而人不怨，賢愚善惡，咸得其心，狡僞者獻其誠，暴慢者致其恭，聞風者誠服，覿德者心醉。雖小人以趍嚮之異，顧於利害，時見排斥，退而省其私，未有不以先生爲君子也。

先生爲政，治惡以寬，處煩而裕，當法令繁密之際，未嘗從衆爲應文逃責之事。人皆病於拘礙，而先生處之綽然，衆憂以爲甚難，而先生爲之沛然，雖當倉卒，不動聲色。方監司競爲嚴急之時，其待先生率皆寬厚，施設之際，有所賴焉。先生所爲綱條法度，人可效而爲也，至其道之而從，動之而和，不求物而物應，未施信而民信，則人不可及。

彭夫人封仁和縣君，嚴正有禮，奉舅以孝稱，善睦其族，先一年卒。子曰端懿，蔡州汝陽縣主簿；曰端本，治進士業。女適假承務郎朱純之。卜以今年十月乙酉，葬于伊川先塋。謹書家世行業及歷官行事之大槩，以求誌於作者。

田明之行狀

劉 跂

曾祖永孚，故不仕。祖均，故不仕。考亮，故贈左中散大夫，母永嘉縣太君王氏。本貫河南府，姓田氏，諱述古，字明之。田氏本居密州安丘，家世儒者。明之蚤孤，游學京師，甫冠，補太學生，事安定胡先生爲弟子，勤篤好問，先生稱之。娶尹師魯族家子河南縣主簿仲甫之女，遂徙家河南。凡四以鄉薦不中第，嘆曰：『得失命也。』乃慨然發憤，隱居講誦，積二十餘年不復出。

哲宗嗣位，搜訪遺逸，故孫温靖公固居守西都，以明之名聞，詔除襄州司法參軍。明之曰：『老矣，不任爲吏，然君命不敢辭。』乃即其家廷拜受詔，而不出仕。孫公守鄭，又奏以爲州教授，特詔從其請。居頃之，河陽學官以嫌求對易，命既下，故王公巖叟時守鄭，奏謂述古以處士起，今新進後生援例徙，非是，且無以慰鄭學者。詔又聽終任。未幾，除太學正，改宣德郎，充廣親北宅教授。秩滿，貧不能久留，調簽書通利軍判官事，轉通直郎。今上登極，轉奉議郎。元符三年十二月六日，以疾終，享年七十。夫人後五月亦卒。子男處仁、處訥、處厚、處恭、處約，女嫁進士張安石、太廟齋郎温萬石。

明之爲人，淳静簡易，不爲表襮。胷中坦無留閡，與人交傾蓋不疑，既久益親。及其不合，毅然去之，莫能奪。於書無不闚，惟《易》《中庸》《論語》《孟子》《老子》迺其素所學，申重復熟，造其深旨，餘不甚錯意也。邵先生、二程先生皆居洛陽，明之從之游。司馬温公居相鄰，因徒步造門，問經史大義，語不及他事。范翰林祖禹以編修《資治通鑑》，日詣温公，温公多召明之與之俱。邵、程、司馬公皆重望，來者率巨公顯人，門無雜賓，而明之獨以白士羈旅預其間，合堂同席，相視莫逆，語必殫竭，未嘗少貶，諸公以是敬愛之。晚歲篤好《易》，古今諸儒訓詁得失，歷歷别白，常稱曰：『道，言之必可行，行之必可言。今學者泥章句，不知妙在日用。』因自爲註，祁寒盛暑，造次顛沛，未嘗廢卷。與賓客言，不事劇談，惟論《易》則亹亹不倦，日暮客欲去，而明之談益勝，意益精。明之所著書未就，客欲索其書上之朝，明之遂不肯出。友人張雲卿以累舉，恩當釋褐，貧欲毋行，明之出錢爲助，鄉人争之，乃得去。既去，其妻與子俱病，妻竟死，家無一錢。明之日往護視，又辦喪事，事竟然後歸。昌王薨，假北宅教授官氏撰次行狀，以故事遺白金百兩，明之曰：『他人爲文，而我受其賜，無是也。』使者屢及門，終不受。通利並河，一夕暴漲，守將遽調急夫，明之争曰：『曷不視水勢？今雖漲而平，此將殺也，吾民不可徒擾。』已而果無事。當官不苟，亦不爲已甚。居家廉儉，衣不兼，食不屬，裕如也。樂道自信，以是終身焉。嗚呼，可謂吉德君子也夫！

將以建中靖國元年某月，葬于某所之原。晉陵鄒浩以明之語謂劉某，曰：『「我無稱於時，然賢公卿大夫多知我，今皆亡，晚乃得二人焉，尚何恨！」獨謂吾子與浩耳。今其葬也，其能無言邪？其許諾。』居亡何，其孤自洛抵汶上，持治命來赴，果以文爲請。某外祖母尹夫人，魯郡著姓，與河南之尹宗族也，故於明之有葭莩之好。官於鄭，又嘗同僚，蓋知之詳熟。於其來請，謹叙次爵里伐閱及其學行大略，以告鄒子爲之銘，庶幾乎明之之意，而二人者，亦以是自致焉。

校勘記

〔一〕『發』，六十三卷本、六十四卷本作『掘』。

〔二〕『年』下，底本空一字格，六十三卷本、六十四卷本作『間』。

〔三〕『謂』，六十三卷本、六十四卷本作『請』。

新校宋文鑑卷第一百三十九

校者按：底本爲刻卷，據六十三卷本（缺第五頁）、六十四卷本、麻沙本刻卷校改。

墓誌

吴王李煜墓誌銘

徐鉉

盛德百世，善繼者所以主其祀；聖人無外，善守者不能固其存。蓋運曆之所推，亦古今之一貫。其有享蕃錫之寵，保克終之美，殊恩飾壤，懿範流光，傳之金石，斯不誣矣。

王諱煜，字重光，隴西人也。昔庭堅贊九德，伯陽恢至道。皇天眷祐，錫祚于唐，祖文宗武，世有顯德。載祀三百，龜玉淪胥，宗子維城，蕃衍萬國。江淮之地，獨奉長安，故我顯祖，用膺推戴。焜燿之烈，載光舊吴，二世承基，克廣其業。皇宋將啟，玄貺冥符，有周開先，太祖歷試。威德所及，寰宇將同，故我舊邦，祗畏天命。貶大號以稟朔，獻地圖而請吏。故得義動元后，風行域中，恩禮有加，綏懷不世。魯用天王之禮，自越常鈞；鄰存紀侯之國，曾何足貴？王以世嫡嗣服，以古道馭民。欽若彝倫，率循先志。奉烝嘗，恭色養，必以孝。賓大臣，事耇老，必以禮。居處服御必以節，言動施舍必以仁。至於荷全濟之恩，謹藩國之度。勤修九貢，府無虚月，祗奉百役，知無不爲。十五年間，天眷彌渥。然而果於自信，怠於周防，西隣起釁，南箕構禍。投杼致慈親之惑，乞火無里婦之辭。始勞[一]因壘之師，終後塗山之會。太祖至仁之舉，大賚爲懷。録勤王之前効，恢焚謗之廣度。位以上將，爵爲通侯，待遇如初，寵錫斯厚。今上宣猷大麓，敷惠萬方，每侍論思，常存開釋。及飛天在運，麗澤推恩，擢進上公之封，仍加掌武之秩。侍從親禮，勉諭優容。方將度越等彝，登崇名數。嗚呼！閲川無捨，景命不融，太平興國三年秋七月八日遘疾，薨于京師里第，享年四十有二。皇上撫几興悼，投瓜軫悲。痛生之不逮，俾歿而加飾。特詔輟朝三日，贈太師，追封吴王，命中使涖葬。凡喪祭所須，皆從官給。即其年冬十月日，葬于河南府某縣某鄉某里，禮也。夫人鄭國夫人周氏，勳舊之族，是生邦媛。肅雍之美，流詠《國風》，才實女師，言成閫則。子左千牛衛大將軍某，襟神俊茂，識度淹通。孝悌自表於天資，才略靡由於師訓，日出之學，未易可量。

惟王天骨秀穎，神氣清粹，言動有則，容止可觀。精究《六經》，旁綜百氏，常以爲周孔之道，不可暫離。經國化民[二]，發號施令，造次[三]於是，始終不渝。酷好文辭，多所述作。一游一豫，必頌宣尼，載笑載言，不忘經義。洞曉音律，精别雅鄭。窮先王制作之意，審風俗淳薄之原，爲文論之，以續《樂記》。所著文集三十卷，雜説百篇，味其文，知其道矣。至於弧矢之善，筆札之工，天縱多能，必造精絶。本以惻隱之性，仍好竺乾之教，草木不殺，禽魚咸遂。賞人之善，常若不及，掩人之過，唯恐其聞。以至法不勝姦，威不克愛。以厭兵之俗，當用武之世。孔明罕應變之略，不成近功；偃王躬仁義之行，終於亡國。道有所在，復何媿歟？嗚呼哀哉！二室南峙，三川東注。瞻上陽之宫闕，望北邙之雲樹。旁寂寂兮迥野，下冥冥兮長暮。寄不朽於金石，庶有傳於竹素。其銘曰：

天鑒九德，錫我唐祚。緜緜爪瓞，茫茫商土。裔孫有慶，舊物重覩。開國承家，彊吳跨楚。喪亂孔棘，我恤疇依？聖人既作，我知所歸。終日靡俟，先天不違。惟藩惟輔，永言固之。道或污隆，時有險易。蠅止于棘，虎遊於市。明明大君，寬仁以濟。嘉爾前哲，釋兹後至。亦覿亦見，乃侯乃公。沐浴玄澤，徊翔景風。如松之茂，如山之崇。奈何不淑，運極化窮。舊國疏封，新阡啟室。人惎之謀，卜云其吉。龍章驥德，蘭言玉質。邈爾何往？此焉終畢。儼青蓋兮裶裶，驅素虬兮遲遲。即隧路兮徒返，望君門兮永辭。庶九原之可作，與緱嶺兮相期。垂斯文於億載，將樂石兮無虧。

穆夫人墓誌銘

柳　開

漢開運元年，開叔父諱承贊卒。叔母穆，年二十有七，嫠居四十五年，歲己丑五月，殁於家。後七年，葬叔父墓中。唐季，我先人塋館陶縣北三十里。周廣順中，始葬叔父大名府西南二十里，村曰馮杜。開近歲連上書，天子哀之，賜錢三十萬，使葬先臣之屬。得華州進士王焕襄其事。煥，義者也，恭恪弗懈，成開之心。柳，宫姓，爲地法利坤艮。自叔父墓東下十七步，我皇考之墓；又東下，仲父諱承昫之墓，各以子位從之。又東下，叔父諱承陟之墓，步悉如九數。叔陟無嗣，以季父諱承遠之墓同域焉。故昭義軍節度推官閔，叔母長子也。閲〔四〕，叔父卒始生，次子也。趙氏，故婦女也，次病廢老於室。

開爲兒時，見我烈考治家孝且嚴，視叔母二子，常先開與閏。我母萬年君愛猶己出，勤勤儲儲，常懼有闕。乃叔母至老，我二兄至成人，不類諸孤兒寡婦。月旦望諸叔母拜堂下畢，即同上手抵面，聽奉我皇考誡告之曰：『人之家，兄弟無不義，盡因娶婦入門，異姓相聚，争長競短，漸漬日聞，偏愛私藏，以至背戾，分門割户，患若賊讎，皆汝婦人所作。男子有剛腸者，幾人能不爲婦人言所役？吾見多矣，若等寧是乎？』退即惴惴閉息，恐然如有大誅責，至死不敢道一語爲不孝事。抵開輩，賴之得全其家也如此。嗚呼！君子正己，直其言，居上其善也，家國治焉；小人枉己，私爲言，居上不善也，家國亂焉。旨哉，君子也！銘曰：

昔我叔之去世兮，垂嚴誡之深辭。指穆母而告云兮，惟夫婦之有儀。伊生死之孰免兮？於貞節而勿虧。代厚養以多屬兮，家復貴而偶時。寧不完於安佚兮，胡適彼而亡斯？介如石之克鮮兮，衆猶草之離離。母血涕以奉教兮，矢〔五〕哀心以自持。畢考命之惸孤兮，終天地而弗移。噫嚱過此兮，母曷爲知？

徐文質墓誌銘

穆脩

進士徐孝山喪其父，執喪之三日，以其友張生道卿所録父事，拜且泣，復授之張生，并繼以語，俾來請曰：『孝山未即殞生，尚惟喪事不可緩，將卜葬以某日，期日且迫，敢迹其實，託銘於先生，用刻而納之，以光永幽穸。』予既受而閲其始卒，乃謂曰：『是葬也，蓋得其禮矣。比是今貴家富族，將葬其先，必惑葬師説，拘以歲月畏忌，大至違禮過時，久而不克葬者多矣。生能葬以其道，正合《士禮》踰月之制，此獨可尚，又安得拒請而勿銘也？』

按：君諱文質，字處中，其先祖父嘗寓籍并土之文水，逮君之考，猶爲晉人。考生未齔而孤，見教育于季父氏，既而復。會朝廷以兵取太原，太原平，大徙并民入處之京輔。考於時與其族來至京師，遂家焉。自是得遊太學，爲生徒，治《春秋》經傳，前後四舉有司，竟不及禄而終。考始娶潁川陳氏女，亡，再娶清河張氏，生男子二人，女子二人。次子文蔚少卒，獨君爲前室陳氏所生。二女子今皆適京師良族。由君而下，始爲京師里人。

凡并人，其俗剛厚而勤嗇，能自[六]節損，以立衣食。諸來徙之户，初雖貧極者，居久而皆爲富室。矧其宿有齎者，蓋可知，故考亦用是而殖其家。考之歿，貽其規法於君，君於此益爲之，善守者也。君嘗念陳氏早世，又傷父之不逮，故事後親彌盡其力。無何數年，母張氏又終。初，君亦嘗授經於儒官馬龜符，有慕仕進心，至悼親之繼喪，顧門中時無彊子弟可任，懼覆先人遺業，則爲不肖子，因刻力事生於家，非時慶吊大事不出門，如此者蓋有年。天聖八年，適五十，忽得疾，醫累月弗愈，以是年七月十七日卒於居。

君凡四娶室，輒有喪，有四男五女。初室李氏無子，長子孝山出次室李氏。景山、德山皆未及娶，五女子亦幼在室。孝山有諸弟妹，合族謀葬，得其年八月之二十一日，藏君於東京之祥符縣開封鄉西韓村先墓之次，以次室李氏爲合。初李氏，次苗氏、李氏，三室皆同穴而異棺，斯實禮也。銘曰：

惟古之葬，等殺異宜。日月有數，舉無越斯。末代不然，惑於葬師。陰陽拘忌，率常過時。其孰警此？伊徐氏子。以時而葬，順禮之軌。既合既祔，有銘有紀。如君之藏，民亦鮮矣。

种世衡墓誌銘

范仲淹

君諱世衡，字仲平，國之勞臣也，不幸云亡，其子泣血請銘〔七〕於予。予嘗經略陝西，知君最爲詳，懼遺其善，不可不從而書之。

初，康定元年春，夏戎犯延安，我師不利，朝廷以堡障衆多，有分兵之患，其間遠不足守者，即命罷之。寇驕而貪，益侵吾疆，百姓被其毒。君時爲大理丞，任鄜州從事，建言延安東北二百里，有故寬州，請因其廢壘而興之，以當寇衝，左可致河東之粟，右可〔八〕固延安之勢，北可圖銀夏之舊，有是三利。朝廷從之，以君董役事。君膽勇過人，雖俯逼戎落，曾不畏憚，與兵民暴露數月，且戰且城。然處險無泉，議不可守，鑿地百有五十尺，始至于石，工徒拱手曰：『是不可井矣。』君曰：『過石而下，將無泉耶？爾攻其石，屑而出之，凡一畚償爾百金。』工復致其力，過石數重，泉果沛發，飲甘而不耗。萬人歡呼曰：『神乎！雖虜兵重圍，吾無困渴之患矣。』用是復作數井，兵民馬牛皆大足。自茲西陲堡障患無泉者悉倣此，大蒙利焉。既而朝廷署故寬州爲青澗城，授君内殿承制，知城事，復就遷供備庫副使，旌其勞也。

塞下多屬羌，向時漢官不能布恩信，羌皆持兩端。君乃親入部落中，勞問如家人意，多所周給。常自解佩帶，與其酋豪可語者。有得虜中事來告於我，君方與客飲，即取坐中金器以獎之，屬羌愛服，皆願効死。青澗東北一舍而遠距無定河，河之北有虜寨，虜常濟河爲患。君屢使屬羌擊之，往必破走，前後取首級數百，牛羊萬計，未嘗勞士卒也，故功多而費寡。建營田二千頃，歲取其利，募商賈使通其貨，或先貸之本，速其流轉，歲時間其息十倍。乃建白，凡城中芻糧錢幣，暨軍須城守之具，不煩外計，一請自給。一子專視士卒之疾，調其湯餌，常戒以笞責，期于必瘳，士卒無不感泣。今翰林承旨王公堯臣安撫陝西，言君治狀，上悦，降詔褒之曰：『邊臣若此，朕復何憂！』二年，就兼鄜延路駐泊兵馬都監，制置本路糧草，遷洛苑副使。

慶曆二年春，予按巡環州，患屬羌之多，而素不爲用，與夏戎潛連，助爲邊患，乃召蕃官慕恩與諸族酋長，僅八百人，犒于麾下，與之衣物繒綵，以悦其意。又采忠順者，增銀帶馬紱以旌之，然後諭以好惡，立約束，而俾之遵向。然悍猾之性，久失其馭，非智者處之，慮復爲變。時如其請。予更擇之。予謂夏戎日夜誘吾屬羌，羌愛其類，益以外向，非斯人親之，不能革其心。朝廷始青澗既完，人可循守，乃請于朝，願易君理環。朝廷方以青澗倚君，又延帥上言，人重其去，命

君既至環，安邊之利害，大要在屬羌難制，懼合夏戎爲暴發之患；又地瘠穀貴，屯師爲難，聚糧則力屈，損兵則勢危，斯急病也。君乃周行境内，入屬羌聚落，撫以恩意，如青澗焉。有牛家族首奴訛者，屈彊自處，未嘗出見官長，聞君之聲，始來郊迎。君戒曰：『吾詰朝行勞爾族。』奴訛曰：『諾。』是日大雪三尺，左右曰：『此羌兇詐，嘗與高使君繼嵩挑戰，又所處險惡，冰雪非可前。』君曰：『吾方與諸羌樹信，其可失諸？』遂與士衆緣險而進。奴訛初不之信，復會大雪，謂君必不來，方坦卧帳中，已至，蹙而起之。奴訛大驚，曰：『我世居此山，漢官無敢至者，公了不疑我耶？』乃與族衆拜伏讙呼，曰：『今而後惟父所使！』自是屬羌咸信於君。有兀二族受夏戎僞署，君遣人招之，不聽，即使慕恩出兵誅之，死者半，歸者半，盡以其地曁牛羊賞諸有功。其僭受僞署如兀二族者百餘帳，咸股慄請命，納其所得文券袍帶。由是屬羌無復敢貳。君戒諸族，各置其烽火，夏戎時來抄掠，則舉烽相告，衆必介馬而待之，破賊者數四。

涇原帥葛懷敏定川之敗，戎馬入縱于渭，予領慶州蕃漢兵往扼邠城，又召君分授涇原。君即時而赴，羌兵從者數千人，屬羌爲吾用，自此始。君曰羌兵既可用矣，乃復教土人習弧矢，以佐官軍。吏民有請某事辭某事者，君咸使之射，從其中否而與奪之，坐過失者亦用此得贖。吏

農工商，無不樂射焉。繇是緣邊諸城，獨環不求增兵，不煩益糧，而武力自振。夏戎聞屬羌不可誘，土人皆善射，烽火相望，無日不備，乃不復以環爲意。前後經略使交薦君之才能，朝廷益知可倚。

明年，遷東染院使，充環慶路兵馬鈐轄，仍領環州。西南占原州之疆，有明珠、滅臧、康奴三種，居屬羌之大，素號彊梗，在原爲孽，寖及于環。撫之，很不我信；伐之，險不可入。北有二川，交通于夏戎，朝廷患焉。其二川之間，有古細腰城，復之可斷其交路。又明年，予爲宣撫使，乃諭君與原守蔣偕共幹其事。君久悉利病，即日起兵，會偕〔九〕于細腰，使甲士晝夜築之。夏戎固忌此城，君遣人入虜中，以計欵之，兵遂不至。又召明珠等三族酋長犒撫之，俾以禦寇。彼既出其不意，又亡外援，因而服從，君之謀也。君處細腰月餘，逼以苦寒，城成而疾作，慶曆五年正月七日甲子，啟手足，神志不亂，享年六十一。葬于京兆萬年縣之神和原。

君之先，河南洛陽人也。曾祖存啟，河南壽安令。祖仁詡，京兆長安令，贈太常博士。父昭衍，登進士第，累贈職方員外郎。季父放，字明逸，初隱于終南山。君少孤，依之，服勤左右，以力學稱。明逸道高德純，太宗朝再詔，以事親不起。真宗復加聘禮，起拜左司諫，直昭文館，累遷尚書工部侍郎。大中祥符五年，君用工部蔭得將作監主簿，五遷至太子中舍。初監秦州太平監，以母老求養。又監京兆府渭橋倉、邛州惠民監，知涇之保定、京兆之武功、涇陽三邑。在武功，毀淫祠，崇夫子廟，以來學者。在涇陽，有里胥王知謙者，姦利事露，逃之，逼郊禮乃出。君曰：『送府則會恩，益以長惡。』從所坐杖脊于縣庭，而請待罪。府君李公諮奏釋之。自是豪黠莫不斂手，其嫉惡如此。又邑有三白渠，比年浚疏，用數邑力，主者非其才，而勞逸弗等，功利日削。君使勤墮齊其力，故功倍；貧富均其流，故利廣。至今民能言之。歷通判鎮戎軍環、鳳二州。鳳之守王蒙正，託章憲外姻，以私干君，復欲以賄汚君，君正色不納，蒙正大怨之，乃使人諭王知謙訟君，蒙正内爲之助，獄成，流竇州。上親政，量移汝州。君之弟〔一〇〕世材以一官讓君，乃除孟州司馬。龍圖閣直學士李公紘雪于朝，授衛尉丞，主隨州榷酤。又禮部尚書宋公綬、工部侍郎狄公棐，皆言君非辜，改知虔州贛縣。君辭，得監京兆軍資庫。以同、鄜交辟，改簽署同州判官事，又移鄜州，因從軍延安，乃有故寬州之請。

君少尚氣節，昆弟有欲析其家者，君推資産與之，惟取季父圖書而已。莅官能擿惡庇民，青澗與環人皆畫君之像而享事之。及終，吏民暨屬羌酋長朝夕臨柩前者數日。朝廷深惜之，賜三子恩。君娶劉氏，封萬年縣君。男八人：長曰詁，文雅純篤，養志不仕，有叔祖明逸之風；次曰診，試將作監主簿；曰詠，同州澄城尉；曰諮，郊社齋郎；曰諤，三班奉職，皆有立；訢、記、誼三子尚幼。一女，適西頭供奉官田守政。君在邊數年，聚貨食，教弧矢，撫養士伍，牢籠羌夷，無賢不肖，皆稱之。又出奇以濟幾事，嘗遣諜者入虜中，凡半歲間，而虜誅握兵用事二三人。諜者還，言其〔一一〕謀得行，會君已没，又天子方懷來，故其績不顯。銘曰：

嗚呼种君！出于賢門。吾志必立，吾力是陳。寧以剛折，果由直伸。還自瘴海，試于塞垣。權以從事，意其出人。捍虜之患，乂邊之民。夙夜乃職，星霜厥身。生則有涯，死宜不泯。邊俗祀之，子子孫孫。

范純佑墓誌銘

富　弼

僕天聖初始識范文正公於海陵，未幾，公遊文館，僕再舉進士，來京師，又見之，公益厚我。間或造其門，目公傍一童子，方十歲許，神重氣遠，如老成人，僕竊詢焉，即公之長子也。已能誦《詩》《禮》，泛讀諸書，爲文章，籍籍有可稱者，所與遊皆一時之俊。時天下庠序未甚興，公典姑蘇，首建郡學，聘安定胡瑗爲先生。瑗條立學規良密，生徒數百，多不率教，公患之。君尚未冠，輒白于庭，入學，齒諸生之末，盡行其規約，久之，人皆隨而不敢犯。自是蘇之學遂爲諸郡倡。

寶元中，西戎叛，一方盡驚。公連易關陝官，皆不出兵間。君侍行，日與將卒錯處，鉤微擿隱，悉得其良駑，由是公任人無失，而屢有功。公帥環慶也，議城馬鋪寨，寨偪賊境，賊懼城成而扼其衝，故常寇撓之，使我不得城。君率兵馳據其地，賊衆大至，且戰且督役，數日而成，一路恃以安，人又知君材武有足嘉者。後公以讒罷知政事，君亦逡巡於仕進間，從公之鄧，暴得疾，昏不省事，廢卧許昌。僕守淮西，過其家省之，猶能感慨道忠義，問僕之來，公耶私耶，僕曰：『公。』曰：『公則可。』噫！人一有疾，已不能自顧其形骸，奚暇他卹？如君病昏，身已棄而尚不忘公忠，豈非根乎至性，第昏於事，而性終不昧耶？兹尤異於人，可貴重而不可學者。病十九年，卒于襄邑弟純仁之官舍，年四十九。

君英悟天得，尚節行，事父母盡孝養，未嘗去左右。文正愛之甚，日夕以講求道義爲樂，亦不欲其遠去。君雖文學自富，固不肯應鄉里舉，不得已，以蔭授守將作監主簿。亦蹔爲跂下司竹監，非其好也，即解去。使君壽且不病，得施其所有於時，良能美業其少諸！君名純佑，字天成。娶長葛李氏。一男正臣，守太常寺太祝。一女，嫁故人子進士元叟，早亡。純仁謀歸葬河南萬安山先壟之側，行有日，走京師來乞銘。僕已銘其父，今又銘其子，悲夫！銘曰：

君之才之賢，宜有禄有年。一命而晝不復遷，病十九年不復痊。今其云亡報已騫，英名不隱兮何足嘆！

校勘記

〔一〕『勞』，底本作『營』，據六十三卷本、六十四卷本改。《四部叢刊》景黄丕烈校宋本《徐文公集》作『勞』。

〔二〕『民』，六十三卷本、六十四卷本作『臣』。《四部叢刊》景黄丕烈校宋本《徐文公集》作『民』。

〔三〕『次』，六十三卷本、六十四卷本作『化』。《四部叢刊》景黄丕烈校宋本《徐文公集》作『次』。

〔四〕『閱』，底本誤作『閔』，六十四卷本、麻沙本皆然，六十三卷本以缺頁用字未詳，今據鈔本《河東集》改。

〔五〕『矢』，底本此句五字，有脱字，六十四卷本、麻沙本亦然，六十三卷本缺頁不詳，今據鈔本《河東集》補。

〔六〕『自』，底本作『而』，據六十三卷本、六十四卷本改。述古堂景宋鈔本《河南穆公集》作『自』。

〔七〕『銘』，底本無，據六十三卷本、六十四卷本補。北宋刻本《范文正公文集》、明翻元本《范文正公文集》作『銘』。

〔八〕『可』，底本無，據六十三卷本、六十四卷本補。北宋刻本《范文正公文集》、明翻元本《范文正公文集》作『可』。

〔九〕『偕』，底本誤作『階』，六十三卷本、六十四卷本亦然，據北宋刻本《范文正公文集》、明翻元本《范文正公文集》改。

〔一〇〕『弟』，底本脱，六十三卷本、六十四卷本、麻沙本皆然，今據北宋刻本《范文正公文集》補。

〔一一〕『其』，底本作『某』，據六十三卷本、六十四卷本改。北宋刻本《范文正公文集》、明翻元本《范文正公文集》作『其』。

新校宋文鑑卷第一百四十

校者按：底本爲刻卷，據六十三卷本、六十四卷本、麻沙本刻卷校改。

墓誌

孫明復墓誌銘

歐陽脩

先生諱復，字明復，姓孫氏，晉州平陽人也。少舉進士不中，退居泰山之陽，學《春秋》，著《尊王發微》。魯多學者，其尤賢而有道者石介，自介而下，皆以弟子事之。先生年逾四十，家貧不娶，李丞相迪將以其弟之女妻之，先生疑焉。介與群弟子進曰：『公卿不下士久矣，今丞相不以先生貧賤而欲託以子，是高先生之行義也，先生宜因以成丞相之賢名。』於是乃許。孔給事道輔爲人剛直嚴重，不妄與人，聞先生之風，就見之。介執杖屨侍左右，先生坐則立，升降拜則扶之，及其往謝也亦然。魯人既素高此兩人，由是始識師弟子之禮，莫不歎嗟之。而李丞相、孔給事亦以此見稱於士大夫。其後介爲學官，語于朝曰：『先生非隱者也，欲仕而未得其方也。』

慶曆二年，樞密副使范仲淹、資政殿學士富弼言其道德經術，宜在朝廷，召拜校書郎國子監直講。嘗召見邇英閣説《詩》，將以爲侍講，而嫉之者言其講説多異先儒，遂止。七年，徐州人孔直温以狂謀捕治，索其家，得詩，有先生姓名，坐貶監虔州商税。徙泗州，又徙知河南府長水縣，簽署應天府判官公事，通判陵州。翰林學士趙槩等十餘人上言，孫某行爲世法，經爲人師，不宜棄之遠方，乃復爲國子監直講。居三歲，以嘉祐二〔一〕年七月某日，以疾卒于家，享年六十有六，官至殿中丞。

先生在太學時，爲大理評事，天子臨幸，賜以緋衣銀魚。及聞其喪，惻然，予其家錢十萬。而公卿大夫士友、太學之諸生，相與吊哭，賻治其喪。於是以某年某月某日，葬先生於鄆州須城縣盧泉鄉〔二〕之北扈原。先生治《春秋》，不惑傳註，不爲曲説以亂經。其言簡易，於諸侯大夫功罪，以考時之盛衰，而推見王道之治亂，得於經之本義爲多。方其病時，樞密使韓琦言之天子，選書吏，給紙筆，命其門人祖無擇就其家，得其書十有五篇録之，藏于祕閣。先生一子大年，尚幼。銘曰：

聖人既殁經更焚，逃藏脱亂僅傳存。衆説乘之汩其原，怪迂百出雜僞真。後生牽卑習前聞，有欲患之寡攻群，往往止燎以膏薪。有勇夫子闢浮雲，刮磨蔽蝕相吐吞，日月卒復光破昏。博哉功利無窮垠，有考其不在斯文。

黄夢升墓誌銘

歐陽脩

予友黄君夢升，其先婺州金華人，後徙洪州之分寧。其曾祖諱某，祖諱某，父諱某，皆不仕。黄氏世爲江南大族，自其祖父以來，樂以家貲賑鄉里，多聚書以招四方之士。夢升兄弟皆好學，尤以文章意〔三〕氣自豪。予少家隨，夢升從其兄茂宗官于隨。予爲童子，立諸兄側，見夢升年十七八，眉目明秀，善飲酒談笑。予雖幼，心已獨奇夢升。後七年，予與夢升皆舉進士於京師，夢升得丙科，初任興國軍永興主簿，怏怏不得志，以疾去。久之，復調江陵府公安主簿。時予謫夷陵令，遇之于江陵。夢升顔色憔悴，初不可識，久而握手噓嚱，相飲以酒，夜醉起舞，歌呼大噱。予益悲夢升志雖衰，而少時意氣尚在也。後二年，予徙乾德令，夢升復調南陽主簿，又遇之于鄧。間常問其平生所爲文章幾何，夢升慨然歎曰：『吾已諱之矣。窮達有命，非世之人不知我，我羞道於世人也。』求之不肯出，遂飲之酒，復大醉，起舞歌呼，因笑曰：『子知我者。』乃肯出其文。讀之，博辨雄偉，其意氣奔放，猶不可禦。予又益悲夢升志雖困，而獨其文章未衰也。是時謝希深出守鄧州，尤喜稱道天下士，予因手書夢升文一通，欲以示希深，未及而希深卒，予亦去鄧。後之守鄧者皆俗吏，不復知夢升。夢升素剛，不苟合，負其所有，常怏怏無所施，卒亦不得志，死于南陽。

夢升諱注，以寶元二年四月某日卒，享年四十有二。其平生所爲文，曰《破碎集》《公安集》《南陽集》，凡若干卷。娶潘氏，生四男二女。將以某年某月某日葬于董坊之先塋。其弟渭泣而來告曰：『吾兄患世之莫吾知，孰可爲其銘？』予素悲夢升者，因爲之銘曰：

予嘗讀夢升之文，至於哭其兄子庠之詞，曰：『子之文章，電激雷震。雨雹忽止，闃然滅泯。』未嘗不諷誦歎息而不已。嗟夫夢升！曾不及庠。不震不驚，鬱塞埋藏。孰予其有，不使其施？吾不知所歸咎，徒爲夢升而悲。

尹師魯墓誌銘

歐陽脩

師魯，河南人，姓尹氏，諱洙。然天下之士，識與不識，皆稱之曰師魯，蓋其名重當世。而世之知師魯者，或推其文學，或高其議論，或多其材能，至其忠義之節，處窮達，臨禍福，無愧於古君子，則天下之稱師魯者未必盡知之。師魯爲文章，簡而有法，博學彊記，通知古今，長於《春秋》。其與人言，是是非非，務窮盡道理乃已，不爲苟止而妄隨，而人亦罕能過也。遇事無難易，而勇於敢爲。其所以見稱於世者，亦所以取嫉於人，故其卒窮以死。

師魯少舉進士及第，爲絳州正平縣主簿、河南府户曹參軍、邵武軍判官。舉書判拔萃，遷山南東道掌書記，知伊陽縣。王文康公薦其才，召試，充館閣校勘，遷太子中允。天章閣待制范公貶饒州，諫官御史不肯言，師魯上書言：『仲淹，臣之師友，願得俱貶。』貶監郢州酒稅，又徙唐州。遭父喪，服除，得太子中允，知河南縣。趙元昊反，陝西用兵，大將葛懷敏奏起爲經略判官。師魯雖用懷敏辟，猶爲經略使韓公所深知，其後諸將敗於好水，韓公降知秦州，師魯亦徙通判濠州。久之，韓公奏，得通判秦州。遷知涇州，又知渭州，兼涇原路經略部署。坐城水落，與邊臣異議，徙知晉州。又知潞州，爲政有惠愛，潞州人至今思之。累遷官至起居舍人，直龍圖閣。

師魯當天下無事時，獨喜論兵，爲《叙燕》《息戍》二篇行于世。自西兵起，凡五六歲，未嘗不在其間，故其論議益精密，而於西事尤習其詳。其爲兵制之説，述戰守勝敗之要，盡當今之利害。又欲訓土兵代戍卒，以減邊用，爲禦戎長久之策，皆未及施爲，而元昊臣，西兵解嚴，師魯亦去而得罪矣。然則天下之稱師魯者，於其材能亦未必盡知之也。

初，師魯在渭州，將吏有違其節度者，欲按軍法斬之而不果。其後吏至京師，上書訟師魯以公使錢貸部將，貶崇信軍節度副使，徙監均州酒税。得疾，無醫藥，舁至南陽求醫。疾革，隱几而坐，顧稚子在前，無甚憐之色，與賓客言，終不及其私。享年四十有六以卒。

師魯娶張氏，某縣君。有兄源，字子漸，亦以文學知名，居前一歲卒。師魯凡十年間三貶官，喪其父，又喪其兄。有子四人，連喪其三；女一適人，亦卒，而其身終以貶死。一子三歲，四女未嫁，家無餘貲，客其喪于南陽不能歸。平生故人，無遠邇皆往賻之，然後妻子得以其柩歸河南。以某年某月某日，葬于先塋之次。余與師魯兄弟交，嘗銘其父之墓矣，故不復次其世家焉。銘曰：

藏之深，固之密。石可朽，銘不滅。

蘇子美墓誌銘

歐陽脩

故湖州長史蘇君有賢妻杜氏，自君之喪，布衣蔬食，居數歲，提君之孤子，斂其平生文章，走南京，號泣于其父曰：『吾夫屈於生，猶可伸於死。』其父太子太師以告於予，予爲集次其文而序之，以著君之大節與其所以屈伸得失，以深誚世之君子當爲國家樂育賢材者，且悲君之不幸。其妻卜以嘉祐元年十月某日，葬君于潤州丹徒縣義里鄉檀山里石門村，又號泣于其父曰：『吾夫屈於人間，猶可伸於地下。』於是杜公及君之子泌，皆以書來乞銘以葬。

君諱舜欽，字子美，其上世居蜀，後徙開封，爲開封人。自君之祖諱易簡，以文章有名，太宗時承旨翰林爲學士，參知政事，官至禮部侍郎。父諱耆，官至工部郎中，直集賢院。君少以父蔭太廟齋郎，調滎陽尉，非所好也，已而鎖其廳去。舉進士中第，改光禄寺主簿，知蒙城縣。丁父憂，服除，知長垣縣，遷大理評事，監在京樓店務。

君狀貌奇偉，慷慨有大志，少好古，工爲文章，所至皆有善政。官于京師，位雖卑，數上疏論朝廷大事，敢道人之所難言。范文正公薦君，召試，得集賢校理。自元昊反，兵出無功，而天下殆於久安而困兵事。天子奮然，用三四大臣，欲盡革衆弊以紓民。於是時，范文正公與今富丞相多所設施，而小人不便，顧人主方信用，思有以撼動，未得其根。以君文正公之所薦，而宰相杜公婿也，乃以事中君，坐監進奏院祠神奏用市故紙錢會客爲自盜，除名。君名重天下，所會客皆一時賢俊，悉坐貶逐。然後中君者喜曰：『吾一舉網盡之矣。』其後三四大臣繼罷去，天下事卒不復施爲。君携妻子居蘇州，買水石作滄浪亭，日益讀書，大涵肆於《六經》，而時發其憤悶於歌詩，至其所激，往往驚絶。又喜行草書，皆可愛，故其雖短章醉墨，落筆争爲人所傳。天下之士聞其名而慕，見其所傳而喜，往揖其貌而竦，聽其論而驚以服，久與其居而不能捨以去也。居數年，復得湖州長史。

慶曆八年十二月某日，以疾卒于蘇州，享年四十有一。君先娶鄭氏，後娶杜氏。三子：長曰泌，將作監主簿；次曰液，曰激。二女：長適前進士陳紘，次尚幼。初君得罪時，以奏用錢爲盜，無敢辨其寃者。自君卒後，天子感悟，凡所被逐之臣復召用，皆顯列于朝。而至今無復爲君言者，宜其欲求伸於地下也，宜予述其得罪以死之詳，而使後世知其有以也。既又長言以爲之辭，庶幾并寫予之所以哀君者。其辭曰：

謂爲無力兮，孰擊而去之？謂爲有力兮，胡不反子之歸？豈彼能而此不爲。善百譽而不進兮，一毁終世以顛擠，荒孰問兮杳難知。嗟子之中兮，有韫而無施。文章發耀兮，星日光輝。雖冥冥以掩恨兮，不昭昭其永垂？

梅聖俞墓誌銘

歐陽脩

嘉祐五年，京師大疫，四月乙亥，聖俞得疾，卧城東汴陽坊。明日，朝之賢士大夫往問疾者，騶呼屬路不絶。城東之人，市者廢，行者不得往來，咸驚顧相語曰：『茲坊所居大人誰邪？何致客之多也？』居八日癸未，聖俞卒。於是賢士大夫又走吊哭如前日益多，而其尤親且舊者相與聚而謀其後事，自丞相以下皆有以賻卹其家。粤六月某日，其孤增載其柩南歸，以某年某月某日葬于某所。

聖俞，字也，其名堯臣，姓梅氏，宣州宣城人也。自其家世頗能詩，而從父詢以仕顯，至聖俞遂以詩聞。自武夫貴戚，童兒野叟，皆能道其名字。雖妄愚人不能知詩義者，直曰此世所貴也，吾能得之，用以自矜。故求者日踵門，而聖俞詩遂行天下。其初喜爲清麗閑肆平淡，久則涵演深遠，間亦琢刻以出怪巧，然氣完力餘，益老以勁。其應於人者多，故辭非一體。至於佗文章皆可喜，非如唐諸子號詩人者僻固而狹陋也。

聖俞爲人，仁厚樂易，未嘗忤於物，至其窮愁感憤，有所罵譏笑謔，一發於詩，然用以爲驩，而不怨懟，可謂君子者也。初在河南，王文康公見其文，歎曰：『二百年無此作矣。』其後大臣屢薦，宜在館閣，嘗一召試，賜進士出身，餘輒不報。嘉祐元年，翰林學士趙槩等十餘人列言于朝曰：『梅某經行修明，願得留與國子諸生講論道德，作爲雅頌，以謌詠聖化。』乃得國子監直講。三年冬，祫于太廟，御史中丞韓絳言：『天子且親祠，當更制樂章，以薦祖考，惟梅某爲宜。』亦不報。

聖俞初以從父蔭補太廟齋郎，歷桐城、河南、河陽三縣主簿，以德興縣令知建德縣，又知襄城縣，監湖州鹽稅，簽署忠武、鎮安兩軍節度判官，監永濟倉，國子監直講，累官至尚書都官員外郎。嘗奏其所撰《唐載》二十六卷，多補正舊史闕繆，乃命編修《唐書》，書成未奏而卒，享年五十有九。曾祖諱某，祖諱某，皆不仕。父諱某，太子中舍致仕，贈職方郎中。母曰仙游縣太君束氏，又曰清河縣太君張氏。初娶謝氏，再娶刁氏，封某縣君。子男五人：曰增，曰墀，曰坰，曰龜兒，一早卒。女二人：長適太廟齋郎薛通，次尚幼。聖俞學長於《毛氏詩》，爲《小傳》二十卷，其文集四十卷，注《孫子》十三卷。余嘗論其詩曰：『世謂詩人少達而多窮，蓋非詩能窮人，殆窮者而後工也。』聖俞以爲知言。銘曰：

不戚其窮，不困其鳴。不躓于艱，不履于傾。養其和平，以發厥聲。震越渾鍠，衆聽以驚。以揚其清，以播其英。以成其名，以告諸冥。

石守道墓誌銘

歐陽脩

徂徠先生姓石氏，名介，字守道，兖州奉符人也。徂徠，魯東山，而先生非隱者也，其仕嘗位於朝矣。魯之人不稱其官，而稱其德。以爲徂徠，魯之望，先生，魯人之所尊，故因其所居山，以配其有德之稱，曰徂徠先生者，魯人之志也。先生貌厚而氣完，學篤而志大，雖在畎畝，不忘天下之憂。以謂時無不可爲，爲之無不至，不在其位，則行其言。吾言用，功利施於天下，不必出乎己；吾言不用，雖獲禍咎，至死而不悔。其遇事發憤，作爲文章，極陳古今治亂成敗，以指切當世，賢愚善惡，是是非非，無所諱忌。世俗頗駭其言，由是謗議喧然，而小人尤嫉惡之，相與出力，必擠之死。先生安然，不惑不變，曰：『吾道固如是，吾勇過孟軻矣。』不幸遇疾以卒。既卒，而姦人有欲以奇禍中傷大臣者，猶指先生以起事，謂其詐死而北走契丹矣，請發棺以驗。賴天子仁聖，察其誣，得不發棺，而保全其妻子。

先生世爲農家，父諱丙，始以仕進，官至太常博士。先生年二十六，舉進士甲科，爲鄆州觀察推官、南京留守推官。御史臺辟主簿，未至，以上書論赦罷不召。秩滿，遷某軍節度掌書記。代其父官于蜀，爲嘉州軍事判官。丁内外艱，去官，垢面跣足，躬耕徂徠之下。葬其五世未葬者七十喪。服除，召入國子監直講。是時兵討元昊，久無功，海内重困，天子奮然，思欲振起威德，而進退二三大臣，增置諫官御史，所以求治之意甚鋭。先生躍然喜曰：『此盛事也，雅頌吾職，其可已乎？』乃作《慶曆聖德詩》，以褒貶大臣，分别邪正，累數百言。詩出，太山孫明復曰：『子禍始於此矣。』明復，先生之師友也。其後所謂姦人作奇禍者，乃詩之所斥也。

先生自閑居徂徠，後官于南京，常以經術教授。及在太學，益以師道自居，門人弟子從之者甚衆，太學之興，自先生始。其所爲文章，曰某集者若干卷，曰某集者若干卷。其斥佛、老、時文，則有《怪説》《中國論》，曰去此三〔四〕者，然後可以有爲。其戒姦臣、宦、女，則有《唐鑑》，曰：『吾非爲一世監也。』其餘喜怒哀樂，必見於文。其辭博辯雄偉，而憂思深遠。其爲言曰：『學者，學爲仁義也。惟忠能忘其身，信篤於自信者，乃可以力行也。』以是行於己，亦以是教於人，所謂堯、舜、禹、湯、文、武、周公、孔子、孟軻、揚雄、韓愈氏者，未嘗一日不誦於口。思與天下之士皆爲周、孔之徒，以致其君爲堯、舜之君，民爲堯、舜之民，亦未嘗一日少忘于心。至其違世驚衆，人或笑之，則曰：『吾非狂癡者也。』是以君子察其行而信其言，推其用心而哀其志。先生直講歲餘，杜祁公薦之天子，拜太子中允。今丞相韓公又薦之，乃直集賢院。又歲餘，始去太學，通判濮州。方待次于徂徠，以慶曆五年七月某日卒于家，享年四十有一。

友人廬陵歐陽脩哭之以詩，以謂待彼謗焰熄，然後先生之道明矣。先生既没，妻子凍餒不自勝。今丞相韓公與河陽富公分俸買田以活之。後二十一年，其家始克葬先生于某所。將葬，其子師訥與其門人姜潛、杜默、徐遁等來告，曰：『謗焰熄矣，可以發先生之光矣，敢請銘。』某曰：『吾詩不云乎，「子道自能久」也，何必吾銘？』遁等曰：『雖然，魯人之欲也。』乃爲之銘曰：

徂徠之巖巖，與子之德兮，魯人之所瞻。汶水之湯湯，與子之道兮，逾遠而彌長。道之難行兮，孔孟遑遑。一世之屯兮，萬世之光。曰吾不有命兮，安在夫桓魋與臧倉？自古聖賢皆然兮，噫子雖毁其何傷！

蘇明允墓誌銘

歐陽脩

有蜀君子曰蘇君，諱洵，字明允，眉州眉山人也。君之行[五]，義修於家，信於鄉里，聞於蜀之人久矣。當至和、嘉祐之間，與其二子軾、轍偕至京師，翰林學士歐陽脩得其所著書二十二篇，獻諸朝。書[六]出，而公卿士大夫争傳之。其二子舉進士，皆在高等，亦以文學稱於時。眉山在西南數千里外，一日父子隱然名動京師，而蘇氏文章遂擅天下。君之文博辯宏偉，讀者悚然想見其人。既見，而温温似不能言。及即之，與居愈久而愈可愛，間而出其所有，愈叩而愈無窮。嗚呼！可謂純明篤實之君子也。

曾祖諱某，祖諱某，父諱某，贈尚書職方員外郎，三世皆不顯。職方君三子，曰澹，曰渙，皆以文學舉進士，而君少獨不喜學，年已壯，猶不知書，職方君縱而不問，鄉閭親族皆怪之。或問其故，職方君笑而不答，君亦自如也。年二十七，始大發憤，謝其素所往來少年，閉户讀書爲文辭。歲餘，舉進士，再不中，又舉茂材異等不中，退而歎曰：『此不足爲吾學也。』悉取所爲文數百篇焚之，益閉户讀書，絶筆不爲文辭者五六年。乃大究《六經》百家之説，以考質古今治亂成敗，聖賢窮達出處之際，得其粹精，涵蓄充溢，抑而不發。久之，慨然曰可矣，由是下筆頃刻數千言，其縱横上下，出入馳驟，必造於深微而後止。蓋其稟也厚，故發之遲；志也慤，故得之精。自來京師，一時後生學者，皆尊其賢，學其文，以爲師法。以其父子俱知名，故號『老蘇』以別之。

初，脩爲上其書，召試紫微閣，辭不至，遂除試秘書省校書郎。會太常修纂建隆以來禮書，乃以爲霸州文安縣主簿，使食其禄，與陳州項城〔七〕令姚闢同修禮書，爲《太常因革禮》一百卷。書成，方奏未報，而君以疾卒，實治平三年四月某日也，享年五十有八。天子聞而哀之，特贈光禄寺丞，敕有司具舟，載其喪歸于蜀。君娶程氏，大理寺丞文應之女。生三子：曰景先〔八〕，早卒；軾，今爲某官；轍，某官。三女，皆早卒。孫曰邁，曰遲。有文集若干卷，《謚法》三卷。君善與人交，急人患難，死則卹養其孤，鄉人多德之。蓋晚而好《易》，曰：『《易》之道深矣，汩而不明者，諸儒以附會之説亂之也，去之則聖人之旨見矣。』作《易傳》，未成而卒。某年某月某日，葬于彭山之安鎮鄉可龍里。君生於遠方，而學又晚成，常歎曰：『知我者，惟吾父與歐陽公也。』然則非余誰宜銘？銘曰：

蘇顯唐世，實欒城人。以宦留眉，蕃蕃子孫。自其高曾，鄉里稱仁。偉歟明允，大發於文。亦既有文，而又有子。其存不朽，其嗣彌昌。嗚呼明允，可謂不亡！

校勘記

〔一〕『二』，底本誤作『六』，麻沙本亦然，據六十三卷本、六十四卷本改。元本《歐陽文忠公集》作『二』。

〔二〕『盧泉鄉』，底本無『鄉』字，六十三卷本、六十四卷本誤作『盧鄉泉』。元本《歐陽文忠公集》作『盧（一作靈)泉鄉」,據以校補。

〔三〕「意」,底本無,據六十三卷本、六十四卷本補。元本《歐陽文忠公集》作「意」。

〔四〕「三」,底本誤作「二」,據六十三卷本、六十四卷本、麻沙本改。元本《歐陽文忠公集》作「三」。

〔五〕「君之行」,底本無,據六十三卷本、六十四卷本補。元本《歐陽文忠公集》作「君之行」。

〔六〕「書」,底本無,據六十三卷本、六十四卷本、麻沙本補。元本《歐陽文忠公集》作「書」。

〔七〕「項城」下,麻沙本有一「縣」字。元本《歐陽文忠公集》作「縣(一無此字)」。

〔八〕「景先」,底本作「景」,六十三卷本、六十四卷本、麻沙本亦然,今據宋慶元二年周必大刻本《歐陽文忠公集》、元刻本《歐陽文忠公集》改。

新校宋文鑑卷第一百四十一

校者按：底本爲刻卷，據六十三卷本、六十四卷本、麻沙本刻卷校改。

墓誌

南陽郡君謝氏墓誌銘

歐陽脩

慶曆四年秋，予友宛陵梅聖俞來自吴興，出其哭内之詩而悲曰：『吾妻謝氏亡矣。』丐我以銘而葬焉，予未暇作。居一歲中，書七八至，未嘗不以謝氏銘爲言，且曰：『吾妻故太子賓客諱濤之女，希深之妹也。希深父子爲時聞人，而世顯榮。謝氏生於盛族，年二十以歸吾，凡十七年而卒。卒之夕，斂以嫁時之衣，甚矣吾貧可知也！然謝氏怡然處之，治其家有常法，其飲食器皿，雖不及豐侈，而必精以旨。其衣無故新，而澣濯縫紉必潔以完。所至官舍雖庳陋，而庭宇灑掃必肅以嚴。其平居語言容止，必怡以和。吾窮於世久矣，其出而幸與賢士大夫遊而樂，入則見吾妻之怡怡而忘其憂，使吾不以富貴貧賤累其心者，抑吾妻之助也。吾嘗與士大夫語，謝氏多從户屏竊聽之，間則盡能商搉其人才能賢否，及時事之得失，皆有條理。吾官吴興，或自外歸，必問曰：「今日孰與飲而樂乎？」聞其賢者也則悦，否則歎曰：「君所交皆一時賢雋，今與是人飲而歡邪？」是歲南方旱，仰見飛蝗而歎曰：「今西兵未解，天下重困，盜賊暴起於兩淮，而天旱且蝗如此，我爲婦人，死而得君葬我，幸矣！」其所以能安吾貧而不困者，其性識明而知道理多類此。其生也迫吾之貧，而没也又無以厚焉，謂惟文字可以著其不朽，且其平生尤知文章爲可貴，殁而得此，庶幾以慰其魂，且塞予悲，此吾所以請銘於子之懃也。』若此，予忍不銘？

夫人享年三十七，用夫恩封南陽縣君。二男一女。以某年七月某日卒于高郵。梅氏世葬宛陵，以貧不能歸也，某年某月某日葬于潤州之某縣某原。銘曰：

高崖斷谷兮，京口之原。山蒼水深兮，土厚而堅。居之可樂兮，卜者曰然。骨肉雖土兮，魂氣則天。何必故鄉兮，然後爲安？

張晦之墓誌銘

宋　祁

嗚呼！有宋文人張晦之之墓。晦之名景，江陵公安人。羈丱能言，長嗜學尤力。未冠涉通藝文，頗班班言當世務。貧不治産，往從崇儀使解人柳開。開〔一〕以文自名，而薦寵士類，一見歡甚，悉出家書畀之，由是屬辭益有法度。開每曰：『今日在朝廷挈囊薦笏，誰踰晦之者！』即厚遺使如京師。時富春孫僅、沛國朱嚴、成紀李庶幾，號爲豪英，晦之弊衣與游，名稱籍籍，美不容口。真聖諒闇，未即聽政，責有司精覆計偕，與者十一二，晦之名在第四，調主大名館陶簿。年少氣鋭，未能以智自將，坐公累爲吏痛詆，貶全州，會赦還。豪長者得罪，并坐所知，繼爲房、襄二州文學參軍。

晦之中廢不用，則大覃思古今，爲《洪範》《王霸》二書。常病浮圖氏怪迂誕荒，塔廟日熾。雖服儒衣冠者，皆胡言膜拜，共寵神之憖，寘《六經》反爲外典。故因事見文，爲記傳數十篇而辨析之，雖與世舛馳，而自信不跆云。康肅陳公堯咨，以西臺舍人爲本府，雅聞晦之，爲言於上，復選楚州寶應主簿。最狀應條，監司以聞，改大理評事，知泗州昭信縣。淮島傖雜，馮戾機巫，晦之剪除傍祀且百所，輸入材瓦，以完吏舍，急病職勞，邑人宜之。轉運使任其能，移掌真州榷茶務。既又請通理州事，可制已報，會遘疾終官下，年四十九，實天禧二年三月十日。

噫！世之言材而顯，善而艾，皆若可信。如晦之終始報嚮，獨大謬不然者邪？晦之幼喪二親，有終身之戚，方其間關蓬累，而竭誠盡物，克襄事焉，墓不用甓，既窆，下土實之，曰：『千歲後無爲狐兔宅，不亦善乎？』荆人高之，咸曰張氏有子矣。事崇儀也，崇儀欲以兄子妻之，未歸而亡。又委禽於唐氏，生二女子，皆有行，一男早夭。晦之即世，夫人奉柩以如許昌，將便時來南，以歲之不易，久而去室。康定元年，著作佐郎王儀太初始得襄荒柳，以某月日祔塴其先塋，從昭穆之圖，成君志也。三代之諱之行，則渤海胡旦及康肅公爲先壙之誌，若表在焉。平生文章，門人萬稱集爲二十五通。太初與晦之再世中〔二〕表，重節義然諾，且少相友善，故哀狀丐文，而畢此封樹焉。銘曰：

嚼才章兮懿淳孝，至膴仕兮難老，嗇弗予兮孰天道？蹇皇皇兮晚獲伸，發吾懷兮露珍，甫半道兮摧華輪。倚廬空兮無冢嗣，從藁殯〔三〕兮二紀，魂〔四〕煢煢兮何所止？彼戚友兮義弗違，奉輤柩兮來歸，穴虛祔兮人所悲。兄弟鮮兮立後，神茫茫兮安究，尚立言兮叁不朽。

呂獻可墓誌銘

司馬光

君諱誨，字獻可。初孤，自力爲學。家于洛陽，性沈厚，不妄交遊，洛陽士人往往不之識。登進士第，調浮梁尉，不之官。歷旌德、扶風主簿，遷雲陽令，改著作佐郎，知翼城縣，徙簽書定國軍節度判官，通判梓州事，未至官，遭母喪。服除，知大通監，兼交城縣，召入爲殿中侍御史，彈劾無所避。兖國公主，仁宗之愛女，下嫁李瑋，薄其夫家，嘗因忿恚，夜開禁門，入訴於上。獻可奏宿衛不可不嚴，公主夜叩禁門，門者不當聽入，并劾奏公主閤宦者梁懷吉、梁全一竄逐之。會有新除樞密副使者，當時人有疑論，獻可與其僚直以衆言陳上前，謂必不可留，章十七上，卒與之俱罷，獻可得知江州。久之，復召還臺。

英宗即位，改起居舍人，同知諫院。時上有疾，太后權同聽政，内侍〔五〕都知任守忠久用事於中，上之立非守忠意，乘此與其徒間搆兩宮，造播惡言，中外恟懼。獻可連上兩宮書，開陳大義，辭情切至，由是慈孝益篤，讒言不得行。上疾久未平，獻可請早建東宮，以安人心。既而上小瘳，謙默未可視〔六〕事，獻可屢乞親萬幾，攬威福，延近臣，通下情，太后間數日一御東殿，漸遠庶務，自謀安佚。會小旱，因請上親出禱雨，使外疑釋然。太后既歸政，獻可復言於上：『今雖專聽斷，太后輔佐先帝久，多閲天下事，事之大者，猶宜關白咨訪然後行，示不敢專，以報盛德。』任守忠謀不售而懼，乃更巧爲諂諛，求自入於上。獻可曰：『是不可使久處左右。』亟言上，數其前後巨惡，并其黨史昭錫竄於南方。因上言：『大姦已去，其餘嚮日憑恃無禮者，宜一切縱捨勿念，以安反側。』頃之，以兵部員外郎兼侍御史知雜事。執政建言，欲如漢氏故事，推尊濮安懿王。獻可率僚屬極陳其不可，且請治執政之罪，積十餘章，不聽，乃求自貶，又十餘章，懷知雜御史敕告，納上前曰：『臣言不効，不敢居其位。』上重違大臣，又嘉臺官敢直言，章留中不下，還其敕告，屢詔令就職。獻可與僚屬具録所上奏草，納中書，稱不敢奉詔，固請即罪。上不得已，聽以本官出知蘄州。已而徙知晋州。

今上即位，加集賢殿修撰，知河中府。未幾，召爲刑部郎中，充鹽鐵副使。上素聞其彊直，擢爲天章閣待制，復知諫院，遷諫議大夫，權御史中丞。是時有侍臣棄官家居者，朝野稱其材，以爲古今少倫，天子引參大政，衆皆喜於得人。獻可獨以爲不然，衆莫不怪之。居無何，新爲政者恃其材，棄衆任己，厭常爲奇，多變更祖宗法，專汲汲斂民財，所愛信引拔，時或非其人，天下大〔七〕失望。獻可屢争不能得，乃抗章悉條其過失，且曰：『誤天下蒼生必此人，如久居廟堂，必無安静之理。』又曰：『天下本無事，但庸人擾之。』上遣使諭解，獻可執之愈堅，乃罷中丞，出知鄧州。雖在外，遇朝廷有大得失，猶言之不置。會疾，奏乞閑官歸鄉里，朝旨未許，乃乞致仕，詔提舉西京崇福宫。到官，又乞致仕，許之。以熙寧四年五月甲午終於家，年五十有八。

初，正惠公薨，其家日益貧。獻可既仕，常分俸之半，以給宗族孤嫠者，室無餘資，所以自奉養至儉薄。其治民，主於愛利而疾姦暴，大抵槩以公平，故所至人安之。屢爲言職，其奏草存可見者，凡二百八十有九。歷觀古人，有能得其一二，已可載之列傳，垂示後世，在獻可曾何足道？今特舉其事繫安危者書之，至於進對口陳之語，不可得而聞也。前後三逐，皆以迕犯大臣，所與敵者，莫非秉大權，天子所信嚮，氣勢軋天下。獻可視之，若無所睹，正色直辭，指救其非，不去不已，旁側爲之股慄，而獻可處之自如。平居容貌語言，恂恂和易，使之不得位於朝，人不過以謹厚長者名之而已矣。及遇事，苟義所當爲，疾趨徑前，如救焚溺。所不當爲，畏避遠去，如顧陷穽，惟恐墜焉。晚年病卧洛陽，猶旦夕憤嘆，以天下事爲憂，過於在位任其責者，曾不念其身之病，子孫之貧也。嗚呼！今之世，愛君憂民發於心，無所爲而爲之，可已而不已，始終不變，有如獻可者，能幾人耶？故其殁之日，天下識〔八〕不識，皆咨嗟痛惜，彼其心豈獨私於獻可哉？

獻可始娶張氏，故丞相鄧公之孫；後娶時氏，故御史旦之孫，封同安郡君。四男：長曰由庚，金水主簿；次曰由聖、由禮、由誠，皆將作監主簿。六女：長適羅山令鞠丞之，次蚤卒，次適光禄寺丞吴安詩，次適進士姚輝，處者二人。以其年八月二十日，葬於伊闕縣神陰鄉中費里先塋之西。獻可病亟，爲手書命光爲埋文。光往省之，至則目且瞑，光伏呼曰：『更有以見屬乎？』張目强視曰：『無。』光出門，而獻可殁。噫！如光者，烏足以副獻可之所待耶？顧義不得辭，哭而爲銘曰：

有宋名臣，吕正惠公之孫，以忠直敢言，克紹其門。位則不究，道則不負，年則不壽，名則不朽。嗚呼！爲人臣，爲人嗣，始終無愧，能底于是，可謂備矣。

葛源墓誌銘

王安石

葛，公姓也，源，名也，宗聖，字也。處州之麗水，公所生也。明州之鄞，後所遷也。貫，曾大考。遇，大考也。旺，累贈都官郎中，考也。進士，公所起也。洪州左司理參軍，吉州太和縣主簿，江州德化縣令，監興國茶場，威武軍節度推官，知廣州四會縣，著作佐郎，知開封府雍丘縣，祕書丞，知泉州同安縣，太常博士，通判建州，屯田員外郎，知慶成軍，都官員外郎，知南劔州，司封員外郎，祠部郎中，江浙、荆湖、福建、廣南提點銀銅坑冶鑄錢，度支郎中，荆湖北路提點刑獄，此公之所閱官也。

州將之甥與異母兄毆人，而甥殺之。州將脅公曰：『兩人者皆吾甥，而殺人者乃其兄也，我知之。彼大姓也，無爲有司所誤。不然，此獄也將必覆。』公劾不爲變。此公之爲司理參軍也。

州符徙吉州，行令事，佗日令始至，大猾吏輒誘民數百訟庭下，設變詐以動令，如此數日，令厭事，則事常在吏矣。公至，立訟者兩廡下，取其狀，視有如吏所爲者，使自書所訴，不能書者吏受之，往往不能如狀，窮輒曰：『我不知爲此，乃某吏教我所爲。』悉捕劾，致之法，訟以故少，吏亦終不得其意。毛氏寡婦告其子，以恩義説之不得，即使人徵捕得之，與間語者驗其對，乃書寡婦告者也，窮治，具服爲謀私其子孫。距州溪水惡，而歲租幾千萬碩，舟善敗，民以輸爲愁。公始議縣置倉以受輸，則官漕之亦便，州不聽，公論之不已，倉成，至今賴其利。此公之爲主簿也。

中貴人擊驛吏，取所給過家，以言府，府不敢劾。公曰：『中貴人何憚？爲吾民而有陵之者，吾亦耻之。』上書論其事，中貴人坐絀。此公之爲縣於雍丘也。

屬吏常有隙於公，同進者因譏之，公察其旨，不聽，以爲舉首。此公之爲州於南劒也。

鑄錢歲十六萬，其所施置，後以爲法程。此公之爲銀銅坑冶鑄錢也。

鄂州崇陽大姓，與人妻謀而殺其夫，州受賕，出之。公使再劾，劾者又受賕，獄如初，而公終以爲不直。其弟訴之轉運使，雖他在事者亦莫不以爲冤，復置之獄，卒得其姦賕狀，論如法。此公之爲提點刑獄也。

甲子四百三十五，公所享年也。至和元年六月乙未，卒之年月日也。潤州之丹徒縣長樂鄉顯陽村，公所葬也。嘉祐元年十月壬申，葬之年月日也。鄉邑孫氏，今祔以葬者，公元配也。萬年縣君范陽盧氏，公繼配也。良肱、良佐、良嗣，公子也。妻太常博士黄知良，曰金華縣君，公女也。起進士，爲越州餘姚縣尉，主公之喪，而請銘以葬者，良嗣也。論次其所得於良嗣，而爲之銘者，臨川王安石也。銘曰：

士竅以養交兮，弛官之不忌。維公之所至兮，樂職嗜事。彼能顯聞兮，公則不晰。不銘示後兮，孰勸爲瘁？

蘇安世墓誌銘

王安石

慶曆五年，河北都轉運使龍圖閣〔九〕直學士信都歐陽脩以言事切直，爲權貴人所怒，因其孤甥女子有獄，誣以姦利事。天子使三司户部判官太常博士武功蘇君，與中貴人雜治。當是時，權貴人連内外諸怨惡脩者，爲惡言欲傾脩，鋭甚。天下洶洶，必脩不能自脱。蘇君卒白上曰：『脩無罪，言者誣之耳。』於是權貴人大怒，誣君以不直，絀使爲殿中丞、泰州監税。然天子遂寤，言者不得意，而脩等皆無恙。蘇君以此名聞天下。嗟乎！以忠爲不忠，而誅不當於有罪，人主之大戒。然古之陷此者相隨屬，以有左右之讒，而無如蘇君之救，是以卒至於敗亡而不寤。然則蘇君一動，其於天下豈小也〔一〇〕哉？蘇君既出逐，權貴人更用事，凡五年之間再赦，而君六徙，東西南北，水陸奔走輒萬里，其心恬然，無有怨悔，遇事强果，未嘗少屈。蓋孔子所謂剛者，殆蘇君矣。

蘇君之仁與智，又有足稱者。嘗通判陜府，當葛懷敏之敗，邊告急，樞密使取道路戍還之卒再戍，大怨，即讙聚謀爲變。吏白閉城，城中無一人敢出，君徐以一騎出卒間，諭止之，而以便宜還使者。戍卒喜曰：『微蘇君，吾不得生。』陜人曰：『微蘇君，吾其掠死矣。』有令刺陜西之民以爲兵，敗亡者死。既而亡者得，有司治之以死，而君輒縱去，言上曰：『令民以死者，爲事不集也。事集矣，而亡者猶不赦，恐其衆相聚而爲盜。惟朝廷幸哀憐愚民，使得自反。』天子以君言爲然，而三十州之亡者皆不死。其後知坊州，州稅賦之無歸者，里正代爲之輸，歲弊大家數十。君鈎治使歸其主，坊人不憂爲里正，自蘇君始也。

蘇君諱安世，字夢得，其先武功人，後徙蜀，蜀亡歸于京師，今爲開封人也。曾大考諱進之〔一二〕，率府副率。大考諱繼，殿直。考諱咸熙，贈都官郎中。君以進士起，起三十二年，其卒年五十九。爲廣西轉運使，而官止於屯田員外郎者，以君十五年不求磨勘也。君娶南陽葉氏，又娶清河某氏。子四人：台文，永州推官；祥文，太廟齋郎；炳文，試將作監主簿；彦文，未仕。女子五人：適進士會稽江松，單州魚臺縣尉江山趙楊，三人尚幼。君既卒之三年，嘉祐二年十月庚午，其子葬君揚州之江都東興寧鄉馬坊村。而太常博士知常州軍州事臨川王安石爲銘曰：

皇有四極，周綏以福。使維蘇君，奠我南服。元元蘇君，不圓其方。不晦其名，君子之剛。

其枉在人，我得吾直。誰懟誰愠？祗天之役。日月有丘，其下冥冥。昭君無窮，安石之銘。

許平墓誌銘

王安石

君諱平，字秉之，姓許氏。余嘗譜其世家，所謂今泰州海陵縣主簿者也。君既與兄元相友愛稱天下，而自少卓犖不羈，善辨説，與其兄俱以智略爲當世大人之所器。寶元時，朝廷開方略之選，以招天下異能之士，而陝西大帥范文正公、鄭文肅公争以君所爲書以薦，於是得召試爲太廟齋郎，已而選泰州海陵縣主簿。貴人多薦君有大才，可試以事，不宜棄之州縣。君亦常慨然自許，欲有所爲，然終不得一用其智能以卒。噫！其可哀也已。士固有離世異俗，獨行其意，譏駡[一二]笑侮，困辱而不悔，彼皆無衆人之求，而有所待於後世者也，其齟齬固宜。若夫智謀功名之士，窺時俯仰，以赴勢物之會，而輒不遇者，乃亦不可勝數。辯足以移萬物，而窮於用説之時；謀足以奪三軍，而辱於右武之國，此又何説哉？嗟乎！彼有所待而不悔者，其知之矣。

君年五十九，以嘉祐某年某月某甲子，葬真州之揚子縣甘露鄉某所之原。夫人李氏。子男瓌，不仕；璋，真州司户參軍；琦，太廟齋郎；琳，進士。女子五人，已嫁者二人，進士周奉先，泰州泰興縣令陶舜元。銘曰：

有拔而起之，莫擠而止之。嗚呼許君！而已於斯，誰或使之？

陳比部墓誌銘

王安石

陳晉公有子五人，其一人，今宰相是也。公，晉公之中子，而今宰相弟。晉公諱恕，事始卒在史官。公諱某，字某，九歲用晉公恩守祕書省校書郎。晉公薨，恩改太常寺奉禮郎。服除，久之，會封禪，恩改大理評事，監鳳翔府酒稅。又會祀汾陰，改衛尉寺丞。歸，以最升知邵武之邵武縣。獻文章，得試學士院，宰相才之，議與科名。公固辭：『親在，願得進官職也，不願得科名。』從之。通判秀州，改大理寺丞。歸，又獻文章，表乞治劇郡，得淮陽軍，改太子中舍。今上即位，恩加改殿中丞，是歲賜緋衣銀魚，知臨江軍。還，得睦州。薦者數人，天子以公名屬審官云，徙知遂州。以齊國太夫人疾，辭還，改虞部員外郎。上便宜數事，得引對，因自贊，天子欲稍進用之，而遭齊國太夫人之喪以去。居無何，睦州人王稷上書斥公，赦前數事，服除，猶坐是監虔州稅。明道元年，恩改比部員外郎，通判建州，改駕部，用舉者徙知吉州，坐法免。起爲比部，監泗州糧料院，又坐法免。起爲虞部，監饒州錢監，復得比部。歸，羈居京師，久之，乃出監江陰軍酒稅。道疾病，上書自言：『先臣恕得幸先皇帝，至大臣。臣階先臣以得仕，屢進所學，蒙記識。方壯少時，頗汲汲欲自奮，收一日之効，以卒事陛下之分。而孤行單立，無黨友之助。又薄命不幸，數遭小人，以見困蹷，負先臣餘教，辱陛下器使之恩。今老矣，念終無以報盛德，其心媿耻，夙夜憂畏，以故得疾。病且死，無田園以歸，無强有力子弟以養，唯男一人世昌，去年爲進士，得嘉慶縣〔一三〕院解。臣兄在中書，奏不得試禮部。今當爲遠官，去臣旁遠甚。陛下憐之，幸聽臣分司，改世昌蘇、常間一官，以卒養臣，天地之賜也。臣誠窮，即無自言，誰當爲臣言者乎？』書入未報，竟卒於江寧，得年若干，時某年月也。

夫人某氏。子男兩人：世昌，泉之晉江主簿；次世長，前死。女兩人，皆已嫁。主簿將以某年月葬公某處。葬有日，使來乞銘。初，公爲臨江軍，先君爲之佐。其後二十五年，安石得主簿於淮南，而兄事之，仍世有好，義不可以辭無銘也。

公名臣子，少壯得美仕，間以文藝自進，意自以爲且貴富，世其家，而遭平世，槩以文法持臣下，故其材不得有所肆，而卒以齟齬窮。其感激怨懟，往往見於文辭。主簿離其藁爲二十卷，讀之，知其心之所存也。而其求分司語尤悲，因掇其大槩而存之。噫，其亦可悲也夫！銘曰：

於此有木焉，一本而中分。其材均，樹之時又均。或斷而焚，或剖以爲犧尊。誰令然耶？其偶然邪？吾又何嗟！

王深甫墓誌銘

王安石

吾友深父，書足以致其言，言足以遂其志，志欲以聖人之道爲己任，蓋非至於命弗止也。故不爲小廉曲謹，以投衆人耳目，而取舍進退去就必度於仁義。世皆稱其學問文章行治，然真知其人者不多，而多見謂迂闊不足趨時合變。嗟乎！乃是所以爲深父也。令深父而有以合乎彼，則必無以同乎此矣。

嘗獨以謂天之生夫人也，殆將以壽考成其才，使有待而後顯，以施澤於天下。或者誘其言，以明先王之道，覺後世之民。嗚呼！孰以爲道不任於天，德不酬於人，而今死矣。甚哉，聖人君子難知也！以孟軻之聖，而弟子所願止於管仲、晏嬰，況餘人乎？至於揚雄，尤當世之所賤簡，其爲門人者，一侯芭而已。芭稱雄書，以爲勝《周易》。《易》不可勝也，芭尚不爲知雄者。而人皆曰：古之人生無所遇合，至其没久而後世莫不知。若軻、雄者，其没皆過千歲，讀其書知其意者甚少，則後世所謂知者，未必真也。夫此兩人以老而終，幸能著書，書具在，然尚如此。嗟乎！深父其智雖能知軻，其於爲雄雖幾可以無悔，然其志未就，其書未具，而既早死，豈特無所遇於今，又將無所傳於後。天之生夫人也，而命之如此，蓋非余所能知也。

深父諱回，本河南王氏，其後自光州之固始，遷福州之侯官，爲侯官人者三世。曾祖諱某，某官。祖諱某，某官。考諱某，尚書兵部員外郎。兵部葬潁州之汝陰，故今爲汝陰人。深父嘗以進士補亳州衛真縣主簿，歲餘自免去。有勸之仕者，輒辭以養母。其卒以治平二年七月二十八日，年四十三。於是，朝廷用薦者以爲某軍節度推官，知陳州南頓縣事，書下，而深父死矣。夫人曾氏，先若干日卒。子男一人，某。女二人，皆尚幼。諸弟以某年某月某日，葬深父某縣某鄉某里，以曾氏祔。銘曰：

嗚呼深父！維德之仔肩，以迪祖武。厥艱荒遐，力必踐取。莫吾知庸，亦莫吾侮。神則尚友，歸形此土。

趙師旦墓誌銘

王安石

儂智高反廣南，攻破諸州，州將之以義死者二人，而康州趙君，余嘗知其爲賢者也。君用叔祖蔭試將作監主簿，遷許州陽翟縣主簿、潭州司法參軍，數以公事抗轉運使，連劾奏君，而州將爲君訟於朝，以故得無坐。用舉者爲温州樂清縣令，又用舉者就除寧海軍節度推官，知衢州江山縣。斷治出己，當於民心，而吏不能得民一錢。棄物道上，人無敢取者。余嘗至衢州，而君之去江山蓋已久矣，衢人尚思君之所爲，而稱説之不容口。又用舉者改大理寺丞，知徐州彭城縣。祀明堂，恩改太子右贊善大夫，移知康州。至二月，而儂智高來攻，君悉其卒三百以戰，智高爲之少却。是夜，君顧夫人取州印佩之，使負其子以匿，曰：『明日賊必大至，吾知不敵，然不可以去，汝留死無爲也。』明日，戰不勝，遂抗賊以死。於是，君年四十二。兵馬監押馬貴者，與卒三百人亦皆死，而無一人亡者。初，君戰時，馬貴惶擾，至不能食飲，君獨飽如平時。至夜，貴卧不能著寢，君即大鼾，比明而後寤。夫死生之故亦大矣，而君所以處之如此，嗚呼！其於義與命，可謂能安之矣。君死之後二日，而州司理譚必始爲之棺斂。又百日而君弟至，遂護其喪歸葬至江山。江山人老幼相攜扶祭哭，其迎君喪有數百里者。而康州之人，亦請於安撫使，而爲君置屋以祠。安撫使以君之事聞天子，贈君光禄少卿，官其一子覲右侍禁，官其弟子試將作監主簿，又以其弟潤州録事參軍師陟爲大理寺丞，簽書泰州軍事判官廳公事。

君諱師旦，字潛叔，其先單州之成武人。曾祖諱晟，贈太師。祖諱和，尚書比部郎中，贈光禄少卿。考諱應言，太常博士，贈尚書屯田郎中。自君之祖始去成武，而葬楚州之山陽，故今爲山陽人。而君弟以嘉祐五年正月十六日葬君山陽上鄉仁和之原。於是夫人王氏亦卒矣，遂舉其喪以祔。銘曰：

可以無禍，有功於時。玩君安榮，相顧莫爲。誰其視死〔一四〕，高蹈不疑？嗚呼康州！銘以昭之。

校勘記

〔一〕「開」，底本無，據六十三卷本、六十四卷本補。清《武英殿聚珍版叢書》本《景文集》作「開」。

〔二〕「中」，底本無，六十三卷本、六十四卷本、麻沙本亦然，據清《武英殿聚珍版叢書》本《景文集》補。

〔三〕「殯」，底本誤作「嬪」，據六十三卷本、六十四卷本、麻沙本改。清《武英殿聚珍版叢書》本《景文集》作「殯」。

〔四〕「魂」，麻沙本作「夢」。清《武英殿聚珍版叢書》本《景文集》作「魂」。

〔五〕「内侍」下，麻沙本有一「郎」字。宋紹興本《温國文正公文集》無「郎」字。

〔六〕「視」，六十三卷本、六十四卷本作「否」。宋紹興本《温國文正公文集》作「否」。

〔七〕「大」，底本無，據六十三卷本、六十四卷本補。宋紹興本《温國文正公文集》作「大」。

〔八〕「識」下，六十三卷本、六十四卷本有一「與」字。宋紹興本《温國文正公文集》無「與」字。

〔九〕「閡」，底本無，據六十三卷本、六十四卷本補。宋刻元明遞修本《臨川先生文集》、明嘉靖刊本《臨川先生文集》作「閡」。

〔一〇〕「小也」，六十三卷本、六十四卷本作「小補」。宋刻元明遞修本《臨川先生文集》、明嘉靖刊本《臨川先生文集》作「小也」。

〔一一〕「諱」，底本無，據六十三卷本、六十四卷本補。宋刻元明遞修本《臨川先生文集》、明嘉靖刊本《臨川先生文集》作「諱」。「進之」，底本脱「之」字，六十三卷本、六十四卷本、麻沙本亦然，據宋刻元明遞修本《臨川先生文集》、明嘉靖刊本《臨川先生文集》補。

〔一二〕「譏罵」，底本作「勢譏」，麻沙本作「置譏」，據六十三卷本、六十四卷本改。宋刻元明遞修本《臨川先生文集》、明嘉靖刊本《臨川先生文集》作「罵譏」。

〔一三〕「縣」，六十三卷本、六十四卷本無。宋刻元明遞修本《臨川先生文集》、明嘉靖刊本《臨川先生文集》亦無。

〔一四〕「視死」，底本空缺，據六十三卷本、六十四卷本、麻沙本補。宋刻元明遞修本《臨川先生文集》、明嘉靖刊本《臨川先生文集》作「視死」。

新校宋文鑑卷第一百四十二

校者按：底本此卷抄配，據六十三卷本、六十四卷本、麻沙本刻卷校改。

墓誌

孔寧極墓誌銘

王安石

先生諱旼，字寧極，睦州桐廬縣尉諱詢之曾孫，贈國子博士諱延滔之孫，尚書都官員外郎諱昭亮之子。自都官而上，至孔子四十五世。先生嘗欲舉進士，已而悔曰：『吾豈有不得已於此邪？』遂居于汝州之龍興山，而上葬其親於汝。汝人争訟之不可平者，不聽有司，而聽先生之一言，不羞犯有司之刑，而以不得於先生爲恥。慶曆七年，詔求天下行義之士，而守臣以先生應詔。於是朝廷賜之米帛，又敕州縣除其雜賦。嘉祐三年，近臣多言先生有道德可用，而執政度以爲不肯屈，除守秘書省校書郎致仕。四年，近臣又多以爲言，乃召以爲國子監直講。先生辭，乃除守光禄寺丞致仕。五年，大臣有請先生爲其屬縣者，於是天子以知汝州龍興縣事。先生又辭，辭未聽，而六月某日先生終於家，年六十七。大臣有爲之請命者，乃特贈太常丞。

至七年月日，弟嗎葬先生於堯山都官之兆，而以夫人李氏祔。李氏，故大理評事昌符之女。生一女，嫁爲士人妻，而先物故。

先生事父母至孝，居喪如禮。遇人恂恂，雖僕奴〔一〕不忍以辭氣加焉。衣食與田桑有餘，輒以賙其鄉里，貸而後不能償者，未嘗問也。未嘗疑人，人亦以故不忍欺之。而世之傳先生者多異，學士大夫有知而能言者。蓋先生孝弟忠信，無求於世，足以使其鄉人畏服之如此，而先生未嘗爲異也。先生博學，尤喜《易》，未嘗著書，獨《大衍》一篇傳於世。考其行治，非有得於內，其孰能致此邪？當漢之東徙，高守節之士，而亦以故成俗，故當世處士之間，獨多於後世。乃至於今，知名爲〔二〕賢而處者，蓋亦無有幾人，豈世之所不尚，遂湮没而無聞？抑士之趨操，亦有待於世邪？若先生，固不爲有待於世，而卓然自見於時，豈非所謂豪傑之士者哉，其可銘也已！銘曰：

有入而不出，以身易物。有往而不反，以私其佚。嗚呼先生！好潔而無尤。匪佚之爲私，維志之求。

戚舜臣墓誌銘

曾　鞏

余觀三王所以教天下之士而至於節文之者，知士之出於其時者，皆世其道德，蓋有以然也。去三王千數百年之間，教法既已壞，士之學行世其家，若漢之袁氏、楊氏、陳氏，唐之柳氏，其操義風槩，有以厲天下、矯異世否耶？以余所聞，若宋之戚氏，其事可以次敘焉。公，其家子也。敘曰：

公，宋之楚丘人。大父諱同文，唐天祐元年生，歷五代入宋，皆不仕，以文學義行爲學者師。殁，其徒相與號爲正素先生，後以子貴，贈兵部侍郎。考諱綸，事太宗、真宗，以賢能爲樞密直學士，與其兄職方郎中維以友愛聞。祥符、天禧之間，學士以論天書絀，而郎中蓋亦舉賢良不就，以爲曹國翊善，不合去。蓋其父子兄弟之出處如此。學士後以子貴，贈司徒。

公名舜臣，字世佐，司徒之少子也。恭謹恂恂，舉措必以禮，擇然後出言。與其兄某官舜賓，某官舜舉，復以友愛，能帥其家，有先人法度。聞自天祐至今，百有五十餘年，天下六易，士之名一能，守一善，或身不終，或至子孫而失者多矣，而戚氏之世德獨久如此，何其盛也！然世之談者，方多人之闒子儉孫，隆名極位，世世苟得者，以爲能守其業，是本何理哉？公少以蔭補將作監主簿，然三十猶在司徒之側，司徒終而貧，乃出監雍丘〔三〕稅，又監衢州酒，遷知舒州太湖縣，兼提舉茶場。治有惠愛，民乞留，從之，後三年乃得代。獻詩，言賦茶之苛，歲用萬數〔四〕，願棄勿採，以感動當世。歸，監在京鹽院，言鹽之利，宜通商，聽之。出通判泗州，能使轉運使不能以暴斂侵其民，而民之養父〔五〕者得以其義貰死。又通判濮州，當王則反於貝，民相驚幾亂，公斬一人搖濮中者，驚乃止。已而提點刑獄以爲功，得改官，公自不言。轉知撫州，其治大方，務除苛去煩，州之詭祠有太常號者，祠至百餘所，公悉除之，民大化服。徙知南安軍，至未及有所施爲，而公蓋已病矣。皇祐四年六月七日卒於官，年五十有七。自主簿凡十一遷其官，至尚書虞部郎中。公濮州之歸也，以其屬與公之配陳氏，凡十三喪，葬宋之北原。皇祐六年正月八日，公之子師道遂以公從陳氏葬。

戚氏者，衛之大夫孫文子食於河上之邑曰戚，爲姬姓之後。至後世失其所食邑，而更自別曰戚氏。漢有以郎從高祖、封臨轅侯者，曰戚鰓，鰓侯四世而失。梁有以《三禮》爲博士、入陳卒者，曰戚袞，袞稱吴郡鹽官人〔六〕。侍郎之曾祖曰遠，祖曰琮，父曰圭。其譜曰：琮自長豐之戚孫徙居楚丘，故今爲楚丘人。此戚氏之先後可見者也。觀公之守其業者，可以知其恭。觀公之施於事者，可以知其厚矣。然人〔七〕亦少有能愛之者，蓋世之爲聰明立聲威者，雖荒謾〔八〕悖冒，無不遇於世。至恭讓質直，不能馳騁，而遇困躓者，獨不可稱數，余甚異焉。夫赴時趣務，則材者固亦重矣。而立人成俗，則潔身積行，豈可輕也哉？然時之取捨若此，亦其不幸不遇，處之各適其理也。銘曰：

隆隆戚宗自姬出，臨轅鹽官耀名實。侍郎家梁自祖琮，違世恬幽樹儒術。司徒郎中藝且賢，詆符繩公事魁崛。恂恂南安得家規，莊容毖辭若遵律。盛哉徽名後宜聞，刻銘方珉告幽室。

錢純老墓誌銘

曾鞏

公錢氏，世故爲王家，有吴越之地。五世祖鏐，號武肅王。高祖元瓘，文穆王。曾祖儼，昭化軍節度使。祖昭慈，贈左衛將軍。考順之，左侍禁閤門祇候，贈尚書刑部侍郎。公應説書進士、賢良方正，能直言極諫，皆中其科。歷宣州旌德縣尉，大理寺丞，殿中丞，太常博士，尚書祠部司封，度支員外郎〔九〕，工部郎中，换朝奉大夫，充國子監直講，編校集賢院書籍，遷祕閣校理，選爲修《英宗實録》院檢討官，直舍人院，同修《起居注》，遂知制誥，直學士院，遷樞密直學士，翰林侍讀學士。嘗〔一〇〕通判秀州，知婺州，入判尚書考功，改開封府判官，出知鄧州，入判尚書吏部流内銓，兼判集賢院，又兼判軍器監，兼提舉司天監公事。

公幼孤，家貧母嫁，既長，還依其族之大人。刻勵就學，并日夜，忘寢食，於書無所不治，已通其大旨。至於分章別句，類數辨名，叢細委曲，無不究盡。其見於文辭，閎放雋偉，故出而與天下之士挾其所有，較於有司，常出衆上，以其〔一一〕故名動一時。其爲尉，及爲秀、婺、鄧州，皆有治行。秀州擊姦仆彊，果於力行〔一二〕。婺、鄧更革弛壞，理具設張。爲直講，以能教誘，學者歸之。爲校理，屬英宗之初，慈聖光獻皇后聽政，公三上書，請還政天子。爲吏部，謹繩墨，選者稱其平。爲開封，以慈恕簡静爲體，不求智名以投世取顯。爲公屬者，有不與公合，然公遇之未嘗有厚薄意，士以此多公，而爲公屬者後卒亦心服也。公於衆不矯矯爲異，亦不翕翕爲同，以其故人莫〔一三〕能親踈。至於勢利之際，人所競逐，公方隤然，迹與衆遠，故雖有夸者，亦不以公爲可忌也。公之爲判官也，府嘗有獄，或探大臣〔一四〕意，謂欲有所附致，公不爲動，徐論其意而已。公平居樂易無崖岸，及至有所特立，人固有所不能及者，類如此也。公爲人謹畏清約，與人交淡然，久而後知其篤也。

公之先既籍疆土歸天子，其後至昭化守和州，十有八年以卒，詔葬和州，子孫因家焉。至公，始葬其母於蘇州吴縣龍岡村之天平山，故今又爲蘇州人。公諱藻，字純老，封仁和縣開國伯，賜服金紫。年六十有一，元豐五年正月庚寅卒于位。某年某月某甲子葬天平山，從其母永嘉郡太君〔一五〕丁氏之兆。公妻孫氏，泰興縣君。男曰某，曰某，蚤世；曰崞，某官。孫曰某，某官。公卒，上馳使臨視其家，知其貧，特賜錢五十萬，而官其弟若子孫凡三人。公與余嘗爲僚，相善，其且歿，以遺事屬余，而其家因來乞銘。銘曰：

錢姓武王，五世之孫。開迹東南，以學以文。學則知經，文則能賦。矧曰方聞，揚聲天路。
廼校中書，廼掌帝制。廼列禁林，從容諷議。治己伊何？維直而清。治人伊何？維簡而平。
人以怒遷，公能自克。人以利回，公能不惑。士夫所望，天子所器。胡不百年？胡不三事？
龍岡之宅，考卜維新。公安于此，尚利後人。

孫適墓誌銘

曾鞏

黟縣之孫氏，有起進士，爲尚書工部郎中、廣南西路轉運使以卒者，諱抗，以文學見於世，其葬在黟之上林。有子亦起進士，爲永州〔一六〕推官以卒，卒時年二十有八者，諱適，亦以文學見稱〔一七〕，其葬在其父之左。將葬，其弟邈以告，而乞銘於南豐曾鞏。其敘曰：

孫氏世家富春，唐有徙歙之黟縣者，諱師睦，始自別爲黟縣之孫氏。師睦生諱延緒，延緒生諱〔一八〕旦，旦生諱遂良，以子恩爲尚書職方員外郎。職方生工部，工部實生君。君年十有四，辭親學問江東，已有聞於人，往從臨川王安石受學，安石稱之。後主越州上虞簿，去，以父恩得永州。父卒，萬里致喪，疾不忍廢事。既葬，攜扶幼老，將就食淮南，疾益革，卒於池州大安鎮，實至和二年。始工部爲御史，不合而出，及使南方，僕且起，遽卒。君尤自力學行，謂蘊必發，其在君，又止此。君於學問，好其治亂得失之説，不狃近卑。於爲文，以古爲歸，不夸以浮。雖素羸不廢書，雖進不怠以止。既肆而通矣，而不得極其至。其銘曰：

孫世來黟，拔身艱故。爲世聞家，始自工部。工部孰有？有書百篇。永州之學，自其父傳。其果以力，其敏以明。内有其質，外以華英。再以不就，其後當侈。君不有子，君多兄弟。

沈率府墓誌銘

曾鞏

君諱某，字某，姓沈氏。自太子家令約家於吴興，故世爲吴興人。至君之大父諱某，考諱某，始自吴興之東林徙家於錢塘，故今爲錢塘人。君以宗室密州觀察使宗旦恩，即其家得爲太子右清道率府副率致仕。又以祀明堂恩，遷太子右司禦率府副率，兼官檢校國子祭酒，兼監察御史，階銀青光禄大夫，勳武騎尉。蓋密州觀察使宗旦者，今天子之姪，潞王之孫，而其母夫人，蓋君之姪也。

君爲人質樸無外飾，其居鄉間，寬然長者也。其事父兄，能力以嚴，睬族人，能愛以均。雖饒財爲大家，而衣服飲食自與尤寡約。至人有急歸我，則推財赴之，無錙銖顧惜意。隣里歲飢，輒發倉以救人。有欺其財者，皆不校。既老，治其家事不肯懈，曰：『吾先人之所以付我也。』處其子孫不以逸，曰：『所以使汝守吾先人之法也。』嘉祐二年三月一日以疾卒于家，享年七十有六。其年十一月十五日，葬錢塘之西城。初娶吴氏，再娶車氏，某縣君。其葬也，吴氏實從。子三人：曰曄，曰畹，曰時。孫八人：曰沔，曰溱，曰沂，曰淑，曰灌，曰湜，曰漸，曰渥。曾孫三人：曰師揚，曰師荀，曰師軻。時、沔、沂皆舉進士，餘亦皆有學行，蓋君之教也。銘曰：

赫赫宗子，保藩于密。天子曰嘻，汝惟沈出。予假汝寵，錫其外親。東宫之屬，有長衛軍。命君于家，俾休其老。以偃以側，服章華好。天子命我，匪我有求。隤然順退，媢于林丘。不藴于機，不阻爲畦。曰遠無仇，曰近無疵。里巷之依，惟此令人。流問餘澤，化其子孫。惟身之祥，既壽而康。惟後之祥，宜熾而昌。惟墓有域，其藏有石。刻此銘詩，昭示無極。

校勘記

〔一〕「僕奴」，底本作「奴僕」，據六十三卷本、六十四卷本、麻沙本改。宋刻元明遞修本《臨川先生文集》、明嘉靖刊本《臨川先生文集》作「僕奴」。

〔二〕「爲」，底本無，據六十三卷本、六十四卷本補。宋刻元明遞修本《臨川先生文集》、明嘉靖刊本《臨川先生文集》作「爲」。

〔三〕「丘」，底本作「州」，據六十三卷本、六十四卷本、麻沙本改。元本《元豐類稿》作「丘」。

〔四〕「數」，底本空缺，六十三卷本、六十四卷本、麻沙本作「杖」，元本《元豐類稿》作「數」，據本集補。

〔五〕「父」，底本作「人」，據六十三卷本、六十四卷本改。元本《元豐類稿》作「其父」。

〔六〕「人」，底本空缺，據六十三卷本、六十四卷本、麻沙本補。元本《元豐類稿》作「人」。

〔七〕「人」，底本無，據六十三卷本、六十四卷本、麻沙本補。元本《元豐類稿》作「人」。

〔八〕「諼」，底本作「慢」，據六十三卷本、六十四卷本、麻沙本改。元本《元豐類稿》作「諼」。

〔九〕「尚書祠部司封，度支員外郎」，底本「祠部」下有一「度」字，據六十三卷本、六十四卷本、麻沙本删。元本《元豐類稿》作「尚書司部度支司封，員外郎」。

〔一〇〕「嘗」，底本誤作「掌」，據六十三卷本、六十四卷本、麻沙本改。元本《元豐類稿》作「嘗」。

〔一一〕「其」，底本作此，據六十三卷本、六十四卷本、麻沙本改。元本《元豐類稿》作「其」。

〔一二〕以上自『婺、鄧州』至『果於力行』，凡十七字，底本無，據六十三卷本、六十四卷本補。元本《元豐類稿》有此十七字。

〔一三〕『莫』，六十三卷本、六十四卷本皆空缺一字格。元本《元豐類稿》作『莫』。

〔一四〕『臣』，底本無，據六十三卷本、六十四卷本、麻沙本補。元本《元豐類稿》作『臣』。

〔一五〕『太君』下，六十三卷本、六十四卷本有小字注：『一作夫人。』元本《元豐類稿》無小字注。

〔一六〕『永州』下，六十三卷本、六十四卷本有『軍事』二字。元本《元豐類稿》無『軍事』二字。

〔一七〕『稱』，底本無，據六十三卷本、六十四卷本補。元本《元豐類稿》作『稱』。

〔一八〕『諱』，底本無，據六十三卷本、六十四卷本補。元本《元豐類稿》無『諱』字。

新校宋文鑑卷第一百四十三

校者按：底本此卷抄配，據六十三卷本、六十四卷本、麻沙本刻卷校改。

墓誌

程伯淳墓誌銘

韓　維

伯淳，姓程氏，諱顥。其先有爲周大司馬者曰喬伯，封於程，後遂以爲氏。高祖贈太子少師諱〔一〕羽，有功太宗朝，賜第室京師，居再世，遷河南，今爲河南人。先生生而秀爽，異於常兒，才數歲，誦《詩》《書》，强記過絶人。户部侍郎彭公季長一見異之，遂許妻以女。舉進士中第，調京兆鄠縣主簿。南山有石佛像，浮屠歲傳佛首放光，則遠近男女晝夜集會觀不止，爲縣者畏其神，莫敢禁。先生始至，詰其徒曰：『吾聞石像歲現光，有諸？』曰：『然。』戒之曰：『光現，必先告我，我當取其首視之。』自是不復有光矣。府境大水，諸縣倉卒興役，皆狼狽失措置，惟先生所治，飲食茇舍無一不具。時暑甚疫，人病多死，獨鄠人無死者。監司欲薦之，問其所欲，先生答以薦士當以才之所堪，不當問所欲。

避親嫌，移江寧上元縣主簿。田税不均，比他邑尤甚，先生爲令畫法，民不知擾，而税遂均。會令罷，攝邑事，牒訴日不減三二百數，先生處之，不閲月，民訟遂簡。江南俗種稻，賴塘陂以溉，盛夏塘潰，計非千夫不能塞。故事，當言之府，稟之監司，然後計功調役。先生曰：『比如是，苗槁矣。救民獲罪，所不辭也。』遽發民塞之，歲則大穰。仁宗升遐，遺制，官吏成服三日除。三日旦，知府事王贄率郡官將釋服，先生進曰：『請盡今日。』贄怒，不從。先生曰：『公自除之，某非至夜不敢釋。』一府視君，亦莫敢除。

移澤州晉城縣令，民以事至庭下者，必教之以事父兄奉長上之道。暇則親至諸鄉校，召父老與之語。兒童讀書者，爲正其章句。置師不善，則易之。初俗甚野，不知爲學，後數年，服儒衣冠者遂衆。鄉里遠近爲伍〔二〕保，使之力役相助，患難相恤，姦僞無所容。孤煢老疾者，責親黨使毋失所。行旅出於其塗者，疾病皆有所養。三年，盜無剽刼，民無鬬死者。河東路財賦不充，官有科買，則物價騰踴，歲爲民患。先生度所須，使富家預儲其物，定價而出之，富家不失息，而鄉民所費，比舊纔十二三。縣庫有雜納錢數百千，常借以補助民力，部使者至，則告以此〔三〕錢，令自用，而不敢私。使者亮君之誠，亦不問。先時民憚差役，互相糾訴，鄉鄰往往爲仇。先生盡得民産厚薄，按籍而命之，莫有辭者。義勇常以農隙講事，然但文具而已，先生至，晉城之民遂爲精兵。

用薦者改著作佐郎，尋以御史中丞吕公晦叔薦，授太子中允，權監察御史裏行。神宗素聞先生名，陛對之日，從容咨訪，比二三見，遂期以顯用。前後進説，大要以正心窒欲、求賢育材爲先。嘗言人主當防未萌之欲，神宗俯身拱手曰：『當爲卿戒之。』時王荆公爲宰相，多所措置，先生每進見，必爲上陳君道，以至誠仁愛爲本，不當及功利。又極陳治道，神宗曰：『此堯舜之事，朕何敢當？』先生愀然曰：『陛下有此言，非天下之福也。』章數十上，論輔臣不同心，小臣與大計，賣祠部牒，青苗取息，提舉官多非其人，命出不由門下，興利之臣日進，尚德之風寖衰。荆公雖與先生異論，而嘗目君以忠信。

言既數不用，懇求外補，神宗猶重其去，上章及面請至十數，不許，遂闔門待罪，差權發遣京西路提點刑獄。復上章曰：『臣言是，願行之；如其妄，當賜顯黜。請罪而獲遷，失刑賞矣。』改差簽書鎮寧軍節度判官事。河清卒法不他役，時中貴人程昉爲外都水，怙勢淩轢州郡，欲盡取諸埽兵治二股河，先生拒以法，昉請於朝，命以八百人與之。天方大寒，衆不勝役，潰而歸。城門吏來報，一府相視，畏昉不敢納。先生曰：『此逃死自歸，休三日而復役。』曹村決，先生方護小吴埽，知州軍事劉涣以急告，先生夜馳至州，謂涣曰：『曹村決，京城可虞。臣子之分，身可塞亦爲之，請盡以廂兵見付，事或未集，公當率禁兵繼之。』徑走埽下，諭士卒曰：『朝廷養爾曹，正爲緩急，爾知曹村決，則注京城乎？吾與爾以身扞之。』衆皆感激自効。決口將合，有大木自中流而下，先生謂衆曰：『得彼木横流入口，吾事濟矣。』語已，木遂横，衆以謂至〔四〕誠所致。郊祀霈恩，先生曰：『吾罪滌，可以去矣。』遂求監臨，得西京洛河竹木務。薦者言君未嘗敘年勞遷秩，特改太常丞。其後彗星見，詔求直言，先生極論時政，語甚切直。還，朝廷差知扶溝縣事。

廣濟河出縣境，濱河姦民不治生業，專以脅取舟人物爲事，歲必焚舟數十以立威。先生始至，捕一人，使列其黨與，得數十輩，不復根治舊惡，分地而處之，使以挽舟爲業，且察姦不變者，自是焚舟之患遂絶。畿縣民苦〔五〕税重，歲常以赦獲蠲免，然良農輸率以時，而稽故獲免者皆頑民。先生與之約，前獲免者，後必如期而足，於是惠澤始均。司農建言，天下輸役錢達户四等，而畿内獨止三，請及第四。先生力陳不可，諸邑賴以皆免。水災民飢，先生請發粟貸之，隣邑亦請，司農怒，遣使閲實，而隣邑令〔六〕遽自陳穀且登，可無貸。使至，謂先生曰：『盍亦自陳？』先生請貸〔七〕不已，遂得穀六千石，飢者以濟。司農亦怒，視貸籍，而所賦不等，檄縣杖主吏，先生言：『濟飢當以口，而不當以户之高下，且令實爲之，非吏罪。』乃已。内侍都知王中正行按保甲，所至官吏多〔八〕見慢辱，諸邑供帳，競務華潔，以悦其意。主吏以請，先生曰：『吾邑貧，安能効他邑？且取於民，法所禁，令有故青帳，可用之。』先生在邑歲餘，中正〔九〕往來境上，卒不入。有犯竊盜，先生謂曰：『汝能改行，吾薄汝過。』盜叩頭，願自新。後數月復穿窬，捕吏及門，盜告其妻曰：『吾與太丞約不復爲盜，今何面目見之？』遂自縊。

官制行，改奉議郎。朝廷遣官括牧地，民田當没者千頃，往往持累世券契自明，皆弗用。詔改税作租，許賣易如私田，民乃服。先生猶不可，括地官至，謂先生曰：『民願服，而君不許，何也？』先生曰：『民徒知今日不加賦，而不知後日增租奪田，則失業死矣。』因爲言仕者當以仁厚爲心，不可便己以害人。官感動，謝曰：『寧受責，不敢違公命。』遂去之他邑。隣邑民犯盜，繫縣獄而逸，更赦，猶以特旨罷先生邑事。邑人詣開封及司農乞留者以千數。先生之去縣，不使人知，老稚追及境上，攀挽號哭不肯去。以親老，求折資便養，得監汝州酒稅。

今上嗣位，覃恩改承議郎，召爲宗正寺丞。未行，以疾卒，元豐八年六月十五日也，享年五十有四。士大夫識與不識，莫不傷弔，以朝廷失賢者爲恨。父晌，太中大夫致仕，時年八十。母侯氏，壽安縣君。妻彭氏，仁和縣君，皆先君以卒。五子：三早卒；曰端懿，蔡州汝陽縣主簿；曰端本，舉進士。四女：三夭，一適假承務郎朱純之。卜得卒之歲十月乙酉，葬于伊川之先塋。

先生於書無所不讀，自浮屠、老子、莊、列，莫不思索究極，以知其意，而卒宅於吾聖人之道。其持己清峻，若不可及，而與人甚恕而温。論治道，卓乎至於無能名，而應世接物，莫不曲盡其宜。苟善於君矣，爵禄可捨也；苟利於民矣，法禁不避也。自元豐以來，論賢士大夫宜在天子左右者，君必與焉。先生之罷扶溝，貧無以家，至潁昌而寓止焉。大夫以清德退居，弟頤正叔，樂道不仕，先生與正叔朝夕就養，無違志，閨門之内，雍肅如禮。家無儋石之儲，而愉愉也。予方守潁昌，遂得從先生游，先生不以老耄棄我，周旋啟告，所以爲益良厚，故於其亡也，哭之加哀，而銘不以辭。銘曰：

善乎孟軻之言義命也！蓋不知義不足以立命，不知命不足以存義。先生居官，不問内外大小，率所言所事一出於正，雖貴勢豪力不爲少變。嗚呼！其處義命，可謂兼之矣。

邵古墓銘

陳繹

河南邵堯夫，執親喪之三月，泣爲書以告其里人陳繹曰：『我先君以壽考終，以士禮葬。葬有日，願鑿文以識其墓。』余與堯夫游，知堯夫者，從而知其先君亦隱君子也，銘固不讓。

君諱古，字天叟。其姓姬，出自召公，别封燕，世爲燕人不絶。祖諱令進，善騎射，歷事太祖皇帝，以軍校尉老歸，範陽戎難，避居上谷，又徙中山，轉衡漳而家焉。父諱德新，讀書爲儒者，早卒。

君生衡漳，纔十一歲而孤，能事母孝，力貧且養。長益好學，必求義理之盡，餘二十年而終母喪於衛。天聖中，嘗登蘇門山，顧謂其子雍曰：『若聞孫登之爲人乎？吾所尚也。』遂卜隱居於山下。異時堯夫侍親往來洛陽，見山川水竹之勝，人情舒暇，始得閑曠之地，架屋竹間，水流其門，浩然其趣也，因自號伊川丈人。忽一日，得小疾，逮旬浹，飲水不食，謂其家曰：『吾今七十九矣，逢時太平，而康而壽，有子若孫，貧且自如，没無恨矣。雖然，身無有於物，慎勿爲浮屠事以薦吾死，惟擇高塏地藏焉，幸速朽爾。』言絶而逝，實治平元年正月朔日也。

君性簡寡，獨喜文字學，用聲律韻類、古今切正爲之解，曰《正聲》《正字》《正音》者，合三十篇。先娶李氏，生子雍，即堯夫也。再娶楊氏，次子睦，舉進士。一女適盧氏。孫男三人，皆幼。嗚呼，先生有道者歟！有子而賢，葬之祭之，其可無銘！銘曰：

世范陽，家伊川。卒十月，葬乙未。神陰原，原西南。

范蜀公墓誌銘

蘇　軾

熙寧、元豐間，士大夫論天下賢者，必曰君實、景仁。其道德風流，足以師表當世，其議論可否，足以榮辱天下。二公蓋相得歡甚〔一〇〕，皆自以爲莫及，曰：『吾與子，生同志，死當同傳。』而天下之人，亦無敢優劣之者。二公既約更相爲傳，而後死者則誌其墓，故君實爲景仁傳，其略曰：『吕獻可之先見，景仁之勇決，皆予所不及也。』軾幸得游二公間，知其平生爲詳，蓋其用捨大節，皆不謀而同。如仁宗時論立皇嗣，英宗時論濮安懿王稱號，神宗時論新法，其言若出一人，相先後如左右手。故君實常謂人曰：『吾與景仁，兄弟也，但姓不同耳。』然至於論鍾律，則反復相非，終身不能相一，君子是以知二公非苟同者。君實之没，軾既狀其行事，以授景仁，景仁誌其墓，而軾表其墓道。今景仁之墓，其子孫皆以爲君實既没，非子誰當誌之。且吾先君子之益友也，其可以辭？

公姓范氏，諱鎮，字景仁。其先自長安徙蜀，六世祖隆，始葬成都之華陽。曾祖諱昌祐，妣索氏。祖諱璲，妣張氏。累世皆不仕。考諱度，贈開府儀同三司，妣李氏，贈榮國太夫人，龐氏，贈昌國太夫人。開府以文藝節行爲蜀守張詠所知，有子三人，長曰鎡，終隴城令；次曰鍇，終衛尉寺丞；公其季也。

四歲而孤，從二兄爲學。薛奎守蜀，道遇鎡，求士可客者，鎡以公對。公時年十八，奎與語，奇之，曰：『大范恐不壽，其季廓廟人也。』還朝，與公俱，或問奎入蜀所得，曰：『得一偉人，當以文學名於世。』時故相宋庠與弟祁名重一時，見公稱之，相與爲布衣交，由是名動場屋。舉進士，爲禮部第一。故事，殿廷唱第過三人，則禮部第一人者，必越次抗聲自陳，因擢置上第。公不肯自言，至第七十九人，乃出拜，退就列，無一言，廷中皆異之。釋褐爲新安主簿。宋綬留守西京，召置國子監，使教諸生。秩滿，又薦諸朝，爲東監直講。用參知政事王舉正薦，召試學士院，除館閣校勘，充編修《唐書》官。當遷校理，宰相龐籍言公有異材，恬於進取，特除直祕閣。爲開封府推官，擢起居舍人，知諫院，兼管勾國子監。上疏論：『民力困弊，請約祖宗以來官吏兵數，酌取其中爲定制。以今賦入之數十七爲經費，而儲其三以備水旱非常。』又言：『古者冢宰制國用，唐以宰相兼鹽鐵轉運，或判户部度支。今中書主民，樞密主兵，三司主財，各不相知，故財已匱，而樞密益兵無窮，民已困，而三司取財不已。請使中書、樞密通知兵民財利大計，與三司同制國用。』葬温成皇后，太常議禮，前謂之園，後謂〔一一〕之園陵，宰相劉沆前爲監護使，後爲園陵使。公言：『嘗聞法吏舞法矣，未聞禮官舞禮也，請詰問前後議異同狀。』又請罷焚瘞錦繡珠玉，以紓國用。從之。時有敕，凡内降不如律令者，令中書、樞密院及所屬執奏。

未及一月，而内臣無故改官者，一日至五六人，公乞正大臣被詔故違不執奏之罪。石全斌以護温成葬除觀察使，凡治葬事者，皆遷兩官。公言：『章獻、章懿、章惠三太后之葬，推恩皆無此比，乞追還全斌等告敕。』文彦博、富弼入相，百官郊迎，時兩制不得詣宰相居第，百官不得間見。公言：『隆之以虚禮，不若開之以至誠，乞罷郊迎，而除謁禁，以通天下之情。』議減任子及每〔一二〕歲取士，皆公發之。又乞令宗室屬疎者補外官，仁宗曰：『卿言是也，顧恐天下謂朕不能睦族耳。』公曰：『陛下甄别其賢者顯用之，不没其能，乃所以睦族也。』雖不行，至熙寧初，卒如公言。仁宗性寬容，言事者務訐以爲名，或誣人陰私。公獨引大體，略細故。時陳執中爲相，公嘗論其無學術，非宰相器。及執中嬖妾笞殺婢，御史劾奏欲逐去之。公言：『今陰陽不和，財匱民困，盗賊滋熾，獄犴充斥，執中當任其咎。閨門之私，非所以責宰相。』識者韙之。

仁宗即位三十五年，未有繼嗣，嘉祐初得疾，中外危恐，不知所爲。公獨奮曰：『天下事尚有大於此者乎？』即上疏曰：『太祖捨其子而立太宗，此天下之大公也。周王既薨，真宗取宗室子養之宫中，此天下之大慮也。願陛下以太祖之心，行真宗故事，擇宗室賢者，異其禮物而試之政事，以係天下心。』章累上，不報，因闔門請罪。會有星變，其占爲急兵。公言：『國本未立，若變起倉卒，禍不可以前料，兵孰急於此者乎？今陛下得臣疏，不以留中，而付中書，是欲使大臣奉行也。臣兩至中書，大臣皆設辭以拒臣，是陛下欲爲宗廟社稷計，而大臣不欲也。臣竊原其意，特恐行之而陛下中變耳。中變之禍，不過於死，而國本不立，萬一有如天象所告急兵之憂〔一三〕，則其禍豈獨一死而已哉？夫中變之禍，死而無愧，急兵之憂，死且有罪。願以此示大臣，使自擇而審處焉。』聞者爲之股栗。除兼侍御史知雜事，公以言不從，固辭不受。執政謂公：『上之不豫，大臣嘗建此策矣，今間言已入，爲之甚難。』公復移書執政曰：『事當論其是非，不當問其難易。速則濟，緩則不及，此聖賢所以貴機會也。諸公言今日難於前日〔一四〕，安知他日不難於今日乎？』凡見上面陳者三，公泣，上亦泣，曰：『朕知卿忠，卿言是也，當更俟三二年。』凡章十九上，待罪百餘日，鬚髮爲白。朝廷不能奪，乃罷知諫院，改集賢殿〔一五〕修撰，判流内銓，修《起居注》，除知制誥。公雖罷言職，而無歲不言儲嗣事。以仁宗春秋益高，每因事及之，冀以感動上心。及爲知制誥，正謝上殿，面論之曰：『陛下許臣，今復三年矣，願早定大計。』明年，又因祫享獻賦以諷。其後韓琦卒定策立英宗。遷翰林學士，充史館修撰，改右諫議大夫。

英宗即位，遷給事中，充仁宗山陵禮儀使。坐誤遷宰臣官，改翰林侍讀學士，復爲翰林學士。中書奏請追尊濮安懿王，下兩制議〔一六〕，以爲宜稱皇伯，高官大國，極其尊榮。非執政意，更下尚書省集議。已而臺諫争言其不可，乃下詔罷議，令禮官檢詳典禮以聞。公時判太常寺，率禮官上言：『漢宣帝於昭帝爲孫，光武於平帝爲祖，則其父容可以稱皇考，然議者猶非之，謂其以小宗合大宗之統也。今陛下既考仁宗，又考濮安懿王，則其失非特漢宣〔一七〕、光武之比矣。凡稱帝若皇若皇考，立寢廟，論昭穆，皆非是。』於是具列《儀禮》及漢儒論議、魏明帝詔爲五篇，奏之。以翰林侍讀學士出知陳州。陳飢，公至三日，發庫廩三萬貫石以貸。不及奏，監司繩之急，公〔一八〕上書自劾，詔原之。是歲大熟，所貸悉還，陳人至今思之。

神宗即位，遷禮部侍郎，召還，復爲翰林學士，兼侍讀、群牧使、勾當三班院、知通進銀臺司。公言：『故事，門下封駁制敕，省審章奏，糾舉違滯，著於所授敕，其後刊去，故職寖廢，請復之，使知所守。』從之。糾察在京刑獄。王安石爲政，始變更法令，改常平爲青苗法。公上疏曰：『常平之法，始於漢之盛時，視穀貴賤，發斂以便農末，最爲近古，不可改。而青苗行於唐之衰亂，不足法。且陛下疾富民之多取而少取之，此正百步與五十步〔一九〕之間耳。今有二人坐市貿易，一人下其直〔二〇〕以相傾奪，則人皆知惡之，其可以朝廷而行市道之所惡乎？』疏三上，不報。邇英閣進讀，與呂惠卿争論上前，因論舊法預買紬絹，亦青苗之比。公曰：『預買亦弊法也。若陛下躬節儉，府庫有餘，當并預買去之，奈何更以爲比乎？』韓琦上疏，極論新法之害，安石使送條例司疏駁之。諫官李常乞罷青苗錢，安石令常分析，公皆封還其詔書〔二一〕。詔五下，公執如初。司馬光除樞密副使，光以所言不行，不敢就職，詔許辭免，公再封還之。上知公不可奪，以詔直付光，不由門下。公奏：『由臣不才，使陛下廢法，有司失職，乞解銀臺司。』許之。會有詔舉諫官，公以軾應詔，而御史知雜謝景温彈奏軾罪。公又舉孔文仲爲賢良，文仲對策，極論新法之害，安石怒，罷文仲，歸故官。公上疏争之，不報。時年六十三，即上言臣言不行，無顏復立於朝，請致仕。疏五上，最後指言安石以喜怒賞罰事，曰：『陛下有納諫之資，大臣進拒諫之計；陛下有愛民之性，大臣用殘民之術。』安石大怒〔二二〕，自草制，極口詆公，落翰林學士，以本官致仕。聞者皆爲公懼，公上表謝，其略曰：『雖曰乞身而去，敢忘憂國之心？』又曰：『望陛下集群議爲耳目，以除壅蔽之姦，任老成爲腹心，以養和平之福。』天下聞而壯之。安石雖詆之深，人更以爲榮焉。

公既退居，專以讀書賦詩自娱。客至，輒置酒盡歡。或勸公稱疾杜門，公曰：『死生禍福，天也。吾其如天何？』同〔二三〕天節乞隨班上壽，許之，遂著爲令。久之，歸蜀，與親舊樂飲，賑施其貧者，朞年而後還。軾得罪，下御史臺獄，索公與往來書疏文字甚急，公猶上書救軾不已。朝廷有大事，輒言之。官制行，改正議大夫。今上即位，遷光禄大夫。初，英宗即位，祔仁宗主而遷僖祖，及神宗即位，復還僖祖，而遷順祖。公上言：『太祖起宋州，有天下，與漢高祖同，僖祖不當復還，乞下百官議。』不報。及上即位，公又言乞遷僖祖，正太祖東嚮之位，時年幾八十矣。韓維上言：『公在仁宗朝，首開建儲之議。其後大臣繼有論奏，先帝追録其言，存没皆推恩，而鎮未嘗以語人，人亦莫爲言者。雖顔子不伐善，介之推不言禄，不能過也。』悉以公十九疏上之，拜端明殿學士，特詔長子清平縣令百揆改宣德郎，且起公兼侍讀，提舉中太一宮。詔語有曰：『西伯善養，二老來歸。漢室卑詞，四臣入侍。爲我强起，無或憚勤。』公固辭不起，天下益高之。改提舉嵩山崇福宫。公仲兄之孫祖禹爲著作郎，謁告，省公于許，因復賜詔及龍茶一合，存問甚厚。數月，復告老，進銀青光禄大夫，再致仕。

初，仁宗命李照改定大樂，下王樸樂三律。皇祐中，又使胡瑗等考正，公與司馬光皆與。

公上疏論律尺之法，又與光往復論難，凡數萬言，自以爲獨得於心。元豐三年，神宗詔公與劉几定樂。公曰：『定樂當先正律。』上曰：『然。雖有師曠之聰，不以六律，不能正五音。』公作律尺、龠、合、升、斗、豆、區、鬴、斛，欲圖上之，又乞訪求真黍，以定黄鍾。而劉几即用李照樂，加〔二四〕用四清聲，而奏樂成。詔罷局，賜賚有加。公謝曰：『此劉几樂也，臣何與焉？』及提舉崇福宫，欲造樂獻之，自以爲嫌，乃先請致仕，既得謝，請太府銅爲之，逾年乃成，比李照樂下一律有奇。二聖御延和殿，召執政同觀，賜詔嘉獎，以樂下太常，詔三省、侍從、臺閣之臣皆往觀焉。時公已屬疾，樂奏三日而薨，實元祐三年閏十二月癸卯朔，享年八十一。訃聞，輟視朝一日，贈右金紫光禄大夫，謚曰忠文。公雖以上壽貴顯，考終於家，無所憾者，而士大夫惜其以道德事明主，閲三世，皆以剛方難合，故雖用而不盡。及上即位，求人如不及，厚禮以起公，而公已老，無意於世矣。故聞其喪，哭之皆哀。

公清明坦夷，表裏洞達，遇人以誠，恭儉謹默，口不言人過，及臨大節，決大議，色和而語壯，常欲繼之以死，雖在萬乘前，無所屈。篤於行義，奏補先族人而後子孫。鄉人有不克婚葬者，輒爲主之，客其家者常十餘人，雖僦居陋巷，席地而坐，飲食必均。兄鎡卒于隴城，無子，聞其有遺腹子在外，公時未仕，徒步求之兩蜀間，二年乃得之，曰：『吾兄異於人，體有四乳，是兒亦必然。』已而果然，名之曰百常，以公蔭，今爲承議郎。公少受學於鄉先生龐直温，直温之子昉卒於京師，公娶其女爲孫婦，養其妻子終身。其學本於《六經》仁義，口不道佛、老、申、韓異端之説。其文清麗簡遠，學者以爲師法。凡三入翰林，知嘉祐二年、六年、八年及治平二年貢舉，門生滿天下，貴顯者不可勝數。詔修《唐書》《仁宗實録》《玉牒》《日曆》《類篇》，凡朝廷有大述作，大議論，未嘗不與。契丹、高麗皆知誦公文賦。少時嘗賦《長嘯却胡騎》，及奉使契丹，虜相目曰：『此長嘯公也。』其後兄子百禄亦使虜，虜首問公安否。有文集一百卷，《諫垣集》十卷，《内制集》三十卷，《外制集》十卷，《正言》三卷，《樂書》三卷，《國朝韻對》三卷，《國朝事始》一卷，《東齋記事》十卷，《刀筆》八卷。

積勳柱國，累封蜀郡開國公，食邑加至二千六百户，實封五百户。娶張氏，追封清河郡君。再娶李氏，封長安郡君。子男五人：長曰燕孫，未名而卒；次百揆，宣德郎，監中嶽廟；次百嘉，承務郎，先公一年卒；次百歲，太康主簿，先公六年卒；次百慮，承務郎。女一人，嘗適左司諫吴安詩〔二五〕，復歸以卒。孫男十人：祖直，襄州司户參軍；祖樸，長社主簿；祖野、祖平，假承務郎；祖封，右承奉郎；祖耕，承務郎；祖淳、祖舒、祖京、祖恩，皆不仕〔二六〕。孫女六人，曾孫女三人。公晚家于許，許人愛而敬之，其薨也，里人皆出涕。以元祐四年八月己未，葬于汝之襄城縣汝安鄉推賢里。夫人李氏袝。

公始以詩賦爲名進士，及爲舘閣侍從，以文學稱。雖屢諫争，及論儲嗣事，朝廷信其忠，然事頗祕，世亦未盡知也。其後議濮安懿王稱號，守禮不回，而名益重。及論熙寧新法，與王安石、吕惠卿辨論，至廢黜不用，然後天下翕然師尊之，無貴賤賢愚，謂之景仁，而不敢名。有爲不義，必畏公知之。公既得謝，軾往賀之，曰：『公雖退而名益重矣。』公愀然不樂，曰：『君子言聽計從，消患於未萌，使天下陰受其賜，無智名，無勇功，吾獨不得爲此，命也夫！使天下受其害，而吾享其名，吾何心哉！』軾以是愧公。銘曰：

凡物之生，莫累於名。人顧趨之，以累爲榮。神人無名，欲知者希。人顧憂之，以希爲悲。熙寧以來，孰擅兹器？嗟嗟先生，名所不置。君實在洛，公在潁昌。皆欲忘民，民〔二七〕不汝忘。君實既來，遁歸于洛。縶而維之，莫之勝説。爲天相君，爲君牧民。道遠年徂，卒徇以身。公獨堅卧，三詔不起。遂解天刑，竟以樂死。世皆謂公，貴身賤名。孰知其功，聖人之清。貪夫以廉，懦夫以立。不尸其功，無喪無得。君實之用，出而時施。如彼水火，寧除渴飢。公雖不用，亦相其行。如彼山川，出雲相望。公維蜀人，乃葬于汝。子孫不忘，尚告來者。

校勘記

〔一〕『諱』，底本誤作『韓』，六十三卷本、六十四卷本、麻沙本亦然，據四庫本《南陽集》《二程文集》改。

〔二〕『伍』，底本空缺，據六十三卷本、六十四卷本補。四庫本《南陽集》作『伍』。

〔三〕『以此』二字，六十三卷本、六十四卷本空缺。四庫本《南陽集》作『以官』。

〔四〕『至』，底本作『志』，據六十三卷本、六十四卷本改。四庫本《南陽集》作『至』。

〔五〕『苦』，底本無，據六十三卷本、六十四卷本補。四庫本《南陽集》作『苦』。

〔六〕『令』，底本無，據六十三卷本、六十四卷本、麻沙本補。四庫本《南陽集》作『令』。

〔七〕『貸』，底本無，據六十三卷本、六十四卷本補。四庫本《南陽集》作『貸』。
〔八〕『多』，底本作『人』，據六十三卷本、六十四卷本改。四庫本《南陽集》作『多』。
〔九〕『正』，底本無，據六十三卷本、六十四卷本補。四庫本《南陽集》作『正』。
〔一〇〕『歡甚』，底本作『甚歡』，據六十三卷本、六十四卷本、麻沙本改。宋本《東坡集》、明成化刊本《蘇文忠公全集》作『歡甚』。
〔一一〕『之園，後謂』四字，底本脱，據六十三卷本、六十四卷本補。宋本《東坡集》、明成化刊本《蘇文忠公全集》有此四字。
〔一二〕『每』，底本作『間』，據六十三卷本、六十四卷本改。宋本《東坡集》、明成化刊本《蘇文忠公全集》作『每』。
〔一三〕『憂』，底本作『變』，據六十三卷本、六十四卷本、麻沙本改。宋本《東坡集》、明成化刊本《蘇文忠公全集》作『憂』。
〔一四〕『前日』，底本無『日』字，據六十三卷本、六十四卷本、麻沙本補。宋本《東坡集》、明成化刊本《蘇文忠公全集》有『日』字。
〔一五〕『殿』，底本無，據六十三卷本、六十四卷本、麻沙本補。宋本《東坡集》、明成化刊本《蘇文忠公全集》作『殿』。
〔一六〕『議』，底本無，據六十三卷本、六十四卷本、麻沙本補。宋本《東坡集》、明成化刊本《蘇文忠公全集》作『議』。
〔一七〕『宣』，底本無，據六十三卷本、六十四卷本補。宋本《東坡集》、明成化刊本《蘇文忠公全集》作

『宣』。

〔一八〕『公』，底本無，據六十三卷本、六十四卷本、麻沙本補。宋本《東坡集》、明成化刊本《蘇文忠公全集》作『公』。

〔一九〕『五十步』，六十三卷本、六十四卷本、麻沙本無『步』字。宋本《東坡集》、明成化刊本《蘇文忠公全集》作『五十步』。

〔二〇〕『直』，底本作『利』，據六十三卷本、六十四卷本、麻沙本改。宋本《東坡集》、明成化刊本《蘇文忠公全集》作『直』。

〔二一〕『書』，麻沙本無。宋本《東坡集》、明成化刊本《蘇文忠公全集》無。

〔二二〕『大怒』，底本無，據六十三卷本、六十四卷本、麻沙本補。宋本《東坡集》、明成化刊本《蘇文忠公全集》作『大怒』。

〔二三〕『同』，底本誤作『中』，據六十三卷本、六十四卷本、麻沙本改。宋本《東坡集》、明成化刊本《蘇文忠公全集》作『同』。

〔二四〕『加』，底本作『如』，據六十三卷本、六十四卷本改。宋本《東坡集》、明成化刊本《蘇文忠公全集》作『加』。

〔二五〕『吴安詩』，『詩』字，底本誤作『時』，據六十三卷本、六十四卷本改。宋本《東坡集》、明成化刊本《蘇文忠公全集》作『詩』。

〔二六〕『皆不仕』，六十三卷本、六十四卷本爲空格。宋本《東坡集》、明成化刊本《蘇文忠公全集》無此三字。

〔二七〕以上二「民」字，底本皆作「名」，據六十三卷本、六十四卷本、麻沙本改。宋本《東坡集》、明成化刊本《蘇文忠公全集》作二「民」字。

新校宋文鑑卷第一百四十四

校者按：底本此卷抄配，據六十三卷本、麻沙本刻卷校改。

墓誌

周茂叔墓誌銘

潘興嗣

吾友周茂叔，諱惇頤，其先營道人。曾祖諱從遠，祖諱智强，皆不仕。考諱輔成，任賀州桂嶺縣令，贈諫議大夫。君幼孤，依舅氏龍圖閣學士鄭向，以君有遠器，愛之如子。龍圖公名子皆用『惇』字，因以『惇』名君。景祐中，奏補試將作監主簿，授洪州分寧縣主簿〔一〕。君博學行己，遇事剛果，有古人風，衆交口稱之。部使者以君爲有才，奏舉南安軍司理參軍。轉運使王逵以苛刻莅下，吏無敢可否，君與之辯獄事，不爲屈，因置手版歸，取誥敕納之，投劾而去。逵爲之改容，復薦之，移郴令，改桂陽令，皆有治績。用薦者遷大理寺丞，知洪州南昌縣。其爲治精密嚴恕，務盡道理，民至今思之。改太子中舍簽書合州判官事〔二〕，覃恩改虞部員外郎，通判永州。今上即位，恩改駕部。趙公抃入參大政，奏君爲廣南東路轉運判官，稱其職。遷虞部郎中，提點本路刑獄。君盡心職事，務在矜恕，雖瘴癘僻遠，無所憚勞，竟以此得疾。懇請郡符，知南康軍，未幾分司南京。趙公抃復奏起君，而君疾已篤。熙寧六年六月七日，卒于九江郡之私第，享年五十七。

君篤氣義，以名節自處。郴守李初平最知君，既薦之，又賙其所不給。及初平卒，子尚幼，君護其喪以歸葬之。士大夫聞君之風，識與不識，皆指君曰：『是能葬舉主者。』君奉養至廉，所得俸禄，分給宗族，其餘以待賓客，不知者以爲好名，君處之裕如也。在南昌時，得疾暴卒，更一日一夜始蘇。視其家服御之物，止一敝篋，錢不滿數百，人〔三〕莫不嘆服，此予之親見也。嘗過潯陽，愛廬山，因築室溪上，名之曰『濂溪書堂』。每從容爲予言：『可止可仕，古人無所必。束髮爲學，將有以設施，可澤於斯人者，必不得已，止未晚也。此濂溪者，異時與子相從於其上，歌詠先王之道足矣。』此君之志也。尤善談名理，深於《易》學，作《太極圖》《易説》《易通》數十篇，詩十卷，今藏於家。母鄭氏，封仙居縣太君。娶陸氏，職方郎中參之女。再娶蒲氏，太常丞師道之女。子二人〔四〕：曰壽，曰燾，皆補太廟齋郎。以其年十一月二十一日，窆于德化縣德化鄉清泉社母夫人之墓左，從遺命也。壽等次列其狀來請銘，乃泣而爲之銘。銘曰：

人之不然，我獨然之。義貫于中，貴于自期。讁讁日甚，風俗之偷。乃如伊人，吾復何求？志固在我，壽則有命。道之不行，斯謂之病。

邵康節先生墓誌銘

程　顥

熙寧丁巳孟秋癸丑，堯夫先生疾終于家。洛之人弔者相屬于塗，其尤親且舊者，又聚謀其所以葬。先生之子泣以告曰：『昔先人有言，誌於墓者，必以屬吾伯淳。』噫！先生知我者，以是命我，我何可辭？

謹按：邵本姬姓，系出召公，故世爲燕人。大王父令進，以軍職逮事藝祖，始家衡漳。祖新，父古，皆隱德不仕。母李氏，其繼楊氏。先生之幼，從父徙共城，晚遷河南，葬其親於伊川，遂爲河南人。先生生於祥符辛亥，至是蓋六十七年矣。雍，先生之名，而堯夫，其字也。娶王氏。伯温、仲良，其二子也。

先生之官，初舉遺逸，試將作監主簿。後又以爲潁川團練推官，辭疾不赴。先生始學於百原，勤苦刻厲，冬不爐，夏不扇，夜不就席者數年，衛人賢之。先生歎曰：『昔人尚友於古，而吾未嘗及四方，遽可已乎？』於是走吴適楚，過〔五〕齊魯，客梁，久之而歸，曰：『道其在是矣。』蓋始有定居之意。先生少時，自雄其材，慷慨有大志。既學，力慕高遠，謂先王之事爲可必致。及其學益老，德益劭，玩心高明，觀天地之運化，陰陽之消長，以達乎萬物之變，然後頹然其順，浩然其歸。

在洛幾三十年，始也蓬蓽環堵，不蔽風雨，躬爨以養其父母，居之裕如。講學于家，未嘗强以語人，而就問者日衆。鄉里化之，遠近尊之，士人道洛〔六〕者，有不之公府，而必之先生之廬。先生之德氣粹然，望之可知其賢，然不事表暴，不設防畛，正而不諒，通而不汙，清明坦夷，洞徹中外。接人無貴賤親疏之間，群居燕飲，笑語終日，不取甚異于人，顧吾所樂如何耳。病畏寒暑，嘗以春秋時行遊城中，士大夫家聽其車音，倒屣迎致，雖兒童奴隸，皆知懽喜尊奉。其與人言，必依於孝弟忠信，樂道人之善，而未嘗及其惡，故賢者悦其德，不賢者服其化，所以厚風俗成人材者，先生之功多矣。昔七十子學於仲尼，其傳可見者，惟曾子所以告子思，所以授孟子者耳。其餘門人，各以其材之所宜爲學，雖同尊聖人，所因而入者，門户則衆矣。況後此千餘歲，師道不立，學者莫知其從來，獨先生之學爲有傳也。先生得之於李挺之，挺之得之於穆伯長，推其源流，遠有端緒。今穆、李之言及其行事，概可見矣。而先生淳一不雜，汪洋浩大，乃其所自得者多矣。然而名其學者，豈所謂門户之衆，各有所因而入者歟？語成德者，昔難其居〔七〕，若先生之道，就所至而論之，可謂安且成矣。先生有書六十卷，命曰《皇極經世》，古律詩二千篇，題曰《擊壤集》。先生之葬，祔于先塋，實其終之年孟冬丁酉也。銘曰：

嗚呼先生！志豪力雄。闊步長趨，淩高厲空。探幽索隱，曲暢旁通。在古或難，先生從容。有問有觀，以飫以豐。天不慭遺，哲人之凶。鳴皋在南，伊流在東。有寧一宮，先生所終。

李仲通墓誌銘

程　顥

予友李君仲通，諱敏之，世居北燕，高祖避亂南徙，今爲濮人。丞相文定公迪，乃其世父也。曾祖令珣，祖護，皆以丞相故，贈太師尚書令。考遜，用子貴，贈吏部尚書。仲通生而有賢資，端厚仁恕，見於孩提之時，舉動齊整，不妄言笑，燕居終日泊然，而無惰容，望之者皆知其君子人矣。與人言，無隱情，惟聞人之過，則未嘗復出於口。安靖寡欲，居貧守約，裕如也。好古力學，博觀群書，尤精於《春秋》《詩》《易》，其後所得，殊爲高深。方勇厲自進，不幸短命，惜夫，未見其止也！死之年〔八〕纔三十矣。

仲通之德，蓋完於天成，孝友之性，尤爲絶異。侍太夫人疾，衣不解帶者累月，及居喪，哀毁過甚。中外數百口，上愛下信，人無間言。群從聚居，臧獲使令者衆，雖馭之過嚴，不能使之無犯，唯偶爲仲通所責，則其人必慚恨累日，痛自飭〔九〕勵。及仲通之亡，濮之人無賢不肖，皆失聲痛惜，或爲隕涕，非至誠及物，其能有是乎？

仲通外甚和易，遇物如恐傷之，雖家人未始見其喜怒，及其出辭氣，當事爲，則莊厲果斷，不可以非義回屈。始用蔭補郊社齋郎，調虔州瑞金縣主簿。會劇賊戴小八攻害數邑，朝廷患之，命御史督視。仲通時承尉乏，與其令謀曰：『劉石鶻、石門羅姓者，皆健賊，詔捕之累年矣。小八不能連二盜以自張，吾知其無能爲也，當説使自効，則賊爲不足破矣。』乃遣人諭二盜，皆曰：『我服李君仁信久矣，願爲之死，然召我亦有以爲信乎？』仲通即以其符誥與之，且約曰：『某日當以甲二百來見我于邑中。』衆皆恐懼，仲通曰：『彼欲爲惡，雖不召將至，且吾信于邑人，彼亦吾人也，何憚乎？』乃將二盜，與之周旋，卒得其死力〔一〇〕，遂斬小八，盡平其黨。朝廷嘉之，遷衛尉寺丞，仍升一任。御史用間者言，將誅劉、羅二黨，仲通以爲失信不義，抗論甚力，久始見從。仲通又自言於朝，請因其立功，縻以冗職，可絶後患，書奏不報。其羅姓者，果復爲害。

仲通宰江寧之上元，有古循吏之風。邑之舊田税不均，貧弱受其弊，仲通爲法以平之。豪猾惡其害己，共爲謗語，有借勢於上官以摇其事。人皆爲仲通危，仲通堅處不變，未滿歲而所均者萬七千室。事業雖百未一施，概是一節，則高明之見，剛勇之氣，發於事者，亦可知已。

嗚呼！人非有古今之殊，特患夫忽近而慕遠耳。如吾仲通之材之美，古獨可以多乎哉？向若天假之年，成就其所學，自當無愧於古人，况使得古之人並，而親炙於聖人之時乎？則吾知其果不後曾、閔之列矣。仲通以治平三年五月終於家，熙寧七年二月庚寅葬于濮州鄄城〔一一〕縣遺直鄉之先塋。夫人王氏祔焉。夫人，太子中舍果之女，賢慧靖淑，雅有法度，及寡居，益自晦重，素衣一食，以終身焉，蓋後仲通六年而亡。仲通嘗生二女，皆夭。卒無子，以兄之子孝和爲嗣。仲通平生相知之深者予，故將葬，其家以誌文來屬，其可辭乎？銘曰：

二氣交運兮，五行順施。剛柔雜糅兮，美惡不齊。稟生之類兮，偏駁其宜。有鍾粹美兮，會元之期。聖雖可學兮，所貴者資。便儇皎厲兮，去道遠而。展矣仲通兮，賦材特奇。進復甚勇兮，其造可知。德何完兮命何虧，秀而不實聖所悲。孰能使我無愧辭？後欲有考觀銘詩。

張天祺墓誌銘

張載

哀哀吾弟，而今而後，戰兢免夫！

有宋太常博士張天祺，以熙寧九年三月丙辰朔，暴疾不禄。越是月，哉生魄，越翌日壬申，歸祔大振社先大夫之塋。其兄載以報葬，不得請銘它人，手疏哀詞十二，各使刊石置壙中，示後人知德者。

博士諱戩，世家東都，策名入仕，歷中外二十四年，立朝莅官，才德美厚，未試百一，而天下聳聞樂從，莫不以公輔期許。率己仲尼，踐脩莊篤，雖孔門高弟，有所後先。不幸壽稟不遐，生四十七年而暴終它館，志亨交戾，命也奈何？治其喪者，外姻侯去惑〔一二〕、蓋〔一三〕節賁及壻李上卿、郭之才、從母弟賀京〔一四〕、甥宋京，攀號之不足，又屬辭爲之誌。

商瑶墓誌銘

張耒

公諱瑶，淄州人。曾祖重進，祖文俊，皆不仕。父餘政，贈大理寺丞。君登景祐元年進士第，爲萊蕪單父縣尉，臨沂縣令，知下邳縣，簽書平定軍判官事，以尚書屯田員外郎知襄邑縣。

卒年五十，至和二年正月二十七日也。階至承事郎，勳爲騎都尉。

君少博學，爲文詞豪健，貌魁傑，嚴整不可犯，而平居樂易長者也。單父多盗，君以策鉤獵梟〔一五〕絞且盡，盗怨毒入骨〔一六〕。罷官還鄉，次大澤中，一夕有叟密來語曰：『林中有惡少年十數，操利兵而伏，期今日必殺單父尉，是君非耶？』君從者懼，欲亡去，公執弓矢徐出，有大木去百步許，望之中有空焉，公謂其人曰：『我爲若射彼空者。』再發，皆中之。林中惡少年大懼，争先遁。其治下邳，決訟多辨諭勸説之，不盡臨以法，民始鬬怒，中忽喜悟，相與請平者，常十七八。老猾吏旁瞪視，不得剌手。父老戒子弟曰：『若忍犯此令乎？』富韓公守青州，聞其治狀，數委公決難事。始君爲包孝肅公知，韓忠獻心器公，見必訪以世務。而公無所苟合，貴人終不肯出氣力引挈之，其胸中不少概見而死矣。

先妻劉夫人，繼室王夫人，封壽昌縣君。三男子，皆已卒。一孫求之，舉進士。女二人。曾孫一人，尚幼。公之從子太學博士倚，以元祐八年十月日將葬公淄川〔一七〕萬年之原，以二夫人祔。而博士又以公之爵里行事告于著作郎張耒曰：『子史官也，凡世有善而無傳，則子有罪。』耒不敢辭，乃爲詩，使刻石墓中。曰：

天下平治，士無功名。才否一區，之死無聲。或宏其聲，而中乃枵。窾實靡訂，孰昧孰昭？有淄商侯，甚蓄不施。時棄其直，則已光輝。彼不〔一八〕人逢，位下固宜。嗇不使年，造物則奚？

唐充之墓誌銘

陳　瓘

充之姓唐氏，諱廣仁，充之，字也。其先幽州人，自石晉割地，至五世祖，始得從歸滄州樂陵。咸平中，曾祖克勤被詔試武藝，授三班借職，以天雄軍管界巡檢使卒於官。因家焉，遂爲大名内黄人。祖中立，大名司法參軍。父愈，喜儒士，自充之五六歲時，訓以詩書，浸長，使從學于外。充之能擇交游，言行謹飭，讀經史，講義理，亦長於科舉之習。

中元祐六年進士第，調乾寧軍司法參軍。界河驛有殺略人者，守將械送獄，俾鞫之。疑其誣服，以白守，守不信，方趣決不已，而霸州獲真盜，然後釋無罪者凡四人。後爲常州録事參軍，部使者聞充之在乾寧有審克之譽，部有疑訟，多以屬之。充之所辨正合人情者，非止一事。改官制，授通仕郎。以薦者及格，當改官，坐元符末上書，命格不下，調監壽州開順口鹽礬酒税。未赴，丁母憂，服闋，監蘇州酒税務。郡守李尚書孝壽，治尚峻猛，不任僚屬，充之權幕官，敢與論曲直，蘇人多賴之。後守盛待制章，於充之爲姻家，初與充之善。郡人朱氏有勢焰，守所歆慕，衆皆帖帖屈隨，而充之一切自異，著憎慢之跡，守不能堪。衆或怒置充之於獄，吹毛無實，以酤酒點饒爲罪。充之既廢，貧困不能北歸，居楚之寶應，益以讀書教子爲事。又七年，以疾卒于家，宣和己亥五月丙辰也。以某年某月某日甲子，葬于揚州之某地。充之娶張氏，中散大夫某之女。子男四人：曰激，曰濬，曰潡，曰洪。女四人：長適從事郎趙枋，餘未嫁。

初，充之客寓寶應，苟營屋室，而勉竭其力，以擇葬地於維揚。躬詣内黄，啟祖考之殯，迎護以來，將卜日曆，蓋犇走自效，服勤累歲，未克遷奉，而充之得疾卒矣。今其子漖等既葬充之，又能率先志，併襄大事，使三世窀穸之事，訖無可憾，亦可以見充之身教之遺美矣。漖等遣人自寶應來南康，以吕本中所狀充之之行，求銘於瓘，書辭慘切，且曰：『先人疾亟時，嘗問曰：「居仁約訪我，尚未到？」又嘆曰：「我欲一游廬山，今不能矣。」諸孤不肖，摧割待盡，念欲畢聞餘訓，永不可得。維行狀既獲所屬，而礲石穴土，以需于掩壙之後者，將孰請而可乎？』居仁，本中字也，正獻公之曾孫，言行有家法，其所敘次，皆可考證。其載充之教子言曰：『涑水文正公嘗謂平生無以過人，但事無大小，皆可使人知爾。汝曹不可一日忘此語也。』濰陽劉公，嘗謂充之材用有餘，遽聞其死，嗟惜不已。嗚呼！可達可壽，而廢斥夭短，豈非命歟？其所厚善，率皆遲鈍迂闊之士，於其殁也，能相與戚嗟而已，悲夫！銘曰：

木摇難栖，波湧莫濟。穮蓘積勞，未穰而逝。飢穰天也，人豈能違？奄忽不俟，豈唯我悲！

任宗誼墓誌銘

劉　跂

公諱宗誼，字仲宜，姓任氏，贈尚書司封員外郎諱朏〔一九〕之曾孫，尚書工部郎中直史館贈吏部尚書諱子輿之孫，太常少卿致仕贈正議大夫諱粹、南陽郡太夫人尹氏之子。上世故爲博平人，尚書公改葬於鄆，因家焉。公以父任爲太廟齋郎，調隴州隴安、慶州合水二縣尉。親喪，服除，調濱州司户參軍、亳州酇縣令。用薦爲宣德郎，知曹州乘氏縣，不赴。簽書鎮海軍判官事，管句京東轉運司文字，轉〔二〇〕通直郎，通判南平軍，不赴。監真州轉般倉，轉奉議郎，賜緋魚袋，通判永寧軍，不赴。轉承議郎，通判沂州。今上即位，恩轉朝奉郎、朝散郎，管勾宫觀。以沂州督捕賊，轉朝請郎，轉朝奉大夫，通判泰州，不赴。除知淄州，借紫，加勳騎都尉。大觀元年七月二十四日寢疾，終於家，享年五十有九。

公濶達好義，有氣略，少時〔二一〕浮沉閭里，泛愛下士，人樂從之游。既孤，葬昏仰食，貧甚，至鬻其産，訾用遂屈。公曰：『差易耳。』厘力治生，調度纖嗇，居數年，復其産如初。鄉人奇之，宗族賴焉。天性明吏事，在官務核實，不肯便文自營，所臨可紀。酇有民椎埋剽劫〔二二〕，及敗，則行錢詆讕，數得脱。前令不能制，公因事殺之以徇。有盗群行入境，微得其處，會尉不在，公部分方略，以授主簿，曰：『往取賊受賞，以君〔二三〕有母，故爲公得。』主簿感激，如公教，盡獲之，遂先公改京秩。沂某氏子，坐小法當受笞，公審其可教，争於州將，以贖論，是歲遂預鄉舉。真州倉室屋七百區，費大，莫敢任葺事，歲霖雨，壞米至萬計，吏夜徙棄水中，以滅跡。公大撤而新之，計司吝費，公曰：『倉雖在真，本漕六路聚米以供京師，則費宜均賦之六路。』衆是公議，上之朝，遂著爲令。

在濱，攝滄之樂陵令。在鄆，攝須城令，治行皆如在酇。凡民訴久不竟，若冤不能自直者，擿其要害，躬爲鐫諭，無不厭服。日所受書檄與凡小治訟，區處立決，庭無留事，獄户可羅雀。豪惡吏屏氣，竟歲無敢犯。或云：『爲政必鋤猾吏，奈何并容？』公笑曰：『懦令倚吏以辦，又憚其縱，則横掎摭之，是滋使藉以蠹民。且去一猾吏，得一猾吏。今予奪在我〔二四〕，吏供筆札奉案牘而已，何謂云云？』前後所辟薦公，皆名士偉人。其與人交，傾蓋不疑，不爲回隱，小不可，輒以告。然資樂易，喜賓客，酣飲笑噱，恢然無忤，人更服其長者。晚尤好書，閲古今，評其人得失，以自致其意。領宫觀，歸家，趣供具，召親屬故舊無虚日。嘆曰：『老矣，無所用。如某人治某事，我雖老，尚能兼此人數輩。』雅知公者，亦多以爲信云。方朝廷察公行能優，除便郡，未赴，感疾不起，壽不滿六十，於戲惜哉！

娶尹氏，南陽夫人弟之子，封壽安縣君。子男四人：羲之、獻之、允之、延之，皆舉進士。羲之以公遺奏，授假將仕郎。女七人：嫁王譽、郭儔、士廉、張平、張大辨、謝敦頤，儔右班殿直，敦頤假承務郎，餘皆舉進士；一未嫁。孫男七人。以大觀二年九月二十六日，葬須城縣黄陂鄉之劉村先塋之次。

跂皇妣魯國太夫人，正議公中女，篤於同氣之愛，憐公幼，護視之尤厚。南陽君於諸外孫愛跂〔二五〕特異，躬自鞠育。跂又少公四歲，相與嬉戲，俱從我先公授《書》學。丁壯昏宦〔二六〕，出處相先後，雖舅甥，有昆弟之好焉。諸孤謂知公無如某者，請誌其墓，謹論次如右。爲之銘曰：

服周於身，棺周於服，刳石袤丈，以爲之槨。度三之一，得其函深，如函之深，爲之蓋博。其封可隱，其坎可席，從先大夫，歸此真宅。

王公旦墓誌銘

滕宗諒

夫文灼於外，而釣名駕説重疊于時者，欲其潛愛恕於心術，汰勝尚於意表，亦以鮮矣。道行于官，而欲至心得光顯當朝者，求其敦潔而恥浮，澹進而勇退，厥惟艱哉！其有體真師常，先行後學，進退蹈道，終始可述，則見之於太原王公焉。公當真宗皇帝世，以縣佐吏有文，選入閣下，隸崇文院，典理御書。日以進用，立朝侃侃，居群以和，人推爲長者。出牧五郡，所至職辦，因俗爲政，不務皦察，時號爲循吏。今天子明道建元之初，抗章引年，朝廷不欲奪其志，許以本官致仕，命一子自布衣試祕書省校書郎，蓋所以享耆德而嘉廉退也。得謝之後，疏林壑以放志，治丹石以佐疾，接鄉里以信順，訓子弟以端孝。嗚呼！旻天不憖，弗報永齡，以景祐二年九月十一日，考終于建陽縣群玉鄉崇德里之第，享年七十四。明年二月，葬于所居之南山顛也。

公諱昱，字公旦，世家于建陽。曾祖磻，祖樞，考綸，皆蘊龍德。生值唐季，四海圮裂，葆光全素，羡慶厥後。由公之貴，烈考贈尚書度支郎中，母封南陽縣太君劉氏，繼母丁氏封清河縣太君。公才具夙成，年十八歲，以文行高妙，爲本郡舉首。咸平初，登禮部上第，除舒州桐城縣主簿，陞大理評事，再遷殿中丞，改太常博士，轉尚書屯田、度支二曹員外郎，典職崇文院祕閣，知柳州。坐鄰郡大賊奔佚界上，捕之不時，得黜臨江軍，監新淦〔二七〕縣酒稅，内徙楚州監鹽，復知南康軍。召還，隸職中祕。出守潤州，逾年移牧武昌。再丁内艱，以度支郎從吉〔二八〕，居閣下，歲久，以便鄉里〔二九〕，求知邵武軍，得之，遂老于家。夫人嚴氏早亡，繼室仁和縣君沈氏，左右君子，動循禮則。子四人：長曰楷，前漳州長泰縣令；次曰格，汀州司法參軍；次曰栩，太廟齋郎；次曰杞，今校書也。女三人：長適嚴氏，次適范氏，次尚幼。

宗諒接公之德舊矣，嘗宰武陽，居公治下，公晚以少子結義於予。諸孤之將議葬也，使家老狀公之行，千里重趼，且來乞文，以誌神隧，紀信示遠，予不讓也宜矣。晏詹〔三〇〕嗣而銘曰：

建水之靈〔三一〕，武夷之英〔三二〕。猗歟王公，才爲時生。賢推仕漢，帝選登瀛。直如朱絃，瑩若壺冰。出守藩方，入趨臺閣。德化優柔，文鋒錯落。播在民謠，賡于聖作。辭絶累句，言無宿諾。致政於君，歸全返真。雅合天道，光昭搢紳。有典有則，不緇不磷。壽鍾五福，慶延後昆。隱隱南山，悠悠東渚。草没新阡，煙昏拱樹。勒砥礎兮，識太原君子之墓。

校勘記

〔一〕『主簿』，底本無，據六十三卷本補。

〔二〕『簽書合州判官事』，底本作『簽判』，據六十三卷本改。

〔三〕「人」，底本無，據六十三卷本、麻沙本補。
〔四〕「人」，底本無，據六十三卷本、麻沙本補。
〔五〕「過」，底本作「遇」，據六十三卷本、麻沙本改。四庫本《二程文集》作「過（一作寓）」。
〔六〕「道洛」，底本作「道之，來之洛」，「之來之」三字，六十三卷本爲墨塊，殆删之，據以改。四庫本《二程文集》作「之道洛」。
〔七〕「居」，底本作「人」，據六十三卷本、麻沙本改。四庫本《二程文集》作「居」。
〔八〕「年」，底本作「日」，據六十三卷本、麻沙本改。四庫本《二程文集》作「年」。
〔九〕「飭」，底本無，據六十三卷本補。四庫本《二程文集》作「飭」。
〔一〇〕「力」，底本無，據六十三卷本補。四庫本《二程文集》作「力」。
〔一一〕「城」，底本作「成」，據六十三卷本改。四庫本《二程文集》作「城」。
〔一二〕「惑」，底本作「感」，據六十三卷本、麻沙本改。
〔一三〕「蓋」，六十三卷本、麻沙本作「益」。
〔一四〕「京」，底本作「凉」，據六十三卷本改。
〔一五〕「策銁獵梟」，「銁」「梟」，底本誤作「餉」「整」，據六十三卷本改。
〔一六〕「骨」，底本作「官」，據六十三卷本改。
〔一七〕「川」，底本作「州」，據六十三卷本改。
〔一八〕「不」，底本誤作「下」，據六十三卷本改。
〔一九〕「朏」，底本作「粹」，據六十三卷本改。清《武英殿聚珍版叢書》本《學易集》作「朏」。

〔二〇〕『轉』下，底本衍一『運』字，據六十三卷本删。清《武英殿聚珍版叢書》本《學易集》無『運』字。

〔二一〕『時』，底本作『年』，據六十三卷本、六十四卷本、麻沙本改。清《武英殿聚珍版叢書》本《學易集》作『時』。

〔二二〕『劫』，底本無，據六十三卷本補。清《武英殿聚珍版叢書》本《學易集》作『攻』。

〔二三〕『君』，六十三卷本作『公』。清《武英殿聚珍版叢書》本《學易集》作『君』。

〔二四〕『在我』，底本作『我在』，未當，據六十三卷本改。清《武英殿聚珍版叢書》本《學易集》作『在我』。

〔二五〕『跂』，底本作『某』，據六十三卷本改。清《武英殿聚珍版叢書》本《學易集》作『某』。

〔二六〕『宦』，底本作『官』，據六十三卷本改。清《武英殿聚珍版叢書》本《學易集》作『宦』。

〔二七〕『淦』，底本作『徒』，據六十三卷本改。宋刻元明遞修本《名臣碑傳琬琰集》作『塗』。按：新塗，即新淦。

〔二八〕『從吉』，底本作『復吉』，據六十三卷本改。宋刻元明遞修本《名臣碑傳琬琰集》作『從告』。

〔二九〕『鄉里』，底本無，據六十三卷本、麻沙本補。宋刻元明遞修本《名臣碑傳琬琰集》作『鄉里』。

〔三〇〕『詹』，六十三卷本作『瞻』。宋刻元明遞修本《名臣碑傳琬琰集》作『詹』。

〔三一〕『靈』，底本作『英』，據六十三卷本、麻沙本改。宋刻元明遞修本《名臣碑傳琬琰集》作『靈』。

〔三二〕『英』，底本作『靈』，據六十三卷本、麻沙本改。宋刻元明遞修本《名臣碑傳琬琰集》作『英』。

新校宋文鑑卷第一百四十五

校者按：底本此卷抄配，據六十三卷本、麻沙本刻卷校改。

墓表

石曼卿墓表

歐陽脩

曼卿諱延年，姓石氏，其上世爲幽州人。幽州入于契丹，其祖自成，始以其族間走南歸，天子嘉其來，將禄之，不可，乃家于宋州之宋城。父諱補之，官至太常博士。幽燕俗勁武，而曼卿少以氣自豪，讀書不治章句，獨慕〔一〕古人奇節偉行非常之功，視世俗屑屑，無足動其意者。自顧不合於時，乃一混以酒，然好劇飲大醉，頹然自放，由是益與時不合。而人之從其遊者，皆知愛曼卿落落可奇，而不知其才之有以用也。年四十八，康定二年二月四日，以太子中允、祕閣校理卒于京師。

曼卿少舉進士不中，真宗推恩，三舉進士，皆補奉職。曼卿初不肯就，張文節公素奇之，謂曰：『母老，乃擇禄耶？』曼卿矍然起就之，遷殿直。久之，改太常寺太祝，知濟州金鄉縣，歎曰：『此亦可以爲政也。』縣有治聲。通判乾寧軍，丁母永安縣君李氏憂，服除，通判永静軍，皆有能名。充館閣校勘，累遷大理寺丞，通判海州，還爲校理。莊獻明肅太后臨朝，曼卿上書請還政天子。其後太后崩，范諷以言見幸，引嘗言太后事者，遽得顯官，欲引曼卿，曼卿固止之，乃已。

自契丹通中國，德明盡有河南〔二〕，而臣屬遂務休兵，養息天下，然内外弛武三十餘年。曼卿上書言十事，不報。已而元昊反，西方用兵，始思其言，召見，稍用其説，籍河北、河東、陝西之民，得鄉兵數十萬。曼卿奉使籍兵河東，還，稱旨，賜緋衣銀魚。天子方思盡其才，而且病矣。既而聞邊將有欲以鄉兵捍賊者，笑曰：『此得吾粗也。夫不教之兵，勇怯相雜，若怯者見敵而動，則勇者亦牽而潰矣。今或不暇教，不若募其敢行者，則人人皆勝兵也。』其視世事，蔑若不足爲，及聽其施設之方，雖精思深慮不能過也。狀貌偉然，喜酒自豪，若不可繩以法度。退而質其平生趣舍大節，無一悖于理者。遇人無賢愚，皆盡忻歡，及間而可否天下，是非善惡，當其意者無幾人。其爲文章，勁健稱其意氣。有子濟、滋。天子聞其喪，官其一子，使禄其家。既卒之三十七日，葬于太清之先塋。其友歐陽脩表於其墓曰：

嗚呼曼卿！寧自混以爲高，不少屈以合世，可謂自重之士矣。士之所負者愈大，則其自顧也愈重，則其合愈難。然欲與共大事，立奇功，非得難合自重之士，不可爲也。古之魁雄之人，未始不負高世之志，故寧或毁身污迹，卒困於無聞，或老且死，而幸一遇，猶克少施於世。若曼卿者，非徒與世難合，而不克所施，亦其不幸，不得至乎中壽，其命也夫！其可哀也夫！

太常博士周君墓表

歐陽脩

有篤行君子曰周君者，孝於其親，友於其兄弟，居父母喪，與其兄某弟某居于倚廬，不飲酒食肉者三年。其言必戚，其哭必哀，除喪而癯然不能勝人事者，蓋久而後復。自孔子在魯，而魯人不能行三年之喪，其弟子疑以爲〔三〕問，則非魯而他國可知也。孔子殁，而其後世又可知也。今世之人，知事其親者多矣，或居喪而不哀者有矣。生能事而死能哀，或不知喪禮者有矣。或知禮而以謂喪主于哀而已，不必合于禮者有矣。如周君者，事生盡孝，居喪盡哀，而以禮者也。禮之失久矣，喪禮尤廢也。今之居喪者，惟仕宦、婚嫁、聽樂不爲，此特法令之所禁爾。其衰麻之數，哭泣之節，居處之别，飲食之變，皆莫知夫有禮也。在上位者，不以身率其下；在下者，無以望於其上，其遂廢矣乎！故吾於周君有所取也。

君諱某，字某，州某縣人也。天聖二年，舉進士，累官至太常博士，歷連、衡二州司理參軍，桂州司録，知高安、寧化二縣，通判饒州，未行，以慶曆五年六月朔日卒于朝集之舍，享年五十有一。皇祐五年某月日，葬于道州永明縣紫微岡。曾祖諱某。祖諱某。父諱某，贈官某。母唐氏，封某縣太君。娶某氏，封某縣君。君學長於毛鄭《詩》、《左氏春秋》。家貧，不事生産，喜聚書〔四〕。居官禄雖薄，常分俸以賙宗族朋友。人有慢己者，必厚爲禮以愧之。其爲吏，所居皆有能政。有文集二十卷。君有子七人：曰諭，鼎州司理參軍；曰詵，湖州歸安主簿；曰諡，曰諷，曰諲，曰説，曰誼，皆未仕。

嗚呼！孝非一家之行也，所以移於事君而忠，仁於宗族而睦，交於朋友而信。始於一鄉，推之四海，表于金石，示之後世。而觀考〔五〕君之所施者，無不可以書也，豈獨俾其子孫不隕也哉？

胡翼之墓表

歐陽脩

先生諱瑗，字翼之，姓胡氏。其上世爲陵州人，後爲泰州如皋人。先生爲人師，言行而身化之，使誠明者達，昏愚者勵，頑傲者革，故其爲法嚴而信，爲道久而尊。師道廢久矣，自景祐、明道以來，學者有師，惟先生暨泰山孫明復、石守道三人，而先生之徒最盛。其在湖州之學，弟子去來常數百人，各以其經轉相傳授。其教學之法最備，行之數年，東南之士，莫不以仁義禮樂爲學。慶曆四年，天子開天章閣，與大臣講天下事，始慨然詔州縣皆立學。于是建太學於京師，而有司請下湖州，取先生之法以爲太學法，至今爲著令。後十餘年，先生始來居太學，學者自遠而至，太學不能容，取旁官署以爲學舍。禮部貢舉，歲所得士，先生弟子十常居四五。其高弟者，知名當時，或取甲科，居顯仕，其餘散在四方，隨其人賢愚，皆循循雅飭，其言談舉止，遇之不問可知爲先生弟子。其學者相語稱先生，不問可知爲胡公也。

先生初以白衣見天子，論樂，拜祕書省校書郎，辟丹州軍事推官，改密州觀察推官。丁父憂，去職。服除，爲保寧軍節度推官，遂居湖學。召爲諸王宮教授，以疾免，已而以太子中舍致仕，遷殿中丞於家。皇祐中，驛召至京師議樂，復以爲大理評事，兼太常寺主簿，又以疾辭。歲餘，爲光禄寺丞、國子監直講，廼居太學。遷大理寺丞，賜緋衣銀魚。嘉祐元年，遷太子中允，充天章閣侍講，仍居太學。已而病〔六〕不能朝，天子數遣使者存問，又以太常博士致仕。東歸之日，太學之諸生與朝廷賢士大夫，送之東門，執弟子禮，路人嗟嘆以爲榮。以四年六月六日卒于杭州，享年六十有七。以明年十月五日葬于烏程何山之原。其世次、官邑與其行事，莆陽蔡君謨且誌于幽堂。

嗚呼！先生之德在乎人，不待表而見于後世，然非此無以慰學者之思，乃揭于其墓之原。六年八月三日，廬陵歐陽脩述。

瀧〔七〕岡阡表

歐陽脩

嗚呼！惟我皇考崇公卜吉于瀧岡〔八〕之六十年，其子脩始克表於其阡，非敢緩也，蓋有待也。

脩不幸生四歲而孤，太夫人守節自誓，居貧自力於衣食，以長以教，俾至于成人。太夫人告脩曰：『汝父爲吏廉，而好施與，喜賓客。其俸禄雖薄，常不使有餘，曰：「無以是爲我累。」故其亡也，無一瓦之覆，一壠之植，以庇而爲生，吾何恃而能自守耶？吾於汝父知其一二，以有待於汝也。自吾爲汝家婦，不及事吾姑，然知汝父之能養也。汝孤而幼，吾不能知汝之必有立，然知汝父之必將有後也。吾之始歸也，汝父免於母喪方逾年，歲時祭祀，則必涕泣曰：「祭而豐，不如養之薄也。」間御酒食，則又涕泣曰：「昔吾不足，而今有餘，其何及也！」吾始一二見之，以爲新免於喪，適然耳。既而其後常然，至其終身，未嘗不然。吾雖不及事姑，而以此知汝父之能養也。汝父爲吏，嘗夜燭治官書，屢廢而歎。吾問之，則曰：「此死獄也，我求其生不得爾。」吾曰：「生可求乎？」曰：「求其生而不得，則死者與我皆無恨，矧求而有得耶？以其有得，則是不求而死者恨也。夫常求其生，猶失之死，而況常求其死也？」回顧乳者，抱汝而立于旁，因指而歎曰：「術者謂我歲行在戌將死，使其言然，吾不及見兒之立也，後當以我語告之。」其平居教他子弟，常用此語，吾耳熟焉，故能詳也。其施於外事，吾不能知，其居于家，無所矜飾，而所爲如此，是真發於中者耶！嗚呼，其心厚於仁者耶！此吾知汝父之必將有後也。汝其勉之！夫養不必豐，要于孝。利雖不得博於物，要其心之厚於仁。吾不能教汝，此汝父之志也。』脩泣而志之，不敢忘。

先公少孤力學，咸平三年進士及第，爲道州判官，泗、綿二州推官，又爲泰州判官。享年五十有九，葬沙溪之瀧岡。太夫人姓鄭氏，考諱德儀，世爲江南名族。太夫人恭儉仁愛而有禮，初封福昌縣太君，進封樂安、安康、彭城三郡太君。自其家少賤時，治其家以儉約，其後常不使過之，曰：『吾兒不能苟合於世，儉薄所以居患難也。』其後脩貶夷陵，太夫人言笑自若，曰：

『汝家故貧賤也，吾處之有素矣，汝能安之，吾亦安矣。』

自先公之亡二十年，脩始得禄而養。又十有二年，列官于朝，始得贈封其親。又十年，脩爲龍圖閣直學士、吏部郎中，留守南京，太夫人以疾卒于官舍，享年七十有二。又八年，脩以非才入副樞密，遂參政事，又七年而罷。自登二府，天子推恩，褒其三世。蓋自嘉祐以來，逢國大慶，必加寵賜。皇曾祖府君累贈金紫光禄大夫、太師、中書令，曾祖妣累封楚國太夫人。皇祖府君累贈金紫光禄大夫、太師、中書令，兼尚書令，祖妣累封吴國太夫人。皇考崇公累贈金紫光禄大夫、太師、中書令，兼尚書令，皇妣累封越國太夫人。今上初郊，皇考賜爵爲崇國公，太夫人進號韓國。於是小子脩泣而言曰：嗚呼！爲善無不報，而遲速有時，此理之常也。惟我祖考，積善成德，宜享其隆，雖不克有於其躬，而賜爵受封，顯榮褒大，實有三朝之錫命，是足以表見于後世，而庇賴其子孫矣。乃列其世譜，具刻于碑。既又載我皇考崇公之遺訓，太夫人之所以教而待於脩者，並揭于阡，俾知夫小子脩之德薄能鮮，遭時竊位，而幸全大節，不辱其先者，其來有自。

熙寧三年歲次庚戌，四月辛酉十五日乙亥，男推誠保德崇仁〔九〕翊戴功臣觀文殿學士特進行兵部尚書知青州軍州事兼管内勸農使充京東東路安撫使上柱國樂安郡開國公食邑四千三百户食實〔一〇〕封壹千二百户脩表。

處士徵君墓表

王安石

淮之南有善士三人，皆居于真州之揚子。杜君者，寓于醫，無貧富貴賤，請之輒往，與之財非義，輒謝而不受。時時窮空，幾不能以自存，而未嘗有不足之色。蓋善言性命之理，而其心曠然，無累於物。而予嘗與之語，久之而不厭也。徐君，忠信篤實，遇人至謹，雖疾病召筮，不正衣巾不見。寓於筮，日得百數十錢則止，不更筮也。能爲詩，亦好屬文，有集若干卷。兩人者以醫筮，故多爲賢士大夫所知，而徵君獨不聞於世。

徵君者，諱某，字某。事其母夫人至孝，居鄉里，恂恂恭謹，樂振人之窮急，而未嘗與人校曲直。好蓄書，能爲詩。有子五人，而教其三人爲進士。某，今爲某官；某，今爲某官；某，亦再貢於鄉。徵君與兩人者相爲友，至驩而莫逆也。兩人者皆先徵君以死，而徵君以某年某月某〔一二〕甲子終于家，年七十七。

噫！古者一鄉之善士，必有以貴於一鄉；一國之善士，必有以貴於一國。此道亡也久矣，余獨私愛夫三人者，而樂爲好事者道之。而徵君之子又以請，於是書以遺之，使之鑱諸墓上。杜君諱嬰，字大和。徐君諱仲堅，字某。

外祖母黄夫人墓表

王安石

外祖夫人黄氏，生二十二年歸吴氏，歸五十年而卒，卒〔一二〕三月而葬，康定二年十二月也。夫人淵静裕和，不强而安，事舅、姑、夫，撫字，皆順適。吴氏内外族甚大，朝夕相與居，歲時以辭幣酒食〔一三〕相綴接。卒夫人之世，戚疏愚良，一無閒言。又喜書史，曉大致〔一四〕，往往引以輔導處士，信厚聞其鄉，子爲士，無虧行，緊夫人之助。夫人資寡言笑，聲若不能出，雖族人亦不知其曉書史也。安石，外孫也，故得之詳。明道中，過舅家，夫人春秋高矣，視其禮，猶若女婦然，視其色，不知其有喜愠也。病且革，以薄葬命子億，其可謂以正始終也已。舅藩既誌其葬四年，安石還自揚州，復表其墓曰〔一五〕：

聖人之教，必繇閨門始，後世志於教者，亦未之勤而已。天下相重以戾，相蕩以侈，疣然數矣。自公卿大夫無完德，豈或女婦然？或者女婦居不識廳屏，笑言不聞隣里，是職然也，置則悖矣。然其死也，聞人傳焉以美之，是亦教之熄也，人人之不能然也。傳焉以美之宜也，矧如夫人者，有不可表耶？於戲！

程伯淳墓表

程　頤

先生名顥，字伯淳，葬于伊川，潞國太師題其墓曰明道先生。弟頤序其所以，而刻之石曰：

周公没，聖人之道不行；孟軻死，聖人之學不傳。道不行，百世無善治；學不傳，千載無真儒。無善治，士猶得以明乎善治之道，以淑諸人，以傳諸後；無真儒，天下貿貿焉莫知所之，人欲肆而天理滅矣。先生生千四百年之後，得不傳之學于遺經，志將以斯道覺斯民。天不憖遺，哲人早世。鄉人士大夫相與議曰：『道之不明也久矣，先生出，倡聖學以示人，辨異端，闢邪説，開歷古之沉迷，聖人之道，得先生而後明，爲功大矣。』於是帝師採衆議而爲之稱，以表其墓。學者之於道，知所嚮，然後見斯人之爲功；知所至，然後見斯名之稱情。山可夷，谷可堙，明道之名，亘萬世而長存。勒石墓旁，以詔後人。

吕和叔墓表

范育

元豐五年歲次壬戌，六月癸酉，吕君和叔卒。九月乙巳，從葬驪山之趾先大夫之墓。其孤義山請識以文。惟君明善至學，性之所得者，盡之於心；心之所知者，踐之於身。妻子刑之，朋友信之，鄉黨宗之，可謂至誠敏德者矣。乃表其墓曰誠德君子，而系其世〔一六〕行云。

君諱大鈞，字和叔，其先汲郡人。皇考鷁，贈司封員外郎。王考通，太常博士，贈兵部侍郎。考蕡，比部郎中，贈左諫議大夫。由兵部葬京兆之藍田，故子孫爲其縣人焉。初，諫議學遊未仕，教子六人，後五人相繼登科，知名當世，其季賢而早死。縉紳士大夫傳其家聲，以爲美談。君其第三子也，中進士乙科，調秦州右司理參軍，監延州折博務，改光禄寺丞，知耀州三原縣。請代親入蜀，移綿州巴西縣。諫議致仕居里，君亦移疾不行。丞相韓公子華，宣撫陝西河東，辟書寫機密文字。府罷，移福州候官縣。故相曾宣靖公鎮京兆，薦涇陽縣，皆不赴。丁諫議憂，服除，獨家居講道數年。仲兄龍圖閣待制大防，請監鳳翔府造舡務，君起就之。官制改，爲宣義郎。會詔伐西夏，鄜延路轉運司檄君從事，法爲可辭，使者請于朝，君亦以禮際善而得行，乃往從。君度塞數百里，冒險出死以事事，衆人所難〔一七〕，君亦盡力，不苟以避，使者愈賢之，薦管勾文字。數月，感疾，卒延州官舍，享年五十有二。

君性純厚易直，强明正亮，所行不二於心，所知不二于行。其學以孔子下學上達之心立其志，以孟子集義之功養其德，以顔子克己復禮之用厲其行，其要歸之誠明不息，不爲衆人沮之而疑，小辯奪之而屈，勢利刼之而回，知力窮之而止。其自任以聖賢之重如此。蓋大學之教，不明于世者千五百年。先是扶風張先生子厚聞而知之，而學者未知信也。君於先生爲同年友，一言而契，往執弟子禮問焉。君謂：『始學必先行其所知而已。若夫道德〔一八〕性命之際，正惟躬行禮義，久則至焉。』先生以謂：『學不造約，雖勞而艱於進德。』且謂：『君勉之，當自悟。』君乃信己不疑，設其義，陳其數，倡而行之，將以抗横流，繼絶學，毅然不恤人之非間己也。先生亦歎其勇爲不可及。始居諫議喪，衰麻斂奠葬祭〔一九〕之事，悉捐俗習事尚，一倣諸禮，後乃寖行於冠昏、飲酒、相見、慶弔之間。其文節粲然可觀，人人皆識其義，相與起好矜行，一朝知禮義之可貴。久之，君之志既克少施，而於趣時求中，未能沛然不疑，然後信先生之學，本末不可踰，以造約爲先務矣。先生既歿，君益脩明其學，援是道推之以善俗，且必於吾身親見之。既而曰：『有命，不得於今，必得於後世。』其始講脩先王〔二〇〕之法曰：『如有用我者，舉而措之而已。』既又知夫君子之德不存焉，雖不信而不悔。始也急於行己〔二一〕，既乃至而不迫，優游乎道之可樂；始也嚴於率人，既乃和而不解，使學者趍而不厭。嗚呼！非持久不已，孰能與于此？君疾，命掃室正席，默坐，問者至，語未終而歿。其徒聞疾，或自家于官所。及訃至，相率迎其喪，遠至數十百里，貧者位于别館哭之。卒時，夫人种氏治其喪，如君所以治諫議之喪。其孤既葬而祭于家，必以禮。

嗚呼！死生之際，安而不惑〔二二〕，可以見養之至。道行乎妻子，善信乎朋友鄉黨，可以見誠之感。君與人語，必因其所可及而喻諸義。治經説德，於身踐而心解。其文章不作於無用，嘗譔次井田、兵制爲圖籍，按之易易。大臣有薦官邸教授者，法當獻文，君上《天下爲一家》《中國爲一人賦》，推是道也，愾乎天下矣。

君始娶馬氏，再娶則种夫人也。子義山，能傳其父學。孫男麟、愈、舟，女一。嗚呼！仲尼七十而變化不息，顔子短命，未見其止，曾子老而德優。先生有言：『樂正子與舜同術，顧其行有未至。』至若君之術，與聖人同，其至足以觀之，惜乎不得見其老，放乎致極，以立乎聖人之門。一朝之遇，措乎天下國家，乃中身而止矣。嗚呼！君之自信其所行，以致其所及，可爲衆人道者也。若信諸己而知乎天者，則又非衆人之所可知，必有君子而知君者矣。安得孔子之門人，與論君之德者乎？

神道碑銘

資政殿學士禮部侍郎范文正公神道碑銘

歐陽脩

皇祐四年五月甲子，資政殿學士、尚書禮部侍郎汝南文正公薨于徐州，以其年十有二月壬申，葬于河南尹樊里之萬安山下。公諱仲淹，字希文。五代之際，世家蘇州，事吴越。太宗皇帝時，吴越獻其地，公之皇考從錢俶朝京師，後爲武寧軍掌書記以卒。

公生二歲而孤，母夫人貧無依，再適長山朱氏。既長，知其世家，感泣去之南郡，入學舍，掃一室，晝夜講誦。其起居飲食，人所不堪，而公自刻益苦。居五年，大通《六經》之旨，爲文章論説，必本於仁義。祥符八年，舉進士，禮部選第一，遂中乙科，爲廣德軍司理參軍，始歸迎其母以養。及公既貴，天子贈公曾祖蘇州糧料判官諱某爲太保，祖祕書監諱某爲太傅，考諱某爲太師，妣謝氏爲吴國夫人。

公少有大節，於富貴貧賤、毁譽歡戚，不一動其心，而慨然有志於天下。常自誦曰：『士當先天下之憂而憂，後天下之樂而樂也。』其事上遇人，一以自信，不擇利害爲趍捨。其所有爲，必盡其方，曰：『爲之自我者當如是，其成與否，有不在我者，雖聖賢不能必，吾豈苟哉？』天聖中，晏丞相薦公文學，以大理寺丞爲祕閣校理。以言事忤章獻太后旨，通判河中府。久之，上記其忠，召拜右司諫。當太后臨朝聽政時，以至日大會前殿，上將率百官爲壽，有司已具。公上疏言：『天子無北面，且開後世弱人主以彊母后之漸。』其事遂已。又上書請還政天子，不報。及太后崩，言事者希旨，多求太后時事，欲深治之。公獨以謂太后受託先帝，保佑聖躬，始終十年，未見過失，宜掩其小故，以全大德。初，太后有遺命，立楊太妃代爲太后。公諫曰：『太后，母號也，自古無代立者。』由是罷其册命。是歲大旱蝗，奉使安撫東南。使還，會郭皇后廢，率諫官、御史伏閤争，不能得，貶知睦州，又徙蘇州。歲餘，即拜禮部員外郎、天章閣待制。召還，益論時政闕失，而大臣權倖多忌惡之。居數月，以公知開封府。開封素號難治，公治有聲，事日益簡，暇則益取古今治亂安危爲上開説，又爲《百官圖》以獻，曰：『任人各以其材而百職脩，堯舜之治，不過此也。』因指其遷進遲速次序曰：『如此而可以爲公，可以爲私，亦不可以不察。』由是吕丞相怒，至交論上前，公求對，辯語切，坐落職，知饒州。明年，吕公亦罷。

公徙潤州，又徙越州。而趙元昊反河西，上復召相吕公，乃以公爲陝西經略安撫副使，遷龍圖閣直學士。是時新失大將，延州危，公請自守鄜、延扞賊，乃知延州。元昊遣人遺書以求和，公以謂無事請和難信，且書有僭號，不可以聞。乃自爲書，告以逆順成〔一三〕敗之説甚辨。坐擅復書，奪一官，知耀州。未逾月，徙知慶州。既而四路置帥，以公爲環慶路經略安撫招討使、兵馬都部署，累遷諫議大夫、樞密直學士。

公爲將務持重，不急近功小利。於延州，築清澗城，墾營田，復承平、永平廢塞，熟羌歸業者數萬户。於慶州，城大順以據要害，又城細腰、胡盧，於是明珠、滅臧等大族〔二四〕，皆去賊爲中國用。自邊制〔二五〕久隳，至兵與將常不相識，公始分延州兵爲六將，訓練齊整，諸路皆用以爲法。公之所在，賊不敢犯。人或疑公見敵應變爲如何，至其城大順也，一旦引兵出，諸將不知所向，軍至柔遠，始號令告其地處，使往築城。至於版築之用，大小畢具，而軍中初不知。賊以騎三萬來争，公戒諸將：『戰而賊走，追勿過河。』已而賊果走，追者不渡，而河外果有伏。賊失計，乃引去。於是諸將皆服公爲不可及。

公待將吏，必使畏法而愛己，所得賜賚，皆以上意分賜諸將，使自爲謝。諸羌質子，縱其出入，無一人逃者。蕃酋來見，召之臥內，屏人徹衛，與語不疑。公居三歲，士勇邊實，恩信大洽，乃決策謀取横山，復靈武。而元昊數遣使稱臣請和，上亦召公歸矣。初，西人籍爲鄉兵者十數萬，既而黥以軍，惟公所部，但刺其手，公去兵罷，獨得復爲民。其於兩路，既得熟羌爲用，使以守邊，因徙屯兵，就食内地，而紓西人饋輓之勞。其所設施，去而人德之，與守其法不敢變者，至今尤多。

自公坐吕公貶，群士大夫各持二公曲直，吕公患之，凡直公者，皆指爲黨，或坐竄逐。及吕公復相，公亦再起被用，於是二公驩然，相約戮力平賊。天下之士，皆以此多二公，然朋黨之論遂起而不能止。上既賢公可大用，故卒置群議而用之。慶曆三年春，召爲樞密副使，五讓不許，乃就道。既至數月，以爲參知政事，每進見，必以太平責之。公歎曰：『上之用我者至矣，然事有先後，而革弊于久安，非朝夕可也。』既而上再賜手詔，趣使條天下事，又開天章閣，召見賜坐，授以紙筆，使疏于前。公惶恐避席，始退而條列時所宜先者十數事上之。其詔天下興學，取士先德行，不專文辭，革磨勘例遷以別能否，減任子之數而除濫官，用農桑考課守宰等，方施行，而磨勘、任子之法，僥倖之人皆不便，因相與騰口。而嫉公者，亦幸外有言，喜爲之佐佑。會邊奏有警，公即請行，乃以公爲河東陝西宣撫使。至則上書，願復守邊，即拜資政殿學士，知邠州，兼陝西路安撫使。其知政事，纔一歲而罷，有司悉奏罷公前所施行而復其故。言者遂以危事中之，賴上察其忠，不聽〔二六〕。其時夏人已稱臣，公因以疾請鄧州。守鄧州三歲，求知杭州，又徙青州。公益病，又求知潁州，肩舁至徐，遂不起，享年六十有四。

方公之病，上賜藥存問，既薨，輟〔二七〕朝一日。以其遺表無所請，使就問其家所欲，贈以兵部尚書，所以哀卹之甚厚。公爲人外和内剛，樂善汎愛。喪其母時尚貧，終身非賓客食不重肉，臨財好施，意豁如也。及退而視其私，妻子僅給衣食。其爲政所至，民多立祠畫像。其行己臨事，自山林處士、里閭田野之人，外至夷狄，莫不知其名字，而樂道其事者甚衆。及其世次官爵，誌于墓，譜于家，藏于有司者，皆不論著，著其繫天下國家之大者，亦公之志也歟！銘曰：

范於吳越，世實陪臣。俶納山川，及其士民。范始來北，中間幾息。公奮自躬，與時偕逢。事有罪功，言有違從。豈公必能？天子用公。其艱其勞，一其初〔二八〕終。夏童跳邊，乘吏殆安。帝命公往，問彼驕頑。有不聽順，鋤其穴根。公居三年，怯勇隳完。兒憐獸擾，卒俾來臣。夏人在廷，其事方議。帝趣公來，以就予治。公拜稽首，茲爲難哉。初匪其難，在其終之。群言營營，卒壞于成。匪惡其成，惟公是傾。不傾不危，天子之明。存有顯榮，殁有贈謚。藏其子孫〔二九〕，寵及後世。惟百有位，可勸無怠。

太尉王文正公神道碑銘

歐陽脩

至和二年七月乙未，樞密直學士、右諫議大夫王素奏事殿中，已而泣且言曰：『臣之先臣旦，相真宗皇帝十有八年，今臣素又得待罪侍從之臣，惟先臣之訓，其遺業餘烈，臣實無似，不能顯大，而墓碑至今無辭以刻。惟陛下哀憐，不忘先帝之臣，以假寵於王氏，而勗其子孫。』天子曰：『嗚呼！惟汝父旦，事我文考真宗，叶〔三〇〕德一心，克終厥位，有始有卒，其可謂全德元老矣。汝素以是刻于碑。』素拜稽首，泣而出。明日，有詔史館脩撰歐陽脩曰：『王旦墓碑未立，汝可以銘。』

臣脩謹按：故推誠保順同德守正翊戴功臣、開府儀同三司、守太尉、充玉清昭應宫使、上柱國、太原郡開國公、贈太師尚書令、兼中書令、追封魏國公、謚曰文正、王公諱旦，字子明，大名莘人也。皇曾祖諱言，滑州黎陽令，追封許國公。皇祖諱徹，左拾遺，追封魯國公。皇考諱祜，尚書兵部侍郎，追封晉國公。皆累贈太師、尚書令，兼中書令。曾祖妣姚氏，魯國夫人。祖妣田氏，秦國夫人。妣任氏，徐國夫人；邊氏，秦國夫人。公之皇考，以文章自顯漢、周之際，逮事太祖、太宗，爲名臣，嘗諭杜重威使無反漢，拒盧多遜害趙普之謀，以百口明符彥卿無罪，故世多稱王氏有陰德。公之皇考亦自植三槐于庭，曰：『吾之後世，必有爲三公者，此其所以志也。』

公少好學有文，太平興國五年，進士及第，爲大理評事，知臨江縣，監潭州銀場，再遷著作佐郎，與編《文苑英華》，遷殿中丞，通判鄭、濠二州。王禹偁薦其材，任轉運使，驛召至京師，辭不受。獻其所爲文章，得試直史館，遷右正言，知制誥，知淳化三年禮部貢舉，遷虞部員外郎，同判吏部流内銓，知考課院，右諫議大夫。趙昌言參知政事，公以壻避嫌求解職，太宗嘉之，改禮部郎中，集賢殿脩撰。昌言罷，復知制誥，仍兼脩撰，判院事，召賜金紫。久之，遷兵部郎中，居職。真宗即位，拜中書舍人，數日，召爲翰林學士，知審官院，通進銀臺封駁事。

公爲人嚴重，能任大事，避遠權勢，不可干以私，由是真宗益知其賢。錢〔三二〕若水名能知人，常稱公曰：『真宰相器也。』若水爲樞密副使罷，召對苑中，問誰可大用者，若水言公可用，真宗曰：『吾固已知之矣。』咸平三年，又知禮部貢舉。居數日，拜給事中，同知樞密院事。明年，以工部侍郎參知政事，再遷刑部侍郎。

景德元年，契丹犯邊，真宗幸澶州，雍王元份留守東京，得暴疾，命公馳自行在，代元份留守。二年，遷尚書左丞。三年，拜工部尚書，同中書門下平章事，集賢殿大學士，監脩國史。是時契丹初請盟，趙德明亦納誓約，願守河西故地，二邊兵罷不用，真宗遂欲以無事治天下。公以謂宋興三世，祖宗之法具在，故其爲相，務行故事，慎所改，進退能否，賞罰必當。真宗久而益信之，所言無不聽，雖他宰相大臣有所請，必曰：『王某以謂如何？』事無大小，非公所言不決。公在相位十餘年，外無夷狄之虞，兵革不用，海內富實〔三二〕，群工百司各得其職，故天下至今稱爲賢宰相。

公於用人，不以名譽，必求〔三三〕其實。苟賢且材矣，必久其官，而衆以爲宜某職，然後遷。其所薦引，人未嘗知。寇準爲樞密使，當罷，使人私公求爲使相。公大驚曰：『將相之任，豈可求耶？且吾不受私請。』準深恨之。已而制出，除準武勝軍節度使，同中書門下平章事。準入見，泣涕曰：『非陛下知臣，安能至此？』真宗具道公所以薦準者，準始媿歎，以爲不可及。故參知政事李穆子行簡有賢行，以將作監丞居于家，真宗召見，慰勞之，遷太子中允。初，遣使者召之，不知其所止，真宗命至中書問王某，然後人知行簡公所薦也。公自知制誥，至爲相，薦士尤多。其後公薨，史官脩《真宗實録》，得內出奏章，乃知朝廷之士，多公所薦者。

公與人寡言笑，其語雖簡，而能以理屈人。默然終日，莫能窺其際，及奏事上前，群臣異同，公徐一言以定。今上爲皇太子，太子諭德見公，稱太子學書有法，公曰：『諭德之職，止於是耶？』趙德明言民飢，求糧百萬斛，大臣皆曰：『德明新納誓而敢違，請以詔書責之。』真宗以問公，請敕有司具粟百萬於京師，詔德明來取，真宗大喜。德明得詔書，慚且拜曰：『朝廷有人。』大中祥符中，天下大蝗，真宗使人於野得死蝗以示大臣，明日他宰相有袖死蝗以進者，曰：『蝗實死矣，請示于朝，率百官賀。』公獨以爲不可。後數日，方奏事，飛蝗蔽天，真宗顧公曰：『使百官方賀而蝗如此，豈不爲天下笑耶？』宦者劉承規以忠謹得幸，病且死，求爲節度使，真宗以語公曰：『承規待此以瞑目。』公執以爲不可，曰：『他日將有求爲樞密使者，奈何？』至今内臣官不過留後。

公任事久，人有謗公於上者，公輒引咎，未嘗自辯。至人有過失，雖人主盛怒，可辯者辯之，必得而後已。榮王宫火，延前殿，有言非天災，請置獄，劾火事，當坐死者百餘人。公獨請見，曰：『始失火時，陛下以罪己詔天下，而臣等皆上章待罪，今反歸咎于人，何以示信？且火雖有迹，寧知非天譴耶？』由是當坐者皆免。日者上書言宫禁事，坐誅，籍其家，得朝士所與往還占問吉凶之説，真宗怒，欲付御史問狀。公曰：『此人之常情，且語不及朝廷，不足罪。』真宗怒不解，公因自取嘗所占問之書進曰：『臣少賤時，不免爲此，必以爲罪，願并臣付獄。』真宗曰：『此事已發，何可免？』公曰：『臣爲宰相，執國法，豈可自爲之，幸於不發，而以罪人？』真宗意解。公至中書，悉焚所得書。既而真宗悔，復馳取之，公曰：『臣已焚之矣。』由是獲免者衆。

公累官至太保，以病求罷，入見滋福殿。真宗曰：『朕方以大事託卿，而卿疾如此。』因命皇太子拜公。公言：『皇太子盛德，必任陛下事。』因薦可爲大臣者十餘人，其後不至宰相者，李及、淩策二人而已，然亦皆爲名臣。公屢以疾請，真宗不得已，拜公太尉，兼侍中，五日一朝視事，遇軍國大事，不以時入參決。公益惶恐，因臥不起，以疾懇辭。册拜太尉，玉清昭應宫使。自公病，使者存問日常三四，真宗手自和藥賜之。疾亟，遽幸其第，賜以白金五千兩，辭不受。以天禧元年九月癸酉薨于家，享年六十有一。真宗臨哭，輟視朝三日，發哀于苑中。其子弟門人故吏，皆被恩澤。即以其年十一月庚申，葬公於開封府開封縣新里鄉大邊村。公娶趙氏，榮〔三四〕國夫人，後公若干年卒。子男三人：長曰司封郎中雍，次曰贊善大夫沖，次曰素。女四人：長適太子太傅韓億，次適兵部員外郎、直集賢院蘇耆，次適右正言范令孫，次適龍圖閣直學士、兵部郎中吕公弼。公事寡嫂謹，與其弟旭相友悌尤篤，任以家事，一無所問，而務以儉約率勵子弟，使在富貴，不知爲驕侈。兄子睦欲舉進士，公曰：『吾嘗以太盛爲懼，其可與寒士争進？』至其薨也，子素猶未官，遺表不求恩澤。有文集二十卷。乾興元年，詔配享真宗廟。

廷臣脩曰：景德、祥符之際盛也，觀公之所以相，而先帝之所以用公者，可謂至哉！是以君明臣賢，德顯名尊，生而俱享其榮，殁而長配於廟，可謂有始有卒，如明詔所褒。昔者《烝民》《江漢》，推大臣下之事，所以見任賢使能之功，雖曰山甫、穆公之詩，實歌宣王之德也。臣謹考國史實録，至於縉紳故老之傳，得公終始之節，而録可紀者，輒聲爲銘詩，昭示後世，以彰先帝之明，以稱聖恩，褒顯王氏，流澤子孫，與宋無極之意〔三五〕。銘曰：

烈烈魏公，相我真宗。真廟翼翼，魏公配食。公相真宗，不言以躬。時有大事，事有大疑。匪卜匪筮，公爲蓍龜。公在相位，終日如默。問其夷狄，包裹兵革。問其卿士，百工以職。問其庶民，耕織衣食。相有賞罰，功當罪明。相所黜升，惟否惟能。執其權衡，萬物之平。孰不事君，胡能必信？孰不爲相，其誰有終？公薨于位，太尉之崇。天子孝〔三六〕思，永薦清廟。侑我聖考，惟時元老。天子念功，報公之隆。春秋從享，萬祀無窮。作爲詩歌，以詒廟工。

校勘記

〔一〕「慕」，底本作「參」，據六十三卷本改。宋慶元二年周必大刻本《歐陽文忠公集》、元本《歐陽文忠公集》作「慕」。

〔二〕「河南」，六十三卷本作「河西」。宋慶元二年周必大刻本《歐陽文忠公集》、元本《歐陽文忠公集》作「河南」。

〔三〕「爲」，底本無，據六十三卷本、麻沙本補。宋慶元二年周必大刻本《歐陽文忠公集》、元本《歐陽文忠公集》作「爲」。

〔四〕「書」，底本無，據六十三卷本補。宋慶元二年周必大刻本《歐陽文忠公集》、元本《歐陽文忠公集》作「書」。

〔五〕「觀考」，底本作「觀周」，六十三卷本作「勸考」，據麻沙本改。宋慶元二年周必大刻本《歐陽文忠公集》、元本《歐陽文忠公集》作「勸考」，疑非是。

〔六〕「病」，底本作「疾」，據六十三卷本、麻沙本改。宋慶元二年周必大刻本《歐陽文忠公集》、元本《歐陽文忠公集》作「病」。

〔七〕「瀧」，底本作「壠」，據六十三卷本改。宋慶元二年周必大刻本《歐陽文忠公集》、元本《歐陽文忠公集》作「瀧」。

〔八〕「岡」，底本無，據六十三卷本補。宋慶元二年周必大刻本《歐陽文忠公集》、元本《歐陽文忠公集》作「岡」。

〔九〕「仁」，底本誤作「位」，據六十三卷本、麻沙本改。宋慶元二年周必大刻本《歐陽文忠公集》、元本《歐陽文忠公集》作「仁」。

〔一〇〕「食實」，底本作「實食」，據六十三卷本改。宋慶元二年周必大刻本《歐陽文忠公集》、元本《歐陽文忠公集》作「食實」。

〔一一〕「某」，底本無，據六十三卷本補。宋刻元明遞修本《臨川先生文集》、明嘉靖刊本《臨川先生文集》作「某」。

〔一二〕「卒」，底本無，據六十三卷本補。宋刻元明遞修本《臨川先生文集》、明嘉靖刊本《臨川先生文集》作「卒」。

〔一三〕「食」，底本作「夕」，據六十三卷本改。宋刻元明遞修本《臨川先生文集》、明嘉靖刊本《臨川先生文集》作「食」。

〔一四〕「致」，底本作「義」，據六十三卷本、麻沙本改。宋刻元明遞修本《臨川先生文集》、明嘉靖刊本《臨川先生文集》作『致』。

〔一五〕『復表其墓曰』，底本作『復其墓，復墓曰』，據六十三卷本改。宋刻元明遞修本《臨川先生文集》、明嘉靖刊本《臨川先生文集》作『復其墓，復表曰』。

〔一六〕『世』，底本作『身』，據六十三卷本改。

〔一七〕以上自『君度塞』至『衆人所難』，凡十七字，底本無，據六十三卷本補。

〔一八〕『德』，底本脱，據六十三卷本補。

〔一九〕『斂奠葬祭』，底本作『斂喪祭』，據六十三卷本改。

〔二〇〕『先王』，底本誤作『先生』，麻沙本亦然，據六十三卷本改。

〔二一〕『己』，底本無，據六十三卷本、麻沙本補。

〔二二〕『惑』，底本誤作『感』，據六十三卷本、麻沙本改。

〔二三〕『成』，底本脱，據六十三卷本補。宋慶元二年周必大刻本《歐陽文忠公集》、元本《歐陽文忠公集》均有『成』字。

〔二四〕『臧』，底本誤作『成』，據六十三卷本改。宋慶元二年周必大刻本《歐陽文忠公集》、元本《歐陽文忠公集》作『臧』。『族』，底本作『賊』，據六十三卷本改。宋慶元二年周必大刻本《歐陽文忠公集》、元本《歐陽文忠公集》作『族』。

〔二五〕『制』，底本作『壘』，據六十三卷本改。宋慶元二年周必大刻本《歐陽文忠公集》、元本《歐陽文忠公集》作『制』。

〔二六〕以上自『其故』至『不聽』，凡十七字，底本無，據六十三卷本補。宋慶元二年周必大刻本《歐陽文忠公集》、元本《歐陽文忠公集》有此十七字。

〔二七〕『輟』，底本誤作『輒』，據六十三卷本、麻沙本改。宋慶元二年周必大刻本《歐陽文忠公集》、元本《歐陽文忠公集》作『輟』。

〔二八〕『初』，底本作『始』，據六十三卷本、麻沙本改。宋慶元二年周必大刻本《歐陽文忠公集》、元本《歐陽文忠公集》作『初』。

〔二九〕『子孫』，底本空缺，麻沙本作『子稔』，據六十三卷本補。宋慶元二年周必大刻本《歐陽文忠公集》、元本《歐陽文忠公集》作『子孫』。

〔三〇〕『叶』，底本作『一』，據六十三卷本、麻沙本改。宋慶元二年周必大刻本《歐陽文忠公集》、元本《歐陽文忠公集》作『叶』。

〔三一〕『錢』，底本脱，據六十三卷本、麻沙本補。宋慶元二年周必大刻本《歐陽文忠公集》、元本《歐陽文忠公集》作『錢』。

〔三二〕『實』，底本誤作『貴』，據六十三卷本、麻沙本改。宋慶元二年周必大刻本《歐陽文忠公集》、元本《歐陽文忠公集》作『實』。

〔三三〕『求』，六十三卷本作『表』。宋慶元二年周必大刻本《歐陽文忠公集》、元本《歐陽文忠公集》作『求』。

〔三四〕『榮』，底本誤作『宋』，據六十三卷本改。宋慶元二年周必大刻本《歐陽文忠公集》、元本《歐陽文忠公集》作『榮』，且上有一『封』字。

〔三五〕『意』，六十三卷本作『休』。宋慶元二年周必大刻本《歐陽文忠公集》、元本《歐陽文忠公集》作

「意」。

〔三六〕「孝」，底本作「有」，據六十三卷本改。宋慶元二年周必大刻本《歐陽文忠公集》、元本《歐陽文忠公集》作「孝」。

新校宋文鑑卷第一百四十五

新校宋文鑑卷第一百四十六

校者按：底本此卷抄配，據六十四卷本、麻沙本刻卷校改。

神道碑銘

晏元獻公神道碑銘

歐陽脩

至和元年六月，觀文殿大學士、行兵部尚書、西京留守、臨淄公以疾歸于京師。八月疾少閒，入見天子，曰：『噫！予舊學之臣也。』乃留侍講邇英閣，詔五日一朝前殿。明年正月，疾作不能朝，敕太醫朝夕往視，有司除道，將幸其家。公歎曰：『吾無狀，乃以疾病憂吾君。』即馳奏曰：『臣疾少間行愈矣。』乃止。其月丁亥，以公薨聞。天子震悼，亟臨其喪，以不即視公爲恨，贈公司空，兼侍中，謚曰元獻。有司請輟視朝一日，特輟二日。以其年三月癸酉，葬公于許州陽翟縣麥秀鄉之北原。既葬，賜其墓隧之碑首曰『舊學之碑』。既又敕史臣脩，考次公事，具書于碑下。

臣脩伏讀國史，見真宗皇帝時，天下無事，天子方推讓功德，祠祀天地山川，講禮樂以文頌聲，而儒學文章儁賢偉異之人出。公世家江西之臨川，年始十四，一日起田里，進見天子，時方親閲天下貢士，會廷中者千餘人，與夫宮臣衛官，擁列圜視。公不動聲氣，操筆爲文辭，立成以獻。天子嘉賞，賜同進士出身，遂登館閣，掌書命，以文章爲天下所宗。逮陛下養德〔一〕東宮，先帝選用臣屬，即以公遺陛下，由王官宮臣卒登宰相。凡所以輔道聖德，憂勤國家，有舊〔二〕有勞，自始至卒，五十餘年。公既薨，而先帝之名臣與陛下東宮之舊人，皆無在者，宜其褒寵優異，比公甘盤。臣脩幸得執筆史官〔三〕，奉明詔，謹昧死上臨淄公事。曰：

公諱殊，字同叔，姓晏氏。其世次晦顯，徙遷不常，自其高祖諱墉，唐咸通中舉進士，卒官江西，始著籍于高安。其後三世不顯。曾祖諱延白，又徙其籍于臨川。祖諱郜，追封英國公。考諱固，追封秦國公。自曾祖已下，皆用公貴，累贈開府儀同三司、太師、中書令，兼尚書令。曾祖妣張氏，陳國太夫人。祖妣傅氏，許國太夫人。妣吴氏，唐國太夫人。

公生七歲，知學問，爲文章，鄉里號爲神童。故丞相張文節公安撫江西，得公以聞。真宗召見，既賜出身，後二日，又召試詩賦論。公徐啟曰：『臣嘗私習此賦，不敢隱。』真宗益嗟異之，因試以他題，以爲祕書省正字，置之祕閣，使得悉讀祕書，命故僕射陳文僖公視其學。明年，獻其所爲文，召試中書，遷太常寺奉禮郎。封祀太山，推恩遷光禄寺丞。數月，充集賢校理。明年，遷著作佐郎。丁父憂去官。已而真宗思之，即其家起復，命淮南發運使具舟送之京師，從祀太清宮，賜緋衣銀魚，同判太常禮院。又丁母憂，求去官服喪，不許。今天子始封昇王，公以選爲府記室參軍，再遷左正言，直史館。今天子爲皇太子，以户部員外郎充太子舍人，賜金紫，知制誥，判集賢院，遷翰林學士，充景靈宫判官，太子左庶子，兼判太常寺，知禮儀院。公既以道德文章佐佑東宫，真宗每所諮訪，多〔四〕以方寸小紙細書問之，由是參與機密，凡所對，必以其藁進，示不洩。其後悉閲真宗閣中遺書，得公所進藁，類爲八十卷，藏之禁中，人莫之見也。

初，真宗遺詔，章獻明肅太后權聽軍國事。宰相丁謂、樞密使曹利用各欲獨見奏事，無敢決其議者。公建言：群臣奏事太后者，垂簾聽之，皆毋得見。議遂定。乾興元年，拜右諫議大夫，兼侍讀學士，遷給事中，景靈宫副使，判吏部流内銓。以《易》侍講崇政殿，遷禮部侍郎，知審官院，爲樞密副使，遷刑部侍郎。上疏論張耆不可爲樞密使，由是忤太后旨，坐以笏擊其僕，誤折其齒罷。留守南京，大興學校，以教諸生。自五代以來，天下學廢，興自公始。召拜御史中丞，改兵部侍郎，兼祕書監、資政殿學士、翰林侍讀學士，知天聖八年禮部貢舉。明年，爲三司使，復爲樞密副使，未拜，改參知政事，遷尚書左丞。太后謁太廟，有請服衮冕者，太后以問公，公以《周官》后服對。

太后崩，大臣執政者皆罷。公爲禮部尚書，知亳州，徙知陳州，遷刑部尚書，復召爲御史中丞，又爲三司使，知樞密院事，拜樞密使，再加檢校太尉、同中書門下平章事。慶曆三年三月，遂以刑部尚書居相位，充集賢殿大學士，兼樞密使。自公復召用，而趙元昊反，師出陝西，天下弊於兵。公數建利害，請罷監軍，無以陣圖授諸將，使得應敵爲攻守，及制財用爲出入之要，皆有法。天子悉爲施行，自宮禁先，以率天下，而財賦之職，悉歸有司。卒能以謀臣元昊，使〔五〕聽約束，乃還其王號。

公爲人剛簡，遇人必以誠，雖處富貴如寒士，罇酒相對，歡如也。得一善，稱之如己出。當世知名之士如范仲淹、孔道輔等，皆出其門。及爲相，益務進賢材。當公居相府時，范仲淹、韓琦、富弼皆進用，至於臺閣，多一時之賢。天子既厭西兵，閔天下困弊，奮然有意，遂欲因群材以更治，數詔大臣條天下事。方施行，而小人權倖皆不便。明年秋，會公以事罷，而仲淹等相次亦皆去，事遂已。

公既罷，以工部尚書知潁州，徙知陳州，又徙許州，三遷户部尚書，拜觀文殿大學士，知永興軍，充一路都部署、安撫使，徙知河南府，西京留守，累進階至開府儀同三司，勳上柱國，爵臨淄公，食邑一萬二千户，實封三千七百户。公享年六十有五。自少篤學，至其病亟，猶手不釋卷。有文集二百四十卷，嘗奉敕脩《上訓》及《真宗實録》，又集類古今文章爲《集選》二百卷。其其爲政敏，而務以簡便其民。其於家嚴，子弟之見有時。事寡姊孝謹，未嘗爲子弟求恩澤。其在陳州，上問宰相曰：『晏某居外，未嘗有所請，其亦有所欲邪？』宰相以告公，公自爲表，問起居而已。故其薨也，天子尤哀悼之，賜予加等，以其子承裕爲崇文院檢討，孫及甥之未官者九人，皆命以官。

公初娶李氏，工部侍郎虚己之女。次孟氏，屯田員外郎虚舟之女，封鉅鹿郡夫人。次王氏，太師尚書令超之女，封榮國夫人。子八人：長曰居厚，大理評事，早卒；次承裕，尚書屯田員外郎；宣禮，贊善大夫；崇讓，著作佐郎；明遠、祗德，皆大理評事；幾道、傳正，皆太常寺太祝。女六人：長適户部侍郎、同中書門下平章事富弼，次適禮部侍郎、三司使楊察，其四尚幼。孫十有二人。公既樂善而稱爲知人，士之顯于朝者，多公所薦達。至擇其女之所從，又得二人者如此，可謂賢也已。銘曰：

有姜之裔，齊爲晏氏。齊在春秋，晏顯諸侯。傳載桓子，嬰稱于丘。其後無聞，不亡僅存。有煒自公，厥聲以振。公之顯聲，實相天子。天子曰噫，予考真宗。唯多名臣，以臻盛隆。汝初事我，王官東宫。以曁相予，始卒一躬。輔我以德，有勞于邦。公疾在外，來歸自洛。天子曰留，汝予舊學。凡今在庭，莫如汝舊。孰以畀予？唯予聖考。今既亡矣，孰爲予老？何以贈之，司空侍中。禮則有加，予思何窮。有篆其文，在其碑首。天子之褒，史臣有詔。銘以述之，永昭〔六〕厥後。

王武恭公神道碑銘

歐陽脩

惟王氏之先，爲常山真定人，後世葬河南密縣，而密分入于管城，遂爲鄭州管城人，其封國仍世于魯。武康公事太宗皇帝，秉節治戎，出征入衛，乃受遺詔輔真宗。有勞有勤，報卹追崇，以有兹魯國。是生魯武恭公，少以父任爲西頭供奉官。至道二年，遣五將討李繼遷，公從武康公出鐵門，爲先鋒，殺獲甚衆。軍至烏白池，諸將失期，不得進，公告其父曰：『歸師過險，争必亂。』乃以兵前守隘，號其軍曰：『亂行者斬。』由是士卒無敢先後，雖武康公亦爲之按轡。追兵望其軍整，不敢近，武康公歎曰：『王氏有子矣。』後以御前忠佐爲軍頭巡檢。邢洺男子張洪霸，聚盜二州閒，歷年吏不能捕。公以氈車載勇士，爲婦人服，盛飾誘之邯鄲道中。賊黨争前邀刼，遂皆就擒，由是知名。

公以將家子宿衛真宗，爲内殿直殿前左班都虞候，捧日左廂都指揮使，累遷英州團練使。今天子即位，改博州團練使，知廣信軍，徙知冀州，遷康州防禦使，歷龍神衛、捧日天武四廂都指揮使、侍衛親軍步軍馬軍殿前都虞候，步軍副都指揮使，桂、福二州觀察使。是時章獻太后猶臨朝，有詔補一軍吏。公曰：『補吏，軍政也。敢挾詔書以干吾軍！』亟請罷之。太后固欲與之，公不奉詔，乃止。及太后上僊，有司請衛士坐甲，公以爲故事無爲太后喪坐甲，又不奉詔。於是天子知公可任大事。

明道二年，拜檢校太保，簽署樞密院事，遂爲副使。明年，以奉國軍留後同知院事。又明年，領安德軍節度使。又明年，加檢校太尉、宣徽南院使。公爲將，善撫士，而識與不識，皆喜爲之稱譽。其狀貌雄偉動人，雖里兒巷婦，外至夷狄，皆知其名氏。御史中丞孔道輔等因事以爲言，乃罷公樞密，拜武寧軍節度使。言者不已，即以爲右千牛衛上將軍，知隨州。士皆爲之懼，公舉止言色如平時，惟不接賓客而已。久之，徙知曹州。而孔道輔卒，客有謂〔七〕公曰：

『此害公者也。』公愀然曰：『孔公以職言事，豈害我者？可惜朝廷亡一直臣。』於是言者終身以爲愧，而士大夫服公爲有量。

慶曆二年，起公爲保静軍留後，知青州，未行，而契丹聚兵幽、涿，遣使者有所求，自河以北皆警，乃拜公保静軍節度使，知澶州。契丹使者過澶州，見公喜曰：『聞公名久矣，乃得見於此邪！』公爲言已衰老，中國多賢士大夫，因指坐客，歷陳其世家，使者悚聽。是歲徙真定府、定州等路都部署，改宣徽南院使，判成德軍，未行，徙判定州，兼三路都部署。公治其軍，無撓其私，亦不貸其過。居頃之，士皆可用。契丹使人覘其軍，或勸公執而戮之，公曰：『吾軍整而和，使覘者得吾實以歸，是屈人兵以不戰也。』明日大閱于郊，公執桴鼓誓師，號令簡明，進退坐作，肅然無聲，乃下令曰：『具糗糧，聽鼓聲，視吾旗所嚮。』契丹聞之震恐。會復議和，兵解，徙知陳州。道過京師，天子遣中貴人問公欲見否，公謝曰：『備邊無功，幸得蒙恩徙内地，不敢見。』明年，徙河陽，不行，以宣徽使奉朝請，已而出判相州。六年，拜同中書門下平章事，判澶州。明年，徙鄭州，封祁國公。又明年，乞骸骨，不許，以爲會靈觀使，已而復判鄭州，徙澶州，除集慶軍節度使，徙封冀國公。

皇祐三年，遂以太子太師致仕，大朝會許綴中書門下班。居一歲，天子思之，起爲河陽三城節度使，同中書門下平章事，判鄭州。六年以本官爲樞密使，徙封魯國公。既而上以富公弼爲宰相，是歲契丹使者來，公與之射，使者曰：『天子以公典樞密，而用富公爲相，得人矣。』語聞，上喜，賜公御弓一，矢五十。公善射，至老不衰，嘗侍上射，辭曰：『幸得備位大臣，舉止爲天下所視，臣老矣，恐不能勝弓矢。』上再三諭之，乃手二矢，再拜，一發中之，遂將釋復位，上固勉之，再發又中，由是左右皆驩呼，賜以襲衣金帶。

自寶元、慶曆之間，元昊叛河西，兵出久無功，士大夫争進計策，多所改作。公笑曰：『奈何紛紛？兵法不如是也。使士知畏愛，而怯者勇，勇者不驕，以吾可勝，因敵而勝之爾，豈多言哉！』其在樞密，亦嘗自請臨邊，不許。凡大謀議，必以咨之。其在外，則遣中貴人詔問，其言多見施用。公自致仕，復起掌樞密，凡三歲，以老求去位至六七。上爲之不得已，以爲景靈宫使，徙忠武軍節度使，又以爲同群牧制置使。五日一朝，給扶者以子若孫一人，是歲公年七十有八矣。明年二月辛未，以疾薨于家。詔輟視朝二日，發哀于苑中，贈太尉、中書令。其遺言曰：『臣有俸禄，足以具死事，不敢復累朝廷，願〔八〕無遣使者護喪，無厚賻贈。』天子惻然，哀其志，以黄金百兩、白金三千〔九〕兩賜其家，固辭，不許。以其年五月甲申，葬于管城。明年，有詔史臣刻其墓碑。

臣愚以謂，自國家西定河隍，北通契丹，罷兵不用，幾四十年。一日元昊叛，幽、燕亦犯約，二邊騷動，而老臣宿將無在者。公於是時屹然爲中國鉅人名將，雖未嘗躬矢石，攻堅摧敵，而恩信已足撫士卒，名聲已足動四夷。遂登朝廷，典掌機密，以老還仕，復起于家，保有富貴，享終壽考，雖古之將帥，及于是者，其幾何人？至於出入勤勞之節，與其進退綢繆，君臣之恩意，可以褒勸後世，如古《詩》《書》所載，皆應法可書。

謹按：魯武恭公，諱德用，字元輔。曾祖諱方，追封蔣國公。祖諱玄，追封邢國公，皆贈中書令。父諱超，建雄軍節度使，贈尚書令，追封魯國公，謚曰武康。公娶宋氏，武勝軍節度使延渥之女，初爲定安郡夫人，追封榮國夫人。五男，四女。男曰咸熙，東頭供奉官，蚤卒；次曰咸融，西京左藏庫使，果州團練使；次曰咸庶，内殿崇班，早卒；次曰咸英，供備庫副使；次曰咸康，内殿承制。銘曰：

魯始錫封，以褒武康。爰暨武恭，乃克有邦。桓桓武恭，其容甚飭。偉其名聲，以動夷狄。公治軍旅，不寬不煩。恩均令齊，千萬一人。公在朝廷，出守入衛。乃登大臣，與國謀議。公曰老矣，乞臣之身。帝曰休哉，汝予舊臣。亟其强起，秉我樞鈞。禮不筋力，老予敢侮。公來在廷，拜母蹈舞。若子與孫，助其興俯。凡百有位，誰其敢儔？惟時黄耇，天子之優。富貴之隆，亦有能保。孰享其終，如公壽考？公有世德，載勳旂常。刻銘有詔，俾嗣其芳。

馬正惠公神道碑銘

王安石

推忠保順同德翊戴功臣、彰德軍節度觀察留後、特進檢校太尉、使持節相州諸軍事、相州刺史、兼御史大夫、上柱國、扶風郡開國公、食邑六千六百户、食實封二千二百户正惠馬公，以天禧三年十月戊戌葬開封祥符縣某鄉某里。至嘉祐七年，公孫慶崇始來請銘，以作公碑序曰：

馬氏故扶風人，至公高祖而徙處雲中。贈太師諱某者，於公爲曾祖。贈太師、中書令諱某者，於公爲祖。龍捷左廂都指揮使、江州防禦使〔一〇〕、贈太師、中書令、尚書令蔡公諱某者，於公爲父。蔡公從太祖定天下，力戰有功。當是時，雲中已爲契丹所得，故馬氏又徙處浚儀，今開封府祥符也。

公諱知節，字子元。蔡公之終也，年七歲，太祖召見禁中，有司言例當補殿直，特授西頭供奉官，而賜以名。開寶五年，年十八，監彭州兵馬，以嚴飭見憚如老將。太平興國三年，領兵戍秦州清水。姦人李飛雄乘驛稱詔捕公及秦隴巡檢劉文裕等，將縶之秦州，因盜庫兵以反。公辨其詐，與文裕執飛雄，治殺之。五年，監潭州兵馬，改東頭供奉官。

雍熙二年，又監博州兵馬。劉延讓敗於君子驛，而契丹歸矣。公方料丁壯，集芻糧，繕城治械如寇至。吏民初不悦其生事也，已而契丹果至，度不可攻，乃去。四年，改西京作坊副使，將屯于冀州。

端拱元年，移知定遠軍。時議發河南十三州之民轉饟河北，公告轉運使樊知古，此軍聚兵少而積粟多，籔其腐尚可得十七，知古用此得粟五十萬斛，以罷河南之役。事聞朝廷，太宗嘉之。二年，深州新蹂於契丹，城郭廬舍多壞，而流民衆，乃移公知深州。公至數月，則壞者完，流者復，舉州忘其寇戎之故，而以公爲能撫我。會保州不治，移往代之。

淳化二年，又移知慶州。羌萬人以怨程德元來寇，公誘其渠帥，諭以威信，即皆引去。四年，遷西京作坊使，知梓州。五年，李順爲亂於蜀之西川，以公往討，又以爲先鋒，平劍州，召還，至三泉而復，以公與王繼恩討賊。繼恩怒公抗直，使守彭州，盡收其軍，而與之羸卒三百。賊率其衆，至號十萬，公力戰一日，亡其卒太半，乃夜獨出招救兵，復入，賊終不能得城，而以敗去。除成都府兵馬鈐轄，遷洛苑使。五年，除蜀漢九州都巡檢使，已而又兼成都府兵馬鈐轄。

真宗即位，改内苑使。蜀卒劉旰，聚黨數千人爲亂，所攻數州，至輒取之。公以卒三百，追至蜀州與戰，旰走邛州，而招安使上官正召公歸成都計事，公爲正畫，曰：『賊破邛州，必乘勝劫掠，渡江薄我，既息而戰，我軍雖倍，未易敵也。不如迎其弊急擊，破之必矣。』遂行，次方井，與正合殺旰等無噍類。真宗賜書獎諭，賞以錦袍金帶。

咸平元年，加登州刺史，知秦州。諸羌質子，有三十年不釋者，公悉歸之，諸羌德公，訖公去，無一人犯塞。小泉銀坑久不發，掌吏盡産以償歲課，而責之不已。公奏得釋，而歸其産。四年，就除西上閤門使，知成都府，兼本州兵馬鈐轄。有告龍騎士謀爲變者，所引以千數，公捕殺其首七人，而置其餘無所問。自乾德後，歲漕蜀物，以富人爲送吏，多坐漂失，籍其家。公奏擇[一一]三班使臣及三司軍大將代之，而課其漕事爲賞罰，至今便之。六年，移鄜延路駐泊兵馬都總管，兼知延州。蜀人於公去，皆環以泣。公至延州，羌方以兵覷邊，會上元開門張燈，視以無爲，而羌卒不能爲寇。又移知鎮州，兼本州兵馬都總管。

景德元年，契丹入邊，民入保城。公與之約，盗一錢者死。有盗錢二百者，公即殺之。於是自澶以北，城郭皆晝閉。詔使過，公輒留之，而募人間行送詔，皆得其報以聞。又以便宜，使所至受諸漕輓給邊之物，故契丹欲虜掠，無所得。車駕次澶州，大將王超提卒數十萬，逗留不赴。公屢趣之，不爲動，移書譙讓，乃始出師，猶辭以中渡無橋。至則公先已度材，一夕而橋就。上聞，手詔褒之，且知公果可以屬大事也。二年，移知定州，又除東上閤門使、樞密院都承旨。三年，遂以檢校太保簽書樞密院事。

祥符元年，東封泰山，以爲行宫都總管。自此行幸必以公爲都總管，而皆許之專殺。公部分明，約束審，出令肅然〔一二〕，而未嘗輒戮一人。於是邊將言契丹近塞，大臣議，皆請發兵以備，公獨議使邊將移書問狀，從之，契丹解去。遷檢校太傅。四年，加宣徽北院使。五年，除樞密副使。當是時，契丹已盟〔一三〕，中國無爲，大臣方言符瑞，而公每不然之，獨常從容極言，天下雖安，不可忘戰去兵之意，及他争議甚衆，真宗多以公言爲是。七年，除潁州防禦使，知潞州。州之税賦，常移以輸邊，公爲論其害，自是所輸不過鄰州而已。

天禧元年，移知大名府，兼駐泊兵馬都總管。使中貴人勞問，賜白金二千兩。居頃之，遂以爲宣徽南院使，知樞密院事，檢校太尉。有足疾，時詔内朝别爲一班，免其蹈舞。二年，疾病賜告，求去位。真宗不許，而數使中貴人勞問，又幸其第，賜白金三千兩。已而度公實病，不可强以事，乃罷，以爲彰德軍節度〔一四〕觀察留後。而公固求外鎮，終不許。居久之，稍閒，入謁。

真宗輒使閤門祗候二人，伺公至，即扶以入，因掖其拜起，數屏左右問事，常聽用。三年，又求外鎮，乃以公知貝州，兼本州兵馬都總管。將行矣，召見，又將付以政。公固辭謝，久之乃已，而更以公爲本鎮。至五〔一五〕月，公疾作，詔使公子洵美將太醫往視，而魏、潞二鎮之人亦皆奔走來問，爲公請禱。已而公疾革，真宗又使公弟之子成美馳傳〔一六〕，召公歸京師，而公以八月壬寅不起矣。享年六十五。真宗爲之震悼，罷朝，詔贈侍中，録其子孫，賻賜皆加等。

公前夫人丁氏，某郡君。後夫人沈氏，某郡夫人。子男二人：洵美，終西京作坊使、英州刺史；之美〔一七〕，終内殿承制、閤門祗候。孫十六人，其十四人皆已卒，而慶宗今爲右班殿直，慶崇今爲文思使，知恩州。公少忼慨，以武力智謀自喜，又能好書，賓友儒者，所與善，必一時豪傑。有集二十卷，其文長於議論。自始仕以至登用，遇事謇謇，未嘗有所顧憚。王冀公、丁晉公用事，每廷議，得其不直，輒面詆之。真宗初或甚忤，然終以此知公，而天下至今稱其正直。銘曰：

在浚西南，誰封誰樹？有宋正惠，馬公之墓。公當太宗，真宗之時。暨暨諤諤，謀行計施。以羸擊强，以少捕衆。以賤抗貴，維公之勇。雖貴雖衆，雖强必克。維公之敏，亦維公直。帝曰直哉，汝予良弼。見國而已，不知家室。内朝十年，典掌機密。暨予一心，綱紀庶物。元功宗謀，莫汝敢匹。公曰孤臣，敢曠于榮？讒説不用，是維帝明。士或困窮，莫知其有。既榮以位，正或見醜。公於可願，兩得其尤。不訖大耄，天爲不謀。德歉於年，孰云耇老？有賚後世，公爲壽考。刻跌篆首，作此銘詩。陳之隧道，永矣其詒。

梅侍讀神道碑銘

王安石

宋翰林侍讀學士、正奉大夫、行給事中、知許州軍州事、兼管内提堰橋道勸農事〔一八〕、上柱國、南昌郡開國公、食邑二千三百户、食實封六百户、賜紫金魚袋梅公之墓，在宣州宣城縣長安鄉西山里。公有五子：鼎臣、德臣、寶臣、輔臣、清臣。清臣〔一九〕今獨在，爲尚書司門郎中，以公行狀及樂安歐陽公之銘來請文，以刻墓碑，時熙寧元年八月四日也。銘曰：

公先梅伯，後氏其國。彌周涉秦，不見史策。有鋗有福，著漢名籍。公福之孫，詢字昌言。三世弗仕，陵陽之里。公第廷中，判官利豐。再〔二〇〕歲而擢，以丞將作。以宰仁和，人譽用多。主推御史，侍考進士。一見天子，以爲知己。詔曰試哉，遂試中書。館之集賢，賜服緋魚。於時繼遷，兵我西鄙。老弱餽守，丁彊多死。靈州告危，帝視不怡。公請擇人，使潘羅支。兵法所謂，以夷攻夷。帝曰誰可？無如臣者。曰予汝嘉，閉陷奈何？公拜且跪，颺言而起。苟紓西師，臣不愛死。出書授之，往訖爾謀。至彊敕還，會棄靈州。帝察公藝，可書帝制。相或止之，留佐三司。其後羅支，果窘西賊。論將料敵，皆如所策。或從或違，或擠或推。牾合阻夷，神者公尸。黜之倅州，用獄一眚。去杭而蘇，列國東屏。漕輸淛河，就付將領。三年告功，僅得故省。又以譴投，守彼淮州。有僚許公，相得於此。與之欣然，樂以忘徙。使于湖北，遷自濠梁。又奪一官，往裨于襄。坐發驛馬，給奔喪者。于鄂于蘇，剖將之符。握節關中，使摠其輸。煌煌金章，厥賜特殊。謀復靈武，度兵葫蘆。秦有將瑋，諸公與俱。會瑋召還，公復淪胥。有反咸陽，能名氏朱。始雖弗察，後捕而誅。自懷徂池，再副戎車。真宗新陟，罪垢皆滌。爲郎度支，以將廣德。外更四州，楚壽陝荊。乃還待制，中糾獄刑。有歸龍圖，其唐殖殖。就以學士，專其閣直。輟之銓衡，乘傳臨并。超遷郎秩，進直樞密。趣歸封駁，考國中失。中〔二一〕命選事，得權進黜。加職侍讀，改司群牧。移之審官，審是在服。伐閱積遷，給事于中。告疾〔二二〕出許，鼓歌從容。方公少壯，志立人上。談辭慨然，帝悦而嚮。及後晚出，皆爲將相。公則老矣，將歸田里。康定辛巳，六月十日。公七十八，以其〔二三〕官卒。公開南昌，勳爵第一。夫人曰劉，不及郡封。封君彭城，其卒先公。公卒明年，季秋挾日。于州山西，卜祔而吉。公有四子，伯爲進士。丞于殿中，與仲前死。仲賜科名，叔也皆丞。將作殿中，或廢或興。有顯惟季，時丞衛尉。今爲郎中，論序初終。實來求詩，刻示無窮。

曾子固神道碑銘

韓維

公姓曾氏，諱鞏，字子固。其先魯人，後世遷豫章，因家江南。其四世祖延鐸，始爲建昌軍南豐人。曾祖諱仁旺，贈尚書水部員外郎。祖諱致堯，尚書户部郎中，直史館，贈右諫議大夫。考諱易占，太常博士，贈右銀青光禄大夫。其履閲行實，則有國史若墓銘在。

公生而警敏，自幼讀書爲文，卓然有大過人者。嘉祐二年，登進士第，調太平州司法參軍。歲餘，召編校史館書籍，歷館閣校勘、集賢校理，兼判官告院，又爲《英宗實録》院檢討官。出[二四]通判越州，屬歲饑，公興積藏，通有無，老稚怡怡，不出里閭，果腹而嬉。擢知齊州，齊俗悍强，豪宗大姓，抵冒僭濫。其尤無良者，群行剽劫，光火發塚，吏不敢正視。公屬民爲伍，謹幾察，急追胥，且捕且誘，盗發輒得，市無攫金，室無穴[二五]坯，貨委于塗，犬不夜吠。徙知襄州，襄有大獄，久不決，公一閲知其冤，盡釋去，一郡稱其神明。又徙洪州，歲大疫，公儲藥物飲食，在所授病者，民以不夭死。師出安南，道江西者且萬人，公陰計逆具，師至如歸，既去，而市里有不知者。進直龍圖閣，知福州，兼福建兵馬鈐轄，賜五品服。時閩[二六]有大盗數千人，朝廷赦其罪，降之，餘黨疑不順，往往屯聚，居人惴恐，瀕海山林阻深，椎埋剽盗，依以爲淵藪。公以方略禽獲募誘，亡慮數百人。增置巡邏，水行陸宿，坦如在郛郭。召判太常寺，未至，改知明州。有詔完州城，公程工賦，裁省費十六，民不知役，而城具。數月，徙亳州。

元豐三年，知滄州，道由京師，召對，神宗察公賢，留勾當三班院。數對便殿，其所言皆安危大計，天子嘉納之。四年，手詔中書門下曰：『曾鞏史學見稱士類，宜典五朝史事。』遂以爲史館修撰，管勾編修院，判太常寺，兼禮儀[二七]事。公入謝曰：『此大事，非臣所敢獨當。』上喻以將用卿之漸耳，毋重辭。五年，大正官名，擢拜中書舍人，賜三品服。時除授日數十百人，公各[二八]舉其職以訓，丁寧深厚，學者以爲復見三代遺風。今天子爲延安郡王，其牋奏，故事命翰林學士典之，先帝特以屬公。九月，以母喪罷。六年四月丙辰，卒于江寧府，年六十有五。七年六月丁酉，葬于南豐從周鄉之源頭，敕在所給其喪事。

公剛毅直方，外謹嚴而内和裕，與人交不苟合，朋友有不善，必盡言其過，有善，必推揚其所長。獎誘後進，汲汲唯恐不逮。其爲政，嚴而不擾，必去民疾苦而與所欲者，未嘗按劾官吏，所涖至于今思之。天子且欲大用，而公不幸死矣。自大理寺丞，五遷尚書度支員外郎，換朝散郎，勳累加輕車都尉。

母周氏，豫章郡太夫人；吴氏，會稽郡太夫人；朱氏，遂寧郡太夫人。元配晁氏，光禄少卿宗恪之女；繼室李氏，司農少卿禹卿之女。子男三人：綰，瀛州防禦推官，知楊州天長縣事；綜，瀛州防禦推官，知宿州蘄縣事；綱，右承務郎，監常州税務。二女，蚤卒。孫男六人：愁、忞、愈、恳、忲、憇。愁，假承務郎，餘未仕。孫女五人。

公平生無所好，唯藏書至二萬卷，皆手自讎定。又集古今篆刻爲《金石録》五百卷，出處必與之俱。既没，集其遺藁爲《元豐類藁》五十卷，《續元豐類藁》四十卷，《外集》十卷。自唐衰，天下之文變而不善者數百年，歐陽文忠公始大正其體，一復於雅。其後公與王荆公介甫相繼而出，爲學者所宗，於是大宋之文章，炳然與漢唐侔盛矣。

初，光禄公〔二九〕歸，家甚貧，公竭力以養，温清旨甘，無一不如志者。既孤，奉太夫人如事光禄，教養弟妹，曲有恩意。四弟牟、宰、布、肇，繼登進士第，布、肇以文學論議有聲當世。九妹，皆得其所歸。嗟乎子固！而位止〔三〇〕於斯，而壽止於斯，然其所以自立者，可以爲不亡矣，亦可以無憾矣。銘曰：

猗嗟子固！文與質生。不勤其師，幼則大成。學富行茂，其蓄硼硼。發爲文章，一世大驚。哲人其萎，邪説嗥吠！公不聽熒，徑前無閡。砭廢藥瘍，扶昏剔聵。波濤沄沄，東入于海。姬淪劉亡，文弊辭靡。引商召羽，儷六騈四。組綉芬葩，不見粉米。公於其間，鷹揚虎視。發揮奥雅，揀斥浮累。巍然高山，爲衆仰止。栖遲掾曹，翺翔書府。如鷙之鶚，如薪之楚。出貳于越，究問疾苦。屬歲大歉，稼荒于畝。與積于民，發藏于庾。既助既補，裹糧含哺。式歌式呼，謂民父母。一麾出守，六上郡計。振張領目，補葺刓弊。庭不留訟，獄無濫繫。勞之來之，鰥寡以遂。公殿海服，有命來覲。帝曰汝賢，毋遠王室。其代予言，汝且輔弼。五聖大典，唯公紬繹。百官正名，唯公訓敕。忠言嘉謨，入則造膝。公用不暨，公志不卒。偉望廣譽，如星如日。石可磷兮，公名不没。

校勘記

〔一〕『養德』，底本無，據六十四卷本、麻沙本補。宋慶元二年周必大刻本《歐陽文忠公集》、元本《歐陽文忠公集》作『養德』。

〔二〕『舊』，底本作『勳』，據六十四卷本、麻沙本改。宋慶元二年周必大刻本《歐陽文忠公集》、元本《歐陽文忠公集》作「舊」。

〔三〕「史官」，底本無，據六十四卷本、麻沙本補。宋慶元二年周必大刻本《歐陽文忠公集》、元本《歐陽文忠公集》作「史官」。

〔四〕「多」，底本作「人」，據六十四卷本改。宋慶元二年周必大刻本《歐陽文忠公集》、元本《歐陽文忠公集》作「多」。

〔五〕「使」，底本誤作「仁」，據六十四卷本改。宋慶元二年周必大刻本《歐陽文忠公集》、元本《歐陽文忠公集》作「使」。

〔六〕「昭」，底本作「垂」，據六十四卷本、麻沙本改。宋慶元二年周必大刻本《歐陽文忠公集》、元本《歐陽文忠公集》作「昭」。

〔七〕「謂」，底本作「請」，據六十四卷本改。宋慶元二年周必大刻本《歐陽文忠公集》、元本《歐陽文忠公集》作「謂」。

〔八〕「願」，底本作「顧」，據六十四卷本改。宋慶元二年周必大刻本《歐陽文忠公集》、元本《歐陽文忠公集》作「願」。

〔九〕「三千」，底本誤作「三十」，麻沙本亦然，據六十四卷本改。宋慶元二年周必大刻本《歐陽文忠公集》、元本《歐陽文忠公集》作「三千」。

〔一〇〕以上自「贈太師、中書令」至「江州防禦使」，凡二十六字，底本脱，據六十四卷本、麻沙本補。宋刻元明遞修本《臨川先生文集》、明嘉靖刊本《臨川先生文集》有此二十六字。

〔一一〕「擇」，底本誤作「釋」，麻沙本亦然，據六十四卷本改。宋刻元明遞修本《臨川先生文集》、明嘉靖刊本《臨川先生文集》作「擇」。

〔一二〕「然」，底本無，據六十四卷本、麻沙本補。宋刻元明遞修本《臨川先生文集》、明嘉靖刊本《臨川先生文集》作「然」。

〔一三〕「盟」，底本誤作「爲」，據六十四卷本、麻沙本改。宋刻元明遞修本《臨川先生文集》、明嘉靖刊本《臨川先生文集》作「盟」。

〔一四〕「節度」下，六十四卷本有一「使」字。宋刻元明遞修本《臨川先生文集》、明嘉靖刊本《臨川先生文集》無「使」字。

〔一五〕「五」，底本作「六」，據六十四卷本改。宋刻元明遞修本《臨川先生文集》、明嘉靖刊本《臨川先生文集》作「五」。宋刻元明遞修本《名臣碑傳琬琰集》亦作「五」。

〔一六〕「傳」，底本作「侍」，據六十四卷本改。

〔一七〕「之美」，底本誤作「成美」，麻沙本亦然，據六十四卷本改。宋刻元明遞修本《臨川先生文集》、明嘉靖刊本《臨川先生文集》作「之美」。宋刻元明遞修本《名臣碑傳琬琰集》亦作「之美」。

〔一八〕「事」，六十四卷本作「使」。宋刻元明遞修本《臨川先生文集》、明嘉靖刊本《臨川先生文集》作「事」。

〔一九〕「清臣」，底本無，據六十四卷本補。宋刻元明遞修本《臨川先生文集》、明嘉靖刊本《臨川先生文集》作「清臣」。

〔二〇〕「再」，底本作「拜」，據六十四卷本改。宋刻元明遞修本《臨川先生文集》、明嘉靖刊本《臨川先生文集》作「再」。

〔二一〕『申』，底本作『用』，據六十四卷本改。宋刻元明遞修本《臨川先生文集》、明嘉靖刊本《臨川先生文集》作『申』。

〔二二〕『疾』，底本作『事』，據六十四卷本、麻沙本改。宋刻元明遞修本《臨川先生文集》、明嘉靖刊本《臨川先生文集》作『疾』。

〔二三〕『其』，底本作『某』，據六十四卷本、麻沙本改。宋刻元明遞修本《臨川先生文集》、明嘉靖刊本《臨川先生文集》作『其』。

〔二四〕『出』，底本無，據六十四卷本補。

〔二五〕『穴』，底本誤作『允』，據六十四卷本改。

〔二六〕『閫』，底本無，據六十四卷本補。

〔二七〕『儀』，底本作『部』，據六十四卷本改。

〔二八〕『各』，底本無，據六十四卷本、麻沙本補。

〔二九〕『公』，底本無，據六十四卷本、麻沙本補。

〔三〇〕『止』，底本誤作『也』，麻沙本脱，據六十四卷本改。

新校宋文鑑卷第一百四十七

校者按：底本此卷抄配，據六十四卷本、麻沙本刻卷校改。

神道碑

富鄭公神道碑銘

蘇　軾

宋興百三十年，四方無虞，人物歲滋，蓋自秦、漢以來，未有若此之盛者。雖所以致之非一道，而其要在於兵不用，用不久，常使智者謀之，而仁者守之，雖至於無窮可也。契丹自晉天福以來，踐有幽、薊，北鄙之警，略無寧歲，凡六十有九年。至景德元年，舉國來寇，攻定武，圍高陽，不克，遂陷德清，以犯天雄。真宗皇帝用宰相寇準計，決策親征，既次澶淵，諸道兵大會行在。虜既震動，兵始接，射殺其驍將順國王撻覽，虜懼，遂請和。時諸將皆請以兵會界河上，邀其歸，徐以精甲躡其後，殲之。虜懼，求哀於上。上曰：『契丹、幽、薊，皆吾民也，何多以殺爲？』遂詔諸將按兵勿伐，縱契丹歸國。虜自是通好守約，不復盗邊者三十有九年。及趙元昊叛西方，轉戰連年，兵久不決。

契丹之臣，有貪而喜功者，以我爲怯且厭兵，遂教其主設詞以動我，欲得晉高祖所與關南十縣。慶曆二年，聚重兵境上，遣其臣蕭英、劉六符來聘。兵既壓境，而使來非時，中外忷之。仁宗皇帝曰：『契丹吾兄弟之國，未可棄也，其有以大鎮撫之！』命宰相擇報聘者。時虜情不可測，群臣皆莫敢行。宰相舉右正言知制誥富公，公〔一〕即入對便殿，叩頭曰：『主憂臣辱，臣不敢愛其死。』上爲動色，乃以公爲接伴。英等入境上，遣中使勞之，英託足疾不拜。公曰：『吾嘗使北，病臥車中，聞命輒起拜。今中使至而公不起，此何禮也？』英矍然起拜。公開懷與語，不以夷狄待之。英等見公傾蓋〔二〕，亦不復隱其情，遂去左右，密以其主所欲得者告公，且曰：『可從，從之；不可從，更以一事塞之。』公具以聞。上命御史中丞賈昌朝館伴，不許割地，而許增歲幣，且命公報聘。既至，六符館之，往反十數，皆論割地必不可狀。及見虜主，問故，虜主曰：『南朝違約，塞鴈門，增塘水，治城隍，籍民兵，此何意也？群臣請舉兵而南，寡人以謂不若遣使求地，求而不獲，舉兵未晚也。』公曰：『北朝忘章聖皇帝之大德乎？澶淵之役，若從諸將言，北兵無得脱者。且北朝與中國通好，則人主專其利，而臣下無所獲。若用兵，則利歸臣下，而人主任其旤。故北朝諸臣爭勸用兵者，此皆其身謀，非國計也。』虜主驚曰：『何謂也？』公曰：『晉高祖欺天叛君，而求助於北，末帝昏亂，神人棄之。是時中國狹小，上下離叛，故契丹全師獨克。雖虜獲金幣，充牣諸臣之家，而壯士健馬，物故太半，此誰任其禍者？今中國提封萬里，所在精兵以百萬計，法令修明，上下一心，北朝欲用兵，能保其必勝乎？』曰：『不能。』公曰：『勝負未可知，就使其勝，所亡士馬，群臣當之歟？抑人主當之歟？若通好不絕，歲幣盡歸人主，臣下所得，止奉使者歲一二人耳，群臣何利焉？』虜主大悟，首肯者久之。公又曰：『塞鴈門者，以備元昊也。塘水始於何承矩，事在通好前，地卑水聚，勢不得不增。城隍皆修舊，民兵亦舊籍，特補其缺耳，非違約也。晉高祖以盧龍一道賂契丹，周世宗復伐取關南，皆異代事。宋興已九十年，若各求異代故地，豈北朝之利也哉？本朝皇帝之命使臣，則有詞矣，曰：「朕爲祖宗守國，必不敢以其地與人。北朝所欲，不過利其租賦耳。朕不欲以地故多殺兩朝赤子，故屈己增幣以代賦入。若北朝必欲得地，是志在敗盟，假此爲詞耳，朕亦安得獨避用兵乎？澶淵之盟，天地鬼神實臨之，今北朝首發兵端，過不在朕，天地鬼神，豈可欺也哉！」』虜大感悟，遂欲求婚。公曰：『婚姻易以生隙，人命脩短不可知，不若歲幣之堅久也。本朝長公主出降，齎送不過十萬緍，豈若歲幣無窮之獲哉？』虜主曰：『卿且歸矣，再來當擇一授之，卿其遂以誓書來。』公歸，復命再聘，受書及口傳之詞于政府。既行次樂壽，謂其副曰：『吾爲使者，而不見國書，萬一書詞與口傳者異，則吾事敗矣。』發書視之，果不同。乃馳還都，以晡入見，宿學士院一夕，易書而行。既至，虜不復求婚，專欲增幣，曰：『南朝遺我書，當曰獻，否則曰納。』公争不可。虜主曰：『南朝既懼我矣，何惜此二字？若我擁兵而南，得無悔乎？』公曰：『本朝皇帝兼愛南北之民，不忍使蹈鋒鏑，故屈己增幣，何名爲懼哉？若不得已而至於用兵，則南北敵國，當以曲直爲勝負，非使臣之所憂也。』虜主曰：『卿勿固執，古亦有之。』公曰：『自古惟唐高祖借兵於突厥，故臣事之，當時所遺，或稱獻納，則不可知。其後頡利爲太宗所擒，豈復有此禮哉？』公聲色俱厲，虜知不可奪，曰：『吾當自遣人議之。』於是留所許增幣誓書，復使耶律仁先及六符以其國誓書來，且求爲獻納。公奏曰：『臣既以死拒之，虜氣折矣，可勿復許，虜無能爲也。』上從之，增幣二十萬，而契丹平，北方無事，蓋又四十八年矣。契丹君臣〔三〕至今誦其語，守其約，不忍敗〔四〕者，以其心曉然，知通好用兵利害之所在也。故臣嘗竊論之，百餘年間，兵不大用者，真宗、仁宗之德，而寇準與公之功也。

公諱弼，字彦國，河南人。曾大父内黄令，諱處謙。大父商州馬步使，諱令荀。考尚書都官員外郎，諱言。皆以公貴，贈太師、中書令、尚書令，封鄧、韓、秦三國公。曾祖母劉氏，祖母趙氏，母韓氏，封魯、韓、秦三國太夫人。

公幼篤學，有大度。范仲淹見而識之，曰：『此王佐才也。』懷其文以示王曾、晏殊，殊即以女妻之。仁宗復制科，仲淹謂公曰：『子當以是進。』天聖八年，公以茂材異等中第，授將作監丞，知河南府長水縣。用李迪辟，簽書河陽〔五〕節度判官事。丁秦國公憂，服除，會郭后廢，范仲淹等争之，貶知睦州，公上言：『朝廷一舉而獲二過，縱不能復后，宜還仲淹，以來忠言。』通判絳州。景祐四年，召試館職，遷太子中允，直集賢院。從王曾辟，通判鄆州。

寶元初，趙元昊反，公上疏陳八事，且言：『元昊遣使求割地，邀金帛，使者部從儀物如契丹，而詞甚倨，此必元昊腹心謀臣自請行者，宜出其不意，斬之都市。』又言：『夏守贇，庸人也，平時猶不當用，而況艱難之際，可爲樞密乎？』議者以爲有宰相器〔六〕，召還，爲開封府推官，擢知諫院。

康定元年，日食正旦。公言：『請罷燕徹樂，雖虜使在館，亦宜就賜飲食而已。』執政以爲不可，公曰：『萬一北虜行之，爲朝廷羞。』後使虜還者云虜中罷燕，如公言，仁宗深悔之。初，宰相惡聞忠言，下令禁越職言事。公因論日食，以謂應天變，莫若通下情，遂除其禁。

元昊寇鄜、延，殺二萬人，破金明，擒李士斌，延帥范雍、鈐轄盧守懃閉門不救。中貴人黄德和引兵先走，劉平、石元孫戰死，而雍、守懃歸罪於通判計用章、都〔七〕監李康伯，皆竄嶺南。德和誣奏平降賊，詔以兵圍守其家。公言：『平自環慶引兵來援，以姦臣不救，故敗，竟罵賊不食而死，宜卹其家。守懃、德和皆中官，怙勢誣人，冀以自免，宜竟其獄。』樞密院奏，方用兵，獄不可遂。公言：『大臣附下罔上，獄不可不竟。』時守懃男昭序爲御藥，公奏乞罷之，德和竟坐腰斬。延州民二十人詣闕告急，上召問，具得諸將敗亡狀。執政惡之，命邊郡禁民擅赴闕者。公言：『此非陛下意，宰相惡上知四方有敗耳。民有急，不得訴之朝，則西走元昊，北走契丹矣。』夏守贇爲陝西都總管，又以入内都知王守忠爲都鈐轄。公言：『用守贇既爲天下笑，而守忠鈐轄，乃與唐中官監軍無異，將吏必怨懼。盧守懃、黄德和覆車之轍，可復蹈乎？』詔罷守忠。時又用觀察使魏昭昞爲同州，鄭守忠爲殿前都指揮使，高化爲步軍都指揮使。公言：『昭昞乳臭兒，必敗事。守忠與化故親事官，皆奴〔八〕才小人，不可用。』詔遣侍御史陳泊往陝西督修城，且城潼關。公言：『天子守在四夷，今城潼關，自關以西爲棄之耶？』語皆侵執政。自用兵以來，吏民上書者甚衆，初不省用。公言：『知制誥本中書屬官，可選二人，置局中書，考其所言，可用用之。』宰相以付學士。公言：『此宰相偷安，欲以天下是非盡付他人，乞與廷辯。』又言：『邊事係國安危，不當專委樞密院。周宰相魏仁浦兼樞密使，國初范質、王溥亦以宰相參知樞密院事。今兵興，宜使宰相以故事兼領。』仁宗曰：『軍國之務，當盡歸中書，樞密非古官，然未欲遽廢。』内降令中書同議樞密院事，且書其檢。宰相以内降納上前，曰：『恐樞密院謂臣奪權。』公曰：『此宰相避事耳，非畏奪權也。』時西夏首領吹同乞砂、吹同山乞各稱僞將相來降，補借奉職，羈置荆湖。公言：『二人之降，其家已族矣，當厚賞以勸來者。』上命以所言送中書。公見宰相論之，宰相初不知也，公嘆曰：『此豈小事，而宰相不知耶？』更極論之，上從公言，以宰相兼樞密使。除鹽鐵判官，遷太常丞、史館修撰，奉使契丹。

二年，改右正言，知制誥，糾察在京刑獄。時有用僞牒爲僧者，事覺，乃堂吏爲之。開封按餘人而不及吏，公白執政，請以吏付獄。執政指其坐曰：『公即居此，無爲近名。』公正色，不受其言，曰：『必得吏乃止。』執政滋不悦，故薦公使契丹，欲因事罪之。歐陽脩上書，引顔真卿使李〔九〕希烈事留公，不報。使還，除吏部郎中，樞密直學士，懇辭不受。始受〔一〇〕命，聞一女卒，再受命，聞一男生，皆不顧而行，得家書，不發而焚之，曰：『徒亂人意。』尋遷翰林學士。公見上，辭曰：『增歲幣，非臣本志也，特以朝廷方討元昊，未暇與虜角，故不敢以死争，其敢受〔一一〕乎？』

慶曆三年三月，遂命公爲樞密副使，辭之愈力，改授資政殿學士，兼翰林侍讀學士。七月，復除樞密副使。公言：『虜既通好，議者便謂無事，邊備漸弛。虜萬一敗盟，臣死且有罪，非獨臣不敢受，亦願陛下思夷狄輕侮中原之耻，坐薪嘗膽，不忘修政。』因以告納上前而罷。逾月，復除前命。時元昊使辭，群臣班紫宸殿門上，俟公綴樞密院班乃坐，且使宰相章德象諭公曰：『此朝廷特用，非以使虜故也。』公不得已，乃受。

時晏殊爲相，范仲淹爲參知政事，杜衍爲樞密使，韓琦與公副之，歐陽脩、余靖、王素、蔡襄爲諫官，皆天下之望。魯人石介作《慶曆聖德詩》，歷頌群臣，皆得其實，曰：『維仲淹弼，一夔一契。』天下不以爲過。公既以社稷自任，而仁宗責成，於公與仲淹，望太平於朞月之間，數以手詔督公等條具其事。又開天章閣，召公等坐，且給筆札，使書其所欲爲者。遣中使二人更往督之。且命仲淹主西事，公主北事。公遂與仲淹各上當世之務十餘條，又自上河北安邊十三策，大略以進賢退不肖，止僥倖，去宿弊爲本，欲〔二〕漸易諸路監司之不才者，使澄汰所部吏，於是小人始不悦矣。元昊遣使以書來，稱男而不臣。公言：『契丹臣元昊，而我不臣，則契丹爲無敵於天下，不可許。』乃却其使，卒臣之。

四年七月，契丹來告，舉兵討元昊。十二月，詔册元昊爲夏國主，使將行而止之，以俟虜使。公曰：『若虜使未至而行，則事自我出；既至，則恩歸契丹矣。』從之。是歲契丹受禮雲中，且發兵，會元昊伐呆兒族，於河東爲近。上問公曰：『虜得無與元昊襲我乎？』公曰：『虜自得幽、薊，不復由河東入寇者，以河北平易富饒，而河東嶮瘠，且虞我出鎮定，擣燕、薊之虚也。今兵出無名，契丹大國，決不爲此。就使妄動，當出我不意，不應先言受禮雲中也。元昊本與契丹約相左右，以困中國，今契丹背約，結好於我，獨獲重幣，元昊有怨言，故虜築威塞州以備之。呆兒屢殺威塞人，虜疑元昊使之，故爲是役，安能合而寇我哉？』或請調發爲備。公曰：『虜雖不來，猶欲以虚聲困我，若調發，正墮其計。臣請任之，虜若入寇，臣爲罔上且誤國。』上乃止，虜卒不動。公謂契丹異日作難，必於河朔，既上十三策，又請守一郡行其事。小人怨公不已，而大臣亦有以飛語讒公者，上雖不信，公懼，因保州賊平，求爲河北宣撫使以避之。使將還，除資政殿學士，知鄆州，兼京東西路安撫使。讒者不已，罷安撫使。歲餘，讒不驗，加給事中，移知青州，兼京東東路〔一三〕安撫使。

河朔大水，民流京東，公擇所部豐稔者五州，勸民出粟，得十五萬斛，益以官廩，隨所在貯之，得公私廬舍十餘萬區，散處其人，以便薪水。官吏自前資待闕寄居者，皆給其禄，使即民所聚，選老弱病瘠者廩之。山林河泊之利，有可取以爲生者，聽流民取之，其主不得禁。官吏皆書其勞，約爲奏請，使他日得以次受賞於朝。率五日，輒遣人以酒肉糗飯勞之，出於至誠，人人爲盡力。流民死者，爲大冢葬之，謂之叢冢，自爲文祭之。明年，麥大熟，流民各以遠近受糧而歸，凡活五十餘萬人，募而爲兵者，又萬餘人。上聞之，遣使勞公，即拜禮部侍郎。公曰：『救灾，守臣職也。』辭不受。前此救灾者，皆聚民城郭中，煮粥食之，飢民聚爲疾疫及相蹈籍〔一四〕

死，或待次數日不食，得粥皆僵仆，名爲救之，而實殺之。自公立法，簡便周至，天下傳以爲法，至于今，不知所活者幾千萬人矣。

王則據貝州叛，齊州禁兵馬達、張青與姦民張握等，得劍印于妖師，欲以其衆叛，將屠城以應則。握之壻楊俊詣公告之。齊非公所部，恐事泄變生，時中貴人張從訓銜命至青，公度從訓可使，即以事付從訓，使馳至郡，發吏卒取之，無得脱者。且自劾擅遣中使罪。仁宗嘉之，再除禮部侍郎，公又懇辭不受。遷資政殿大學士，以明堂恩除禮部侍郎，徙知鄭州，又徙〔一五〕蔡州，加觀文殿學士，知河陽，遷户部侍郎，除宣徽〔一六〕南院使，判并州，兼河東經略安撫使。

至和二年，召拜同中書門下平章事、集賢殿大學士，與文彦博並命，宣制之日，士大夫相慶於朝。仁宗密覘知之，歐陽脩奏事殿上，上具以語脩，且曰：『古之求相者，或得於夢卜，今朕用二相，人情如此，豈不賢於夢卜也哉？』脩頓首稱賀。仁宗弗豫，大臣不得見，中外憂恐。文彦博與公等直入問疾，内侍止之不可，因以監視禳禱爲名，乞留宿内殿，事皆關白而後行，禁中肅然。

嘉祐三年，加禮部尚書、昭文館大學士，監修國史。公之爲相，守格法，行故事，而附以公議，無心於其閒，故百官任職，天下無事。以所在民力困弊、賦役不均，遣使分道相視裁減，謂之寬卹民力。又弛茶禁，以通商賈，省刑獄，天下便之。六年，丁秦國太夫人憂，詔爲罷春燕。故事，執政遇喪皆起復，公以謂金革變禮，不可用於平世。仁宗待公而爲政，五遣使起之，卒不從命，天下稱焉。

英宗即位，拜樞密使，同中書門下平章事，遷户部尚書。逾年，以足疾求解機務，章二十上，拜鎮海軍節度使，同中書門下平章事，判河陽，封祁國公。公五上章辭使相，且言：『真宗以前，不輕以此授人。仁宗即位之初，執政欲自爲地，故開此例。終仁宗之世，宰相樞密使罷者皆除使相，至不稱職有罪者亦然，天下非之。今陛下初即位，願立法自臣始。』不從。

神宗即位，改鎮武寧軍，進封鄭國公。公又乞罷使相，乃以爲尚書左僕射、觀文殿大學士、集禧觀使。召赴闕，公以足疾固辭，復判河陽。熙寧元年，移汝州，且詔入覲，以公〔一七〕足疾，許肩輿至殿門。上特爲御内東門小殿見之，令男紹隆入扶，且命無拜，坐語從容，至日昃。賜紹隆五品服。再對，上欲留公〔一八〕爲集禧觀使，力辭赴郡。明年二月，除司空，兼侍中、昭文館大學士，賜甲第一區，皆辭不受。復拜左僕射、門下侍郎、同中書門下平章事。公既至，未見，有於上前言灾異皆天數，非人事得失所致者，公聞之，歎曰：『人君所畏惟天，若不畏天，何事不可爲者？去亂亡無幾矣。此必姦臣欲進邪説，故先導上以無所畏，使輔拂諫諍之臣無所復施其力，此治亂之機也，吾不可以不速救。』即上書數千言，雜引《春秋》《洪範》及古今傳記，人情物理，以明其決不然者。群臣請上尊號及作樂，上以久旱不許。群臣固請作樂，公又言：『故事，有灾變皆徹樂，恐上以同天節虜使當上壽，故未〔一九〕斷其請。臣以爲此盛德事，正當以示夷狄，乞并罷上壽。』從之。即日而雨。公又上疏，願益畏天戒，遠姦佞〔二〇〕，近忠良。上親書答詔曰：『義忠言親，理正文直，苟非意在愛君，志存王室，何以臻此？敢不置之枕席，銘諸肺腑，終老是戒？更願公不替今日之志，則天灾不難弭，太平可立俟也。』公既上疏謝，復申戒不已，願陛下待群臣，不以同異爲喜怒，不以喜怒爲用捨。公始見上，上問邊事，公曰：『陛下即位之始，當布德行惠，願二十年口不言兵。』因以九事爲戒。

八月以疾辭位，拜武寧軍節度使，同中書門下平章事，判河南。復以公請，改亳州。時方行青苗息錢法，公以謂此法行，則財聚於上，人散於下，且富民不願請，願請者皆貧民，後不可復得，故持之不行。而提舉常平倉趙濟劾公以大臣格新法，法行當自貴近者始，若置而不問，無以令天下。乃除左僕射，判汝州。公言：『新法臣所不曉，不可以復治郡，願歸洛養疾。』許之。尋請老，拜司空，復武寧節度及平章事，進封韓國公致仕。雖居家，而朝廷有大利害，知無不言。交趾叛，詔郭逵等討之。公言：『海嶠嶮遠，不可以責其必進，願詔逵等擇利進退，以全王師。』契丹來争河東地界，上手詔問公，公言：『熙河諸郡，皆不足守，而河東地界，決不可許。』

元豐三年，官制行，改授開府儀同三司。是歲，故參知政事王堯臣之子同老上言，至和三年，仁宗弗豫，其父堯臣嘗與文彦博、劉沆及公，同決大策，乞立儲嗣，仁宗許之，會翊日有瘳，故緩其事，人無復知者。以其父堯臣所撰詔草上之。上以問彦博，彦博〔一一〕言與同老合。上嘉公等勳績如此，而終不自言，下詔以公爲司徒，且以其子紹京爲閤門祗候。

六年閏六月丙申，薨于洛陽私第之正寢，享年八十。手封遺表，使其子上之，世莫知其所言者。上聞訃震悼，爲輟視朝，内出祭文，遣使致奠，所以賻卹其家者甚厚。贈太尉，謚曰文忠。十一月庚申，葬于河南府河南縣金谷鄉南張里。

公之配曰周國夫人晏氏，後公四年卒。子男三人：曰紹庭，朝奉郎；曰紹京，供備庫副使，後公一月卒；曰紹隆，光禄寺丞，早卒。女四人：長適保寧軍節度使、北京留守馮京，卒；又以其次繼室，封安化郡夫人；次適承議郎范大琮；次適宣德郎范大珪。孫男三人：定方，承〔二二〕事郎；直清，承奉郎；直亮，假承務郎。

公性至孝，恭儉好禮，與人言，雖幼賤必盡敬，氣色穆然，終身不見喜愠。然以單車入不測之虜廷，詰其君臣，折其口而服其心，無一語少屈，所謂大勇者乎！其好善疾惡，蓋出於天資，常言君子小人如冰炭，決不可以同器，若兼收並用，則小人必勝，薰蕕雜處，終必爲臭。其爲宰相，及判河陽，最後請老家居，凡三上章，皆言天子無職事，惟辨君子小人而進退之，此天子之職也。君子與小人並處，其勢必不勝，君子不勝，則奉身而退，樂道無悶，小人不勝，則交結構煽，千岐萬轍，必勝而後已。小人復勝，必遂肆毒於善良，無所不爲，求天下不亂，不可得也。

其爲文章，辯而不華，質而不俚。有文集八十卷，《天聖應詔集》十一卷，《諫垣集》三卷，《制草》五卷，《奏議》十三卷，《表章》三十卷，《河北安邊策》一卷，《奉使録》四卷，《青州賑濟策》三卷。平生所薦甚衆，尤知名者十餘人，如王質與其弟素、余靖、張環、石介、孫復、吴奎、韓維、陳襄、王鼎、張昷之、杜杞、陳希亮之流，皆有聞於世，世以爲知人。

元祐元年六月，有詔以公配享神宗皇帝廟庭。明年，以明堂恩加贈太師。紹庭請于朝曰：『先臣墓碑未立，願有以寵綏之。』上爲親篆其首曰『顯忠尚德之碑』，且命臣軾撰次其事。謹拜手稽首而獻言曰：世未嘗無賢也，自堯、舜三代以至于今，有是君則有是臣，故仁宗、英宗至于神考，咸有一德，克享天心，則天畀以人，光明偉傑，有如公者。觀公之行事，而味其平生，則三宗之盛德可不問而知也。古之人臣，功高則身危，名重則謗生，故命世之士，罕能以功名終始者。臣觀三宗所以待公，全其功名，而保其終始，蓋可謂至矣。方契丹求割地，上命宰相歷問近臣，孰能爲朕使虜者，皆以事辭免，公獨慨然請行。使事既畢，上欲用公，公逡巡退避不敢居，而向之辭免者，自耻其不行，則惟公之怨，比而讒公，無所不至。及石介爲《慶曆聖德詩》，天下傳〔一三〕誦，則大臣疾公如仇，構以飛語，必欲致之死地。仁宗徐而察之，盡辨其誣，卒以公爲相。及英宗、神宗之世，公已老矣，勳在史官，德在生民，天子虚己聽公，西戎〔一四〕北狄，視公進退以爲中國輕重。然一趙濟敢摇之，惟神宗日月之明，知公愈深。公雖請老，有大政事，必手詔訪問，又追論定策之勳，以告天下，寵及其子孫，然後小人不敢復議，雍容進退，卒爲宗臣。古人有言曰：『爲君難，爲臣不易。』豈不然哉？公既配食清廟，宜有頌詩，以昭示來世，其詞曰：

五代八姓，十有二君。四十四年，如絲之棼。以人爲嬉，以殺爲儇。兵交兩河，腥聞于天。

上帝憎之，命我祖宗。畀爾鑪椎，往銷其鋒。孰謂民遠？我聞其呻。寧爾小忍，無殘我民。六聖受命，維一其心。敕其後人，帝命是承。勿劓刖人，矧敢好兵？百三十年，諱兵與刑。維彼北戎，謂帝我驕。帝聞其言，折其萌芽。篤生萊公，尺箠笞之。既服既馴，則擾綏之。堂堂韓公〔二五〕，與萊相望。再聘于燕，北方以寧。景德元祺，始盟契丹。公生是歲，天命則然。公之在母，秦國寤驚。旍旗鶴鴈，降充其庭。云有天赦，已而生公。天欲赦民，公啟其衷。北至燕然，南至于河。億萬維生，公手撫摩。水潦薦飢，散流而東。五十萬人，仰哺于公。公之在内，自泉流瀕。其在四方，自葉流根。百官維人，百度維正。相我三宗，重華協明。帝謂公來，隕星其堂。有壙其丘，公豈是藏。維嶽降神，今歸不留。臣軾作頌，以配崧高。

校勘記

〔一〕「公」，底本無，據六十四卷本補。宋本《東坡集》、明成化刊本《蘇文忠公全集》、宋刻元明遞修本《名臣碑傳琬琰集》作「公」。

〔二〕「蓋」，底本作「盡」，據六十四卷本改。宋本《東坡集》、明成化刊本《蘇文忠公全集》作「盡」。宋刻元明遞修本《名臣碑傳琬琰集》作「蓋」。

〔三〕「君臣」，底本無，據六十四卷本、麻沙本補。宋本《東坡集》、明成化刊本《蘇文忠公全集》、宋刻元明遞修本《名臣碑傳琬琰集》作「君臣」。

〔四〕「敗」，底本作「欺」，據六十四卷本改。宋本《東坡集》、明成化刊本《蘇文忠公全集》、宋刻元明遞修本《名臣碑傳琬琰集》作『敗』。
〔五〕『河陽』，底本誤作『河南』，據六十四卷本改。宋本《東坡集》、明成化刊本《蘇文忠公全集》、宋刻元明遞修本《名臣碑傳琬琰集》作『河陽』。
〔六〕『器』，底本作『氣』，據六十四卷本改。宋本《東坡集》、明成化刊本《蘇文忠公全集》作『氣』。宋刻元明遞修本《名臣碑傳琬琰集》作『器』。
〔七〕『都』，底本作『郡』，據六十四卷本改。宋本《東坡集》、明成化刊本《蘇文忠公全集》、宋刻元明遞修本《名臣碑傳琬琰集》作『都』。
〔八〕『奴』，六十四卷本作『駑』。宋本《東坡集》、明成化刊本《蘇文忠公全集》、宋刻元明遞修本《名臣碑傳琬琰集》作『奴』。
〔九〕『李』，底本無，據六十三卷本、麻沙本補。宋本《東坡集》、明成化刊本《蘇文忠公全集》作『李』。宋刻元明遞修本《名臣碑傳琬琰集》無此字。
〔一〇〕『始受』二字，底本無，據六十四卷本補。宋本《東坡集》、明成化刊本《蘇文忠公全集》作『始受』。宋刻元明遞修本《名臣碑傳琬琰集》作『始聞』。
〔一一〕『受』下，六十四卷本有一『賞』字。宋本《東坡集》、明成化刊本《蘇文忠公全集》無此字。宋刻元明遞修本《名臣碑傳琬琰集》有『賞』字。
〔一二〕『欲』，底本作『遂』，據六十四卷本改。宋本《東坡集》、明成化刊本《蘇文忠公全集》、宋刻元明遞修本《名臣碑傳琬琰集》作『欲』。
〔一三〕『京東東路』，底本作『京東路』，據六十四卷本、麻沙本補一『東』字。宋本《東坡集》、明成化刊本

《蘇文忠公全集》作「京東東路」。宋刻元明遞修本《名臣碑傳琬琰集》作「京東路」。

〔一四〕「蹈籍」，底本誤作「蹈襲」，據六十四卷本、麻沙本改。宋本《東坡集》、明成化刊本《蘇文忠公全集》、宋刻元明遞修本《名臣碑傳琬琰集》作「蹈籍」。

〔一五〕「徙」下，底本有一「知」字，據六十四卷本、麻沙本刪。宋本《東坡集》、明成化刊本《蘇文忠公全集》、宋刻元明遞修本《名臣碑傳琬琰集》無此字。

〔一六〕「徽」，底本作「德」，據六十四卷本改。宋本《東坡集》、明成化刊本《蘇文忠公全集》、宋刻元明遞修本《名臣碑傳琬琰集》作「徽」。

〔一七〕「公」，底本無，據六十四卷本、麻沙本補。宋本《東坡集》、明成化刊本《蘇文忠公全集》、宋刻元明遞修本《名臣碑傳琬琰集》作「公」。

〔一八〕「公」，底本無，據六十四卷本、麻沙本補。宋本《東坡集》、明成化刊本《蘇文忠公全集》、宋刻元明遞修本《名臣碑傳琬琰集》作「公」。

〔一九〕「未」，底本作「當」，據六十四卷本改。宋本《東坡集》、明成化刊本《蘇文忠公全集》、宋刻元明遞修本《名臣碑傳琬琰集》作「未」。

〔二〇〕「佞」，底本作「姦」，據六十四卷本、麻沙本改。宋本《東坡集》、明成化刊本《蘇文忠公全集》、宋刻元明遞修本《名臣碑傳琬琰集》作「佞」。

〔二一〕「彦博」，底本無，據六十四卷本補。宋本《東坡集》、明成化刊本《蘇文忠公全集》、宋刻元明遞修本《名臣碑傳琬琰集》作「彦博」。

〔二二〕「承」，底本誤作「求」，麻沙本亦然，據六十四卷本改。宋本《東坡集》、明成化刊本《蘇文忠公全集》、宋刻元明遞修本《名臣碑傳琬琰集》作「承」。

〔一二三〕「傳」，底本作「稱」，據六十四卷本改。宋本《東坡集》、明成化刊本《蘇文忠公全集》、宋刻元明遞修本《名臣碑傳琬琰集》作「傳」。

〔一二四〕「戎」，底本誤作「城」，麻沙本亦然，據六十四卷本改。宋本《東坡集》、明成化刊本《蘇文忠公全集》、宋刻元明遞修本《名臣碑傳琬琰集》作「戎」。

〔一二五〕「韓公」，底本作「偉公」，未當，據六十四卷本改。宋本《東坡集》、明成化刊本《蘇文忠公全集》、宋刻元明遞修本《名臣碑傳琬琰集》作「韓公」。

新校宋文鑑卷第一百四十八

校者按：底本此卷抄配，據六十四卷本、麻沙本刻卷校改。

神道碑

趙清獻公神道碑

蘇軾

故太子少師清獻趙公既薨之三年，其子屼除喪，來告于朝，曰：『先臣既葬，而墓隧之碑無名與文，無以昭示來世，敢以請。』天子曰：『嘻！兹予先正，以惠術擾民，如鄭子産；以忠言摩上，如晉叔向。』乃以『愛直』名其碑，而又命臣軾爲之文。臣軾逮事仁宗皇帝，蓋嘗竊觀天地之盛德，而窺日月之末光矣。未嘗行也，而萬事莫不畢舉；未嘗視也，而萬物莫不畢見。非有他術也，善於用人而已。惟清獻公擢自御史，是時將用諫官、御史，必取天下第一流，非學術才行備具，爲一世所高者不與。用之至重，故言行計從，有不十年而爲近臣者；言不當，有不旋踵而黜者。是非明辨，而賞罰必信，故士居其官者少妄，而天子穆然無爲，坐視其成，姦宄消亡而忠良全安，此則清獻公與其僚之功也。

公諱抃，字閲道，其先京兆奉天人。唐德宗世，植爲嶺南節度使。植生隱，爲中書侍郎。

隱生光逢、光裔，並掌内外制，皆爲唐聞人。五代之亂，徙家于越。公則植之十世從孫也。曾祖諱曇，深州司户參軍。祖諱湘，廬州廬江尉，始家于衢，遂爲西安人。考諱亞才，廣州南海主簿。公既貴，贈曾祖太子太保，妣陳氏，安國太夫人。祖司徒，妣袁氏，崇國太夫人，俞氏，光國太夫人。考開府儀同三司，封榮國公，妣徐氏，魏國太夫人，徐氏，越國太夫人。

公少孤且貧，刻意力學，中景祐元年進士乙科，爲武安軍節度推官。民有僞造印者，吏皆以爲當死。公獨曰：『造在赦前，而用在赦後，赦前不用，赦後不造，法皆不死。』遂以疑讞之，卒免死，一府皆服。閲歲，舉監潭之糧料。歲滿，改著作佐郎，知建州崇安縣，徙通判宜州。卒有殺人當死者，方繫獄，病癰未潰，公使醫療之，得不瘐死，會赦以免。公愛人之周類如此。

未幾以越國喪，廬于墓三年，不宿于家。縣榜其所居里爲孝弟，處士孫處爲作孝子傳。終〔一〕喪，起知泰州海陵，復知蜀州江原，還通判泗州。泗守昏不事事，監司欲罷遣之，公獨左右其政，而晦〔二〕其所以然，使若權不已出者，守得以善去。濠守以廩賜不如法，士卒謀欲爲變，或以告，守恐怖，日未夕，輒閉門不出。轉運使徙公治濠，公至，從容如平日，濠以無事。曾公亮爲翰林學士，未識公，而以臺官薦，召爲殿中侍御史，彈劾不避權幸，京師號爲『鐵面御史』。其言常欲朝廷别白君子小人，以謂小人雖小過，當力排而絶之，後乃無患；君子不幸而有詿誤，當保持愛惜，以成就其德。故言事雖切，而人不厭。

温成皇后方葬，始命參知政事劉沆監護其役，及沆爲相，而領事如故。公論其當罷，以全國體。復言宰相陳執中不學無術，且多過失，章十二上，執中卒罷去。王拱辰奉使契丹，還，爲宣徽使。公言拱辰平生所爲及奉使不如法事，命遂寢。復言樞密使王德用、翰林學士李淑不稱職，皆罷去。是時邵必爲開封推官，以前任常州失入徒罪自舉，遇赦而猶罷監邵武酒稅。吴充、鞠真卿發禮院吏代書事，吏以贖論，而充、真卿皆出知軍。吕景初、馬遵、吴中復彈奏梁適，適以罷相〔三〕，而景初等隨亦被逐。馮京言吴充、鞠真卿、刁約不當〔四〕以無罪黜，而京亦奪修《起居注》，公皆力言其非是。必以復職知軍，充、真卿、約、景初、遵皆召還京中，復皆許補故闕。先是吕溱出守徐，蔡襄守泉，吴奎守壽，韓絳守河陽，已而歐陽脩乞蔡，賈黯乞荆南。公即上言：『近日正人賢士紛紛引去，憂國之士爲之寒心，侍從之賢如脩輩無幾，今皆欲請郡者，以正色立朝，不能諂事權要，傷之者衆耳。』脩等由此不去，一時名臣賴之以安。

仁宗晚歲不豫，而太子未定，中外訩懼。及上既康復，公請擇宗室賢子弟教育於宮中，封建任使，以示天下大本。已而求郡，得睦。睦歲爲杭市羊，公爲移文却之。民籍有茶税而無茶地，公爲奏蠲之，民至今稱焉。移充梓州路轉運使，未幾移益。兩蜀地遠而民弱，吏恣爲不法，州郡以酒食相饋餉，衙前治廚傳，破家相屬也。公身帥以儉，不從者請以違制坐之，蜀風爲之一變。窮城小邑，民或生而不識使者，公行部無所不至，父老驚喜相慰，姦吏亦竦。以右司諫召論事，不折如前。入内副都知鄧保信引退兵董吉，以燒煉出入禁中。公言：『漢文成、五利，唐普思、静能、李訓、鄭注，多依宦官以結主，假藥術以市姦者也，其漸不可啟。』宋庠爲樞密使，選用武臣，多不如舊法，至有訴於上前者，公陳其不可。陳升之除樞密副使，公與唐介、吕誨、范師道同言：『升之交結宦官，進不以道。』章二十餘上，不省，即居家待罪。詔强起之，乃乞補外。二人皆相次去位，公與言者亦罷。

公得虔州，地遠而民好訟，人謂公不樂，公欣然過家上冢而去。既至，遇吏民簡易，嚴而不苛，悉召諸縣令告之：『爲令當自任事，勿以事委郡。苟事辦而民悦，吾一無所問。』令皆喜，争盡力，虔事爲少，獄以屢空。改修鹽法，疎鑿灘石，民賴其利。虔當二廣之衝，行者常自此〔五〕易舟而北。公間取餘材造舟，得百艘，移二廣諸郡，曰：『仕宦之家，有父兄没而不能歸者，皆移文以遣，當具舟載之。』至者既悉授以舟，復量給公使物，歸者相繼於道。朝廷聞公治有餘力，召知御史雜事，不閲月爲度支副使。

英宗即位，奉使契丹，還未至，除天章閣待制、河北都轉運使。時賈昌朝以使相判大名府，公欲按視府庫，昌朝遣其屬來告曰：『前此監司未有按視吾事者，公雖欲舉職，恐事有不應法，奈何？』公曰：『捨大名，則列郡不服矣。』即往視之。昌朝初不説也，前此有詔募義勇，過期不足者，徒二年，州郡不時辦，官吏當坐者八百餘人。公被旨督其事，奏言：『河朔頻歲豐熟，故募不如數，請寬其罪，以俟農隙。』從之，坐者皆免，而募亦隨足。昌朝乃愧服，曰：『名不虚得矣。』旋除龍圖閣直學士，知成都。公以寬治蜀，蜀人安之。初，公爲轉運使，言蜀人有以妖祀聚衆爲不法者，其首既死，其爲從者宜特黥配。及爲成都，適有此獄，其人皆懼，意公必盡用法。公察其無他，曰：『是特坐樽酒至此耳！』刑其爲首者，餘皆釋去。蜀人愈愛之。會榮諲除轉運使，陛辭，上面諭曰：『趙某爲成都，中和之政也。』

神宗即位，召知諫院。故事，近臣自成都還，將大用，必更省府，不爲諫官。大臣爲言上曰：『用趙某爲諫官，賴其言耳，苟欲用之，何傷？』及謝，上謂公：『聞卿匹馬入蜀，以一琴一龜自隨，爲政簡易，亦稱是耶！』公知上意將用其言，即上疏論吕〔六〕誨、傅堯俞、范純仁、吕大防、趙瞻、趙鼎、馬默皆骨鯁敢言，久謫〔七〕不復，無以慰搢紳之望。上納其説。郭逵除簽書樞密院事，公議不允，公力言之，即罷。居三月，擢右諫議大夫，參知政事。感激思奮，面議政事有不盡者，輒密啟聞，上手詔嘉之。公與富弼、曾公亮、唐介同心輔政，率以公議爲主。會王安石用事，議論不協。既而司馬光辭樞密副使，臺諫侍從多以言事求去。公言：『朝廷事有輕重，體有大小，財利於事爲輕，而民心得失爲重。青苗使者於體爲小，而禁近耳目之臣用捨爲大。今不罷財利，而輕失民心，不罷青苗使者，而輕棄禁近耳目，去重而取輕，失大而得小，非宗廟社稷之福，臣恐天下自此不安矣。』言入，即求去，四上章，不許。

熙寧三年四月，復五上章，除資政殿學士，知杭州。公素號寬厚，杭之無賴子弟以此逆公，皆駢聚爲惡。公知其意，擇重犯者，率黥配佗州，惡黨相帥遁去。未幾，徙青州。因其俗樸厚，臨以清淨。時山東旱蝗，青獨多麥，蝗自淄齊來，及境，遇風退飛，墮水而盡。五年，成都以戍卒爲憂，朝廷擇遣大臣爲蜀人所愛信者，皆莫如公，遂以大學士知成都，然意公必辭。及見，上曰：『近歲無自政府復往者，卿能爲我行乎？』公曰：『陛下有言即法也，豈顧〔八〕有例哉？』上大喜。公乞以便宜行事，即日辭去。至蜀，默爲經略，而燕勞閑暇如佗日，兵民晏然。一日坐堂上，有卒長在堂下，公好諭之曰：『吾與汝年相若也，吾以一身入蜀，爲天子撫一方。汝亦宜清慎畏戢以帥衆，比戍還，得餘貲持歸爲室家計可也。』人知公有善意，轉相告語，莫敢復爲非者。劒州民李孝忠，集衆二百餘人，私造符牒，度人爲僧，或以謀逆告，獄具。公不畀法吏，以意決之，處孝忠以私造度牒，餘皆得不死。喧傳京師，謂公脱逆黨。朝廷取具獄閲之，卒無以易也。茂州蕃部鹿明玉等，邐聚境上，肆爲剽掠，公亟遣部將帥兵討之，夷人驚潰乞降，願殺婢以盟。公使諭之曰：『人不可用，用三牲可也。』使至，已縶婢，引弓〔九〕將射心取血，聞公命，讙呼以聽，事訖，不殺一人。

居二歲，乞守東南，爲歸老計，得越州。吴越大飢，民死者過半。公盡所以救荒之術，發廪勸分，而以家貲先之，民樂從焉，生者得食，病者得藥，死者得藏。下令修城，使民食其力，故越人雖飢而不怨。復徙治杭，杭旱與越等，其民尤病。既而朝廷議欲築其城，公曰：『民未可勞也。』罷之。錢氏納國未及百年，而墳廟堙〔一〇〕圮，杭人哀之。公奏因其所在，歲度僧、道士各〔一一〕一人，收其田租，爲歲時獻享營繕之費，從之，且改妙因院爲表忠觀。

公年未七十，告老于朝，不許。請之不已，元豐二年二月，加太子少保致仕，時七十二矣。退居于衢，有溪石松竹之勝，東南高士多從之游。朝廷有事郊廟，再起公侍祠，不至。屼通判温州，從公游天台、雁蕩，吴越間榮之。屼代還，得見上，顧問公甚厚，以屼提舉浙東西〔一二〕常平，以便其養。屼復侍公游杭。始，公自杭致仕，杭人留公，不得行，公曰：『六年當復來。』至是適六歲矣。杭人德公，逆者如見父母。以疾還衢，有大星隕焉，二日而公薨，實七年八月癸巳也。訃聞，天子輟視朝一日，贈太子少師。十二月乙酉，葬于西安蓮華山，謚曰清獻。

公娶徐氏，東頭供奉官度之女，封東平郡夫人，先公十年卒。子二人：長曰岏，終杭州於潛縣令。次即屼也，今爲尚書考功員外郎。公平生不治産業，嫁兄弟之女以十數，皆如己女。少育於長兄振，振既没，思報其德，將遷侍御史，乞不遷，以贈振大理評事。公爲人和易温厚，周旋曲在官，爲人嫁孤女二十餘人。居鄉，葬暴骨及貧無以斂且葬者，施棺給薪，不知其數。少育於密，謹繩墨，蹈規矩，與人言如恐傷之。平生不蓄聲伎，晚歲習爲養氣安心之術，翛然有高舉意。將薨，晨起如平時，屼侍側，公與之訣，詞色不亂，安坐而終，不知者以爲無意於世也。然至論朝廷事，分別邪正，慨然不可奪。宰相韓琦嘗稱趙公真世人標表，蓋以爲不可及也。公爲吏，誠心愛人，所至崇學校，禮師儒，民有可與，與之，獄有可出，出之。治虔與成都尤爲世所稱道。神宗凡擬二郡守，必曰：『昔趙某治此，最得其術。』馮京相繼守成都，事循其舊，亦曰：『趙公所爲，不可改也。』要之以惠利爲本。然至於治杭，誅鋤强惡，姦民屏迹不敢犯。蓋其學道清心，遇物而應，有過人者矣。銘曰：

蕭望之爲太傅，近古社稷臣。其爲馮翊，民未有聞。黄霸爲潁川，治行第一。其爲丞相，名不迨昔。孰如清獻公，無適不宜。邦之司直，民之父師。其在〔一三〕官守，不專於寬。時出猛政，嚴而不殘。其在言責，不專於直。爲國愛人，掩其疵疾。蓋東郭順子之清，孟獻子之賢。鄭子産之政，晉叔向之言。公兼而有之，不幾於全乎！

趙康靖公神道碑銘

蘇　軾代張文定公作〔一四〕

宋有天下百二十有五年，六聖相師，專用一道曰仁，不雜他術。刑以不殺爲能，兵以不用爲功，財以不聚爲富，人以不作聰明爲賢。雖有絶人之材，而德不至，終不大用。六聖一心，守之不移，故自建隆以來，至于今，卿相大臣，號多長者，記人之功，忘人之過，含垢匿瑕，犯而不校，以爲常德。是以四方乂安，兵革不試，民之戴宋，有死無二，自漢以來，未有如今日之盛者，此六聖之德，而衆長者之助也。《易》曰：『師：貞，丈人吉。』《詩》曰：『雖無老成人，尚有典刑。』《書》曰：『如有一介臣，斷斷兮無他技，其心休休焉，其如有容。人之有技，若己有之。人之彦聖，其心好之，不啻若自其口出。是能容之，以保我子孫黎民。』故太子少師趙公，服事三朝，四十餘年，其德合於《易》之所謂丈人，《詩》之所謂老成，《書》之所謂一介臣者。

公諱槩，字叔平，其先河朔人也，徙於宋之虞城七世矣。曾祖著，後唐國子《毛詩》博士，賜太師、中書令。妣劉氏，楚國太夫人。祖惠，宋州楚丘令〔一五〕，贈太師、中書令，兼尚書令、韓國公。妣李氏，燕國太夫人。父幹，尚書駕部員外郎，贈太師、中書令，兼尚書令、魯國公。妣張氏，魯國太夫人；高氏，唐國太夫人。

公七歲而孤，篤學自力，年十七舉進士。當時聞人劉筠、戚綸〔一六〕、黄宗旦皆稱其文詞必顯於時，而其器識宏遠，則皆自以爲不及。當赴禮部試，楚守胡令儀釀黄金以贈之，公不受。天聖五年，擢進士第三人，授將作監丞，通判海州。歸見父老故人，幅巾徒步，人人至其家。召試學士院，除著作郎、集賢校理，出知漣水軍。公爲進士時，鄧餘慶守漣水，館公於官舍，以教其子。餘慶所爲多不法，公謝去。數月，餘慶以贓敗。及公爲守，將至，或榜其所館曰豹隱堂，賦者三十餘人。歲飢，公勸誘富民，得米萬石，所活不可勝數。漣水有魚池，利入公帑，歲殺魚十餘萬，公始罷之，作放生碑池上。

移守通州，入爲開封府推官，奏事殿中，賜五品服，且欲以爲直集賢院。宰相以例不可，出知洪州。屬吏有鄭陶、饒奭者，挾持郡事，肆爲不法，前守莫能制。州有歸化兵，皆故盜賊配流，已而選充者。奭與郡人胡順之共造飛語以動公，曰：『歸化兵得廩米陳惡，有怨言，不更給善米，且將有變。』公笑不答。會歸化卒有自容州戍所逃還犯夜者，公即斬以徇，收陶下獄，得其姦贓，且奏徙奭歙州，一郡股栗。城西南隅，當大江之衝，水歲爲民患，公建爲石堤，高丈五尺，長二百丈，用石九千段，取之有方，民不以爲勞。明年夏堤成，而水大至，度與城平，恃堤以全，至于今賴之。

遷刑部員外郎，同知宗正寺，出知青州，改直集賢院。賦税未入中限，敕〔一七〕縣不得輒催科。是歲，夏稅先一月辦。坐失舉張誥奪官，罷歸。起監密州酒，徙楚州糧料院，以郊赦還官職，知滁州。山東大〔一八〕賊李小二過境上，告人曰：『我東人也，公嘗爲青州，東人愛之如父母，我不忍犯。』遂寇廬、壽，犬牙不入境。召修《起居注》，朝廷欲同修《玉牒》。久之，除歐陽脩起居注，朝廷欲驟用脩，而難於躐公。公聞之，乃請郡自便。以爲天章閣待制，賜三品服，糾察在京刑〔一九〕獄。遷兵部員外郎，遂知制誥，句當三班院。會郊禮，當進階封，且任一子京官。乞以母封郡太君，宰相謂公學士擬封不久矣，公曰：『母年八十二，朝夕不可期，願及今以爲榮。』後遂以爲例。改知審官院，判秘閣，與高若訥同判流内銓，若訥言：『往嘗知貢舉，聞母病，不得出，幾不能生。』公矍然，即請郡以便親。宰相謂公旦夕爲學士，可少待也。公不聽，遂除蘇州。

明年，丁母憂，服除，召入翰林爲學士，知貢舉，館伴契丹泛使，遂報聘焉。會獵于興雲山之西，請公賦詩，詩成，契丹主親酌玉盃以勸公，且以素扇授其近臣劉六符，寫公詩，置之懷袖，使還，加侍讀學士。歷右司郎中、中書舍人，提舉在京諸司庫務。姦人冷清，詐稱皇子，遷之江南。公曰：『清言不妄，不可遷。若詐，亦不可不誅。』詔公與包拯雜治之，得其實，乃誅清。李參爲河北轉運使，職事辦治，進秩二等，且官其一子。郭申錫爲諫官，爭之曰：『參職事所當辦，無功不可賞。』上怒，欲罪申錫。公言：『陛下始面諭申錫，毋面從吾過，今黜之，何以示天下？』乃以龍圖閣學士、禮部侍郎，知鄆州，徙南京留守，拜御史中丞。中官鄧保吉引剩員燒銀禁中〔二〇〕，公力言其不可，遂出之。又言張茂實不宜典兵衛，未行，會公拜樞密副使，復言之，乃出茂實。知曹州，拜參知政事。方是時，皇嗣未立，天下以爲憂。仁宗命英宗領宗正，公言宗正未足爲重，遂與執政建言，宜立爲皇太子，從之。

英宗即位，遷户部侍郎，又遷吏部。熙寧初，遷左丞。公年七十矣，求去位，不許。章數上，乃以爲觀文殿學士、吏部尚書，知徐州。遂請老不已，以太子少師致仕。居睢陽十五年，猶以讀書〔二一〕著文、憂國愛君爲事。集古今諫争爲《諫林》一百二十卷奏之，上甚喜，賜詔曰：『士大夫請老而去者，皆以聲聞〔二二〕不至朝廷爲高，得卿所奏書，知有志愛君之士，雖退休山林，未嘗一日忘也。當置坐右，以時省閱。』上祠南郊明堂，率嘗召公陪祀，每辭以老疾。間嘗一至都下，亦以足疾不入見。詔中貴人撫問，二府就所館宴勞之。累階至特進，勳上柱國，封天水郡開國公，賜號推忠保德翊戴功臣。元豐初，省功臣號。三年，官制行，改特進。六年正月十五日，薨于永安坊里第，享年八十八。輟視朝一日，贈太師，謚康靖。前作遺範，以戒子孫，纖悉必具。以某年月日，葬于宋城縣天巡鄉。地與日，皆公所自卜也。

娶李氏，封汝陰郡夫人，先公二十五年卒于鄆州。子：榮緒，殿中丞；敦緒〔二三〕，將作監主簿，皆早亡；元緒，宣德郎；公緒，校書郎。女二人：長適光禄寺丞王力臣，幼適朝奉大夫程嗣恭。孫男四人：嗣徽，通直郎；嗣真，宣義郎；嗣賢，試校書郎；嗣光，未命。曾孫男六人：韡，太廟齋郎；餘未名。

公爲人樂易深中，恢然偉人也。平生與人實無所怨怒，非特不形於色而已。專務掩惡揚善，以德報怨，出於至誠，非勉强者，天下稱之，庶幾漢劉寬、唐婁師德之徒云。始歐陽脩躐公爲知制誥，人意公不能平，及脩坐累對詔獄，人莫敢爲言，公〔二四〕獨抗章言：『脩無罪，爲仇人所中傷，陛下不可以天下法爲人報仇。』上感悟，脩以故得全。公既老，脩亦退居汝南，公自睢陽往從之游，樂飲旬日。蘇舜欽爲進奏院，以群飲得罪，公言：『與會者皆一時名人，若舉而棄之，失士大夫望，非朝廷福。』張諧以贓敗，竄海上，公坐貶累年，而憐諧終不衰，間使人至海上勞問賙給之。代馮浩爲鄆州，吏舉按浩侵用公使錢三十萬，當以浩職田租償官。公曰：『浩吾同年也，且知其貧，不可。』以己俸償之。公所爲大略如此，至於敦尚契舊，葬死養孤，蓋不可勝數。

余於公爲里人，少相善也，退而老於鄉，日從公游，蓋知之詳矣。元緒以墓碑爲請，義不可以辭。銘曰：

維古任人，仁義是圖。仁近於弱，義近於迂。課其功利，歲計有餘。在漢孝文，發政之初。欲以利口，登進嗇夫。有臣釋之，實矢厥謨。世謂長者，絳侯相如。皆訥於言，有口若無。豈効此子，喋喋巧諛？帝用感悟，老成是親。清浄無爲，鑒于暴秦。歷祀四百，世載其仁〔二五〕。維赫赫我宋，以聖繼神。於穆仁宗，如歲之春。招延樸忠，屏遠佞人。豈獨左右，刑于庶民。維時趙公，含德不發。如圭如璧，如金如錫。置之不愠，用之不懌。帝識其心，長者之傑。遂授以政，歷佐三葉。濟于艱[二六]難，不疐不跋。公在朝廷，靖恭寡言。不忮不求，孰知其賢？望其容貌，有耻而悛。薄夫以敦，鄙夫以寬。今其亡矣，吾誰與存？作此銘詩，以詔後昆。

校勘記

〔一〕「終」，底本誤作「於」，麻沙本亦然，據六十四卷本改。宋本《東坡集》、明成化刊本《蘇文忠公全集》、宋刻元明遞修本《名臣碑傳琬琰集》作「終」。

〔二〕「晦」，底本作「誨」，麻沙本亦然，據六十四卷本改。宋本《東坡集》、明成化刊本《蘇文忠公全集》、宋刻元明遞修本《名臣碑傳琬琰集》作「晦」。

〔三〕「相」，底本誤作「材」，麻沙本亦然，據六十四卷本改。宋本《東坡集》、明成化刊本《蘇文忠公全集》、宋刻元明遞修本《名臣碑傳琬琰集》作「相」。

〔四〕「當」，底本誤作「常」，麻沙本亦然，據六十四卷本改。宋本《東坡集》、明成化刊本《蘇文忠公全集》、宋刻元明遞修本《名臣碑傳琬琰集》作「當」。

〔五〕「此」，底本作「我」，據六十四卷本改。宋本《東坡集》、明成化刊本《蘇文忠公全集》作「虔」。宋刻元明遞修本《名臣碑傳琬琰集》作「我」。

〔六〕「吕」，底本誤作「召」，麻沙本亦然，據六十四卷本改。宋本《東坡集》、明成化刊本《蘇文忠公全集》、宋刻元明遞修本《名臣碑傳琬琰集》作「吕」。

〔七〕「譴」，底本作「謫」，據六十四卷本、麻沙本改。宋本《東坡集》、明成化刊本《蘇文忠公全集》、宋刻元明遞修本《名臣碑傳琬琰集》作『譴』。

〔八〕『顧』，底本作『謂』，據六十四卷本改。宋本《東坡集》、明成化刊本《蘇文忠公全集》、宋刻元明遞修本《名臣碑傳琬琰集》作『顧』。

〔九〕『弓』，底本作『兵』，據六十四卷本改。宋本《東坡集》、明成化刊本《蘇文忠公全集》、宋刻元明遞修本《名臣碑傳琬琰集》作『弓』。

〔一〇〕『堙』，底本作『埋』，據六十四卷本改。宋本《東坡集》、明成化刊本《蘇文忠公全集》、宋刻元明遞修本《名臣碑傳琬琰集》作『堙』。

〔一一〕『各』，底本無，據六十四卷本、麻沙本補。宋本《東坡集》、明成化刊本《蘇文忠公全集》、宋刻元明遞修本《名臣碑傳琬琰集》作『各』。

〔一二〕『浙東西』，底本、麻沙本作『浙東』，六十四卷本作『浙西』，此據宋本《東坡集》、明成化刊本《蘇文忠公全集》、宋刻元明遞修本《名臣碑傳琬琰集》改。

〔一三〕『其在』，底本作『在其』，據六十四卷本改。宋本《東坡集》、明成化刊本《蘇文忠公全集》、宋刻元明遞修本《名臣碑傳琬琰集》作『其在』。

〔一四〕『代張文定公作』，底本無，據六十四卷本補。明成化刊本《蘇文忠公全集》有此六字，宋刻元明遞修本《名臣碑傳琬琰集》無。

〔一五〕以上自『賜太師中書令』至『宋州楚丘令』，凡二十一字，底本無，據六十四卷本補。宋刻元明遞修本《名臣碑傳琬琰集》有此二十一字，明成化刊本《蘇文忠公全集》無。

〔一六〕『戚綸』，底本、麻沙本誤作『戚倫』，據六十四卷本改。明成化刊本《蘇文忠公全集》、宋刻元明遞修本《名臣碑傳琬琰集》作『戚綸』。

〔一七〕『敕』，底本作『飭』，據六十四卷本改。明成化刊本《蘇文忠公全集》、宋刻元明遞修本《名臣碑傳琬琰集》作『敕』。

〔一八〕『大』，底本誤作『入』，據六十四卷本、麻沙本改。明成化刊本《蘇文忠公全集》、宋刻元明遞修本《名臣碑傳琬琰集》作『大』。

〔一九〕『刑』，底本誤作『州』，麻沙本亦然，據六十四卷本改。明成化刊本《蘇文忠公全集》、宋刻元明遞修本《名臣碑傳琬琰集》作『刑』。

〔二〇〕『燒銀禁中』，底本作『禁中燒銀』，據六十四卷本改。明成化刊本《蘇文忠公全集》作『禁中燒銀』，宋刻元明遞修本《名臣碑傳琬琰集》作『燒銀禁中』。

〔二一〕『書』，底本誤作『文』，據六十四卷本、麻沙本改。明成化刊本《蘇文忠公全集》、宋刻元明遞修本《名臣碑傳琬琰集》作『書』。

〔二二〕『聞』，底本作『問』，據六十四卷本、麻沙本改。明成化刊本《蘇文忠公全集》、宋刻元明遞修本《名臣碑傳琬琰集》作『問』。

〔二三〕『敦緒』，底本、麻沙本作『約』，六十四卷本作『宏緒』，據明成化刊本《蘇文忠公全集》、宋刻元明遞修本《名臣碑傳琬琰集》改。

〔二四〕『公』，底本無，據六十四卷本補。明成化刊本《蘇文忠公全集》、宋刻元明遞修本《名臣碑傳琬琰集》作『公』。

〔二五〕『仁』，底本作『人』，據六十四卷本改。明成化刊本《蘇文忠公全集》、宋刻元明遞修本《名臣碑傳琬琰集》作「仁」。

〔二六〕「艱」，六十四卷本、麻沙本作「姦」。明成化刊本《蘇文忠公全集》、宋刻元明遞修本《名臣碑傳琬琰集》作「艱」。

新校宋文鑑卷第一百四十九

校者按：底本此卷抄配，據六十三卷本、麻沙本刻卷校改。

傳

補亡先生傳

柳開

補亡先生，舊號東郊野夫者也。既著《野史》後，大探《六經》之旨。已而有包括揚、孟之心，樂與〔一〕文中子王仲淹齊其述作，遂易名曰開，字曰仲塗。其意謂將開古聖賢之道于時也，將開今人之耳目使聰且明也，必欲開之爲其塗矣，使古今由于吾也，故以仲塗字之，表其德焉。咸曰：『子前之名甚休美者也，何復易之？不若無所改矣。』先生曰：『名以識其身，義以誌其事，從于善而吾惡夫畫者也。吾既肩且紹矣，斯可已矣，所以吾進其力于道，而遷其名于己耳。庶幾吾欲達於孔子者也。』或曰：『古者稱己孤不改。若是，無乃不可乎？』先生曰：『執小禮而妨大義，君子不爾爲也。』乃著《名解》，以袪其未悟者，衆悉以爲然。

先生始盡心於《詩》《書》，以精其奧，每當卷，歎曰：『嗚呼！吾以是識先師之大者也，不幸其有亡逸者哉！吾不得見也，未知聖人之言復加如何耳。』尤于餘經，博極其妙，遂各取其亡篇以補之。凡傳有義者，即據而作之，無之者，復己出辭義焉，故號曰補亡先生也。先生凡作之書，每執筆出其文，當藁若書他人之辭，其敏速有如此，無續功而成之者。苟一舉筆，不終其篇，雖十已就其八九，亦棄去不復作矣。衆問之，先生曰：『吾性不喜二三而爲之者，方出而或止之，詞意遽紛亂，縱後强繼以成之，亦心竟若負病矣。』或問之曰：『子之補亡篇，于古不足當其逸，于今不足益其存，無妄爲乎？』先生對曰：『然。縱不能有益于存亡，庶勝乎無心于此者也。』既而詞義有俱亡，不知其可者，慮人之惑，先生即皆先立論以定其是非，用質其旨要。先生常謂人曰：『夫《六經》者，夫子所著之文章也，與今之人無異耳。蓋其後之典教不能及之，故大于世矣，吾獨視之與汝異耳。』

先生乃手書《九經》，悉以細字寫之。其卷大者，不過滿幅之紙，古謂其巾箱之者，亦不過矣。而誦之日盡數萬言，未嘗廢忘。有講書以教後學也，先生或詣其精廬，適當至《虞書·堯典》篇曰『日中星鳥，以正仲春』，説云：『春分之昏，南方朱鳥之星[二]畢見，觀之以正仲春之氣也。』先生乃問曰：『然夫云「日中星鳥，以正仲春」者，是仲春觀朱鳥之星以正其候也。且云朱鳥者，南方之宿，以主于夏也。既觀其星以正其候，即龍星乃春之星也。春主于東方，可觀之以正其候也。今何不云是，而反觀朱鳥之星，何謂也？』説者不能對，惟云：『《傳》《疏》若是，無他解矣。』先生擇其座者，曰：『起前，吾語汝。夫歲周其序，春居其始，四星各復其方。聖人南面而坐，以觀天下，故春之時，朱鳥之星當其前，故云「觀之以正仲春」矣。』四坐無不拜而言曰：『先生真達《六經》者也，所以于補亡不謬矣。』先生于諸經，若此者不可遍紀。

先生又以諸家傳解箋注于經者，多未達窮其義理，常曰：『吾他日終悉别爲注解矣。』大以鄭氏箋《詩》爲不可，曰：『吾見玄之爲心，務以異其〔三〕毛公也，徒欲强己一時之名，非能通先師之旨。且《詩》之立言，不執其體，幾與《易》象同奥。若玄之是箋，皆可削去之耳。』又以《論語集解》闕注者過半，曰：『古之人何若是？吾聞韓文公昔重注之，今吾不得見。吾將下〔四〕筆，又慮與韓犯〔五〕，使吾有斯艱也，天乎哉！』先生每讀《中説》，歎曰：『後之夫子也，續《六經》矣。世故道否，吾家不克有之。甚乎！年之始成也逝矣。天適與其時，行之爲事業，堯、舜不能尚也。苟不死，天下何有于唐哉？』先生以房、杜諸子散居厚位，協佐其主，遇其君，不能揚其師之道，大其師之名，乃作書以罪之。

先生所行事，人咸以爲非可與伍，惟范杲有《復古》之什以頌其德。以其能復敦于古，故賦《復古》；以其能行仲尼之道，故賦《闕里》；以章别當世之人，能作《野史》，故賦《踵孟》；以其能解子雲之書，故賦《先雄》；以其或筆削其韓文之繁者，故賦《删韓》；以其將求〔六〕太常第，故賦《多文》；以其必首冠于四科，故賦《高第》；以其後天王俾不家食，故賦《出禄》；以其將果得其位，則指南于吾道，故賦《指南》；末以《釋經》終其篇，謂其章明經旨，永休于世用，故賦《釋經》。先生見之，曰：『范杲知我矣！天之未喪斯文哉！天之若喪斯文也，則世無范矣，范無是言〔七〕矣。』

開寶中，先生來京師，遂刻石爲記于補亡亭內，以誌其己之事，後從仕于世，而行其道焉。

論曰：孔子没，經籍遭秦之焚毁，幾喪以盡，後之收拾煨燼之餘者，得至于今用之也。其能繼孔氏者，軻之下，雖揚雄不敢措一辭，以至亡篇闕而〔八〕其名具載，設虚位也，使歷代諸君子徒忿痛而見之矣。故有或作而補之者，大亦不能過其百一，力蓋不足繼也。隋之時，王仲淹于河汾間，務繼孔子，以〔九〕續《六經》，大出于世，實爲聖人矣。是以門弟子佐唐，用王霸之道，貞觀稱理〔一〇〕首，永十八君之祚，尚非其董恒輩之曾及也。嗚呼〔一一〕！知聖人之道者，成聖人之業矣。吾猶不得見王氏之書乎？觀夫補亡先生，能備其《六經》之闕也，辭訓典正，與孔子之言合而爲一，信其難者哉！若王氏之續《六經》，蓋自出一家之體裁，比夫補亡篇力少殊耳。所謂後生可畏者，雖經籍尚能補之，矧其餘者哉？不可謂代無其人也。

退士傳

種放

退士不知孰氏，然常自稱仲山甫之後也，以耕食於南山中，號退士。或云我惡時之苟進者，又云鄙好勝者，欲矯其爲，而退居稱病焉。退士性恬易，善自持，常以聖賢方正之言鑑諸己。或未善，則悔恨立遷。平生寡嗜慾，樂遊雲霞空荒間，常自足，不顧窮困。幼時拘父兄教，以章句奇偶之學干於時，不遂志。已而盡棄昔之所學，退居空山窮谷中，取《九經》六籍、諸史百家之言，合於道者恣讀之，然後知皇王大中之要，道德仁義之本，盡在于是矣。然尤好孟軻書，益知聖人之道，尊自戰國，繇漢、唐而下，百氏所説，或有汗漫齟齬不安者，皆擬聖言以證其中。惡司馬遷尊先邪説，叛斥聖道，怪前世明教正道之賢，不摘其説而竄殛投去，使千古而下學者無疑，不知尚四顧何待也。著《蒙書》十二篇，大抵務黜邪，反正義，磔姦蠹。又條自古之文精粹者，漢則楊子雲，隋則王仲淹，唐則韓退之，然以退之當子雲而先仲淹。次則蜕之文，樵之《經緯》，皮氏《文藪》，陸氏《藁書》〔一二〕，皆句句明白，剔奸塞回，無所忌諱。使學者窺之，則有列聖道德仁義之用。彼刻章斷句，補綴偶屬者，徒爲戲爾。或有稱技術、卜相、候察、浮屠死生幻化之説者，必正色引經誥以斥之。

雅尚山林之居，奉母氏，率季弟，結宇巖阿。貧無所資給，亦不戚戚于心，窮年人亦不知其何謂也。每登高丘，步邃谷，延宴坐，見懸巖瀑流，壽木垂蘿，閟邃岑寂之處，則終日忘返。亦忽忽杜門稱疾，隱几常百餘日，人不知其然。吉凶慶弔之外，平時亦罕接人事，不交權貴，所與朋類，自非道義所在，亦不汲汲而取。遇事感激，亦率爲歌詩箴頌。嘗曰：『幸逢聖人時，見天子禮樂征伐，車服旂常，道德之盛，底于太寧，而退固是幸也。』時議或誚者則曰：『而退也，退其迹耶？退其名耶？』退士則曰：『不退而迹，庸爲爾直？不退而名，庸爲爾程？於乎！名迹判于時，神心交於機，俾道愉而下欺，義忒而中離，予獨亡退乎？予獨亡退乎？』

六一居士傳

歐陽脩

六一居士，初謫滁山，自號醉翁。既老而衰且病，將退休于潁水之上，則又更號六一居士。客有問曰：『六一，何謂也？』居士曰：『吾家藏書一萬卷，集録三代以來金石遺文一千卷，有琴一張，有棊一局，而常置酒一壺。』客曰：『是爲五一爾，奈何？』居士曰：『以吾一翁，老于此五物之間，是豈不爲六一乎？』

客笑曰：『子欲逃名者乎？而屢易其號，此莊生所誚〔一三〕畏影而走乎日中者也。今將見子疾走大喘，渴死而名不得逃也。』居士曰：『吾固知名之不可逃，然亦知夫不必逃也。吾爲此名，聊亦志吾之樂爾。』客曰：『其樂如何？』居士曰：『吾之樂可勝道哉！方其得意於五物也，太山在前而不見，疾雷破柱而不驚，雖響九奏於洞庭之野，閲大戰於涿鹿之源，未足喻其樂且適也。然常患不得極吾樂于其間者，世事之爲吾累者衆也。其大者有二焉：軒裳珪組，勞吾形于外；憂患思慮，勞吾心于内。使吾形不病而已悴，心未老而先衰，尚何暇於五物哉？雖然，吾自乞其身于朝者三年矣。一日天子惻然哀之，賜其骸骨，使得與此五物偕返於田廬，庶幾償其夙願焉，此吾之所以志也。』客復笑曰：『子知軒裳珪組之累其形，而不知五物之累其心乎？』居士曰：『不然。累於彼者已勞矣，又多憂；累〔一四〕于此者既佚矣，幸無患。吾其何擇哉？』

于是與客俱起，握手大笑，曰：『置之，區區不足較也。』已而歎曰：『夫士少而仕，老而休，蓋有不待七十者矣。吾素慕之，宜去一也。吾嘗用於時矣，而訖〔一五〕無稱焉，宜去二也。壯猶如此，今既老且病矣，乃以難强之筋骸，貪過分之榮禄，是將違其素志而自食其言，宜去三也。吾負三宜去，雖無五物，其去宜矣，復何道哉！』熙寧三年九月七日，六一居士自傳。

桑懌傳

歐陽脩

桑懌，開封雍丘人。其兄慥，本舉進士有名。懌亦舉進士，再不中，去遊汝、潁間，得龍城廢田數頃，退而力耕。歲凶，汝旁諸縣多盜，懌曰：『願令爲耆長，往來里中，察姦民。』因召里中少年，戒曰：『盜不可爲也，吾在此，不汝容也。』少年皆諾。里老父子死未斂，盜夜脱其衣，里老父怯，無他子，不敢告縣，贏〔一六〕其屍，不能葬。懌聞而悲之，然疑少年王生者，夜入其家，探其篋，不使之知覺。明日遇之，問曰：『爾諾我不爲盜矣，今又盜里父子屍者，非爾耶？』少年色動，即推僕地縛之，詰共盜者，王生指某少年，懌呼壯丁守王生，又自馳取少年者送縣，皆伏法。又嘗之郏城，遇尉方出捕盜，招懌飲酒，遂與俱行，至賊所藏，尉怯，陽爲不知以過，懌〔一七〕曰：『賊在此，何之乎？』下馬獨格殺數人，因盡縛之。又聞襄城有盜十許人，獨持一劍以往，殺數人，縛其餘。汝旁縣爲之無盜。京西轉運使奏其事，授郏城尉。

天聖中，河南諸縣多盜，轉運奏移澠池尉。崤古險地，多深山，而青灰山尤阻險，爲盜所恃。惡盜王伯者，藏此山，時出爲近縣害。當此時，王伯名聞朝廷，爲巡檢者，皆授兵以捕之。既懌至，巡檢者僞爲宣頭以示懌，將謀招出之。懌信之，不疑其僞也，因謀知伯所在，挺身入賊中招之，與伯同臥起十餘日，信之，乃出。巡檢者反以兵邀於山口，懌幾不自免。懌曰：『巡檢授兵，懼無功〔一八〕爾。』即以伯與巡檢，使自爲功，不復自言。巡檢俘獻京師，朝廷知其實，罪黜巡檢。

懌爲尉歲餘，改授右班殿直、永安縣巡檢。明道、景祐之交，天下旱蝗，盜賊稍稍起，其間惡賊二十三人，不能捕。懌謀曰：『盜畏吾名，必以潰，潰則難得矣。宜先示之以怯。』至則閉柵，戒軍吏無一人得輒出。居數日，軍吏不知所爲，請出自效，輒不許。既而夜與數卒變爲盜服以出，迹盜所嘗行處，入民家，民皆走，獨有一媪留，爲作飲食，饋之如盜，乃歸。復閉柵三日，又往，則攜其具就媪饌，而以其餘遺媪。媪待以爲真盜矣，乃稍就媪，與語及群盜輩，媪曰：『彼聞桑懌來，始畏之，皆遁矣。又聞懌閉營不出，知其不畏，今皆還也。某在某處，某在某所矣。』懌盡鉤得之。復三日，又往，厚遺之，遂以實告曰：『我桑懌也，煩媪爲察其實，而慎勿泄，後三日我復來矣。』後又三日，往媪察其實審矣。明旦，部分軍士，用甲若干人，於某所取某盜，卒若干人，於某處取某盜。其尤彊者在某所，則自馳馬以往，士卒不及從，惟四騎追之，遂與賊遇，手殺三人。凡二十三人，一日皆獲。

二十八日，復命京師，樞密吏謂曰：『與我銀，爲君致閤職。』懌曰：『用賂得官，非我欲，況貧無銀？有，固不可也。』吏怒，匿其閥，以免短〔一九〕使送三班。三班用例，與兵馬監押。未行，會交趾獠叛，殺〔二〇〕海上巡檢，昭化諸州皆警〔二一〕，往者〔二二〕數輩不能定，因命懌往，盡手殺之，還，乃授閤門祗候。懌曰：『是行也，非獨吾功，位有居吾上者，吾乃其佐也。今彼留而我還，我賞厚而彼輕，得不疑我蓋其功而自伐乎？受之徒慙吾心。』將讓其賞歸己上者，以奏藁示予。予謂曰：『讓之必不聽，徒以好名與詐取〔二三〕譏也。』懌歎曰：『亦思之，然士顧其心何如爾，當自信其心以行，譏何累也？若欲避名，則善皆不可爲也已。』余慙其言。卒讓之，不聽。懌雖舉進士，而不甚知書，然其所爲，皆合道理，多此類。

始居雍丘，遭大水，有粟二廩，將以舟載之。見民〔二四〕走避溺者，遂棄其粟，以舟載之。見民〔二四〕荒歲，聚其里人飼之，粟盡乃止。懌善劍及鐵簡，力過數人，而有謀略，遇人常畏若不自足。其爲人不甚長大，亦自修爲威儀，言語如不出其口，卒然遇，人不知其健且勇也。

廬陵歐陽脩曰：勇力人所有，而能知用其勇者少矣。若懌可謂義勇之士，其學問不深而能者，蓋天性也。余固喜傳人事，尤愛司馬遷善傳，而其所書皆偉烈奇節士，使人喜讀之。欲學其作，而怪今人如遷所書者何少也！乃疑遷特雄文，善壯其說，而古人未必然也。及得桑懌事，乃知古之人〔二五〕有然焉，遷書不誣也；知今人固有，而但不盡知也。懌所爲壯矣，而不知予文能如遷書使人讀而喜否？姑次第之。

趙延嗣傳

石介

今三司嗣相工部郎中劉公隨嘗稱：趙鄰幾舍人死，遺三孤女，一老乳母而已。内無兄弟以御其侮，外無期功强近之親。女稚弱，衣服飲食須人，何怙[二六]何恃？不以凍餒死，則爲强梁暴之矣。有趙延嗣者，僕於舍人，顧是諸孤，義不可去，竭力庇養之。舍人死，無一區宅，一壟田，延嗣爲營衣食之資，身爲負擔，露體塗足，不避寒暑，如是凡數十年如一日，未嘗少有懈倦之色。事三孤女[二七]，如舍人生。三孤女自幼至長，使其女與同處。女之院，延嗣未嘗至其門。女皆適人，延嗣終不識其面。初寓于宋，三女俱長，延嗣晨起，白堂前，將西走京師。趙氏始不知，謂捨去，皆哭。延嗣以女長未嫁，將訪舍人之舊，求所以嫁。至京師，見宋翰林白、楊侍郎徽之，因發聲哭。哭止，且道趙氏之孤，且言長將嫁。二公驚媿，謝曰：『吾不及汝！吾被服儒衣冠，讀誦《六經》，學慕古人，況與舍人友，舍人之孤，吾等不能恤，汝能養之，吾不及汝遠矣！』二公因爲迎入京師，與宅居之，徐相與求良士爲壻。長配樞密直學士戚公綸猶子，職方郎中維之子，太廟齋郎舜卿。次並適屯田員外郎張君文鼎之子，鄉貢進士季倫。三女皆歸，延嗣始去趙氏門。延嗣可以謂之賢僕夫矣。

石介曰：若然，則延嗣有古君子之行，古烈士之操，古仁人之心，豈特僕夫之賢，天下之賢也！昔在漢，有爲翟公之客者，翟公免，客皆去。延嗣獨不去，復爲養其孤，雖去千載，客視延嗣，亦當羞於地下矣。魯有顔叔子者，嘗獨居一室中，夜暴風雨，鄰家女投叔子宿，叔子使執燭以達曉，以免其嫌，後人稱其廉。延嗣親養三孤女，長且適人，終不識其面，其節豈下叔子哉！唐韓吏部凡嫁内外及友朋孤子僅十人，天下服其義。延嗣嫁趙氏三女，無少吏部者。噫！翟公之客，皆當時士大夫，視延嗣遠不及也。叔子，魯賢者；吏部，唐大儒。延嗣爲賤僕夫，其風操凜焉，其行義卓焉，與顔侔韓並，延嗣可謂僕名而儒行者矣。吁！僕名儒行，見之延嗣，夫儒名而僕行者，或有其人焉，得不愧於延嗣哉？延嗣所爲如此，有可以厲天下，因傳之云。延嗣以令終。

范景仁傳

司馬光

范景仁名鎮，益州華陽人。少舉進士，善文賦，場屋師之。爲人和易脩敕，參知政事薛簡肅公、端明殿學士宋景文公，皆器重之。補國子監生，及貢院奏名[二八]，皆第一。故事，殿廷唱第過三人，則爲奏名之首者，必抗聲自陳以祈恩，雖考校在下，天子必擢寘上列。以吴春卿、歐陽永叔之耿介，猶不免從衆。景仁獨不然，左右與並立者屢趣之，使自陳，景仁不應。至七十九人，始唱名及之。景仁出拜，退就列，訖無一言，衆皆服其安恬。自是始以自陳爲耻，舊風遂絶。

釋褐新安主簿，到官數旬，時宋宣獻公留守西京，不欲使與下吏共勞辱，召置國子監，使教諸生。秩滿，又薦於朝，爲東監直講。未幾，宋景文公奏同修《唐書》。及用參知政事王公薦，召試學士院，詩用『彩霓』字，學士以沈約《郊居賦》『雌霓連蜷』讀霓爲入聲，謂景仁爲失韻，由是除館閣校勘。殊不知約賦特[二九]取聲律便美，非霓字[三〇]不可讀爲平聲也。當時有學者皆爲景仁憤鬱，而景仁處之晏然，不自辯。爲校勘四年，乃遷校理。丞相龐公薦景仁有美才，不汲汲於進取，詔除直祕閣。未幾，以起居舍人知諫院。

仁宗性寬仁，言事者競爲激訐以採名，或緣愛憎，污人以帷箔不可明之事。景仁獨引大體，自非關朝廷安危，繫生民利病，皆闊略不言。陳恭公爲相，嬖妾張氏笞殺婢，御史劾奏欲去之，不能得，乃誣之云私其女。景仁上言：『朝廷設臺諫官，使之除讒慝也。審如御史所言，則執中可斬，如其不然，御史亦可斬。』御史怒，共劾景仁，以爲阿附宰相。景仁不顧，力爲辨其不然，深救當時之弊，識者韙之。

仁宗即位三十五年，未有繼嗣，嘉祐初，暴得疾，旬日不知人，中外大小之臣無不寒心，而畏避嫌疑相倚仗，莫敢發言。景仁[三一]獨奮曰：『天下事尚有大於此者乎？捨此不言，顧惟抉擿細微以塞職，是真負國，吾不忍也。』即上言：『太祖捨其子而立太宗。周王既薨，真宗取[三二]宗室子養之宮中。陛下宜爲宗廟社稷計，早擇宗室賢者，優其禮數，試之以政，與圖天下之事，以繫天下人心。』章累上，寢不報。景仁因闔門家居，自求誅譴。執政或諭以奈何效干名希進之人，景仁上執政書言：『繼嗣不定，將有急兵。鎮義當死朝廷之刑，不可死亂兵之下。

此乃鎮擇死之時，尚何暇顧干名希進之嫌，而不爲去就之決哉？』又奏稱：『臣竊原大臣之意，恐行之而事有中變，故畏避而爲容身之計也。萬一兵起，大臣家中族首領顧不可保，其爲身計亦已疎矣。就使事有中變，而死陛下之職，與其死於亂兵，不猶愈乎？乞陛下以臣此章示大臣，使其自擇死所。』聞者爲之股栗。尋除兼侍御史知雜事，景仁因辭不變〔三三〕，乞解言職，就散地。執政復諭以上之不豫，諸大臣亦嘗建此策，今姦言已入，爲之甚難。景仁復上執政書云：『但當論事之是非，不當問其難易。況事早則濟，緩則不及，此聖賢所以貴機會也。諸公謂今日難於前日，安知他日不難於今日乎？謂今日姦言已入，不可弭，他日可弭乎？』凡見上面陳者三，奏章者十有七，朝廷不能奪，乃罷諫職，改集賢殿脩撰。頃之，拜知制誥，遷翰林學士。

英宗即位，中書奏請追尊濮安懿王事，下兩制議，以爲宜稱皇伯，高官大國，極其尊榮。大忤執政意，更下尚書省，集百官議之，意朝士必有迎合者。既而臺諫争上言：『爲人後者爲之子，不得顧私親。今陛下既爲仁宗後，若復推尊濮王，是貳統也，殆非所以報仁宗之盛德。』衆論鼎沸，執政欲緩其事，乃下詔罷百官集議，曰：『當令禮官檢詳典禮以聞。』景仁時判太常寺，即具列爲人後之禮，及漢、魏以來論議得失，悉奏之，與兩制臺諫議合。執政怒，召景仁詰責之，曰：『詔書曰當令檢詳，奈何遽列上耶？』景仁曰：『有司得詔書，不敢稽留，即以聞，乃其職也，奈何更以爲罪乎？』會宰相遷官，景仁當草制，坐失於考按，不合故事，加侍讀學士，出知陳州。

今上即位，復召還翰林。王介甫參知政事，置三司條例司，變更祖宗法令，專以聚斂爲務，斥逐忠直，引進姦佞。景仁上疏，極言其不可，朝廷不報。景仁時年六十三，因上言：『即不用臣言，臣無顔復居位食禄，願聽臣致仕。』章累上，語益切直。介甫大怒，自草制書，極口醜詆，使以本官户部侍郎致仕，凡所應得恩例，悉不之與。於是當時在位者皆自愧，景仁名益重於天下。介甫雖詆之深，人更以爲榮焉。

景仁既退，居有園第在京師，專以讀書賦詩自娱。客至，無貴賤，皆野服見，不復報謝。故人或爲具召之，雖權貴不拒也。不召，則不往見之。或時乘輿出遊，則無遠近皆往。嘗乘籃輿歸蜀，與親舊樂飲，賑施其貧者，周覽江山，窮其勝賞，期年然後返。年益老，而視聽聰明，支體尤堅强。嗚呼！曏使景仁枉道希世，以得富貴，蒙屈辱，任憂患，豈有今日之樂耶？則景仁所失甚少，所得殊多矣。《詩》云：『愷悌君子，神所勞矣。』又云：『樂只君子，遐不眉壽。』景仁有焉。

客有問今世之勇于迂叟者，叟曰：『有范景仁者，其爲勇，人莫之敵。』客曰：『景仁長僅五尺，循循如不勝衣，奚其勇？』叟曰：『何哉爾所謂勇者？而以瞋目裂眦，髮上指冠，力曳九牛，氣陵三軍者爲勇乎？是特匹夫之勇耳，勇于外者也。若景仁，勇于内者也。自唐宣宗以來，不欲聞人言立嗣，萬一有言之者，輒切齒疾之，與倍畔無異。而景仁獨唱言之，十餘章不已，視身與宗族如鴻毛。後人見景仁無恙〔三四〕，而繼〔三五〕爲之者則有矣。然景仁者，冒不測之淵，無勇者能之乎？人之情，孰不畏天子與執政？親愛之至隆者，孰若父子？執政欲尊天子之父，而景仁引古義以爭之，無勇者能之乎？禄與位，皆人所貪，或老且病，前無可冀，猶戀戀不忍捨去，況景仁身已通顯有聲望，視公相，無跬步之遠，以言不行，年六十三即拂衣歸，終身不復起，無勇者能之乎？』

凡人有所不能，而人或能之，無不服焉。如吕獻可之先見，范景仁之勇決，皆余所不及也。余心誠服之，故作《范景仁傳》。

文中子補傳

司馬光

文中子王通，字仲淹，河東龍門人。六代祖玄則仕宋，歷太僕、國子博士。兄玄謨，以將略顯，而玄則用儒術進。玄則生焕，焕生虬。齊高帝將受宋禪，誅袁粲，虬由是北奔魏，魏孝文帝甚重之，累官至并州刺史，封晉陽公，謚曰〔三六〕穆，始家河汾之間。虬生彦，官至同州刺史。彦生傑，官至濟州刺史，封安康公，謚曰獻。傑生隆，字伯高，隋開皇初，以國子博士待詔雲龍門。隋文帝嘗從容謂隆曰：『朕何如主？』隆曰：『陛下聰明神武，得之於天。發號施令，不盡稽古，雖負堯、舜之資，終以不學爲累。』帝默然有間，曰：『先生，朕之陸賈也，何以教朕？』隆乃著《興衰要論》七篇奏之。帝雖稱善，亦不甚達也。歷昌樂、猗氏、銅川令，棄官歸，教授卒於家。隆生通。自玄則以來，世傳儒業。

通幼明悟好學，受《書》於東海李育，受《詩》於會稽夏琠，受《禮》於河東關朗，受《樂》於北平霍汲，受《易》於族父仲華。仁壽三年，通始冠，西入長安，獻《太平十二策》。帝召見，歎美之，然不能用，罷歸，尋復徵之。煬帝即位，又徵之。皆稱疾不至，專以教授爲事。弟子自遠方至者甚衆，乃著《禮論》二十五篇，《樂論》二十篇，《續書》百有五十篇，《續詩》三百六十篇，《元經》五十篇，《贊易》七十篇，謂之《王氏六經》。

司徒楊素重其才行，勸之仕，通曰：『汾水之曲，有先人之弊廬，足以庇風雨，薄田足以具饘粥，願明公正身以治天下，使時和年豐，通也受賜多矣，不願仕也。』或譖通於素曰：『彼實慢公，公何敬焉？』素以問通，通曰：『公使可慢，則僕得矣；不可慢，則僕失矣。得失在僕，公何預焉？』素待之如初。右武侯大將軍賀若弼嘗示之射，發無不中。通曰：『美哉藝也！君子志道，據德依仁，然後遊於藝也。』弼不悦而去。通謂門人曰：『夫子矜而愎，難乎免於今之世矣！』納言蘇威好蓄古器，通曰：『昔之好古者聚道，今之好古者聚物。』太學博士劉炫問《易》，通曰：『聖人之於《易》也，没身而已矣，況吾儕乎？』有仲長子光者，隱於河渚，嘗曰：『在險而運奇，不若宅平而無爲。』通以爲知言，曰：『名愈消，德愈長，身愈退，道愈進，若人知之矣。』通見劉孝標《絶交論》，曰：『惜乎舉任公而毁也，任公不可謂知人也。』見《辯命論》，曰：『人事廢矣。』弟子薛收問：『恩不害義，儉不傷禮，何如？』通曰：『是漢文之所難也。廢肉刑，害於義，省之可也。衣弋綈，傷於禮，中焉可也。』王孝逸曰：『天下皆争利而棄義，若之何？』通曰：『捨其所争，取其所棄，不亦君子乎？』或問人善，通曰：『知其善則稱之，不善則對曰未嘗與久也。』賈瓊問息謗，通曰：『無辯。』問止怨，曰：『不争。』故其鄉人皆化之，無争者。賈瓊問群居之道，通曰：『同不害正，異不傷物。古之有道者，内不失真，外不殊俗，故全也。』賈瓊請絶人事，通曰：『不可。』瓊曰：『然則奚若？』通曰：『莊以待之，信以應之，來者勿拒，去者勿追，汎如也，則可。』通謂姚義能交，或曰：『簡。』通曰：『兹所以能也。』又曰：『廣。』通曰：『廣而不濫，兹又所以爲能。』又謂薛收『善接小人，遠而不疎，近而不狎，頹如也』。通嘗曰：『封禪非古也，其秦、漢之侈心乎？』又曰：『美哉，周公之志深矣乎！寧家所以安天下，存我所以厚蒼生也。』又曰：『易樂者必多哀，輕施者必好奪。』又曰：『無赦之國，其刑必平；重斂之國，其財必貧。』又曰：『廉者常樂無求，貪者常憂不足。』又曰：『我未見得〔三七〕誹而喜，聞譽而懼者。』又曰：『昏而論財，夷虜之道也。』又曰：『居近而識遠，處今而知古，其唯學乎！』又曰：『輕譽苟毁，好憎尚怒，小人哉！』又曰：『聞謗而怒者，讒之階也；見譽而喜者，佞之媒也。絶階去媒，讒佞遠矣。』通謂北山黄公善醫，先飲食起居，而後鍼藥。謂汾陰侯生善筮，先人事而後爻象。

大業十年，尚書召通蜀郡司户。十一年，以著作郎、國子博士徵，皆不至。十四年，病終於家。門人謚曰文中子。二子〔三八〕：福郊，福畤。二弟：凝，績〔三九〕。

評曰：此皆通之《世家》及《中説》云爾。玄謨仕宋，至開府儀同三司。績及福畤之子勔、勮、勃，皆以能文著於唐世，各有列傳。余竊謂先王之《六經》，不可勝學也，而又奚續焉？續之，庸能出於其外乎？出則非經矣。苟無出而續之，則贅也，奚益哉？或曰：『彼商、周以往，此漢、魏以還也。』曰：『漢、魏以還，遷、固之徒，記之詳矣，奚待於續經然後人知之？必也好大而欺愚乎？則必不愚者，孰肯從之哉？』

今其《六經》皆亡，而《中説》亦出於其家，雖云門人薛收、姚義所記，然余觀其書，竊疑唐室既興，凝與福畤輩依並時事，從而附益之也。何則？其所稱朋友門人，皆隋、唐之際將相名臣，如蘇威、楊素、賀若弼、李德林、李靖、竇威、房玄齡、杜如晦、王珪、魏徵、陳叔達、薛收之徒，考諸舊史，無一人語及通名者。《隋史》，唐初爲也，亦未嘗載其名於儒林隱逸之間，豈諸公皆忘師棄舊之人乎？何獨其家以爲名世之聖人，而外人皆莫之知也？福畤又云：『凝爲監察御史，劾奏侯君集有反狀，太宗不信之，但黜爲姑蘇令。大夫杜淹奏凝直言非辜，長孫無忌與君集善，由是與淹有隙，王氏兄弟皆抑不用。時陳叔達方撰《隋史》，畏無忌，不爲文中子立傳。』按叔達前宰相，與無忌位任相將，何故畏之，至没其師之名，使無聞於世乎？且魏徵實摠《隋史》，縱叔達曲避權戚，徵肯聽之乎？此余所以疑也。

又淹以貞觀二年卒，十四年君集平高昌，還而下獄，由是怨望，十七年謀反，誅。此其前後參差，不實之尤著者也。如通對李靖聖人之道曰：『無所由，亦不至於彼。彼道之方也，必無至乎？』又對魏徵以聖人有憂疑，退語董常，以聖人無憂疑，曰：『心迹之判久矣。』皆流入於釋老者也。夫聖人之道，始於正心、脩身、齊家、治國，至於安萬邦，和黎民，格天地，遂萬物，功施當時，法垂後世，安在其無所至乎？聖人所爲，皆發於至誠，而後功業被於四海。至誠，心也；功業，迹也，奚爲而判哉？如通所言，是聖人作僞以欺天下也，其可哉？又曰：『佛，聖人也，西方之教也，中國則泥。』又曰：『《詩》《書》盛而秦世滅，非仲尼之罪也。虚玄長而晉室亂，非老、莊之罪也。齋戒脩而梁國亡，非釋迦之罪也。』苟爲聖人矣，則推而放諸南海而準，推而放諸北海而準，烏有可行於西方，不可行於中國哉？苟非聖人矣，則泥於中國，獨不泥於西方耶？秦焚《詩》《書》之文，《詩》《書》之道盛於天下，秦安得滅乎？莊、老貴虚無而賤禮法，故王衍、阮籍之徒，乘其風而鼓之，飾談論，恣情欲，以至九州覆没。釋迦稱前生之因果，棄今日之仁義，故梁武帝承其流而信之，嚴齋戒，弛政刑，至于百姓塗炭，發端唱導者，非二家之罪，而誰哉？此皆議論不合於聖人者也。

唐世文章學[四〇]之士，傳道其書者，蓋獨李翺，以比《太公家教》，乃司空圖、皮日休始重之。宋興，柳開、孫何振而張之，遂大行於世，至有真以爲聖人，可繼孔子者。余讀其書，想其爲人，誠好學篤行之儒。惜也其自任太重，其子弟譽之太過，使後之人莫之敢信也。余恐世人譏其僭而累其美，故采其行事於理可通，而所言切於事情者，著于篇，以補《隋書》之闕。

無名君傳

邵雍

無名君，生于冀方，老于豫方。年十歲，求學于里人，遂盡里人之情，己之滓十去其一二矣。年二十求學于鄉人，遂盡鄉人之情，己之滓十去其三四矣。年三十歲，求學于國人，遂盡國人之情，己之滓十去其五六矣。年四十，求學于古今，遂盡古今之情，己之滓十去其八九矣。五十求學于天地，遂盡天地之情，欲求己之滓，無得而去矣。始則里人疑其僻，問于鄉人，曰：『斯人善與人群，安得謂之僻？』既而鄉人疑其泛，問于國人，曰：『斯人不妄與人交，安得謂之泛？』既而國人疑其陋，問于四方之人，曰：『斯人不能器，安得謂之陋？』既而四方之人又疑之，質之於古今之人，古今之人終始無可與同者。又考之于天地，不對。當時也，四方之人迷亂不復得知，因號爲無名君。

夫無名者，不可得而名也。凡物有形則可器，可器斯可名，然則斯人無體乎？曰有體，有體而無跡者也。斯人無用乎？曰有用，有用而無心者也。夫有跡有心者，斯可得而知也；無跡無心者，雖鬼神亦不可得而知。不可得而名，而況於人乎？故其詩曰：『思慮未起，鬼神莫知，不由乎我，更由乎誰？』能造萬物者，天地也。能造天地者，太極也。太極者，其可得而知乎？故强名之曰太極。太極者，此其無名之謂乎？故嘗自爲之贊曰：『借爾面貌，假爾形骸。弄丸餘暇，閑往閑來。』人告之以脩福，對曰：『吾未嘗不爲善人。』告之以禳災，對曰：『吾未嘗妄祭。』故詩曰：『禍如許免人須諂，福若待求天可量。』又曰：『中孚起信寧煩禱，無妄生災未易禳。』性喜飲酒，常命之曰『太和』。詩曰：『不佞禪伯，不諛方士。不出户庭，直際天地。』家素業爲儒言，身未嘗不行儒行。故其詩曰：『心無妄思，足無妄走。人無妄交，物無妄受。炎炎論之，甘處其陋。綽綽言之，無出其右。羲軒之書，未嘗去手。堯舜之談，未嘗虚口。當中和天，同樂易友。吟自在詩，飲歡喜酒。百年升平，不爲不偶。七十康强，不爲不壽。』此〔四一〕其無名君之行〔四二〕乎！

洪渥傳

曾　鞏

洪渥，撫州臨川人。爲人和平，與人遊，初不甚歡，久而有味。家貧，以進士從鄉舉，有能賦名。初進於有司，進輒黜，久之，乃得官。官不馳騁，又久不進，卒監黄州麻城之茶場以死。死不能歸葬，亦不能返其孥。里中人聞渥死，無賢愚，皆恨失之。

予少與渥相識，而不深知其爲人。渥死，乃聞。有兄年七十餘，渥得官時，兄已老，不可與俱行。渥至官，量口用俸，掇其餘以歸，買田百畝居其兄，復去而之官，則心〔四三〕安焉。渥既死，兄無子，數使人至麻城撫其孥，欲返之而居以其田。其孥蓋弱，力不能自致，其兄益已老矣，無可奈何，則念輒悲之，其經營之猶不已，忘其老也。渥兄弟如此，無愧矣。渥平居不可任以事，及至赴人之急，早夜不少懈，其與人真有恩者也。

予觀古今豪傑士傳論，人行義不列於史者，往往務摭奇以動俗，亦或事高而不可爲繼，或伸一人之善而誣天下以不及，雖歸之輔教警世，然考之中庸，或過矣。如渥之所存，蓋人人之所易到，故載之云。

校勘記

〔一〕『與』，底本作『爲』，據六十三卷本改。舊鈔本《河東先生文集》作『爲』。

〔二〕『星』，底本無，據六十三卷本、麻沙本補。舊鈔本《河東先生文集》作『星』。

〔三〕『其』，底本作『於』，據六十三卷本、麻沙本改。舊鈔本《河東先生文集》作『其』。

〔四〕『下』，底本、麻沙本誤作『不』，據六十三卷本改。舊鈔本《河東先生文集》作『下』。

〔五〕『犯』，底本作『既死』，據六十三卷本改。舊鈔本《河東先生文集》作『犯』。

〔六〕『求』，底本作『來』，據六十三卷本改。舊鈔本《河東先生文集》作『求』。

〔七〕『言』，六十三卷本作『辭』。舊鈔本《河東先生文集》作『言』。

〔八〕『而』，底本作『什』，據六十三卷本、麻沙本改。舊鈔本《河東先生文集》作『而』。

〔九〕『以』，底本作『曰』，據六十三卷本改。舊鈔本《河東先生文集》作『以』。

〔一〇〕『理』，底本無，據六十三卷本、麻沙本補。舊鈔本《河東先生文集》作『理』。

〔一一〕『嗚呼』，六十三卷本作『於是』。舊鈔本《河東先生文集》作『於乎』。

〔一二〕『書』，底本脱，據六十三卷本補。

〔一三〕「誚」，六十三卷本作「謂」。宋慶元二年周必大刻本《歐陽文忠公集》、元本《歐陽文忠公集》作「誚」。

〔一四〕「累」，底本作「患」，據六十三卷本、麻沙本改。宋慶元二年周必大刻本《歐陽文忠公集》、元本《歐陽文忠公集》作「累」。

〔一五〕「訖」，底本作「説」，據六十三卷本改。宋慶元二年周必大刻本《歐陽文忠公集》、元本《歐陽文忠公集》作「訖」。

〔一六〕「羸」，底本、麻沙本作「羸」，未當，六十三卷本漫漶難識，據宋慶元二年周必大刻本《歐陽文忠公集》、元本《歐陽文忠公集》改。

〔一七〕「懌」，底本無，據六十三卷本、麻沙本補。宋慶元二年周必大刻本《歐陽文忠公集》、元本《歐陽文忠公集》作「懌」。

〔一八〕「功」，底本誤作「兵」，據六十三卷本、麻沙本改。宋慶元二年周必大刻本《歐陽文忠公集》、元本《歐陽文忠公集》作「功」。

〔一九〕「免短」，底本空缺，據六十三卷本、麻沙本補。宋慶元二年周必大刻本《歐陽文忠公集》、元本《歐陽文忠公集》作「免短」。

〔二〇〕「殺」，底本無，六十三卷本、麻沙本亦然，據宋慶元二年周必大刻本《歐陽文忠公集》、元本《歐陽文忠公集》補。

〔二一〕「警」，底本作「驚省」，麻沙本作「警省」，據六十三卷本改。宋慶元二年周必大刻本《歐陽文忠公集》、元本《歐陽文忠公集》作「警」。

〔二二〕「往者」，底本無，據六十三卷本補。宋慶元二年周必大刻本《歐陽文忠公集》、元本《歐陽文忠公集》作「往者」。

〔二三〕「與詐取」三字，底本作「取詐與」，據六十三卷本改。宋慶元二年周必大刻本《歐陽文忠公集》、元本《歐陽文忠公集》作「與詐取」。

〔二四〕「見民」，六十三卷本無。宋慶元二年周必大刻本《歐陽文忠公集》、元本《歐陽文忠公集》作「見民」。

〔二五〕「人」，底本無，據六十三卷本補。宋慶元二年周必大刻本《歐陽文忠公集》、元本《歐陽文忠公集》作「人」。

〔二六〕「何怙」，底本無，據六十三卷本補。

〔二七〕「女」，六十三卷本、麻沙本作「子」。

〔二八〕「貢院奏名」，底本作「貢奏院名」，據六十三卷本改。宋紹興本《温國文正公文集》作「貢院奏名」。

〔二九〕「特」，底本作「使」，據六十三卷本改。宋紹興本《温國文正公文集》作「但」。

〔三〇〕「字」，麻沙本無。宋紹興本《温國文正公文集》無。

〔三一〕「景仁」，底本無，據六十三卷本、麻沙本補。宋紹興本《温國文正公文集》作「景仁」。

〔三二〕「取」，底本無，據六十三卷本補。宋紹興本《温國文正公文集》作「取」。

〔三三〕「變」，六十三卷本作「受」。宋紹興本《温國文正公文集》作「變」。

〔三四〕「恙」，底本脱，麻沙本誤作「忘」，據六十三卷本補。宋紹興本《温國文正公文集》作「恙」。

〔三五〕「繼」，底本作「使」，據六十三卷本改。宋紹興本《温國文正公文集》作「繼」。

〔三六〕以下自『穆，始家河汾之間』至『嘗曰：「在險而運奇，不若宅平而無爲。」通』，底本空缺，據六十三卷本、麻沙本補。
〔三七〕『得』，底本無，據六十三卷本補。
〔三八〕『子』，底本作『曰』，據六十三卷本、麻沙本改。
〔三九〕『績』，底本作『續』，據六十三卷本改。
〔四〇〕『學』，底本作『章』，據六十三卷本、麻沙本改。
〔四一〕『此』，底本無，據六十三卷本、麻沙本補。
〔四二〕『行』，底本作『謂』，據六十三卷本、麻沙本改。
〔四三〕『心』，底本誤作『必』，麻沙本亦然，據六十三卷本改。

新校宋文鑑卷第一百五十

校者按：底本此卷抄配，據六十三卷本、麻沙本刻卷校改。

傳

曹氏女傳

章望之

曹氏者，吾同郡尚書郎脩古之幼女也。公天聖中累更御史，持憲無阿回，言事失職，知閩之興化軍，朞年而卒。曹氏以室居未嫁，父既没，其故僚率吏民錢三十萬，致之柩前，曰：『以供窆葬之用。』夫人陳氏將受之，女曰：『制家之用，惟其家之酌。初，吾父入司朝廷，出莅民政，約於奉身，廉於臨人。今其亡矣，葬之豐儉，請以吾家具之。苟將受斯遺焉，惟它人忍之，我弗忍也。』母因是請而使辭焉。其故僚復謂之曰：『葬先公弗資，是則亦聞命矣。願以異日嫁公女焉，可無拒也。』女曰：『俾用於喪，尚不敢取，今欲備吾之嫁，是使妾幸父喪而自醜也，人之聞之，謂如何哉？吉凶有常禮，男女有常位，妾有大罰，父没而喪存焉，不以此時哀戚，而遽謀嫁幣，不亦亂常禮乎？以室中而受門外之私賄，不亦亂常位乎？妾不才，以先人之靈，幸而卒有所歸，則有妾之紡績之備，何敢以是自誘哉？願弗聞二三君子之命也。』遂不受。

夫婦人事勤儉恭謹則良矣，曾無賢者之責也，此何特異也？彼貪殘之夫，好財瀆貨，死則已爾，惡復悔悟耶？方朝廷發貪冒之禁，防制執事之人，如維縶之，械繫之，尚以濫狀相望於敗辱者，爲不少矣，卒惟無怍焉。有如曹氏，專脩父志，而不有所累，孰謂曹氏不賢也哉？孟子曰：『聞伯夷之風者，頑夫廉，懦夫有立志。』曹氏近之矣。雖然，厚於義而薄於利者，人之常行也，《詩》《書》不聞而尚廉篤孝，固賢矣。其里人曾孝基得斯説來告，則未知其年與名。

方山子傳

蘇　軾

方山子，光、黄間隱人也。少時慕朱家、郭解爲人，閭里之俠皆宗之。稍壯，折節讀書，欲以此馳騁當世，然不遇，晚乃遯於光、黄間，曰岐亭，庵居蔬食，不與世相聞。棄車馬，毁冠服，徒步往來山中，人莫識也。見其所著帽方聳而高，曰：『此豈古方山冠之遺像乎？』因謂之方山子。

余謫居于黄，過岐亭，適見焉，曰：『嗚呼！此吾故人陳慥季常也，何爲而在此？』方山子亦矍然問余所以至此者，余告之故，俯而不答，仰而笑，呼余宿其家，環堵蕭然，而妻子奴婢皆有自得之意。余既聳然異之，獨念方山子少時使酒好劍，用財如糞土。前十有九年，余在岐下，見方山子從兩〔二〕騎，挾二矢，游西山。鵲起於前，使騎逐而射之，不獲，方山子怒馬獨出，一發得之。因與余馬上論用兵及古今成敗，自謂一世豪士。今幾日耳，精悍之色猶見於眉間，而豈山中之人哉？

然方山子世有勳閥，當得官，使從事於其間，今已顯聞。而其家在洛陽，園宅壯麗，與公侯等。河北有田，歲得帛千匹，亦足以富樂。皆棄不取，獨來窮山中，此豈無得而然哉？余聞光、黄間多異人，往往陽狂垢汙，不可得而見，方山子儻見之歟！

公默先生傳

王向

公議先生，剛直任氣，好議論，取當世是非辨明。游梁、宋間，不得意，去居潁，其徒從者百人。居二年，與其徒謀，又去潁。

弟子任意對曰：『先生無復念去也，弟子從先生久矣，亦各厭行役。先生舍潁爲居廬，少有生計。主人公賢，遇先生不淺薄，今又去之，弟子未見先生止處也，先生豈薄潁耶？』公議先生曰：『來！吾語爾。君子貴行道信於世，不信貴容，不容貴去，古之避世〔二〕、避地、避色、避言是也。吾行年三十，立節佝名，被服先王，窮究《六經》。頑鈍晚成，所得無幾，羅籠大綱，漏略零細。校見繩墨，未爲完人，豈敢自忘，冀用於世？予所厭苦，正謂不容，予行世間，波混流同。予譽不至，予毁日隆。小人鑿空，造事形迹，侵排萬端，地隘天側。《詩》不云乎，「讒人罔極」，主人明恕，故未見疑。不幸去我，來者謂誰？讒一日效，我終顛危。智者利身，遠害全德，不如亟行，以適異國。』

語已，任意對曰：『先生無以言也。意輩弟子，常切論先生樂取怨憎，爲人所難，不知先生不樂也。今定不樂，先生知所以取之乎？先生聰明才能，過人遠甚，而刺口論世事，立是立非，其間不容毫髪。又以「公議」名，此人人之怨府也。《傳》曰「議人者不得其死」，先生憂之是也。意有三事，爲先生計。先生幸聽意，不必行；不能聽，先生雖去絶海，未見先生安也。』

公議先生舌强不下，視任意目不轉，移時卒問，任意對曰：『人之肺肝，安可得視？高出重泉，險不足比。聞善於彼，陽譽陰憎，反背復非，詆笑縱横。得其細過，聲張口播，緣飾百端，德敗行破。自然世人，賤彼賢我。意策之三，此爲最上者也，先生能用之乎？』公議先生曰：『不能，爾試言其次者。』對曰：『捐棄骨肉，佯狂而去，令世人不復顧忌。此策之次者，先生能用之乎？』公議先生曰：『不能，爾試言其又次者。』對曰：『先生之行己，世人所不逮何等也，曾未得稱高世，而詆訶蜂起，幾不得與妄庸人偕者，良以口禍也。先生能好默不好言〔三〕，而是非不及口而心存焉，何病乎不容？此策之最下者也，先生能用之乎？』公議先生喟然而嘆曰：『吁！吾爲爾用下策也。』任意乃大笑，顧其徒曰：『宜吾先生之病於世也。吾三策之，卒取其下者矣。』弟子陽思曰：『今日微任意，先生不可得留。』與其徒謝意，更因意請，去『公議』，爲『公默先生』。

上谷郡君家傳

程　頤

先妣夫人姓侯氏，太原盂縣人，行第二。世爲河東大姓。曾祖元，祖[四]暠，當五代之亂，以武勇聞。劉氏偏據日，錫土於烏河川，以控寇盜，亡其爵位。父道濟，始以儒學中科第，潤州丹徒縣令，贈尚書比部員外郎。母福昌郡太君刁氏。

夫人幼而聰悟過人，女功之事，無所不能，好讀書史，博知古今。丹徒君愛之過於子，每以政事問之，所言雅合其意，常歎曰：『恨汝非男子！』七八歲時，常教以古詩曰『女人不夜出，夜出秉明燭』，自是日暮則不復出房閤。刁夫人素有風厥之疾，多夜作，不知人者久之，夫人涕泣扶持，常連夕不寐。

年十九，歸于我公。事舅姑以孝謹稱，與先公相待如賓客。德容之盛，内外親戚無不敬愛。衆人游觀之所，往往捨所觀而觀夫人。先公賴其内助，禮敬尤至，而夫人謙順自牧，雖小事未嘗專，必稟而後行。仁恕寬厚，撫愛諸庶，不異己出，從叔幼孤[五]，夫人存視，常均己子。治家有法，不嚴而整。不喜笞撲奴婢，視小臧獲如兒女，諸子或加呵責，必戒之曰：『貴賤雖殊，人則一也。汝如是大時，能爲此事否？』道路遺棄小兒，屢收養之。有小商出未還，而其妻死，兒女散逐人去，惟幼者始三歲，人所不取，夫人懼其必死，使抱以歸。時聚族甚衆，人皆有不欲之色，乃别糴以食之。其父歸，謝曰：『幸蒙收養，得全其生，願以爲獻。』夫人曰：『我本以待汝歸，非欲之也。』好爲藥餌以濟病者。嘗大寒，有負炭而擎者，家人欲呼之，夫人勸止曰：『慎勿爲此，勝則貧者困矣。』

先公凡有所怒，必爲之寬解，唯諸兒有過，則不掩也。常曰：『子之所以不肖者，由母蔽其過而父不知也。』夫人男子六人，所存惟二，其愛慈可謂至矣，然於教之之道，不少絶也。纔數歲，行而或踣，家人走前扶抱，恐其驚啼，夫人未嘗不呵責，曰：『汝若安徐，寧至踣乎？』飲食嘗置之坐側，嘗食絮羹，皆叱止之，曰：『幼求稱欲，長當如何？』雖使令輩，不得以惡言罵詈之，故頤兄弟平生於飲食衣服無所擇，不能惡言詈人，非性然也，教之使然也。與人争忿，雖直不右，曰：『患其不能屈，不患其不能伸。』及稍長，常使從善師友游，雖居貧，或欲延客，則喜[六]而爲之具。其教女，常以曹大家《女戒》之常教告家人，曰：『見人善則當如己善，必共成之；視他物如己物，必加愛之。』

先公罷尉廬陵[七]，赴調，寓居歷陽，會叔父亦解掾毗陵，聚口甚衆，儲備不足，夫人經營轉易，得不困乏。先公歸，問其所爲，歎曰：『良轉運使才也。』所居之處，鄰婦里媪，皆願爲之用，雖勞不怨。始寓丹陽，僦葛氏舍以居，守舍王氏翁媪庸狡，前後居者無不苦之，夫人待之有道，遂反柔良。及遷去，王媪涕戀不已。

夫人安於貧約，服用儉素，觀親戚間紛華相尚，如無所見。少女方數歲，忽失所在，乳媪輩悲泣叫號，夫人罵止之，曰：『在當求得，苟亡失矣，汝如是將何爲？』在廬陵時，公宇多怪，家人告曰：『物弄扇。』夫人曰：『熱爾。』又曰：『物擊鼓。』夫人曰：『有槌乎？可與之。』後家人不復敢言恠，恠亦不復有，遂獲安居。

夫人有知人之鑒。姜應明者，中神童第，人競觀之。夫人曰：『非遠器也。』後果以罪廢。頤兄弟幼時，夫人勉之讀書，因書綫貼上曰：『我惜勤讀書兒。』又並書二行，前曰：『殿前及第程延壽。』先兄幼時名也。次曰：『處士。』及先兄登第，頤以不才罷應科舉，方悟夫人知於童穉中矣。寶藏手澤，使後世子孫知夫人之精鑒。

夫人好文而不爲辭章，見世之婦女以文章筆札傳於人者，深以爲非。平生所爲詩，不過三二篇，皆不存。獨記在歷陽時，先公覲親河朔，夜聞鴻雁至，爲詩曰：『何處驚飛起，雝雝過草堂。早是愁無寐，忽聞意轉傷。良人沙塞外，羇妾守空房。欲寄迴文信，誰能付汝將？』讀史，見姦邪逆亂之事，常掩卷憤歎，見忠孝節義之士，則欽慕不已。嘗稱唐太宗得禦戎之道，其識慮高遠，有英雄之氣。夫人之弟可世，稱名儒，才智甚高，常自謂不如夫人。

夫人自少多病，好方餌脩養之術，甚得其〔八〕效。從先公官嶺外，偶迎凉露寢，遂中瘴癘。及北歸，道中疾革，召醫視脉，曰可治。謂二子曰：『紿爾也。』未終前一日，命頤曰：『今日百五，爲我祀父母，明年不復祀矣。』夫人以景德元年甲辰十月十三日生于太原，皇祐四年壬辰二月二十八日終于江寧，享年四十九。始封壽安縣君，追封上谷郡君。

巢谷傳

蘇轍

巢谷，字元脩。父中世，眉山農家也，少從士大夫讀書，老爲里校師。幼傳父學，雖樸而博，舉進士，京師見舉武藝者，心好之。谷素多力，遂棄其舊學，畜弓箭，習騎射，久之業成，而不中第。聞西邊多驍勇，騎射擊刺，爲四方冠，去遊秦鳳、涇原間，所至友其秀桀。

有韓存寶者，尤與之善，谷教之兵書，二人相與爲金石交。熙寧中，存寶爲河州將，有功，號熙河名將，朝廷稍奇之。會瀘州蠻乞弟擾邊，諸郡不能制，乃命存寶出兵討之。存寶不習蠻事，邀谷至軍中問焉。及存寶得罪，將就逮，自料必死，謂谷曰：『我涇原武夫，死非所惜，顧妻子不免寒餓，槖中有銀數百兩，非君莫可使遺之者。』谷許諾，即變姓名，懷銀步行，往授其子，人無知者。存寶死，谷逃避江淮間，會赦乃出。

予以鄉閭，故幼而識之，知其志節，緩急可託〔九〕者也。予之在朝，谷浮沉里中，未嘗一見。紹聖初，予以罪謫居筠州，自筠徙雷，徙循。予兄子瞻亦自惠再徙昌化。士大夫皆諱與予兄弟遊，平生親友無復相聞者，谷獨慨然自眉山誦言，欲徒步訪吾兄弟，聞者皆笑其狂。元符二年春正月，自梅州遺予書曰：『我萬里步行見公，不自意全〔一〇〕，今至梅州矣，不旬日必見，死不恨矣。』予驚喜曰：『此非今世人，古之人也。』既見，握手相泣，已而道平生，逾月不厭。時谷年七十有三矣，瘦瘠多病，非復昔日元脩矣。將復見子瞻于南海，予愍其老且病，止之曰：『君意則善，然自此至儋數千里，復當渡海，非老人事也。』谷曰：『我自晾未即死也，公無止我。』留之不可，閲其槖中無數千錢，予方乏困，亦强資遺之。船行至新會，有蠻隷竊其槖裝以逃，獲於新州，谷從之至新，遂病死。予聞，哭之失聲，恨其不用吾言，然亦奇其不用吾言，而行其志也。

昔趙襄子厄於晉陽，知伯率韓、魏決水圍之，城不没者三板，縣釜而爨，易子而食，群臣皆懈，惟高恭不失人臣之禮。及襄子用張孟談計，三家之圍解，行賞群臣，以恭爲先。談曰：『晉陽之難，惟恭無功，曷爲先之？』襄子曰：『晉陽之難，群臣皆懈，惟恭不失人臣之禮，吾是以先之。』谷於朋友之義，實無愧高恭者，惜其不遇襄子，而前遇存寶，後遇予兄弟。予方雜居南夷，與之起居出入，蓋將終焉，雖知其賢，尚何以發之？聞谷有子蒙，在涇原軍中，故爲作傳，異日以授之。谷始名穀，及見之循州，改名谷云。

孫少述傳

林希

孫侔，字少述，世吴興人。父及，仕至尚書都官員外郎，簡州倅。侔方四歲，從其母胡氏家揚州，母親教之。侔雖幼，已惕然能自傷其孤，悲泣力學，七歲能屬文。既長，讀書精識玄解，能得聖人深意，多所論譔。慶曆、皇祐間，與臨川王安石、南豐曾鞏知名於江淮間。侔初名處，字正之，安石自序所謂『淮之南有賢人焉，曰正之』，『余得而友之』者也。

侔内行峭潔，少許可，不妄戲笑。所居，人罕識其面，非其所善，造門弗見，雖鄰不與之通。

其論曰：『文，氣也。君子之氣正，衆人之氣隨。行之於身而正者，然後爲文，故必見諸行；行不正，則言無以信於世。』故侔之詩文，嚴勁簡古，卓然一出於己，自成法度，如其爲人。嘗舉進士不中，母病且革，頗恨不及見其仕，侔嗚咽自誓床下，終身不求仕進。葬其親蘇州之陽山，廬墓終喪。久之，親友勸復舉進士，皆不聽。從其兄覲往來南方，兄卒，遂客居吴門。徙吴興丹陽，又徙真州。平日閉門讀書，鼓琴以自娱。體素羸，喜親方書，治藥餌。未嘗傳經教授，而學者聞其風指，多所開悟。

侔志節剛果，不爲矯激奇詭之行，而氣貌足以動人，所至一坐爲之凜然，視權倖與善宦者，意若奴隸之，以故不能者多〔一一〕相與排毁。侔聞，自持愈厲，不少降屈，故所憎嫉者終亦嚴憚云。故相晏殊，頗稱其才，知制誥唐詢、劉敞、錢公輔，尤尊禮之。詢嘉祐中守蘇，表其孝行，詔賜粟帛。又薦之曰：『清不苟名，和不溷俗，履道而常其守，處賤而得其安。』敞爲揚州，論其賢，以爲『居則〔一二〕孝悌，仕則忠信，足以矯俗，而不詭俗以干譽，足以扶世，而不偶世以自用。求之朝廷，吕公著、王安石之流也』。詔以爲試祕書省校書〔一三〕郎、揚州州學教授，侔凡五辭，卒不赴。敞守永興，奏請侔管安撫司機宜文字，亦以病免。

英宗即位，知制誥沈遘、王陶薦侔及汝陰王回、常秩三人者，可備侍從，皆除試大理評事，忠武軍〔一四〕節度推官，且試以縣，侔得滁州來安，又不赴。熙寧三年，翰林學士韓維復薦之，以爲常州團練推官，又不受命。

侔初罷舉進士，窮無所歸，天章閣待制王鼎以女妻之，世多稱鼎爲能好賢。王氏早卒，又娶劉氏。生四子：曷、嵩、喬、扃。五女。侔貧，自奉儉約，家人化之，然以病日必肉食，而妻子相對蔬茹而已，閨門雍雍如也。元豐三年，除通直郎致仕。七年十一月二十六日卒，年六十六。有詩四千篇，雜文三百篇。兄觀亦有學行，仕至太常博士。贊曰：

先生天下之剛也，不强顧其所不顧〔一五〕，不强語其所不語。獨貧而足，獨窮而樂，觀於萬物，自信而浄〔一六〕。潔己矯俗，以行其志，終身不仕，未有若斯之全德也。古之所謂『求仁而得仁』者，其先生之謂耶！

錢乙〔一七〕傳

劉　跂

錢乙，字仲陽，上世錢塘人，與吴越王有屬，王俶納土，曾祖贇隨以北，因家於鄆。父顥，善鍼醫，然嗜酒喜游，一旦匿姓名東游海上，不復返。乙時三歲，母前亡，父同産嫁醫吕氏，哀其孤，收養爲子。稍長讀書，從吕君問醫，姑將没，乃告以家世，乙號泣請往迹父，凡五六往，乃得所在。又積數歲，乃迎以歸，是時乙年三十餘。鄉人感慨爲泣下，多賦詩詠其事。後七年，父以壽終，喪葬如禮。其事吕君，如事其父。吕君〔一八〕没，無似，爲之收葬行服，嫁其孤女，歲時祭享，皆與親等。

乙始以顱顖方著名山東。元豐中，長公主女有疾，召使視之，有功，奏授翰林醫學，賜緋。

明年，皇子儀國公病瘈瘲，國醫未能治，長公主朝，因言錢乙起草野，有異能，立召入，進黄土湯而愈。神宗皇帝召見褒諭，因問黄土所以愈疾狀，乙對曰：『以土勝水，水得其平，則風自止。且諸醫所治垂愈，小臣適其愈，惟陛下加察。』天子悦其對，擢太醫丞，賜紫衣金魚。自是戚里貴室〔一九〕逮士庶之家，願致之，無虚日。其論醫，諸老宿莫能持難〔二〇〕。俄以病免。哲宗皇帝復召入，宿直禁中，久之，復辭疾，賜告，遂不復起。

乙本有羸疾，性簡易〔二一〕，嗜酒，疾屢攻，自以意治之，輒愈。最後得疾，憊甚，乃歎曰：『此所謂周痺也，周痺入藏者死，吾其已夫！』已而曰：『吾能移之，使病在末。』因自製藥，日夜飲之，人莫見其方，居無何，左手足攣不能用，乃喜曰：『可矣。』又使所親登東山，視菟絲所生，篝火燭其下，火滅處劚之，果得伏靈，其大踰斗，因以法噉之，閱月而盡，由此雖偏廢，而氣骨堅悍，如無疾者。退居里舍，杜門不冠屨，坐臥一榻上，時時閲史書雜説，客至酌酒劇談。意欲之適，則使二僕夫輿之，出没閭巷，人或邀致，不肯往也。病者日造門，或扶攜襁負，纍纍滿前，近自鄰井，遠或百數十里，皆授之藥，致謝而去。

初，長公主女病泄利將殆，乙方醉〔二二〕，曰『當發疹而愈。』駙馬都尉以爲不然，怒責之，不對而退。明日疹果出，尉喜，以詩謝之。廣親宗子病，診之曰：『此可毋藥而愈。』顧其幼曰：『此且暴病驚人。』後三日過午無恙，其家恚曰：『幼何疾？醫貪利動人如此。』明果發癇甚急，復召乙治之，居三日愈。問：『何以無疾而知？』曰：『火色直視，心與肝俱受邪〔二三〕，過午者，心與肝所用時當更也。』宗室王子病嘔泄，醫以藥温之，加喘。乙曰：『病本中熱，奈何以剛劑燥之？將不得前後溲。』予石膏湯。王與醫皆不信，謝罷，乙曰：『毋庸復召我。』後二日〔二四〕果來召，適有故不時往，王疑且怒，使人十數輩趨之至，曰：『固石膏湯證也。』竟如言而效。有士人病欬，面青而光，其氣哽哽。乙曰：『肝乘肺，此逆候也。若秋得之可治，今春不可治。』其家祈哀，彊之予藥。明日，曰：『吾藥再瀉肝而不少却，三補肺而益虚，又加脣白，法當三日死，然安穀者過期，不安穀者不及〔二五〕期，今尚能粥。』居五日而絶。有娠婦得病，醫言胎且墮。乙曰：『娠者五藏傳養，率六旬乃更，誠能候其月，偏補之，何必墮？』已而子母俱得全。又乳婦因大恐而病，病雖愈，目張不得瞑，人不能曉，以問乙，乙曰：『煮郁李酒飲之，使〔二六〕醉則愈。所以然者，目系内連肝膽，恐則氣結，膽衡不下，惟郁李去結，隨酒入膽，結去膽下，目則能瞑矣。』如言而效。一日過所善翁〔二七〕，聞兒啼，愕曰：『何等兒聲？』翁曰：『吾家孿生二男子。』乙曰：『謹視之，過百日乃可保。』翁不懌，居月餘，皆斃。

乙爲方博達，不名一師〔二八〕，所治種種皆通，非但小兒醫也。於書無不窺，他人靳靳守古，獨度越縱舍，卒與法合。尤邃《本草》，多識物理，辨正闕悞。人得異藥，若持疑事〔二九〕，問之必爲言出生本末，物色名號〔三〇〕。退考之，皆中。末年攣痺浸劇，其嗜酒，喜寒食，皆不自禁。自疹知不可爲，召親戚訣别，易衣待盡。享年八十二，終于家。所著書有《傷寒論指微》五卷，《嬰孺論》百篇。一子，早世。二孫，今見爲醫河間。

劉跂曰：乙非獨其醫可稱也，其篤行似儒，其奇節似俠，術行而身隱約，又類夫有道者。數謂余言：『曩學六氣五運，夜宿東平王冢嶺，觀氣象，至逾月不寐。今老且死，事誠有不在書者，肯以三十日暇從我，當相授。』余笑謝弗能，其後遂不復言。嗚呼！斯人也，如欲復得之何可〔三一〕哉？没後，余聞其所治驗尤衆，東州人人能言。掇其章章〔三二〕者著之篇，異時史家敘方術之士，其將有考焉。

玉友傳

劉　跂

玉友，其先出自后稷，得姓九種，别爲禾氏，居官長子孫，又爲庾氏，有子粲，從儀氏受道家術，術成，一息千日，大寒凝海而不冰，世稱以爲神。其後子孫命氏不一，唯甘氏最著。傳數世，有壺公者，無冬夏隱壺中，人挹之輒出，世謂玉友後。或曰：

壺公既仙去，歷千數百歲，時時猶復往來人間，今玉友即壺公也。爲人精白不雜處。少時帶經就舂，方士中黄生、白水真人，一見定交杵臼之間，相與差擇淘汰，復脩儀氏術。烝烝柔和，群居化之，雖蓬室甕牖，投者如歸，一巾一瓢，意湛如也。

好事者或載與俱出，所至爵者避席，一坐盡傾。既去，人思慕若渴。平陽侯爲相，獨親厚之，吏士人人争欲進説，皆不得間。故人徐公爲郎，言於朝曰：『此臣家中聖人也。』去游荆楚，荆州牧虚齋中以館之，使其子伯雅、叔雅、季雅受學焉。嘗得董生《春秋玉杯》書，閲而喜曰：

『知吾趣者，不在玉杯中乎？』晚從王公子至山東，山東人聞聲争先〔三三〕交驩。河間老人一見心醉，嘆曰：『吾屬徒知飲其德，莫知名其器。』因命史筮之，遇需☰之比☷，其占曰吉。是謂三益，味道之腴，澤外脺〔三四〕中，冰雪與居。非金非石，其臭如蘭，有孚盈缶，富以其鄰。殆將有不〔三五〕塵之好，得於宴樂之間。因賀曰：『斯人玉也，諸君其得而友之乎？』老人頓首幸甚，字之曰玉友。

初，甘氏宗族既衆，仕宦高者入侍太官，奉祠祭，其在州郡爲平原督郵，爲青州從事，或封宜城侯、劇陽子，下至斗食丞，甚衆。其餘散居里邑田野，往往衒鬻自售，無老幼賢否，皆得與之交，倡優下俚，狎溺尤甚，號爲驩伯，愛之不容口。由是交道遂瀧，縣官既覺之，因著爲令，盡收其財佐公上，毋得藏器于家。清廉之士至揭表自别。獨玉友不然，瑰意琦行，門無雜賓，私淑諸人，未嘗顯於時，既性所守，亦其勢然也。與人接，初若恬和，而中甚烈，天質醇白，終始一致，炎涼莫能移奪。平居固罕見之，人或望其顔色，皆瞪眙，及深味其言，無不心悦誠服，識與未識，以是沾丐所及，人忘其少。讒者或恨其不滿，聞而笑曰：『君子多乎哉？不多也。』他日老人坐草堂，蒼官青士列侍堂下，風月佳夕，獨玉友與桐君在。桐君方有高山流水之趣，當是時，玉友色愈粹，風味愈勝，相視莫逆，驩然絶倒。老人歎曰：『平生聞高士稱羲皇上人，嘗謂虚語，今乃信然，恨不使陶靖節見之。』客有邂逅相遇者，赬然内熱，爽然自失。人恠而問之曰：『見吾玉友耶？』客長歎曰：『閲人多矣，疑其不從人間來。』其爲人心服如此。

嘗自言：『吾師以寅生，以酉終，故酉日輒隱不見。』然出處亦無常度，或對客未竟，人又於他所見之，或同時數家俱見。雖人人自謂良我友，然似是而非者十九，得其緒餘者十五，而得其真者百無一二。至於官府及市肆，若稗販之家，雖願見之，終不往。浮沉于世，莫知其所終。

太史公曰：甘氏得姓尚矣，其後分封，以邑爲姓，有中山氏、青田氏、桑落氏、烏氏、程氏、郫氏，此皆著姓，日以滋盛。而玉友名氏弗章，獨以德稱，其亦有以也夫！其亦有以也夫！或隱或見，莫考其出處，此與薊子訓、左元方何以異？浮沉方外，野人白士，與之忘年，而臣不得獻之君，故余論其行事，未嘗不歎息於斯焉。

露布

嶺南道行營擒劉鋹露布

劉　跂〔三六〕

嶺南道行營都部署潘美、副部署尹崇珂、都監朱憲等，上尚書兵部：臣等聞飛霜激電，上帝所以宣威；伐罪弔民，明王以之耀武。我國家仰稽玄象，大啟洪基，將復三代之土疆，永泰萬方之生聚。西平巴蜀，雲雷敷潤物之恩；南定衡湘，江漢鼓朝宗之浪。惟嶺南之獷俗，獨恃遠以偷安。久背照臨，罔遵聲教。僞漢國主劉鋹，性惟凶惡，識本庸愚，以虐害爲化風，以誅戮爲政事。置火床鐵刷之獄，人不聊生；設剉碓湯鑊之刑，古未嘗有。恨刀鋒之不快，用鋸解以恣情。臠割刲屠，窮彼殘害。一境籲天而無路，生民何地以稱冤？衆心望君〔三七〕，如望皎日。我皇帝仁深恤隱，義切救焚，遂發干戈，拯其塗炭。臣等上憑神武，遥禀睿謀，舉軍未及於半年，乘勝連平於數郡，累逢戰陣，無不掃除。劉鋹遠懼傾危，尋差人使，初則稱臣上表，具陳歸化之心，後乃設詐藏姦，翻作欵兵之計。

臣與將士等仰承睿旨，不敢逗留，於正月二十七日，已到栅口，去廣州只及一程。劉鋹又頻發佐僚，來往商議，漸無憑準，固欲淹留。兼於諸處，收到新出僞命文牓，皆是會合逆黨，以拒王師。至二月四日，果遣其弟僞禎王保興等，部領舉國軍兵，併來決戰。臣等憤其翻覆，認此狂迷，尋結戰以交鋒，復揮戈而誓衆。行營將士等，感大君之撫御，咸願竭忠；怒逆黨之拒張，争先效命。八十里槍旗競進，數萬人殺戮無遺。尋又分布師徒，徑收賊壘。其劉鋹知城隍之必陷，將府庫以自焚。烈焰連天，更甚崑崗之火；投戈散地，甘從涿野之誅。劉鋹則尋即生擒，廣州則當時平定。其在州官吏、僧道、軍人、百姓等，乍除苛虐，咸遂生全，無不感帝力以沾衿，望皇都而稽首。此蓋天威遠被，宸筭遐敷，平七十年不道之邦，救百萬户倒懸之命。殊方既乂，長承日月之迴光；鴻祚無疆，永荷乾坤之降祐。

其劉鋹并僞署判六軍十二衛禎王劉保興，太師潘崇徹，玉清宫使、左龍虎軍觀軍容使、内太師龔澄樞，列聖宫使、六親觀軍容使、内太師李托，内門使、驃騎大將軍、内侍中〔三八〕薛崇譽等，朋助劉鋹，旅拒王師，既就生擒，合同俘獻。臣等幸陪戎事，倍樂聖功，無任忭歡呼之至！謹奉露布以聞。

昇州行營擒李煜露布

劉　跂〔三九〕

昇州行營馬步軍戰棹都署、宣徽南院使、義成軍節度使臣曹彬等，上尚書兵部：臣等聞天道之生成庶類，不無雷電之威；聖君之統制萬邦，必有干戈之役。所以表陰慘陽舒之義，彰弔民伐罪之功。我國家啟萬世之基，應千年之運，四海盡歸於臨照，八紘皆入於提封。西定巴邛，復五千里升平之地；南收嶺表，除七十年〔四〇〕僭僞之邦。巍巍而帝道彌光，赫赫而皇威遠被。

頃者因緣喪亂，分列土疆。累朝皆遇於暗君，莫能開拓〔四一〕；中夏今逢於英主，無不掃除。惟彼江南，言脩臣禮，外示恭勤之貌，内懷姦詐之謀。況李煜此是騃童，固無遠略，負君親〔四二〕之鞠育，信左右之姦邪。曾無量力之心，但貯欺天之意。脩葺城壘，欲爲固守之謀；招納叛亡，潛萌抵拒之計。我皇帝度深含垢，志在包荒。輟〔四三〕青鏁之近臣，降紫泥之丹詔。曲示推恩之道，俾脩入覲之儀。期暫詣於闕庭，庶盡銷於疑間。示信特開於生路，執迷自履於危途。託疾不朝，堅心背順。士庶咸懷於憤激，君親曲爲於優容。但矜孽豎之愚蒙，慮陷人民於塗炭。累宣明旨，庶俾自新。略無悛悟之心，轉恣陸梁之性。事不獲已，至于用兵。大江特刱於長橋，鋭旅尋圍其逆壘。皇帝陛下，尚垂恩宥，終欲保全。遣親弟從鎰歸，迴降天書，委曲撫相弔。

王民。勞我大軍，駐踰周歲。既人神之共怒，復飛走以無門。貔貅竟効其先登，蟣虱自悲於喻，務從庇護，無所闕焉。終懷虵豕之心，不體乾坤之造。送蠟書則勾連逆寇，肆兇徒則刼掠

臣等於十一月二十七日，齊驅戰士，直取孤城，姦臣無漏於網中，李煜生擒於麾下。千里之氛霾頓息，萬家之生聚尋安。其在城官吏、僧道、軍人、百姓等，久在偏方，困於虐政。喜逢盪定，皆遂舒蘇。望天朝而無不涕洟，樂皇化而惟皆鼓舞。有以見穹旻助順，海嶽知歸。當聖明臨御之期，是文軌混同之日。卷甲而兵鋒永戢，垂衣而帝祚無窮。臣等俱乏將材，謬司戎律，遥禀一人之睿略，幸成九伐之微勞。其江南國主李煜，并僞署臣寮已下若干人，既就生擒，合將獻捷。臣等無任歌時樂聖慶快歡呼之至！謹奉露布以聞。

校勘記

〔一〕「兩」，底本作「二」，據六十三卷本、麻沙本改。宋本《東坡集》、明成化刊本《蘇文忠公全集》作「兩」。

〔二〕「避世」，底本無，據六十三卷本補。

〔三〕「好默不好言」，底本作「不好默」，據六十三卷本改。

〔四〕「祖」，底本無，據六十三卷本補。四庫本《二程文集》作「祖」。

〔五〕「孤」，底本作「姑」，據六十三卷本改。四庫本《二程文集》作「孤」。

〔六〕「喜」，底本作「善」，據六十三卷本改。四庫本《二程文集》作「喜」。

〔七〕『陵』，底本誤作『陡』，據六十三卷本、麻沙本改。四庫本《二程文集》作『陵』。

〔八〕『得其』，底本無，據六十三卷本補。四庫本《二程文集》作『得其』。

〔九〕『託』，底本、麻沙本誤作『記』，據六十三卷本改。明嘉靖刊本《欒城集》作『託』。

〔一〇〕『全』，底本無，據六十三卷本、麻沙本補。明嘉靖刊本《欒城集》作『全』。

〔一一〕『多』，底本無，據六十三卷本、麻沙本補。

〔一二〕『居則』，底本無，據六十三卷本、麻沙本補。

〔一三〕『省校書』三字，底本無，據六十三卷本補。

〔一四〕『軍』，底本無，據六十三卷本、麻沙本補。

〔一五〕『不顧』，底本無，據六十三卷本補。

〔一六〕『净』，六十三卷本作『静』。

〔一七〕『錢乙』，底本、麻沙本『乙』作『一』，據六十三卷本改。下同。

〔一八〕『君』，底本作『氏』，據六十三卷本、麻沙本改。清《武英殿聚珍版叢書》本《學易集》作『君』。

〔一九〕『室』，底本作『戚』，據六十三卷本、麻沙本改。清《武英殿聚珍版叢書》本《學易集》作『室』。

〔二〇〕『持難』，底本作『及』，據六十三卷本、麻沙本改。清《武英殿聚珍版叢書》本《學易集》作『持難』。

〔二一〕『易』，底本作『直』，據六十三卷本、麻沙本改。清《武英殿聚珍版叢書》本《學易集》作『易』。

〔二二〕『醉』，底本作『奏』，據六十三卷本、麻沙本改。清《武英殿聚珍版叢書》本《學易集》作『醉』。

〔二三〕『邪』，底本作『之』，據六十三卷本改。清《武英殿聚珍版叢書》本《學易集》作『邪』。

〔二四〕『二日』，六十三卷本作『一日』。清《武英殿聚珍版叢書》本《學易集》作『二日』。

〔二五〕「及」，底本作「過」，據六十三卷本、麻沙本改。清《武英殿聚珍版叢書》本《學易集》作「及」。

〔二六〕「使」，六十三卷本作「便」。清《武英殿聚珍版叢書》本《學易集》作「使」。

〔二七〕「翁」，底本作「公」，據六十三卷本、麻沙本改。清《武英殿聚珍版叢書》本《學易集》作「翁」。

〔二八〕「師」，底本脱，據六十三卷本補。清《武英殿聚珍版叢書》本《學易集》無「師」字。

〔二九〕「事」，六十三卷本無。清《武英殿聚珍版叢書》本《學易集》作「事」。

〔三〇〕「號」，六十三卷本、麻沙本作「貌」。清《武英殿聚珍版叢書》本《學易集》作「號」。

〔三一〕「可」，底本無，麻沙本亦然，據六十三卷本補。清《武英殿聚珍版叢書》本《學易集》作「由」。

〔三二〕「掇」，六十三卷本作「則」，麻沙本作「剟」。清《武英殿聚珍版叢書》本《學易集》作「掇」。「章章」下，底本有「著明」二字，據六十三卷本、麻沙本删。清《武英殿聚珍版叢書》本《學易集》無二字。

〔三三〕「山東人聞聲争先」，底本作「東山聞聲争」，據六十三卷本改。

〔三四〕「睟」，底本、六十三卷本作「晬」，未確，據麻沙本改。

〔三五〕「不」，底本作「出」，據六十三卷本、麻沙本改。

〔三六〕此篇不題撰者名氏，清《武英殿聚珍版叢書》本《學易集》卷五收録，今據以補。

〔三七〕「望君」，六十三卷本作「望明」，麻沙本作「望民」。清《武英殿聚珍版叢書》本《學易集》作「徯后」。

〔三八〕「中」，底本作「郎」，據六十三卷本改。清《武英殿聚珍版叢書》本《學易集》作「中」。

〔三九〕此篇不題撰者名氏，清《武英殿聚珍版叢書》本《學易集》卷五收録，今據以補。

〔四〇〕「年」，底本無，據六十三卷本補。清《武英殿聚珍版叢書》本《學易集》作「年」。

〔四一〕「開拓」，底本作「開托」，據六十三卷本改。清《武英殿聚珍版叢書》本《學易集》作「開拓」。

〔四二〕「親」，底本無，據六十三卷本、麻沙本補。清《武英殿聚珍版叢書》本《學易集》作「親」。

〔四三〕「輟」，底本誤作「輒」，據六十三卷本改。清《武英殿聚珍版叢書》本《學易集》作「輟」。

附録

除直祕閣辭免劄子

吕祖謙

某先奉聖旨，編類《文海》，近因宣諭，繕寫投進。今月四日，承尚書省劄子：『三省同奉聖旨：吕某編類《文海》，採摭精詳，可與除直祕閣。』又蒙聖恩，賜銀絹三百疋兩。某竊自揆度，問學淺陋，知識卑凡，實不足以稱討論之選。黽勉承命，冒昧奏篇，疏略舛差，無所逃罪。敢謂上恩隆厚，寵數過宜，蚤夜以思，不皇寧處。人心初不相遠，竊聞果有駁章。誠以編次此書，止是將前人文集略從其類，徒淹歲月，何有勤勞？又况去取之間，豈能允當？方聖上責實之日，尤重職名，非有顯功，未嘗除授。兼某已拜金繒厚賜，至於寓直中祕，實爲太優，豈宜貪冒寵私，重煩公論！欲望朝廷矜憐，特與敷奏，將所除直祕閣恩命速賜寢罷。干瀆朝聽，某下情無任悚慄之至。（《東萊吕太史文集》卷三，宋嘉泰四年刻本）

繳進文鑑序劄子

周必大

臣近者恭奉聖旨，撰《皇朝文鑑序》。臣竊惟聖朝文章之盛，遠過前代。陛下既命採擇其菁華，仰以俻乙覽，俯以幸學者，宜有高文爲之序引，以敷達聖意。而臣適在翰苑，猥當執簡，聞見淺陋，語言荒蕪，勉塞明詔，無所逃罪。其序文今已撰成，謹録封進。臣無任慚惶兢懼之至，取進止。（《廬陵周益國文忠公集》卷一百十，清道光二十八年瀛塘别墅刻本）

論文海命名劄子

周必大

臣準省劄，備奉聖旨，以吕祖謙編類到《聖宋文海》，令臣撰序。臣仰惟陛下當宵旰勵精、規恢大業、日不暇給之際，猶以餘力垂意本朝名士之著述，特命館職，精加採取，類爲一書，將與《文選》《文粹》並傳永久，其加惠於斯文甚厚！臣雖骩骳不才，無以序前人所爲作者之意，然叨塵詞禁，恭值陛下『觀乎人文，以化成天下』，紀事之端，固其職也。但臣伏思《文選》《文粹》者，皆以精擇爲義，而江鈿所編，頗失之泛，故其命名有取於『海』。今若襲而用之，似未足以仰副隆指，謂宜出自淵衷，别賜一字，以詔來世。或恐不必上勤肆筆，即願令宰執商量擬進，仍以『皇朝』二字冠其上，用示悠遠無疆之意。臣當推廣聖意，擬述序引。恭俟制旨鑒定，伏取進止。（《廬陵周益國文忠公集》卷一百十，清道光二十八年瀛塘别墅刻本）

進重删定吕祖謙所編文鑑劄子

崔敦禮

臣昨蒙宣引奏事，令臣删定吕祖謙所編《文鑑》奏疏八册。臣學術荒疏，仰被聖訓，不敢不竭愚誠，今已删定了畢。其元降出本，一一貼黄，聲説所以删去與增添，却重别繕寫浄本八册進呈。但本朝繼五代之後，其始文字未遽純粹，難以求備，又不可無以充一代之言，如國初臣僚是也。至如名在當世，號稱直臣，言雖有疑，不可登載，亦不可無，聊以備一人之作，如鄒浩之類是也。大率本朝自仁宗以後，開廣言路，於是鯁言讜論，表表愈偉。臣今於元降出本内，取其緩而不切者删之，别摭要而有體者增之。至於一篇之内，時有難於傳後之辭，難以小疵遂害全篇，不免參校刷本，有所删除。及其間脱錯，亦一一改定，悉已貼黄聲説。臣雖罄其區區，大懼智識淺短，不能仰副聖意。所有元降出本册，謹隨劄子上進，仰乞睿察。（《宫教集》卷五，清光緒順德龍氏刻《螺樹山房叢書》本）

太史成公編皇朝文鑑始末

呂喬年

淳熙丁酉，孝宗因觀《文海》，下臨安府，令委教官校正畢刊行。其年冬十一月，翰林學士周公必大夜直奏事，語次及之，因奏曰：『此書乃近時江佃類編，殊無倫理，書坊刊行可耳。今降旨校正刻板，事體則重，恐難傳後。莫若委館閣别加詮次，以成一代之書。』上大以爲然。一日，參知政事王公淮、李公彦穎奏事，上顧兩參，道周公前語，俾舉其人。李公首以著作佐郎鄭鑑爲對，上默然，顧王公曰：『如何？』淮對：『以臣愚見，非祕書郎呂祖謙不可。』上以首肯之，曰：『卿可即宣諭朕意，且令專取有益治道者。』王公退，如上旨，召太史宣諭。太史承命不辭，即關秘書集庫所藏，及因昔所記憶，訪求於外，所得文集凡八百家，搜撿編集，手不停披。至次年十月，書乃克成，未及上而屬疾。

上聞之，一日因王公奏事，問曰：『聞吕某得末疾，朕固憂其太肥。向令其編《文海》，今已成否？』王公對曰：『吕某雖病，此書編類極精，繕寫將畢，方欲繳進，適值有疾，故未果。』上甚喜曰：『朕欲見諸臣奏議，庶有益於治道，卿可諭令進來。』王公即使其從具宣聖諭。久之，乃以其書繳申三省投進。

書既奏御，上復諭輔臣曰：『朕嘗觀其奏議，甚有益治道，當與恩數。又聞其因此成病，朕當從内府厚錫之。』已而降旨：『吕某編類《文海》，採摭精詳，與除直祕閣。』又宣賜銀絹三百疋兩。中書舍人陳騤再上繳章，上皆留中不行，騤尋罷去。既而賜名《皇朝文鑑》，且令周公必大爲之序，下國子監板行。有媢者密奏云：『《文鑑》所取之詩，多言田里疾苦之事，是乃借舊作以刺今。又所載章疏，皆指祖宗過舉，尤非所宜。』於是上亦以爲鄒浩《諫立劉后疏》語訐，别命他官有所修定，而鋟板之議遂寢。太史之取鄒公諫疏非他。昔鄒公抗疏之後，即遭遠貶。其後還朝，徽宗勞苦之，且問諫草何在。鄒公失於繳奏，同輩曰：『禍在此矣。』既而國論復變，蔡京令人僞撰鄒公諫草，言既鄙俚，加以狂訐，騰播中外，流聞禁中。徽宗果怒，降詔有『姦人造言』之語，鄒公遂再貶。太史得其初疏，故特載之。

自太史以病歸里，深知前日紛紛之由，遂絶口不道《文鑑》事，門人亦不敢請，故其去取之意，世罕知者。周益公既被旨作序，序成，書來以封示太史。太史一讀，命子弟藏之。蓋其編次之曲折，益公亦未必知也。今間得於傳聞，以爲太史嘗云：『國初文人尚少，故所取稍寬；仁廟以後，文士輩出，故所取稍嚴。如歐陽公、司馬公、蘇内翰、黄門諸公之文，俱自成一家，以文傳世，今姑擇其尤者，以備篇帙。或其人有聞於時，而其文不爲後進所誦習，如李公擇、孫莘老、李泰伯之類，亦搜求其文，以存其姓氏，使不湮没。或其嘗仕於朝，不爲清議所予，而其文自亦有可觀，如吕惠卿之類，亦取其不悖於理者，而不以人廢言。』又嘗謂：『本朝文士，比之唐人，正少韓退之、杜子美。如柳子厚、李太白，則可與追逐者。如周美成《汴都賦》，亦未能侈國家之盛，止是别無作者，不得已而取之。若斷自渡江以前，蓋以其年之已遠，議論之已定，而無去取之嫌也。』其大略若此。

太史既病，南軒以書與晦翁，以爲『編次《文鑑》，無補治道，何益後學』。而晦翁晚歲嘗語學者，以爲『此書編次，篇篇有意。每卷卷首，必取一大文字作壓卷，如賦則取《五鳳樓賦》之類。其所載奏議，皆係一代政治之大節。祖宗二百年規模，與後來中變之意思，盡在其間，讀者着眼便見，蓋非《經濟録》之比也』。《經濟録》，趙公丞相編次。趙丞相謂《文鑑》所取之畧，故復編次此書。豈南軒未見其成書，而朱公則嘗深觀之耶？臨江劉公清之又以爲『此即删《詩》定《書》，官使衆材』之意，蓋亦善觀此書者。故備列之，以俟知者相與審訂焉。從子喬年謹書。

（《皇朝文鑑》卷首，宋嘉泰四年新安郡齋刻、嘉定十五年趙彦适重修、張蓉鏡補抄本）

皇朝文鑑跋

沈有開

《皇朝文鑑》一書，諸處未見有刊行善本，惟建寧書坊有之，而文字多脱誤，開卷不快人意。新安號出紙墨，乃無佳書，因爲參校訂正，鋟板於郡齋。嘉泰甲子重陽日，郡守梁谿沈有開。

（《皇朝文鑑》卷首，宋嘉泰四年新安郡齋刻、嘉定十五年趙彦适重修、張蓉鏡補抄本）

皇朝文鑑跋

趙彦适

文以鑑名，非爲標題設也。以銅爲鑑，則可以别妍醜；以古爲鑑，則可以審興衰；以人爲鑑，則可以正得失。至於以文爲鑑，則又不可以别妍醜、審興衰、正得失盡之也。新安郡齋舊有《文鑑》木本，余每惜其脱略謬誤，莫研精華。如涉蓬山而阻弱水，隔雲霧而索豹章。輒歎曰：『斯文之墜，越漢歷唐，至我皇宋，始還三代之舊。今牴牾訛舛若此，學者何賴焉？』郡博袁君嘗加訂證。暨嘉定辛巳冬，余領郡事。一日，吏部喻君貽書，以東萊吕文公家本來寄，余喜而不寐，亟併取袁君所校，以相參攷，易其謬誤，補其脱畧，凡三萬字，命工悉取舊板及漫裂者，刊而新之，遂爲全書。使學者覽表疏而思都俞吁咈之美，觀制册而得盤誥誓命之意，閱賦咏而追《國風》《雅》《頌》之音。續渾金璞玉之體，免覆瓿鏤冰之譏。藻飾皇猷，黼黻治具。俾斯文之作，歷千萬人如出一手，越千百載如在一日。則《文鑑》之名爲無負，《文鑑》之利爲甚博矣。嘉定十五禩壬午夏五月上澣，郡守開封趙彦适跋。（《皇朝文鑑》卷首，宋嘉泰四年新安郡齋刻、嘉定十五年趙彦适重修、張蓉鏡補抄本）

皇朝文鑑跋

劉　炳

前輩之文，粹然出正，蓋累朝涵養之澤，而師友淵源之所漸也。此書會粹略盡，真足以鳴國家之盛。惜夫鋟木之始，一付之刀筆吏，欠補亡刊誤之功，後雖更定，訛缺猶未能免。思欲就正有道，恨吕成公之不可作也。近於東萊家塾得證誤續本，命郡録事劉君崇卿參以他集而訂正之，凡删改之字，又三千有奇，與刓缺不可讀者百餘板併新之。其用心勤矣，其有補此書多矣。既迄役，將如京，因語之曰：『夫校讎工夫，如拂几上塵，旋拂旋生，去後尋繹，當更有得。録以見寄，抑以觀子日進之學。』端平初元清明，郡守四明劉炳書於黄山堂。（《皇朝文鑑》卷首，宋嘉泰四年新安郡齋刻、嘉定十五年趙彦适重修、張蓉鏡補抄本）

書皇朝文鑑後

程　珌

文以鑑爲言，非苟云爾也。上焉者取其可以明道，次則取其可以致治，又次則取其可以解經評史，又次則取其辭高義密，而可以追古作者以模楷後學。至若教坊樂語之俳諧，風雲露月之綺組，悉當削去，乃成全書。蓋草創於前者精擇未遑，而討論於後者所當加審。胡不觀揚子雲好深湛之思，韓昌黎手不停披，百家之編，必有餘暇，乃可評𣀷。不然，浩浩千古之作，豈易去取哉？而吕太史得年僅四十，學者所以爲深惜之。洙泗聖人也，而曰：『加我數年，五十以學《易》，可以無大過矣。』聖賢雖殊，而老壯之候一也。（《程洺水先生集》卷九，明崇禎二年程至遠刻本）

新刊宋文鑑序

商輅

宋淳熙中，吕成公祖謙奉朝旨，裒輯建隆以後、建炎以前諸賢文集，精加校正，取其辭理之醇、有補治道者，以類編次，定爲一百五十卷。書成上之，命名《皇朝文鑑》，周益公必大爲序。當時臨安府及書坊皆有刻版，歲久散佚，其書傳於今者甚鮮。近時提督浙學憲副張和節之偶得是書，以示嚴郡太守張永邵齡。邵齡欣然命工重鋟諸梓，以廣其傳。其間題識仍舊，欵目無改，則以摹本翻刻，弗别繕寫，懼謬誤也。邵齡以序見屬，欲以識歲月云。

竊觀汴宋之時，光嶽氣完，賢才衆多。周、程以理學顯，歐、蘇以古文倡，韓、范以相業著，其他文人才士，後先相望。諷詠之間，有規戒焉；議論之下，有褒貶焉。上足以格君心而扶人紀，下足以明善惡而别邪正，所謂文之有補於治道者如是。然則文以鑑名，豈徒辭章云乎哉！

先是太平興國中，嘗詔脩《太平御覽》《策府元龜》《文苑英華》三書，各千卷。太宗日覽二卷，因事有缺，則暇日追補，曰：『開卷有益，朕不爲勞。』方孝宗鋭志恢復之秋，干戈未息，而能留意文事若此，豈非克守家法者歟？雖功業未底於成，而國勢自是益振。南渡以後稱賢君者，必曰孝宗，是豈詰兵之力，要亦右文之效。

洪惟我朝，混一區宇，於兹百年，涵養既深，大音斯振。羽翼聖經，鋪張鴻猷，著作之功，於斯爲盛，必有彙次而傳於世者矣。予不敏，姑書此以俟。

天順八年歲次甲申，冬十二月之吉，歸田前通議大夫兵部左侍郎兼翰林院學士知制誥經筵官淳安商輅序。（《新雕宋朝文鑑》卷首，明天順刻、弘治遞修本）

宋文鑑序

胡拱辰

嚴郡太守番昜胡公補刻《宋文鑑》一部，爲卷百又五十，屬予一言。此即《皇朝文鑑》，孝宗命東萊吕成公所類編者也。始則周益公，繼則商文毅公序其前，今則太守公書其後。其間委任之專，選擇之精，標題之宜，與夫殘缺之復，工料之費，應酬之慮，言之詳矣。惟是成公平生大畧未之及爾，予請續焉。

公居婺州，名祖謙，字伯恭。自其先代滎公從明道程純公遊，以儒行名於世，其子孫並得中原文獻之傳。至公，復從遊於林公之奇、汪公應辰、胡公憲，而南軒張宣公、晦菴朱文公，則又相友善。成公爲人，心平氣和，不立崖異，一時英偉之士皆歸心焉。少性褊，因讀《論語》至『躬自厚，薄責於人』，忽覺忿懥釋然。文公嘗言：『學如伯恭，方是能變化氣質。其所講畫，將以開物成務。既病，而任重道遠之心不衰，達於家政，皆可爲後法。』其他推美之辭，未易具陳。淳熙八年七月卒，得年四十五。嘉定八年，賜謚。《皇朝文鑑》外，若《讀書記》《大事記》《考定古周易》《書説》《閫範》《官箴》《辨志録》，皆所著也。

公嘗爲嚴郡博士，宣公爲郡太守，聲同氣合，莫逆無間，善政善教，猶存而未泯。今太守公來承其後，是則是效，雄名偉績，有所自也。公韶其名，大聲其字，成化甲辰進士，累官刑曹正郎。時今上命審刑兩浙，而勑諭有『廉公明恕』之云。所至平反者多，允稱好生之德。詳見建德王縣令春所輯《審刑録》。遷公今官，恪遵聖諭，而六邑群黎，仰如父母。予恐臺省之遷，只在早晚間云。

弘治甲子七月丙辰，賜正統己未科同進士出身南京工部尚書致仕進階榮禄大夫淳安胡拱辰序，時年八十八。（《新雕宋朝文鑑》卷首，明天順刻、弘治遞修本）

書宋文鑑後

胡　韶

右《文鑑》一部，爲宋著作郎吕成公祖謙奉朝旨彙集建炎以前文字，校正成書，凡一百五十卷，而詔誥、表疏、詞賦、詩騷、箴銘、贊頌、碑記、序文之屬悉備焉。宋刻沿流，逮至於今，版刻幾存，馴至散佚。天順甲申中，江西大方伯張公郃守嚴州時，浙江提學憲副張公節之偶得《文鑑》善本，以付邵齡重刻之。因以原本翻刻，弗别繕寫，無謬誤也。歷歲彌久，印摹益多，版刻字畫，益趍平乏。況以書帙浩繁，而有司紙札之費，艱於應酬，惟是人心厭忽，版籍廢棄，而或者不能無人力於其間，不亦重可惜哉！

弘治戊午，韶自西曹來知府事，日接文流，每詢天下名刻，必先是書，且以右文舉墜，責成惟勤。顧惟才力綿薄，經費不易，籌畫久之，歷五六年，求梓鳩工，漸次克舉，復賴郡中尚文之士相成之。書既成，尤懼版遺於郡，其爲將來應酬不逮，而廢棄之舉又有如前日者，益可惜也。遂謀以版籍入於南雍，用廣印傳，使四方之士得公所惠，非特一郡一邑之圖而已。因併書重刻之所自，以記年月云耳。若曰附名置喙於《文鑑》之末，夫豈敢哉！

弘治甲子秋七月望，後學鄱陽胡韶識。（《新雕宋朝文鑑》卷尾，明天順刻、弘治遞修本）

重刊宋文鑑序

朱知烊

《宋文鑑》爲宋名儒吕伯恭等編集，簡質雖不如漢，華藻雖不如唐，然其間如周、程、張、朱之書，韓、范、富、馬之疏，皆據經明道，即事切理，純粹精確，又非漢、唐人所能及也。顧其板本多在南雍，不廣，兹特命工刻之。觀者取其所長，棄其所短，於脩身治民之用，無往不可。若乃因周、程之精義，以尋孔、孟之墜緒，則又係人之志力如何耳。

嘉靖五年歲次丙戌，仲夏上浣，晉藩志道堂書於勑賜養德書院。（《宋文鑑》卷首，明嘉靖五年晉藩刻本）

皇帝書復

朱厚熜

弟晉王得奏，以重刊朕製《敬一箴》二軸，並《文集》三部來進，足見弟好學崇文至意。但朕覽所進書軸内，其《文選》内附諸晉宋之儒言，今稱曰《漢文選》，恐未爲宜。如欲此爲名，下當註『晉以下文附』，庶幾明穩。朕又有言，弟之崇尚此者，乃所欲學古好文之事，以爲藩屏清暇之作。夫以文翰代他者，其志可知。但朕欲弟當加意於本正經書，以學聖賢之學，造乎聖賢之地可也。朕不敏，因奏而言此，弟自有高識，似不待於朕言矣，但意亦嘉我親親樂於爲學之耳。原進者，朕已留覽，專此以復，惟弟亮之。嘉靖八年五月十三日。（《宋文鑑》卷首，明嘉靖五年晉藩刻本）

題録皇帝書後

朱知烊

恭承皇上璽書一道，乃賜臣知烊者也。臣幼失怙，弗克從師受學，聞見未充。嗣封數載，始獲觀《文選》《文粹》《文鑑》諸書，愛其雄渾雅則，凡漢、唐、宋歷朝來典章文物之盛，具載罔缺。爰積禄餘，命工鋟梓，以廣其傳，爲海内學古、入官者之助。書成上進，荷蒙聖恩，賜勅嘉美，且示臣曰：『《漢文選》下，當注「晉以下文附」，庶幾明穩。』又訓臣：『以學古好文之事，當加意於本正經書，以學聖賢之學，造乎聖賢之地可也。』大哉王言！臣捧誦再四，欣慶交集。

因憶昔時訓命之辭，多出代言之臣，求其出於上所親製者，不可得也。親製者或有之，求其教示諄懇、屬望深切如此者，不可得也。

仰惟皇帝陛下，孝敬格天，誠明御世，恒究心古帝王之學，實踐躬行，日新月盛。是以宸藻焕發，雲漢昭回，所謂歷代寶之以爲大訓者，臣寔親被寵頒，宗藩之至榮，曷以加焉？臣敢不蚤夜淬礪，玩索《五經》《四書》之旨，以勉遵正學，以篤崇正道，以求不負於聖誨之所期待者乎！謹繕寫綸音，刊布文集之首，俾天下後世咸知皇上崇文重道之盛心，親親樂善之懿德，彰信無窮，而臣叨備屏翰之列，亦與有光矣。猗歟休哉！

嘉靖八年歲在己丑，七月吉旦，晉王臣知烊稽首頓首謹書。（《宋文鑑》卷首，明嘉靖五年晉藩刻本。按：此篇原無題，題乃編者所加）

皇朝文鑑跋

葉恭焕

《皇朝文鑑》，計二十册，乃文莊祖於正統、天順間所録。時刻本尚少，借宋板録得，四傳而至予。隆慶壬申歲，予淹病，檢出，乃失其中一分。時謬本德用以整書，謂予曰：『顧觀海家有宋板《文鑑》，可借觀對之。』因以校勘，留對抄完，可謂全書。故記存以見集書之難有如此者。後人視書，勿以爲易而忽諸。

隆慶壬申四月三日，括蒼山人恭焕志。（《皇朝文鑑》卷尾，明菉竹堂鈔本）

皇朝文鑑跋

顧之逵

此書廼前明崑山葉文莊物也。其鈔凡三手：通部前後，著録者所書也。其序目雄壯之筆，絶類寫經體者，文莊筆也。余以文莊跋《金石録》筆對閲，故知之。其《目録中》，以及卷七十六至七十九四卷，九十三、四兩卷，故老相傳爲文氏二承筆，即隆慶間文莊後人失去中一分，以倩名人補録者也。其説余未之信，然要其大概，則此書鈔自宋刻，書屬名手，其爲善本可知。間嘗取慎獨齋刊本一對，其謬譌不一，益見此本之宜寶貴矣。

跋尾名恭焕者，乃文莊五世孫也，手自校書，不下萬卷。因閲《菉竹堂書目》知之。

乾隆壬子清明後一日，褒盅學道人顧之逵記。（《皇朝文鑑》卷尾，明菉竹堂鈔本）

皇朝文鑑跋

黄丕烈

此書向藏小讀書堆，今歸愛日精廬。予所藏亦有是書，計得五部，皆係宋刻，有大字、小字之别。惟因均已殘缺，猶爲悵悵。即效述古主人百衲《史記》之例，尚少目録之下卷，緣借抄足之，可云快事。比還因記。互爲校勘，各有佳處，不可以原刻本、修本而存褒貶也，又記。

吴縣黄丕烈蕘夫借讀，時道光壬午秋七月。三孫美鎬書。（《皇朝文鑑》卷尾，明菉竹堂鈔本）

宋槧宋朝文鑑跋

陸心源

《新雕宋朝文鑑》一百五十卷、目録一卷，題曰：『朝奉郎行秘書省著作佐郎兼國史院編修官兼權禮部郎官臣吕祖謙奉聖旨銓次。』前有吕喬年《編文鑑始末》、吕祖謙《進表》《謝表》、周必大《序》、劉炳《序》，後有沈有開《跋》、趙彦适《序》。每葉二十行，每行十九字，版心有字數及刊工姓名。

先是此書祇有建寧書坊刊本，文字脱誤。嘉泰甲子，梁溪沈有開知徽州，參校訂正，刊於郡齋。嘉定十五年辛巳，趙彦适以東萊家本改補三萬餘字，刊而新之。端平元年，四明劉炳守新安，又於東萊家塾得正誤續本，命新安録事劉崇卿參以他集，删改三千有奇。見沈有開、趙彦适、劉炳序跋，與嚴州刊小字本多所不同。小字本當出建寧坊本，此則以吕氏家塾藁訂正者也。嚴州本前明版刊尚存，藏書家多有之，此本則前明正德中已罕流傳。葉文莊菉竹堂藏書極富，僅從顧觀海家本影抄，見《愛日精廬藏書志》。劉炳，明州人，寶慶二年進士。見延祐《四明志》。趙彦适，魏王廷美九世孫。見《宋史·宗室表》。喬年，字巽伯，東萊弟祖儉長子也，沈端憲壻，袁絜齋稱其克肖厥父，議論勁正不阿，見《絜齋集》。沈有開，字應先，常州無錫人。先受業於張南軒栻、吕成公仕嚴，有開亦從之。淳熙五年進士，累官處州教授、太常博士、秘書丞。寧宗即位，與趙忠定之謀，遷起居舍人，爲忌者所中，家居十年。起知徽州，奉使江東，連疏求去，知太平州，加直龍圖閣致仕。見咸淳《毘陵志》、《葉水心集》。

以此本校嚴州本，卷一《五鳳樓賦》『屋卑者豐』上脱『臺卑者崇』一句。卷二十四范雍《招魯清》詩，嚴州本有目無詩，此本目在宋庠《重展西湖》後，詩附卷末。嚴州本卷六十梁燾《論呂大防乞以旱罷疏》末缺一百十餘字，胡宗愈《請令帶職人赴三館供職疏》首缺八十餘字，而以梁燾論呂疏『皆思以禮』句與胡宗愈疏『職臣愚竊謂士不知朝廷之治體』云云接連。其梁燾《論還政疏》則全缺。卷七十一陳瓘《台州羈管謝表》，嚴州本自『奉聖旨陳瓘自撰《尊堯集》』云起，此本多『臣某言』云云一百三十餘字。卷六十九《代范忠宣賀平河外三州表》《京東運副謝到任表》，皆畢仲游作，嚴州本誤作『林希』。嚴州本卷六十五有王冕《漳州進珠表》，此本有目無文，或重修時刪之歟？（《儀顧堂續跋》卷十四，清同治光緒間刻《潛園總集》本）

皇朝文鑑跋

邵淵耀

《文鑑》一書，爲新安所刊布者，始於嘉泰，繼於嘉定，而再脩於端平。此本於諸帝御諱，雖嫌名偏旁，缺畫惟謹，且紙墨精古，其爲宋槧宋印無疑。抑於理廟嫌諱，如『筠』字之類，多未缺筆，則并在端平重脩以前矣。葉氏菉竹堂抄本從宋刻傳録，已遠勝明刊，况真種尚存，可不彌加珤重邪！

道光庚寅三月既望，隅山邵淵耀記。（《皇朝文鑑·目録中》後，宋嘉泰四年新安郡齋刻、

嘉定十五年趙彦适重修、張蓉鏡補抄本）

文鑑跋

曾釗

右《文鑑》一百五十卷，宋時刻本，經元時改印。按：此書成於淳熙六年，而光宗諱亦加以□，則其刻在光宗時可知也。蓋當時所遇各諱皆空格，寫廟諱及上諱等字。後經刊補，乃改寫『惇』『擴』等字。故遇此數字，皆占二格，而『敦』『廓』等嫌名，則空一格。成公書成，孝宗賜名『皇朝文鑑』。今各卷端末仍此名，或有刻『聖宋』者，體例未畫一耳。要以『皇朝文鑑』爲定，故稱『皇朝』爲多，其有缺『皇朝』二字，獨刻『文鑑』者，則元人改刊之跡。中尚有『皇朝』二字隱然可辨，字體古雅，其爲宋刻無疑。

道光庚戌端午後三日，盋書備臺記。（《面城樓集鈔》卷三，清光緒二年刻《學海堂叢刻》本）

直齋書録解題一則

陳振孫

《皇朝文鑑》一百五十卷，吕祖謙編。初，淳熙丁酉，孝廟因觀《文海》，下臨安府校正刊行。翰苑周必大夜直，宣引偶及之，因奏：『此書江佃類編，案：《宋史》作江鈿。殊無倫理。書坊板行可耳，恐難傳後，莫若委館閣别加詮次。』遂以命祖謙。既成，賜名『文鑑』，詔必大爲之序。時祖謙已得末疾，遂除直中祕，且賚銀絹各三百。中書舍人陳騤駁之，論皆不行。繼有近臣密啓云：『其所取之詩，多言田里疾苦，乃借舊作以刺今。又所載章疏，皆指祖宗過舉，尤非所宜。』於是鋟板之議亦寢。周益公序既成，封以遺吕，一讀，命藏之，蓋亦未嘗乎吕之意也。張南軒以爲『無補治道，何益後學』。而朱晦庵晚歲嘗語學者則曰：『此書編次，篇篇有意。每卷首必取一大文字作壓卷，如賦取《五鳳樓》之類。其所載奏議，亦繫一時政治大節。祖宗二百年規模，與後來中變之意，盡在其中，非《選》《粹》比也。』案：『每卷首必取一大文字』以下，原本脱去，今據《文獻通考》補入。（《直齋書録解題》卷十五，清《武英殿聚珍版叢書》本）

建炎以來朝野雜記一則　李心傳

《文鑑》者，吕伯恭被旨所編也。先是，臨安書坊有所謂《聖宋文海》者，近歲江鈿所編。孝宗得之，命本府校正刻板，時淳熙四年十一月也。其七日壬寅，周益公以學士輪當内直，召對清華閣，因奏：『陛下命臨安府開《文海》，有諸？』上曰：『然。』益公曰：『此編去取差謬，殊無倫理。今降旨刊刻，事體則重，恐難傳後。莫若委館閣官銓擇本朝文章，成一代之書。』上大以爲然，曰：『卿可理會。』益公奏乞委館職，上曰：『特差一兩員。』後二日，伯恭以祕書郎轉對，上遂令伯恭校讐，本府開雕，其日甲辰也。

始，趙丞相以西府奏事，上問伯恭文采及爲人何如，趙公力薦之，故有是命。伯恭言：『《文海》元係書坊一時刻行，名賢高文大册，尚多遺落，乞一就增損，仍斷自中興以前銓次，庶幾可以行遠。』十五日庚戌，許之。後數日，又命知臨安府趙磻老并本府教官二員，同伯恭校正。二十日乙卯，磻老言：『臣府事繁委，若往來祕書，同共校正，慮有妨礙本職，兼策府書籍亦難令教官攜出，乞專令祖謙校正。』從之。於是伯恭盡取祕府及士大夫所藏本朝諸家文集，旁求傳記他書，悉行編類，凡六十一門，爲百五十卷。

既而伯恭再遷著作郎，兼禮部郎官。五年十二月十四日夜，得中風病。六年春正月，引疾求去。十一日庚午，有詔予郡，伯恭固辭。後十三日癸未，上對輔臣，因令王季海樞使問伯恭所編《文海》次第，伯恭乃以書進。二月四日壬辰，上又諭輔臣曰：『祖謙編類《文海》，採摭精詳，可與除直祕閣。』又遣中使李裕文宣諭，賜銀帛三百匹兩。時方嚴非有功不除職之令，舍人陳叔進將繳之，先以白丞相趙公，公諭毋繳，叔進不從。七日乙未，輔臣奏事，上諭曰：『祖謙平日好名則有之，今此編次《文海》，採取精詳，具如奏議之精，有益於治道。』於是批旨曰：『館閣之職，文史爲先。祖謙所進《文海》，採取精詳，有益治道，故以寵之，可即命叔進草制。』制曰：『館閣之職，文史爲先。爾編類《文海》，用意甚深，採取精詳，有益治道。寓直中祕，酬寵良多。爾當知恩之有自，省行之不誣，用竭報焉，人斯無議。』

時益公爲禮部尚書兼學士，其月十八日丙午，得旨撰《文海序》。四月三日辛卯進呈，乞賜名。上問何以爲名，益公乞名『皇朝文鑑』，上曰：『善。』時《序》既成，將刻板，會有近臣密啓云：『所載臣僚奏議，有詆及祖宗政事者，不可示後世。』乃命直院崔大雅更定，增損去留凡數十篇，然迄不果刻也。張南軒時在江陵，移書晦翁曰：『伯恭好弊精神於閑文字中，徒自損何益？如編《文海》，何補於治道？何補於後學？徒使精力困於翻閲，亦可憐耳。且承當編此等文字，亦非所以承君德也。』

今《孝宗實録》書此事頗詳，未知何人當筆。其詞云：『初，祖謙得旨校正，蓋上意令校讐差誤而已。祖謙乃奏以爲去取未當，欲乞一就增損。三省取旨，許之。甫數日，上仍命磻老與臨安教官二員同校正，則上意猶如初也。時祖謙已誦言皆當大去取，其實欲自爲一書，非復如上命。議者不以爲可，磻老及教官畏之，不敢與共事，故辭不肯預，而祖謙方自謂得計。及書成，前輩名人之文蒐羅殆盡，有通經而不能文詞者，亦以表奏厠其閒，以自矜黨同伐異之功，薦紳公論皆疾之。及推恩除直祕閣，中書舍人陳騤繳還。比再下，騤雖奉命，然頗詆薄之，祖謙不敢辯也。故祖謙之書上，不復降出云。』史臣所謂『通經不能文詞』，蓋指伊川也。時侂胄方以道學爲禁，故詆伯恭如此，而牽聯及於伊川。余謂伯恭既爲詞臣醜詆，自當力遜職名，今受之非矣。黄直卿亦以余言爲然。（《建炎以來朝野雜記》乙集卷五《制作·文鑑》，清《武英殿聚珍版叢書》本）

朱子語類八則　黎靖德

康節煞有好説話，《近思録》不曾取入。近看《文鑑》編康節詩，不知怎生『天向一中分造

化，人於心上起經綸」底詩卻不編入。義剛。（卷一百）

伯恭《文鑑》，有正編其文理之佳者；有其文且如此，而衆人以爲佳者；有其文雖不甚佳，而其人賢名微，恐其泯没，亦編其一二篇者；有文雖不佳，而理可取者。凡五例，先生云已亡一例。後來爲人所譖，令崔大雅敦詩删定，奏議多删改之。如蜀人吕陶有一文論制師服，此意甚佳，吕止收此一篇。崔云：『陶多少好文，何獨收此？』遂去之，更參入他文。（卷一百二十二）

先生方讀《文鑑》，而學者至。坐定，語學者曰：『伯恭《文鑑》去取之文，若某平時看不熟者，也不敢斷他。有數般皆某熟讀底，今揀得也無巴鼻。如詩，好底都不在上面，却載那衰颯底。把作好句法，又無好句法；把作好意思，又無好意思；把作勸戒，又無勸戒。』林擇之云：『他平生不會作詩。』曰：『此等有甚難見處？』義剛○淳録云：『伯恭《文鑑》，去取未足爲定論。』（卷一百二十二）

東萊《文鑑》編得泛，然亦見得近代之文。如沈存中《律歷》一篇，説渾天亦好。義剛。（卷一百二十二）

伯恭所編奏議，皆優柔和緩者，亦未爲全是。今丘宗卿作序者，是舊所編。後修《文鑑》，不止乎此，更添入。（卷一百二十二）

嘗語吕丈編奏議，爲臺諫懷挾。揚。（卷一百二十二）

問：『吕舍人言古文衰自谷永。』曰：『何止谷永？鄒陽《獄中書》已自皆作對子了。……吕編《文鑑》，要尋一篇賦冠其首，又以美成賦不甚好，遂以梁周翰《五鳳樓賦》爲首，美成賦亦在其後。』（卷一百三十九）

崔德符《魚》詩云：『小魚喜親人，可鉤亦可扛。大魚自有神，出没不可量。』如此等作甚好，《文鑑》上卻不收，不知如何正道理不取，只要巧。（卷一百四十，明成化九年陳煒刻本）

習學記言四則　葉適

文字總集，各爲流别，始於摯虞，以簡代繁而已，未必有意。然聚之既多，則勢亦不能久傳。今其遠者，獨一《文選》尚存，以其少也。近世多者至數百千卷，今雖尚存，後必淪逸。獨吕氏《文鑑》，去取最爲有意，止百五十卷，得繁簡之中，鮮遺落之憾。所可惜者，前世文字源流

不能相接，若自本朝至渡江，則粲然矣。（卷三十七《隋書》）

呂祖謙，字伯恭，公著五世孫。中進士第，又中博學弘詞，與張栻、朱熹同時，學者宗之。仕至著作郎，卒年四十五。初，孝宗命知臨安府趙磻老詮校本朝《文海》，磻老辭不能，遂以命祖謙。因盡取渡江前衆作，備加蒐擇，成百五十卷，蓋自古類書未有善於此。按：上世以道爲治，而文出於其中。戰國至秦，道統放滅，自無可論。後世可論惟漢、唐，然既不知以道爲治，當時見於文者，往往訛雜乖戾，各恣私情，極其所到，便爲雄長。類次者復不能歸一，以爲文正當爾，華忘實，巧傷正，蕩流不反，於義理愈害而治道愈遠矣。此書刊落浩穰，百存一二。苟其義無所考，雖甚文不録；或於事有所該，雖稍質不廢。鉅家鴻筆，以浮淺受黜；稀名短句，以幽遠見收。合而論之，大抵欲約一代治體歸之於道，而不以區區虚文爲主。余以舊所聞於呂氏，又推言之，學者可以覽焉。然則所謂莊周、相如爲文章宗者，司馬遷、韓愈之過也。（卷四十七《呂氏文鑑》）

禮部尚書周必大承詔爲序，稱：『建隆、雍熙之間，其文偉；咸平、景德之際，其文博；天聖、明道之辭古，熙寧、元祐之辭達。』按：呂氏所次二千餘篇，天聖、明道以前，在者不能十一，其工拙可驗矣。文字之興，萌芽於柳開、穆修，而歐陽修最有力，曾鞏、王安石、蘇洵父子繼之始大振。故蘇氏謂：『雖天聖、景祐，斯文終有愧於古。』此論世所共知，不可改，安得均年析號，各擅其美乎？及王氏用事，以周孔自比，掩絶前作；程氏兄弟，發明道學，從者十八九，文字遂復淪壞。則所謂『熙寧、元祐其辭達』，亦豈的論哉？且人主之職，以道出治，形而爲文，堯、舜、禹、湯是也。若所好者文，由文合道，則必深明統紀，洞見本末，使淺知狹好無所行於其間，然後能有助於治，乃侍從之臣相與論思之力也。而此序無一詞不諂，尚何望其開廣德意哉！蓋此書以序而晦，不以序而顯，學者宜審觀也。（卷四十七《吕氏文鑑》）

此書二千五百餘篇，綱條大者十數，義類百數。其因文示義，不徒以文，余所謂必約而歸於正道者千餘數，蓋一代之統紀略俱焉。後有欲明吕氏之學者，宜於此求之矣。初，吕氏没，龍川陳亮祭之曰：『孔氏之家法，儒者世守之，得其粗而遺其精，則流而爲度數刑名；聖人之妙用，英豪竊聞之，徇其流而忘其源，則變而爲權譎縱横。故孝悌忠信常不足以趨天下之變，而材術辨智常不足以定天下之經。雖高明之獨見，猶小智之自營；雖篤厚而守正，猶孤壘之易傾。蓋常欲整兩漢而下，庶幾復見三代之英。匪曰自我，成之在兄。方夜半之劇論，歎古來之未曾。兄獨疑其未通，我引數而力争。』夫三代之英及孔氏，豈於家法之外别有妙用，使英豪竊聞之哉？亮嘗言『程氏《易傳》似桓玄《起居注》』，吕氏黽勉答之。所謂『夜半劇論』者，吕氏常笑以爲『自知非豪傑，被同甫差排做』，蓋難之也。吕氏既葬明招山，亮與潘景愈使余嗣其學，余顧從游晚，吕氏後賢衆，辭不敢當。然不幸不死，後四十年，舊人皆盡，吕氏之學未知其孰傳也！併追記於此。（卷五十《吕氏文鑑》，清光緒六年刻、光緒十一年重修本）

玉海一則

王應麟

孝宗命著作郎吕祖謙發三館四庫之所藏，裒搢紳故家之所録，所得文集，凡八百家。斷自中興以前，彙次古賦、詩騷、典册、詔誥、表章、奏疏、箴銘、贊頌、碑記、論序、書啓、雜著，以至律賦、經義，定爲一百五十卷。凡六十一門。承詔於淳熙四年之仲冬庚戌，奏御於六年之正月癸未，賜名曰『皇朝文鑑』。而命周必大爲之序，畧曰：『建隆、雍熙之間，其文偉；咸平、景德之際，其文博。天聖、明道之辭古，熙寧、元祐之辭達。祖謙云：『國初文人尚少，故所取稍寬；仁宗以後，文士輩出，故所取稍嚴。』《大雅》之詩，《棫樸》，官人也；《旱麓》，受祖也，俱以『作人』爲言。蓋「魚躍於淵」，氣使之也；「追琢其章」，理貫之也。「雲漢」昭於上，「豈弟」施於下，濟濟多士，其有不觀感而化者乎？』

先是，臨安書坊有江鈿新編《文海》，淳熙四年丁酉十一月，命校正刻板。壬寅，學士周必大召對清華閣，奏委館閣官銓擇。甲辰，以命祖謙，因請增損銓次。庚戌，許之。六年正月癸未，上對大臣問之，祖謙乃以書進。二月壬戌，除祖謙直祕閣。丙午，命必大撰序。四月辛卯，賜名『文鑑』。後別命他官脩定，而鋟版之議寢。孝宗謂『採取精詳，有益治道』。朱文公謂

『此書編次，篇篇有意』。（《玉海》第五十四《藝文・淳熙皇朝文鑑》，元至元六年慶元路儒學刻、至正十一年重修、明遞修本）

鐵琴銅劍樓藏書目録二則

瞿鏞

《皇朝文鑑》一百五十卷，宋刊本。卷首跨行題『皇朝文鑑』四大字，次二行低三格題『朝奉郎行祕書省著作佐郎兼國史院編修官兼權禮部郎官臣吕祖謙奉聖旨銓次』。後接《進書劄子》《謝賜銀絹除直祕閣表》及周必大《序》。又次爲《總目》，跨行題『新雕皇朝文鑑總目』八字。以下每門標目，如賦、律賦之類，皆跨行頂格題大字，其卷數皆别行低一格。《總目》後爲目録，分上、中、下，題曰：『新雕皇朝目録。』每卷首題『皇朝文鑑卷第幾』。每半葉十行，行十九字。板心著字數及刊工人姓名，紙面俱鈐紙鋪朱記。卷二十五至二十七紙背有字，審是星命家言。其中有『寶慶二年』云云，的是宋槧宋印也。案：是書嘉泰間新安郡齋刊行，嘉定間趙彦适修之，端平初劉炳又新之。此本『讓』『署』『桓』『構』『瑋』『敦』『擴』減筆，而理宗嫌諱『筠』『均』『馴』俱不減。又菉竹堂鈔本《目録中》有『端平重修』四字，此本無之，足知其爲嘉泰原本，非端平重修。太倉王顓庵據端平本補録趙、劉兩《跋》於卷首，考之殊不審也。此本原闕卷一至四、卷二十八、卷四十八至六十八、卷七十五至七十七、卷一百五至一百三十五、卷一百四十二至一百五十，經邑中張氏蓉鏡鈔補完具。卷首《謝表》後有題識二行，云：『此尚是嘉泰時初印本，在未經重修前。宋刻致佳，絶無僅有，良足寶貴，盥手展讀，心目俱開。崇禎甲戌秋日，季偶王閬借觀。』卷中有『葉盛』『與中』『原博』『叢書堂』『韓世能印』『張丑』『米盦』『檇李項藥師藏』『毛晉』『汲古閣』諸朱記。

《皇朝文鑑》一百五十卷，舊鈔本。此明菉竹堂鈔本，從端平刻本傳録者。前有《進書劄子》《謝賜銀絹除直祕閣表》、周必大《序》、從子喬年記編成《文鑑》始末，及沈有開、趙彦适、劉炳《跋》。是本行款、標題，與嘉泰本大致符合，惟『皇朝文鑑目録』一行，嘉泰本頂格，此本上、中、下俱空三格，且《目録中》有『端平重修』字，此其異也。卷末有文莊五世孫恭焕《跋》。郡人顧抱沖以《金石録跋》對閲，定是書序目爲文莊手書。卷末有『蕘翁借讀』朱記。（《鐵琴銅劍樓藏書目録》卷二十三，清光緒間常熟瞿氏家塾刻本）

四庫全書總目 一則

《宋文鑑》一百五十卷，内府藏本，宋吕祖謙編。祖謙有《古周易》，已著録。按：李心傳《建炎以來朝野雜記》稱：『臨安書坊有所謂《聖宋文海》者，近歲江鈿所編。孝宗得之，命本府校正刊板。周必大言其去取差謬，遂命祖謙校正。於是盡取秘府及士大夫所藏諸家文集，旁採傳記他書，悉行編類，凡六十一門。』又稱：『有近臣密啟：「所載臣僚奏議，有詆及祖宗政事者，不可示後世。」乃命直院崔敦詩更定，增損去留凡數十篇，然訖不果刻也。』此本不著爲祖謙原本，爲敦詩改本。《朱子語録》稱《文鑑》收蜀人吕陶論制師服一篇，爲敦詩所删。此本六十一卷中仍有此篇，則非敦詩改本確矣。商輅《序》稱當時臨安府及書肆皆有板，與心傳所記亦不合。蓋官未刻，而其後坊間私刻之，故仍從原本耳。祖謙之爲此書，當時頗鑠於衆口。張端義《貴耳集》稱東萊修《文鑑》成，獨進一本，滿朝皆未得見，惟大璫甘昪有之，公論頗不與。得旨除直秘閣，爲中書陳騤所駁，載於陳之行狀。《朝野襍記》又引《孝宗實録》，稱祖謙編《文鑑》，有通經而不能文詞者，亦表奏厠其間，以自矜黨同伐異之功，縉紳公論皆嫉之。又載張栻時在江陵，與朱子書曰：『伯恭好敝精神於閒文字中，何補於治道？何補於後學？承當編此等文字，亦非所以成君德也。』而《朱子語録》記其選録五例，亦微論其去取有未當。蓋一時皆紛紛訾議。案：録副本以獻中官，祖謙似不至是。所謂通經而不能文章者，蓋指伊川，然伊川亦非全不能文。至此書所載論政、論學之文，不一而足，安得盡謂之無補？栻殆聞有此舉，未見此書，意其議出周必大，必選詞科之文，故意度而爲此語也。陳振孫《書録解題》記朱子晚年語學者曰：『此書編次，篇篇有意。其所載奏議，亦係當時政治大節。祖宗二百年規模，與後來中變之意，盡在其間，非《選》《粹》比也。』然則朱子亦未始非之，殆日久而後論定歟？（《四庫全書總目》卷一百八十七，清乾隆武英殿刻本）